U0946406

THE WORTHING SAGA

沃辛传奇

[美] 奥森 · 斯科特 · 卡德　著

刘勇军　译

浙江出版联合集团
浙江文艺出版社

目录
CONTENS

第一部分 沃辛编年史
THE WORTHING CHRONICLE

第二部分 首星
TALES OF CAPITOL

-

第三部分 水之森林
TALES OF THE FOREST OF WATERS

-

-作者序-

这本书第一次将所有沃辛的故事汇集在一起。从某种意义上说，沃辛是我科幻创作的“根”。

我最早写出的科幻小说是《修补匠》，当然，那是个早期的版本。我在十九岁那年把稿子投给了《模拟》杂志。当年，《模拟》是唯一名列《作家市场》的科幻杂志，而我这辈子还没看过科幻杂志，所以只知道这一本。将《修补匠》寄到《模拟》杂志的时候，恰逢泰斗级的编辑约翰·W.坎贝尔过世。他的继任者拒绝了我的稿子，但给我回了一封鼓励信。

于是我觉得自己像是走对路了，就接着写“修补匠”系列和几个相关的故事，比如《沃辛农场》《沃辛旅店》，以及一个半途而废的长篇，讲的是沃辛的子孙最初与外界联系时发生的故事。不久以后，住在巴西的里贝朗普雷图时（我在那儿担任后期圣徒运动的传教士），我开始用业余时间写一部小说篇幅的“前传”，解释为什么这些人具有心灵感应能力，以及他们为什么会到沃辛星球上生活。在那一时期，我构思出了森卡休眠药，它那无比折磨人却又无法忆起的痛苦；构思出了首星；还构思出了怪异的星际飞船和它的飞行员詹森。当时，不管是对科学还是科幻，我的基础知识都很薄弱。我看过艾萨克·阿西莫夫的《基地》三部曲，很显然，首星的灵感源于川陀。可我没涉猎过其他科幻小说。结果是，我费了大量功夫做无用功。最后，那部作品没有完成，因为我转而去写剧本了，完成剧本之后，我又创办了犹他谷戏目剧团。

1975年，当剧团陷入财政危机时，我重启了科幻写作。因为《修补匠》，我收到过《模拟》杂志的鼓励信，于是我拿出那部手稿重新阅读。显然，在写完那一稿后的几年里，我已经学到了不少东西，于是决定推翻重写。接着，我又把二稿寄去《模拟》，却再次遭退稿，不过他们还是给了我一封鼓励信。这一回，继任编辑本·博瓦向我解释了退稿的原因。“《模拟》不刊登幻想作品。”他说，“可要是你有任何科幻作品，我很乐意读一读。”

在此之前，我从没想到《修补匠》会被看作“幻想”作品。在我看来，故事中的所有情节都科幻色彩十足；我读过一系列泽娜·亨德森的小说，知道有关超能力的故事都该划归科幻领域。但毋庸置疑，《修补匠》有着浓郁的幻想小说色彩：中世纪的手艺，一望无际的森林，以及不明原因的奇事。我的确动过念头要重写詹森·沃辛的故事，这样一来，《修补匠》和所有其他故事都将成为真正的科幻小说。但只是想想而已，我那时没什么耐心，根本写不了长篇。我只写过一个中篇《安德的游戏》（那是我第一部畅销小说），以此当上了小说家。

不久，我再次伏案于沃辛的故事。虽然很想将它们抛到一边，却始终念念不忘：我母亲经常问我要怎么处理我那“蓝眼人”。她早就替我把那些旧手稿用打字机打了出来。我的打字技术算不赖，但跟她比还差得远，她每分钟能打120个单词，并且零错误。她是“水之森林”系列的第一个读者。和我一样，她也觉得那些故事蕴含真正的力量；只是，我还不知道该如何讲述它们。

当时，我在《旗帜》杂志工作，那是后期圣徒运动（即摩尔门教会）的官方期刊。另外两位编辑杰伊·帕里和莱恩·约翰逊也在写小说。午饭时间，我们会一起去摩尔门教总部大楼的咖啡馆吃沙拉，喝恶心又廉价的汽水，苦苦思索故事的点子，《安德的游戏》之后的大部分小说都源于那一时期的头脑风暴。就在那阵子，我开始在一些故事中投放“森卡休眠药”这个点子，像《真人秀》《沙盘游戏》《祭婴》。但这些故事没有丝毫科幻色彩，它们的主题是人，讲人如何创造，以及如何毁灭他人。

后来，本·博瓦在为巴洛奈特出版社和埃斯出版社编一部系列书，约我写一个小说收录其中。我立即就想到了詹森·沃辛的故事，于是动笔就写。我把写完的头五十来页拿给杰伊·帕里看，他告诉我说“太长了”。太长？我用五十个页码就讲完了大部分故事，再削减就不是小说，而是个提纲了！接着，我意识到，杰伊真正想告诉我的是，这个故事太像流水账了。我一直埋头于快速铺陈整个故事，每每只触及表面，从未停留足够的时间去深挖任何一个场景，令读者能融入故事中去，并喜欢上故事里的角色。

于是我放慢故事进展的节奏，重新来过，但依然无法将故事的结构塑造得饱满，因为我的写作经验只限于创作短篇。于是，在绝望之下，我重新思考整个故事，将其视为一系列中篇小说，每一篇都从不同角色的视角出发。结果挺不错，虽然结构上还有瑕疵。这个故事得名《天贼》，准备出版。事实上，我在与克丽丝汀·埃伦结婚的前夜才完成终稿。婚礼当天早晨，我复印了稿件，把它放到摩尔门教总部大楼的邮件收发室，然后穿过缅因街下面的隧道，前往教堂去找我的新娘，她在等我。就因为我要把一份手稿送去邮寄，结果竟然在婚礼上迟到了几分钟，惹得她开始怀疑我们的未来。这倒也可以理解。

与此同时，本·博瓦提议我把在《模拟》上发表的森卡系列故事辑录在一块儿，加上几个新写的故事，编成一部新书由巴洛奈特出版社出版，于是有了《首星》这本书。老故事中有些很出色，我把它们收录了进来；但还有些既欠创意又枯燥乏味，所以，为你们好，亲爱的读者，我让它们静静地消失了。可是天知道，我创作它们的时候，觉得它们是我写出的最好的故事。《首星》于1975年春天出版，是我出版的第一本小说，跟我长子杰弗里出生的时间差不多。

《天贼》于一年后出版，巴洛奈特出版社设计的封面丑极了。令我特别尴尬的是，封面极其忠实地描绘了书中的一个场景。后来我才了解到（再次打听的结果也一样），如果，一部小说的某个场景只要一出现在封面上就足以毁掉那本书的话，那它就一定会出现在那该死的封面上！更糟的是，写文案那伙计还在封面上写下了大大的“雨果奖得主”，而事实是，在1978年，我只获得了雨果奖第二名；我得的是凤凰城世界科幻大会的约翰·W.坎贝尔奖（新人作家奖）。

那本书出版后没多久，我收到一封信，来自迈克尔·毕晓普，一位我一直很欣赏的同行，只是无缘结识。他事先为他在《幻想与科幻小说》杂志上发表的《天赋》书评而道歉，那篇书评尚未面市，但已经来不及更正，他在信中这么写道；他在书评中批评我竟允许“雨果奖得主”这种不实的字眼儿出现在封面上。可没过多久，他就发现他的出版商也在他的书上玩了同样的把戏，说他荣获了他并未得到的某奖云云。就这样，我们成了朋友，友谊持续至今，虽然，在怎样讲好故事这个主题上，我们秉持不同意见，所以不时也会剑拔弩张。

他关于《天赋》的书评十分具有批判性，却是我及身所见最有帮助的一篇书评。他呼吁注意小说中的结构性失误，这有助于我了解自己的不足。当时我正在写第三部小说《歌唱大师》，用的还是与《天赋》相似的片段式结构；毕晓普的书评对我是个刺激，让我终于想到办法，如何将一个很长的故事捏合成整体。从那时起，我对故事结构有了实质性了解；叙述始而处于有意识的控制之下，一套全新的技法得以融会贯通。

于是，我产生了一个新的想法：用我新掌握的技巧，重写《天赋》和《首星》。

在圣罗莎的一次会议期间，我在午饭时间和埃斯出版社的编辑苏珊·埃里森谈起这个话题。她建议我重写一部书，讲述和《天赋》《首星》同样的完整故事，但艺术效果要超越前作。直到1981年秋天，我才动手写作，那时我正在美国圣母大学念研究生第一学期。那段时期，我对中世纪文学兴趣正浓，也思索着怎样讲好故事、为什么讲故事之类的问题，我还读到了神奇的《失落的乡村生活》，从中了解了在动力时代之前的社会人们的日常生活。最后，新书终于完成了，它就是《沃辛编年史》。在我所有的小说作品中，它具有最为复杂的结构，但主题纯粹、统一；詹森·沃辛的故事至此实现了大结局；我对它不再抱有任何遗憾，它达到了我能呈现的最好的形态。

一晃很多年过去了，我的老书都已绝版。这对作家而言是一个永远的痛，就像父母期盼着孩子的信，可他们却不再写了。作家无比怀念绝版的书，希望能再次见到它们。我很感激托尔出版社的汤姆·多赫蒂和贝斯·米查姆，他们认同用一本书囊括《沃辛编年史》和《首星》中比较优秀的故事，以及原创的幻想故事，对我而言，后者不仅是早期创作的结晶，还是我科幻写作生涯的起点。

在写作《沃辛编年史》的过程中，最初的几个沃辛故事——《沃辛农场》《沃辛旅店》和《修补匠》——并不在我手边，因此，当我需要其中一些元素时，只能靠回忆，跟着自由演绎它们以满足新故事的需要。等到能重新回顾原作时，我发现它们与新故事是那么的不一致，以至于要使之调和的话非重写不可。我甚至做了笔记，记下哪些地方该如何修改，可最后还是决定，将它们原样收录在《沃辛编年史》里。毕竟，《编年史》的一个重要原则就是讲故事的逼真性；如果能将故事原样奉上，让读者看出随着时间的推移它们是如何转变的，正好符合这本书的初衷。其中的一些变化，源自多年来我的写作技巧略有精进；还有一些，是因为随着年岁渐长，我对人性的理解有所加深；当然，大多数的改变还是出于新书的需要，它们演变成了故事需要它们成为的样子。我相信，人类的故事无不如此，不光是虚构文学，也包括新闻、小道消息、历史记载、回忆和个人经历。我们需要故事以这种方式呈现出来。

但我对这些故事信以为真。从十几岁开始，它们就存在于我的脑海中，与我为伴。我花了相当长的时间才终于掌握了技巧，能如我所愿地将它们讲述出来；可一年又一年，我从未停止与它们对话。现在，我把它们讲给你听，期盼它们打动你，让你觉得确有其事。

第一部分

沃辛编年史

THE WORTHING CHRONICLE

献给莱尔德和萨利
你们相信好故事是真实的

—

一

痛苦降临日
The Day of Pain

这一天，在人类世界的很多地方，当人们还在劳作时，痛苦突然降临。仿佛某种古老而惬意的东西离他们远去，以至于直到失去的那一刻，人们才注意到它的存在。一开始，谁也搞不清这是怎么一回事儿，可旋即，所有人都明白过来，在这个世界的核心深处，有些东西变了。没人注意到，在那个叫阿戈斯的星球上，有火光一闪；很多年后，天文学家才把痛苦降临日和沃辛星球的陨落联系在一起。但为时已晚，改变已经发生，世界不再圆满，黄金时代一去不返。

在拉瑞德住的村子里，大变化降临的时候，他们还在睡觉，那天晚上他们压根儿没梦到什么牧羊人。拉瑞德的妹妹萨拉尖叫着惊醒，大叫："奶奶死了，奶奶死了！"

拉瑞德连忙从他的小矮床上坐起来，使劲儿驱逐自己的梦境。在梦里，他竟看到父亲把奶奶送进墓穴，可那不是很久以前的事了吗？父亲磕绊着从他和母亲的木床那儿走过来。自从萨拉断奶以来，晚上已经很久没有哭闹声了。她饿了吗？

"奶奶今夜死啦，像苍蝇扑进了火里，她死啦！"

活像被狐狸死死叼住的松鼠，拉瑞德心想，或是被猫咪吞进嘴里的蜥蜴，只能抽搐着等死。

"她的确去世了，但不是在今晚。"父亲说。他是个铁匠，这会儿，他把女儿抱在他宽阔的胸膛上，搂着她。“奶奶过世很久了，现在用不着哭啦。”可萨拉还在抽抽搭搭，仿佛奶奶刚刚离世，她伤心极了。

跟着，拉瑞德看了看奶奶睡过的那张床。“爸爸。”他轻声说。“爸爸。” 他又喊了一声。奶奶的尸体还在床上，刚去世不久，还没发僵。但拉瑞德分明记得，很久以前她就下葬了。

父亲把萨拉放回她的矮床，她依偎着草编的小床围栏，免得去看那可怕的情形。拉瑞德却看着父亲摸了摸奶奶尸体旁的草编枕套。“还是温的。”他嘀咕一声。突然，他悲痛地大叫道：“妈妈！”这下，睡觉的人全被吵醒了，连楼上房间里的旅客也都没法睡了，他们一齐涌进了卧室。

“快看！”父亲喊道，“明明已经去世一年了，可现在她的尸体居然还躺在自己的床上，还有余温！”

“去世一年？”年迈的文书叫道。昨天下午晚些时候，他刚骑一头毛驴抵达这儿，“说什么胡话！昨天晚上是她把汤端上来的。她还和我开玩笑说，要是我的床太冷，你老婆半夜会爬上来给我暖床，要是床暖和，她就和我一起睡！你不记得了吗？”

拉瑞德努力梳理自己的记忆，“我记得她确实说过这些话，可我明明记得那是很久很久以前的事，我也的确记得她和你说过这些话，但是，我直到昨晚才第一次见你呀。”

“我把你下葬了！”父亲喊着，扑通一声跪在奶奶的床边，泪流满面，“我把你下葬了，都快把这事遗忘了，可你竟然又出现了，让我再痛苦一回！”

哭声。对于平港村来说，哭声是一种久所未闻的声音，大家一时都不知所措。只有婴儿肚子饿时才有哭声，以至于母亲傻里傻气地问：“埃尔默，你饿了吗？我去给你拿点吃的。”

“不用！”埃尔默喊道，“难道你没看到，我妈妈早就死了吗？”说完，他一把抓住妻子的手臂，粗暴地将她往边上一推。她被一张凳子绊倒，脑袋正好磕在桌角上。

相比床上那具僵硬得如同一只干透的小鸟的尸体，眼下的这一幕更加糟糕。自记事起，拉瑞德就没见过人们伤害谁。父亲回过神来，发现自己竟发了这么大的脾气，也吓呆了。“泰诺，泰纳洛，瞧我都干了什么？”见她有气无力地瘫倒在地上，泪流满面，他不知所措，不知道该怎么安慰她。在以往，所有人，从生到死，一辈子不需要他人的安慰。父亲对其他人说：“我刚才气疯了。我从没发过这么大的火，这是怎么回事？我老婆什么错都没犯，为什么我突然被前所未有的怒火包围了？”

谁又答得上来呢？这个世界出了大问题，这一点他们感觉到了。从前，他们都生过气，可从前，思想和行动之间总有一种缓冲力量，让他们及时冷静下来。可现在，就今晚，这种缓冲已经离他们而去。他们全都感受到了这个现实，他们的恐惧无从安抚，没有什么还能令他们相信一切正常。

畏缩在床边的萨拉抬起头，道：“妈妈，天使们走了。从现在起，再也没人保护我们了。”

母亲从地板上爬起来，踉踉跄跄地走到女儿身边，“别傻了，孩子。哪里来的天使呢，除非是在梦里。”

我的记忆肯定有哪里不对，拉瑞德对自己说。就像文书说的，他昨晚才到，奶奶跟他开了玩笑；我的记忆在这里被扭曲了，文书的确是在昨晚说的那番话，可我竟然记得奶奶是在很久以前回答他的。我的记忆被篡改了，我清楚记得在奶奶的墓边伤心落泪过，可现在，她的墓甚至还没开挖呢！

母亲抬起头，畏怯地看着父亲。“我的手肘撞破了，很疼。”她说，“到现在还疼得厉害。”

持续不退的疼痛！谁见过这种怪事！她抬起胳臂，伤口露出了肉，还流血了。

“是我害的吗？你会死吗？”父亲惊讶地问。

“不是，”母亲说，“我看不会。”

“那为什么会流血？”

年迈的文书浑身哆嗦。他点点头，说话声都颤抖了，“我看过远古的书籍。”他道，吸引了所有人的目光，“我看过远古的书籍，书上说，远古时期的人受了伤会流血，就像我们宰牛时那样；当有人突然去世，人们会觉得痛苦难当；在盛怒之下，人们会动手打人。可那是很久很久以前的事了。那会儿，人类与动物无异；无上之神还很年轻，没有经验。”

“这说明什么？”父亲问。他平时不看书，所以他比拉瑞德更相信，好读书的人必定有答案。

“不知道。”文书道，“没准，意思是无上之神消失了，或者他不再庇佑我们了。”

拉瑞德端详着躺在床上的奶奶的尸体。“或者说，无上之神死了？”他问。

“无上之神怎么会死？”老文书反问一句，语带挖苦，十分轻蔑，“他全知全能，拥有宇宙中所有的力量。”

“难道就没有死的能力，如果他想？”

“我为什么要和一个小孩子谈论这些话题？”文书站起来上楼了，其他旅客视此为上床睡觉的信号。

父亲没有上床，他一直在老母亲的床边跪到破晓。拉瑞德也没睡，他拼命回想昨天以及更早前，自己对周遭事物的感觉，因为在今天，他再也没了那种“感觉”。他瞪眼注视着这个世界，总觉得哪里有点不对，却怎么也想不起这世界从前是个什么样子。只有萨拉和母亲睡着了，她们一起睡在父母的床上。

天还没亮，拉瑞德就爬了起来，他先走到母亲身边，见她手臂上的伤口已经止血结痂，松了口气。他套上衣服，到外面给母羊挤奶。这只羊就快没奶了，如今他们需要每一滴奶，送进奶酪压制机和黄油搅拌器，毕竟，冬天快到了。今早，冷风飕飕地拂起拉瑞德的头发，他第一次对冬季产生敬畏。放在以往，他对未来的态度跟那头母羊对田野的态度没什么两样，既没操过心，也没经历过干旱或寒潮。而现在，全变了，人们会发现老妇死在床上；父亲会生气，会施暴推倒母亲；母亲会受伤，会像牲畜那样流血。现在，冬季不再是万物休养生息的季节，倒更像希望破灭的时候。

拉瑞德发现母羊竖起了耳朵，像是听见了什么，而他只是凡人，什么也没听到。他停手抬头，清楚看见西方天际有一个明亮的光点，那光点先是在空中悬停了一阵，犹如一颗失去方向感的星星，在找寻回家的指引；旋即，它猛地下坠，被河另一边的森林遮掩住，消失在视线中。一开始，拉瑞德没明白那是什么,可突然，“星舰”这个词儿冷不丁地浮上脑海，他不由得一惊。那是他在学校里学到的。星舰没理由来平港村，甚至没理由来这片大陆，又或者，即便他们来这个世界，也是几十年一遇的事。这里没有任何东西需要他们转运，也没有任何东西依赖他们进口。那么，星舰来这儿有何贵干？别傻了，拉瑞德，他对自己说。那不过是颗流星，就因为这个古怪的早晨，你看什么都觉得神神叨叨。

天一亮，平港村就醒了。和以往一样，每逢严寒天气，平港村的村民都会自动聚到铁匠埃尔默家，扯扯闲天，说说家长里短，那儿有大大的桌子和室内厨房。但今早，当大伙儿发现铁匠家的锻铁炉都还没生上火时，却一点儿也不惊讶。因为，昨晚发生在拉瑞德家的纷乱，已经以各不相同的方式出现在他们的家里。

“我今早被粥烫伤了。”母亲最好的朋友迪诺，这会儿正举着手指展示那令人羡慕的平滑肌肤，“要命的是，伤口竟到现在还火烧火燎地疼，老天！”她说。

母亲当然也受伤了，但她直接跳过了自己的遭遇。“今天早上，那个老文书正要赶路，可他那头驴子一脚蹬在了他肚子上。他这会正躺在楼上，说疼得厉害，赶不了路了，还把吃下去的早饭全吐了出来。”

其他因疏忽大意而受轻伤的例子数不胜数。到中午时分，大伙儿已经下意识地开始小心翼翼地走路，轻拿慢放地干活儿，因为奥波尔受了重伤。奥波尔和其他几个人一起给奶奶挖墓穴时，鹤嘴锄砸了自己的脚，血一直流呀，流呀，没有要止住的迹象。这会儿，他正脸色惨白地躺在楼上一间客房里，奄奄一息，眼见就要活不成了。铁匠埃尔默一整天都愁云雾罩，连锤子都不敢拿，“火星迸进眼睛怎么办？铁锤砸伤我的手怎么办？无上之神再也不会庇佑我们了！”

中午，他们将奶奶送进墓穴。一整天，拉瑞德和萨拉都忙着帮母亲干活儿，从前，这些事都是奶奶做的。第一次，她桌边的座位显得空空荡荡。曾经，家人的很多话都是以“奶奶”两个字开头。父亲老是别开目光，像是在搜寻隐藏在墙壁深处的什么东西。无论怎么努力，也没人能想起这个世界曾经是什么样子，那会儿，悲伤不过是一种模糊的回忆，略有感伤之情；所爱之人不会突然离世；坟墓的土壤从未显得那么黑、那么肥沃，新鲜得像春天耕种时翻上来的新土。

下午晚些时候，奥波尔死了。他身上的最后一滴血都流光了，渗进粗糙的绷带。文书就躺在他身边，依旧吃什么吐什么，挣扎着想坐起来却痛得大叫。他们这辈子都没见过有人壮年早逝，更别提是不小心被鹤嘴锄砸了脚。

就在他们为奥波尔挖坟墓时，又有悲剧发生了。布兰的女儿柯兰妮掉进火里，她惨叫了足足三个小时，才得以解脱。人们默默无语地将她送进当天挖的第三座坟墓。对一个只有三百人的小村子来说，一天死三个人，是闻所未闻的事情；更别说其中有一个壮年男人，以及一个含苞待放的少女了。

夜幕降临，没有新的旅客抵达——每当寒冬将至，旅客都会减少。今晚，唯一值得欣慰的就是不用再招呼客人了。一夜之间，这个世界变得陌生而不安。萨拉一边上床，一边问：“今晚我会死吗，像奶奶那样？”

“不会。”父亲说，可拉瑞德听出他的语气并不坚定，“不会的，萨拉，我的萨莱拉，今晚你不会死。”可他还是把她的矮床从炉火边挪开，又给她加盖了一条毯子。

拉瑞德用不着提醒。他把自己的矮床从炉火边拉开。柯兰妮的惨叫声还回荡在他耳边。整座村子都听见了，没什么能把那声音拒之门外。他从懂事起还没怕过火，可现在知道害怕了。冷就冷吧，总比疼痛强，什么都比那陌生又惨烈的痛苦强。

拉瑞德睡着了，却还下意识地不去触碰膝盖的伤口，那是在木箱上磕的。那一夜他总共醒了三次。第一次，是父亲躺在床上轻声啜泣。铁匠看到拉瑞德醒了，起身抱起他，吻吻他，道：“睡吧，拉瑞莱德，睡吧，一切都会好起来的，一切肯定会好起来的。”这句谎话挺糟糕，可拉瑞德还是睡着了。

第二次，是萨拉又做噩梦了，她又梦见奶奶死了。母亲轻哼着一首歌安抚她。在那熟悉的旋律中，拉瑞德第一次听见了忧伤。

在河畔邂逅我的爱人
我要跨过河去
河水宽阔

听到我的爱人把我呼唤
我要跨过河去
不擅游水

为自己造一条小船
奈何天寒地冻
无衣御寒

找到一件外套披在身上
可惜夜幕降临
苦等黎明

太阳当空照，夜色退无影
终见我的爱人
他却已移情

母亲又唱了什么，拉瑞德没有听见。他做梦了，正是这个梦让他第三次惊醒，再也无法入眠。

梦里，他坐在恩德沃特河边。木筏顺流而下，正值春汛，伐木工人小心撑着木筏，维持着彼此间的安全距离。突然，天火划破天空，向河面袭来。拉瑞德知道，必须阻止那火，自己必须大声喊点什么让它停下，可他却大张着嘴巴，什么都叫不出来。大火吞没了河面，所有木筏熊熊燃起，筏上的人发出惨叫（那是柯兰妮的声音！），他们先被火烧，接着坠河，无一生还。而拉瑞德知道，这一切，都是因为他不知道该叫点什么阻止那团火！

拉瑞德惊醒过来，浑身哆嗦，因没能救人而心存愧疚，不知自己为何要承担罪责。楼上传来一声呻吟，父母都睡着，拉瑞德没叫醒他们，独自上了楼。那个年迈的文书躺在床上，他的脸上、床单上都是血。

“我就要死了。”透过自窗户照射进来的月光，他看到了拉瑞德，轻声道。

拉瑞德点点头。

“你识字吗，孩子？”

他又点点头。这个村子并非那么落后，孩子们不至于在冬天连学都没得上。拉瑞德十岁时所识的字已经和村里的大人旗鼓相当。如今他十四岁了，开始像个男人一样有力，但仍喜欢读书，热衷于研究能找到的任何文字。

“那就拿上《搜星记》，它是你的了。那书属于你了。”

“为什么是我？”拉瑞德小声说。或许这个老文书看到他昨晚注意自己的书，或许是听到他在晚饭后给萨拉她们朗诵《恩德沃特河之眼》。可文书没吭声，虽然他还没断气。不管出于何意，他都希望将书赠予拉瑞德。这本书现在属于我了，一本讲述“寻找星星”的书，恰在他亲眼目睹一颗星坠落到恩德沃特河那边之后。“谢谢你，文书。”他说着，伸手握住了文书的手。

拉瑞德听到身后的动静。是母亲，她正瞪大眼睛看着他们。

“他为什么要把书送给你？”她问。

文书动动嘴唇，但发不出任何声音。

“你只是个孩子。”母亲说，“快告诉他，你是个懒惰的孩子，不适合他的书。”

我知道自己什么都配不上，拉瑞德默默地说。

“他肯定有家人，要是他过世了，可以把他的书送还给他们。”

文书使劲儿摇了摇头，这令他痛苦不堪。“不要。”他的声音细若游丝，“那些书全都留给这个孩子。”

“不要死在我的房子里。”母亲痛苦地说，“这所房子里不要再死人了！”

“抱歉给你带来了不便。”年老的文书说，跟着就与世长辞了。

“你好端端地上来干什么？”母亲压低声音斥责拉瑞德，“看看你干的好事。”

“我上来，是因为他疼得直叫——”

“你上来就是为了要他的书，为了让这么个濒死的人咽下最后一口气。”

拉瑞德本想争辩，本想为自己说几句话，可就连自己的梦都在谴责他，不是吗？母亲很痛苦，她这时的眼睛像极了母羊的眼睛。拉瑞德不敢留下，也不敢争吵。“我去挤羊奶。”说完便跑下楼，来到屋外。

那天晚上异常寒冷，草上落了厚厚一层霜。母羊已经准备好挤奶，拉瑞德却手指僵硬冰凉，即便母羊身上散发的热气包围着他。

不，他的双手笨拙地颤抖，并非因为寒冷。真正的原因，是那些在文书的房间里等待着他的书；是月光下的三座新坟，很快会变成四座。

而最最重要的原因，是他分明看到一男一女正从河面上走过。他们斜向移动，对抗着水流。这条河有十英尺深，可他们却分明“走”在水面上，仿佛河水是坚硬的土地，唯一的不同是，当他们走过时，河水会在脚下向两边分开。拉瑞德的第一反应是躲起来，以免被他们发现；可他竟不自觉地从母羊身边的小凳上站起来（并不忘将奶桶放到高处，以免被羊踢倒），跨过墓地，走向那两个人。

他走到近前。两人已上了岸，注视着三座新坟，眼里涌动着悲哀。那个男人一头白发，但身体健壮，面容慈祥坚定；女人要年轻得多，比母亲还年轻，她也表现得很平静，但难掩怒容和激动。他们身上没有丝毫涉河而过的痕迹，连踩在岸边的脚印都是干的。两人转身看着他，借着淡淡的月光，他看见了他们湛蓝色的眼睛。他从未见过这么蓝的眼睛，即使不在阳光下，那一抹蓝色依旧明亮清晰。

“你们是谁？”

男人用拉瑞德听不懂的语言回答了他。女人摇摇头，什么都没说。拉瑞德却心生一股强烈的愿望，要把自己的名字告诉他们。

“我叫拉瑞德。”他说。

“拉瑞德。”女人答。自己的名字从她的口中说出，听上去十分古怪。忽然，他又迫切感觉不会告诉任何人他们是从恩德沃特河上“走”过来的。

“我不会说。”他道。

女人点点头。跟着，他又忽然明白（虽然不清楚怎么），应该带他们回家。

可他对两个陌生人心存忌惮。“你们不会伤害我的家人，对吧？”

男人立即泪盈于睫，面貌严厉的女人也躲开了他的目光。一个念头在拉瑞德的脑海里闪过：“已经伤害过了，深深地，超出了我们能承受的限度。”

拉瑞德突然明白了。明白了自己的梦，明白了在痛苦降临日坠落的星星，还有痛苦降临日本身，都是怎么回事。或者说他觉得自己明白了。“你们来，是要将痛苦再带走吗？”

男人摇摇头。

希望只燃起了一瞬间又消失了，留下的失望却深不见底。“如果你们做不到，”他说，“那对我们还有什么用？”但他毕竟是旅店老板的儿子。他领着他们，小心翼翼地穿过墓地，经过羊圈，走进屋内，母亲刚把做早饭的稀粥煮开。

二

羊皮纸和墨水
The Making of Parchment and Ink

母亲向他们打招呼，“两位是星夜赶路来的？吃早饭吗？”拉瑞德端详着母亲，等着看他们在她心里说话时，她会露出怎样的惊讶表情；可他什么也没看到。他们似乎没有回答她，因为她又把问题重复了一遍。结果，回答出现在了拉瑞德的脑子里。

“妈妈，他们不饿。”

“还是让客人自己说吧。”她厉声道，“你们想吃点什么吗？”

男人摇摇头。拉瑞德突然很想去拿《搜星记》，便向楼梯跑去。

“你去哪儿，拉瑞德？”母亲问。

“拿书，《搜星记》。”

“现在可不是玩的时候。要做的事多着哩。”

“他们想叫我读那本书给他们听。”

“我傻啊？他们一个字都没说过。依我看，他们压根儿就不会说沃伦语。”

这回，拉瑞德没开口，回答的是萨拉，“他说的是真的，妈妈。他们用意念跟我和拉瑞德说话，他们不想同你和爸爸说话。”

母亲看看萨拉，又看看拉瑞德。“什么？他们只和你们说话，不搭理——”她又看看陌生人，“有人跑进我的房子，告诉我我没资格跟他们说话？我可不容忍这档子事情，你俩给我出去！”

男人把一件亮得晃眼的珠宝放在桌上。

母亲轻蔑地看着珠宝，“这玩意儿有什么用？能把粮食从地里吸出来吗？能让我丈夫的锻铁炉烧得更旺吗？能治愈我手臂上的伤吗？”可她还是伸手取过珠宝。“这是真货？”她问他们；他们沉默以对。她没有办法，只好又问萨拉，“是真的吗？”

“是上等货。”萨拉道，“抵得上平港村的任何一座农场，能买下每一栋房子，买下房子下面所有的土地，上方所有的天空，方圆之内所有的河流。”萨拉连忙用手捂住嘴，以免自己滔滔不绝地说下去。

“拿书去吧。”母亲对拉瑞德说，回过头闷闷不乐地熬稀粥。

拉瑞德跑上楼，来到老文书的房间。他的遗体还停在床上，眼睛闭着，眼皮上压着卵石，毯子下面的肚子松垂。他的肚子是不是随着微弱的呼吸微微动了一下？

“文书？”拉瑞德小声叫道，没有回应。拉瑞德走过去，打开老人背来的那个沉重的包裹，共有五本书、一捆大约二十张羊皮纸，以及用小兽角装着的墨水和几支羽毛笔。拉瑞德知道怎么做羊皮纸、如何削尖和劈开羽毛笔写字，冬季学校的头几节课教的就是这些；墨水就神秘得多了，他不懂制作。拉瑞德不情不愿地将装墨水的兽角放回包裹里。他获赠的是书，不是那些书写工具。通过用工具加工过的皮面装饰，他迅速地分辨每本书的标题；书的内页是羊皮纸，封面则用牛皮做成，牛和羊只有这会儿能够如此温顺地联系在一起。他找到了《搜星记》。

他正把其他书收拾到一边，楼梯上响起了脚步声。是父亲，后面跟着韩·卡朋特，他们来抬走文书的遗体。他们的靴子上粘着泥土，说明坟墓已经挖好了。

“来搜刮战利品啦？”韩嘻嘻哈哈地问道。

“是他把那些书留给我的——”

父亲摇摇头，“韩是故意在死者的房间里开玩笑的。”

“这么一来，鬼魂就不敢靠近了。”韩解释道，“要是他们哈哈一笑，就不会害人了。”

拉瑞德怀疑地看着老文书的遗体。他变成幽灵了吗？他的魂魄会不会趁拉瑞德睡觉的工夫，拿着锋利的铅笔刀为他做一支羽毛笔？拉瑞德不由得一激灵，老想着这档子事就甭想睡得着了。

“把书拿走吧，孩子。”父亲说，“它们是你的了。可要爱护，它们抵得上我一辈子打的铁。”

拉瑞德绕床转了一大圈，父亲和韩正用褪色的马鞍褥裹住老人的尸体，毕竟是要一块儿入土的，用上好的布料毫无意义。拉瑞德走出房间，飞奔着下楼。他在楼梯口被母亲一把抓住，差点儿栽个跟头。“你是想让今天再添一座新坟吗？小心着点，再没有天使守护我们了！”

拉瑞德猛地挣开母亲的手，还嘴道：“我才不会摔跤呢，是你差点儿把我拉倒！”

母亲突然扬起巴掌，他立刻感觉脸颊火辣辣地疼。他们惊诧地注视着对方。

“对不起……”拉瑞德小声道。

母亲什么也没说，只是回过身，把牛角勺摆上桌面给客人用餐。她当然不知道这两个陌生人有踏水无痕的本事，可她相信了他们给的珠宝值大价钱，抵得上最好的款待。

然而，拉瑞德这会儿却不想和那两个陌生人说话了，因为他当着他们的面挨打，出了丑。想到这个，他情不自禁地流下眼泪。这是从他记事起第一次挨打，从小到大还没有人故意打过他。虽然疼痛逐渐退去，可那种恐惧和震惊挥之不散。“她以前从没打过我。”他小声解释，他们在他心里回答，用言语抚慰他。他把《搜星记》递给他们。

男人拿过书，打开，用手指指着字迹缓缓移动。拉瑞德立马发现他不识字，因为他的手指是从左到右移动的，而不是从上到下。你是有令人惊叹的神力，可你却不识字！拉瑞德得意洋洋地想。

几乎是同一瞬间，一个画面进入他的脑海：是《搜星记》的书页，上面的词很奇怪，字母更奇怪，全都松松散散地分布在书页上，仿佛羊皮纸毫不值得珍惜，锡罐中的墨水并非来之不易一样。拉瑞德立刻明白了，因为那个年轻女人正俯身看着那本书——她把自己视角印入了拉瑞德的头脑。“对不起。”他嘟囔道，为自己的傲慢道歉。

男人指着第一个词，他的手指滑过第一句话，眼神在询问。读读这句话，那个声音在拉瑞德的脑海中说。

“自世界遭艾伯纳·杜恩的毒手毁灭后，宇宙在黑暗中静待了整整万年。然后，方有希望之火在星际间重燃。”

男人睁大眼睛。“艾伯纳·杜恩！”他大声道。

拉瑞德指着那两个词。

用两个字母，就能表示这个人的名字？沉默的声音问道。

“不，这是两个词，不是两个字母。”拉瑞德从炉膛里抽出一根引火用的小枝，在地上薄薄的一层尘土上画了起来。“这是ab，这是un，这是er，组合在一起，就是这样。这个组合线表示un是短音，这个表示ab读重音，这样的结合表示这词是个人名。”

那对男女惊奇地面面相觑，接着哈哈大笑。是在嘲笑拉瑞德吗？应该不是。

不是，那个声音在他心里确认。不是在笑你，是笑我们自己。我们很想学你们的语言，想学会读写，可你们的文字太难了，我们学不会。

“不难呀，很容易。”拉瑞德说，“只有198个字母，13个组合，加上7种结尾结合。”

他们又笑了，男人晃晃脑袋，很快，他想到一个主意。“詹森。”他指着自己说，“詹森。”那个声音在拉瑞德的心里说：写下来。

于是拉瑞德写下J、es、un，又把它们组合在一起，成了Jesun。而这可是无上之神的名字，只有伟大的造物主才配得上的尊称！但拉瑞德毫不犹豫地将它用在了这个男人身上，用在詹森的身上。

很明显，男人清楚这个词的意义。他从拉瑞德手里拿过树枝，也在尘土上比划，表示：艾伯纳才是无上之神，詹森不是。

拉瑞德的脑海里浮现起一个矮小男人的形象，身披又丑又怪的衣服，面带嘲弄的笑容。拉瑞德不喜欢他。那个声音在他心里说：艾伯纳·杜恩。

“你们认识他？”拉瑞德问，“宇宙灭绝者？人类的公敌？从长生休眠中苏醒过来的人？”

男人摇摇头，拉瑞德猜想意思是他不认识艾伯纳·杜恩。除非他也是个恶魔，不然怎么会认识全人类的刽子手？此时，一个自己的想法划过拉瑞德的心头：面前这两个人具有超能力，你怎么知道他们是好人坏人？

他得到的回答给他很大的抚慰，那种感觉温暖、平静，拉瑞德不由得一颤。他怎么能怀疑他们呢？可在内心深处，他依旧在自问，为什么就不能怀疑他们？毕竟，痛苦降临日的当晚，他们就出现了。

詹森将书递还给他。读来听听，脑海里的声音说。

他只能理解一部分自己读出的内容。读出来不难，因为他学完了字母表；可有太多的词超出他的理解范围，像星舰、星球、探索者、特使，一个半大孩子能懂多少？他反倒觉得，这两个陌生人能对他解释那些词的意思。

解释不了。

“为什么？”他问。

因为我们是靠倾听你的心声，所以只能明白你所理解的东西；你不知道的，我们不可能知道。这些词对我们来说没有意义。

“你们这么聪明，干吗不学学我们的语言？”

“别这么无礼。”母亲在厨房里说。她正把干豌豆磨成粉，拿去炖菜。

拉瑞德生了闷气。母亲根本就不晓得他们在谈些什么，却依然看出是拉瑞德做错了事。詹森伸出手，拍拍他的膝盖。冷静，没关系。这两句话没有通过心灵感应传达给他，可那温柔的碰触、平静的笑容，拉瑞德很容易地理解了。

詹森会学习你们的语言，贾斯蒂丝不学，声音在他脑海里说。

“贾斯蒂丝？”拉瑞德一开始没意识到这是那个女人的名字。

她摸摸她自己，模仿了一遍拉瑞德的发音，“贾斯蒂丝。”她说。她的声音飘忽不定，柔柔的，像是很少说话。“贾斯蒂丝。”她又说了一遍。跟着她哈哈笑了两声，用拉瑞德从未听过的语言说出了一个词。

那是我的名字，脑海里的声音说，贾斯蒂丝。詹森的名字只取一个发音，用什么语言说出来都差不多。而我的名字有含义，在不同的语言里有不同的发音。

拉瑞德一点也不明白，“名字就是名字。这个词是你的名字，这个词又代表其他意思，那不乱套了吗？”

他们看看彼此。

告诉我们，书里有没有提到一个地方，叫做——

“沃辛。”贾斯蒂丝开口，发出这个音。

拉瑞德试着念出这个名字，“沃辛。”他复读了几遍，把这个名字记在地上，以便在书里看到的时候不会错过。

他没注意到的是，听到他们说出这个词的时候，母亲竟扬起了眉毛。她悄悄走出了厨房，连“我很快回来”都没顾上说。

他们在书的末尾找到了沃辛。“几千年来，人们一直认为，有两艘杜恩送出的方舟迷失在了茫茫宇宙中，或者说，他们的移民任务失败了，因而杳无音信。其中的一艘，利维索科驾驶的星舰，至今没有下落。但另一艘，沃辛方舟，所抵达的那个定名沃辛的星球后来被发现了。第五波发现者IV级星舰找到了它，并且星舰的地质仪认定，该星球适于人类生存。令船员们大吃一惊，也被他们最终亲眼证实的是，沃辛星球丝毫不具备生存条件。”

这回，每当遇到难解的词时，会有简短的注释进入拉瑞德的脑海，用的是他听得懂的字词。杜恩的方舟是一种巨型星舰，装备着供334名乘客建立一个新世界所需的一切原料。移民，是指在没有人类生存的星球上开辟土地，建立村落。第五波发现者IV级星舰，是五千年前由政府派出的一种星舰，任务是绘制星系内部的延伸距离。地质仪，是一架（或一组）仪器，能从超远距离观测星球，分析森林、土壤、铁、农田、冰、海洋、生命迹象的分布（或有无）。

要是我们以这种速度看这本书，那黄花菜都凉了，沉默的声音说；贾斯蒂丝露出不耐烦的表情，与这句话完美对应。拉瑞德第一次意识到，原来一直都是贾斯蒂丝在他脑中说话，詹森并不具备这种能力。每次，不管贾斯蒂丝默默对詹森说了什么，他只是笑笑回应；当他必须回答时，也是开口说出他们那种奇怪的语言。

“你们是什么人？”是父亲在问。

铁匠站在厨房门口，强壮的手臂和宽阔的肩膀几乎填满了整个门框，巨大的身躯映衬在厨房的火光下。

“他们是詹森和贾斯蒂丝。”萨拉道。

“你们是什么人？”父亲重复道，“我的孩子给的回答可不算数。”

拉瑞德接收到他们的回答，代为开口，“不存在其他回话方式。别怪我们，父亲。他们只会对我一个人说话，因为他们不会其他说话方式。詹森正打算尽快学我们的语言呢。”

“你们是什么人？”父亲第三次问道，“竟敢让我的孩子们说那个黑暗的名字，那个忌讳的词；他还不到十六岁！”

“什么忌讳的词？”拉瑞德问。

父亲没法强迫自己说出那个词，只好走到拉瑞德写在地上的文字，用脚把它抹去。“沃辛”。

詹森笑了，贾斯蒂丝叹了口气，拉瑞德这次没等他们回话，自行解释起来，“父亲，我在老文书的书里看到‘沃辛’这个词了，那只不过是个星球的名字！”

父亲狠狠扇了拉瑞德一耳光，“自会有时间和地方，说这个名字，但不是这儿，更不是现在。”

拉瑞德一下子眼泪直流，除此之外他不知道怎么应付这种陌生的痛觉。真是太残酷了，疼痛降临了，而最大的危险不是来自水，不是来自火，不是来自猛兽，而是来自父亲！即便剧痛稍缓，拉瑞德还是像只被蜜蜂蜇了的狗一样，情不自禁地抽搭着。

詹森一拍桌子，霍地站了起来，贾斯蒂丝想拉他没拉住。他结结巴巴地，挤出几个铁匠听得懂的字，“名字，我的，”他说，“名字，是。”

父亲眯起眼，仿佛看清楚些对方的脸，有助于听懂那磕磕巴巴的话。拉瑞德提供翻译，“我想，他是想说，他的名字是——那个名字。”

詹森点点头。

“我想，你是说你叫詹森。”

“名字，我的，叫詹森·沃辛。”

“我叫詹森·沃辛。”拉瑞德提示道。

就在拉瑞德说出“沃辛”这个词的同时，父亲又要伸手揍他。但詹森出手更快，他从半空中一把擒住铁匠的手。

“在平港村，”父亲说，“还没人敢跟我掰手腕子。”

詹森微微笑。

父亲挣扎着想抽回手，詹森微微紧了紧手指，他疼得大叫起来。

贾斯蒂丝也叫了出来，仿佛被捏的是她；她和詹森吵了起来，两个人动了气，叽里呱啦地争吵着什么；父亲则捂着手腕，直倒抽凉气。等父亲终于能再次开口说话了，他没再理会吵架的那两位。“这儿没他们的地方，你也别给我碰那些忌讳的事儿。现在就赶他们走，在他们离开前，你给我离远点儿。”

詹森和贾斯蒂丝休战，听到了铁匠的最后一句话。像是要收买他似的，贾斯蒂丝掏出一小块纯金；她将金子略微折弯，以示柔软纯正。

父亲伸手拿过金子，用两根手指把它捏扁，再用两手把它对折，咚一声丢在门上。“这是我家，他是我儿子，这儿不欢迎你们。”

铁匠带拉瑞德离开房子，来到铁匠铺，炉火已经燃得很旺了。拉瑞德肚皮空空，里边只有一肚子怨气。

他在铁匠铺忙活了一整个早上，又气又饿，但不敢不听父亲的话。父亲知道拉瑞德不喜欢铁匠的活儿，一丁点儿也不想学打铁的手艺。他干了分内的活儿，就像平时在地里那样，此外多一点他也不干。通常，这就能叫父亲满意了，可今天例外。

“你得跟着我学本事。”父亲在咆哮的火焰边喊道，“那些愚蠢又来路不明的陌生人，可教不会你什么！”

他们才不蠢，拉瑞德默默地说。和贾斯蒂丝不一样，他不出声，没人能听见他说了什么。只张嘴不出声可是他的长项。

“你打铁的把式可不怎么样。你像你外公，两手绵软，肩膀也太窄。我从来没逼过你，对不对？”

拉瑞德摇摇头。

“再使把劲儿。”

拉瑞德狠命拉动风箱。他拉得太快，连后背都疼了起来。

“你干农活倒是个好把式。要是你不够强壮，连普通人能扛的东西都搬不动，至少还可以去采蘑菇和草药。要是你最后去养猪了，我也不会觉得丢脸。无上之神怜悯我，我甚至能忍受我的儿子当个牧鹅人。”

“我才不做什么牧鹅人，父亲。”铁匠这人爱夸大其词，就为增强效果。

“当牧鹅人也强过做个文书！平港村可从来不需要什么文书。”

“我不是文书。我不擅长数字，那本书里有一半的字我都不认识。”

父亲使劲儿一敲，结果把铁敲碎了，他用钳子夹住那块残铁，丢在石头地面上，那铁碎成了好几块。“看在无上之神的份上，我想你做文书，不是说你不够格。你的知识足以当个文书了，可要是我的儿子整天只会在皮子上写字，而一点儿不会干别的，我会觉得很丢脸。”

拉瑞德靠在风箱的把手上，端详着父亲。为什么世界一变，你也跟着变了？但你的习惯明明跟以前一样不是吗？你在锻铁炉边不会刻意护着双手，还跟以前一样无所畏惧，站得离火那么近，而其他人都在躲着火苗干活。他们还接了很多订单，定做手柄是以往两倍长的勺子（而且要十分坚固），你却没有。那么，究竟是什么改变了你呢？

“你要是当了文书，”父亲说，“就只有离开平港村这一条路可走。到恩德沃特海文斯或是克里夫去定居，或者是更远的地方。”

拉瑞德苦笑一下，“事情总不能都发生在一天里，母亲受不了突变。”

父亲不耐烦地耸耸肩，“别傻了。你跟她父亲一个样。她没有恶意。”

“有时候，”拉瑞德说，“我觉得唯一需要我的人是萨拉。”不过那是在今天之前，在两个陌生人到来以前。

“我也需要你。”

“我是不是要为你拉风箱，一直到你死的那天？再接着为你的继任者拉？我现在说的都是心里话，父亲。我不愿意离开平港村，我不想做文书，只想为一两个客人读读书。再说了，父亲，现在已经到年末了，冬天没多少活好干，就剩做做皮革制品啦，纺纱啦，编织啦，宰牲口啦。其他人都会在冬闲时写歌。你也写。”

父亲捡起没用的铁块，放进废铁堆。还有一块铁在锻炉里烧。“快拉风箱，拉瑞莱德。”

这个深情脉脉的名字，就是父亲的回答。他的怒气转瞬即逝，只要不耽误干活儿，他从不会拦着他读书。拉瑞德一边唱歌，一边拉风箱。

松鼠呀，松鼠呀，坚果去哪儿啦？
在地洞里，还是在可怜农夫的小屋中？
从我的谷仓里偷坚果，我会把你的肠子挖出来缠在一块儿。
用我的七弦竖琴来写歌，
或是串香肠，
或是给公牛结扎，以免它再发情。

父亲大笑起来。去年冬天最冷的时节，整座村子的人都聚在旅店里，父亲自编自唱了这首歌。自己编的歌被人记住，尤其是被自己的儿子传唱，是件顶光荣的事儿。拉瑞德知道这样能讨父亲的欢心，但他不是有意取悦他的。他真心爱父亲，希望他高兴。父子俩只是没有共同的兴趣，而且他一点也不像他。

父亲唱起另一首歌。拉瑞德不喜欢这首歌，可他还是笑了，而且这回他的确有了打算；等父亲唱完了歌，也笑够了，拉瑞德开口请求，“让他们留下吧，求你了。”

父亲的脸再次沉了下来。他把铁块从火里钳出，开始打镰刀。“他们一直在利用你帮他们说话，拉瑞德。”

“他们在我脑海里说话来着。”拉瑞德说，“就跟——”他犹豫了一下，还是说出了那句挺孩子气的话，“——天使一样。”

“如果真有天使，为什么今天多了三座坟头？”父亲问。

“我是说他们感觉上像天使一样。又没有什么害处，他们——”

“他们怎样？”

他们能踏水无痕。“他们不会伤害我们的，他们还乐意学我们的语言。”

“那个男人动动手指就能弄伤我，一个天使怎么会给人带来伤痛？”

没有合理的解释。直到昨天以前，还没有人知道什么叫伤痛。可詹森一出手就能阻止铁匠，给他苦头吃。话说回来，会有谁天生想知道什么叫伤痛吗？

“他们能在你的脑子里说话，能把想法注入你的脑袋。”父亲说，“你怎么知道他们没有将信任放进你的头脑？还有希望、爱，或者别的能毁灭你的东西？天知道他们有没有把这些注入我们的大脑？现在世道不太平，据说河的上游有人杀人了。现在不光是意外致死，甚至还有人杀人，因为从未体验过的强烈怒火而杀人！那个男人，他对如何造成伤害了如指掌，就像我对打铁了如指掌一样。”

镰刀打好了。父亲将它塞回火中，让那铁器习惯自己的新形态；在炉底石上摩擦，让它了解土壤，到了收货季节不会造反；最后，它被庄严地探入水中淬火，嘶嘶声霎时响起。

“可是……”拉瑞德说。他递过磨刀石，给父亲开刃。

“可是什么？”

“可是，如果他们偏要留下来，谁又阻止得了呢？”

父亲面露狰容，“你觉得我会因为害怕，就当缩头乌龟？”

“不是。”拉瑞德局促不安，“可他们给了珠宝呀，还有金子。”

“为眼前的小利改变初衷的，都不是好人。如果河上游的态势恶化了，谁还有命享用财宝和金子？金子能让你奶奶起死回生吗？能让柯兰妮的肉长回骨头上吗？能让那个老文书躲过驴子扬起的蹄子吗？能治好被铁弄伤的脚吗？”

“他们没害过我们，父亲，他阻止你只是为了保护我。因为，我是为了他才犯的错。”

父亲突然虔诚起来，他想到了拉瑞德刚才冒犯的那个名字。“那是无上之神的名字。”父亲说，“等到你十六岁那年的冬天，亲吻过寒冰，才能知晓它。”

拉瑞德也认真起来，“你会把一个来教你无上之神教义的人拒之门外吗？”

“邪恶的人也能冒用无上之神的名字。”

“不考验一下，怎能弄清他是真是假呢？还是说，该把所有用无上之神名字的人全都赶出去，只因怕他们是亵渎者？要是无上之神真的来了，他该用什么名字介绍自己？”

“你现在说话的口气就像个文书。”父亲说，“你拼了命想要留下他们。我不惧怕痛苦，不惧怕财宝，我甚至不惧怕某个亵渎无上之神的人是否怀着歹心。我只担心你想要他们承诺给你的东西——”

“他们没承诺我任何东西！”

“我担心你会变。”

拉瑞德又苦笑，“反正你也不喜欢我现在的样子。就算我变了，又能差到哪去呢？”

铁匠试了试镰刀的刃口。“真锋利。”他说，“我的手指都划破了，看来不能再碰它了。”他抬起手给拉瑞德看他的伤口，上面有一丝血迹。父亲伸出手，用那伤口触碰拉瑞德的右眼睑。这是一个古老的仪式，通常是用水的，换成血意义更重。拉瑞德一颤，要是父亲触碰的是他的左眼睑，就不是要保护拉瑞德，而是要他自力更生，要把他赶出去。“我允许他们留下，”父亲低声道，“前提是你必须做好分内的工作。”

“谢谢。”拉瑞德柔声道，“我保证这不会带来任何伤害，而且是为无上之神服务。”

“我们的一切，到最后都归于为无上之神服务。”父亲把镰刀放在长凳上，“另一把已经准备好了，拿去安装手柄。除非握着顺手，否则刀片再锋利也没用。”他转过身，低头看着拉瑞德，他们身高差不多，可他总是习惯低头看着儿子。“你生来是要称谁的手，拉瑞德？肯定不是我的，只有天知道。”

可拉瑞德的心思已经转到了詹森和贾斯蒂丝，还有他们给他带来的工作上，没心思考虑父亲的痛苦。“你不会让妈妈给我排满活儿，好拦着我和他们接触吧？”

铁匠爽朗地笑了。“当然不会。”跟着，他拍拍拉瑞德的肩膀，严肃地看着他的眼睛。“他们的眼睛就像天空，”他说，“飞翔的时候要留心。人们都说，鸽子不是死于猎人的枪口，而是死于坠地。”

就这样，那年冬天，除了母亲不时发发脾气（要么是不理他，要么是说些促狭话），拉瑞德并没有受到其他阻碍。从一开始，直到下雪之前，他和詹森每天混在一起，上哪儿都形影不离。詹森说他要学习语言，要是他跟拉瑞德一块干活，能争取更多时间和他在一起。就这样，他和拉瑞德一起去森林里采蘑菇；到第一场雪降临的时候，所有蘑菇都会消失。詹森还擅长寻找草药，总是问这是什么，那是什么，可他知道的答案比拉瑞德还多，而拉瑞德还一直以为自己了解所有草药呢。

“你家乡的草药，和这里一样吗？”一天，拉瑞德问他。

詹森回答的时候很犹豫，“所有星球，来自，起源于相同的星舰。来自。”

“来源于相同的星舰。”

“没错。”

拉瑞德一直在苦苦思索这些巧合，“那个叫沃辛的星球，就是《搜星记》说的那个星球。你在那里住过吗？”

詹森笑了，仿佛这个问题给他带来了神秘的愉悦和神秘的痛苦。“看见过。可没住过，没有。”

“这个叫沃辛的星球，和无上之神的名字一样，它们有什么关联吗？”

詹森没有回答。他只是指着一朵花，“你吃过这个吗？”

“那花有毒。”

“花朵毒——花朵有毒。”詹森折断花根，把花朵扔到一边，接着弄松土壤，拔起根茎。根茎圆圆的，很黑。“留着冬天吃。”他把根茎折断，里面也是黑的，带着斑点。“热水。”他左思右想，才想起这个词。

“你是说，用水煮？”

“没错。上升的那个叫什么？”

“蒸汽？”

“对。喝掉这个东西的蒸汽，就能生孩子。”但詹森说着就笑了，可见他也不相信这种特效。

继续朝前。拉瑞德找到一片无毒的蘑菇，他们把各自的袋子都装满。拉瑞德一直说个没完，詹森把能回答的都回答了。他们来到一片沼泽地边缘的烂泥地，拉瑞德给詹森演示怎么靠铁头木棒，撑杆跳到水面对过。快中午时，两个人像疯了似的在水面上跑，反复练习撑杆跳过河，而不弄湿身上的衣服。只有一次，詹森把木棒插得太深了，在他到达另一边河岸的时候，没能把木棒拔出来。詹森呆呆地坐在那里，身上粘满了泥，不知道该用什么词来形容眼下的情况。拉瑞德教了他一些更有意思的词汇，詹森哈哈笑了起来。

“不同的语言之间还是有共同点的。”他说。

接下来，拉瑞德缠着詹森教他一些他们的语言。等到他们回到家的时候，都会用对方的语言骂街了。

那天晚些时候，有人大喊“有船靠岸了”，旅客经常在这个时间上岸，找个友好的小村庄过夜。于是拉瑞德、萨拉和他们的父母都跑到码头上，看着船只靠岸。可让他们惊讶的是，来的是一条木筏，而不是船，可伐木的季节要到明年春天冰化了之后才开始。木筏上像是燃着炊火，可这火也太大了，木筏的一端都烧着了，一直烧到吃水线的位置。

有人大喊，“上面还有人！”村民立即划小船赶去救人。拉瑞德和父亲坐一条船，父亲的手臂强壮有力，因此他们第一个划到了木筏边。一个男人躺在一堆木头上，被火包围着。拉瑞德从小船一步跨到木筏上，想把那个人从木筏上拉过来，他即将被大火吞噬。可是，拉瑞德上到木筏，才发现大火已经烧到了那人的腿上；拉瑞德闻到了人肉烧焦的味道，柯兰妮烧死的时候就是这个味，因此他很清楚。拉瑞德跌跌撞撞地退回木筏边缘，伸手去拉小船，想跳回去。

“那个人死了。”拉瑞德说。随即，焦臭味、登上着火的木筏的恐惧、活人裸露的肉体着火的记忆，一齐逼得拉瑞德靠在小船边哇哇大吐起来。父亲一言不发。他肯定是为我感到丢脸了，拉瑞德心想。他从水面上扬起脸，见父亲不再握桨，而是转身打着手势，示意其他人回去。拉瑞德看着父亲的脸，这才注意到他的表情有多阴郁。因为我这么害怕，他感觉丢脸了吗？或者是因为别的什么事？跟着，拉瑞德望着那个木筏，这会儿，木筏在父亲后面，所以他看得很清楚，不过在河中央水流的推动下，木筏已经越漂越远了。拉瑞德看到那个火中的人抬起了手臂，手臂依然着着火，已被烧黑了；那只手臂就这么一直举着，手指被烧得没有了一丝皱纹，像纸一样。

“他还活着！”拉瑞德喊道。

父亲连忙扭头去看。那只手依旧保持着抬起的姿势，片刻之后，才跌回到了木料上。沉默良久，父亲才起桨向岸边划去。拉瑞德坐在船头，看不到父亲的脸，也不愿意看。

父亲没有划动船桨，所以他们一直向下游漂了很久，结果只能在码头上岸。通常，父亲会在靠近岸边几近平静无波的河里将船划到上游，可这次，他跳下去，把船拉到哈夫英斯布满碎石的河滩上。他很沉默，拉瑞德不敢跟他说话。目睹了那样的情形，还能说些什么呢？上游的那些人竟然将一个大活人放到一个起火的木筏上。虽然那个人一直没出声，没有发出一点痛苦的声音，但柯兰妮烧死的记忆还不曾退去；那种尖叫声已经进入他们的灵魂，留下了深刻的烙印。

“也许，”父亲说，“也许那人的手臂会抬起来，是大火的热气导致的，他其实早就死了。”

肯定是这样，拉瑞德心想。他们看到了生命的迹象，但无人生还。

“爸爸。”萨拉喊道。

这里不光只有他们两个人。高大的詹森站在哈夫英斯码头的一个土坡上，怀中抱着萨拉。拉瑞德快步走到路堤边，才看到贾斯蒂丝也来了，她蜷缩在詹森的脚边，活像一头刚刚被打死的猎物；她在哭，身体随之颤抖着。

詹森看出拉瑞德心里的疑问，答道："她看到了船上那人的思想。"

"就是说，他还活着？"拉瑞德问。

"是的。"

"你也看到他的思想了吗？"

詹森摇摇头，"垂死之人，我已经看够了。"

拉瑞德看着贾斯蒂丝，想不明白她为什么愿意和死亡如此近距离地面对面。詹森别转目光。贾斯蒂丝半蹲起来，看着拉瑞德，脑海中同时响起了她的回答：我不怕知道任何事情。可这并不是全部，对不对？拉瑞德似乎听到了弦外之音，仿佛她真正的意思是：我不怕知道任何由我造成的后果。

"既然你们那么聪明，"父亲在他们身后说，"告诉我那个木筏是什么，那是怎么回事？"

答案钻进了拉瑞德的脑海里，他讲了出来："上游的人，他们把刚降临这个世界的痛苦错当成神明。他们把那个人活活烧死，向痛苦之神祭祀。希望他会得到满足，然后离开。"

父亲的五官都扭曲了，"什么样的蠢货，才会相信这种事情？"

拉瑞德再次讲出了在他脑海里说出的话，"木筏上那个人相信。"

"他已经死了！"父亲大声说道。

拉瑞德摇摇头。

"我说了，他已经死了！"父亲高视阔步地走开，很快消失在朦胧的月光下。

在他的脚步声消失之后，拉瑞德听到一个陌生的声响。是呼吸声，急促、沉重、不受控制，过了一会儿，他才意识到那是贾斯蒂丝发出的。那个冷静得近似冷酷、不为情感所动的贾斯蒂丝——她在哭。

詹森用他们的语言说了几句话，她厉声回答了几句，终于从他脚边挪开，向前探身，将头夹在膝盖之间。

“她不会再哭了。”詹森说。

萨拉在詹森怀里扭了几下，他把她放下。她走到贾斯蒂丝身边，拍拍她颤抖的肩膀。“我宽恕你。”萨拉说，“我不介意。”

拉瑞德刚想教训他妹妹两句，叫她别对大人说这些傻里傻气毫无意义的话——萨拉总是说些不合适的话，总要惹得母亲想打她两巴掌才会住嘴。可他还没来得及开口，詹森的大手就握住了他的肩膀。“回家吧。”詹森摇了摇头，柔声道，然后拉着拉瑞德下了土坡。拉瑞德回头看了一眼，只见在月光下，贾斯蒂丝坐在那里，萨拉坐在她的腿上，两个人来来回回地摇晃着，仿佛哭的是萨拉，而贾斯蒂丝正在安慰她。

“你妹妹，”詹森说，“她真好。”

拉瑞德从前从未想过这一点，不过这倒是事实。不轻易生气，也从不记仇：萨拉真好。

在田野和森林里共同度过的时光，让拉瑞德和詹森成了朋友。可即便如此，他对詹森还是有点见外，对冷若冰霜的贾斯蒂丝则还心存忌惮。她不愿意学村里的语言。詹森和贾斯蒂丝在村子里待了整整三个星期之后，拉瑞德才鼓起勇气，问了一个非常简单的问题：“你为什么不在我脑子里说话，像贾斯蒂丝那样？”

詹森熟练地将铲子边缘的最后一点碎屑刮掉，这一次铁刃非常出色。他把铲子举起来，“怎么样？”

“很不错。”拉瑞德说，他接过铲子，用钉子钉铁壳。“嗯？”他一边钉一边问，“你不想回答这个问题？”

詹森环顾整座小屋，“还有其他木工活吗？”

“没了，除了用木材的边角料熏肉冬天吃。你为什么从不在我脑子里说话？”

詹森叹了口气，“都是贾斯蒂丝说的，我一句都没说过。”

“你和她一样，能听到我在心里说的话。你能在——你也能走她走过的地方，就像我头一回见到你们时的那样。”

“我听到我能听到的东西，而你看到的我能做的事，她全都能做到。”

女人比男人还强，拉瑞德觉得不大自在，至少平港村从来不习惯这个。想想吧，要是母亲比父亲的力气还大会怎么样，到时候谁还阻止得了她？要真是那样，难道会是母亲操起家什打铁？他想象不出。

在我生活的地方，贾斯蒂丝在拉瑞德心里说，在我生活的地方男女不在乎力气的大小，重要的是你能用力气做什么。

她一直在听他们说话。她对跟拉瑞德学语言不感兴趣，所以时常不跟他们在一块儿，而是和母亲、萨拉一起，坐在家里纺纱编织，她们所在的地方老有歌声传来。必要的时候，萨拉会替贾斯蒂丝说出她的话。虽然贾斯蒂丝人不在，可其实她还是和他们在一起。拉瑞德挺生气，这样一来他和詹森就没法真正独处了。不管他们走得多远，不管他们把声音压得多低，都躲不开她。贾斯蒂丝自然清楚拉瑞德很不爽，但照做不误。

至于贾斯蒂丝所说的，他们那里男女力气一样大，拉瑞德倒是并不惊讶。在一个人人都能在水上行走，都能制造疼痛，都能不张嘴就聊天的地方，还有什么怪事儿是不可能的呢？拉瑞德感兴趣的是另一件事。“你们从哪儿来？”

这个问题把詹森逗笑了。“她不会告诉你的。”他说。

“为什么不告诉我？”

“因为她的家乡已经不在了。”

“你们不是同一个家乡的吗？”

詹森的笑容不见了，“她从哪儿来，我就从哪儿来。我的家乡也没了。”

“实在搞不明白你们的烦恼，或者说，你们的秘密。你们到底从哪儿来？”拉瑞德想起了那颗坠落的星星。

詹森当然知道他在想什么，“你觉得我们从哪儿来，我们就从哪儿来。”

他们经历了星际旅行。“那你们为什么到这儿来？宇宙那么大，为什么偏偏选了平港村？”

詹森耸耸肩，“这要问贾斯蒂丝。”

“不用问，我只要在心里想想，贾斯蒂丝就收到了。现在连我半夜梦醒的时候都不是一个人，连我做了什么梦，某人都一清二楚。”

我们来，是为了找你。贾斯蒂丝默默说。

“找的是铁匠的儿子,还是那个采蘑菇高手？你们能从我这儿得到什么？”

“跟你能从我们身上得到的一样。”詹森答。

“那是什么？”

我们的故事，贾斯蒂丝答道。我们来自何处，做过什么，又为何离开；以及，痛苦为什么再度降临你们的星球。

“你们和痛苦降临有关？”

是的，正如你的直觉一直告诉你的。

“我又能帮上什么忙？”

你的词汇，你的语言。写下来，简单明了，平实可信。

“我不是文书。”

那正是你的长处。

“我写了，谁会去读？”

你将记录真相。了解真相的人一看就知道。他们会读，会信。

“他们信了，然后呢？”

“然后，将阻止再次发生着火的木筏那样的悲剧。”这次回答的是詹森。

拉瑞德想起了那个烧得皮开肉绽的人，他将自己作为祭品，献给某个幻想出来的神明。到现在为止，拉瑞德还是无法肯定詹森和贾斯蒂丝是好人还是坏人：贾斯蒂丝也就算了，反正他不怎么喜欢她；而正因为喜欢詹森，这个问题更加令他苦恼。但退一步说，他们总比以无上之神的名义施加折磨的人要强。然而，他还是不明白自己需要做什么。“我自己写过的文字最长不超过一页，别人读过我写的就更少了，比我的名字都长不了多少。整个宇宙的人多得数都数不过来，你们还没说，为什么偏偏选上我？”

因为我们的故事必须简单通俗，连最单纯的人都能读懂。故事只能在平港村写。

“像平港村这样的地方也多得数不过来。”

可我只认识平港村。我早就认识你、了解你。当所有我认识的人都不在了，我想回家，还有别的地方去吗？

“你怎么会认识这个地方？你什么时候来过？”

“够了，”詹森说，“你已经逼她说得太多了。”

“我不知道，我不知道能不能写，也不知道该不该写。”

詹森没有替他做决定。“这由你决定。”

“你们的故事，能让我明白这一切是怎么回事吗？能让我明白为什么柯兰妮死得那么惨吗？”

可以。它能告诉你的，比你的问题还要多得多。贾斯蒂丝说。

拉瑞德的工作始于梦境。每天晚上，他都会醒来四次，五次，六次；每次醒来，他依旧看到用劈开的原木垒成的墙壁，用泥土夯实的地面，兼作梯子的楼梯，依旧向上通往小小的客房。壁炉里的火苗仅剩星星点点，一只猫蜷在炉前。羊皮挂在框架上晾干，就快可以制成羊皮纸了。织布机仍在角落里；村里的织布机当然会放在这里。从拉瑞德还是个婴儿起，这一切就一直在他眼前，可自从做过那些梦之后，这一切就令他惊讶起来。一开始，他感觉这些东西奇怪，跟着，越看越觉得违和；因为，相比贾斯蒂丝在梦中向他展示的那个星球，父亲的小旅店显得那么脏，那么令人厌恶，那么贫穷，那么叫人丢脸。

这些都不是来自我的记忆，贾斯蒂丝告诉他。我在梦中展示的是詹森的过往。不先了解他曾经生活的星球，你怎么写他的故事呢？

于是，拉瑞德每天夜里行走于首星（Capitol）干净的白色长廊，就连灰尘都不敢落在那儿。到处都是长廊，通往明亮的、挤满人的大房间——拉瑞德这辈子都没见过，也没想到过会有这么多人存在。然而在梦中，他知道，这些人只是那个星球上的一小部分。那些长廊从头到尾长数英里，由表及里、从南极到北极遍布整个星球；只有为数不多的几片海洋除外，那是仅有的生命还在靠自身循环往复的地方。他们到底还是做了一些努力，来铭记有生命的世界。各条长廊之间是小小的花园，精心栽培的植物被巧妙布置成森林的模样，人们可以随时在这里采蘑菇；然而没有生命，除了精心栽种和照料的植物。

地铁在四通八达的隧道中纵横驰突；在梦里，拉瑞德手持一个软碟，只要插进扁平的槽口就能做任何事：旅行，进门，使用小隔间；在这些小隔间里，没人跟你说话，给你讲这讲那。拉瑞德听说过这类事情，可那都发生在很远很远的地方，与平港村的生活从没有过交集。而现在，那些夜晚的记忆太过真实，以至于他发现自己竟然以长廊居民的步幅在森林里行走，会被野猪留下的痕迹吓一大跳，因为在首星上，从来没有生物通过的迹象。

随着对各种场景越来越习以为常，他的梦开始以故事的形式呈现。他看到了真人秀演员，那些人的一生都会被拍摄下来给其他人看，就连在黑暗的夜幕下或私人的小屋里做的事也不例外。他看到，有种武器能让人从身体里面起火，大火从眼睛里喷出来，就像火焰烧穿了破布。在首星上，人类总是徘徊在死亡边缘，危险得犹如大风阵阵之下一片落在栅栏上的秋叶。

在首星，没什么比休眠者的地下墓室更能代表死亡了。一次又一次地，贾斯蒂丝让他看着人们躺到无菌床上，他们的记忆被抽出，储存在气泡里；然后，温顺地等待着安静的仆人将死亡注入他们的血管中。注射森卡休眠药后，人进入假死状态，冰冻的肉体在墓室中封存着，死亡因此得到延迟。许多年后，安静的仆人唤醒他们，把记忆重新注入他们的大脑；休眠者起来，四处走动，一副骄傲的样子，仿佛取得了什么重大成就。

“他们在害怕什么？”一天，和詹森在屠宰棚里灌香肠，拉瑞德问道。

“先死。”

“可他们还是会死，是不是？那种休眠不能让他们多活哪怕一天，是不是？”

“连一个钟头都不行。我们的结局都是如此。”他将另一串灌好的香肠穿好。

“那为什么还要这么做？没有意义啊。”

“毫无意义。大人物休眠的时间更久，醒着的时间更短。所以，他们会在数百年之后才死。”

“可那时候他们所有的朋友都已经死了。”

“你说到点子上了。”

“如果朋友们都死了，你还活着，还有什么意思？”

詹森哈哈大笑，“别问我，我一直觉得这么做很蠢。”

“那他们为什么这么做？”

詹森耸耸肩，“怎么说呢？我也不知道。”

贾斯蒂丝在拉瑞德的脑袋里给出答案：这世上再也没有比这更愚蠢、更危险和更痛苦的事了；这么做，让虚荣的人觉得自己更优越，更强大，或更高贵。我见过很多人服毒，毁掉孩子，遗弃伴侣，割断和这个世界的牵绊，只为让其他人觉得自己更加优越。

“可谁会觉得这些怪物优越？”

“很多人和你想的一样。”詹森说。

所以他们从没注射过森卡休眠药，贾斯蒂丝说。他们不会进入休眠状态，他们活过一世后就去世了；而另一些人就为了休眠的荣耀和权力而活，觉得这就是永生，他们鄙视拒绝森卡的人。

竟然会有这么蠢的人，这对拉瑞德来说毫无道理。可詹森肯定地对他说，几千年来全宇宙的统治者中，有的只为休眠而活，有的却希望正常死亡以躲避永无止境的休眠。拉瑞德怎能怀疑呢？他关于首星的梦境太强大了，那些记忆太真实了。

“首星在什么地方？”

“不在了。”詹森说着搅拌了一下加了香料的肉，然后抓起一把，通过漏斗塞进肠衣。

“整个星球都消失了？”

“只剩下岩石。很久以前，所有金属就剥离了。土壤不见了，海里也没有任何生命留下。”

再过二十亿年，贾斯蒂丝说道，兴许那里会有变化。

“那里的人都去哪儿了？”

“你就快写到那部分故事了。”

“是你和贾斯蒂丝毁掉了那个星球吗？”

“不。它毁在艾伯纳·杜恩手上。”

“这么说，真有艾伯纳·杜恩这个人？”

“我认识他。”詹森说。

“他是人类吗？”

“你很快就会写到我和艾伯纳·杜恩相遇的故事。贾斯蒂丝会在梦中告诉你那个故事，等你醒了，就把它写下来。”

“贾斯蒂丝见过艾伯纳·杜恩吗？”

“贾斯蒂丝二十多年前才出生。而我和艾伯纳·杜恩相识的时间，是在一万五，哦，是一万六千年前。”

拉瑞德心想，詹森肯定是还没掌握好他们的语言，所以弄错了数字。那个数字没错，贾斯蒂丝纠正了他，詹森在海底休眠了一万年。

“你也注射了森卡？”拉瑞德说。

“我曾是一名星舰飞行员，要驾驶星舰。”詹森说，“我们是唯一合理需要森卡休眠药的人群，当时的星舰比较慢。”

“你活了多久了？”

“比你们星球上有人类居住的历史还久。这有什么要紧吗？”

拉瑞德一时消化不了这个信息，于是他用上了他唯一能理解的词。“你是无上之神吗？”他问。

詹森没有笑话他，而是若有所思，认真思索着这个问题。贾斯蒂丝替他回答了：自我出生以来，就把他当作无上之神。直到遇到他本人的那一天。

“可如果你是无上之神，为什么连贾斯蒂丝都比你厉害？”

我是他的子孙，与他隔了五百代人，这段时间无上之神的子孙就不能学点新技能？

拉瑞德从詹森手里接过弄好的一串香肠，挂在浓烟滚滚的火上方。“还没人告诉过我，说无上之神还会做香肠。”

“这只是我自学的小技能之一。”

这会儿已经到下午了，他们回了家。母亲沉着脸端来了奶酪和热面包，还有烂熟的苹果榨的汁。“味道比首星上的可强多了。”詹森说。他小时候吃过的食物的那种寡淡滋味，这会儿清晰地浮上拉瑞德的脑海。他无比同意。

“只差一件必需品，你就能动笔了。”詹森说，“墨水。”

“老文书给我留了一些。”拉瑞德说。

“比骡子尿强不了多少。”詹森说，“我来教你做不会褪色的墨水。”

这下母亲不开心了。“家里有很多活要干。”她道，“你可不能占着拉瑞德去干做墨水之类的蠢事。”

詹森笑了，但是眼神坚定。“泰诺，我一直在为这个家干活，跟你儿子干的一样。这里很快就要下雪了，比起往年，你今年的储备是最充足的。而我还付了住宿费，按理说，该是你付我工钱才对。我警告你，别拦着你儿子。”

“警告我？你能怎样，在我家里把我杀了？”她谅他也没胆子动她。

可詹森只需要几句话。“别碍着我，泰诺，不然我就告诉你丈夫，这个家里有小铁匠铺的可不止他一个。我会告诉他，你让哪些旅客为你过拉风箱，烧旺你自己那个小火炉。”

母亲的眼睛退缩了。她转过身，切萝卜放进晚餐的汤里。

她默认了。拉瑞德看着她的背影，既轻蔑又心寒。他想到了自己单薄的身体、瘦弱的肩膀，想象自己的亲生父亲究竟是哪个旅客。你都干了些什么？他默默问母亲。

你是铁匠亲生的，萨拉也是。贾斯蒂丝在他脑海里说，以前保护你们免受痛苦的人，也会预防私生子这种事情。

这勉强算安慰吧。母亲一直很冷淡，又凶巴巴，可他从未想过她还不忠。

“我说得地道吧，你们的语言？”詹森一副兴高采烈的样子，转开了话题。

“做墨水去吧。”母亲闷闷不乐，“我不想在这儿看见你们。”

我也不想看见你，妈妈。

詹森轻吻了一下贾斯蒂丝的脸颊，走开了，贾斯蒂丝回瞪了他一下。到了外面，詹森给拉瑞德解释，“贾斯蒂丝一直不喜欢我用恐吓的手段让别人服从，她觉得这么做不光彩；换了是她，就去篡改别人脑子里的想法，人家就心甘情愿听她的了。可我觉得，那样会把人降格为动物。”

拉瑞德耸耸肩。只要母亲放手让他学做上等墨水就成了，至于用的是詹森的办法还是贾斯蒂丝的办法，他无所谓。

詹森在一些树上采了些真菌，放进一个袋子里；他让拉瑞德在另一个袋子里装满黑刺李的根茎。拉瑞德把手刺破了，很疼，他生生忍下了；默默承受痛苦，突然给了他一种快慰的感觉。天渐渐黑了，在他们快到家的时候，詹森停下脚步，拍拍一棵松树。这棵树依旧很有活力，刮下来的树胶装满了一个小罐。

他们用水煮真菌，捣碎，再煮一遍，滤去剩下的很稀的黑色液体；然后将捣碎的黑刺李根茎和煮过的真菌放在一起，再次过滤后，和树胶混合在一起，又煮了一个小时；最后，将混合物放在亚麻细布里挤压，得到两品脱黑亮如丝的墨水。

“用它写的字，过一千年都不会褪色，过五千年字迹依旧清晰可见。到时候，羊皮纸都化为灰烬了，墨迹依旧隐约可见。”詹森说。

“你是怎么学会做这种墨的？”

“跟你怎么学会做羊皮纸一样。”詹森道，举起了一张拉瑞德做的羊皮纸，“透过这张纸能看到我的手。”

“羊皮纸做起来很简单。”拉瑞德答，“羊死之前一直把秘密穿在身上；被屠宰后，它们就把那个秘密拱手交给我们。”

那天夜里，拉瑞德梦见了詹森与艾伯纳·杜恩相识的始末：无上之神遇到了撒旦，生遇到了死，创造遇到了毁灭。是贾斯蒂丝带给他这个梦境，而她是从詹森的脑海中找到的那段完整记忆。转天早晨，出现在拉瑞德心中的，就是记忆的记忆的记忆。他用微颤的手握住羽毛笔，写了起来。

三

古旧的记忆
A Book of Old Memories

拉瑞德在书的开头写道：

“我叫拉瑞德，住在平港旅店。我不是文书，可我识字，认识字母、组合和结合。于是，我用新做好的上等墨水，在自己做的羊皮纸上，写下一个与我无关的故事。故事是关于一个出现在我梦中的男人的童年经历，他们让我做那些梦，目的是让我将他的故事讲出来。如果我写得不好，请原谅，因为我毫无经验。我不像格莱斯的塞莫尔那样才华横溢，不过我的笔渴望写下那些话。你将看到的，是我用简单的笔触写出的一个故事。

“我故事中的那个男孩叫做詹森·沃辛，他当时叫做杰斯，看这个名字就知道没人尊重他，因为没人知道他是谁，以及他将来会成为什么样的人物。他居住的星球叫做首星，那是一个用钢铁和塑料建成的星球；如今，那里已被毁灭。那个星球是那么富足，孩子们要做的只有上学和玩；那个星球是那么贫穷，不出产任何作物，只能依靠其他星球用巨大的星舰给他们运送吃的。”

拉瑞德读了一遍，觉得很满意，又很害怕。满意的是，他竟然可以一口气写这么多字，而且读起来像模像样是一本书的开头；害怕的是，他有自知之明，知道对一个真正的写作者来说，这些文字听上去肯定很幼稚。我就是一个幼稚的小屁孩儿。

“你是一个男人。”詹森说。他坐在地板上，靠着墙，缝制皮靴，这是他为拉瑞德的父亲做的，“只要你写下的都是事实，你的书就是最好的。”

“我怎么肯定能记住一切？”

“你用不着记住一切。”

“梦中的一些事，我甚至搞不明白。”

“那就用不着明白。”

“我怎么知道，梦见的事是不是真的？”

詹森哈哈笑了起来。他把又长又重的针穿过皮革，拉紧线。“那是你的记忆，你的梦；它又关于我的童年，关于在一个一万多年前已经毁灭的星球上的经历；再有，它又是贾斯蒂丝根据我的回忆留下的记忆。我们费这么大劲，绕了这么大一圈，如果是假的，又是要糊弄谁呢？”

“我从哪儿写起？”

詹森耸耸肩，“我和贾斯蒂丝找的不是一支会走路的羽毛笔，而是找了个大活人来写我们的故事，不是吗？就从第一件，你觉得重要的事情写起。”

第一件重要的事？拉瑞德过了一遍他所记得的詹森一生的大事。哪件事重要？噢，恐惧与痛苦——对如今的拉瑞德来说，它们同样重要，他从童年起直到不久前，还是个不识愁滋味的毛头小子——那是詹森最初的恐惧、最初的痛苦。就因为在一次考试中成绩太好，他险些丢了小命。

那是一门专为神童开设的课程，关于天体运动和恒星能量；在整个首星的13岁年龄段学童中，够水平上这门课的不过数百人。今天进行的是一门测验，13岁的杰斯看到恒星和星系的模拟图像凭空出现在他的课桌上方，仿佛一伸手就能抓在手中；接着，考题浮现在图像下方的空气中，杰斯通过键盘输入了他的答案。

杰斯发现这次考试小菜一碟。他一向好学；他知道每一道题的答案，越做越顺手，直到撞上最后那道题。那道题与前面的题目一点关系也没有，他们也没在课上学过相关的内容，他没想到会碰上这么一题。

可当他仔细看过那道题后，觉得自己还有机会。他开始运算。有一个数据是关键，他能猜到那个数，但无法精确论证它。放在一年前，他会把这个猜想输入答案了事。可现在不同了，他已经掌握一项新技能，能找出想知道的一切。

他看看正注视整个教室的老师哈特曼·图尔克，跟着，心念一动，就像我们的眼睛在远近不同的景物之间变换焦距那样；于是他读到了哈特曼·图尔克的心声，就跟回忆自己早上吃了什么一样清晰和容易——图尔克在想今早和自己吵架的那个女人，想今晚给她的身体带来欢愉与痛苦。是种丑陋的欲望，他想随心所欲地支配她，而她顺从得就像自己的舌头，没用的时候就会自动隐形。杰斯向来不喜欢哈特曼·图尔克，现在更厌恶了。图尔克的脑子不是什么体面的旅游胜地。

杰斯又潜入他脑海的深处，在记忆中自如地游走，轻松得就像翻看旧报纸。他寻找图尔克关于天体运动的知识，像在海底沉船中探宝。那个数字就在那儿，精确到小数点后十四位。他感恩地退出了图尔克的思想，把答案输入键盘。桌面上没有浮现新的问题，测验结束了。他静待着。

分数出来了，完美。

突然，一道红光亮起，悬在杰斯头顶。红光表示不及格，或电脑bug，再或是：作弊。图尔克露出担忧的神情，他站起来走到杰斯身边，“出什么事了？”

“不知道。”杰斯说。

“分数是多少？”他发现是个高分，“那是什么问题？”

“不知道。”

图尔克走回自己的桌面，开始默默地说着什么。杰斯立马跟进，原来是图尔克自己摆了乌龙。最后那道问题不该出现在这次测验中，13岁组要到几年后才会学到相关内容。昨天晚上图尔克写下这道题，本打算放进明天高年级的测验里，结果错放到了今天低年级的试题中。杰斯不应该遇到这道题；最关键的是，他不可能做出这道题。系统认定他作弊了。

他是怎么作弊的？哈特曼·图尔克心想。除我之外，这个教室里还有谁知道答案？我谁也没告诉呀。

这个小子不知用什么法子偷走了答案，图尔克又想。人们准会以为是我告诉他的，是我败坏了信用，是我不能保密。他们一定会惩罚我，他们会剥夺我注射森卡的权利。这小子到底对我做了什么，他是怎么做到的？

跟着，图尔克记起了关于杰斯·沃辛的，最黑暗的那个事实：他的父亲。一个“天贼”的儿子，你能抱什么幻想呢？图尔克心想。有其父必有其子。

杰斯从图尔克的脑子里落荒而逃。那是他最深刻的恐惧。从小到大，他一直生活在“他父亲是谁”这一巨大阴影之下。霍墨·沃辛是个怪物，天贼的首犯，史上最嗜血的恶棍。他死在了太空中，几年后，杰斯的母亲才决定要孩子；当时战争已经结束，可全宇宙还在追杀天贼，他们永远记得，是杰斯的父亲将八十亿活人烧成了灰烬。

在那之前，帝国和叛军在打一场无止无休，但几乎不流血的战争（或者说篡位者与爱国者之间的战争，看你站在哪边）。后来，双方都雇佣了具备心灵感应能力的星舰飞行员——天贼，结果均势一下打破——“非天贼”在他们面前毫无还手之力。很快，两边都缓过神来，天贼们靠意念联结，随时可能联合倒戈，同时对付帝国和叛军，将所有政府拉下马，控制森卡，攫取所有权力。总之，不能让天贼驾驶星舰！

事实上，天贼们一直在暗中筹谋，结束这场无意义的马拉松战争，逼迫双方接受和平。就在两边都下达解除天贼指挥权的指令时，他们孤注一掷，夺取了星舰，宣布解散两边的政府，结果是帝国和叛军暂时缔结攻守同盟，一起对付天贼。他们在宇宙各个角落遭到袭击，一旦被捕就地格杀。天贼一开始保持忍让，以避免报复性的相互屠戮；他们最初的目标是胜利，后来降低到妥协媾和，最后只祈祷悲悯。宇宙之大，竟无他们容身之地。天贼必须赶尽杀绝。霍墨最终只剩下逃跑一条路，可在那一刻，他选择了带八十亿人同归于尽，而不是独自死去。

我是他的儿子。

回忆滚滚涌入詹森·沃辛的脑海，哈特曼·图尔克对此一无所知。

"验血。"图尔克说。

詹森抗议，要求说明理由。

"举起手。"

杰斯举起手。他知道验不出什么。那些憎恨天赋的人很聪明,他们知道心灵感应能力能由母亲遗传给孩子，在女孩体内蛰伏，在男孩身上则会活跃。杰斯的母亲没有天赋基因，所以杰斯不可能有。也的确没有，曾经。可他还是获得了心灵感应能力。他知道，总有一天，总会有人想到，还有其他方式可以遗传这种能力，也就是由父亲传给儿子，而且他们都会有一双碧蓝色的眼睛。心灵感应的天赋是逐渐显露的，就像男孩变成男人时会慢慢长出胡子一样。杰斯第一次意外发现他有这种能力时，还以为自己疯了；后来他意识到，不可能发生的事发生了，他继承了父亲的祸根。真是太可怕了——他竟然像他父亲，那个杀人无数的恶魔？然而，天赋不是他能拒绝得了的。他一直小心翼翼，假装不知道他从别人心里读取的秘密，不敢有一分一秒的懈怠。最简单的办法，当然是不去读别人的想法。可他觉得自己像个刚治好腿的瘸子——以前不能跑，现在，兴许可以跑了？于是，在短短几个月里（或许是一年），他的胆子越来越大，对这项天赋也越来越收放自如。今天，他太不小心了；今天，他知道了不应该知道的东西，这一点显而易见。

可他对自己说，我不是从图尔克心里拿到答案的，我自己得出了结果；我只是去确认了一下。

杰斯差一点就大声说了出来：是我自己想出了最后一题的答案的！但他及时忍住了。图尔克可没说过他在怀疑的是最后一道题这事儿。别犯傻，杰斯告诉自己。要是你想保住小命，就什么都别承认。

过了一会儿，验血结果出来了，一排排数字从桌子上翻卷升空，向后滑动，最后消失无踪，就像羊群被赶进了剪毛棚。阴性，阴性，阴性。没有一丝一毫的天赋迹象。

除了一点。他不可能知道那一题的答案。

"杰斯，说说看你是怎么做的？"

“做什么？”杰斯问。我是个扯谎高手吗？最好是，能不能活命就看今天了。

“最后一道题。我们没学过，我从没教过克莱克定理。”

“什么克莱克定理？”

“别扯。”图尔克说。他敲了几下键盘，将杰斯写的最后一题的答案调出，显示在空中。他加重了一些数字。“你怎么知道这条直线在光边缘的曲线值？”

杰斯老实回答：“只有那个数字合适。”

“精确到小数点后十四位？人们花了两百年，才意识到这个问题的存在；帝国最好的数学家用了好几年，才确定了小数点后五位的曲线值；克莱克直到五十年前，才证明到小数点后十四位。你指望我相信，你只用了五分钟，就在你的课桌边做完了运算？”

在此之前，其他学生都在埋头做题。这会儿，知道杰斯竟然知道克莱克定理的值，还能运用这个定理来解题，大家全都敬畏地看着他。他是不是作弊了，才知道曲线值？他是不是真的知道怎么运用，而他们还只会牛顿、爱因斯坦和艾哈迈德的定理？他们恨透了杰斯，希望他立马倒毙才好。他把他们衬托得那么愚蠢，他们心想。

图尔克也注意到其他学生都在看他们。他压低声音，对杰斯说：“孩子，我不知道你是怎么得到的曲线值，可如果他们以为是我写的，或是我教你的，可其实我没有，那我的工作、我的森卡，就都保不住了，我现在睡一年醒三年，可这只是个开始。我理当是个休眠者，你不能把它从我身边夺走！”

“我不明白你在说什么。”杰斯说，“这道题是我自己解出来的。你出了一道把答案暗示得这么明显的题目，那可不是我的错。”

“至少不会暗示到小数点后十四位！”图尔克低声喝道，“你可以走了，不过明天你来上课的时候要接受测试。你、你母亲、任何相关人等，都要测试。我知道你是‘什么’，我会证明这一切；在你毁掉我的一切之前，我会看着你先死！”

杰斯和图尔克一直处得不好，可从一个成年人口中听到希望杰斯死这种话，他还是很害怕。他吓坏了，像一个孩子在森林里与一匹患了狂犬病的狼狭路相逢，眼前只有冒着哈气的下颚，泛着白沫的尖牙，耳朵里只听见狼喉咙里的低吼。

可他必须装下去，听不懂图尔克的话。“我没作弊，图尔克先生，我从没作过弊。”

“沃辛大师，在首星知道怎么运用曲线值的，或许只有我们区区千人；可有好几百万人，都知道如何报告‘妈咪宝贝’，说有人似乎表现出了天赋的特征。”

“你在指责我是——”

“你知道我在指责你是什么。”

杰斯心说，我知道你怕死我了，你怕我和我父亲一样，会当场将你格杀，虽然我还这么小，这么无力——

“准备接受测试吧，沃辛大师。无论如何，他们会查明你是怎么学会使用曲线值的——靠诚实的办法，你是不可能做到的。”

“我是自己算出来的！”

“算不到小数点后十四位。”

不可能。不可能算到小数点后十四位。

杰斯站起来，离开了教室。其他学生都很小心不去看他，直到他走到前面，背对他们，他们才开始瞪着他。突然间，从沉默中，从无名处，从他们对抗考试的紧张氛围中，他对耍小聪明的自己暴怒不已；我都对自己干了什么呀?

他将手掌放在“蠕虫”地铁的读卡器上，大门嘀嗒一声，放他通行：只要是从学校回家就不收费。这个钟点，蠕虫上没几个人，但更危险——在杰斯和母亲能负担得起的这一水平的交通工具上，“墙老鼠”们胆大得很，他们会闯进蠕虫，卷跑能抢走的一切。安全起见，杰斯只好在蠕虫稳稳穿行地洞时，向前从一节车厢走到另一节车厢，最后来到一个聚了几个人的地方。他们用怀疑的眼神打量他。杰斯忽然意识到，自己不再是小孩子了，在陌生人看来，他不再是“安全”的。

母亲在等他。他从没见过她干别的事，每次回到家，她永远坐在那儿等他。要不是她一直有工作，一直有那一点微薄的收入进账，他一准儿会以为从他出门上学的那一刻起，她就一直坐到他回家。她的脸毫无生气，像个松垮的木偶。他对她打招呼，对她笑笑，她才拉动嘴角，笑了笑站起来。“饿了？”她问。

“还行。”

“出什么事了？”

詹森耸耸肩当回答。

“我找找菜单吧。”她按了一下菜单键。今天选择不多（一向如此），“鱼肉，鸡肉和红肉。”

“不就是海藻，豆子，人类粪便。”杰斯答。

“但愿你不是从我这儿学会这么讲话的。”母亲说。

“对不起。我要鱼肉，你随便吧。”

她输入食物的名字，将折叠小桌拉开，靠在上面，看着杰斯。他这会儿就坐在角落的地板上。“出什么事了？”

他把事情讲了一遍。

“那太荒唐了。”母亲说，“你不可能是。我测验了三次，他们才让我怀霍墨——你父亲的孩子。从小我就告诉过你了。”

“他们不信。”

母亲也不信。但她看上去十分不安，像是吓坏了。“别担心，妈妈。他们什么都证明不了。”

母亲一边耸耸肩，一边咬着手掌。杰斯讨厌母亲咬手的样子，他从地板上站起来，走到放有折叠床的墙边，将自己的床放下，跳上床，盯着天花板。从小时候起，他就把吊顶板上的污痕当成一张脸。他很小的时候梦到过那张脸。有时候它像一个魔鬼，会把他一口吞掉；有时候是他父亲，虽然走远了却依然在注视他。六岁那年，母亲给他讲了父亲的事，杰斯才知道他想象得没错：那就是他父亲，他父亲是个魔鬼。

母亲为什么这么害怕？

杰斯很想读一读她的想法，他从没这么做过。他偶尔会看看她的即时思维，却从不会去读她的深层思想。他很害怕看到她咬手的样子，讨厌她一个人在家的时候一脸呆滞地坐在椅子上，讨厌她明明知道他问她的每一个问题，却对任何事心灰意懒——他出自本能地害怕她的记忆，所以不想知道。

他经历过的别人的记忆，真实得就像是自己的；只要读过他们的思想，他就容易混淆，哪些是别人的经历，哪些是自己做过的事情。夜深时分，他躺在床上任由思想飘荡，到附近的房间里探险，他当时已习惯了这种悄悄聆听别人心声的天赋，但还无法探索更远的地方。还没有人怀疑他进入过他们的思想。他们一如既往地纠结着自己的想法，保存自己的记忆，回味自己的梦境，根本没意识到有人偷窥。杰斯几乎不曾纯洁过，自从探索了那些记忆，他就化身为那些男男女女，经历他们的故事，做着他根本想象不到的邻居们会做的事。在记忆中，杰斯打过他的孩子，在社会底层的斗殴中杀过人，偷过雇主的东西，破坏过电力系统——这就是他读过思想的那些人，所做过的最难忘、最痛苦，或是最振奋的事情。对于一个天赋来说，最困难的莫过于在梦醒时分，分清楚哪些事情自己真的做过，哪些没有。

他竭力避免母亲的记忆令他产生类似的困扰。

可她是那么心惊胆战，这会儿还坐在桌边，一边啃手一边等晚饭送达。你在害怕什么？杰斯在心里问母亲，就因为别人指责我是个天赋？可他们毫无证据，你为什么害怕成这样？

终于，他盯着母亲，开始读她的思想。她在叛乱前嫁给了霍墨·沃辛，因此得到注射森卡的特权，等待着他回来时被唤醒，星舰飞行员的妻子都这样。一天，她被唤醒了，身体的灼痛感还未褪去，记忆也才刚刚被输送回大脑，就有穿着白色无菌服的人十分友善地告知她，她丈夫死了。在休眠室外，另一些不那么友善的人给她讲了他的死因，以及他在死之前都干了些什么。从她的角度看，她几分钟前才见过他，就在他们抽走她的记忆之前；他们吻别，她似乎依然感觉到他嘴唇的力道；可现在他死了，已经死了一年，因为他们觉得现在唤醒他的遗孀才安全。他是个杀人犯，是个魔鬼。她甚至没有怀他的孩子。

你为什么要生下他的孩子，妈妈？杰斯在母亲的记忆中寻找答案，全然忘了初衷，他本想知道她为什么害怕。不过不要紧，他的好奇和母亲的恐惧殊途同归。她想怀上霍墨的孩子，霍墨的儿子，是因为霍墨的父亲——老尤利西斯·沃辛告诉过她，她必须给他生下男孩。

尤利西斯·沃辛有一对杰斯每天在镜子里都看见的蓝眼睛，纯粹、深刻、毫无瑕疵的蓝，犹如神明擦去了眼中的污垢，让鲜活世界里的一片蓝天闪耀在眼中。他看着年轻的乌玉尔，那个当飞行员的儿子带这个女孩儿回来见他。女孩儿不知道他从她身上看到了什么，让他显得那么疑惑。“我不知道，”老尤利西斯说，“我不知道你有多坚强。我不知道接纳霍墨进入内心后，你自己的个性还能剩下多少。”

“别这么说，你吓到她了。”霍墨说。

我不想听见你的声音，杰斯对母亲记忆中的父亲说。我不是你的一部分，我没有父亲。

“我不怕你。”乌玉尔说。她是在对霍墨还是对尤利西斯说？“我比你想象的要坚强。”可她当时的想法是：即便失去自我，成了半个霍墨，我也不介意。

尤利西斯听到她的话笑了，像是能读懂她的心思一样。他说：“不要娶她，霍墨。她已经下定决心抛弃自我了。”

“我甚至都不知道我们的对话有什么意义。”乌玉尔说着紧张地笑了。

尤利西斯向她探过身，“我不在乎我儿子娶谁，或娶‘什么’。他不会征求我的同意，一向如此。可听好我下面要说的话，年轻的小姐，这是你和我之间的事，而不是你和他之间的。你必须生下他的孩子，必须是儿子，如果那个孩子没有像我一样的蓝眼睛，你得再接再厉，直到生下有蓝色眼睛的。不生下叫我满意的子嗣，别想摆脱我。你太软弱了，要不是霍墨每天晚上小声告诉你，你甚至都不知道自己叫什么。”

女孩儿听了很生气，“我生多少孩子，是男是女，颜色眼睛什么是，都不关你的事！不不，我要说的是，眼睛是什么颜色。”她气坏了，都有些语无伦次。尤利西斯只是笑她。

“别在意，亲爱的。”霍墨说。

冷静！正在读取记忆的詹森喊道。

“他只是在故意招人讨厌，”霍墨继续说，“他只是在考验你受不受得了他。”

“受不了。”乌玉尔说，想把这个事实说得像个笑话。

尤利西斯耸了耸肩膀，“我在乎的是什么？只在乎霍墨有一个蓝眼睛的儿子。那个孩子要继承我父亲的名字，取名詹森。我们的家族传统是循环传承这些古老的名字，这么做已经很久——”

“父亲，你把人闷坏了。”霍墨说。他很不耐烦、急切。有那么一刻，詹森真希望自己当时也在场，好看看霍墨的心声，而不是像此时一样仅仅读取母亲的记忆。

“霍墨得到了我的遗传，”尤利西斯说，“霍墨的孩子也要得到他的遗传。”

这就是母亲的记忆。霍墨得到了我的遗传，霍墨的孩子也要得到他的遗传。生一个有天蓝色眼睛的孩子。取名詹森。霍墨得到了我的遗传，霍墨的孩子也要得到他的遗传。

“我不是杀人犯。”詹森小声说。

他母亲一激灵。

“可我看到父亲——”

她猛地站起，向他冲了过来，还带翻了椅子，险些被绊倒。她冲过来，用手堵住他的嘴。

“闭上嘴，孩子，你不知道墙上有耳吗？”

杰斯大声喊：“霍墨得到了我的遗传，霍墨的孩子也要得到他的遗传！”

母亲惊恐地看着他。他说出了她最深层的恐惧：在尤利西斯死后，她依然遵照他的指示，把另一个天贼带临了这个世界。“你不可能是天贼，”她嗫嚅道，“那种能力都是母传子，只有这一种遗传方式——”

“除了X染色体携带的，”杰斯说，“肯定还有靠Y染色体遗传的。基因突变。”

突然，她紧握拳头，像铁锤一样狠狠砸在他的嘴上。杰斯疼得大叫；他张开嘴想对她大吼，结果鲜血流进嘴里，他被呛得说不出话来。

母亲从他身上起开，一边直叨咕，一边还咬着她打他的那只手。“不不不，”她说，“母亲遗传给儿子，你是干净的，你是干净的，你不是他的儿子，你是我的儿子，不是他的，你是我的。”

可在母亲的眼底，詹森看到，她用注视深爱的丈夫的眼神注视着自己。詹森和霍墨·沃辛是一个模子里印出来的：那是一张著名的脸，那张脸被印在教科书里，吓住了很多坏孩子。詹森的脸年轻得多，嘴唇厚些，眼神也温柔些，可依旧与霍墨长得非常像。就因为这一点，母亲对他既爱又恨。

她站在屋子中央，面朝着门。她看到了丈夫，仿佛霍墨回来找她，笑着对她说：“一切都是个误会，我回来了，你又变得完整了。”杰斯读到了母亲的幻觉，将嘴里的血咽下去，从床上下来，走到母亲面前。她没看到杰斯，依旧在脑海里看着她的丈夫，霍墨向她伸出手，抚摸她的脸颊，说：“乌玉尔，我爱你。”她向他走了一步，钻进他的怀里。

“妈妈。”詹森说。

她浑身一颤，幻觉消失了。她看见自己抱着的不是丈夫，而是她儿子，他的嘴还在流血。她呜咽起来，紧紧抱着他，两个人一起跌倒在地上，她就这么压在他身上，痛哭流涕。她抚摸他流血的嘴唇，亲吻他，一遍又一遍地说着：“对不起。我把你生下来，对不起。你能原谅我吗？”

“我原谅你，”詹森小声说，“将我带到这个人世。”

母亲疯了，詹森自言自语道。她精神失常，并知道我是天贼。一旦有人审问她，我们都得死。

明天，他必须去学校。不去，无异于承认有问题，无异于邀请他们上门调查，发现乌玉尔，发现她是霍墨·沃辛的妻子——魔鬼的妻子乌玉尔，他是在母亲的脑海中找到这个称谓的。我要是没看就好了。一整夜，他想了一遍又一遍。他躺在床上，很久都没睡着，睡了又醒，希望能想出一个不那么绝望的解决方案。躲起来，当个墙老鼠？他不知道那些手掌未编码的人是如何在首星生存的，那些人住在通风井里，以偷抢为生。不，他必须上学，必须去面对。他们没有任何证据。他是自己答出那道题的，几乎就是。只要基因检测显示没有问题，图尔克就无法证明他是天赋。

早晨，他告别母亲，在去学校的蠕虫地铁上打了个盹儿。他如常去上早晨的课，吃免费的午餐——这是他每天最丰盛的一顿饭；跟着，校长来了，请他到自己的办公室一趟。

“可我得上历史课。”杰斯说，尽量表现得很随意。

“你今天剩余的课程都取消了。”

图尔克在校长办公室，看上去志得意满。“我们准备了一项测试，不会比昨天那次测验难，但不是我命题，我不知道答案。有人会在一旁监考，如果你的天分昨天能管用，今天自然也能。”

詹森看着校长，“必须这么做吗？昨天我只是走运，我不明白为什么还要接受额外的测验。”

校长叹口气，瞥了一眼图尔克，无助地举起手。“你现在面对的是一项十分严重的指控，这次测试——是正当行为。”

“你们什么都证明不了。”

“你的血液测试结果——模棱两可。”

“我的结果是阴性。一切在我出生时就注定了，可我无法决定自己的父亲是谁！”

说得很对，校长在心里同意，这很不公平。可是——“你必须接受其他测试，你的基因分析结果……你的基因很不规则。”

“每个人的基因都有所不同。”

校长又叹了口气，“接受测试吧，沃辛先生。专心做。”

图尔克笑了，“总共三道题，时间不限。你要是喜欢，做一整夜都没问题。”

要不要我挖出你龌龊的秘密，将它们公之于众？可杰斯不敢读取图尔克的思想，他必须确保在不知道任何不该知道的信息的情况下接受测验，能不能活命就在此一举了。不过，虽然他尽量克制自己，但多掌握一些信息，会不会对他更加有利？知晓测试的真正目的，会不会对他有好处？他觉得很无助。图尔克可以逼他做任何题目，可以让测试迎合他的任何目的，而杰斯根本孤立无援。

他坐在桌边，盯着天体的图像在眼前的空气中来回移动，陷入了绝望。题目对他来说已经没有意义了。有两个符号他根本看不懂，而且，恒星的运动十分反常。究竟是什么人在扮演他的上帝？

他们从一开始就在扮演他的上帝。母亲生下他，只因这是老尤利西斯初次见面时下的命令；詹森不是爱的结晶，他来到这个世上，只是一个疯疯癫癫的寡妇遵照了别人在很久以前下达的指令。而现在，他的生死又取决于另一个人的计划，他不能肯定这个计划是什么，是该做对，还是做错，能让他活下来。

可绝望是眼下最没用的。他端详着那些恒星，想洞察它们古怪的运动；研究那些数字，希望能排除不可能的答案。

“是不是非得按顺序回答这三道题？”杰斯问。

校长从工作中抬起头来，“嗯？”

“我能打乱次序答题吗？”

校长点点头，随即又回到工作中。

詹森将三道题都看了一遍。一二三，一二三。三道题互有关联，从易到难，连用曲线值也解不开。他们觉得他是什么，一个天才？

显然，他们就是这么认为的。要么是天才，要么是天贼。如果他不能证明自己不是天贼，那就证明他是个天才。他开始解题。

到了下午放学时间，图尔克走进来，接替校长。校长走了，一小时后回来，带着三人份的晚餐。杰斯吃不下。他已经抓住了第一个问题的要点，正在了解第二道题中可以帮助解开第一题的数据。图尔克还没摆好托盘，他就答出了第一题。

大约十一点的时候，他睡着了。校长早就睡了。在上课前几个小时，杰斯第一个醒来，第二个问题依旧在那里等他。詹森立即就想到了答案，但他采用的思路与先前完全不同，需要略微修正对曲线的理解。可这答案错不了，他答完了第二题。

解答第三道题，他用的时间更长。根据解开前两题的经验，他意识到这一题的变量太多了，仅凭现有的数据不可能解开；他能解开其中的一部分循环，但仅此而已。他输入了已解的那部分结果，注明剩下的题目解不开，结束了测试。

上方亮起一道红光。不及格。

他叫醒校长。“几点了？”老人问。

“到时间叫其他人考试了。”杰斯说。

校长看到那道红光，扬起了一边眉毛。

“再见。”詹森说着走出了大门，这时校长才彻底清醒过来。

他的学校位于一所大学内，他径直走向格雷西大学图书馆。凭借学生身份，他可以更容易地接触到首星的信息系统，而在公共信息站未必能得到这么多。时间可能不多了。测试结束时的那道红光包含很多种可能性，但没有一个对他有利。第一种可能，是他考试不及格，因此“证明”如果他不是天赋就不可能通过第一次考试，他们会把他杀死。第二种可能是他通过了考试，可他们认定他是依靠天赋能力做到的。事实上，两种可能都证明不了什么，可只要他们认为能证明，他就死定了。

只有一件事，极有可能。母亲认为杰斯的祖父也是天赋，她对那次谈话的记忆支持这一假设。如果杰斯的心灵感应能力是在父子之间传递的，那么这种情况肯定已经存在了很长时间，以至于尤利西斯·沃辛明确知晓这种遗传方式。再进一步推断，肯定还有其他姓沃辛的人，也是天赋。“妈咪宝贝”并不知道这一点，也就是说，其他人成功地守住了这个秘密。

图书馆里有一排排数百个落满灰尘的粉色塑料小阅读间，上面凸显的灰蓝色字母C代表通讯局。他经常来这儿，所以知道高年级的学生会去哪儿，不会去哪儿。他来到他们不常去的地方，这部分建成时间比较久，每个小阅读室里没有单独的打印设备，也没有足够的外接设备能玩最流行的游戏。詹森曾经在这儿一坐就是好几个钟头，玩“进化”游戏，游戏中环境不断变化，迫使玩家让动物进化来适应。他达到的等级需要同时进化八种动物和四种植物。杰斯玩游戏很有一套，可他今天来不是为了玩。

他把卡片放在读卡器上计费，然后将手掌放在上面识别身份。桌子上方的空气亮了起来，菜单栏出现。他开始翻阅，向后翻，又向左翻，最后找到了族谱程序。他点击“族谱”，进入“同一宗源”，一个简洁的目录出现。他选了“雄性系男性亲属”，尝试输入自己的名字和代码，格雷西大学图书馆立即识别出他的身份——他的出生日期和地点出现在空气中，然后像灰尘一样缓缓向底部移动。在他的名字上，有一条细线连接着他父亲的名字、他祖父的名字：霍墨·沃辛，尤利西斯·沃辛，阿贾克斯·沃辛，另一个霍墨，另一个詹森。从中心轴柱向外，螺旋延伸的是堂亲的名字，足有几百上千。太多了。

只显示血缘最近的五位在世的堂亲。他输入指令。

五个名字剩下来。让他惊讶的是，其中三个，距离他这一系往回追溯到十五代以上，只有两个人血缘较近。

当前详细地址。他输入指令。

与他血缘最近的是塔尔博特·沃辛，阿贾克斯·沃辛的孙子，可他住在四十二光年开外的星球上。另一人就在首星，名叫拉达曼德·沃辛，是第一位霍墨的曾孙，他是地区主管级的公务员。真高兴有个亲戚隐藏得这么好，杰斯点击打印，不远处有台打印机嘎吱了一声，他没退出登录就走去拿，返回的时候，碰巧看了一眼刚使用的小阅读室。“注意：原地等待监督者到来下达进一步指示；否则将严重危及你的成绩。”

眼下受威胁的可不是什么成绩，而是性命，杰斯想。如果测试结果足以招来监督者，那对他有利的可能性微乎其微。所幸，他们必须再等一阵子才能通知妈咪宝贝——大学一般没有这么大的权限，当然如果发现有人是天贼就另当别论了。可他们需要时间。

只要他们认定测试结果指向他是天贼。他该怎么求证这一点？该从谁的眼里挖掘信息？他还没掌握远距离读取思想的技术，不知该如何读取视线之外的陌生人。

堂兄拉达曼德住得很远，在星球的另一边。杰斯搭了一趟深层的蠕虫地铁，一个小时后，站在了纳帕区第十行政区区长拉达曼德·沃辛的接待室里。

“有预约吗，年轻人？”秘书问。

“我不需要预约。”杰斯说。他很想搜索办公室门后的人的思想，可不知从何着手。他不知道那里都有什么人或拉达曼德在哪个房间，从前，当他看不见想要探索的人时，就只能看到杂乱的想法一个个闪过，既不能确定来自何人，也无法从中看出特别的故事。

“任何人都需要预约，小朋友。”她语带一丝威胁。杰斯知道她不是随便能糊弄得了的角色：看上去像个花瓶，其实是训练有素的杀手；拉达曼德在自己门前安插了个保镖。

杰斯端详了她一会儿，从她的头脑中选取了一个有说服力的名字。“希尔沃克需要预约吗，如果他穿白色来？”

她的脸立即涨得通红。“不需要，”她说，“你怎么知道的？”

“告诉拉达曼德·沃辛，他的蓝眼表弟詹森找他。”

“你以为你是第一个冒充他亲戚的人？”可当她注视着他那对纯蓝色的眼睛时，他知道她已没有怀疑。

“我知道他从制造基地的创立中黑了多少钱，他还雇童工，钻了妈咪宝贝监视不到的空子。”

这个信息不是来自秘书的眼底，他终于在另一个房间里找到了堂兄。这会儿，詹森甚至已没工夫留意这个正盯着他看的女人，他在快速浏览拉达曼德的回忆。拉达曼德是天贼，来自父子遗传，毫无疑问；问题是，詹森还能不能活着走出这里。

拉达曼德很聪明，他很清楚秘密就是财富。他现在仅仅官拜行政区区长，可他掌握了很多人的秘密，暗地里名闻遐迩，影响力甚至延伸到了首星的权力核心。权力滋生权力，一旦别人以为你知道得越多，他们就越害怕，不敢反对你——拉达曼德深谙此道。谁能给他一支暗箭？他总能抢占先机，破坏每一个针对他的密谋，首星到处留下了他阴谋的牺牲品。可谋杀已经满足不了他，他更喜欢看那些自以为无所畏惧的人害怕他，看着他们意识到有人知道自己的秘密，有人知道别人不可能知道的事情。那时候，他们连灵魂都在颤抖。

对杰斯来说最糟糕的是，拉达曼德比他强大。拉达曼德记忆的力量比杰斯的自我强大，那些记忆涌进了詹森的脑海，仿佛成了他自己的记忆。杰斯体验着拉达曼德令别人屈服时的快感，也跟着欣喜若狂。就和拉达曼德一样。

他一方面觉得飘飘然，另一方面，自我意识又对所做的一切无比反感。他记得他犯下的谋杀，记得他毁灭的生命，他忍受不了自己的脑海里有这样的记忆。我怎么可能做过这种事！杰斯无声地呐喊。怎么才能撤销我做过的这些事？

他大声惨叫，把秘书吓了一大跳。不错，他是个孩子，却是个危险的孩子，而且他像是疯疯癫癫的，会突然陷入剧烈的痛苦中，因而显得更危险。她缓缓地站起身，走到拉达曼德办公室门边。

杰斯终于读到了最底层的记忆，那是最邪恶的罪行，是他亲手犯下的谋杀。拉达曼德晓得，通过掌握他人的秘密来坐收渔利的人，承担不起拥有自己的秘密——至少不能是别人能够知晓的秘密。谁知道拉达曼德拥有心灵感应能力？咳，当然是他的亲人了。他谋杀了第一个人，很快就是第二个、第三个，等等等等。他先是一时冲动，在家里的游泳池里杀了哥哥；由于不可能在父亲和几个弟弟面前掩饰罪行（他们和他一样，也能读到他的记忆），于是他搜遍整栋房子，杀掉了每一个男性亲属。他也利用了大学图书馆的信息平台，找遍了所有能找到的亲戚，那些同样有沃辛家的纯蓝色眼睛的人，将他们一一除掉。想逍遥法外真是太容易了——他将一些权贵人物的信息卖给另一些权贵，就此跻身要人行列，谁也碰不了他；对另一些不买账的人，他就拿他们的名誉当筹码，让他们敬而远之。只有两个天赋亲戚还活着，一个是住在遥远移民地的塔尔博特，另一个就是星舰飞行员霍墨。其他人不可能知道他拥有心灵感应能力，也不可能活着。这个霍墨死在了自己制造的浩劫中，拉达曼德安全了；双手沾满了父兄的血，可他安全了。

他没想到的是，十三年前，霍墨的遗孀会选择人工授精，怀上霍墨的儿子。拉达曼德没有预料到詹森的出现。可等到他知道詹森活在人世，更糟的是，若是他知道詹森读到了一切，那么——

“堂弟。”拉达曼德在门的另一边，小声说。

杰斯从拉达曼德心里读到了杀机。于是，他在子弹射出之前，便扑倒在地板上。

拉达曼德没有再次开枪，他正在读取詹森的记忆。杰斯看到自己的记忆展现在拉达曼德的脑海里，他直扑唯一的目标：谁知道詹森拥有心灵感应能力。杰斯被动地想到了母亲，随即，他看到这一切传到了拉达曼德的心里，一不做二不休，拉达曼德决定把她一块儿杀掉。一旦被人发现还有一种天赋可以在父子之间遗传，拉达曼德玩儿完就是迟早的事。

拉达曼德要是死了，这个星球就将毁灭——至少对拉达曼德来说，届时这个星球将毫无意义。他只关心自己。

詹森的脑海中有关于母亲的记忆，同时还有另一个人要杀母亲的念头。他再也受不了了，尖叫一声，向拉达曼德冲了过去。他闪身避开，还嘲笑他。

“来呀，小不点。来突袭我呀。”

我怎么才能出其不意？肯定不是突袭，对方拥有更加强大的感应能力，速度不在自己这边。就像下国际象棋，不想被对手将死，只能先将对方一军：迫使对方挪动另一颗棋子。

“你没有棋子。”拉达曼德说。他在杰斯的记忆中搜索他家的住址，然后就能轻易找到他母亲了。

“拉达曼德·沃辛是个天贼！”詹森大声喊道，“我也是，这是特种遗传，由父亲传给儿子！”

拉达曼德的秘书会信吗？她信了。拉达曼德没得选择，如果不先下手，肯定会死在这儿——天贼是人类能想象得出的最可恶的生物。她不再值得信任了。詹森只是个小孩子，对他没有直接的身体威胁，但那女人是个杀手，绝不能置之不理。

就在拉达曼德开枪打死秘书的当儿，詹森逃走了。他需要时间掩盖罪行，以免受谋杀的指控。詹森的时间够不够？

跑出拉达曼德的办公室是够了，跑出他的辖区也够。可拉达曼德知道他住哪儿，不管藏在什么地方都会把他挖出来。拉达曼德甚至在地下世界也有朋友，就算躲在墙老鼠中间，拉达曼德也能找到他。

那詹森还能做什么？告发拉达曼德，那他自己也死定了。他只能像塔尔博特·沃辛那样，移民到数光年以外的地方，离拉达曼德远远的，到了那里，他就构不成威胁了。

对于杰斯这个年纪的孩子来说，要想离开首星有两条路，参军或移民。两样都能避开拉达曼德。一旦加入舰队或是动身移民，就连拉达曼德也碰不了他——首星的行政机关无权插手帝国一级的事务。

可他不能直奔移民站。要是他一走了之，拉达曼德就会找到母亲并杀了她。得先把她救出来。她都这个年纪了，舰队不可能接纳她。只有移民地会接受母亲。

他没得选择，只能立即回家。拉达曼德肯定知道詹森的想法，正在他回家的路上伺机而动要灭他的口。

一想到拉达曼德和死亡，刚刚得到的记忆又回来了。他记得在游泳池边打断哥哥的手臂，将他无助地摁在水里溺死。我没有哥哥，詹森对自己说。可他想起了拉达曼德的哥哥，以及他的死。他还记得趁父亲睡觉的时候，将一把刀插进了他的眼窝，以及那巨大的享受感。他被这些记忆压倒了。他无法忍受一个人待着。

那不是我的过去！他冲自己大喊，那不是我的过去！

可那些回忆太强大，他根本驾驭不了，没法无视那些历历在目的往事。蠕虫地铁飞快穿行于基岩中，绕过这个星球炽热的地心，他坐在车里哇哇大哭。哭声没有引起特别的骚动，人们早已习惯了蠕虫上的哭喊。

杰斯终于回到了家，母亲正气呼呼地等着他。“你干什么去了？巴特勒中午突然发来欠费通知，说你去了星球的另一边，一天就用光了一半的食物预算！我们这个月拿什么填肚子？我早该好好管管你，你总是——”

但她注意到，杰斯刚哭过，满脸通红。她不由惊讶地看着他。“出什么事了？”

“你真不该生下霍墨·沃辛的儿子。”杰斯说。

母亲心烦意乱地看向依旧闪烁着红色警示灯的巴特勒。“你真顽皮，竟然逃学。监督打电话来了。他们把这儿封锁了一段时间，直到确定你不在家里才解禁。”

詹森立即跑去打开门，用一张凳子垫住门以免它自动锁死。“他们找我干什么？”

“说是和你第三题的答案有关。”

是他没答完的那道题。

“他们说你知道一些不该知道的事。”母亲说，“你得多加当心，霍墨。永远也不能知道不该知道的事情，那会叫人坐卧不安。”

“我不是霍墨。”

她扬起眉毛，“你知道的，他是个星舰飞行员。”

“我们必须离开这里，妈妈。”

“我不。你想做什么就去做吧，我在这儿等着。我就喜欢这样——在你离开后，坐在这里等你回来。然后，你就会回到我身边。我就喜欢这样：等你回到我身边。”

“妈妈，要是你现在不跟我一块走，我就永远都回不来了。”

她转过身，“别威胁我，杰斯，这可不好玩。”

“就算监督抓不到我，我也会落到妈咪宝贝手里。有个人在追我，他要杀我，他很厉害，他一定会得手。”

“别这么认真，你只是个孩子，杰斯。”

“他也想杀你。”

“人们不会滥杀无辜。”

杰斯发怒了。“全都是真的，妈妈！天贼都是杀人犯，他们说父亲杀了几十亿人，拉达曼德·沃辛也是个杀人不眨眼的魔鬼！他杀了自己的父亲、兄弟和所有堂兄弟。天贼都是杀手，他知道我回家了，还知道你也知情，所以要杀了我们灭口，并且绝对做得出来！妈妈，我也是天贼，你把我生下来，就是把另一个潜在杀人犯带到了这个世上。”

她连忙紧紧捂住他的嘴，“门开着呢，其他人可不知道你是在开玩笑。”

“要想活命，我们唯一的办法就是——”可她没在听。她在等待，她的脑海里只有一个念头：等霍墨回来，一切问题就都迎刃而解了。眼下的事态太复杂了，她应付不了。她只会等霍墨回来。

“妈妈，我们得去找他。”

她睁大眼睛看着他，“别傻了，很多年前他就把我忘了。”

可杰斯知道，母亲疯了，所以她相信他。她相信他，于是他可以控制她。“我们要经历漫长的航行。”

她顺从地跟着他走出家门。“是不是要注射森卡？是不是要休眠？我不喜欢睡觉，上回就是在睡觉的时候，这个世界全变了。”

“他们保证这次不会那样了。”

他们穿行于一条条长廊，一路上，杰斯总觉得下一秒就会有警官或妈咪宝贝拦住他们——拉达曼德绝不会罢手，他会不择手段地找到詹森，阻止詹森。所以，当他畅通无阻地抵达当地的移民站、带着母亲走进去时，连自己都大吃一惊。

室温调节器在运转，移民站里很舒适。大厅一端铺满墙面的发光面板上呈现着影像：此时播放的是峭壁边缘，大树环绕，正值秋季，树叶都落了。远端的峡谷对面，一个斜坡上长满色彩艳丽的树木。“这里是恩斯移民地，”大厅轻声说，“回归原位。”跟着，画面变成一座布满积雪的山丘，滑雪者正疯狂地冲下斜坡。“麦考尔，永冬之境。”

“他在什么地方？”母亲问。

“在麦考尔捕捉星辰，将它们变成冰之光带回来。”画面出现了悬崖裂缝，里面有奇异的水晶在增大，一名攀岩者正爬上去采摘。

詹森留她一个人看摘星，走向桌后的接待人员。“她今天不大舒服，但不介意长途旅行。”

从首星移民出去很容易，毕竟，但凡头脑正常的人都不会选择穿越五十光年，去一个一觉醒来就再也回不来的星球。那里没有森卡，只能经历正常的生命过程。“有地方给她。”

“要一个可以在露天随意走动的地方。”詹森说。那些需要穿加压服的移民地不适合母亲。

"刚好有个正合适的地方。卡普里科恩，在一个有着黄色太阳的星系，就和首星差不多。"

杰斯读取那个人的思想。卡普里科恩是他们本周的推销主角，那儿需要更多矿工去开采铂金矿，正需要女人为他们服务。不是理想的星球。他搜索男人的记忆，终于找到了一个合适的星球。"邓肯星怎么样？"詹森问。

男人叹了口气，"怎么不早说你有内部消息？邓肯星很好。"那个地方太好了，他们甚至没费力气去改造环境。

母亲来到他身边，"我们去什么地方？"

"邓肯星。"詹森说，"是个好地方。"

"把这些文件签了。"男人开始在键盘上输入信息，用的还是古老的屏幕显示设备。大家都还以为移民站用得起更好的设备呢。

姓名？职业？父母？地址？出生日期？男人向母亲一个接一个地抛出问题，于是，她渐渐清醒了。婚姻状况？"丧偶。"她说。她转身看着詹森，"他没有在等我，杰斯，他已经死了。"

詹森注视着她的眼睛，绞尽脑汁想着该如何回答。母亲醒得真不是时候。

男人欢快地笑了，"当然是和儿子一起去吧。"

"当然。"母亲说。

就在那一刻，詹森意识到，他不想走。即便走出移民站就会被捕或被杀，他也不愿去邓肯星。他绝不去宇宙的尽头，就此消失不见。母亲只有去移民地才能平安，可他还有别的选择：服役。加入舰队，他不仅能保住小命，兴许还能成为星舰飞行员。就像父亲一样。

"不。"杰斯回答。

"这儿显示你是他的监护人。"男人对母亲说，"如果你坚持，他就得去。"

"我不去。"杰斯重复道。

"你要离开我，"她喊道，"那绝对不行！"

"只有这样才能救你。"杰斯说。

“你有没有问过我，”她说，“我是不是愿意被救？”

杰斯比母亲更了解她自己。“他们会给你注射休眠药。”他说，“整个航行期间你都会在休眠。”

这话勾起了母亲久远的记忆。休眠，清醒。以往，她醒来时会见到霍墨；可最后一次，她醒来了，却只剩下孤零零的一个人。

她说：“我想我不愿意这么做。”

“我也去。”他撒谎。

“你不会。”她揭穿，“你想丢下我一个人。你要离开我，就像你父亲做的那样。”

天哪。她不是天贼，却知道他在想什么，怎么可能？不不，她并不知道，她只是害怕他会这样而已。醒来时看不到他，那是这世上最糟糕的事情。我这是在伤害她，让她再受一次这种伤害。

“在这里输入你的个人代码。”男人说着，隔着桌子把一个键盘推到他们面前。

“我不去。”母亲说。

杰斯从她的记忆中找到代码，冷静地代为输入。那个男人吃了一惊，屏幕上显示代码无误，他耸了耸肩。“你们母子真是亲密无间，”他说，“女士，现在伸出手掌——”

母亲冷冷地看着詹森。“你准觉得这个老女人疯了，干脆把她送去另一个星球了事。你这个小混蛋，我恨你，就像恨你父亲一样，你这个小杂种。”她转眼看着那个男人，“你知道他父亲是谁吗？”

男人耸耸肩。当然知道，屏幕上有杰斯的个人资料。

“他是他老子的儿子，不是我的儿子。”

“妈妈，只有这样才能救你的命。”

“你以为你是谁，上帝吗，有权决定谁应该活着、怎样活法？”

难道我和拉达曼德一样？詹森又想起了那些死于非命的兄弟，而他自己，永远都不会有兄弟了。可我不会利用我的天赋去杀戮，我会用它去拯救；我不是拉达曼德，也不是霍墨·沃辛。他读到母亲的心声，知道她爱杰斯，宁愿死也不愿意失去他，也不愿离开他。

“你留下，”他冷冷地说，“他们就会审讯你。”

“我会把一切都告诉他们。”她道。

“因此，你必须走。”

男人笑了，“在移民地，一切都会严格保密。任何犯罪记录一笔勾销，没有起诉，不管你做过什么。到了那里，一切会是全新的开始。”

母亲扭头看着他，“你们也能消除记忆吗？”

啊，是的，母亲，这就是问题所在。我们怎么才能忘记自己的过去？我该怎样忘记，为了救你的命而一手毁掉你的人生？

“不能。”男人说，“一旦你从休眠中醒来，我们就会把记忆输回你的大脑。”

“你爱我吗？”母亲问。

男人一脸困惑。

“她在对我说话。”杰斯说，“我爱你，妈妈。”

“那为什么等我醒来时，你却不在了？”

绝望之下，詹森用了一个他从未用过的办法：讲真话。“因为我不可能一辈子照顾你。”

“废话。”母亲说，“说到底，是我在用一辈子照顾你。”

那个男人不耐烦了，“伸出手掌，女士。”

她猛地把手放在读卡器上，“我去，你这个小混蛋，可你得跟我一块去！给他登记，他也去！”

“你根本不希望我一起去，妈妈。”杰斯柔声道。

“请输入编码。”男人道。移民站就是用来接收那些不甘愿前往的人的，他才不在乎詹森是高兴还是不高兴。

杰斯输入了那个男人的编码，结果当然通不过。可杰斯知道，他会在屏幕上认出这个号码。他立刻就认了出来。

“你怎么知——”男人说，跟着，他眯起了眼睛。“滚出去，”他说，“从这里滚出去！”

正合我意。

“我恨你！”母亲在他身后喊道，“你比你老子还混蛋，我恨你一辈子！”

但愿，这份恨意能支撑你活下去，詹森想。但愿这份恨意能让你神志清醒，你对我的恨，不会超过我对自己的。我就是拉达曼德，他干得出来的事，我也能。此时此刻，我难道不是亲手杀了自己的母亲吗？我把她送出了这个星球。是为了救她，一点不假，可我为什么不能和她一起走？我就是拉达曼德，我在重塑这个星球，在毁掉别人的生活以满足自我。我真该死。我真希望自己死掉。

他是认真的。他想死。可即便一心求死，他仍在搜索长廊周围人们的思想，没有来抓他的人。还没山穷水尽。虽然绝望，他还是会想方设法逃走。成功，或被抓。他可不甘愿束手就擒。

可怎么逃？只要手掌一碰读卡器，就会暴露他的位置。吃饭，出行，和格雷西大学图书馆对话，任何有用的事都会引起妈咪宝贝的注意。另外，由于母亲已登记前往移民地，无可转圜，他现在是个正正经经的孤儿了，成了需要监护的未成年人，任何人都能合法地寻找他，不需要原因，不需要繁冗的法律手续。只有登记加入舰队才能脱身。

他进入一个信息亭，登录格雷西系统，时间刚好够他查到最近一个募兵站的地址。去那儿要搭乘很长一段蠕虫地铁，虽然不及去找拉达曼德时那么远。他敢吗？

这个问题立即有了答案。他离开信息亭，再次搜索附近的人的思想，其中一个是妈咪宝贝，正要到信息亭抓他。他猫腰钻进了人群，仅此一次，他为自己的矮小身材感到庆幸。他消失在人海之中，跟着转了个弯，其间一直在跟进那个人的想法。跟丢了，那人想，跟丢了。

可他无疑正在被搜捕。他只在那个信息亭里待了几分钟，就有妈咪宝贝上门了。他不能坐蠕虫。就算他嘀过手掌就冲上车，他们也能在蠕虫地铁完成加速前逮住他。他只能步行，摆在他前面的是两百个等级、四趟地铁的路程，至少得走到明天，到时，他可能连口吃的都没有——要想不暴露掌纹，就只有餐风饮露。还有，他该睡哪儿？

他找了一个二十米公园，睡在了树下。草坪是人造的，可树是真的，粗糙的树皮摸起来很舒服；针叶扎在身上很疼，可他需要这疼痛。

他需要这份疼痛，这样他才能睡着，才能忍受刚刚涌入脑海的记忆，有的是他从未做过的事，有的是他刚刚做过的事。母亲的精神并不正常，他比任何人都清楚，他亲眼见过她在幻觉中盼着霍墨·沃辛回家。不过他也正常不到哪去，因为他老看到已故的兄弟出现在他面前。我为什么会以这种方式记住这段记忆？为什么无法将它看作一个别人的故事？为什么母亲的脸这么容易和那些记忆混合在一起？他分不清哪些是他做过的，哪些是没做的。如果能撇开拉达曼德的记忆，他就能甩脱对母亲的愧疚吗？他不愿意那么做。这就是痛苦，反正做过的事木已成舟，他不会放弃自己的过去，即便代价是要背负别人的过去。将拉达曼德的记忆放在脑海里，继续做我自己，这样的疯狂总好过失去自我时的疯狂。

就这样，他一手轻轻握着扎人的针叶，另一只手搭在树皮上入睡。我过去做过的事决定了我是谁，他在快睡着时对自己说。可当他醒来时，他意识到：我现在做什么，将要做什么，才决定我是谁。

他走了整整一天，不敢搭乘需要按掌印的直达电梯，只能没完没了地爬台阶，走过一道道长廊，只要有可能就走滑道，终于在舰队征募站下班前抵达。

“我申请加入舰队。”杰斯说。

征募官冷冷地看着他，“你太瘦，年纪也不够。”

“我十三岁，够年纪了。”

“你父母同意吗？”

“我是孤儿。”他没说名字，只输入了个人编码。他的信息呈现在征募官的桌子上。

一看他的名字，征募官不禁皱起了眉头。“沃辛”可不是个容易忘记的姓氏。“怎么，打算子承父业？”他问道。

杰斯没接茬。他读到这个人并无恶意。

“成绩好，资质出众。你父亲生前是个伟大的舰长。”

看这情形，又能得到一些关于霍墨·沃辛的记忆了。杰斯探索一番，发现了一些令他惊讶的东西。被霍墨毁灭的那个星球，曾拒绝他从大海里抽水，他们一直拖延时间，直到他被舰队抓住，他们并非完全无辜。舰队并不像宇宙里的其他人那样憎恨霍墨。杰斯自小到大都因自己的身份而羞愧，对于眼前的新信息一时有点儿不知所措，只希望舰队能够接纳他。作为霍墨的儿子，他平生第一次得到点加分。

可征募官摇摇头，“抱歉，我刚递交了申请，可你被拒了。”

“为什么？”杰斯问。

“不是因为你父亲。遭拒原因第九款，是你的资质问题。我无权向你透露更多信息。”

但不管愿不愿意，他都向杰斯透露了。将杰斯拒之门外的是他在学校的成绩。他太聪明了，所以没有教育部的许可，就不能加入舰队。他也永远拿不到许可了，因为那得先经哈特曼·图尔克点头。

“詹森·沃辛。”一个人在他身后道，“我一直在找你。”

詹森拔腿就跑。那人是个妈咪宝贝，满脑子都是逮捕詹森的念头。

一开始，拥挤的长廊帮了他大忙。人群走得很快，杰斯在他们之间来回躲避，总能躲开追捕者的视线。但渐渐地，追他的人越来越多，到最后共有六个人在围堵他。他不可能注意到他们所有人，他得转换到他们的视角观察周遭，再从他们所看到的东西倒推出他们的位置，实在忙不过来。

最后，人群慢下来，他们终于抓住了他。因为他个子太小、太瘦弱，被困在了人群中。他的身形不再是优势，心灵感应能力也派不上用场，他不慎摔倒，一只细高跟的鞋子狠狠踏在他一只手上。他把手抽出来，顾不上疼痛和鲜血横流。就在他跌跌撞撞即将钻入人群的时候，他们抓住了他的脚踝和手腕，给他上了手铐脚镣。

“你这个小瘪三。”其中一个说。

“为什么抓我？”

“因为你跑啊，凡是看见我们就跑的人都该抓。”可他在撒谎。他们接到了命令：不惜代价活捉詹森·沃辛。是谁下的命令，哈特曼·图尔克？拉达曼德·沃辛？没什么两样，他真该和母亲一起去移民地，可他选择孤注一掷，抛弃一个糟糕的未来，想赌赢一个美好的明天。可他输了这一把。

可他被押去见的，既不是拉达曼德，也不是图尔克。他是个光头，又矮又胖。他命令卸去他的脚镣，用手铐将他俩铐在一起。无形的磁场令他们的手腕相距无法超过一米。

“希望你不介意。”那人说，示意那副手铐，“费了这么大周折，我不想再失去你的踪迹——他的手在流血，谁有治疗带吗？”

治疗带被系上杰斯的手，伤口立即止了血。那个矮胖子开始介绍自己：“我叫艾伯纳·杜恩，如果你想在这颗星球上找个朋友的话，我会是最接近的那个人。我下定决心，要无情地通过你实现自己的计划。不过，和我在一起你至少是安全的，你的堂兄拉达曼德和哈特曼·图尔克都不能把你怎么样。”

杰斯搜寻这个男人的思想，他知道多少内幕？答案是两个字：一切。

“当你接受第二次测验的时候，我还在休眠。”杜恩说，“你正做一道题，做出了一半。整个宇宙中，只有少数几名物理学家知道它的答案，还不能肯定自己的答案对不对。此时，休眠室的人唤醒了我，他们早已接到指令。你我注定要见面。”

他们来到一条高等级的公路边。杜恩只扫了一下手掌就上了路，跟人们搭乘蠕虫一样随意。一辆车在等他们。杰斯先吃了一惊，随即欣然入座。

“你是谁？”他开口问。

“从开始发育起，我就一直在问自己这个问题，但结论是，我既不是神也不是魔鬼。这太令人失望了，所以我不再纠结这个问题。”

杰斯望向对方的眼底。他是移民部助理部长，并相信自己是这个星球的统治者；进一步探索后，杰斯意识到这是真的。阴谋家拉达曼德在杜恩面前可以忽略不计，就连母亲大人，不，不是杰斯的母亲，而是首星的元首——女王陛下，也是他的走卒。受他统治的还不仅仅这一个星球，他打一个喷嚏，半个宇宙都会抖一抖。然而他又默默无闻，几乎没有人知道他的真实地位。杰斯看着他的眼睛，哈哈笑了起来。

杜恩也跟着笑了，“长久以来，我坐拥最强大也最令人腐蚀的权力，可一个心地善良的孩子看过我的心思之后还会哈哈大笑，太令人高兴了。”

真的。杜恩没有一丝关于谋杀的记忆，他心中没有拉达曼德经历过的那种扭曲的痛苦。杜恩的确是在重塑这个世界，他没有以权谋私，可他心中图谋的，不只一己之私。

“我一直很想知道，跟一个知道我所有秘密的人交朋友，会是什么感觉。”杜恩说，“发现没有？你在移民站犯了个大错，竟在那个接待员面前表明天贼身份。结果，我只好让他注射森卡，再用以前的记忆泡沫唤醒他，抹去他这段时间的记忆。你这样扰乱别人的生活，真是太不近人情了。”

“对不起。”杰斯说。可杜恩同时也在告知他，那些错误已经得到了妥善处理。他松了口气。

“对了，说到森卡，顺便说一句。你母亲在进入休眠前，给你留了张字条。”

杰斯读到杜恩的一段记忆：母亲递过一张纸，她的脸上布满泪痕，可嘴角挂着笑容，杰斯不常看到她笑。他抓住那张纸，不顾颤抖的双手，读了起来。

“艾伯纳·杜恩向我解释了一切，关于拉达曼德，关于学校的事儿。我爱你，现在我原谅你了，我想我再也不会疯疯癫癫了。”

是她的笔迹没错。杰斯颤抖了一下，放下心来。

“我觉得，这会是你很想知道的消息。”

杰斯又看了一遍那张字条，目的地就到了。他们从车上下来，直接进了一道很短的走廊，又从走廊走进了一片森林。

这里不是公园。脚下的草是真的，在树干上嬉戏的松鼠也不是机器，就连气味都完美无瑕，空气中没有一点塑料味。大门在他们身后关闭，杜恩打开手铐。詹森从他身边走开，这辈子第一次仰望天空，没有天花板，没有屋顶。他担心自己会摔倒，人们怎么能在头上没有屋顶的环境里生存呢？

“有点眼花缭乱，对吧？”杜恩问，“天花板当然是有的，整个首星都处在穹顶之下，不过，投像效果还不错对吧？”

杰斯不再抬头看天，而是回头望着杜恩。

“为什么要救我？我对你有什么用？”

“我还以为，天赋从来不用问问题。”杜恩答。叫杰斯惊讶的是，他一边带路向树林深处走去，一边开始脱衣服。他们来到一片杰斯平生所见最大的开放水域，约有五十米宽。“想游泳吗？”杜恩问。这会儿，他已浑身赤裸。他的身材并非矮胖，之所以显得臃肿，是穿了防护服的缘故。“总有人想要我的命。”杜恩轻轻踢了踢盔甲。

这是当然的，杜恩没有拉达曼德的优势，能预知别人的图谋，然后或收买或勒索。

“只要你让我活着，我的堂哥拉达曼德算一个。”

杜恩笑了，“啊，拉达曼德，再过几个星期，他就要接受另一次休眠了。他是个叫人讨厌的家伙，而且对我没什么用处了。我怀疑他还能不能醒过来。”

杰斯惊恐地发现，他说的是真的。艾伯纳·杜恩有能力叫休眠室杀一个人。而在首星，有一个不可动摇的人生真理：休眠室神圣不可侵犯。而杜恩的影响力可以触及那里。

“游泳吗？”杜恩又问了一遍，他已经下水。

“我不会游。”

“你当然不会。我教你。”

杰斯脱掉衣服，犹豫地跟着下了水。他看得出，杜恩对他没有恶意，杜恩是一个值得信任的人。于是，他跟着杜恩向前走，一直到水几乎没过他们的脖子。他和杜恩的身高差不多。

“水是一种非常安全的运动介质。”杜恩道。但杰斯唯一注意到的是水里很冷。“好的，我扶住你的背了。现在，向后靠在我的手上，双腿慢慢地离开地面，放松，我撑着你。”

忽然，杰斯觉得身体变轻了，就在他放松的同时，身体轻轻地浮在水上，唯有杜恩在他的背部轻轻施加的压力，让他感觉重力依然存在。

接着世界突然翻转了过来，他的脑袋扎进水下，艾伯纳·杜恩死死按住他，杰斯无力反抗。他大口吸气，灌了好几口水，他的眼睛很疼，他需要氧气，却不敢呼吸。他挣扎着想要浮上去，却挣脱不开杜恩的钳制。他拼命扭动身体，用力摆动双手双脚划水。最终，还是杜恩把他拉了上去。在整个过程中，杜恩都没有任何恶意，并不想伤害他。这就是爱吗，杰斯心想，神呀，快帮帮我吧！还是说，杜恩的心声能对我撒谎？

“别咳嗽。”杜恩说，“把水喷得到处都是。”

“你要干什么？”杰斯问。

“这是堂教学课，让你明白被包围是一种怎样的感觉。”

“我早就知道。”

“现在更清楚了。”杜恩平静地说，继续这堂游泳课。

杰斯很快就学会了，至少是简单的仰泳姿势。人造太阳正在落山，天空变成了淡粉色。杰斯仰面浮在水上，划水的幅度刚好维持移动。“我以前从没见过日落。”

“相信我，首星真正的日落不是这个样子。这颗星球的天空经年都下着暴风雨，非常潮湿。日落时分高处的天空是紫色的，橙色代表中午，而蓝天，根本不可能。”

“那这个地方模拟的是哪里？”

“我的家乡。”杜恩说。杰斯捕捉到了他的回忆，杜恩的家乡是一颗名叫加登的星球，这个房间只是模拟了小小的一角。杰斯看出杜恩十分怀恋家乡起伏的群山、浓密的树林、一望无际的草地。

“你为什么要离开那里？”杰斯问，“又为了什么来到这里？”

权力是我唯一的天赋，杜恩心想。詹森继续读他的心声。如何得到权力，如何利用权力，如何毁灭权力。人只能前往他的天赋派得上用场的地方，首星是我命定要去的地方。不管多恨它，多想毁掉它，我都得来到这里。首星是我的安身之地，至少现在是。

接着，杜恩的想法突然变了。杰斯听到他在远处上了岸。杰斯努力向岸边游去，可他动作笨拙，速度又慢；他想站起来，可湖水太深，他只好变回仰泳的姿势。游泳（其实只是漂浮）占用了杰斯大部分注意力，尤其是这会儿他很害怕，所以压根儿顾不上去读取杜恩的思想。就因为这个，他才教我游泳，他才带我到这儿来。他是要让我分心，让我不知道他在想什么，预见不到他的下一步行动，他把我当成了傻瓜。他现在在想什么？他设下了什么陷阱？

他终于抵达岸边，杜恩却穿过花园墙壁上的一扇门，不见了。杰斯急切地搜寻他的思想，搜索危险，发现等待他的，是一只爱斯托利亚戾兽。那是种小型有袋动物，牙齿像剃刀一样锋利。他看到了杜恩的一段记忆：一只戾兽以近乎光速跳上一头奶牛的乳房，在那之前，奶牛甚至都没注意到它的存在。戾兽用爪子钩住乳房，悬了一会儿，跟着消失了——它向上钻进了奶牛的身体，鲜血从伤口里汩汩流出。一切发生得太快，奶牛这时才反应过来，它颤抖着跑了几步，就趴在地上死了。戾兽慢慢地从奶牛嘴里爬出来，大口喘着气，行动迟缓，身体鼓胀。杰斯看过书里对戾兽的记载，知道它们的习性，以及它们彻底摧毁了爱斯托利亚星球上的第一个移民地，即便是现在，人类也只能靠超声波栅栏将它们控制在保留地里活动。

为什么杜恩的脑子里会出现爱斯托利亚戾兽？因为此刻，他将一只戾兽放进了这片森林，而戾兽唯一会感兴趣的猎物就是杰斯。此时杰斯就在湖边，赤身裸体，手无寸铁。然而，杰斯在杜恩心里找到的只有好意。他害怕极了：杜恩是为他好，却不知道他该怎样在那头小兽面前保住小命。

戾兽就趴在离他不到二十米外的一根树杈上。杰斯站在那儿，一动不动。他记得戾兽主要依靠气味、声响和运动来识别猎物。他急切地思索，怎样就地取材来防身。在想象中，他从岸边抄起一块石头，可还没来得及挥起石头，那畜生就一跃而起撕下了他的手臂。

戾兽动了动。它的动作快得令人几乎看不见，只知道它已经下到了草地上，离他只剩十米远。

手上被靴子弄出的伤口突突作痛，这提醒了杰斯：我身上有血腥味，不管动不动，它都会扑过来。

戾兽又动了，前一秒还在，下一秒就不见了。它现在离他不到两米。杰斯拼命探索那只动物在想什么，他很容易地读到了戾兽对这颗星球的模糊印象，却根本搞不清那些乱七八糟的冲动是什么意思。在戾兽采取行动之前，他根本不可能预见它的行动。心灵感应派不上用场，他又手无寸铁。

突然，左小腿一阵剧痛。杰斯俯下身，想把那小动物拔下来。有那么一刻，戾兽紧紧贴在他的小腿上，依然在用牙洞穿他的腿；跟着它突然松开了，在不到一秒钟的时间里吊上了他的手臂，开始钻进上臂的肌肉。杰斯的腿顿时鲜血喷涌，他惨叫着，挥起左手攻击戾兽。他的每一拳都击中目标，却毫无效果。

我要死了！杰斯在心中呐喊。

然而，尽管他疼得要命，并且恐惧更甚于疼痛，但他求生的本能依旧强烈。他本能地意识到，戾兽这样从自己身上的一个部位跳到另一个部位，迟早会咬断他的主动脉，或是钻进没有骨骼保护的腹腔，吃掉他的内脏。不过，戾兽每吃下一块肉，行动也相应变得迟缓。只要杰斯能保住性命，戾兽就会失去那闪电般的速度。但随着鲜血从两个大创口不断外流，他越来越虚弱，而且就算戾兽的速度慢下来，他也没有一击致命的武器。

他扑倒在地，绝望地想用体重压死那畜生。可戾兽分毫无损，它骨架柔韧，杰斯刚一滚开，它的身体就弹回了原样。

但这好歹赢得了一点时间。它从杰斯身上剥离了，速度也打了折扣。杰斯爬起身，发足狂奔。

左腿的重伤拖慢了他的速度，还没跑出三步，戾兽就再度发动攻击。它扑向杰斯的后背，咬住了肩胛骨下方的肌肉。

杰斯立即向后倒地。这次，戾兽被压得锐叫一声，弹开了。杰斯又围着湖边跑了起来。这回，他跌跌撞撞跑出有十几步远，戾兽才再次咬住他，开始撕扯他的屁股。吃痛之下，杰斯再也跑不动了，扑通跪倒在地，发现自己离湖水只有几米。此前他一直本能地在避开湖水，但是，或许——

他拖着左腿，向湖水爬去。戾兽吃掉了他大腿上的很多肌肉，整条腿除了疼痛没有任何感觉。杰斯终于爬到水边，戾兽也终于啃到了他的骨头。

我没法游泳了，杰斯心想。

哦，行啊，或许戾兽也不会游泳。他心底那个冷静理智的部分回答道。

杰斯已经无力漂浮，他只是蜷缩在水下，屏住呼吸，努力不去在意腿、屁股、手臂和后背传来的剧痛。戾兽正沿着盆骨边缘撕咬他。他的理性强调着事实：至少这样一来，戾兽会远离他脆弱的肛门区域。肌肉受伤还能愈合，我能活下去，肌肉受伤还能愈合，他一直重复着这句话。这个信念支撑他屏在水下，哪怕浑身剧痛，且几近窒息。

然后戾兽停止了啃噬。它从杰斯的屁股里脱落了，杰斯一把抓住它，摸索着它的脖子。戾兽的速度慢了，杰斯死死卡住它的喉咙。这会儿，他把脑袋探出水面呼吸，却依旧拼命将戾兽按在水下。空气涌进，他感觉肺部疼得火烧火燎，几乎再次栽进水里，可依然没有松开正缓慢扭动的戾兽，手指掐得死死的。他摆起双手手肘和那条好腿，向湖岸游去。水越来越浅，他可以将脑袋探出水面，不用站起来。戾兽呕吐起来，水里漂起杰斯那些未被消化的血肉，把湖水染成了黑红色。戾兽终于不动了。

杰斯凝聚起力气，将那软绵绵的小动物扔向湖心，自己一头栽倒在湖岸上，整张脸扎进了淤泥，流着血的腿和臀部依旧浸在水里。救命，他想，我就要死了。没人听到，他不再求救，只是趴在那儿感受着鲜血从身体里涌出，漫过湖岸，流进湖水，将所过之处染成红色，将他的整个身体染成红色。血都流干了，他感觉身体里空荡荡的。

四

魔鬼

The Devil Himself

冬天快到了，活儿堆积如山，所以即便两个陌生人早就付够了钱，拉瑞德的写书工作也只能放一放；所有闲着的手都必须忙活起来，以确保有足够的食物和燃料越冬。一旦开始下雪，后果就非同小可。再说，他们如今没有了天使的守护，干什么都得格外小心，自从痛苦降临，什么可怕的事情都有可能发生。拉瑞德每天醒来，都不知道今天是要用手握笔，还是要俯下身去干重活儿。有些日子，他盼望握笔，还有些时候，他宁愿去干活儿；可不管当天的活儿如不如意，他都会尽全力完成自己的工作，即便他所写的故事让人痛苦不堪，即便梦中呈现的往事让他几乎喘不过气来。

就在拉瑞德写下杰斯大战戾兽的当天，下午晚些时候，下了今年的第一场雪。那天，大雪似下不下，犹豫徘徊了一整天。天空阴沉晦暗，詹森在中午就点起一根蜡烛，为拉瑞德照亮笔端。拉瑞德终于完成了这段故事，刚把墨水和羽毛笔放在一边，修补匠手推车的声音就在父亲铁锤敲击的伴奏下响了起来。老话说，修补匠来了，大雪也就来了。事实上，修补匠怀蒂一年会光顾几次，可他总会提前安排好，赶在第一场大雪降临前抵达平港村，所有人都知道。

詹森正用亚麻布吸干羊皮纸上的新墨迹，这时，楼梯上响起萨拉咚咚咚的脚步声：她个子太小了，只能两只脚迈同一级台阶。“修补匠来了！”她喊道，“修补匠来啦，今天大雪要落地啦！”

自痛苦降临以来，这个世上总算还剩下正常的事，真值得稍稍高兴一番。拉瑞德扣上笔盒。他的字很小，很漂亮，很省纸张，到现在第一张羊皮都没用完。詹森将羊皮纸收到一边。

“今天干得不错。”詹森说，“我们写完了第一部分。我想，这对我可能是最糟糕的一部分。”

“我得去给修补匠铺床了。”拉瑞德说，“他会住一整个冬天。他擅长修风箱，还能把山羊皮袋做得跟囊一样密封。”

“我也能。”詹森说。

“你还得写书。”

詹森耸耸肩，“写书的人是你才对。”

拉瑞德从阁楼的架子上取下两个褥套，两人一起跑过旅店的院子，甚至都没穿上外套，雪片正哗哗下落。今年已经下过两场小雪，都没积起来，而这会儿雪已经积在了草地和树叶上。他们走进干草棚，里面堆满了一整年积累的干草，有股霉臭味儿。拉瑞德径直走到铺床用的草堆边，这些草最干净。两人开始填塞褥套。

“修补匠有两张褥子，为什么我只有一张？”詹森问。

“修补匠每年冬天都来，修东西不收钱，住宿也不付钱，这样他就跟我们的亲戚一样。”你永远也成不了我们家亲戚，因为母亲不喜欢你，拉瑞德心说。他当然知道他能听到。

詹森叹口气，“今年的冬天会十分严酷。”

拉瑞德耸耸肩，“有人说是，也有人说不是。”

“会是的。”

“树上的毛虫长了毛，灰色的鸟儿从我们头顶上飞过，到更远的南方去过冬了。可——谁知道呢？”

“我和贾斯蒂丝在来的路上检测了天气，今年将会是个十分寒冷的冬天。”

没人能预测那么久远以后的天气，可拉瑞德早就习惯不大惊小怪了。“我会把这个消息告诉父亲。伐木的时节一到，我就得离开一阵子了。你知道吗，我们总是在第一场雪降临的时候伐木，这个时候树木的水分最少。”

“你写了这么久，应该休息一下。”

“我写得越多就越顺手。现在我很容易就能想起合适的词句。”

詹森用怪怪的眼神看着他，“你觉得，那个故事是什么意思？”

拉瑞德不知道怎么回答才不显得傻里傻气。他将褥套顶部折叠了一下，“别填太多，不然就不平了。”

詹森也学着折叠了一下他那个褥套，“要是能装点影子蕨，就不会有跳蚤了。”

拉瑞德做了个鬼脸，“都下雪了，上哪儿找影子蕨去？”

“我看是有点迟了。”

这会儿，拉瑞德鼓起勇气，插了一个问题，“杜恩是魔鬼，对吧？”

“曾是，他已经死了。至少，他答应过我会死的。”

“可真的死了吗？”

“魔鬼？”詹森将褥套举到肩膀上，像矿工在扛麻袋，“撒旦，对手，毁灭者，上帝计划的破坏人——不错，他是，”詹森笑了，“却是出于善意。”

拉瑞德带头穿过院子，走回屋内，爬楼梯来到修补匠的房间。“他为什么要放戾兽出来攻击你，是想要你死吗？”

“不。是想要我活。”

“那为什么？”

“想看看我有多大价值。”

“差点就一毛不值了，要是你败给戾兽的话。”

“我一毛不值了整一年——那之后过了一年我才康复。我的屁股到现在还会疼，比如说，永远别叫我长跑，我坐下来都得微微倾斜才行。”

“我知道。”在第二个晚上，拉瑞德就注意到詹森坐椅子时总是向左偏一点点，“我还知道别的。”

“什么？”詹森先将褥套抛到床上，他们一起把褥子铺平。

“我知道，有堂兄拉达曼德的记忆在自己的脑子里，是个什么滋味儿。”

“是吗？”詹森显得很不开心，“所以我才坚持让贾斯蒂丝将那段故事用梦境的方式告诉你，而不是在你清醒的时候——”

“那些事情太清晰了，一点也不像做梦，我感觉那是我自己的回忆。有些时候，我早晨醒来，看到那些木条墙壁，就想我们真富有，竟拥有真正的木头；但跟着又想，我们真寒酸，脚下竟是泥土地面；还有些时候，我来到父亲的铁匠铺门前，竟会伸出手掌到读卡器上扫描。”

詹森哈哈大笑，拉瑞德也笑了。

“最重要的是，光是萨拉、母亲、父亲站在那儿，都能吓我一大跳，就好像你的记忆比我自己的还要真实。我经常假装能看见他们的思想，就好像我在你的记忆中时那样；我看着他们的眼睛，有时候甚至觉得知道他们接下来会干什么，”拉瑞德将他的那床褥子铺在詹森的褥子上面，“只可惜，他们从没做过我以为他们会做的事。”

“我希望能跟你一样。”詹森说。

“我才希望能跟你一样呢。”拉瑞德答。

“我想，杜恩放出戾兽并不是要害我，而是给我一个机会重整自己的记忆。与死亡如此近距离地接触、体验了钻心蚀骨的剧痛，这些经历重新定义了‘真实’，其他人留在我心里的记忆就没那么容易混淆了。我现在依然不怎么正派——说实话，直到现在我仍为对母亲做过的事悔恨——仍旧对我所记得的、拉达曼德干过的事心怀愧疚，可那些都不再重要了。从那一刻开始，我把自己的人生分为遇到杜恩前，和遇到杜恩后。他为我制定了计划，洗掉了图尔克给我抹的污点，将拉达曼德的罪行公之于众（唯独没说他是天贼），把我那亲爱的堂兄送去了某颗小行星。再接着，他把我训练成了星舰飞行员，就像我父亲一样。”

“贾斯蒂丝还没把那段记忆带给我。”

“她不会了。我们避免用无关紧要的事情搞乱你的记忆。我成为星舰飞行员的过程没什么特别，只是比其他人优秀一点而已。但是，对我来说最困难的，是确保赢得的每一场战斗看上去都是依靠机智，而不是天赋能力。我就那么坐着，清楚敌人接下来的一举一动，却不能随心所欲地施展自己，去救尽可能多的人。为了自保，我必须经常坐视敌人滥杀，等时机成熟再出手。我问你，拉瑞德，一边，是能救一百人，但必须暴露我是天赋，然后我也得死；另一边，是隐藏我的超能力，一次只救五十人，确保自己能活下来，再去救第二个、第三个、无数个五十人。哪边比较好？”

“这得看，我是在得救的五十人中间，还是属于死掉的五十人。”

詹森皱起眉头。他们一起把亚麻床单铺在褥子上，把床单边缘塞到褥子下面。“修补匠有亚麻，而我只能睡在羊毛上？”

“羊毛更暖和。”

“亚麻不会叫人发痒。”

“你不喜欢我的回答？”

“我讨厌你的回答。答案并不取决于你是死是活，而是取决于哪边正确。哪边正确，哪边错误，不取决于你的个人好恶，从来不是。如果一切都以自己的好恶为标准，这世上也就没有什么对错了。”

拉瑞德既羞愧又生气，生气是因为詹森让他羞愧了。“想保命有什么错？”

“狗也想保命，你是狗吗？只有当你更重视自己生命之外的东西时，才算是一个人。你为之生、为之死的目标越是伟大，你就越伟大。”

“当戾兽咬你屁股的时候，你为什么而活？”

詹森先是一脸怒气，但跟着就笑了。“当然是为了保住小命。一开始，我们都跟动物没两样。我当时就想着要活下去，去做非常重要的事情。”

“比如为一个流浪的修补匠铺床？”

“没错。”

“你已经能把我们的语言说得比我还好了。”

“我学过十几种语言，你们的语言本质上就是我的母语，是首星语言的进化版本。所有的模式都没变，词汇模式的变化也没有出乎意料之处。这颗星球是首星的一个移民地，是在艾伯纳·杜恩的计划下建成的。”

“要是小孩子捣蛋，他们就说，‘艾伯纳·杜恩今晚会来偷走你所有的羊！’”

“魔鬼艾伯纳·杜恩。”詹森喃喃道。

“他不是吗？”

“他是我的朋友，也是所有人类的真正的朋友。”

“你刚不是说，他是魔鬼吗？”

“也是魔鬼。让痛苦降临的人，你还能叫他什么呢？”

拉瑞德又记起了（近来他记起的次数越来越少）柯兰妮的惨叫，鲜血汩汩地从伤者身上往外流，还有那个惨死的老文书。

“你永远没法原谅他，是吗？”詹森问。

“永远。”

詹森点点头，“为什么？”

“我们以前多幸福啊。以前，一切都那么美好。”

“啊。在艾伯纳·杜恩毁灭帝国、唤醒休眠者的时候，一切都不怎么美好。对于当时的每一个鲜活生命而言，生活从此不是空虚就是充满了苦难。”

“还指望他们感谢他？”

“人们永远觉得从前更美好。”

拉瑞德这才意识到，自己犯了个错误。根据以前的梦境，他一直觉得杜恩是詹森的敌人，现在才知道，詹森爱那个男人。一想到詹森·沃辛爱那个魔鬼，拉瑞德惊惧不已。我是在帮魔鬼的忙吗？我应该马上住手。

詹森和贾斯蒂丝自然听到了他的心声，可他们没有反应，甚至没告诉拉瑞德他自由了。静默，是他得到的唯一回应。或许我该住手，他想，让他们去其他村子，另外找一个不识几个字的愚蠢文书。

等做完下一场梦，我就甩手不干了。

拉瑞德是平港村的护林人，得去森林里待上一周时间，今年詹森也一块儿去。拉瑞德不喜欢这差事。自从九岁那年起，他每年冬天都得去剥一个星期的树皮，为全村的冬季伐木做准备。这意味着，一连几天，他都得在森林里游荡，勘查适宜砍伐的树木，探明动物们冬眠的藏身之地。他比村里任何人都了解那片森林，每年冬天都会看到熟悉的地方变得光秃秃的，变得不再熟悉。在森林里的每个下午，他都得用枝条和灰泥搭建一座简易的小屋，晚上一个人睡在里面，四周静悄悄的，只有自己的呼吸声做伴。有时，他一早醒来，发现哈出的热气会瞬间凝成一团白雾；有时，整座森林会漫起浓浓大雾；还有些时候，漫天大雪会抹掉所有的小路，逼得他用脚在这个新世界里踏出一条条新路。

可今年詹森会陪着他，因为铁匠的坚持要求。

“今年一切都不同了，”父亲说，“从前，我们有天使守护。可如今，我们就和动物没两样，严寒会要了我们的命，迷路、饿肚子、某样工具造成的伤口，都会。到时候谁能给你止血？今年，我们到任何地方都得至少两人同行。詹森没其他活可干，也有这个能力，所以他得陪你去。”父亲瞪着詹森，谅他也不敢还嘴。詹森只是笑笑。

就那么点活儿，根本用不着两个人。拉瑞德从夏天起就在留意树木的长势，知道今年该砍哪些。问题是，这些树分布得太散，拉瑞德没法指定一棵留给詹森，而自己去剥另一棵的树皮。要是他俩剥同一棵，詹森就显得碍手碍脚了。到了第一天的中午，拉瑞德明确表示用不着帮忙，詹森只好小心翼翼地保持距离。地上只有薄薄一层积雪，而且有的地方有，有的地方没有。詹森从树上、石头上采集苔藓，分类，然后放进一个大羊毛袋子的不同口袋里。他趁拉瑞德写书时，给自己缝制了那个羊毛袋。一整个下午，他俩谁也没说话，但拉瑞德总能觉察到詹森就在附近。拉瑞德剥起树皮来又快又熟练，脚步移动起来比平时还要敏捷。他跪在树前，将凿子楔进树皮，再用锤子轻敲凿子，跟着绕树一周，用铁制的专用工具将树皮拉下来；那工具是他画下图纸，请父亲打造的。在拉瑞德接任护林员之前，人们得在树上切两道平行的口子，那就意味着两倍的工作量；而用拉瑞德发明的工具，只需一道工序，就能将一圈树皮扒下来，确保这些树在人们于深深的积雪中开伐前就已死去。转年，树桩上会长出新的嫩芽，拉瑞德例行的工作还包括剪掉那些嫩枝，将其晾干、塑形，用来做成柄、把手和篮筐，物尽其用，没有丝毫的浪费。拉瑞德对自己的工作成果很骄傲。

他工作得太专心，以至于太阳都落山了，他才意识到还没搭建过夜的小屋：以往他从未在第一天就剥完这么多棵树，也没有一个詹森·沃辛一直跟着他。这会儿，他早已把从前那些第一晚过夜的小屋残骸抛在身后，也不想回去找；去找第二晚的小屋也不实际，距离太远；再说，他已经习惯了每次在第二天的清晨，沐浴着明亮的阳光攀上布林蒂河的石壁，晚上爬峭壁就太危险了。因此，他这会儿急需詹森过来搭把手，尽快建起一座小屋过夜，而且不像以往那样有现成的材料。

他刚一想到，詹森就来到了身边；他不说话，面无表情，静待指示。拉瑞德选了一棵合适的大树，有一根既矮又长的树杈适合做屋梁，距离一棵理想的柳树也近。詹森点点头，拔刀从树上开始割枝条。拉瑞德发现，詹森不仅知道该干什么，而且爬得更高，割下的枝条更长。收集到足够编框架的枯树枝后，拉瑞德就到河边开始掘淤泥。他用短铲挖出淤泥，再用木碗给淤泥泼水，干起来特别冷。可他做得飞快，等詹森编好又大又结实的枝条构架，拉瑞德的泥也准备就绪了。

詹森一次搬来一个框架，很快就学会了拉瑞德涂抹淤泥的方法：抓几片大落叶，舀起淤泥，将覆有淤泥的叶子轻拍在框架上，再等淤泥风干。混上树叶，能使这种泥土糊的墙更厚更保暖，防水性更好。他们合力将糊好泥的框架搬到大树边，靠在大梁上。詹森割下的柳条都足够长，能建起更宽敞的小屋，里面足够两个人睡。

他们另外砍了几棵树苗来加固屋门，又把拉瑞德带来的绵羊皮挂在门上。天早就彻底黑下来了，他们在小屋前点起一团火，烧开了水，炖了香肠，热热乎乎地饱餐了一顿，以便晚上睡个好觉。拉瑞德去清洗锅碗，他回来的时候，詹森已经躺在帐篷一侧睡着了，留下半边空间给拉瑞德铺毯子睡觉。小屋很不错，拉瑞德发现自己也根本不介意詹森打呼噜。他俩一整天都没说话。森林一派沉寂，只有猫头鹰咕咕叫着夜出捕猎，还有一头熊仔经过。

同每年冬天进森林的头一晚一样，拉瑞德这次也在睡前琢磨着：我干吗还要回平港村？为什么不在这儿过一辈子？

当晚，梦境到来。但不是关于詹森·沃辛。头一回，他收到的以记忆形式呈现的，不是詹森的故事。

是艾伯纳·杜恩。

他坐在一张桌边，面前呈现着一个世界，或者说，是一幅地图，上面用不同的颜色标注着各个国家。他按动按键，不同的颜色汇聚到那个星球上，为他展现不同的面貌。杜恩端详着那个星球，意识到一件美妙的艺术品正在成型。那是种游戏，仅仅是一个游戏，但玩家中出现了一位旷世奇才。赫尔曼·纽伯，电脑玩家注册信息说。赫尔曼·纽伯当时正在休眠期间，他主导的“意大利1914”已经成就了世界霸主的地位，其帝国联盟和附庸国的疆域世所未见。

纽伯的意大利是个独裁国家，但有意识地呈现仁慈的一面。在每一个附庸国和被征服的地区，叛乱都会遭到最无情的镇压，而忠诚则得到丰厚的奖赏；税负并不高，当地人的习俗和自由得到尊重，计算机模拟下的民众过着舒适的生活；叛乱没有任何好处，还会失去一切，因此政府根基深厚，以至于即便在纽伯休眠期间那些滥竽充数的玩家犯下愚蠢的错误，也不能撼动意大利的地位。

杜恩原先对“国际游戏”没多少关注，仅把它视作一项消遣，就跟浪费一点点时间，看没完没了的三维全彩真人秀一样，不外乎无聊又纵欲过度的人们重复着爱和人生，沉闷至极。他忙着构建自己的权力网络，将他的移民部助理部长办公室打造成了世界的中心。可是，周围有太多的人在谈论纽伯的意大利。纽伯很快就要从休眠中醒来，这一次，他将征服整座星球。赌注押得很大，可玩家赌的是这场游戏结束的日期，而不是纽伯能否成功。他当然能成功。在“国际游戏”有史以来，只有纽伯一人，能从贫乏如斯的位置起步，在这么短时间内建立起如此强大的帝国。这就是完美。终极帝国。

杜恩要亲眼看看。

他仔细研究了几个小时：他们说的是真的。那种政府可以永远屹立不倒。这是一个全新的罗马帝国，相比之下，从前的罗马帝国显得那么短暂而微不足道。

真是个不小的挑战，杜恩心想。

在梦中，拉瑞德洞悉了赫尔曼·纽伯构想出并实现的那件艺术品。他在睡梦中大喊，反对着杜恩的计划。可梦境继续，他无能为力。

艾伯纳·杜恩出手买下了意大利，他买下了玩那个国家的权利。很贵，因为玩家市场出现了非法投机，价格水涨船高，这么做是为了逼纽伯多付钱来回购主导权。可杜恩不打算讹纽伯的钱，也不想再卖掉意大利。他将其视为一次演习，试验他在现实中的计划是否可行：他要试试他能在多大程度上毁灭这个世界的秩序。

他很小心地玩着游戏。拉瑞德觉得自己能理解杜恩的目的。他卷入没有意义的战争，让废物统率军队，把仗打得乱七八糟，但不至于太愚蠢，以免遭遇惨败。他慢慢地削弱军队，挖空帝国的财富。

他还悄无声息地腐蚀帝国的内部。对管理监督不作为，做出愚蠢的决定；对政府机构施加影响，助长腐败；赋税不公，堪称反复无常。被征服的国家遭到了更大程度的滋扰。宗教迫害；强行推行意大利语，歧视某些工作和教育团体；实施严格的出版限制；设置出入境壁垒；没收农民的土地，扶持贵族死灰复燃。总之，他做了所有能做的事，让纽伯的意大利走上帝国的老路。只有杜恩一个人能安排时间，控制一切。他精心观察，确保民怨慢慢地积累，他镇压叛乱，不让反叛势力成气候，只维持在小打小闹的水平。他在等待时机。我要的不是间歇泉，我要的是能毁灭整座星球的火山爆发，杜恩对自己说。

只有一件事是纽伯的意大利有，而杜恩的首星没有的——天主教。那是一股凝聚力，至少将统治阶级拉拢在一起，确保他们以共同的视野看待整个世界。对于艾伯纳催生出的这个腐败帝国，他们还能坚信希望，就得益于完整而正直的教会。

就像森卡，就像休眠室，是首星以及“大千星球”的统治阶级共同拥有的希望和信仰。进入休眠，因此能比那些没有资格的可怜虫活得更久；休眠室的管理人员全都清正廉直，所有人对此深信不疑；只要我成就非凡，真正有资格得到森卡，我就会得到它；无人能收买森卡，不能要求，不能诱取，不能骗得；唯一的获取途径就是公认的成就。只有这样，才能维持大千星球帝国于不坠，即便它早已千疮百孔。人们信仰休眠室，它有资格最终判断人们的功过，将永生的权利授予配得上的人。

我将摧毁你，艾伯纳·杜恩心想。梦中的拉瑞德打了个寒颤。

彻底摧毁纽伯的意大利的时机出现只是时间问题。与此同时，赫尔曼·纽伯从三年的休眠中醒来——只有身份尊贵的人能享受这样的待遇，休眠三年，清醒一年，一个人凭此可以活四百年。纽伯创造了一个梦幻般的帝国，为自己赢得了尊荣。

纽伯当然要买回意大利，继续这个游戏。可杜恩不卖。纽伯的代理人坚持不懈，出价也慷慨，可他无意让意大利得救；纽伯甚至用起了暴力手段，雇打手去吓唬他。可那些打手都是杜恩的手下，他派那些打手去找纽伯，告诉他们，纽伯让他们怎么对杜恩，他们就怎么对付纽伯。看起来十分公平。

可并不公平。纽伯不是傻子，他看得出杜恩对他的帝国都做了什么。他花了七年的清醒时间（相当于二十八年游戏时间），才将意大利建造成名垂国际游戏青史的奇迹，而杜恩想毁掉它。他的手法绝不笨拙，反而十分娴熟，时机无一例外经过精心选择，手腕强硬，但严格限制在足以激起叛乱和重组的尺度之内。他在慢慢培养革命的能量，等到它爆炸的那一天，意大利将被从版图上整个抹去，彻底毁灭，没有任何重建的可能。等杜恩实现了他的计划，意大利将一点不剩，没什么可供纽伯购买和重建的了。

终于，时机成熟了。杜恩做了一件简单的事，只此一件就够了：一直以来，他暗中助长教会核心的腐败堕落，如今，将它公之于众。这个消息引爆了愤怒与厌恶，撕毁了纽伯的帝国正统和正派的最后一点伪装。电脑系统不知道对此该做何反应，只好立即爆发了势不可挡的叛乱。中下层的怨恨与贵族的熊熊怒火此刻汇聚在一起，即刻采取行动。意大利完了，帝国瓦解了，军队哗变了。

混乱持续了三天，然后，就没有然后了。游戏中再也没有意大利这个国家。

就连杜恩自己都瞠目结舌。“国际游戏”固然是简化模式，却通过精密的算法对现实做了高度模拟。

我会再来一次，杜恩心想。成型的模式在他心底铺展开来。宇宙革命的种子早已撒播，帝国已经腐败到骨子里，只靠森卡带来的虚假希望勉强维系着一切。于是，杜恩只需要将革命拖延到他准备充分的那一刻，推迟到一切同时爆发，推迟到革命不仅会推翻政府，还会毁灭一切，甚至割断连接一个个星球的纽带的时候。星际旅行必须被一起终结，否则所有努力都毫无意义。

命运对杜恩的计划一直青睐有加。他偶尔会觉得，即便没有他的所作所为，这个世界也会朝着他所期望的方向滑落。这就是操纵世界带来的微小不完美：你没法看到另外一种可能。或许，我并没给这个世界带来任何变化；可又或许，我带来了翻天覆地的变化。他开始一步步地腐蚀休眠室。纵容通过森卡进行暗杀和操纵；允许金钱和权力染指休眠等级；坐视记忆泡沫被篡改甚至毁坏；让权贵们觉得他们可以随心所欲地支配休眠室。当丑闻最终被踢爆时，愤恨将会喷涌，民众将会爆发，就连休眠药的使用者也会起身反抗休眠室。到时候，休眠药将被彻底废除，即便在星际航行中也不再使用，连合法使用都将不被容忍。

我能做到，杜恩满意地说。

但他是个有良知的人，即便是按照他自己的标准。当一切尘埃落定时，他去看望赫尔曼·纽伯。那个人看着自己一生的心血无故被毁，受到了严重打击。

“我做过什么，对不起你的事吗？”纽伯问。他看起来老态龙钟，或者说终于疲倦不堪了。

“没有。”艾伯纳说。

“你打赌意大利覆灭，赢了很多钱？”

“我没下任何赌注。”下注能赢的钱他根本看不上。

“既然没好处，你为什么要害我？”

“我不想伤害你。”

“那你觉得你是在干什么，老兄？”

“我知道会伤害你，赫尔曼·纽伯，可那绝非我的目的。”

“那你的目的到底是什么？”

“终结完美。”艾伯纳说。

“为什么？我的意大利哪里招惹了你，让你那么恨它？究竟是怎样的低级趣味，让你那么喜欢毁灭完美？”

“我并不指望你的理解。”艾伯纳说，“如果你能拿下主导权，这场游戏就将结束，游戏中的帝国将陷入停滞——另一种状态的灭亡。我不反对你所创造的美丽事物，只是反对那个美丽的事物永远停滞。”

“那么说，你热爱死亡？”

“正相反，我只爱生命。可生命只有在能够死亡的前提下得到延续。”

“你是个魔鬼。”

杜恩默认了。我是来自冥府的魔鬼。我是撼动大地的波塞冬。我是横行于星球地心的蠕虫。

拉瑞德哭醒了，詹森拍拍他的肩膀。“那个梦，很糟糕吧？”他小声说。

过了好一阵子，拉瑞德才意识到自己不是在首星那颗塑料星球上，而是在用倾斜的框架搭建成的森林小屋里。詹森探过身来，光线从蒙着羊皮的门的边缘漏进来，屋里很昏暗，也很暖和。拉瑞德立即发现夜里下雪了，小屋四周盖上了厚厚一层雪，使他们身体散发的热气不流失。枝条框架已经出现深深的凹陷，很快就会垮塌，已经不适合做来年重建小屋的基础。眼前的险情驱散了拉瑞德的梦境，或者是至少暂时将其压制住，让他不再悲伤。

到了那天上午稍晚的时候，拉瑞德向詹森提到了那个梦。已经下雪了，干起活来又冷又费力，拉瑞德现在需要这个男人在身边帮手，他让詹森操持爪形工具，他一剥掉树皮，就去伺候下一棵树，让詹森沿着雪中的足迹去找他。最后，当他们来到悬崖边时，才有时间聊两句。

"非爬不可吗？"詹森看着白雪覆盖的崖壁问。

"飞过去也成。"拉瑞德说，"倒是有条近路，可雪天走太危险，就是顺着倾斜的裂缝爬上去。"

"我年纪大了，"詹森说，"可不敢担保能爬得上去。"

"你能行。"拉瑞德说，"因为别无选择。你不知道回去的路，而我一定会爬。"

"你真好，这么关心我。"詹森说，"要是我掉下去，你是会爬下来帮我，还是把我丢给狼群？"

"当然是爬下去了，你以为我是什么人？"他的怒火爆发了，"要是你再让我梦见那种情形，我就杀了你。"

詹森露出惊讶的神情。他当然清楚拉瑞德的感受，但为什么会惊讶？

"我原以为，做了那个梦，你就能理解杜恩的意愿。"詹森道。

"了解他？他是魔鬼！是他送来了痛苦降临日！他一发现哪个世界既平和又美丽，就会毁掉它！"

"他和痛苦降临日没半点关系,拉瑞德，他早就死了。"

"如果他还活着，一定会。"

"对。"

"他还会到这里幸灾乐祸一番，看看在他的一手安排下，我们受了多少苦。就像他对待纽伯一样！"

"对。"

跟着，他又想到一件事，比他第一次领悟还要恐怖。"他可能到这里来，就像你和贾斯蒂丝一样？"

詹森什么都没说。

拉瑞德站起来，跑到悬崖边，沿着裂缝开始向上爬。顺着裂缝爬并不安全，甚至很危险，可这是唯一的近路。以往只有在岩壁是干的，他又光着脚时，他才选择爬裂缝。

"不要，拉瑞德，"詹森说，"那样爬太危险！"

拉瑞德没有回答，爬得更快了。他费很大劲才能找到抓握点，双脚直打滑，爬得越高越危险。可拉瑞德不在乎。

“拉瑞德，我能从你的记忆里找出安全攀爬路线，你这样冒险伤害不了我，只能伤害你自己。”

拉瑞德停下，紧紧贴在岩壁之上。“一个好人会主动伤害的，也只有自己！”

于是，詹森跟在他后面爬了上去。他也没有选择那条安全路线，一点点地跟在拉瑞德后面，爬到了悬崖最危险的那部分。

拉瑞德没有罢手，也没法罢手了：往下爬远比往上爬危险得多。于是，他继续努力攀爬，只是速度放慢了许多，愈发小心了；他尽力拂去每一个抓握点和立足点上的雪，尽量为詹森扫清道路，以便他能安全一些也轻松一些。终于，拉瑞德爬到了悬崖顶部，他伸下手去，拉了詹森一把，帮他爬过最后一段艰难的距离。他们一起跪坐在悬崖边，俯视下方的森林，能看到远处平港村的田地和炊烟；身后的森林和以往一样，依旧那么深，只呈现黑白两色。

“接着剥树皮？”詹森问。

“我不要再梦见杜恩了。”拉瑞德说。

“没有他，故事就讲不下去了。”詹森说。

“不要再梦见他，我恨他。我再也不要混淆进他的记忆，觉得自己就是他。不要再梦到他。”

詹森不语，端详了他一会儿。你在读我的思想，对不对！拉瑞德默默地喊道。很好，那你就好好看看，我可不是闹着玩的！我永远也不会原谅杜恩干的那些勾当——

“你难道一点儿也不明白，他为什么要那么做吗？”

我不想明白。

“所谓人类，不光指数十亿条血肉之躯，我们源自同一个灵魂。而那个灵魂，死了。”

“他杀的。”

“正相反，是他救活的。他保存那个灵魂，化为很小的分支，这些分支需要改变，需要成长，最终独立成材。我和杜恩时代的帝国号称大千星球帝国，但那只是个虚名，虽然的确有三百多个星球有人类居住；而杜恩带给人类的远不只是毁灭，他把‘大千世界帝国’变得名副其实。他派出上千艘移民星舰，将人类的种子送到远离首星的宇宙边缘，于是，当终结的那一天到来时，在他毁灭首星、中止星际旅行的那三千年里，宇宙中真的出现了一千个星球，就像一千颗蜘蛛卵，每一颗都繁衍出数十亿人类，他们都在彼此隔绝的环境下产生各自的文化，每一个人都能找到属于自己的为人方式。”

有多少人会感激他？或许，像柯兰妮的母亲一样高兴？

“从那时起，已经过了一万多年，他的名字像魔鬼一样遭人唾骂。人类当然不会为此高兴——如果你把一棵苹果树砍掉，将它移植到野生苹果树的根上，它会高兴吗？”

人是人，树是树。

“拉瑞德，如果你是嫁接苹果树的园丁，艾伯纳·杜恩就是全人类的园丁，他修剪、嫁接、移植，烧掉枯死的树枝。最终的成果是，果园因此而茁壮成长。”

拉瑞德站起身，“还有很多树要剥皮。如果能利索点，今天晚上就能搭好第三晚的小屋，就用不着编那么多枝条框架了。”

“不会再有关于艾伯纳·杜恩的梦了。”詹森保证。

“我不要再做梦了。我受够了。”

“好吧。”詹森道。

拉瑞德清楚，詹森这么说是知道他肯定会心软，而且，拉瑞德也知道他是对的。他的确不愿意再梦见杜恩了，可他愿意梦到詹森。他渴望弄明白，当初的少年是如何长成眼前这个汉子的。

树皮都剥完了，他们回了家。由于配合默契，这次的工作比以往提前两天完成。拉瑞德走到笔盒边，打开，清洗羽毛笔，道：“从明天开始写，我们今晚先做梦。”

五

终结休眠
The End of Sleep

修补匠是个乐呵人，喜欢唱歌。他老说自己会唱一千首歌；一千首啊，但除了其中六首外，其余的都有点儿下流，不适合当着女士的面唱。

事实上，他总共会几十首歌。每次萨拉干完了活儿，就会坐在他的脚边，和他一块儿唱起来；萨拉擅长记歌词和旋律，天生一副甜美嗓音，搭配上修补匠的男高音，听来十分悦耳。拉瑞德每天都要在楼上写几个钟头，很高兴有他们的歌声陪伴。詹森也喜欢他们的歌声，时常说“人们能偶尔喘口气，这世道就会太平”。他们也会一起下楼，抄起工具制作总也做不完的皮革制品，而女人们就纺纱编织，萨拉和修补匠就唱歌。

“你来唱一首吧？”萨拉问贾斯蒂丝。

她摇摇头，继续干手里的编织活儿。贾斯蒂丝的手不算巧，所以母亲只让她做些不太重要的粗纺布。细羊毛是用来做上衣和裤子的，这样的活儿必须交给更灵巧的手；最重要的是，母亲禁止贾斯蒂丝碰纺车。每到冬天，包括母亲那台，村里的女人共有三台纺车，都放在旅店的公共休息室里——冬天没有旅客，旅店就成了平港村的集会场地。每天，大伙都聚在一起御寒，每个女人都会带来三捆上好的柴火，还会带一个梨子、一个苹果，或半块面包，或一块奶酪当午餐，她们会在欢笑声中大快朵颐。男人们则坐另一桌，等女人们吃完了他们才吃。男人吃的是热饭，可不知怎的，老也比不上吃冷饭的女人那桌乐和，她们总是哈哈哈地笑个不停。一贯如此，女人有女人的圈子，男人也有他们的圈子。拉瑞德常想，可怜的贾斯蒂丝哪个圈子都不属于。

真是悲哀。贾斯蒂丝不学他们的语言，所以，即便她什么都明白——不只懂得人们说的话，还知道他们心里想什么——可她从不和别人说一个字，只通过萨拉或拉瑞德说出她的话，多半是通过萨拉，因为她俩形影不离。自从贾斯蒂丝经历了木筏上那个人的痛苦，萨拉就成了她的慰藉、陪伴和声音。在所有女人中，似乎只有小萨拉一个人爱她。

萨拉和修补匠唱歌时，贾斯蒂丝会聚精会神地听。拉瑞德逐渐意识到，原来贾斯蒂丝也会爱。他没法读取她的思想，所以不知道，修补匠对她的吸引甚至与萨拉对她的吸引不相上下。

修补匠是个爱笑的男人，中等个子，有个大而结实的肚子。只有他一个人，不把贾斯蒂丝当外人看。事实上，当他一一环视屋子里每个人的脸，一定不会落下贾斯蒂丝，他对她说的荤段子与对其他女人说的一样多；拉瑞德还注意到，他对她笑的次数要比对其他女人多得多。贾斯蒂丝年轻，没烂牙，身材窈窕，看久了还会发现很漂亮，虽然时常不苟言笑。冬天是如此漫长，这个女人似乎没伴儿，为什么不试试呢？拉瑞德到了能够理解成人间这种游戏的年纪了。可是，说到和贾斯蒂丝一起玩枕边游戏的成功率嘛——要是修补匠能做到，那他真是比詹森还神了。我才不在乎谁能偷听到我的想法，我爱怎么想就怎么想。

“你爱想什么就想好了，”詹森道，“不过贾斯蒂丝不会介意给你个意外。她失去过太多，远比你多得多，所以她有权不苟言笑，也有权去爱她想爱的人，随时，随地。不要对她有任何成见，拉瑞莱德。”

令拉瑞德意外的是，原来他很介意有人偷听自己的想法。他气呼呼地盖上笔盒。“你是不是老在偷听我的想法？我在茅房使劲儿方便的时候，你不会也在体会我的感觉吧？等父亲带我接受成人的圣礼时，你是不是也要闪进他的脑子，和我一块儿成人？”

詹森扬起眉毛，“我是个老人了，拉瑞德。如果我跟着你一起上茅房，也只会让我想起方便这档子事儿年轻人做起来多么轻松愉快，而对我是多么痛苦。”

“够了！”

“你还没试过使劲儿方便时的滋味。”

“别说了！”

楼下传来母亲的声音，“怎么啦？”

“那是你母亲。”詹森小声说。

“我在告诉詹森，我恨他！”拉瑞德喊道。

“很好，”詹森轻声道，“这样事情就容易多了。”

这个老实的回答熄灭了母亲的怒火。“你总算清醒过来了，”她喊道，“那他现在能从这儿滚蛋了吗？”

“她能把珠宝退还我们吗？”詹森小声说。

“不能！”拉瑞德冲楼下喊道，“他正在研究乡巴佬是怎么过日子的。”他关上卧室的门，坐回写字台边，“我准备好开工了，如果你也一样的话。”

“再说多一句，我在比这儿原始得多得多的地方待过，并且待得很愉快。”

“别再读我的心思。”

“你还不如叫我闭上眼睛过日子，免得看见别人。相信我，拉瑞德，我读过你能想象的最邪恶的思想——”

“这我知道！你们已经把它丢进我的梦里了。”

“是的，说得对，我们确实，万分抱歉。可要讲出那段故事，这是唯一的法子。”

“讲故事的法子多的是。你已经能熟练听说我们的语言了，虽然还不会写。你可以口述故事，我来记录。”

“不行，我这辈子撒谎撒得太多了，只有你梦见的、你记录的，才会真实。我写下的文字一向都是谎言，像我这样的人，就喜欢用语言来说谎。我用另一种方式获得真相，别人无法体察的方式。”

“那好，我再也不要梦见艾伯纳·杜恩，可他的那部分故事还没完，所以，你必须给我讲讲，哪怕只是一部分。”

“我们上次说到哪？”

“爱斯托利亚戾兽。”

“感觉像很久很久以前的事了。”

“我们在森林里待了老久。”

“噢，不要紧。显然，我没有死，大约半年后伤口愈合了，杜恩就安排我接受星舰飞行员的训练，从此，我过起了飞行员生活。当我在宇宙深处飞行时，森卡让我进入休眠状态，抵御衰老，而一旦有敌人靠近，星舰就会唤醒我。没人杀得了我，我却杀了很多人；于是我暴得大名，所到之处万人空巷，这也意味着我给自己树立了很多敌人。到他们终于决定要把我干掉时，杜恩就安排我转入他的移民战略，当一艘种子星舰的舰长。”

拉瑞德咬着羽毛尖，来回转动。“你是对的。换作是我讲，这故事会有意思得多。”

“正相反。我知道哪些部分值得用长篇讲述，哪些只需一笔带过。”

“还有些事，你一直都没有解释。”

“比如？”

“比如你接受的第二次测验，结果究竟如何。我记得清清楚楚，你被那次测验吓坏了，后来却没了消息。”

詹森用力将大头针穿过新靴子的皮革，“不管是谁制的这些兽皮，他的手艺蹩脚透了。”

“他的手艺好得很，用他制的皮子做靴子，踩在雪里绝不会透湿，防水性好着呢。”

“是啊，结实到连针都扎不透。”

拉瑞德突然想讽刺他两句（这种感觉很美妙，他打算任其发展），“接着扎吧，总有一天你会变得足够强壮。”

詹森一副要吵架的样子，将靴子递给他。拉瑞德接过针，手一扭，把针飞快地穿过了鞋底，毫不费劲。他把靴子还给詹森。

"噢。"詹森说。

"刚说到测验。"拉瑞德提醒他。

"我通过了。理论上不该通过。第二题几个月前刚解出来，被某大学的物理学家们。至于第三题，还没人能解出来过，我解出了一半。这个结果自动向计算机发出了警报，计算机又向艾伯纳·杜恩发出了警报，因为这个星球上又出现了一个值得注意的新鲜事物。计算机唤醒了他。这次出现的是一个人，一个值得收藏的人。"

拉瑞德一下子肃然起敬，"你那会还是个半大孩子，竟然解出了科学家都束手无策的难题？"

"并不像听上去那么神乎。休眠药扼杀了物理学和数学，就像它扼杀掉其他所有有活力的事物那样。他们本该在几百年前就解出了那些问题，然而，最好的头脑很快就会接受最高等级的休眠——睡六年，醒几个月。只有二流的头脑才会醒足够的时间，去解那些问题。几乎所有国家都在这么干，他们把伟大的头脑保护得密不透风，用名望和荣耀阻碍他们，最终令他们一生无所建树。我不是什么了不起的天才，只是有点小聪明，而且醒得够久。"

"于是，艾伯纳把你招到了他的麾下？"

"他通过计算机和妈咪宝贝观察着我的一举一动，随时都能抓到我。他看到我去找拉达曼德，听到我们的对话——墙上有耳，还看到我怎么让母亲上了移民星舰。一个小孩竟能如此绝情——他觉得这很可爱。"

"你没得选择。"

"对，没得选。可你会惊奇地发现，人们明明没得选，却不断地自欺欺人，就因为下不了那个决心，最后输光一切。"

"后来呢？"

"先不说后来。你把我说的这些记下来，再写下关于艾伯纳·杜恩的梦。把这些故事原原本本地讲述出来，不添油加醋。然后今晚，你会做另一个梦。"

"我恨你的梦！"

“啊？我又不是杜恩。”

“等我醒过来，我记不清哪个是我，哪个是你。”

詹森指指他自己，“我是我，你是你。”

“你能认真地、回答一次我的问题吗。”

“这是唯一的回答。你身体里蕴含的一切，驱动你双手双脚的一切，那就是你；如果你记得我的所作所为，那也是你。”

“我从未将自己的母亲送到一个我再也见不到她的星球。”

“对。”詹森说，“对，你从没做过。”

“那我为什么会自觉羞愧？”

“因为你有灵魂，拉瑞德，人们在早期的休眠药试验中就发现了这一点。志愿者注射休眠药，失去了记忆，等他们苏醒的时候，研究人员给他们注入了其他人的记忆，这种实验在小白鼠身上成功了，但在人类身上没有。他们醒来，想起自己做了很多没做过的事情，结果，仅仅是记得这些事就叫他们无法忍受。为什么？他们明明没有任何标准去判断——根据被注射的记忆，那些就是他们自己的生活。可他们全然无法忍受，自己竟做过那么多愚蠢的选择。所以，拉瑞德，即便森卡夺走了一切，人类的心灵深处还是留存了一些东西，会说‘这像是我会干的事’‘我不可能干过那种事’。正是那一部分，定义了你；你可以管那叫灵魂、叫意志，或其他任何古老的词汇。”

“人死后，这种灵魂依然存在？”

“我没那么说。只是当森卡将其他的一切都夺走的时候，灵魂依然幸存。如果你能让我给你展示杜恩一生的故事——”

“没门儿。”

“那还是直接告诉你吧。他曾经爱上一个女孩。那女孩不仅漂亮，而且聪明。她的父亲体弱多病，母亲精神有问题，她受到他们的控制。女孩终其一生都委曲求全，以满足他们的要求，只因为爱他们。结果这毁了一切，除了杜恩，她与任何人都没有交往。杜恩虽然不是天赋，却具有洞察人性的惊人能力。他看到她，知道她被父母禁锢住了。他爱她，可她并没有抛下家庭，与他在一起。”

“她没嫁给他吗？”

“没有发生你所说的婚姻那回事。可她反正也不会嫁给他，她无法忍受离开双亲，抛下赡养的责任，没有她，他们跟活在地狱里没有区别。于是她留在了家里，十五年，直到父母辞世。而那时，她满心凄苦，充满仇恨，脾气很坏，而且再也没法爱了，即便杜恩回到了她身边，无微不至地爱护她，她也再爱不起来了。于是，杜恩使出了最后一招。早在十多年前，他们考虑结婚的时候，他就安排将女孩的记忆气泡储存起来，后来她在即将休眠前改变了主意。多年来，杜恩一直保存着那个记忆气泡，如今，他给她注射了休眠药（当时他已成功腐化了休眠室），在唤醒她时，将十多年前的记忆输回了她的大脑，跟着和盘托出一切，说了她如何照顾双亲直到他们安然谢世；现在她的生活可以继续了，并且没有那段苦难岁月的记忆包袱。”

“后来，他们幸福地生活在一起了？”

“她无法忍受，无法忍受自己活着，却想不起双亲身体越来越差的每一个痛苦瞬间。她是那种责任感过重的人——哪怕责任会毁了她——无法忍受在不记得自己如何崩坏的情形下活着。这不是她能干的事。”

“她的灵魂。”

“对。她要求杜恩，把她完整且真实的记忆还给她，即便那意味着抹去他们仅有的几个月快乐的时光。对她来说，痛苦比快乐更有价值。”

“听上去，她像是那种杜恩会爱上的、叫人毛骨悚然的类型。”

“你还真是爱心满满啊，拉瑞德，同情每一个人。”

“有谁会愿意留下痛苦，抛弃幸福？”

“问得好。”詹森道，“你必须在完成这本书之前，找到这个问题的答案。现在，去把那些故事写下来，晚上接着做梦。”

“我会梦到什么？”

“你不想有个惊喜吗？”

“不想。”

“你会梦到，著名战士兼星舰飞行员詹森·沃辛，如何成长到可以去驾驶种子星舰，并遭遇了有生以来的第一次战败。”

“我对那些更感兴趣，而不是这会儿被你逼着要写的这些。”

“有时候，你必须先承受一个故事中悲惨的部分，这样令人愉快的部分到来时才会显得弥足珍贵。继续写吧，在下周我们去伐木前，我得给你父亲做好这双靴子。”

“你和我们一起去？”

“绝不错过。”

拉瑞德埋头疾书，詹森则继续缝靴子。晚上，父亲试穿了新靴子，还说做得不赖。那天夜里，拉瑞德做梦了。

星舰飞行员会在很长时间里保持年轻。即便以光速航行，旅程有时也需要几年，在每一次旅程中，飞行员都保持休眠状态，只在星舰发出警报的时候醒来。威胁可能来自另一艘星舰，可能是行星陨落，也可能是始料不及的危险或机械故障。如果一路平安，飞行员会在起飞三天后进入休眠，在航程结束前三天醒来。星际边缘的飞行任务一般只需数周，结果就是，星舰飞行员处于极高的休眠等级下，平均是醒三周，睡五年。只有女皇陛下才能享有高于这一级别的特权，政客和演员们都达不到这种资质。

而在所有星舰飞行员中，最著名、最受人尊敬的，莫过于詹森·沃辛——巴拉维的英雄、星舰粉丝们的宠儿。

正如詹森所知，他也是最招人嫉恨的星舰飞行员，因为在憎恨帝国的人眼里，他是最能代表帝国的。

他抵达首星机场时，发现周围都是恨他恨得牙痒痒的人，这不奇怪；让他惊讶的是，他们中的大多数人已经在密谋干掉他。事态失控了。这十二年，杜恩都干了什么？

在整个帝国，只有首星有能力支撑一个供星舰起落的大型太空机场。这是首星展示实力和荣耀的仪式，他们将星舰降落的视频传送到各个星球，展示拖航机如何将星舰降入首星金属蜂巢一般的凹进空间里。几乎每次降落，都会被真人秀摄影机拍下来。而每当詹森降落时，所有的真人秀摄影师都会涌来，一些是官方的，其他都是自由职业者，他们门路甚广，能轻松应付墙老鼠的黑手。而且，那些人——

飞行员出口处围拢着上千人。大门还没开，詹森就知道他们在那里，不费力气就能感应到他们的奉承。一如以往，在门打开前，他停顿一会儿，扪心自问：这就是我想要的吗？我为这个而生？一如既往地：不，我可不这么想，但愿不是这样。

詹森一踏出大门，他的代理人霍普·诺约克就迎了上来，后者于是能在大千星球真人秀上露个脸，这是担任詹森代理人的福利；也正因此，在詹森出任务期间，霍普会被邀请参加数不胜数的炫目派对；他还属于一个稀有物种，作为星舰飞行员的代理人，竟不恨自己的客户。这样的人可不多见。从两人的交情开始以来，霍普已经老了几十岁，而詹森只长了六个月。霍普有些秃顶，肚腩微垂，但他忠诚、聪明、工作刻苦，代理人这一行同样少有人具备如此素质。更重要的是，詹森喜欢他。霍普自小就是个墙老鼠，在狭小缝隙中过得有声有色，竟还有钱和关系能买到报纸，在十八岁前走出墙壁，混进长廊世界。杜恩罗致了他，当然了，杜恩在那之前从没见过他，但意识到了他的存在。当詹森需要一个代理人经手他在首星的事务时，杜恩就推荐了他。

但面对人群的欢呼，霍普并未乐在其中，至少这次没有。啊，他依然趾高气扬地迈腿踏步，弯腰作揖，挥手致意，八面玲珑得一如他当墙老鼠的岁月；可他心不在焉。詹森进入他的脑海，立刻发现了困扰所在。

詹森抵达前两天，一如既往地，霍普被唤醒以迎接客户。他们给了他一张折叠的带封印的字条。那是一张记忆便条，休眠室的人专为患有强迫症的妄想狂提供这样的服务。所谓妄想狂，就是有人在将记忆提取到气泡之后、注射休眠药之前，突然福（祸）至心灵，并且无法忍受忘掉这时的重要想法，就会把它记在记忆便条上。霍普一直觉得这便条是个愚蠢的主意，从没用过。可这张便条是他的笔迹无疑，上面写着：“警告，有人要杀詹森。”

霍普想不明白，连詹森也不明白，他在临注射休眠药之前，是怎么突然发现这件事的？是休眠室的人告诉他的？荒唐，他们是纯粹的休眠之神的僧尼，与外界没有任何联系，能告诉他什么？其他人也不可能接触到休眠室。霍普因此推断，肯定是在入睡之前，他把已知的所有线索整合起来，终于意识到有人正密谋要詹森的命。在醒后的这两天里，他一直在急切地回想他上次清醒期间遇到的线索，却什么都没想起来。现在詹森回来了，而他所掌握的，只有那张他写给自己的字条。

詹森比霍普知道的要多一些。他知道有一个人，能进入休眠室，将一些信息传递给那些已经吸取了记忆气泡的人。

警告来自杜恩。

两个钟头后，霍普才摆脱那些摄影机，将字条的事情告诉他。可那时，詹森已经识别出身边有十几个家伙在阴谋刺杀自己，其中一个还带了武器。要躲开这个傻瓜蛋很容易，而其他人的计划就聪明得多，没有傻到想当着三百台摄影机对他下手。

“别担心，”詹森说，“应该不会有事。”

“但愿。可我很少给自己写字条，事情不简单。”

“你怎么知道，在抽取记忆气泡和注射休眠药前这段时间，自己的聪明伶俐可不可靠？没有人会记得。”

“我的聪明伶俐向来可靠。”

接下来的几天糟糕透了，詹森根本回不了他自己家——总有人在那里等着弄死他，有几个还设好了陷阱。最后，事情来到了最紧要的关头。那是在一个原真人秀女明星阿兰·汉杜里举行的派对上，她已经淡出娱乐圈，过上了招摇的文雅生活，不再靠当着镜头公开淫乱赚钱。她设下了一个更危险的圈套。在终于没人上来搭讪的当口，詹森靠墙坐着，仅此一会儿，他不用开口应酬，有机会好好考虑为什么这么多人会同时想要他的命。他需要探索深层的记忆，阿兰·汉杜里正好满足他的需要。

詹森必须死，这是她最执着的记忆。好吧，为什么？令人惊讶的在后面：詹森的死将拉开一场政变的序幕。这当然不是说詹森在政界有什么影响力，只因他是首星的象征，而阿兰憎恨首星，正是这个社会逼她唯一深爱的男人在多年前自杀，他的死是个荡气回肠的悲剧故事。詹森发现自己沉迷于这个八卦，以至于忽视了派对上的其他几十个威胁。就在他研究她的当儿，女主人走了过来。

“沃辛指挥官。”她说。

“叫我詹森。”他说着，露出了迷人的微笑，这一幕的每一帧被摄影机悉数捕捉。派对上自然有几十架摄影机在偷拍，詹森很明白该如何取悦他的观众，即便是在偷拍的镜头下。

“我是阿兰，真没想到你会光临，詹森，是我的荣幸。我们直到昨天才知道你在首星。”

“是我荣幸才对。”詹森说，“我只看过一集你的真人秀，却足以叫我着迷。”

“你看的是哪一集？”

“我把名字忘了。”詹森说（他也根本不知道），“不过那是你和一位老演员一起演的，他叫——他叫——啊，对了，汉密尔顿·菲尔洛克。”

她顿时被伤感击中，但强压了下去。汉姆·菲尔洛克就是她的爱人，自杀了，因为她拒绝在一个连续二十一天的真人秀中假戏真做。詹森搬出菲尔洛克无疑是残忍行为，可谁叫她正打算杀他来着？

什么时候动手？干吗不是现在？服务员端来一杯酒。

“不管我们事先有多少安排，”阿兰温柔地说，“只要你现身，就是所有派对的贵宾。我将今晚的主酒献给你。”她拿起手中的银杯，举到他的唇边，这时服务员上前，示意詹森拿起托盘上的高脚杯，放到女士的嘴边。詹森端起高脚杯，却谢绝了对方的银杯。

“我怎能接受如此错爱？”他说。

“我坚持，”她说，“没人比你更有资格。”

“你真是个不同凡响的女人，阿兰。当真是勇气可嘉，竟敢在自己的派对上，亲手给我下毒。”

空气瞬间凝固。要是詹森能更注意些，完全可以避免窘境：那些图谋不轨的人即将同时发难。很多来宾带了武器，每个出口都有人把守。只有阿兰本人知道秘密出口在哪，他们全都在她的股掌之间。于是，詹森在众多准刺客中挑了一个最夸张的开刀，他是位年轻的服装设计师，阿兰今晚的礼服就出自他手。詹森走向他。他是被选中的一个，因为他注定要成为一名戏剧性的杀手。

“弗里茨·卡波克。”那个年轻人自我介绍，“你怎敢，指责阿兰·汉杜里犯下如此严重的罪行？”

“因为，这是事实。”詹森说。

“打扰一下。詹森，咱们还是离开这个鬼地方吧。”霍普悄声说。

“剑，还是子弹？”卡波克问。啊，他打算遵古风行事？詹森不禁哈哈大笑，接受用剑决斗。

真是世事莫测，詹森并没有结果那小伙子的性命，因为就在决斗开始之际，妈咪宝贝到访了。没人通知他们，是杜恩派来的。也就是说，突然出现这么多人要我死这事儿，跟杜恩脱不了干系。

妈咪宝贝把局面搅成了一锅粥，在阿兰无意识的帮助下，他趁乱逃走了。詹森只有一个目标——找到杜恩，告诉他，詹森虽然敬爱他，却不打算不明不白地送命。他在路上甩掉了霍普和阿兰，他们离他远远的反而安全；再说，霍普知道如何照顾自己。终于，他在私人花园的湖边见到了杜恩。两人面对面。

“你逃出来了，干得好。”杜恩说，“他们中的有些人，计划得非常巧妙，你好几次都差点儿悬了。”

“你想干什么，杜恩？”詹森抚摸着手臂上被划开的伤口。

“甄别出首星最优秀的人，把他们遴选出来。你可以读取他们的思想，所以能帮上我的忙。这类小测试对我很有必要。”

“下次，你直接问我就行了。”

“我要判断他们的素质，那是连你也无法读取的东西。”

“不会太难。你对最优秀的人的标准，就是看谁能要我的命。”

“我还能怎么做？你是帝国的象征。”

“我有今天，都是你一手策划的。我们有今天，都是你在幕后推动。”

杜恩很受伤，“你不会以为我是全知全能的神吧，对不对？我只是你所处环境中的一个元素，仅此而已。”

“对别人来说或许是，可对我，你远不止。”

“因为你深深地敬爱我？”杜恩语带嘲讽。

“因为我生命中最重要的事件，都是你的记忆！我唯一的爱情是你的那段悲剧，我所有完美的胜利都是你的胜利，我最深刻的梦想都是你的——”

“不是这样的。”

“事实就是这样！你的记忆在我的脑海里，比我自己的记忆更强烈！”

“为什么？”杜恩问。

“因为你的精神太强大。你有强烈的使命感，哪怕还不清楚具体目标。读取过你记忆的人，自己的记忆会被压倒。”

“你自己的记忆呢，不值一提？战斗、搏斗、恐惧、冲突——”

“什么冲突，什么恐惧？只有那次在你的花园里和一头小兽的漫长搏斗，杜恩。我从来不会害怕，只对游戏的过程有一点紧张和好奇，因为结果早就毫无悬念。在战斗中，敌人的计划我全知道；在对话时，我连对方最避讳的隐私都一清二楚。我从不知道好奇的滋味，从不会猜测——”

“你的人生真令人厌烦，可怜的詹森。”

“有时，我从休眠中醒来，记得自己是艾伯纳·杜恩。我在星舰里四下环顾，想知道自己为什么会在这儿。我照镜子，看到自己的脸会惊讶，真人秀里经常出现这张脸，他是詹森·沃辛，可我记得清清楚楚，我是艾伯纳·杜恩，是那个赢得了女王信任的人，我曾告诉她什么时候适合去死——”

詹森一边说，一边搜索杜恩的思想，以确认“那个时刻”是不是来临了。很多年前，艾伯纳唤醒了女皇，主动现身，与她见面。“我要摧毁你的帝国，”他告诉女王，“我觉得只有告诉你才公平。”她冷静地听着，甚至有些高兴，并同意杜恩的计划，只有一个条件——当他决定动手摧毁帝国时，要预先通知她，以便她能醒来见证这一切。现在詹森在探索，看杜恩是不是打算现在终结帝国。

“当然不是现在。”杜恩说，“在那之前，我要准备的事还很多，至少还要几百年。”

他还要做什么？几个世纪以来，他已经陆续派出种子星舰。可眼下要派出的这批，才是承载他的希望与梦想的星舰。

“我赌上全人类的命运，做这个试验。”詹森开口道，“割断星际之间的联系，每个星球将在一段时间内独立运转，或将持续数千年，直到有人发明了不需要休眠的星舰驱动器。届时我们将看看，有了一千种独立形成的文化，人类会是什么样子。”

“那是我的说辞。”杜恩道。

“一点不错。”詹森说，“你把我们当成了木偶，玩弄于股掌之间；却是由我，来说出你的心声。”

“生气了？”

“为何是我？为什么是我被挑选出来愉快地成为你的十二怪杰之一？”

“这，我也不知道。”

“我知道你不知道。我知道你知道什么，还知道你不知道什么，甚至知道你不知道你自己不知道什么。我能从你的脑子里找出你已经遗忘了的你知道的事。在我出门期间，你已经为我计划这件事有五十个年头，而你甚至都不清楚希望从中得到什么。”

“我要把你，派去宇宙的边缘。有关你的种舰的信息不会被记录在案，根据官方记录，你星舰上的那些叛徒和阴谋家都被处决了。没有人会追踪你，直到几千年后这条信息被解禁。你的星球，将获得更长的时间来独立发展。”

“你指望什么？数千年的进化成果？”

“不是进化。繁衍。”

从杜恩的脑海里，詹森看到了他自己，这是杜恩眼中的他：一双纯蓝色的眼睛，和他父亲的眼睛一样，他父亲的父亲也有这样一双眼睛。

“一匹种马，繁衍出一个天赋星球，嗯？”

“男性祖先。这个称谓得体些。”

“我又不是农场长大的。”

“你们的家族是变异体，具备的天赋比任何已知的心灵感应都可靠，影响也更广。为什么不试试看，在隔离的环境下，这种超能力会发展成什么样呢？”

“你干吗不干脆隔离我？还要给我一颗星球，上面放满了在清醒的时间里都在想办法干掉我的杰出移民？”

杜恩笑了，“我判断轻重缓急的长处发挥了作用。管理普通的移民地，对你来说小菜一碟，很难让你长期保持清醒。”

“你太体贴了，让我如此警惕。”

杜恩拉住詹森脑后的头发，拉着他俯下身，靠近他，与他面对面，一字一顿地说：“你一定要超越我，詹森。你的成就一定要超越我。”

“这是场球赛吗，干吗还不开始？三百三十三个移民，都是百里挑一、想把舰长干掉的狠角色——我的赔率可不怎么样。”

“要是公平竞争，没人能与你旗鼓相当。”杜恩说。

“我不想去。”

“你没得选，詹森。”

詹森知道这不是危言耸听。杜恩已经放出大量证据，证明他是天贼。一踏出杜恩的保护范围，他就会被捕；在首星，他是无人不知无人不晓的超级名人，又能躲哪儿去呢？

“木偶，”詹森说，“想要自由。”

“你有自由。留，死路一条；走，获得生机。你自己选。”

“这算哪门子有得选？”

“你指望什么，无限选项的选择？选择即自由，哪怕是要你在两个可怕的事物之间二选一。用排除法，詹森，你最恨哪一个，高高兴兴地选另一个就行了。”

詹森选择出发。杜恩又一次成功为所欲为了。

“还不赖，”杜恩说，“你一旦离开，就再也不用受我的摆布了。”

“那是漫漫长夜中的唯一明星，”詹森说，“是听着我的移民者们在黑暗中的磨刀声时的莫大安慰。”其实根本不是安慰。失去杜恩，才是詹森最恐惧的事。无论好坏，杜恩都是他生活的基础；自从杜恩找到他，詹森就知道，他的人生至少不会一团糟，因为有杜恩在关照他的一切。

如今，要是他摔倒了，谁来将他扶起？他意识到，这就是自由，因为从今往后，他必须为自己的行为负责，没有人再来拯救他。这不是我渴望的自由，是不是？我一直想要的就是做个小孩子，杜恩却终于把我拦在了避难所之外。这么多年来，他一直充当着父亲的角色，而现在，他不要我了。“我永远都，不会原谅你这么对我。”詹森道。

“不要紧，”杜恩说，“反正我从不指望有人爱我。”跟着，他露出了古怪而苦涩的笑容，说明他并不像他假装的那样高兴。

“可我爱你。”杜恩说。

“我那么像你，你爱我纯粹是自恋。”詹森拒绝表现温情。

“我最爱的，是你区别于我的地方。”杜恩说，“我破坏，你建造。我为你制造好了混乱，那个星球现在一片洪荒。而你就是明灯，将照亮深渊。”

“我讨厌听到那些你默练了千百遍的话。”

“再见，詹森。去见见你的移民者吧，他们后天注射休眠药，然后你们就能起航了。”

拉瑞德放下笔，将沙子撒在羊皮纸上吸干墨迹。“现在我知道，为什么我希望你从没来过了。”他说。

詹森叹口气。

“正如你所说的，我最深刻的记忆都是你的记忆。”

“我说错了。”詹森答，“你记得我说过，并不意味着那就是事实。或者说，我现在依旧对当初相信的一切深信不疑。”

“有时候我甚至忘了自己是谁，下意识地去读别人的思想，但我读不到。就好像有人砍断了我的手，或是毁了我的听觉，割了我的舌头。”

“然而，”詹森说，他举起正在雕刻的斧头柄，“我可以将木头雕琢成我喜欢的任何样子，然而最终决定它的力量和形状的，是纹理。同样道理，你可以在脑海里增加或减少记忆，可决定你是谁的，不仅仅是记忆。思想的纹路，存在着某种特质。就像我说过的那个试验，他们从一开始就发现了这一点。那时，他们将一个人的记忆灌输到另一个人的大脑中。这个人的所有经历，所有过去，都消失了，当他从休眠中醒来的时候，他的脑海是空的，对不对？可新的记忆与他产生了冲突。他只记得自己是另一个人，相信自己是另一个人，而嫁接给他的记忆叫他受不了，因为那不是他自己。”

“他后来怎么样了？”

“是他们，怎么样了。他们都疯了。过去的一切全不对劲了，人哪还能保持理智？”

“我也会疯吗？”

“不会。”

“你怎能肯定？”

“因为不管你记得多少我的往事，不管是我的还是其他人的，在你的脑海深处都有一个地方，在那里你是安全的；在那里，你就是你自己；那里的记忆很正常，并且只属于你。”

“可我记得我是你，因此我也变了。”

“那我呢，”詹森说，“我知道别人的内心思想，你觉得我还是我吗？”

“是。可你正常吗？”

詹森先是吃了一惊，随即哈哈大笑。“不。”他说，“老天，你问到了最根本的问题！贾斯蒂丝选你是对的，你有一颗水晶般剔透的心。我当然不正常，我彻底疯了，可我的疯狂是我所认识的人的疯狂的总和，有时候，我觉得我认识这个世上所有的人，至少是可能存在的所有类型的人。”

因为他是他，他显得那么高兴，那么生机勃勃，那么开心，拉瑞德情不自禁地笑了。“你的脑海里怎么能装下那么多记忆呢？”

詹森举起他做了一半的斧柄，“你看，把柄插进斧头，看上去塞得很紧，可总还有空间插进一两个楔子。永远有空间容纳更多，从而变得紧实。”

第一场大雪始终没有落下。“不是好兆头，”修补匠说，“这表示老天把雪都积聚了起来，打算一次下个够。”他爬上屋顶去修烟囱四周的防水板，又抽出烟道加以改造，令它再次紧密契合，不漏烟。“你去修理门窗吧，确保所有护窗板都结结实实，大门严丝合缝，墙壁上的裂缝都要补上。”

父亲听取了修补匠的意见。他走到外面，举目注视明亮冰冷的天空，还说，不先把房子弄得紧密结实，其他工作都是白搭。于是，整个村子都把手头的活儿放在一边，全力把各自的房子加固得密不透风。最小的孩子将更多泥浆抹在墙壁的脆弱处，向下压实；用工具加固大门，护窗板都做了改造。在全村忙活这些的时候，詹森和拉瑞德也中断了羊皮纸上的工作，他们爬上梯子，一起加固楼上的护窗板。詹森爬梯子的姿势很地道；拉瑞德爬梯子却像只猫似的，方法不对，还爬得飞快，然后坐在自房子墙壁探出头来的横梁基木上，一点也不怕掉下去。

“小心点。”詹森说，“从那儿掉下去，可没人能接住你。”

“我掉不下去。”拉瑞德说。

“现在可跟以前不一样了。”

“我会抓紧的。”

他们一边干活，詹森一边讲故事，讲他的移民星球的人。“我把他们一个一个地叫进来，趁他们满头虚汗地接受毫无意义的面试时，读取他们的记忆，看他们是什么人。有些人满心仇恨，是那种会搞暗杀阴谋的人，有的则纯粹充满了恐惧，还有的矢志献身某一事业。不过，我不在乎他们为什么想杀我，我关注的是他们人生的目的，洞悉他们做选择的动因。”

比如加罗·斯蒂波克，一个科学家出身的聪明工程师，发明的仪器能判断星球的核心状况和在不同轨道上的气候。他觉得自己是个无神论者，拒绝皈依从小他父母强迫他信仰的强大而狂热的宗教；他竭尽全力去抵制和冲破他目力所及的所有独裁体制，但在心底，他依旧是个孩子，笃信神明很清楚人类应该是什么样子；斯蒂波克为实现自己的目标甘愿放弃一切。

阿兰·汉杜里，她一生致力于娱乐事业，将自己的个性融入进了她的真人秀角色中，每一分钟、每一天，她都生活在摄影机下，以便人们茶余饭后围坐在一起，从各个角度观看她的生活。她是最伟大的真人秀女演员，所做的一切都是为了取悦别人——她退出娱乐圈之后从不想念观众，因为在她的表演生涯里，满足的不是自己的需求。

再比如哈克斯，一个富有献身精神的中层官员，休眠等级为两年清醒一年休眠。他能把一切都处理得井井有条，按时完成每项工作并且不超预算。尽管上级和下属都十分看重他，他却一次又一次拒绝升迁。一年又一年，他守着同一个女人，住同一所宅子，吃一成不变的食物，与同样的朋友玩同样的球类运动。

“他为什么加入革命？”

“他自己也不知道。”

“可你知道。”

“不记得具体动机了，尤其是那些连本人都不明所以的动机，我在他的记忆中找不到任何未知的目的。在其他人和他自己看来，他的人生似乎只有一个目的：让一切维持原样，抵制变化。可那只是他深层需求的表象：让他认识的每一个人都享受到稳定和幸福。他不是拉达曼德，从不为一己之利重塑这个世界。”

就在这时，一张脸浮现在拉瑞德的脑海里，下巴突出，眼窝深陷，他知道这就是哈克斯。贾斯蒂丝在詹森讲故事的同时，将主角的形象送进了他的脑海。你在哪儿，贾斯蒂丝，和以往一样在某处默默干活儿，听着我们谈话，而自己从不说一个字?

“你没在听。”詹森说。

“你也没在说呀。”拉瑞德答。

“赶紧把木销钉好，我的胳膊都快断了。”

拉瑞德钉上了木销，护窗板又能平稳地摆动了。他们一起把护窗板从上到下加固，从外面安装窗栓。这扇窗朝北，护窗板曾被西北风刮掉。他们钉入木销，使护窗板闭合，詹森还在继续他的故事。“哈克斯渴望建立一种秩序井然的生活，在那里，所有人都能得到适度的满足，当他实现了这个理想，就不愿意改变。他是真心的，甘愿自己不便，甘愿做出牺牲，也要维持他在首星那一隅之地的安全和稳定。他还睿智地看出了休眠药正在摧毁一切，它致使家人离散，因为在漫长的岁月里，他们都在不同的人生轨迹上过活；它使友情破裂，因为一个人去了休眠室，清醒的那个却享受不到休眠的特权——森卡维持着帝国的稳定，代价是让每一个生命都出现了不平衡。”

“这么说，他希望帝国屹立不倒，但抵制休眠药？”

“在我的移民中，就有不少人对休眠药并不感冒，他是其中之一，另外还有林克瑞——我之所以记得，是因为后来发生了一件印象深刻的事。从外表看，林克瑞是与哈克斯完全不同的人，他没有朋友，没有亲戚，没有家人。我的移民中，只有他从未注射过休眠药，只在种子星舰上接受过一次。移民之前，他在一所精神病院里待了很多年；他的父母稀里糊涂，占有欲强，残忍又擅于欺压——在这类情况下，最后被送进精神病院的往往是孩子。所以林克瑞认为自己疯疯癫癫，觉得自己孤独，不爱任何人，不需要任何人。”

“你比他了解他自己。”

“我一向比别人了解他们自己，这是我的人生诅咒。”詹森双眉紧蹙，“瞧你，一只脚踏在半空，要是你再不上一只手抓紧的话，我干脆踹你下去得了，免得你悬在那儿。”

“我说了，我掉不下去。快说说，林克瑞其实怎样？”

“根源在于，他的同情心太泛滥了。他能想象他人承受的痛苦并感同身受。他母亲就利用这一点一直折磨他，叫他为她这辈子受的苦而内疚。唯一能解脱他的，是亲眼看见真实的苦难。”又一幅画面出现在拉瑞德的脑海里。这次不是一张人脸，而是一个婴儿，躺在一片空地上，四周是又高又锋利、像刀片一样的野草；他被丢在那儿，要么饿死，要么冻死，要么在夜里被野兽吞掉。和画面同时出现的是一种强烈的同情心——我无能为力，可我必须想想办法，不然我就不是我了。最后，画面消失，又出现另一幅画面，一群野蛮的部落人围着婴儿跪成一圈，举行仪式，最后将孩子的尸体大卸八块——我知道，这是部落的祭祀，那个孩子必须死，那个孩子的死就意味着生。

“在那一刻，林克瑞终于清醒了。他在那个婴儿的身上看清了自己，为了让他母亲活着，他自己已经变得支离破碎。我很正常，疯的人是她，我一直在为她承受痛苦。而她对我的感情，和那些部落人对他们牺牲的那个婴儿的爱，是一样的吗？答案是，不。于是，他选择离开，逃离了他的星球，来到首星；然而在那里，所有人都在把自己的痛苦转嫁于人；林克瑞成了一个活祭品，他受苦受难，好让身边的人赎罪。

“看见幻觉的时候，你可千万抓紧了。”詹森说，“叫我说，我们就不该在这么高的地方说这些。”

“我没那么脆弱。”拉瑞德说。可那个婴儿的画面在他的脑海里迟迟不肯散去，他就躺在草地里，凶猛的昆虫在他赤裸尸体的上方盘旋不去。

“从某种角度来说，林克瑞和哈克斯一样，关心的都是别人，所以他并不孤独。哈克斯善于交流，坚定可靠；林克瑞为人内向，易紧张激动。我清楚他们的本性，我对自己说：‘要把他们训练成领导者，因为他们会让权力惠及所有人，而不是满足私利。退一步说，即便是先满足了私利，他们也会把惠及他人视为理所当然，因为只要有人受苦，他们就不得安宁。’”

“根本不存在这样的大好人。”拉瑞德说，“每个人都有一己私欲。”

“你就是那样的好人。”詹森说，“那就是善良，拉瑞德。如果没有善心，人类这会儿还生活在大草原上，看着大象或别的有同情心的物种统治地球。”

“我不知道，”拉瑞德说，“我从来都不关心其他人的痛苦。”

“那是因为他们还未感觉到痛苦。可你依旧能听到被烧死的孩子在惨叫，能感觉到一个人受伤的脚在鲜血横流。别跟我说你不知道同情为何物。”

“那你呢？”拉瑞德问，“你是好人吗？”

不是。答案在他的脑海里响起。拉瑞德过了一会儿才缓过神来，回答的是贾斯蒂丝。不，詹森不是好人，她说。

“她说得对。”詹森说，“给其他人带来痛苦，就是我生命的全部意义。”

“痛苦降临日，是你带来的？”拉瑞德问。

“那不是我的决定。”詹森说，“但我相信是个正确的选择。”

那天下午，拉瑞德没再说一个字，他琢磨着，在他身边干活的这个人，何以会赞同自痛苦降临日以来这个星球上出现的变化。晚上，他做梦了。

詹森醒来，看到休眠棺盖向后滑开，用眼角的余光，他看到琥珀色的指示灯在闪烁。记忆刚被灌输回大脑，他身体发烫，还流着汗，以往从休眠药中醒来都是如此。俯卧撑，仰卧起坐，原地跑，做完热身后，他恢复了机警和敏捷。

直到此时，他才注意到休眠棺中闪烁的不是琥珀色光芒，而是红光。究竟是一直都是红光，还是刚刚转成的红光？来不及细想了，他刚一恢复身体机能，星舰就通报了敌情：敌舰隐藏在一颗行星背面，像是预计到他的到来而在埋伏，对方已经发射了两枚对舰导弹。

詹森发射了他星舰上四枚鱼雷中的两枚，同时一直在探索，最终找到了敌舰舰长的意识。对方正在控制那枚导弹一路蜿蜒曲折地向他飞来。那枚导弹的机动性可比詹森驾驶的庞大星舰强多了，好在詹森知道导弹的运动轨迹，一点点地，詹森使星舰偏离敌人的攻击范围，他发射的鱼雷同时在自动追踪敌人，并且早已知悉对方的闪避动作。头一遭，詹森不必在意对方会不会发现自己是天贼。反正他也不会返回首星了，他终于能够全力一战。

在敌舰炸成一团火球之前，敌舰舰长就知道自己会死，并且在死亡到来的那一刻，竟生出一股令人毛骨悚然的满足感：就算她死了，克拉伦也能干掉敌人。

克拉伦，她还有搭档！詹森一直聚焦于眼前的敌人，又要引导导弹，又要操控星舰躲避，这才意识到还有一艘星舰隐藏在星球背面，一直在利用同伴的掩护观察如何下手，此时他的导弹已经抵达詹森星舰的探索范围。情急之下，詹森开始寻找克拉伦，那个即将得手的敌人。他及时找到了，或者说，本来是及时的。此时导弹已在自动追踪着袭来，而詹森浪费了太多时间搜索那个克拉伦，此时只够避开一枚导弹，却躲不过第二枚了。第二枚导弹一定会击中他，跟着，高强度的闪光将洞穿星舰的装甲，装甲会从破洞处向后剥落，放导弹进来，直抵星舰驱动器的核心，在那儿引发一个轻微的爆炸。仅是一次小型爆炸，却足以颠覆那微妙的平衡，进而引爆整艘星舰，让一切归于星尘。

詹森在那一瞬间看见了自己的未来，也在那一瞬间做出决定：与其直接完蛋，不如寻求细微的生机。导弹离他太近，不可能整个移动舰身了，但有一根细长轴从巨大的星舰驱动器向前探出，在被击中时不会像幽闭的星舰那样引发全面爆炸。詹森几乎是本能地，将星舰的辎重区调转到导弹的攻击路径上，导弹将击中他身后一英里长的隧道的某处，令休眠中的移民者全灭。在那一瞬间，詹森发现，自己希望导弹只杀死其中一部分人，而不要伤到重要的动物、种子、补给品和设备。

冲击波袭来。身后某处爆炸了，整艘星舰随之摇晃，控制面板上警报大作；不过爆炸离星舰驱动器够远，驱动器也有足够的防护措施，应该有能力应付干扰，恢复自身的平衡，以免引发不可控的后果从而毁灭一切。

我还活着，詹森心想。跟着，他开始着手对付克拉伦。敌人依旧躲在星球后面，不见踪迹，詹森利用克拉伦的眼睛，在导弹飞行到星球遮蔽处时去引导导弹；克拉伦就躲在一个地方，他知道在那里很安全，可导弹继续飞行，就像是它们也有智力，能读懂他的心思，因为不管躲到哪里，导弹都能追踪到他的新路线。片刻之后，他送掉了性命。

我不喜欢知道敌人的名字，詹森心想。

损失惨重，但还不至于山穷水尽，至少第一眼看上去是这样。三百三十三位移民者被安置在三个细长轴后部的三道平行走廊里，每一道走廊之间都有防护物，避免彼此连通，目的就是避免这类一击全灭的局面。一道走廊彻底毁了，走廊被炸穿，暴露在太空里，休眠棺弹开，尸体都被甩了出去。第二道走廊看似完好无损，遗体们都安详地躺在休眠棺内，可导弹穿进星舰，炸毁了这道走廊的生命维持设备，他们都没了生还的可能。

好在，第三道走廊保存了下来，里面的一百一十一人，将在移民地开始新生活，只要补给品和设备没遭破坏，他们就能生存下去。由于少了三分之二的人，他们在第一年里能完成的工作会少很多，可补给品相应地变多了，足够他们支撑几年，直到一切都上轨道。这么多人丧命是一桩惨剧，但好歹没有全军覆没。

詹森一开始就是这么想的，直到他来到细长轴的尾部，记忆气泡就保存在那里，一个受精心防护的地方。

导弹正是在那里爆炸的。

总共只有十四个气泡保存完好。其中九个，来自已经爆炸的走廊；四个，来自居民再也不会醒来的走廊；只有一个，属于幸存的走廊。

这意味着，只剩下一个人。其他人，将无法做任何事情，他们什么都不记得，什么都不知道。他该如何处理那一百一十个大婴儿？失去了记忆，人活着还有什么意思？

他从幸存者的走廊走过，低头看着休眠棺里的人；他们没死，却再也不是自己了。他的好友霍普·诺约克，女演员阿兰·汉杜里，他触摸每一具休眠棺，回想着在每个人的脑海中见到的回忆，哈克斯，林克瑞，韦恩，莎拉，雷恩诺，梅斯，我知道那些你们再也不会知道的事——你们是谁，曾经做过什么，想成为怎样的人。现在，如果我唤醒你们会怎样？你，卡波克，曾经有着热切而忠诚的爱，现在你还会记得你的爱人吗？他们的名字和你的记忆气泡一起化为了乌有，你的过去已死。

唯一保存下来的气泡，属于加罗·斯蒂波克。詹森端详着他休眠的容颜，你是我唯一应该唤醒的人吗？一个致力于消灭所有权威的人？你将成为怎样的伙伴？如果让我选，我会选任何人的气泡也不会选你的，你的童年，是我最不想保存的一段回忆。

詹森将飞船驶回初始航线。但跟着没有进入休眠，他开始研究帝国关于移民的智慧结晶，研究那些需要几十个青壮劳力才能胜任的工作。他一头扎进图书库，这次的目标是书，而不是记忆气泡。他将那些书在控制台上展开，希望能够找到答案。他能教这些大婴儿干什么？仅凭他的一双手，能养活多少大婴儿？

很多次，他几乎绝望。那是项不可能完成的任务，创造适合现代社会的农业和制造业所需的科技，需要很多专业素养很高的人。他怎能奢望从零开始教会一百个人专业的知识，而且必须要快，否则没等他们学成就已经饿死？

可逐渐地，他找到了出路。想建造现代社会是不可能了，这是必然的；但创造一个原始社会还是可行的。在这个社会里，工具可以手工打造，耕地的人也用不着会代数，会赶牛就行。我自己就可以犁出一英亩地，播种、收获、养活自己和其他人。我一次抚养一批人，等这批人学成了，就能帮着我养活更多人。

唯一的不足是太费时间。他可以将尚未苏醒的人留在星舰，可带出来的人，会在相当一段时间内无法自理，却依旧要耗费一个成年人配量的食物、衣物和所有的一切，还需要无时无刻的关注和照料。在移民地的最初岁月，詹森一次只能养活几个人，经济将维持在最低限度，作物的收成全都仰赖粗糙的工具和牲畜。

是需要很长时间，可要是他们学得快，詹森就能时不时地离开他们，返回星舰休眠一两年，再带着新的移民者返回，同时检查和确认移民地运转正常。毕竟，这些人都是杜恩精心挑选的，是首星最优秀的人。如果他们还保有高超的素质，那就算失去了记忆，兴许也能做到。而且，如果有些人展现出卓越的领导才能，我就可以将他们带上星舰，再次给他们注射森卡，等更需要的时候再唤醒他们，我可以——

这时，詹森才意识到自己在计划什么：创立一个移民地，到处是无知的农夫，再利用森卡制造出以自己为首的精英阶层；这些精英会不时地离开地表，数年后再一点也没变老地返回。

我居然，打算再次利用休眠药的所有可憎之处。

可这是暂时的，也是必要的，詹森告诉自己，等移民地牢固地建立起来，等我们从带来巨大破坏的导弹危机中恢复过来，就不会再用到森卡了。到那时，我会毁掉那种药，毁掉星舰，把它沉到海底，森卡将从我的星球上消失。

他只能想到这一个法子来创造和维持移民地。即便如此，也需要他本人做出几乎难以负荷的大量工作，尤其是在初期。可这法子兴许能成。

兴许能成，并且可能是一个其他人不具备的优势：一个从零开始创造的机会。社会制度、习俗、信仰、惯例，都可以通过精心设计打磨，没有旧的习俗和信仰的包袱。如果我有足够的智慧，可以创造一个理想国；如果只有我能决定理想社会是什么样子，那么权力就尽在我手。

思路慢慢发散，他开始从细节上打磨他的星球，最后，他又感受到了快乐，再一次为未来而兴奋。此前，他从未有过类似的体验。敌人的导弹打消了杜恩的所有计划，在詹森这一生中，头一回要真正依靠自己，而不是依附于杜恩或是任何人。如果他失败了，就是他一个人的失败；如果他成功了，那就不光是他的成功，也是他的星球上子子孙孙每一代人的成功。那将是我的世界，他告诉他自己；机缘巧合之下，我成了造物主；我将向那些人灌输思想；这一次，让我们留在伊甸园中，永不堕落。

六

唤醒幼儿
Waking the Children

房子被加固得密不透风。在火光下、在床上，他们都感受到了变化；门下不再有寒风灌进来，拉瑞德不再迫切地躲到他那小床的低矮床围后面。有时，屋里是那么的暖和，以至于萨拉睡着了还会踢毯子。

可大雪始终没有降下。北方的冷空气已经降临，积雪都被驱散了，只下了几场阵雪，把痕迹留在了角落里、挂在木瓦上。

“等大雪降下的时候，积雪一定会深得没过你的头顶。”修补匠说，“我这人擅长预测天气，所以我知道。”

到了晚上，贾斯蒂丝将詹森的记忆送入拉瑞德的梦中，输入他的头脑，令他辗转反侧。可今天的内容有些不一样。不知怎的，当他醒来的时候，竟想不起梦中的情形。

“我试过了，”他告诉詹森，“想起了我梦见的犁地的事儿。你做得根本不对，像牵一匹训练有素的马那样去赶牛。可见你不是个好农夫，对不对？”

“我当然不是好农夫。”詹森说，“那可是我这辈子第一次见到泥土。”

“什么泥土，泥土有什么可稀奇的？”

“我明白，”詹森说，“那是只属于我的问题。我把牛赶下星舰，把它们赶进塑料牛棚，直到那时为止，我还没摸过一头热烘烘浑身冒汗的牲畜的背，从没感受过牲畜皮下肌肉的运动。我把犁套上牛背，拼命学习技巧，要弄出笔直的犁沟，还要控制犁出的深度——书本压根儿就没教我这些。再说了，干过这些活的人，谁能活到首星那个时候，所以谁又真的懂那些知识呢？”

“连萨拉知道的都比你多。”拉瑞德说。他干吗非揪住这事不放？

“在我眼里，这些都是了不起的重要发现；可对你来说，不过是每年都要重复进行的粗重工作；你干那些活儿都是下意识的，也难怪会忘记。”

拉瑞德耸耸肩，但实际上他觉得自己失职了。“我不是故意的，我真的努力了，可就是记不住。你再另外找个抄写员吧。”

“当然不行。”詹森说，“你觉得我们为什么选择你？因为你属于这个星球，你知道哪些是重要的，哪些不是。我热爱与土地相关的所有劳动，因为我从没做过。那个时候，我觉得自己什么都经历过了，可那些体力活对我来说是新鲜的，而对你只不过是件苦差事。我在你写书的时候干的那些活儿，比如做把斧柄，做双靴子，用柳条编织，对我来说都很有意思；那么多年了，我又成了村庄里的一员，在这里和你生活在一起，我很开心。可这些感受和你没什么关系，所以没必要写进书里。所以，不要写我怎样拼命干活，怎样干得飞快，以便争取一个小时的时间去林子里采集草药，到星舰实验室里做检测；不要费力写我第一次吃到真正的粮食时的事儿，毕竟我是从小吃易消化的半流食长大的，那都是用海藻、鱼肉、黄豆和人类粪肥做成的，所以第一次吃到面包我吐了。这些对你而言都无关紧要。”

“别生气。”拉瑞德说，“这些事对我无关紧要，又不是我的错。如果可以的话我会记住的，可谁想看这些内容呢？”

“要是这么说，书里所有的内容，又有谁想看呢？拉瑞德，文明生活是你的梦想，对不对——舒适安全的生活，有闲暇时间看喜欢的书，没人在你不情愿的情况下逼你做个庄稼汉或铁匠。然而，你干的那些活儿，比如剥树皮，给窗户装上防护板，做香肠，把稻草塞进被套，这样的生活，可比我经历过的、看过的或听说过的强多了。”

“那是因为你不必靠它过活，”拉瑞德说，“因为你不过是在扮演我们中的一员。”

“或许吧，我是在演。”詹森说，“可我知道林子里的路，能把斧柄做得和这里任何人一样好。”

拉瑞德很怕詹森生气。“我不是有心那么说的。这么多年来，你肯定一直都在学习。”

“不错，”詹森说，“学到一点，但不多。”他正在拧马毛做弓弦，他的手指上下翻飞，动作稳健。“都是偷师的，向那些比我做得好的人。我在他们干活的时候进入他们的头脑，就算不看，也知道他们做东西的手感，我自己没学会过，我这一生都没学会过多少。我只是扮演你们中的一员。”

“我伤害你了吗？”拉瑞德小声说。

“这是我和你的另一个主要区别，你总要提问题。”

“我说错什么了吗？”

“你只是说出了事实。”

“如果你能听到我的心声，詹森，就知道我不是有心伤害你的。”

“我明白。”詹森试了试弦，很细、很紧，“搞定。如果我们不让农活和采草药出现在故事里，就没什么其他可写的了，那在你写的书里，我们该讲些什么？”

“讲人的故事，就是那些失去记忆的人——”

“那些故事跟农活一样，又脏又无聊。我不过是每年从星舰里带出几个人，给他们吃的，帮他们清洁，尽我所能尽快教会他们。”

“我就想知道这些。”

“就跟抚养大婴儿差不多，只是学得更快；另外，要是他们踢你真的很疼。”

“就这样？”拉瑞德问，不免有些失望。

“就这样。你会对此感兴趣，是因为你没有孩子。”詹森说，“为人父母的肯定了解我当时的感受，苦恼、要求、臭烘烘的味道，就在他们学着站起来、靠自己走路的那段日子，简直是一场灾难，有时候还会受伤，而且——”

“我们的婴儿学走路从不受伤。当然，最近不是了。”

詹森皱了皱眉。拉瑞德已经知道，詹森对痛苦降临日有一定责任，所以，看到他默认并有所愧疚，觉得十分满意。“拉瑞德，学会当一个农夫，抚养那些孩子，是我这辈子最快乐的时光，不要因为你天生就掌握我拼了命才掌握的技能就轻视它们。你就不能写写这些事吗，连一天都不写？”

“哪一天？”

“没什么特别的日子，哪一天都行，但别挑我把卡波克、莎拉和巴塔带出星舰的那一天——那年秋天收获了，我却不知道该播种了，以为一年的活儿都干完了。”

“冬天才是忙的时候，”拉瑞德说，“冬天必须浇灌，夏天才有收获。”

“我可不懂这些。”詹森说，“反正就是不能选那天，也不要选我绝望的时候，我绝望正因他们什么都学不会，还有受够了他们总是在拉屎撒尿。或许，可以写写我看到了希望的那一天，或者是我意识到很爱他们的那一天。贾斯蒂丝，找找看那样的一天，送到拉瑞德的梦里。”

那天下午终于下雪了，狂风四起，人们全都窝在家里。拉瑞德负责四处报信，几乎整个下午都在村里巡逻，确认牲畜都进了栏，确认村里人都知道下雪了，确认没有孩子逗留在外。面对大雪带来的危险，拉瑞德竟感到了一丝异样的愉悦，因为大家都把他当成了大人，将家人的性命托付到他手，而没人在后面跟着看他有没有把信送到。大家都觉得我是个男子汉了，拉瑞德心想，我几乎就是靠一己之力了。

到晚饭时分，不管是什么事，都没人出门了。大风卷起雪片，拂过院子，在房子、牲口棚和铁匠铺迎风面的墙边堆起小山一样高的积雪。拉瑞德只把门上的滑动板拉开了一条细缝，大风就迎面灌进来，吹得他的眼睛生疼，看不清外面，可还是看到了修补匠预言中的暴风雪。大风没有一刻稍歇，偶尔稍减时，雪花会直直下落，而不是横飞。雪已经下了很久，却根本看不出积雪多深：在横飞的大雪中，看不见任何房屋，没有任何参照物，直到大雪堆积在门口，深深的积雪从护窗板上缘的缝隙中掉进屋内。拉瑞德这才意识到，平港村从未遭遇过这么严重的暴风雪。那天晚上，拉瑞德和父亲一起上到冰冷的阁楼里，检查房梁能否撑得住积雪的重量。跟着，他在床上躺了很久都没睡着。他听着呼呼刮过房子的风声，两眼盯着护窗板；听积雪压在房子上，把老旧的木料压得吱嘎作响。他两次起床往火里添柴，让屋里越来越暖和，否则从烟囱倒灌下来的寒意也能把人冻死，或者烟雾飘进屋里把他们都熏死。

最后，他终于睡着了，梦见了詹森·沃辛在移民地的一天。那一天很美好，也是在那一天，詹森确信他一定能建成。

詹森被奶牛哞哞的叫声吵醒，该挤奶了。他刚从星舰带出了韦恩、哈克斯和瓦里。前一晚，为了照顾他们，他起身了三次。他们很麻烦。詹森之前带出来的三人已经可以稍稍自立，以至于他都忘了他们有多难带了。倒不是说他们在夜间也要喂饭，毕竟他们都是成年人，不用长身体；他们会半夜惊醒，因为还不习惯做梦；他们的大脑就是巨大的空洞，很容易迷失其间；他们没有任何记忆中的画面可以帮他们度过漫漫长夜。所以，他们时常惊醒，詹森就得时常安慰他们，让他们安静下来。

得去挤奶了，我必须起床。再过一会儿，我一定起床。

还要多久，新来的人才能学会本领？詹森努力回想过去几个月的情形。在那个漫长的冬天和春天里，他一直在照料卡波克、莎拉和巴塔，全力保证他们的安全，让他们坚持学习，同时，他自己要翻地、播种、种庄稼。到了春末，他们就能跟着他一起干活了，他们模仿他，学着种地；那并不需要很久。只要八个月，他们就能说话、走路，分担工作的重担。

詹森虽然没有孩子，但了解每一个接触过的孩子，所以知道他们的进步超过任何婴儿，就好像他们脑海中的一些东西维持着某一模式。他们轻易就能学会走路，只需几个月而已；也能很快控制大小便，这真是不幸中的大幸；用不了多久，就能把话说得很溜。从身体内部开始了解他们的身体，并不像他们小时候那么难。可在他们能自理之前的几个月里，他真的累坏了，毕竟没有哪个母亲照顾过夜里到处乱爬的六英尺婴儿。他们都已发育，所以詹森必须严格指定每个人的铺位，必须穿衣服睡，身体的哪里可以碰，哪里不可以。不生育后代，移民地就无法繁衍下去。詹森要建立一个稳定的社会，那意味着必须维持婚姻这一习俗。

他先抚育了巴塔、卡波克和莎拉，现在轮到了韦恩、哈克斯和瓦里。

詹森叹了口气，强迫自己起床，摸黑穿上衣服。不过四下没有黑得伸手不见五指，有光线从天窗透进来，看来他赖床有一会儿了，奶牛肯定生气了，虽然并没听到它们叫唤。现在，它们肯定已经在大声抱怨了。

他打开门，发现光线直直照射在地板上，这才意识到其他人不见了。新来的三个人躺在休眠棺里，四面的棺壁可以确保他们不坠床，但最早来的三个人都不在。一想到他们有可能去了河边，詹森吓出一身冷汗。他们早就学会游泳了，能漂在水上；而且从现在直到夏天，河水都很和缓，所以他不该害怕。不该害怕，但还是害怕。可他们不在河边。他绕过被称为大屋的塑料圆顶屋，看到卡波克在菜地里，正用锄头锄着一排排豆子。他向远处张望，见莎拉和狗儿就在森林边缘，把羊放出了围栏吃草。于是，他想到了巴塔会在什么地方，径直走进了牛棚。

她已经挤完牛奶了，正在撇乳脂留着做黄油。“你来得正好，”她说。这是詹森常说的话，她现在学来说，甚至还模仿他的腔调，“你来得正好。我们一起做凝乳吧。”噢，她还真是自负。不过工作都做完了，是不是？詹森没帮一点忙。于是，他们一起把好几桶撇出的乳脂倒进木盆，再把木盆放到加热器前加热，在詹森看来，用太阳能加热器做凝乳没什么违和感。他也知道该开始用明火了，可他挺怕的，于是决定至少再推迟一年。就这样，他们用星舰带来的机器发射辐射热，维持木盆里牛奶的温度。从宰杀的羊羔肚子里取出的乳酸起到了凝结作用，在星舰上精心培养的细菌在牛奶里滋生，最后将牛奶变成奶酪。

“我们让你多睡一会儿，”巴塔说，“你太累了。那几个新来的，一到晚上就闹腾个没完。”

“没错，”詹森说，“谢谢你。你做得非常好。”

“我一个人干这活没问题。”她说，“我知道该怎么干。”所以，他只在她忙不过来的时候去帮她，而且没给她任何指导；他确定她掌握了干活的方法，就去做比较简单的活儿——制作黄油。在等着凝结的时候，巴塔有点趾高气扬地走过来，笑着用两手握住搅乳器的手柄，“夏天可以用黄油做甜品，冬天可以用奶酪来拌肉。”她说。

“你真聪明。”詹森夸奖道。然后，他回到大屋，去照料新来的三个人。他喂他们吃了饭，给他们换了尿布，将屎尿搬到厕所，把脏尿布放进木桶，在那儿将尿液过滤出来留待秋天做肥皂。把一切都利用起来，教会他们物尽其用，即便那会使你渴望文明的胃有点儿恶心，詹森心想。他们可没那么敏感，他们能学会哪些重要，哪些不重要。在首星，有多少公民视通奸为寻常，却在看到自己的粪便时哆哆嗦嗦？相比各种情趣主题的真人秀，人们觉得展示排便的真人秀最最色情。杜恩，没有你首星一样会堕落，你只不过是让它和森卡一块儿完蛋而已——在你出生之前，首星就已泥足深陷。

卡波克在菜园里勤勤恳恳地劳作。和巴塔一样，他干活儿也是为了赢得詹森的表扬，詹森也不吝赞美。卡波克没有弄坏一根可以食用的蔬菜，而且把野草拔光了。“你今天的劳作已经保证了我们的饭碗。”詹森说。这是很大的褒奖。他教过他们如何求生；每天辛苦劳作，就是为了保证饭碗。夏天，每分每秒的汗水都让你熬过严冬的希望加大一分；虽然他们并不记得冬天是什么样子，可他们相信他，从不怀疑会有吃不饱肚子的一天。事实上，星舰上有充足的食物，够四个人——噢，或许七个人也成——生活二十年。可很快他们就能自给自足，甚至更好。

在卡波克卖力锄地的时候，詹森读了他的思想。他掌握的词汇不多，还不足以思考，但他有强烈的秩序感。正是他出的主意，让詹森今早多睡一会儿，由他们把工作做完。卡波克选了自己最不喜欢的工作，在毒辣的太阳下没完没了地俯身锄地。对他来说，这就是秩序：做所有詹森教他们去做的事，绝不让詹森重复要求。他教过他们，所谓长大，就是主动承担责任，哪怕并非出自本意，哪怕那样你会受伤，哪怕你不做也没人知道。在詹森的面前成长，就是卡波克那一天的计划。

不只如此，他还想到了未来。卡波克搜肠刮肚，把他的想法说了出来。“明天，新来的人能帮忙吗？”他问。他已经明白，曾几何时，他、巴塔和莎拉，就跟那些新来的一样，只知道躺在休眠棺里，一点儿忙也帮不上。并且总有一天，新来的会变得和他、巴塔、莎拉一样能干。

“明天还不行，要再过几个星期。”

在卡波克心里，那意味着很长一段时间，就像传说中的冬天一样遥远，可这验证了他的猜想是正确的。于是他壮起胆子，又问了一个问题：“要不要我去教他们？”

我问这个问题是认真的，我能成为你那样的人吗，詹森？詹森读到了他的想法，于是答道：“你不能教新来的这三人，但你将来可以教其他人，更后来的那些，更新的那些人，你可以把一切都教给他们。”

啊，卡波克心想，我一定会成为你那样的人，这就是我的愿望。

他们一起吃了午饭，不过莎拉不在，她放羊去了，羊要到下午晚些时候才进栏。詹森从未见过卡波克和巴塔这么开心，他们搜肠刮肚，寻找合适的词汇，争着把自己一天的工作告诉对方，还讲了詹森怎么表扬他们。而詹森，就一言不发地在休眠棺之间走来走去，给新来的三个人喂搅乳器中取出的奶油。不用说，巴塔新做的黄油，抹在了用去年收获的小麦做成的面包上。去年的小麦都是詹森一个人种植和收获的，他在这片陌生的土地上尝试了七种不同的种子，最后终于找出了几样合适的，看着它们茁壮成长。我再也不用像从前那样，孤零零地用小型拖拉机犁地，乘坐小划艇把狩猎动物赶进森林里，把鱼放进湖中。我会有更多的自由可以随意来去，不必再像现在这样辛苦劳作了。可我更喜欢现在，喜欢得多，喜欢听到他们的声音，看着他们在学习中收获乐趣。

他们一起过滤那天做好的凝乳，包裹起来用石头压住，将其制成奶酪。另外三十块奶酪已经变硬发臭，这意味着到了冬天，他们就有很多吃的了；詹森决定从星舰里带奶牛出来真是明智极了，虽然它们曾给他找过不少麻烦，害他非得建起结实的围栏才能圈住它们。

我成功了，詹森想。我踏足河边的一片草地，将它变为一座农场，我有帮手，有牲畜，有足够养活所有人的粮食。他们一直在学习，总有一天，他们会学到足够的知识，到时候没有我也能活下去——

这是对未来自由的承诺，一天天地，他们对他的依赖会越来越少。可这也是死亡的警告。

留下卡波克照顾新来的三个人，巴塔和詹森去了没有栅栏的田野边缘，去劈去年冬天留下的木头来做栅栏。工作很累人，干起来满头大汗，可在天黑之前，他们又将栅栏延长了一百步，这样一来，在夏天结束前，他们就可以把猪放到森林里，让它们走来走去，用鼻拱土翻找吃的，栅栏还能把它们隔开以免破坏庄稼。这样，它们在森林里就能填饱肚子，节省小农场的资源。猪还能给他们提供培根，作为过冬的食物。

物尽其用，不浪费一丝一毫。收获后，可以放鹅吃落穗，秋天就会有烤鹅吃。山羊可以吃残茬，贡献羊毛，母羊会产奶，羊羔来年会长成羊群。废木柴的灰烬混合尿液，可以做成肥皂。猪和羊羔宰杀后的肠衣，可以编成坚韧的绳子，用来绑东西或是灌香肠。曾几何时，在阳光普照之地，所有男男女女每天的生活，就是将目力所及的一切都化作食物、燃料、衣物和住所。对詹森来说，这就是创世的开始，他拥有的一切都是崭新的。

莎拉和卡波克一起备好了晚餐。虽然算不上美味，但很不错了，因为詹森并没有从旁指导。今天，他们对这件事很重视——自从詹森把他们带下星舰，今天完成的工作是平日的两倍。巴塔甚至给新来的三个人喂了饭：哈克斯把口水吐在了她身上，韦恩一直咬勺子，她气坏了，冲他们大喊大叫。卡波克叫她冷静下来，毕竟，对新来的人能提什么要求呢？莎拉对卡波克大呼小叫，叫他对巴塔客气点，她只是想帮忙而已。詹森看着他们，高兴得哈哈大笑。这一切是那么完整。他们是一家人。

“搞定。”拉瑞德说，“这就是你想要的吗？”

“没错。”詹森说。

“看看我写的，你们做奶酪的过程读起来很有意思吧。连傻子都会做奶酪，这你知道。还有，就你们做的那种栅栏，羊一跳就过去了。”

“这我知道，那年夏天还没过完我就知道了，我们后来加高了栅栏。”

“用尿做的肥皂，多恶心啊。”

“书上可没说过这个。后来，我们学会了像你们一样，用牲口棚里的稻草过滤尿液来做肥皂。我们总不能一下子学会所有事情。”

“明白。”拉瑞德说，“我只是说——你和他们一样，都是小孩子。一帮个头大大的小孩子，就好像你五岁，他们三岁，所以在他们看来，你就跟无上之神一样。”

“就跟无上之神一样。”

秋天的一个深夜，屋子里黑漆漆的，其他人都睡着了，卡波克来找他。“詹森，”他说，“所有的一切都是从那艘星舰里来的吗？”

他说出“星舰”两个字，指的是从大屋走一个小时才能走到的那座又高又大的建筑，并不知道那是一个可以穿越宇宙的飞行器。

“你们不能帮我建造的一切东西，都来自那里。”詹森说。他动不动就说“一切”这个词，让卡波克立刻以为大地啦、河流啦、森林啦、天空啦，也是从星舰里来的。詹森想要解释，可对卡波克来说，不管说什么都跟天方夜谭一样，像星际旅行啊、移民地啊、星球啊、城市啊，就算是说到“人”，对他来说又有什么意义？不过是只有詹森才能理解的咒语罢了。他坚信所有的一切都来自星舰，是詹森把星舰带到这个地方来的。等以后再教他吧，詹森心想，等以后他知道的多了，就告诉他我不是无上之神。

“还有新来的那几个，是你创造了他们吗？”

“当然不是。”詹森说，“我只是带他们到这里来而已。在我们来这儿之前，他们都和我一样。在来这里的路上，他们一直在休眠。星舰里还有很多人，他们都在休眠。”

“你不在星舰里，他们会不会醒来，会不会害怕？”

“不会，他们会睡很久。就好像河流在冰下休眠，田野在雪下休眠。除非我叫醒他们，否则他们会一直睡下去。”

当然不会。唯有詹森能唤醒一切，等冬天来了，詹森就会愿意唤醒一切了。还有那些如同冰下的河水一样休眠的人，只要詹森召唤他们，他们就会来。我会按照詹森教我的去做，因为我也曾是“冰人”。

那天下午晚些时候，风停了。“只是暴风雪前的平静，”修补匠说，“不要走出太远，也别单独出去。”

“我们不去很远，”父亲说，“拉瑞德和我一块儿去。”

他们从厨房朝南的窗户爬出去，浑身包裹得严严实实，只露两只眼睛，爬起来就跟两个笨拙的婴儿一样。南边的积雪并不特别深，而房子左右都积满了从屋顶滑落的雪。雪还在下，这回是垂直落地。

“我们这是要去哪儿？”拉瑞德问。

“铁匠铺。”

四下一派死寂，只有他们的脚步声响在耳畔，听起来难受极了。有那么一会儿，在小旅店和铁匠铺之间，看不到任何建筑，触目所及都是陌生的雪堆，以及父亲在他前面笨拙地穿行于及腰深的积雪中。走着走着，就看到铁匠铺在前面的雪中，仿佛一道黑线，只剩铺顶的边缘露在外面。从前，在这样的天气，拉瑞德会躲在屋里。可父亲能找到最浅的雪，成功地躲开了比他们还高的积雪。

铁匠铺朝南的门口积得很深。他们把雪拨开，来到门左侧顶部的宽窗边，那扇窗是向里开的。他们猫腰钻了进去。

“帮我把火拨旺。”前一天点的火还着着。可到底有什么紧急的工作，非要他们冒险顶着这么大的雪来干？

拉瑞德想去关窗，同时得到了答案。

“点上火，”父亲说，“把窗边的雪都弄走，这样别人才能看清入口。”

别人。拉瑞德立马明白了，今天晚上，他们将为他举行成人礼，让他成为一个真正的男人。在这样的暴风雪中还能请到人前来观礼，是莫大的荣耀。

他们来了，两个两个地到来，最后聚起了十八人，在暖意融融的铁匠铺里，他们都快热得流汗了。他们在敞开的窗户到炉火之间，留出了一条宽敞的过道。

“我们，立于冰与火之间。”父亲说。

“冰与火。”其他人依礼应和。

“你选择面对烈火，还是寒冰？”

面对烈火还是寒冰，什么意思？不知道什么意思，他怎么通过考验呢？

他犹豫了。

人群开始窃窃私语。

拉瑞德尝试猜测他们的意图。烈火意味着柯兰妮，在痛苦中焚毁；寒冰意味着外面的暴雪，看不到任何回家的指向。无论怎样我都不会选烈火。可跟着他又转念一想：如果我必须同时面对这两样，我会先选哪一种，后选哪一种？我将，先面对最让我恐惧的那个——兴许这就是测试的意图。

“火。”他说。

立刻，很多只手抓着他，把他推向熊熊烈火。风箱发出嘎嘎的爆裂声，余烬直往上蹿，很多只手扒掉他的衣服。最后，烈火灼烤着他的前胸，窗口灌进的寒风刺痛他的后背。

“天地初始，”父亲朗声诵道，“是休眠的时代。当时，所有人都渴望黑夜，憎恨清醒的白日。在他们当中，有一人具有无边的能力，他憎恨休眠，于是招来了毁灭。这个人名叫杜恩，在苏醒之日降临前，没有人知道他。在苏醒之日那一天，钢铁世界传来一声呼喊：看看这个偷走休眠的人吧！于是，杜恩的恶名家喻户晓，因为休眠者属于他，可他们无一例外被迫地苏醒过来。”

如果杜恩的脸从未在我的记忆里出现过，这些话对我有什么意义？拉瑞德琢磨着。如果我不知情的话，这一切不过是个古老的仪式，一个神话；可我已经知晓真相，我和杜恩面对面说过话，我还可以告诉你们，当他发觉你害怕时会用怎样的眼神看着你。我就是杜恩，但如果他是魔鬼，森卡就比魔鬼更邪恶。

“接下来，”父亲说，“所有星球都迷失在黑暗之中。人们再也无法在天空中找到星星，整整迷失了五千年。直到后来，人类学会了逆光旅行，星际飞行的速度那么快，使得被杜恩偷走的休眠再也派不上用场。跟着，他们再次找到了彼此，找到了所有星球，只有一个除外，那个具有神圣名字的星球。”

“冰与火。”其他人依礼应和。

“只有在冰与火之间，才能言说那个名字——”父亲伸出双手，将拇指按在拉瑞德的眼皮上。“沃辛。”他说，跟着又小声道，“说一遍。”

“沃辛。”拉瑞德说。

“那是最为遥远的星球，隐蔽于最深处。就是在那里，当人类苏醒之时，无上之神进入休眠。神的名字，叫詹森。”

“詹森。”人们应和。

“那颗星球上都是无上之神的子孙。他们看到了整个宇宙的痛苦，苏醒的痛苦，火和光带来的痛苦，于是，他们道，‘我们将怜悯那些苏醒之人，减轻他们的痛苦。我们不是詹森，无法赠予他们休眠；可我们是詹森的子孙，能让他们远离烈火。我们，化身为冰人，在你们的背后送上守护。’”

拉瑞德这才意识到，他们，都知道詹森故事的结局。他们知道，在詹森做完一切后，那颗星球变成了什么样子。

“如今，”父亲说，“他们赐予我们冰，给予我们守护；可我们记得痛苦的滋味！在冰与火之间，我们记得——”

他突然卡住了，没有再背诵下去。人群交头接耳。“记得——”“痛苦。”有人小声道。

“一切都不同了，”父亲不再背祝词，他说，“再也不是苏醒之日，再也不是冰之守护，现在降临的是痛苦之日。我绝不允许重蹈覆辙。”

众人噤声。

“我们都看到了那桩悲剧沿河而下，那正是冰火仪式导致的！我在那天就说过，我们，绝不会做相同的事！”

拉瑞德一直记得木筏上那个被活活烧死的人。木筏来自河上游，那里的群山有不化的坚冰。

“如果照做，会怎么样？”拉瑞德问。

父亲的表情很痛苦，“我们会把你丢进火中。从前，我们的手臂会被天使阻止，哪怕用尽全力也不行。这个仪式是为了让子孙对痛苦永志不忘，也是对冰之天使的考验。”

人群一言不发。

“我们亲眼见证了柯兰妮的惨剧，知道詹森再次休眠了！天使再也没有力量了！”

“那么，”柯兰妮的父亲说，“让他去面对寒冰。”

“可他选的是火。”另一人说。

“哪个都不行。”父亲说，“我们以前这么做是因为知道不会有后果。而现在，痛苦和死亡如影随形！”

“让他面对寒冰吧。”柯兰妮的父亲说，“你已经破坏了神圣的仪式。”

“要是我们不废除这个仪式，我们的儿子全都会死！”

柯兰妮的父亲就快哭了——或者，就快发怒了？“我们必须召回他们！我们必须把他们唤醒！”

“我们绝不能杀自己的孩子，哪怕是为了唤醒休眠的神明也不行！”

拉瑞德总算明白了。他们要把他这个赤身裸体、即将成年的少年，丢进火里或是从窗口扔到外面的风雪里。从他们的表情中，他看出人们并不确定自己想要什么。这是一个历代传续下来的古老仪式，而自痛苦降临日以来的所有疑惑此时也都表现在他们的脸上。拉瑞德清楚自己在他们眼里的价值：他不过是个书呆子，所以不值得信任；相对这个年纪他也不够强壮，所以一钱不值；他是村里首富的儿子，所以遭人嫉妒；他们并不铁了心要我的命，可如果有谁死了能唤回守护天使，他们会很高兴死的是我；父亲会为了救我而丢尽脸面，如果他们最终放我一马，也是因为父亲的苦苦哀求，那样一来，铁匠今后就别想再抬起头来做人了。

被火烧死太惨了，拉瑞德心想，可我能扛得住冰雪。

“詹森的子孙，是火之天使，还是冰之天使？”他开口道。

按理他在仪式中不能说话，可这仪式本身就很扯。

“冰。”屠夫汉科尔说。

“那，我就选冰。”拉瑞德说。

“不行。”父亲道。

外面狂风骤起，像是在回应。暴风雪中的短暂平静结束了。

“一旦到了外面，我该做什么？”拉瑞德说。

没人能给出肯定的答案，以往天使总在最后一刻阻止他们。“按照祝词，”父亲道，“就是‘直到你在冰中睡着’。”

“换作是火，”柯兰妮的父亲说，“祝词就是‘直到你在火焰中醒来’。”

“那我会一直待到睡着。”

父亲握住拉瑞德的肩膀。“不行。我决不允许。”可他的眼睛在说：我看到了你的勇气。

“我会一直，待到睡着。”拉瑞德重复道。

不要，我肯定不会去救你。一个声音在他心里说。

我又没要你救我，拉瑞德在心里答道。他知道对方能听到。

不要自寻死路，贾斯蒂丝说。

“我会一直，待到最后一口气！”拉瑞德喊道。

他们把手伸向他，如同几十只动物要将他吞没。手将他抬起来，向窗口送去，丢到了寒风和大雪之中。

雪花砸到他身上，冻得难受极了。他直起身，雪片又灌进了口鼻。他站起来，冻得倒抽气，浑身直哆嗦，两腿绵软无力。我现在该干什么？噢，对，一直待到睡着。从窗口射出的火光将他的身影印在雪地上——他一脚踏在影子上。狂风猛刮着，他再次栽倒，可马上又站了起来，跌跌撞撞地向前走。

“够了！”父亲喊道。可这还不够。

直到我睡着。在他们眼里，休眠就是冰，在他们的故事里就是。河边有冰，也不很远。换作夏天，我三分钟就能跑到河边。我必须从河边带回冰来给他们，我必须缴获寒冷，把寒冷带回来，就像詹森让戾兽钻进身体，再把它弄出来得以幸存那样。只要我能活下来，从今夜开始，詹森的记忆再也不能压倒我自己的。

没人会来救你，一个声音在他心里说。但他不确定说话的是贾斯蒂丝，还是自己的恐惧。

这里离河边并不远，可寒风一刮，真是冰冷蚀骨，河边的风更加狂野。拉瑞德拖着冻僵的身体在雪地里穿行，走着走着，找到了到昨天为止还只是半埋在土里的石头；今天，石头已经冰冻。他的手指冻僵了，费了半天劲才拿起一块锋利的石头，还把手指割伤了。他跪在水边，新结的冰上落满了雪，河中央也结了冰。他用石头砸了几下，把河冰砸开；冰下的河水溅起，竟让他感觉手臂一暖。他在水中摸索一阵，捞出了一大块冰，跟着爬回了倾斜的河岸。

他已经从河里捞出冰，现在可以回去了，没人会说他失败了。可这会儿狂风将雪抹在他脸上，他跌跌撞撞地向前走，整个世界只剩一片雪花在向他涌来。他看不到村子，除了前面的雪，什么都看不见，他甚至不记得河在村子的什么方位。片刻之前，他还冻得直哆嗦，连冰块都捧不住；现在，他已经感觉不到冷了。

跟着，在茫茫无尽的雪片中，出现了两个人影。是父亲和詹森。打头的是詹森，不过是父亲用一张毯子裹住了他。

“我到了河边，”拉瑞德说，“我还拿到了这块冰。”

“这块冰在他手里都不会融化。”父亲道。

他们抬起拉瑞德，抬着他穿过雪地。他们高声呼喊几声，有人回应；从更远的地方，也有人在回应，声音非常小。雪地里有一队人。拉瑞德看不到队伍的尽头，他在父亲怀里睡着了。

他在木盆里惊醒，浑身剧烈颤抖着。母亲正把热水浇到他身上，疼得他大叫。

看到他醒了，母亲拿出合乎她风格的疼爱方式。“傻瓜！”她喊道，“竟然光着身子跑到雪地里，那些男人全是白痴！”说罢，回到火边继续烧水。

说得太对了，他脑海里的声音说。

“你也是。”詹森小声道。

男人们都呆立在那儿，一张张脸在火光下闪烁不定。房间里很暖和，一呼吸就觉得疼，拉瑞德可不想被外人看到他那样。他垂下头，别过脸，跟着又转回来，缓慢地来回晃着脑袋。

“别再折磨他了。”詹森说，“他已经把冰给你们取回来了，在回家的路上也睡着了，祝词里说的他全都做到了。”

默默地，男人们开始戴手套，穿上沉重的外套和斗篷。

“他们说，你叫詹森？”屠夫汉科尔说。

“我叫詹森·沃辛。”詹森说，“莫非你认为，拉瑞德的父亲没说实话？”

“你是，”柯兰妮的父亲小声道，“无上之神？”

“不是。”詹森说，“只是个普通人，年纪越来越大，想有个家。还有，我不知道你们怎会这么蠢，竟在这种天气离家外出。”

他们从厨房的窗户离开了，互相搀扶着，在黑暗中回了家。

七

冬天的故事
Winter Tales

他们遭遇过好几次更加猛烈的暴风雪，在很多冬天里，积雪都比这深得多，可今年冬季的开头无疑是最糟糕的。屋里的每个人，都不停地唠叨着同样的话："这可才是今年的第一场雪！"大风刮了整整三天，好在除第一夜外，每次下雪都只积几英寸，白天他们可以外出走动，给牲畜喂食喂水。

拉瑞德只能卧床静养。白天，他就躺在父亲的床上，人们在他周围活动。到第三天，村里的女人聚在一起，照常做起了编织，虽然与拉瑞德共处一室，可她们并不常搭理他。他一直烧得迷迷糊糊，不想说话，而其他人对他有所敬畏，也没什么话想说。人们毫发无损熬过了这场暴雪，很多人猜测该归功于将自己献给了暴雪的拉瑞德，是他阻止了情况恶化。

修补匠一边干活儿，一边唱歌讲故事，在那几个钟头的娱乐中，他能把气氛搞得非常活跃，可一结束，大家又不说话了，只有织布机上的梭子在唰唰作响。这时，萨拉忽然停下手头的针线，抬起头，走到屋子中央。她转了两次头，最后面对着拉瑞德，不过他不肯定她是不是在看他。

"我也知道一个故事，也是关于一场暴风雪的。故事里也有一个修补匠。"

“我喜欢。”修补匠哈哈笑着说。可其他人都笑不出来，萨拉的表情太严肃了，她是在替别人说故事。拉瑞德知道，是贾斯蒂丝。女人们也知道，这会儿她们都在偷偷打量贾斯蒂丝；她正在编马鬃毛，手艺依然粗糙。她可没注意她们。

“那个修补匠叫约翰，每年冬天，他都会到一个村子去，而且会住在一间小旅店里。那个村子位于一片大森林的中心，那片森林叫水之森林，村子叫做沃辛，因为小旅店的名字也叫沃辛。修补匠约翰之所以会去住那座小旅店，是因为店主是他哥哥。他住在小旅店的高高的塔楼上的一个房间里，四面都有窗户。他的哥哥人称店主马丁，马丁的儿子叫阿莫斯。阿莫斯很喜欢约翰叔叔，盼着冬天快快来，因为鸟儿会来找修补匠约翰，就像认识他一样。一整个冬天，鸟儿都会在他的窗边飞进飞出；遇上暴风雪，就在他的窗台上蜷成一团。”

拉瑞德留意着屋里的女人们。听到那个名字，她们看上去一点反应也没有，但嘴唇略一紧绷，眼神有一丝冰冷。她们也觉得那是个避讳的名字吗？拉瑞德很想知道。

“鸟儿来找他，是因为他认识它们。在鸟儿飞翔的时候，他能看见它们在看什么，能感觉到气流划过它们的羽毛。如果鸟儿生了病，或是受了伤，他能找到疼痛的部位，把它们治好。同样，他也能医治人。”

一个名叫沃辛的医生。女人们懂了，萨拉的故事与痛苦降临日有关。

这个传说源自詹森星球上的一个故事，拉瑞德听过另一个版本，还没写下来。拉瑞德从未听过萨拉讲的这个版本。难道，他们放弃他了？

“他一到村子，人们就找他瞧病，治疗他们的残疾，他一定会让他们都恢复健康。可要想治愈他们，他就必须在他们心里待上一段时间，把自己变成他们；当他离开时，就会带着他们的记忆。最后，一千个充满痛苦和恐惧的记忆，在他心里安了家；永远都是痛苦和恐惧的记忆，而不是治愈的记忆。于是，他越来越怕给人治病，越来越爱和鸟儿为伴，因为鸟儿的记忆只关于飞行、食物、伴侣和筑巢。

“他越是躲避，村里的人就越为他的能力而惧怕他。到了最后，他们压根儿就不把他当人看，虽然他就出生在他们中间；他也不觉得自己是他们的一员，即便他还保存着他们痛苦的回忆。

“后来，有一年冬天，也跟我们今年的冬天一样，一场猛烈的暴风雪带来了很深的积雪，有些房屋的房梁被压塌了，睡梦中的人们或死或伤，还有些人的腿和胳膊冻坏了。人们呼唤修补匠约翰，请治愈我们吧，让我们重新完整。他尽了力，可伤残者太多了，他来不及治好所有的人。虽然他救活了一些，可死去的人更多。

“你为什么不救我的儿子！一个人喊道。你为什么不救我的女儿，我的妻子，我的丈夫，父亲，母亲，姐妹，兄弟……于是，他们开始惩罚他，他们惩罚他的办法就是杀死鸟儿，把鸟儿的尸体堆在小旅店的门前。

“一看到那些支离破碎的鸟儿，他顿时怒不可遏。这么多年了，他一直分担他们的痛苦，可现在，就因为他无法做到能力之外的事，无法满足他们，他们就无情地杀害鸟儿。他心中的怒火熊熊燃起，于是他说，你们都去死吧，我再也不会帮你们。他裹起他最保暖的衣服，离开了村子。

“他走后，暴风雪又来了，压在所有的房子上，把所有的护窗板都压得稀烂。到最后，在这场风雪中唯一完好无损的房子就是沃辛旅店。幸存者都来到了小旅店，然后派出搜救队，看是否还有人困在倒塌的屋子里。可大雪不停地下，一些搜救队失踪了，积雪那么深，人们只能从二楼的窗户进出，许多低矮的房子整个都被积雪埋住了，他们根本连找都找不到。

“在修补匠约翰离开后的第四天，人们陷入了绝望的深渊。活下来的人无一不在那场暴雪中失去了亲友，只有店主马丁除外，他的独生子阿莫斯活下来了。阿莫斯真想告诉那些人，你们这些傻瓜啊，如果你们能对约翰叔叔所做的事心存感激，那他就不会出走，他就能在这里，治好人们冻伤的腿和摔伤的腰背。可他父亲洞悉了他的想法，命令他什么也不要说。店主马丁对阿莫斯说，我们的房子依然矗立，我的儿子还活着，我们的眼睛与修补匠约翰的眼睛一样蓝，是不是希望针对那双眼睛的怒火烧到我们身上？”

没人盯着贾斯蒂丝的那双蓝眼，可那双眼睛出现在了每个人的心里。

“于是，大家都默不作声。到了第四天晚上，修补匠约翰回来了，他在暴风雪中流浪，冻坏了。他走进屋子，没与他们讲一句话，他们也没和他说话。他们只是打他，把他打倒在地，他们踢他，把他活活踢死了。因为，一个不能拯救他们的神明，对他们毫无用处。小阿莫斯亲眼看着修补匠约翰被人打死。他一天天长大，发现他拥有神奇的能力，比如可以治愈别人，能听到别人的心声，记住从未在自己的生活中发生过的事。可阿莫斯没有对任何人透露过这件事，没有利用他的能力帮助任何人，即便他知道能做到，也没有那么做。同时，他也没有去为修补匠报仇，因为他看到了村民对修补匠之死的回忆。他不知道哪个更糟些，是他们在杀死他之前的恐惧，还是他们在他死后感受到的羞耻与悔恨。他不想记住这两种感觉，于是，他去了另一座城市，再没回过沃辛村。故事讲完了。”

萨拉回过神来，不再恍惚。“你们喜欢我的故事吗？”她问。

“喜欢。”大家都说。她毕竟是个孩子，大人就爱对孩子撒谎，好让他们好过点。

只有修补匠例外。“我可不喜欢有关修补匠死掉的故事，”他说。“开个玩笑而已。”他又说。可没人被逗笑。

那天夜里，所有人都睡着了，拉瑞德却醒着。他蜷缩在自己的床上，旁边就是炉火。他过去几天里一直在休养，所以这会儿睡不着了。他从床上下来，虚弱无力地走上楼，看到詹森和贾斯蒂丝都没睡。这会儿，他们就在詹森的房间里坐着，点了根蜡烛照明，他原还以为需要叫醒他们呢。他们为什么不睡觉？

“你们知道我要来？”拉瑞德问。

詹森摇摇头。

“为什么要给萨拉讲那个故事？”拉瑞德问，“那应该是很久以后的事了。那时，詹森的后裔都具备了比他更强的力量，肯定是几百年后了。”

“是三千年。”詹森说。

“你们俩，是谁记得那个故事？”拉瑞德问，“你当时在那儿吗，詹森？”

“我当时注射了休眠药，在海底的星舰中休眠。”

“这么说是你了，”拉瑞德对贾斯蒂丝说，“你在场。”

“她是在修补匠约翰死后几千年才出生的。”詹森说，“不过，那段记忆从未被遗忘。某些时刻，每个孩子都够胆读取父母的记忆。就这样，一部分记忆被代代传承，都是些每一代人都觉得重要、值得保留下来记忆。这不是刻意的选择，人们只会忘记对他们无关紧要的事。我从贾斯蒂丝的脑海里找到了关于修补匠约翰的记忆。我甚至还回顾过去，在他们脑海中寻找有关我的记忆。”詹森哈哈大笑，“大概是因为我和孩子们相处的时间太短，他们从我的脑子里找到的记忆都让他们不感兴趣。我搜寻到了他们最古老的记忆，我不在场，我被遗忘了，只剩下一个名字。”

拉瑞德半夜来，可不是想听詹森想入非非。“你们为什么要把那个故事告诉萨拉，而不对我说？”

贾斯蒂丝别开脸。

“你进来的时候，我们正为这事争吵呢。”詹森说，“好像是因为，萨拉问她痛苦降临日为什么会出现。”

“那，修补匠约翰的故事就是答案？”

“并不是。”詹森说，“但是适合说给孩子听的答案。那个故事并没有解释痛苦降临的原因，只是另一个故事的一部分，属于你要写的书的另一章。痛苦降临日之所以出现，并不是因为痛苦太多以至于我的子孙处理不过来。他们从未耗尽治愈的能力。”

拉瑞德打定主意，要让贾斯蒂丝亲自开口向他解释。“那你们为什么不再治愈？”

贾斯蒂丝依旧没有扭过头来。

“所以，才会讲那个故事，”詹森说，“所以，我们要写那部书。”

拉瑞德突然想起他是怎么知道书的内容的，不由得不寒而栗。他想起萨拉那个故事的内容，“你是在梦中告诉她那个故事的？她亲眼看着修补匠约翰被打死了？”

这个问题终于逼贾斯蒂丝开口了。她在他心里答道：我是讲给她听的。你当我是什么人？

“看见别人受苦，即便能治愈也会转身走开的人。”

不用读她的心思，拉瑞德也知道自己惹恼了她。

“如果是她，”詹森说，“从冰天雪地里走进屋，你会把她踢死吗？先不急着回答，没有真正的理解，就没有答案。现在，回床上睡吧。那一晚，你到鬼门关走了一遭，也看到过我在杜恩的花园里如何死里逃生，那就是你想要的。你要做一件事，除非你做完了，否则不可能理解其中的意义。如果我去找你、阻止你，或者贾斯蒂丝早早就告诉你说不会有危险，那么，你光着身子在风雪中拼搏还有什么意义呢？”

拉瑞德没有给出会不会的答案，因为那像是示弱。他也没道歉，虽然没有说，可他们反正能听到。于是，他下楼睡觉。

回到床边，他发现母亲醒着，正在等他。她什么都没说，只是给他盖好毯子，就回床上去了。我被守护着，他心想，母亲也对我呵护备至。这是比詹森和贾斯蒂丝给他的更有说服力的答案。有了这个答案，他就能睡着了。

而且，还能做梦。

一大早，卡波克就起床生火。空气中有一种新的味道。他们都开玩笑说，卡波克整天跟羊混在一起，什么都闻不到了，可事实不是这样。他能闻到所有气味，虽然闻着都有点像绵羊的味道。

那是雪的气味。大地像覆盖了一张薄薄的毯子。还只是初冬，卡波克很想知道，这意味着今年冬天会难熬还是很好过。他琢磨着，詹森今年会送来怎样的天气呢，因为这是詹森走后的头一个冬天，是卡波克当上市长的头一个冬天。我不希望你走，卡波克曾说，要是非走不可，我希望你让莎拉当市长。可詹森说：“莎拉擅长命名和讲故事，但说到明辨是非，你是不二人选。”

莎拉的确擅长命名。她让詹森又讲了一遍星塔的故事，冰人就在那里休眠——星塔这个名字就是她起的。她说，他们所有人居住的星河南边这片土地就是天堂市，而向北步行一个小时抵达的大河就是天堂河，因为它就像天空一样宽阔。后来，她和卡波克带着所有绵羊横渡星河，一起在那边安顿下来。又一天，莎拉惊奇地说："我们再也不是住在天堂市了。我们有了一个新的地方。"她就将那里命名为绵羊畔。

莎拉擅长取名是没错，可卡波克并不特别擅长判断对错。詹森永远不会错，可卡波克从来都不肯定什么是对，什么是错。有时，他觉得一件事是对的，事实证明，那的确是对的。比如今天，所有人都会意识到，他告诉他们赶在天变冷前早早地用茅草覆盖屋顶，绝对是正确的。不是每所房子都温暖干燥，他们为韦恩和瓦里新盖的那所房子就不是。这场来得太早的雪会让他们个个都说：你说得对。

可有时候他也会犯错。比如，他想让巴塔和哈克斯结婚，就犯了错。看起来这么安排没什么不合适，他们是最初六个冰人中的最后两名，我娶了莎拉，瓦里选择了韦恩。哈克斯倒觉得他这主意不错，可巴塔一听就急了，说："詹森从没叫你撮合婚姻，对不对？"卡波克承认她对，自己错了。詹森从不犯错，所以他们都很失望，因为卡波克不如詹森聪明。不过，这场雪能让他重新赢回大家的信任。

卡波克记得他在这个星球度过的四个冬天。关于第一个冬天，他只隐约记得光线太晃眼，他根本看不清，雪又大，他吓坏了，飞也似的逃回了大屋。第二个冬天好一些，因为那年冬天他、莎拉还有巴塔依靠自己收获的食物便熬了过去。也是在那个冬天，詹森教会了哈克斯、韦恩和瓦里走路和说话。

第三个冬天，卡波克和莎拉离开天堂市，来到了星河对岸，刚刚住进他们自己的房子。他们是第一对结婚的夫妇，他们的房子是第一座新房子。到夏天，他们的第一个孩子出生了，莎拉给他取名西埃尔。

第四个冬天，也就是今年的冬天，莎拉在照顾西埃尔，所以要卡波克不要太吵，但卡波克心里正七上八下的。因为，天堂市出现了一个问题，而他拿捏不准那是对是错。

他们有一个规矩，就是凡遇到大型工作，所有人都要一起干活。他们就这样在两天内盖好新房子，就这样收获、耙地、打谷，用茅草覆盖屋顶，冬天去伐木，为新开辟的田地清理杂草。工具属于所有人，每天的工作也都为共同的利益服务。

所以，当有一天林克瑞找到卡波克，向他借一把斧子和一天的时间时，他不知道该怎么办才好了。“你想做什么？”卡波克问。可林克瑞没回答他。卡波克一向不知道该怎么和林克瑞沟通，因为他不爱说话，虽然他会说话。到第二年春天，林克瑞已经成了冰人中最聪明的一个。正是他，第一个在星河里设置了渔栅；没人教过他怎么做，除非是詹森私下教他的。是他，第一个将浆果的汁液挤进新剪下的羊毛中，于是他们有了五件蓝色的衣服。林克瑞这人很怪，他自己几乎从不穿蓝色的衣服。然而，用不着詹森告诉他，卡波克也知道林克瑞和其他人不太一样，在某些方面，他比别人优秀。所以卡波克不和他争辩，而是相信他要做的事一定是正确的。

“你可以带斧子走。”卡波克说，“不过天黑以前，你必须把今天要砍的柴砍好。”

林克瑞同意，然后就走了。

可哈克斯一整天都在生气。“我们一向都是在一起干活。”他说了一遍又一遍，“以前詹森在，没人会偷偷摸摸干自己的事儿。”这不假，可还有一点也是真的，那就是以前没人会出言反对卡波克的决定。整整一天，哈克斯都把一句话挂在嘴边：“林克瑞改变了一切，这是大错特错。”

卡波克没法和他争辩。对于这个改变，他同样不安。

那是五天前的事了。这五天来，林克瑞每个早晨都来借斧头。晚上，大家都在大堂唱歌、吃饭、游戏，新来的人才刚学会爬，还不会说话，就只是一边大笑一边拍手，而林克瑞就去完成那一天他分内的工作，就好像他不再是集体中的一员，就好像他过上了离群索居的生活。每一天，哈克斯都会抱怨一整天。等晚上林克瑞回来，哈克斯就闷闷不乐地盯着林克瑞，却一句话不说，而林克瑞似乎从没注意到哈克斯的情绪。

就在昨天，哈克斯跟踪林克瑞进了林子；晚上，他把见到的一切都告诉了卡波克。原来林克瑞造了一座房子。

林克瑞独自一人，在林中的一片空地上造了座房子，离天堂市只有半个钟头的路程。他这么做是错的。他们只为即将结婚的男女造新房子，而且是大家一起建造。新婚夫妇会走进屋内，关上大门，然后打开所有窗户，大喊："我们结婚啦！"卡波克和莎拉是第一对，他们这么做纯粹是因为好玩；现在大家都照着做，仿佛只有大叫之后才算真正结婚了。可林克瑞的妻子在哪儿？他有什么权利拥有一座房子？众所周知，下一对要结婚的人是哈克斯和雷诺。林克瑞为什么该有一座房子？那所房子里，只有他自己而已。他住在那里会远离其他人，会很孤独，他要房子干什么？

卡波克一头雾水，他没有詹森那颗充满智慧的头脑。他真不该当这个市长。莎拉和巴塔都比他聪明，她们都很快拿出了自己的主意。巴塔说，"林克瑞就喜欢自由自在，喜欢独处和思考，这又不妨碍任何人。"莎拉说，"詹森说过我们是一个整体，可林克瑞说不愿意和我们在一起，如果他不再是我们的一员，那我们就都不完整了。"她们都很聪明。要是大家都观点一致，卡波克也好办得多了。

今天，林克瑞肯定又会来借斧子。卡波克这回必须有所行动了。

莎拉从外面进来，她和小西埃尔都穿着厚厚的衣服，以免冻着。

"今天，你是不是该处理一下林克瑞的事儿？"她问。

这么说，她整个早晨也在想这件事。"对。"卡波克说。

"你打算怎么做？"

"不知道。"

莎拉迷惑地看着他，"真不晓得詹森为什么叫你当市长。"

"我也不知道。"卡波克答，"去吃早餐吧。"

就在吃早餐的时候，林克瑞来了，手里拿着斧子（他竟不问自拿）。他站在那儿，等待着。

卡波克停下送粥入口的手，抬起头。"林克瑞，如果我们都拿起斧子，帮你一块儿把房子建好，你觉得，是不是个好主意？"

林克瑞眯起眼，“我已经造好了。”

“那你还要斧子做什么？”

林克瑞看看四周，所有人都在盯着他们。他抚摸着斧子，“我在砍树，想清理出一片地。”

“我们明天春天一起干这活儿。我们将从初地往北，一直向森林里开垦土地，一直到山上。”

“我知道。”林克瑞说，“到时我会和你们一起干的。我能借走斧子了吗？”

“不行！”哈克斯喊道。

林克瑞冷冷地看着哈克斯，“我以为，卡波克才是市长。”

“你做了一件错事。”哈克斯说，“你每天都去做没人要求你做的工作。白天，没人见到你；晚上，没人和你说话。这么做是错的。”

“所有分内的工作，我都做了。”林克瑞说，“完成工作以后，我想做什么是我的自由。”

“不对，我们是一个整体。”哈克斯说，“詹森说过。”

林克瑞一声不吭地站着，然后，他把斧子交给了卡波克。

可卡波克又把斧子递了回去，“干吗不带我们去看看你造的那所房子？”他问。

听到这话，林克瑞平静下来。“好，我很高兴带你们去看。”

于是，大家吃完早餐，留下雷克和希维尔照看新来的人，就跟着林克瑞朝东进了林子。卡波克和林克瑞走在最前面。

“你怎么知道我在盖房子？”

“哈克斯跟着你看到的。”

“哈克斯老把我当一头牛，得永远待在围栏里，只有在拉犁的时候才能出去。”

卡波克摇摇头，“哈克斯只是喜欢一成不变。”

“我想独居，就那么不可饶恕？”

“我不希望你难过。每当我孤独一人，就会难过。”

“我不会。”林克瑞说。

那座房子看上去古里古怪，不如其他房子宽，却高出许多。在高高的屋顶下面建有窗户。最奇怪的就是那屋顶，不用茅草覆盖，而用木片一层层叠在一起，只有尖端覆盖着茅草。

林克瑞看到卡波克正望着屋顶，解释道："我的茅草不多，所以得想个其他办法来盖屋顶。我觉得这样能防雨，如果效果好，我就用不着每年更换茅草了。"

他向他们展示，将劈好的木头横放在墙壁顶端，再在上面建造二楼，而且内部空间一点也没有变小。真是座不错的房子，卡波克也这么说。"从今往后，"他说，"我们造新房子的时候都要建二楼，扩大室内空间。"大家都认为这是明智之举。

跟着，哈克斯说："真高兴你造了座好房子，林克瑞，因为我和雷诺要结婚了。"

林克瑞很生气，但他柔声答道："我很高兴，哈克斯，你和雷诺要结婚了，我会帮你们建一座新房子。"

哈克斯说："这儿就有一座，而我和雷诺正需要房子，这么说，它是我们的了。"

林克瑞道："我是为自己建的这座房子。我砍树，劈木头，刻凹槽，切割木块做屋顶，把木块固定住，一切都是我一个人做的，没人帮我，所以只有我一个人能住进去。"

哈克斯说："你用的斧头属于我们所有人；你是在白天盖的房子，那段时间属于我们所有人；你吃的食物属于我们所有人；你房子所在的土地属于我们所有人；你的生命属于我们所有人。当然，我们所有人也都属于你。"

"我并不需要你，所以并不属于你。"

"你吃的面包是用去年我和大伙一块儿种的麦子做的，"哈克斯说，"把那部分面包还给我！"

林克瑞攥紧拳头，挥起能扛动木头的强壮手臂，给哈克斯的肚子来了一记老拳。哈克斯哭了。以前从没发生过这种事。用不着特别的智慧，卡波克也能看出这么做不对。

"林克瑞，现在，你想干什么？"卡波克问，"如果你想把斧子据为己有，而我说不行，你是不是要打我一顿？如果你想娶一个女人，她拒绝了，你是不是也要打到她同意为止？"

林克瑞用另一只手紧紧攥着打人的那个拳头，盯着它看。

卡波克急速开动脑筋，詹森会怎么处理这样的事？可他不可能是詹森——詹森能进入他们的头脑，读取他们的想法，卡波克不能，他只能分析人们的行为和言语。"别人跟你说话，你该好好回答。"卡波克道，"人不是鱼，不能在石头上摔打。人也不是山羊，不能在不动的时候抽几鞭子。别人和你说话，你也应该说话。人家要是动手，你再动手也不迟。这才是以牙还牙，以眼还眼。"大伙都表示同意，觉得很公平。

哈克斯很乐意亲自报仇雪恨，可卡波克不允许。"如果由你打他，这场争斗就会无休无止。我们要让别人打他，这样，那一拳就来自我们所有人，而不是哪一个人。"

可没人自告奋勇。

最后，莎拉把小西埃尔交给巴塔抱着。"我来吧，"她说，"这件事总得有人做。"她大步走向林克瑞，狠狠给了他肚子一拳。她和男人一样强壮，这都是在抱绵羊、和卡波克一起搭栅栏的过程中锻炼出来的。林克瑞吃到了苦头。

"现在来说房子的事。"卡波克说，"哈克斯说得对，他和雷诺没房子，而一个男人还没妻子就拥有了房子，这很不公平。但林克瑞说得也不错，把他靠一己之力建造的房子让给别人住，也不公平。詹森一定知道该如何解决，可他不在，那么叫我说，等我们为雷诺和哈克斯建好了房子，林克瑞才能住进这座房子。我们要尽快建好那座房子，在那之前，这所房子得空置。"大家都同意这个办法，就连林克瑞和哈克斯也不反对。

可白天的时候，雪化了，晚上又下起了雨，水渗透到了泥土的深层，在这样松软的土地上无法建房屋。一连四周的大雨之后，严寒突至，下起了暴风雪，他们必须赶建一座畜棚，不然要是旧的畜棚被压塌，牲畜全会冻死。就这样，他们没有先为雷诺和哈克斯建造新房子，而是精心修建了一座畜棚。跟着，就到了隆冬时节，天气严寒无比，没法建屋子了。“对不起，”卡波克说，“我们奈何不了天气。畜棚是盖好了，可天太冷了，盖不了房子。积雪要到开春才会融化。”

哈克斯和林克瑞都火冒三丈。哈克斯说：“明明有一座现成的房子，我和雷诺为什么要干等！”林克瑞就说，“我给自己盖好了房子，却只能空置，我厌倦了等待！”

卡波克让他们保持安静，说，留着一栋空房子是不对的。“可我不知道你们谁该拥有那幢房子。詹森在这里的时候，人们在结婚之后才有自己的房子，他不允许还没组建家庭的人拥有房子。”

“那时候也没有谁独力建过房。”林克瑞说。

“这是事实。那就说说我的决定，这栋房子属于林克瑞，因为是他独自建造的。然而，一个单身男人又不该拥有房子，毕竟雷诺和哈克斯要结婚，却没有房子住。因此，到我们明年春天为他们造起他们的房子之前，也就是在这个冬天里，雷诺和哈克斯暂时住进林克瑞的房子里，林克瑞和我们住在一起。”

大家都觉得这个办法既公平又正确。除了林克瑞，但他什么也没说。

雷诺和哈克斯住进了林克瑞的房子，从窗户里朝外人声喊，还透过屋顶的小窗户朝外喊，但他俩都不像平时那么高兴，因为那里不是他们真正的房子。

那天晚上，林克瑞一把火点燃了房子，跟着大喊两声叫醒哈克斯和雷诺，好叫他们逃生。“除了我，没人能住在我的房子里！”林克瑞大声喊道，跟着扭头跑进了茫茫雪地。哈克斯和雷诺光着脚丫从雪地里走回大堂。巴塔学过治病，她截掉了雷诺的两根脚趾和哈克斯的一根手指，保住了他们的命。

至于林克瑞，他带走了一把斧子和一些食物，消失在了大雪中。

没有房子，没有朋友，一个人孤零零的，怎么在冰天雪地里活下来呢？大家都觉得林克瑞必死无疑。哈克斯大发雷霆，他失去了一根手指，雷诺失去了两根脚趾，所以觉得林克瑞该死。可巴塔说，“脚趾可抵不过人命。”到了早晨，她也走了，带走了一口锅、十几个土豆、两张用蓝色羊毛织成的毯子。

卡波克害怕起来。要是詹森回来问起：“我托你照顾的人都怎么样了？”卡波克这么回答：“所有人都很好，只是哈克斯和雷诺失去了脚趾和手指，而林克瑞和巴塔一块儿死在了大雪中。”他无法忍受事态如此发展。冻掉的脚趾和手指已经无力回天，可他还能救回巴塔和林克瑞。

他让莎拉做市长，她劝他别去，可他还是走了，带着一把锯子，将一卷羊毛线绕在肩膀上，背着一袋面包和一块奶酪。“如果连你也死了，我们该怎么办？”莎拉问，她举起西埃尔，好让卡波克记住自己的孩子。

“我宁愿死，也不想亲口告诉詹森我任由林克瑞和巴塔死去。”

就这样，卡波克在森林里找了三天，终于找到了他们，他们在一座小丘边用灰泥编条搭起个破棚子，就住在里面。“我们结婚了。”他们说，可他们又冷又饿。他给了他们一些面包和奶酪，随后，他们一起在坚硬的地面上选了一块地方，仍以那座小丘为防风的屏障；他们从树上砍下软枝条，在雪地上清理出一块地面。整个下午，卡波克、林克瑞和巴塔都在劈砍木头。林克瑞用那把锯子做了木瓦，他们三天就建好了一栋房子，没窗户，也很小，可在这严寒之中已经足够好了，里面既温暖又干燥。

“这栋房子属于我，也属于你们。”房子落成时，卡波克说。

“的确。”巴塔说。

“我将自己的那部分赠予你们，条件是，你为哈克斯建一座和你烧毁的那栋一模一样的房子，而且必须由你们来造。你们为哈克斯造好结实的房子之后，才能扩建自己的房子。”

“得等春天再动工。”林克瑞说，“那是个精细活儿，不能操之过急，在松软的土地上也盖不成房子。”

“春天刚刚好。”

然后，卡波克回家了。整个冬天，他和莎拉都带着西埃尔住在大堂，和新来的人住在一起，而哈克斯和雷诺就住在河对岸卡波克和莎拉的房子里。每一天，卡波克和莎拉都会渡过星河去照料绵羊，可每当哈克斯和雷诺想把房子还给他们的时候，卡波克都会拒绝：如果林克瑞和巴塔有自己的房子，那么雷诺和哈克斯也该有。莎拉看出了卡波克的做法中所蕴含的智慧，没有抱怨一个字。日子过得十分平和。

詹森并没说他会在何时返回。在很长一段时间里，卡波克每天都盼着他回来。可春天来了，他们犁了地，播了种；转眼又到了夏天，他们砍了树，建了房子。詹森是在快秋天的时候来的。那天一大早，卡波克和去年新来的多尔带着牧羊狗，正将绵羊赶往天堂市西南边小山的草地。多尔认识路，在前面带路，卡波克拿着曲柄牧羊棍殿后，他一直小心留意着，以免有羊掉队。就在羊群在溪边喝水的时候，他听到了身后的脚步声。一转身，他看见了詹森。

“詹森。”他小声说。

詹森笑了，拍拍他的肩膀。“我看到了事情的来龙去脉，你做得很出色，卡波克，林克瑞和哈克斯的冲突本来有可能毁掉整个天堂市。这一切都很重要，值得所有人铭记。”

“我一直担心我所做的一切都是错的。”

“你做的一切正确无误，或者说，一切都符合大家的期待。”

“可我不知道，我不能肯定。”

“没人能肯定。你做了你认为正确的事，我也是，我任命你当市长。对我俩来说，这招还挺管用，是不是？”

卡波克不晓得该说什么。“昨天，我儿子西埃尔会说话了，他叫了我的名字。就像你说的，詹森，我们生下的孩子不如你带回的冰人强壮，可他们也会学习，会成长，就像羊羔会变成公羊和母羊那样。他叫了我的名字。”

詹森笑了，“十四天后，把所有人带到初田西端的星塔下。到时候我会带新人来。”

“大家都会很开心的。”跟着，卡波克说，“你会留下吗？”你留下，我就能做回牧羊人卡波克了，我再也不要做市长卡波克，他想。

“不，”詹森说，“我再也不会留下。如果有需要，我会住上几天，甚至几个星期，但绝不会更久。不过我会在每年的同一天回来，带回新人，至少在未来的几年里都会这样。”

“那我是不是得一直当这个市长？”卡波克问。

“不，卡波克。会有那么一天，或许是几年以后，我会带你去星塔，让别人当市长，让另一个不想做这份工作的人来当。我会带你走，过段时间再带你回来，但你不会衰老，到时你就能看到，在你休眠期间这个世界发生了怎样的变化。”

“我会再度成为冰人？”

“对。”詹森说。

“那莎拉和西埃尔呢？”

“那要看，他们是不是有那资格。”詹森说。

“莎拉肯定没问题。至于西埃尔，我一定会尽全力让西埃尔——”

“好了。你该去照顾羊群了。多尔会很奇怪我的身份吧，我想，他不记得我了。”

“十四天后，”卡波克说，“我们一定到。现在我们有了九栋房子，降生了四个孩子，五个女人怀了孕，莎拉是其中之一，她又怀孕了——”

“我都知道。”詹森道，“再见。”

他走远了，剩下卡波克、羊群、牧羊犬和多尔。

多尔的眼睛闪闪发亮。“他就是詹森，对吗？”他说，“他和你说话了。”

卡波克一颔首，“咱们把羊赶到山上吧，多尔。”路上，他给他讲了詹森的故事。

拉瑞德坐在床上，将羊皮纸铺在腿上的一块木板上，写下了这个故事。屋里每个人都看到他在写故事，女人们就叫他读来听听。这个故事与詹森没有直接关系，拉瑞德觉得无关紧要，于是读了出来。

在读到结局之前，大家各有偏袒，有人说哈克斯是对的，也有人说林克瑞干得好。

等故事讲完，萨拉问道：“凭什么卡波克没了房子？他和莎拉没有做错任何事。”

母亲道：“如果你爱别人，会愿意做任何事来让他们开心。”

拉瑞德心想，果真如此的话，为什么贾斯蒂丝不像以前詹森的子孙那样保护我们？

父亲喂完牲畜进来，他们也给他讲了这个故事，还问了他萨拉的那个问题。“他付出了代价，”父亲说，“总得有人付出代价。”跟着，他扭头看着拉瑞德。“天一放晴，我们就坐雪橇去砍你标记过的树，运回村子来。你一起去。”

“不行，他还没好。”母亲道。

“我准备好了。”拉瑞德说。

八

回家

Getting Home

天刚蒙蒙亮，他们就出门了，一共二十二个人，驾驶着十一副马拉雪橇。拉瑞德负责带路，自打九岁当上护林员以来，这是他头一次被算作他们正式的一员。他总共标记了四十四棵树，每组人砍四棵。父亲和他一组打头阵。

他们一组接一组来到拉瑞德剥过树皮的树边。两个人拿着斧头和锯子停在第四棵树边。他们将砍掉那棵树，把它拖到第三棵树边，再砍掉第三棵树，然后返回第二棵树，再回到第一棵树，最后回家。每组人都这么做，而最可靠、最了解树林的人和最结实的马，会去砍最远的树，因为他们把木料带回去的路是最长的。这一次，拉瑞德和他父亲担当最后一组。他们都有这个资格。

夜幕降临，只剩下了六个人，该扎营了。他们用雪橇拉来编条和木杆，足够为马匹搭建一个马厩，为人搭建一个大棚子。他们只花半个钟头就搭好了，毕竟每年冬天都要搭一回；仲夏的时候，他们在公共耕地上也会搭这种棚屋。

"很为自己骄傲吧。"詹森说，"噢，我吓到你了吗？"

拉瑞德掸掉身上结了冰的叶子和雪。"你不懂，你这辈子都不会知道，被吓一跳是什么感觉。"

"时不时，我也会被吓到。"

“我干吗要骄傲？”

“你是领队呀，你带路、发令、指出哪棵树该砍，他们全得照办，真了不起。”

“别笑话我了。”

“我没有，你当得起这褒奖，就像我第一次独自巡航时一样，那是仪式般的航行。我活了够久了，但每当看见年轻人在尚未意识到担子的沉重前就勇敢地担起责任时，就情不自禁地爱他们。现在是你一生中最荣耀的时刻。”

“的确。”拉瑞德说，“直到你把什么都说了出来，把气氛全破坏完了。”

“想不想看看你现在的样子？”

“什么意思？”

片刻后，眼前的景象就替换了他自己的视线。他看到了今天早些时候詹森看见的他——拉瑞德带着特别严肃的表情在和大人说话——只是现在，他看到了大人们当时被遮住一半的笑容，他足够友善（大家都喜欢他），却依旧有点盛气凌人；他依旧是个少年，却假装已经长成了男子汉。当这段视频消失时，他不禁满心羞愧。他跟詹森拉开距离，躲进了浓重的夜色中。

“我还以为你已经在雪地里游荡够了。”詹森喊道。

“你和贾斯蒂丝！你们，你们彼此看过别人眼里的自己吗？”

“经常。”詹森说着，朝他走近。

“这么做有什么好处，除了叫我丢脸？”

“现在，再来一遍。”

“不要。”

抗议无效。一段景象再次呈现，不过这次是拉瑞德自己的记忆，当时的感觉也同时浮现。

他乘着雪橇在队伍前头领路，和父亲讨论着干活的事情，向围着的几个人解释为什么选择那些树。只是此时，他体会到的苦涩和羞愧就像彩色的玻璃，将一切都染成了深色。他重温了自己一整天都感受到的快乐，只是现在他觉得自己更像个傻瓜，所以很生气。

“够了！”他喊道。

“拉瑞德，怎么啦？”父亲的声音从营地传来。

“没事，爸爸！”拉瑞德朝他喊道。

“天黑了，要是什么都看不到，就回来吧！”

拉瑞德还来不及回答，贾斯蒂丝又为他带来另一段景象。是同一天的同一段记忆，但不是詹森的或他自己的，而是父亲眼中的他。整整一天，看着拉瑞德滔滔不绝地说着话，父亲都觉得他傻得可爱，父亲又想起了他小时候的样子，想起他那时的一举一动，以及自己初为人父那一天的表现；他想起少年拉瑞德为了荣耀、信仰，或为了成为男子汉，拖着冻僵的身体，紧紧抱着一块河冰；爱和欣赏是那么强烈，以至于景象结束的时候，拉瑞德眼中噙满了泪水。他没做过父亲，却体验了做父亲的滋味：会想念一个永远消失的孩子。他从未抱过那个小男孩，那男孩就是他自己。

“你对我做了什么？”他轻声说。

一根小树枝在他头顶上咔嚓断裂，积雪落在他们身边。

“最后一次。”詹森答。

拉瑞德自己记忆中的那段场景再次出现。这回，他比上次更清楚地看着自己，不轻信快乐，也不介意嘲讽，像是时隔多年之后回头重温记忆。他看见自己很年轻（没所谓），看见自己很开心（反正开心不了多久），他清晰地记得觉察到自己愚蠢后的痛苦。他看到的自己比父亲眼里的要深沉得多，他觉得自己是一个走在时间长河里的少年，每走一步，都既是对童年的回顾，也是向成人的迈进。愚蠢的快乐、羞愧、爱，这三者的结合有了意义，而在此之前没有。关于今天的景象引起了某种强烈的情感，令他的整个生命为之一颤。可拉瑞德想不明白今天为什么会如此重要。

詹森向他探过身，揽住他的肩膀，跟拥抱他差不多。“你以前幸福吗？”

“在什么以前？”

“我们向你展示实情以前。”

“是的，我很幸福。”不知怎的，记忆中的幸福，比幸福本身更强烈。

“然后呢？”

“愤怒、羞愧。”莫非，恰恰是痛苦，令幸福变得强烈？这就是詹森要教我的？不管是不是吧，反正拉瑞德不会感谢他；他不喜欢被捏来捏去，或是像斧柄一样被楔进去、撬出来，只为达到詹森的教育目的。

“你现在什么感觉，拉瑞德？”詹森问。

受伤，而你指望用滴血的伤口来教育我，如果这就是神明该做的事儿，那就去他的什么神明吧。“我希望你离我远远的。”他向炊火跑去。

在他跑的时候，贾斯蒂丝在心里安慰他。是快乐，拉瑞德，你现在的感受就是快乐。幸福、痛苦、爱，它们只能同时出现，记住。

滚出我的脑海！拉瑞德默默呐喊。

可他睡不着，记得清清楚楚。

“拉瑞德，”父亲躺在他身边说，“今天我们都很为你骄傲。”

可拉瑞德不想听谎话，他知道真相是什么。“大伙儿都在嘲笑我。”

父亲并没有立即回答。“那也是带着爱，他们喜欢你。”一阵长久的静默后，父亲又道，“我没嘲笑你。”

“我选对了每一棵树。”

“当然，拉瑞德。”

“那他们为什么还要笑我？”

“因为你为自己当上领队而自豪，他们都经历过。”

“他们笑我，是因为我趾高气扬得就像鸡舍里的公鸡。”

“没错。”父亲说，“可你是谁呢，无上之神？别人只能把你当大人物？”

这话听来很刺耳，可父亲拉着他手臂的手在说，这是出于善意。“我说了，拉瑞莱德，我今天很为你骄傲。”

忽然，拉瑞德感觉到詹森那双蓝眼在心底炯炯地盯视他。这会儿就我和父亲，詹森，你就不能让我们单独待一会儿吗？他感觉到贾斯蒂丝萦绕住了他的思绪，正用一张梦境的面纱罩住他的视线。贾斯蒂丝，总是你挑什么我就梦见什么，我现在连做梦的自由都没了吗？

詹森，你算老几，无上之神？当然了。你的移民忙碌一生，最后死去，而你从星舰进进出出，从不衰老。你带走几个精挑细选的人，授予他们长生不老的荣光，卡波克在他儿子长大之前被带走，莎拉随后也丢下了孩子；你给了他们崇高的威望，却害他们与挚爱生生分离。他们崇拜你，詹森·沃辛，可因此得到了什么？对小孩子只要撒几个谎，就能骗得他们喜欢你，我当然也不例外，来吧。

啊，贾斯蒂丝在他心里小声道，这么说，你不喜欢那些迷信詹森的人，是不是？你更喜欢有挑战性的、怀疑的人，比如，知道詹森底细的人。

拉瑞德还记得有一个记忆泡沫保存完好，它属于加罗·斯蒂波克。他记得首星，知道詹森·沃辛只是个凡人，还曾经试图证明这一点。你把记忆还给他了吗，詹森？

你打算，拿别人的记忆怎么样？詹森双手来回摇晃着装有斯蒂波克记忆气泡的盒子。斯蒂波克的全部历史都在他的手里，肉体则在森卡的药力下，依然在休眠棺里发烫。他是移民中的最后一个，等待着被唤醒。

在那枚导弹击中星舰前，我想好了很多计划，来对付三百多个一心要我的命的人。我记得，我想出了很多主意，如何在他们中间制造分裂，把水搅浑，引发争斗，最后只能由我来维持均势。现在那些都没意义了，而且正相反，我现在不是要让他们起冲突，而是得维持和平。我找出他们中间最优秀、最明智的人，先让他们当几年市长，再把他们带到这里来，我要留下他们，等未来有需要的时候再派他们出去。我从没要他们把我当作无上之神，可无上之神给予被我带进星舰之人的荣耀，维持着天堂市的安稳太平。迄今六十年了，那里一直平平安安。

但也死气沉沉。

他将那个记忆气泡轻抛一下，再一把抓住。斯蒂波克对我没有恨意，他并不渴望我的鲜血，他的目的和杜恩一样——做个破坏者。斯蒂波克不笃信任何人，他小时候信宗教已经信够了。在我所创造的社会里，人们有天真的信仰，听从权威的命令，这些一定都会让他恨得牙痒痒。

你，为什么要听从市长的吩咐？他一定会问。

因为詹森不在。他们会答。

那，你们又为什么要顺从詹森？他会问。

因为他是第一人，因为他创造了我们，因为天地万物都顺从詹森。

你会告诉他们真相吗，斯蒂波克？会将首星的生活方式告诉他们吗？给他们讲恒星和行星，弯曲的光线和引力？不，你一点儿也不蠢，绝不会指望凭一己之力就把文明从愚昧状态提升到高科技水平。你将看到牛和木犁、铜制品和锡制品，人人崇拜詹森，对詹森任命的市长怀有平和的信任。你将带给他们的，不是物理知识。

而是一场革命。

如果我唤醒你，并把记忆还给你，那我就是个傻瓜。如果你只是另一个新人，另一个婴儿，只是最后一个从星舰走出的冰人，你就会崇拜我，对我深信不疑，犹如你童年时对父母信仰的笃信，直到那信仰幻灭为止。但我不会让你幻灭，我会是你终生崇拜的对象，是你可以信仰的人。我知道你的想法，我长生不老，来去自由，我从我的塔中带出人，不管你提什么问题，我都能解答，你永远也不可能知道我的答案是伪造的。我是永不落败的神。

可如果你拿回自己的记忆，我们就将为敌，你将是我最恐惧的敌人。你我没有私怨，没有对权力的贪婪争夺，不为得到人们的信仰，只为信仰本身。你将推翻他们笃信的故事，改变历史的全部意义。有人在等待你，正如每一代人的等待——年轻人，他们即将成年，充满怨恨，想要接过父母的角色。在我通过星舰系统所能找到的每一种文化里，他们是永远的催化剂。没有哪个社会可以一成不变，因为年轻人一定会改变，他们因此才有理由活下去。他们等待着你的到来，告诉他们，不要相信。

詹森按着手中的透明盒子。我可以抹去你的记忆，你将臣服于我，没有人会知道，而天堂市的生活将因此变得更美好。

可他没弄破它。他走到斯蒂波克的休眠棺边，举着斯蒂波克的记忆，将他的童年捧在手中。

他尝试解释自己这么做的动机。为了公平竞争？为了不背负偷走一个人的过去的罪恶感？但就算是偷，偶尔偷一次，利用一下命运的赃物也无所谓；可如果是蓄意为之，那就与谋杀无异了，是不是？

可他早就杀过人，当他用导弹将一个人送入死亡的明亮隧道时，他还进入过那些人的思想。如果他能认定，他的人能因此而过得更好，他会毫不犹豫地去做。只要他的子孙需要，就算要受良心的责备，他也在所不惜。

正是为他们，他的子孙。他把那个记忆气泡放归原位，让它将斯蒂波克的过去缓缓注入他的体内。詹森甚至没完全明白这么做的具体好处。或许，他的人现在需要的不是善，或许，他们急需体验恶。要有人对这个稳定的社会，做一些杜恩对首星所做的事情。可问题又来了，他不知道杜恩的革命带来了怎样的后果。

现在谁是市长来着，诺约克？可怜的霍普，看看我对你做了什么，给你的城市送去叛乱？可其实，诺约克的家里早已种下叛逆的种子了，并且十分棘手。诺约克这是第二次做市长，此前他休眠了四十年。从物理状况来说，他现在依然四十来岁，他儿子埃文都比他老，已经五十好几，头发都已灰白。埃文早已明白詹森不会带他进塔楼。他哪有资格？埃文为人固执，睚眦必报，永远也当不了市长。如今，他把愤怒、怨恨通通发泄在小儿子乎姆身上，一有机会就残忍地虐待他，就像在管理一座城市，也一次次地证明詹森不带他进星舰是多么明智的决定。至于乎姆，他就像另一个诺约克，会成为一个能力卓绝的人，前提是他没有在青春期被父亲毁掉。

去年，当詹森初次意识到情况有多糟时，曾琢磨要带乎姆远离埃文。可众人的福祉远比一个人的幸福重要——现在才第三代人，如果他插手诺约克家的事，历史将无数次地重演。牺牲乎姆，换来天堂市的平静。很残酷，却必要。

但，要是整体利益高于个人利益，我干吗还把斯蒂波克放出去？詹森又一次在唤醒这个休眠的敌人前犹豫了。连我自己都不明白为什么这么做，那干吗还要做呢？

然而他知道，这件事势在必行。他只能相信自己强烈的直觉。他能读取别人的思想，可对于自己的想法，他和别人一样，无从了解。他爱天堂市的人民，可出于某种原因，正是为了他们的将来，才必须唤醒斯蒂波克，放手让他去做那些无可避免的事情。

他压下控制杆，跟着朝后斜靠在一面墙上，等待着加罗·斯蒂波克的苏醒。他已把记忆还给了斯蒂波克，现在必须想想怎么向他解释，为什么移民地会是现在这个样子，为什么他会在六十年后才被唤醒。

破晓时分，他们才把小船划到岸边。斯蒂波克几近赤裸，浑身湿答答的，感觉微冷，其他人看到他冻得直哆嗦，都笑了起来。不过这是令人高兴的笑声，因为今早的成就，他们都很爱他。斯蒂波克在首星的时候就很喜欢在ff3L区巨大的室内湖里划船，再次游泳的感觉棒极了，哪怕河里满是淤泥。但令他开心的不是游泳和划船，而是第一次，在这个星球上，水域中出现了船只；这些孩子第一次见到了人类游泳。

“教教我们。”迪尔娜要求道，“我也要划船，我也想学游泳！”

“我得造船、凿制木瓦，还得回答你们的可笑问题，要是干完这些我还能抽出时间的话——”斯蒂波克答道。

维克斯听了哈哈大笑起来。“就算我们不问你也会说的，斯蒂波克，你就是个话痨。”

“可只有乎姆会认真听。”

乎姆笑笑，没说话。他坐在小船边，抓着他塑出形状的那根木头。照斯蒂波克说的，这根木头大有用处。很少有木匠能有乎姆这样的手艺，他干活很慢，可完工之后，整艘船就像桶一样密封，甚至不用在外面涂一层树胶。斯蒂波克本想先造一艘独木舟，可那太容易落水，孩子们还不会游泳。要是没有木匠乎姆，他也造不了船。

“对了，”迪尔娜说，“我们什么时候首航？”

“今天，”维克斯说，“就现在。我们去把天堂市的人都叫来，让他们看看，我们怎样像一块木屑一样乘风破浪。”

迪尔娜用脚趾踢了踢那艘船。“这就是木屑。”说完冲乎姆笑笑，表示她没有恶意。乎姆也冲她笑笑。斯蒂波克很高兴看到他那么爱她。和年轻人相处，是最美好的事情之一——一切都是第一次，都是新的，他们都那么年轻，因此相信未来；没人将他们生生带离自己的生活，扔进移民星舰，送到宇宙的边缘，受一个喜欢扮演上帝的星舰飞行员的控制。

“我觉得应该再等一等，好让所有人都看到。”斯蒂波克说，“今早我得去见见诺约克，和他谈一谈这件事。再说，光是乘船下水还远远不够，我们必须到达某个地方，我想会是湖的另一边。乎姆，你父亲应该和我们一起去。”

乎姆为什么突然变得警惕？“我看，还是不要了。”他说。

“想想看一望无际的牧场，足够好几百万头牛吃草。”

“好几百万。”迪尔娜说，“这就是我最喜欢你的地方，斯蒂波克，你老往小处想。”像平常一样，迪尔娜将他们都带回了现实，“该回家了。天都亮了，大伙肯定都在想我们跑哪儿去了。”

斯蒂波克带着维克斯先离开，他看得出，乎姆很想和迪尔娜单独相处。他们爬上诺约克住的那座山的山顶，维克斯先告辞下了山，回天堂市；斯蒂波克则沿土路上山，去诺约克市长家。

斯蒂波克发现自己很难对这位市长保持敬意。从前在首星，他的曝光率太高了，作为詹森·沃辛的经纪人，他油腔滑调，无所不在，在每一个真人秀中露脸，仿佛这样他的人生才会更完整。当然，一切都不同了，在霍普·诺约克的记忆中，他从不曾是马屁精或食客。斯蒂波克看到了星舰上的那道伤痕，损坏的休眠棺，毁掉的记忆气泡，这意味着所有人都要重新开始，带着空白的头脑再度降临人世。

但却是不怎么开放的头脑。在这个移民地里，詹森可以说无处不在，詹森的思想烙在了所谓的天堂市的每一个角落。詹森·沃辛，那个星舰飞行员，终于得到了他梦寐以求的一切：被迟钝愚昧的农民奉若神明。他没有费力去教他们，自由的思想有着怎样的力量，宇宙本身是什么样子的；只有一个莫名其妙的宗教，如同古代的皇帝让子民相信他是天神。只是，詹森干得比大多数皇帝好得多，他有足够多的奇迹来证明自己是神。只有斯蒂波克知道，他能长生不老不过是森卡的效果，他的智慧不过是首星良好教育的结果，他制造出的那些奇迹不过是隐藏在星塔里的机器而已——不不，不是星塔，是移民星舰。我都被他们影响了。

斯蒂波克能预料到有怎样的命运正等着他。詹森将他的记忆重新注入他的大脑，让他进入这个无忧无虑的移民地。斯蒂波克只能想到一个理由来解释詹森的行为：极端的自我主义者詹森·沃辛，依旧需要一个观众，需要一个首星人来崇拜他，现在只有斯蒂波克满足这一条件，为他送上掌声。你从我这儿得不到一声喝彩，他满心期待地对自己说。我曾用一生时间致力于打倒你这种自大、武断、自私自利的暴君，如今，我将重操旧业。我将效仿从前的方式：用事实做武器。詹森·沃辛唯一不能忍受很久的，就是事实。

斯蒂波克绝不是个天真的人，他知道他反对的是谁。詹森制造的谎言和奇迹已经存在了六十年，他的影响力和权威存在了六十年，形成了一个强大严格的神权政体，而市长就像天使长，守卫着生命之树。詹森依旧握有首星式的权力：他控制着森卡，他和他那些精挑细选的仆人如同水漂儿一样，掠过时间长河的表面，只要他愿意，就可以任由我一直睡下去。可一旦詹森休眠了，斯蒂波克就有机会带来毁灭。我要拆穿你伪造的一切，詹森，我会在你再度醒来之前，将它们一一粉碎。你要三年后才返回，等着瞧我这三年能取得什么成就吧。

詹森无意中给了他一件强大的道具。斯蒂波克是最后一个新人，他离开星舰时，不仅会说话，能走路，还拥有大量的知识和词汇，水平远远高于移民地里的其他人，就像詹森一样。因此，詹森的光环有一部分落到了他的头上，詹森最虔诚的崇拜者都不敢与斯蒂波克公开争辩，他的声望水涨船高。这给了他自由。

可毫无疑问，这种自由到此为止了。诺约克今天叫他去，无疑是要叫他闭嘴。好啊，诺约克，试试看吧，我已经让很多人觉醒了，我已经动摇了你的权威，你若实施任何形式的惩罚，那些意识到天堂市落后的人就会视我为烈士。我已经把年轻人带上了船，让他们看见了游泳，他们再也不会被河流困在这儿了。

但斯蒂波克是个诚实的人，所以会承认在敲诺约克的门时，他心里十分忐忑。诺约克并不只是詹森那共享威望的创造物，他的影响力不只源自市长的头衔。诺约克曾经当过七年市长，凭一己之力做了很多事情，改变和改善了天堂市的生活。正是他创建了距此几英里的数个小村落，将田地分给每个家庭，让他们耕种各自的土地，只在修路、伐木和收获的时候召集集体劳动，结果就是快速的发展，普遍的繁荣兴旺。现在是他第二个市长任期，诺约克依旧精力充沛，是个出色的领导者，得到所有人的信任，也没有辜负信任，甚至包括斯蒂波克的。斯蒂波克的确瞧不起曾经的经纪人诺约克，可并不会因此对仁慈的独裁者诺约克视而不见。对他来说不幸的是，仁慈的独裁者是最难颠覆的类型，要说服人们去推翻他，简直不可能做到。

门开了，是诺约克的儿子埃文。他冷冷地打了个招呼，“进来吧。”

“谢谢，埃文。你好吗？”

“你的头发是湿的。”埃文说。

“刚从水里上来。”斯蒂波克答。

埃文打量了他一会儿，“船造好了？”

“我又不是木匠。”斯蒂波克答。话一出口，他就意识到自己愚蠢透顶，把埃文的儿子推上了风口浪尖，乎姆是天堂市最好的木匠。从埃文脸上浮现的怒色看，斯蒂波克又意识到，乎姆说他父亲不阻拦他造船显然不是实话。眼前这个男人，像是会在盛怒下杀人的人。

“这栋房子是我父亲很多年前建的，当时詹森还没带他去星塔。”埃文说，“所以，现在我允许他用楼上的两个房间，处理身为市长的事务。这就意味着，我得允许各种各样的烂人进我的家门——好在，我允许他们待的时间只限顺着楼梯走到市长办公室。”

“对我而言，这也是好的一点。”斯蒂波克道，走上楼，还不忘兴高采烈地向埃文挥挥手。乎姆说得不假——和他父亲相处，就像在森林里与野猪为伴。

诺约克办公室的门开着，斯蒂波克看见他正俯首在一张羊皮纸上写着什么，于是想到应该建一座造纸厂，拿破布和纸浆来造纸。可转念一想，又觉得现在根本用不到多少纸，也不可能从其他工作中抽调足够的人手去盖厂。但或许，应该教教他们如何造纸，羊皮纸太原始了，况且每宰一头羊只能取得一定大小的羊皮。

“噢，斯蒂波克。”诺约克说，“干吗不招呼一声。”

“不要紧，我在想事情。”

诺约克把他让进房间，斯蒂波克瞥了一眼诺约克所写的内容。“我在记录历史，”诺约克道，“每个月我都会抽出几天时间，将重要的事记录下来。”

“你认为重要的事。”

“当然，我又不是你，怎能知道你认为重要的事呢？詹森在多年前解决了这个问题——只要愿意，任何人都可以书写历史。确实有几个人写了，对比他们记录的历史一向很有意思，就像我们生活在不同的世界一样。可通常，市长能了解更多的信息，毕竟所谓重要的事，一般都是因为出了问题，而所有问题最后都会聚集到市长那里，从卡波克市长的时代起就是如此。”

“有些事情，你并不知道。”

“应该比你以为的要少。”诺约克说，“举个例子，我知道你一直在对孩子们说，市长不应该由詹森指定，而应该让所有人投票选出。”

“我的确说过。”

“对于你这个提议，我思考了很久，然后突然想到，按你的办法，我们一般会选出我们喜欢的人。但问题是，市长往往要做出得罪所有人的决定，那样一来，就没人会继续让他当市长了。我们要么不停地更换市长，要么选择不会得罪人但不称职的人来做市长——好的，斯蒂波克，在你同我争论我那些一时之想前，我很想知道，你能否友善地思考一下我的这一想法，至少和我思考你的想法一样久，然后再做解释？”

诺约克笑了，斯蒂波克也情不自禁地对他笑了。“你知道吗，你真是个聪明的混蛋。”

诺约克扬起一边眉毛，“混蛋？真希望你和詹森能把我们不知道的词汇都写下来，让我们也能学会。”

“不必了，有些词不值得一学。”

诺约克向后靠在椅子上。“斯蒂波克，你来这儿已经六个月了，我对期间你做的事非常感兴趣。你对交付于你的每项工作都尽职尽责，没人指责你偷懒，没人抱怨你是傻瓜，可对你的怨言还是源源不绝地传入我的耳朵，大多来自年纪较大的人。他们对你教给他们的孩子的东西深感不安。”

“我不会罢手。”斯蒂波克说。

“噢，”诺约克道，“我没那个意思。”

“嗯？”斯蒂波克很意外。

“对。我想把你个人的行为变为官方的行为，这样就不会再怨声载道了。我希望你能做专职教师，我希望你把它当成一份工作，就像拉维的工作是放羊，埃文的工作是放牛那样。我是这样计划的：我们给你一片土地，由你的学生们来耕种；你教授他们知识，他们用汗水报偿。”

斯蒂波克大吃一惊，而且一头雾水。“你希望由我来教他们？你到底知不知道，我宣扬的是什么？”

“很清楚。你告诉他们，世界是一个旋转的星球，太阳是一颗恒星。你告诉他们，疾病是微生物造成的，思维源自大脑；你还说，詹森只不过是驾驶星塔飞越天空的飞行员，像他那样的飞行员多得不计其数。你让孩子们的大脑中充满对其他星球的有趣猜想，充满你所说的那些奇迹，当然了，这些暂时没有实际价值。孩子们所想的事情是我们从未想到过的，可我并不担心这会导致怎样的结果，鼓励总比禁止要好，我觉得。然而，我希望你做教师，并非出于这个原因。”

“那是为什么？”

“你所知道的一切，能为我们解决实际问题。你说过，水力磨坊可以碾碎谷物，我想建一座磨坊，我希望你教会一些孩子其中的诀窍，这样我们就能建得更多。你提到了船只，它不会渗水，可以搭载我们横渡大河，一路直抵大海。”

“你知道大海？”

“当然。”

“可孩子们不知道。”

“詹森给去过星塔的人看过这个世界的地图。我们看到了草原、森林、隐藏在泥土中的金属、大河以及海洋。他还给我们看了电脑，以及电脑投射到空中的画面，给我们看了冰人休眠的棺材。事实上，他还让我看了你，并提醒我说，他这次可能会唤醒你。”

“而你没对任何人提起这些？”

“没那个必要。”

“可是——他们甚至不知道他们居住的这个星球是什么形状，有多大。”

“如果他们问起，我会说的。可没人问过。”

“为什么要等他们问？没人知道你知道的那些知识。”

“你没有把你的知识秘而不宣，这才是眼下最重要的。去造好你的船，斯蒂波克，然后带着那些崇拜你的孩子过河去。我会帮你——不让那些被你吓坏的父母阻拦你。在那里建造一个全新的村落，那条河是你们的屏障，只有会驾船的人才能渡过。到了那里，给孩子们一个机会，让他们长大成人，免遭他们父母的扼杀。”

斯蒂波克完全没料到今早会听到这样一番话。他预料会遭到一番训斥；他早早硬起心肠，准备和诺约克大吵一架。“你难道没意识到，这会削弱你的权力吗，诺约克？”

诺约克重重一点头，“很清楚。可天堂市一直在发展壮大。詹森让我分摊工作，将一部分权力下放给优秀的人。我让沃林负责建造结实的公路，他干得非常好；小迪尔娜擅长制造工具，大家都知道，她做的金属制品是数一数二的；波利迪尔对收获庄稼了如指掌，还擅长保存谷物。”

“而且做得十分出色，我根本没看出他们都是新手，还以为是詹森提出的办法。”

“是他的提议，我负责执行而已。对于你，他没有告诉我该如何处理你的事。”

“可你说，他提醒你了。”

“他说过，孩子们会对你唯命是从，叫我不能干预，只是——”

“只是？”

“绝不能破坏天堂市的安定和律法。”

“什么意思？”

“意思是，等你把孩子们带到河对岸之后，绝不能教他们违反律法。对于冰人曾经的生活方式，我知道的应该比你以为的多。詹森对我们说过，他们对婚姻一向不重视，一高兴就结为夫妇，还会杀死孩子——”

“我只能说，他说得不偏不倚——”

“可我们需要孩子们，斯蒂波克。我初到这里的时候，除了詹森，只有我们十五个人。我在这里的时候，最早的婴儿刚刚成长，还未成年，现在却有将近一千人了。现在，这里有人能一直在铁匠铺工作，有人能一直操作织布机，这样，有特长的人就不必被安排去田里拔草或是剃羊毛了。我们现在运转良好，并不需要另建几座城市去自行其是，毕竟我们的人口还太少，集结在一起干起活儿来要方便得多。而且，詹森提醒过我另一件事。”

“什么？”斯蒂波克估摸那件事和他有关。

“战争。你知道这个词吗？”

斯蒂波克微微一笑，“詹森就是干这个的。”

“那还是卡波克当市长的头一年，有人烧了一座房子，那是天堂市最接近战争的一次事件。詹森跟我说过战争是什么样子，我相信。”

“我也是。”

“战争的种子一直都在，斯蒂波克，就在这栋房子里。我的孙子乎姆憎恨他的父亲，而我的儿子埃文一直在招致憎恨。从你的孩子中挑出最出色的一个，斯蒂波克。不要比灵那样的急性子；柯伦还行，但她有点偏袒；维克斯行，冷静，不轻易动气；或者乎姆，可我担心他心里的怨恨太多了，不懂得爱。在你带孩子们过河前，先来我这儿一趟，我会为那边任命一位小市长。”

“不可能。”

诺约克笑了，“有别的提议？”

“等过了河，如果他们足以在共同信仰下建起一座新城，他们就不再是孩子了，诺约克。再说，我们会以自己的方式选出领导者。”

“有意思，我应该妥协吗？由我指定一个小市长，让他在第一年里管事，那以后，再让你们按自己的意愿选领导者。”

“我以前就认识你，诺约克，至少我知道你曾是什么样的人。”

“那些对我没有意义。现在的身份给我找的麻烦已经够多了，所以，我没兴趣琢磨我在前世是什么样的人。”

“不不，我不是那个意思，只是想告诉你，在我看来，你和从前的你简直判若两人。不管詹森在这里弄出了多少麻烦事，他至少做对了一件事，把霍普·诺约克变成了一个好人。”

“而你，斯蒂波克，还和从前一模一样。”

斯蒂波克咧嘴笑了，“没有变好，是不是？可我学到了一点——如果掌权的人都像你这样开明，要恨你可不容易。我可以保证，如果你刚才说的话算数，那么十年之后市长将由选举产生，法律也将由人们共同制定，再也不会有人身兼法官、国王和立法者。”

诺约克哈哈笑着摇了摇头，“你不光会说我不懂的词，还假装能预见未来。不要因急于求成而失败，斯蒂波克，连詹森都不能预见未来。”

但斯蒂波克知道，那个未来一定会到来，它已初见雏形。诺约克给他送了一份大礼，一个属于他的城镇，一条将他们和市长隔开的河；他有权决定教什么，不教什么，并在这个落后的地方开始现代化的改造，届时，民主一定会到来。我一定会让他信守承诺，斯蒂波克心想，等詹森回来时他会看到，只要一点点的真相和自由就能达成怎样的成就，即便在他创建的原始社会里也一样。

他向诺约克告辞，开门离开，这时听到楼下有人在叫嚷。

“你是不是非要做我不允许的事？”

跟着是一阵拳打脚踢的声音。

“你是不是非要做我不允许的事？”

一阵沉默，又一阵拳打脚踢，跟着是椅子跌倒的声音。“我在问你，小子！你是不是非要做我不允许的事？”

斯蒂波克听见身后诺约克走出办公室，关上房门。“我看，是你儿子在打你孙子，诺约克。”

“我想，你也知道起因是什么。”诺约克说。

斯蒂波克转过身厉声道：“乎姆跟我说，他父亲同意了！”

“你这么聪明，一个孩子撒了谎，你难道看不出来吗，斯蒂波克？千万别下楼，现在还不行。这是他们父子之间的事。”

“你是不是非要做我不允许的事？回答我，乎姆！”楼下又传来叫嚷声。

埃文的妻子埃斯滕开始央求她丈夫。

“父母有权打孩子吗？”

“要是孩子还小，我们会把他带走。可乎姆长大了，如果他不愿意，没人能打他。听见了吗——他叫他妈妈不要管，他不需要保护，斯蒂波克。”

“回答我，你这个小王八蛋！”

乎姆痛得直叫，“是的，爸爸，你不允许的事我照样会干！我要到河上划船，喜欢去什么地方就去什么地方。你这个傻瓜，竟还想阻止我——”

“你说什么！你竟敢叫我——”

“住手！不许你再碰我，父亲！这是你最后一次打我！”

“啊，你觉得你是我的对手吗？”

诺约克急匆匆地走过斯蒂波克身边，走下楼梯。“现在该我们出面了。”他低声说。斯蒂波克连忙跟在他身后。

走到楼下，他们看到埃文正抄起一根椅腿向他儿子冲去，而乎姆站在一角，满脸的不服气。

“够了。”诺约克说。

埃文停下手，“不关你的事，父亲。”

那个五十岁的人管诺约克叫父亲，而诺约克看上去比他年轻十五岁。情形真是可悲。

“只要你的手再碰到那孩子，就是我的事。”诺约克说，“一旦你拿起武器，就变成整个天堂市的事。乎姆是只獾吗，非要杀了它以免它弄死你那窝兔子？”

埃文放下椅腿，“他威胁我。”

“埃文，你动手打了他，而他只是说要打你，我想这样的威胁不算出格。”

“你是作为父亲，还是作为市长？你有什么权利干涉我的家事？”

“这个问题很有意思。”诺约克道，“我的办法是这样的——乎姆，我刚刚请斯蒂波克负责造船，比藏在河边的那艘还要大很多的船。”

斯蒂波克意识到，诺约克真是个深藏不露的人，他刚才可一点儿也没表现出他知道已经造好了一条船。

“只有你一个木匠，将看着那些船平安建成。我已经签署市长令，将造船定为整座城市的工程项目，这样，造出的船就属于我们所有人。现在，我任命你来督建。”

乎姆张大眼睛，“你是说，我成人了？”

“你现在是工匠。”诺约克答。

“工匠！”埃文怪叫道，“你还不如直接说他不是我儿子了！”把乎姆当作成人就够糟了，那意味着他将得到足够的食物和衣物开始独立生活。一旦成了工匠，则意味着他有能力建一栋房子，还不用像年轻人那样被安排去修路或伐木。诺约克还说，造船是整个城市的项目，也就是说乎姆有权召集其他人来干活，一共七个星期，每天七个小时，这是市民应尽的义务。诺约克给予乎姆权力，让他凌驾于父亲之上。现在，只要愿意，乎姆就可以离开他父亲的房子，不受他的管教。

这让埃文在儿子面前丢尽了脸，诺约克也很清楚正在做让他颜面扫地的事。“埃文，当你举起那条椅腿，就是宣告他已不是你的儿子了，你开的这个头太糟，我只是替你收拾残局而已。斯蒂波克，我说的那些话立即生效。你能帮乎姆从他父亲家里收拾东西吗，让他先跟你住在一起，直到他找到妻子或是建好房子？”

“乐意之至。”斯蒂波克说。

埃文低头走出房间，还撞了埃斯滕一下。那女人走过来，握住她公公的一只手。“诺约克，你这么做，我很为儿子高兴，”她说，“可对于我丈夫——”

“你丈夫喜欢行使他并不拥有的权力。”诺约克说，“我养大了九个女儿和一个儿子，总结出一点，我更擅长抚养女孩而不是男孩。”他扭头看着乎姆，“还在等什么？”

斯蒂波克跟着乎姆上了楼，只一会儿工夫，他们就收拾好了乎姆的所有物品：三件上衣，两条裤子，冬靴，一件冬外套，手套，以及一顶皮帽——这些东西很容易就能用那件冬外套包好，斯蒂波克将这包袱夹在腋下，乎姆则拿着唯一他珍视的东西：锯子，扁斧，这些都是迪尔娜为他做的，诺约克就是看到迪尔娜做这些工具，任命她当了制造工具的工匠。看到乎姆只有这么一点东西，看到这里的人竟只有这么一点东西，斯蒂波克真的很惊讶。这颗星球明明蕴含铁矿，可木匠居然只有铜制工具，真是可悲，要是詹森能多费点心，将他的移民地带出愚昧时代该有多好。这是我能给他们的最好的礼物，斯蒂波克心想。我可以带他们向南，去到荒漠之地，那里的树主根长达两百米。我可以带他们到那里，带他们挖掘深埋在悬崖之下的铁矿，在这个世界，只有那里的铁易于开采。我会给他们带来工具和机器，让他们远离黑暗，走进光明。

乎姆走到他房间的门口，停下，回头凝视房内。

“你很快就会拥有自己的房子了。”斯蒂波克说。

“我只想住在这栋房子里。”乎姆小声说，“现在他恨死我了，我们再也没有机会重归于好了。”

“给他点时间，让他看看你凭自己的实力就能成为男子汉，乎姆。到那时他一定会接纳你，等着瞧吧。”

乎姆摇摇头。“我是没指望了，他不会原谅我的。”他让斯蒂波克看着他的脸，笑了笑，“我长得太像我祖父了，你看见了吗？我在这里永远没有翻身之日。”

乎姆扭头走了，斯蒂波克跟着下了楼。到了外面，他对自己说：记住，乎姆比任何人想象的都看得更透彻。

仲夏的一个清晨，乎姆和迪尔娜离开他们家，与斯蒂波克市的男人、女人和孩子们一起上了船，在西南风的吹拂下，逆流向林克瑞森林空地边的登陆地驶去。他们现在有九艘船，都是乎姆一人所建。多亏他的船，牛群能到北边崎岖不平的草地上放牧，他们还找到了一个新的锡矿，矿脉比从前开发的更丰富，最重要的是，斯蒂波克市建成了，维克斯被选举当了小市长。一切都归功于乎姆把船造得结结实实，一点也不渗水。他在他的船上，看着连成一串的船只，默默对他们说：我凭我的双手将这一切，船只、河流、乘风的风帆，都送给你们——在天堂市，它们造就了我，我就是它们。

斯蒂波克教我如何造船。

迪尔娜打造让我十分称手的工具。

祖父让我摆脱了父亲的虐待。

所以，这些船也有他们的一份。可连接他们与河水的，是我。这些船就是我，总有一天，它们将载着我在大海上乘风破浪。

“你不爱说话。”迪尔娜说。

“我一向这样。”

小卡玛正在吃奶。“河上的风把他吹饿了，”迪尔娜说，“而我迎着风总想大叫，至于你——河水让你安静。”

乎姆笑了，“等全民投票之后，大喊大叫的机会还多着呢。”

迪尔娜把头一扬，“你觉得能通过吗？”

“祖父说一定会。只要我们斯蒂波克市的人都投赞成票，肯定能通过。到时候，我们就有一个议会来制定法律，迪尔娜，你一定能成为议会议员，到时你就可以尽情地对着人们大喊了。”

这时，维克斯站在舵边喊道：“别聊了，准备靠岸！”

迪尔娜顺势要把卡玛的嘴从乳头上抽开，乎姆阻止了她。“不是每样工作都要你做，也用不着打扰卡玛的早餐，我们的人手足够推船靠岸。”说完，他从一侧跳下船，握住缆绳，涉水向前，将小船拉进之前船只靠岸时形成的沟槽。其他人就和他一起拉了起来，只一会儿工夫，那艘船就牢牢停靠在了岸上。他们在斯蒂波克市的河岸上已经建起了浮式平台，这样不用下水推就能把船靠岸。可住在天堂市这边河岸的人不会建造这种码头，也不允许别人建。“要是他们心甘情愿住在对岸，”他们说，“就别怕把鞋子弄湿。”不过，祖父的妥协提案这么难达成，这只是一小部分原因。斯蒂波克市建成两年以来，已经惹得很多人怀恨在心。其实他们争执的不过是鸡毛蒜皮的小事，比如一群大人要求诺约克不能把在斯蒂波克那边修路和清理土地的活儿算在七周七小时的义务工作内，父亲也是反对者之一。为了该不该允许迪尔娜将工具带到河对岸，他们争吵了很久，从一开始，这件事就是父亲在背后推波助澜，从迪尔娜和乎姆结婚他就开始煽风点火了。乎姆将有自己的孩子，彻底地摆脱了他的控制，光是想想他都觉得无法忍受。

可你现在没法伤害我了，父亲。我娶了迪尔娜，维克斯和斯蒂波克是我的朋友，我有了孩子、房子和工具，最重要的，是我有了船。只有造船一事没有引起父亲的非议，那时，乎姆决定将造船厂建在斯蒂波克这一边。“我讨厌看到那些东西。”他说，“要我说，最好建在水底。”

他们一起步行上路。当然没人赶着车马来接他们，乎姆几乎可以听见父亲在说：“他们在河那边有自己的车马，干吗还要用我们的？”无所谓，他们都是朋友，或者姑且算朋友，就算有异议也是在可接受范围内。比如说，比灵说话刻薄又好吵架，可大多数时候，乎姆都知道如何对他敬而远之。今天，比灵和几十个觉得他聪明的人待在一起，他们走在队伍的后面，无疑正计划着什么恶作剧，像是怎样爬上星塔把詹森弄下来。

来到诺约克所住的小山顶上，能看到他们来时的路，看到他们的船停靠在岸上。他们望向另一边，能看到星塔巍峨耸立，比他们站的山头还要高。那是个大家伙，亮白色，没有一星半点杂色，以至于在冬天会与周围的环境融为一体。现在是夏天，可以看到星塔反射着令人炫目的阳光。

星塔脚下就是初田，两年半前，詹森就是从那儿将斯蒂波克送到他们身边的。斯蒂波克不惧怕任何人，连詹森也不放在眼里；斯蒂波克为他们打开了全新的世界；斯蒂波克甚至比祖父更伟大。

到达初地，人们又谈了一个钟头，诺约克再一次向他们解释了过去三个月中达成的所有协议。虽然有过激烈争吵，虽然有人坚持如果“孩子们”不回家来，唯一的解决办法就是以河为界，划分领地，老死不相往来。而现在的妥协提案，简洁得就像迪尔娜打造的工具一样——因实用而美丽。将整个天堂市划分为几个地区：天堂市、斯蒂波克市、林克瑞森林空地、韦恩铁匠场、哈克斯磨坊、卡波克草地，以及诺约克山；每个地区都有自主权，选出一个人进入议会，议员与市长共同制定法律，审判违法者，解决各地纷争。“我们现在人数众多，”诺约克最后说，“所以像我这样一个人，不可能认识所有人，决定所有事。即使出现了这些变化，并且正因为这些变化，我们依旧是一个整体。等詹森回来，会发现我们找到了办法来求同存异，而且没留下恨意，也没有四分五裂。”

这番话充满了希望、憧憬，而且实在，诺约克对此深信不疑。乎姆也是。

投票开始了，但比灵和他的朋友们与埃文和其他讨厌斯蒂波克市的人站在一边。结果，提案没有通过。

会议乱作一团。此后的一个小时，斯蒂波克市的人在内部大吵了起来，最后终于搞明白：比灵的目的就是彻底分裂，老死不相往来。他还管维克斯叫哈巴狗，说什么诺约克让他叫他就得叫。维克斯只好宣布会议结束，转身往山上走。乎姆抱着卡玛，带着迪尔娜，跟上他一块儿走了。他们最早爬上诺约克山，所以是第一个看到的——船着火了。

他们大声呼喊，叫其他人帮忙救火，可太迟了。很多人跑去打水浇到船上，可已经来不及了，大火熊熊扑面，根本无法靠近。乎姆甚至没去救火，只是坐在岸边，把卡玛抱在腿上，就这么注视着火焰在水面上跳舞，心里想着：父亲，还有那些帮你纵火的人，你们把我烧了，把我烧死在河上。你们毁了我创造的一切，我死了。

几小时后，大火终于燃尽，岸边只剩下一个个焦黑的木骨架。他们看着太阳落山，无精打采地商量着该怎么办。

"我们可以造新船。"迪尔娜说，"我依旧是工具工匠，乎姆也知道如何造船。你们都知道诺约克一定会答应的，敌人阻止不了我们！"

"我们用三个月才能建成一艘船。"

"这么久呀，都没人给奶牛挤奶了。"有人答。

"菜园里肯定会长满野草。"

"草地上的牛一定会发狂。"

"造船的这几个月，我们住哪儿呢？"

"和父母一块儿住？"

跟着，在一片疲倦无望的怨愤中，比灵开口了："詹森的法律给了我们什么保护？我们信任诺约克，可他根本没有能力拯救我们，是不是？想要不受欺负，只有靠自己保护自己！"

维克斯尽力阻止他，"你才是罪魁祸首，谁叫你投票反对我们。"

"会有区别吗？早在投票前他们就策划好了。菲埃斯、埃文、奥利塞特，还有科里，他们都认准了这个大好机会，这次我们全都会来，把我们所有的船只都停在岸边，而且还没人会从斯蒂波克市划船来接我们，他们烧掉了我们回家的唯一道路。要我说，我们应该以牙还牙，以眼还眼！"

仅此一次，乎姆与比灵意见一致，毕竟，还有其他手段吗？他们这次受的伤害永远无法愈合。我才刚刚以为自己自由了，又被父亲欺负到头上来了。

随着夜色降临，人们越说越生气。他们在岸边点起篝火，天堂市的朋友为他们送来了食物和床方便过夜。一个接一个家庭离开了，只有最愤怒的人留了下来，他们依旧在听比灵那些充满恨意和复仇的言论。

“跟我来，”迪尔娜说，“劳恩和尤伊给我们找了个睡觉的地方，我和卡玛需要休息。”

“你去吧。”乎姆说。

她又等了一会儿，希望他一起走，可他待着没动，她只好独自离开。最后，只剩下十几个人还聚在河岸的篝火边。月亮挂在西天，最浓重的夜色即将笼罩下来。

乎姆终于开口了。

“你，就会动嘴皮子！”他对比灵说，“你就会用嘴巴说说，要让他们付出怎样怎样的代价。要我说，我们必须用尽一切去报复。他们放火偷走了我们的家。他们这样对我们，这会儿又有什么权利心满意足地在自己家里睡大觉？”

“难道要烧了天堂市？”比灵难以置信地问道。就连他也没敢想这么疯狂的主意。

“当然不是天堂市，白痴。”乎姆说，“他们没有都放火吧？我只求公平正义。这事是我父亲干的，你们都知道这是事实，我父亲恨我，所以烧了我的船泄愤。”

于是，他们从没有烧尽的船架上撬下木板，将一端浸在水里，留另一端干着方便引火，然后搬着木板绕路上了山，这样就神不知鬼不觉了。乎姆带路，因为看家犬认识他。

可有人没睡，而是在他们从马厩后经过的时候，等候着。马儿闻到火的气息，用力蹬踏着地面。

“别干傻事。”诺约克说。

乎姆一声不吭。

诺约克看看他，然后又看看其他人。“别这么干。给我点时间，我一定找到烧船的人，让他们接受惩罚。我们会动用天堂市的所有资源，造好新船还给你们，不消几个月，只要几星期。另外，斯蒂波克向我保证，几天内我们就能先造好一艘小船，让你们的一部分人先回去照料牲畜。”

回答他的是维克斯，他仍然希望找到折中方案。“你会怎么处置搞破坏的人？”

“一旦确定烧船的人，我们会按法律行事——他们将失去所有财产，一切归你们所有。”

比灵啐了一口，“当然了，只要你问一声谁干的，他们就会自动站出来，是不是？”

诺约克摇摇头，“就算他们不承认，比灵，四个月后詹森回来就能解决这个问题，那时你们早就回到家了，他一定不会容忍他们干的坏事。可如果，你们今晚动手了，他也一样不会再宽恕你们。这算什么正义？如果你烧的是无辜者的房子，会是什么后果？”

“他说得对，”有人嘀咕道，“我们没法确定谁干的。”

可乎姆道：“如果烧了这栋房子，诺约克，我想，受损失的绝不是个无辜的人。”

“会有一个无辜的女人，你的母亲，乎姆。还有我，我也住那里。”

比灵哈哈笑了起来，“他关心的就是这个，他只在乎自己有瓦遮头。”

“并非如此，比灵，我是为你们着想。今晚，整个天堂市都愤怒了，他们都同情你们，而一旦你们纵火，立刻会失去所有的朋友，因为他们会害怕，怕你们某天晚上也烧了他们的房子。”

乎姆一把拉住祖父的上衣，将他向后推到马厩的墙壁上。“别啰嗦了。”他说。

“他是市长啊。”有人小声说，看到乎姆竟然敢对市长动粗，不由得大吃一惊。

“他很清楚他是谁，”比灵说，“乎姆下不了手。”他上前一步，推开乎姆，冲着诺约克的下巴就是一拳，打得他脑袋向后撞到墙上，接着栽倒在地。

“你在干什么？”维克斯说。

比灵猛地转身，盯着他，“诺约克对我们来说是什么人？”

“斯蒂波克说过，要是我们打人，他的朋友也会打我们。可没人说过，要像小孩子那样随随便便就动粗！”

乎姆没再理会他们的争吵。他从马厩门里拿出一捆长稻草，马儿惊恐地看着他手中的火把。“不是给你们的。”他喃喃道，大步从马厩走向房子，其他人看到后都停止了争吵，很快，好几个人跟在他后面。乎姆走进厨房，将稻草和煮饭用的柴火放在摆有桌子的正屋的窗帘旁。就是在这间屋里，埃文最后一次打他。引火物准备好了，他毫不犹豫地点着，火苗立刻蹿起老高，烧着了窗帘。大火炽热，乎姆不得不立即后退了一步，一会儿又退了一大步。大火很快烧着了房屋主结构的木料，滚滚浓烟从天花板向楼梯口涌去。

维克斯站在他身后，“够了，乎姆，我们也在外面点了火，现在该警告他们了。”

“不行。”乎姆说。

“我们可没说好要杀人。”维克斯说。

父亲杀了我，乎姆心里答道。

“你的妻儿都活着。”维克斯说，“不要让别人说，你没发警告去救自己母亲，而是别人代劳的；不要让别人说，你想烧死你的父亲。”

乎姆一颤，清醒过来。我在干什么？我是谁？他窜到楼梯脚下，大喊道：“着火啦！着火了，快醒醒！快出来！”

维克斯跑过来和他一起喊，见没人跑下来，他们就冲了上去。乎姆这才意识到，烟雾肯定是从地板渗透到楼上去了——走廊里已经充满浓烟，卧室房门的缝隙里也有烟冒出。他冲向父亲的房间，撞开门，他母亲咳嗽着，跌跌撞撞从床上下来，两只手扑扇着眼前的浓烟，想看清楚路。乎姆一把拉住她，带着她跑出房间，跑下楼梯。

“房子里还有别人吗？”乎姆问。

母亲摇摇头，“只有埃文和比斯。”

“父亲不在床上。”他说。

“我让他——让他到别的房间睡了。”她说，“是他烧了你的船。”她说。跟着，她突然反应过来眼前的一切是怎么回事儿，“是你放的火！你烧了我们的房子！”

可这时他已经拉着她跑出房子，接着又冲了进去。维克斯找到了比斯，正抱着她跑下楼。“父亲呢？”乎姆大喊着问。

“我没看到他！”维克斯喊道。乎姆用力从他旁边挤过去，跑上楼。火焰已经吞噬了楼梯的边缘，父母卧室的房门燃起了大火，火势蔓延得比预料的快得多。他能看到火焰从窗户向里窜，逐一舔向每个房间的天花板。父亲不在他的房间里，也不在比斯的房间里——当然不在，不然维克斯准看到他了！——也不在诺约克的房里。

“快下来，乎姆！他不在上面。”维克斯在楼下喊道。

乎姆跑到楼梯口，那里也已经起火了。

“快点下来，不然来不及了！”维克斯站在前门边。门廊此时也烧着了。

“他在下边吗？”

“要是他在房子里，早该醒了！”维克斯喊道。

所以他们找不到他，可他肯定在房子里。乎姆打开诺约克办公室的房门。他一开门，火舌就向他扑过来，烧着了他的头发，裤子也着了。可他没有停步，而是一头冲进了火场。现在只剩下一个房间没检查了——他自己的卧室。他艰难地穿过狭窄的走廊，一脚踢开房门。这个房间的火比别的房间小，但灌满了浓烟，他的父亲躺在地板上，不停地咳嗽。

“救命呀！”他呼喊。

乎姆拉住他的手，想把他从地板上拉起来，可埃文块头太大、太重，根本拉不动。他将他的胳膊绕过自己的肩膀，想把他撑起来。“快起来！”他喊道，“我背不动你！你得站起来自己走！”

埃文总算明白了他的意思，摇摇晃晃站起身靠在儿子身上，在他的引导下走出了房间。乎姆搀扶着他，尽快跑向楼梯。就当他们跑过诺约克办公室敞开的房门时，埃文从他身上挣脱开，“那些历史！”他喊道，“父亲会杀了我的，父亲会杀了我的！”他跌跌撞撞地向办公室走去，记载历史的羊皮纸已经被烧得卷了起来。乎姆想把他拉回来，大叫着说来不及抢救了，可埃文一把将他推开，东倒西歪地冲进了房间。乎姆站起来，只见火焰扑向埃文，而他正抓着羊皮纸声嘶力竭地一遍遍喊着，“对不起！”他喊道。他转身，透过门看着乎姆，身上全烧着了，再次大喊：“对不起！”

跟着，他向后栽倒在烈火熊熊的地板上。此时，有人抓住了乎姆的脚踝，将他拉向楼梯，几只手急切地将他拖到了外面。可乎姆满脑子都是父亲被烈焰吞噬的场景，他紧紧抓着燃烧的羊皮纸，大喊着“对不起”。是火焰让他找回了良心。

拉瑞德抽泣着醒来，见父亲正抱着他，轻声安抚，“没事了，拉瑞德。不要紧，拉瑞德，好了，好了。”

一看见父亲的脸，拉瑞德大吃一惊，跟着缓过神来，紧紧钻进他怀里。“啊，我做梦了。”

“当然。”

“我梦到有个父亲死了，我很害怕——”

“只是个梦，拉瑞德。”

拉瑞德一边深呼吸，让自己冷静下来，一边朝四周看，见其他人都醒着，正好奇地看着他。“我做梦了。”他解释道。

可那不仅是个梦，而是真实的故事，非常恐怖。等到其他人终于不再看他，拉瑞德一把抓起父亲的手举到唇边，小声道：“爸爸，我爱你，我并不想伤害你。”

“我知道。”父亲说。

“可我是认真的。”拉瑞德又说了一遍。

“我知道你是认真的，现在继续睡吧。你做了个可怕的噩梦，现在结束了。而且，不管你梦见了什么，你都没有伤害我。”

说完，父亲转过身，在毯子下面蜷起身体，又睡了。

可对拉瑞德来说，那不是个梦。贾斯蒂丝带来的梦境太清晰了，根本不可能轻描淡写得像梦那样置之度外。拉瑞德现在知道目睹父亲死去的滋味了，而且还是自己害死了父亲。跟着，在拉瑞德最不希望的时候，贾斯蒂丝又运用起那非凡的能力，在他的脑海里问道：在此刻之前，你意识到过自己深爱着父亲吗?

拉瑞德激动地答道：就算死，我也不要再做你给我的那些梦了！

天亮了，经过夜里一番折腾，拉瑞德觉得筋疲力尽。这会儿，他感觉自己在大家面前抬不起头来——昨天，他们还看到他像只大公鸡似的自高自大；晚上，又跟个婴儿似的眼泪汪汪。今早他很安静，很少说话；但还是由他带路，别人都看着他。他尴尬极了。

而且，他一句话都没和詹森说，一眼都没看那双湛蓝的眼睛。他一直和父亲待在一起，必要时说上两句。

中午时分，拉瑞德和父亲骑上马，和其他人分道扬镳，这下可没法避开詹森了。“拉瑞德。”他说。

拉瑞德的视线停留在马具上。

“拉瑞德，我想起来了。在你梦到那些梦之前，我也都梦见过。”

“那是你乐意，”拉瑞德说，“而我从没要求过。”

“我继承了一双慧眼。如果你也有那样一双慧眼，能闭上吗？”

“他有眼睛。”父亲不明就里地说。

“走吧，爸爸。”拉瑞德说。他们默默地骑马依次经过最后四棵树，来到詹森和拉瑞德搭建的小屋边——那离现在并不久。最后一棵树就在附近，已剥掉了树皮，静待砍伐。

忽然，拉瑞德害怕起来。他也搞不懂是为什么，只觉得自己毫无防护，彻底暴露。他紧紧跟在父亲身边，即便不干活儿，也和父亲形影不离，甚至跟着父亲回雪橇边换斧子，他一直用的那把太轻了，而且一砍就弯。

最后，为了平息恐惧，拉瑞德不得不开口了：“要是这世上没有铁，会怎么样？或者说距离太远，没法找到，会怎么样？”

“我是个铁匠，拉瑞德。”父亲说，“你这些话，就像对一个女人说她不能生育一样。”

“假如没有呢？”

“在有铁之前，人类还在未开化的阶段，谁会住在那种地方？”

“沃辛。”拉瑞德说。

父亲身体一僵，好一会儿没拿起斧头。

“我说的是那个星球。在那个星球上，只有一个较浅的地方有铁，就是在荒漠里。”

“那就去荒漠里把铁挖出来——砍树吧。”

拉瑞德挥动斧头，将一块木屑砍飞。父亲也砍了一下，大树随之一颤。

那棵树倒下了，他们一起砍掉树枝，将树干翻滚几下放上雪橇。这棵树算不得好木料，并不太重，不用马牵引。到天黑的时候，他们已经砍好了第二棵树。跟着，他们在小屋里躺下，准备睡觉。

可拉瑞德睡不着。他睁眼躺在那儿，凝视着黑暗，等待他知道一定会来的梦境。他的意识开始模糊，心中想象着埃文，想象他像一张纸一样在熔炉里焚烧。他不知道这是他对梦境的回忆，还是贾斯蒂丝送来的新梦境。他不敢睡觉，怕做更可怕的梦，但他不知道怎么拒绝贾斯蒂丝，即便他能不睡觉。不睡觉可不是个理智的主意，但是，这个女人专等晚上遮去他的意识，让他成为别人，做别人做的事，真是太可怕了。我愿意为父亲而死！我永远也不会伤害他！

睡意没来，梦也没来。仅此一次，他们听了他的意见，没给他做任何梦，没让他看任何故事。可他一直在等待梦境，以致无心睡眠。天刚亮，父亲以为他还睡着，便戳了戳他想把他叫醒。看到父亲睡醒了，拉瑞德忽然觉得他能睡了；一旦放下了心，他的身体就陷入了对睡眠的深切渴望。睡觉。他迷迷糊糊地做着早晨的活计，把马套在雪橇上，然后竟然在马背上打起了盹儿，差点儿摔下来。“醒醒，孩子，”父亲生气地说，“你怎么啦？”

砍第三棵树的时候，他倒是来了点精神，却依旧算不得敏捷。父亲拦下了他两次，“你砍的地方太高了，朝下一点，要不然树杈会挂在别的树枝上，倒不下来。”

对不起，父亲。我还以为我砍的就是你说的地方。对不起，真对不起。

可在那棵树即将倒下的时候，却朝错误的方向倾斜，和别的树缠在一起，正像父亲提醒过的那样。

“对不起。”拉瑞德说。

父亲站在那儿，厌恶地仰头看了看。“看不出挂在什么地方了。”他说，“要是你看仔细些，就不会挂上树杈了。去卸下马具，把马牵过来，得把树拉倒。”

就在拉瑞德解马具的时候，扑通一声，那棵树倒了。

“拉瑞德!”跟着是父亲的惨叫。他从没听到过父亲如此痛苦的声音。

他的整条左腿被压在一根大树杈下，一根小树杈刺穿了左臂，又插进他的左上臂，整个刺穿了肌肉，还弄断了骨头。他的整条手臂朝上折断，像是又多了一个手肘。

“我的胳膊！我的胳膊！”父亲叫道。

拉瑞德傻傻地站着，并没意识到该干点什么。父亲的血流到了雪地里。

“快拿撬杆，把大树从我身上抬开！”父亲喊道，“这棵树并不很大，快把它从我身上撬开！”

撬杆。拉瑞德迅速从雪橇那儿拿来撬杆，探到树下，用力向上撬。树翻了个个儿，从父亲身上滚开，他用那只没受伤的手臂撑着滑到一边，可那棵树并不稳当，又向后滚过来，这回只是轻轻压了他的脚，而且没有倒得很远，他只感到一阵轻微的痛楚。“拉瑞德，赶快止血。”父亲道。

拉瑞德过去摁住父亲手臂折断的地方，但鲜血依旧汩汩外流。那里的骨头已经粉碎，整条手臂软绵绵的，按都按不住。拉瑞德恍恍惚惚地跪倒在地，想着还能做些什么。

“快把那段胳膊砍掉，你这个傻瓜！”父亲喊道，“把胳膊砍断，结扎残肢！”

“你的胳膊——”拉瑞德说。砍掉一个铁匠的胳膊，不管是哪条，都跟夺走了他的铁匠铺没两样。

“这样我才能活命，傻瓜！一条胳膊换条命，值了！”

于是，拉瑞德卷起父亲的衣袖，抄起一把斧子。这次他砍得很准，一下就砍断了断裂处的手臂。父亲没有叫喊，只是大口大口喘着粗气。拉瑞德用砍掉的衣袖将断肢扎好，总算把血止住了。

“太晚了，”父亲小声说，他又疼又冷，脸色煞白，“我的血都流光了。”

不要死，父亲。

他翻起了白眼，整个身体软塌塌的。

“不要！”拉瑞德愤怒地大喊。他跑到撬杆处，这次把树向上撬起，终于把它从父亲身上弄开了。他将父亲拉到一边，拉到雪橇附近。他的腿摔断了，但没有被树枝刺穿皮肉。让拉瑞德气愤的是父亲的残臂，他没有心理准备会看见父亲变得残缺。那是出入烈火，锻造铁器的手臂——

要烧一烧残臂。可如果父亲死了，那么做就没意义了。得先看看他还有没有气。

还有呼吸，他喉咙上还有微弱的脉搏。

好在伤口不流血了。现在重要的不是做点什么，而是带他回家。拉瑞德脑袋昏昏的，却本能地意识到了这一点。他用了十五分钟，才将昨天砍好的树从雪橇上弄下来，又花了二十五分钟将父亲放上雪橇，他把所有毯子都盖在父亲身上，系好，然后跨上右首带头的那匹马，拉着雪橇颠簸着行进。

上路之后，拉瑞德才意识到自己不知道该走哪条道。一般情况下，他可以沿着最平滑的小路回家，也就是原路返回。可在领着其他人找树的过程中，他们走得太远了。眼下，最近的路就是一直走，可麻烦的是拉瑞德不确定该走哪边。换作是步行，他毫不费劲就能回到家，可现在他得确保找一条能容雪橇通过的平滑大路。

他乱了阵脚，脑袋糊作一团，拒绝清醒。最后，他仅剩的念头就是，只要离开小路就意味着离家更近，只要他足够清醒机警，能想起夏天时森林里的路，就能找到一条又快又安全的路回家，就能救父亲的命。

可他无法保持清醒。这会儿，马嘚嘚向前，雪橇吱吱滑过雪地，冬季的森林白茫茫一片，他根本无法集中注意力，无法保持清醒，最后，他的脸贴到了马脖子上。他绝望地抱住马匹，催促马儿快跑，快点，再快点，他对自己大声喊道。昨天晚上你为什么不睡？是你杀了父亲！埃文的脸在一片白茫中浮现，他站在每一个明亮的地方，紧紧握着燃烧的羊皮纸，身上已被火焰吞噬。

帮帮我，他无声地喊道。

“快来帮帮我！”他大声叫道。

詹森肯定在看，贾斯蒂丝肯定在听，可他们送来的不是奇迹，而是另一个梦。他看着面前的雪，骑着马儿穿过树林，可树林变成了沙漠，他的嘴巴很干，渴坏了。他变成了斯蒂波克，正处在他那钢铁之梦的尾声。

雨季迟迟不到，水箱里的水越来越少。上个月，就有三个罐子的水被喝光了。如今，充沛的水溢满沙地的景象在斯蒂波克的脑海里挥之不去。

他们终于找到了铁。他们用铜制和石制工具凿开崖壁，一直向内开凿了二十米。他原以为用不着凿得那么深，怀疑是自己搞错了地方，因为迟疑会造成巨大的损失。不过，要是他们一下子就找到了铁矿，太容易，也就失去了意义。还好，在抵达这里的第一年，他们将大多数时间都用于开沟挖渠，引来河水灌溉，以便沙地能出产粮食；他们砍伐了数英里外的硬木树，运回木头来建造棚屋。天堂市慷慨地赠予他们工具，詹森开着星舰送他们直抵南端的荒漠，还给了他们星舰上的足够一年之用的补给品。一切看起来都大有希望。

只是，每次他们一跑动，扬起的尘土就呛得人直咳嗽；水面上总是浮着薄薄一层土，逐渐沉淀成水底的淤泥，所以他们慢慢习惯了不搅动水箱或水壶。到了第二年，乎姆、维克斯和比灵轮流带队去开凿岩石。

空气中常年尘土飞扬，到最后，人们都习惯了蓬头垢面，习惯了黝黑脸上留着白色的斑纹，习惯了晚上挖凿的人因吸多了含有砂砾的空气而不停地咳嗽。

而今，又遭遇了干旱。雨水迟迟不下，大风倒是如期而至，卷起了荒野里的黄沙和尘土。这里的风用肉眼都能看得见，斯蒂波克用手遮着眯起的眼，看着风如一堵墙般吹来，黑压压的，就跟海浪一样。雨季到了，却没有下雨，他们对雨水心存感恩；铁找到了，可铁什么都不是，只是一大堆没用的石头。

“又不能拿来吃。”比灵站在一堆铁矿石上说。

其他人听着，一言不发。一阵尘暴从铁矿石边刮过。

“更不能拿来喝。”

斯蒂波克不耐烦了。他在这样的会议上通常都不发言，而是任由年轻人自己得出结论，只在他们陷入僵局的时候提出建议。可这会儿，他很清楚比灵的话会引出一个怎样的结局，到时一切都完了，别指望再把钢铁带到詹森·沃辛的星球上。“比灵，”他开口道，“你说的话也不能拿来吃。要是你正在列举荒漠中没有的东西，把你的话也算上。”

几个人哈哈笑了起来，就连比灵也笑了。“你说得对，斯蒂波克。那我就不说了，用不着马上感谢我。”

他们又笑了。只要还笑得出来，就还没到山穷水尽的地步，斯蒂波克想。

比灵继续说：“大家都知道，我到南边去了十个星期，可自打回来以后，我还没对任何人讲过我看到的一切，只汇报给了斯蒂波克，他叫我什么都别说，因为那会让你们没心思继续干眼下的活。但话说回来，毕竟原则性的问题都是大家投票决定的，所以我觉得，你们应该自己来决定想听什么，不想听什么。”

他们都想听，听听他在南边的见闻；斯蒂波克垂着头，将那故事又听了一遍。比灵溯河而上进了山里，那儿的硬木茂密高大，有很多动物；他继续向上，最后穿过峻峭群山中的一个山口，终于出了山地，眼前是一个不一样的世界。那里没有裸露在外没有苔藓的岩石，浓密的青草铺在脚下，土地十分湿润；他走下远端的斜坡，进了一片异常茂密的森林，树上结着从没见过的果子，他尝了几个，味道好极了，但不敢多吃，怕吃到有毒的果子回不来，就没法把那里的情况告诉其他人了。

“河水就是从那儿汇入了大海。我去了海边，那里的沙地环绕着海湾，是环形的，清澈的海水一直扑到沙滩上。那里的果子和根茎数不胜数，一辈子都吃不完，根本用不着耕种。这可不是我瞎编的——我们失望的次数已经够多了——我说的绝非虚言。我在那里待了五天，有四天都下了雨，而且暴雨如注，雨点砸在海里，弄得海水四溅。不过大雨只下了一个小时，天就放晴了。这全都是实话！我走的时候只带了五天的食物，却在十个星期后才回来，虽然又累又饿，但绝不是饿了十个星期的样子，那里遍地都是食物！斯蒂波克知道，斯蒂波克早就知道那儿有这么丰饶的地方。我说我们应该到那儿去，我说我们应该住在那里，毕竟那儿太富庶了。但去那里并不意味着放弃钢铁，我们每年可以派一支远征队，带着大量的食物和工具回到这里，但我们的家人就用不着终年啃掺沙子的面包，用不着经常挨饿了。我们可以在海里洗得干干净净，喝清澈的河水——”

“够了，比灵，”斯蒂波克说，“他们都听明白了。”

“快告诉他们我说的都是真的，斯蒂波克。他们都不相信我。”

“他说的都是事实。”斯蒂波克说，“虽然，那里有半年时间都会暴雨如注，蹂躏海岸，到时海浪汹涌，狂风四起。这是危险所在。但最危险的不是这个。如果你住在一个地方，不用辛勤劳作，不用挣扎求生就能过得很好，你就会忘记工作、忘记思考，这是最危险的。”

“谁能想到，他竟巧舌如簧？”

“比灵说的似乎是完美的生活，可我请求你们留下来。雨季是推迟了，可迟早会下雨。我们并没有挨饿。我们还有水。”

他们没说话，可当会议结束时，都同意留下。

那天晚上，和以往一样，斯蒂波克和维克斯与乎姆、迪尔娜一家一起吃饭，不然，他们就只能单独吃饭了。“你们为什么不结婚？”乎姆偶尔会这样问，“我觉得结婚不错，你们可以试试。”

但维克斯和斯蒂波克从不回答这个问题。斯蒂波克不回答，是因为不知道如何回答——他在首星上也没结过婚，兴许他是崇尚自由，不愿意受妻子孩子的束缚。至于维克斯，他为什么不结婚斯蒂波克很清楚。因为他爱着一个女人，不过，那个女人是乎姆的妻子。

在钢铁移民地，这是个公开的秘密：每次轮到乎姆带队去开凿岩石，维克斯就会去找迪尔娜，要不就是她去找他。大伙各忙各的工作，没人会多事去监视他们，或许他们就此以为神不知鬼不觉。终于有一天，斯蒂波克与维克斯当面对质："你为什么干这种事？大家都知道了。"

"乎姆知道吗？"

"就算知道，他也没表现出来。他爱你，维克斯，从你们常一起从他父亲家偷偷溜出来起，他就把你当朋友。你为什么要干这种事？"

维克斯流下了羞愧的泪水，发誓就此罢手。可他并没做到。至于迪尔娜，斯蒂波克都没和她谈。和乎姆在一起时，显而易见她很爱他，毕竟他是个好父亲，是个深爱她的丈夫，可她并没有因此把维克斯拒于门外。等贝萨和达拉特睡着了，卡玛到外面去玩或是到沙漠里工作了，她就和维克斯共赴云雨，犹如渴极之人终于等来了水。有一次，斯蒂波克走进屋，正好撞见他们在一起，她就用祈求宽恕的眼神看着斯蒂波克。他不禁大吃一惊。他在首星已经对通奸行为见怪不怪，所以并不认为那是种罪行，然而她却为此请求宽恕。请求宽恕，却不会改过。斯蒂波克似乎能听到他父亲这样训诫：罪恶的钱币能买到欢愉，而代价是死亡。提防死神，迪尔娜，一直这样错下去，你肯定性命不保。当然了，如果你保持贞洁也会死。贞洁的美在于，当死亡来临时，你会视其为一种幸福的慰藉。

"如果再不下雨，"维克斯道，"他们很快就会出走。"

"我明白。"斯蒂波克说。

乎姆掰开面包，面包随即变成了碎屑，就像屋外的沙子一样。他狰狞地笑了笑，将盘子递给别人，"吃一把面包，再吞下一粒硬木种子吧——我们肚子里的土够多了，足够种子发芽了。"

迪尔娜将面包屑倒进嘴里，“真好吃，乎姆，你真是家里最好的厨师。”

“很糟，是不是？”乎姆喝了一口水，在嘴里弄得哗哗作响，仿佛那水十分可口。他把水咽了下去，一脸失望。“斯蒂波克，我也得走了。我得为孩子们着想——我们得采取行动，不然水很快就会喝光，到那时就太迟了，他们也没力气走了。孩子们已经饱受干旱之苦，太阳那么毒，还经常刮风，他们走来走去的模样就像是在思考死亡。我们不能继续留下来。”

迪尔娜一副气呼呼的模样，“我们来这儿是有使命的，乎姆——”

“对不起。”乎姆说，“曾经，制造会自己工作的机器，制造削铜如泥的工具，我觉得会是我毕生追求的梦想；詹森送我们离开天堂市，来到这里开采铁矿，我满心欢喜。可现在，要我在这个世界的未来和我孩子们的未来之间二选一，我只能选后者。对我来说，失去卡玛、贝萨和达拉特，就失去了世界。现在他们睡着了，我觉得这世上最重要的事，就是明天，以及无数个明天，他们都能醒过来。你和维克斯没有家庭，只要为自己负责；至于迪尔娜，她拥有我所没有的勇气。可我是个父亲，对我而言，这是眼下最重要的；还有，水箱里只剩下四英寸的水了。”

斯蒂波克想起了埃文的房子在诺约克山顶像支巨大的火把一样燃烧的那天，想起了乎姆彻夜的尖叫传遍了从天堂市直到林克瑞森林空地的所有天空。他们都以为是他烧伤了，所以大叫，而他也确实遭到了严重的烧伤。可他是在呼唤他的父亲，他恨埃文，如今却恳求他回来。显然，他现在无比看重身为人父的责任，甚至超过迪尔娜对母亲责任的重视。

“我知道你在想什么。”迪尔娜说，“你在想，我根本就不爱孩子。”

“没有的事。”斯蒂波克说。

“可我爱他们。我只是不希望他们长大以后一无是处，又懒又蠢。因为有工作，我才是我，我是个制造工具的工匠。可如果他们成长在一个压根儿不需要工具的地方，会怎么样？如果那个地方不需要衣服，甚至不需要住所，他们会变成什么样？我不去南方，斯蒂波克是对的。”

维克斯点点头，“我也会尽我所能，等着雨水来。如果到时候还不下雨，我就离开，但不是去南边。我想，那就是回家的时候了。”

他们沉默了一会儿。斯蒂波克看着他们吃东西，看着他们呷着水，看着他们回忆天堂市和水上的船只。

“我们可以用硬木树做条船。”迪尔娜说，然后出海，从海上回家。

斯蒂波克摇摇头，“河道向南有一个五百米高的瀑布。即便我们到了大海上，也不能喝海水，因为海水是咸的。”

“就算有点儿盐，我也不在乎。”

“是很多盐。海水喝得越多就会越渴，最后只有死路一条。”

乎姆耸耸肩，“我们可以走路。”

“那可是很长的一段路。”斯蒂波克说。

“那就盼着下雨吧。”乎姆说。

雨水迟迟没来，转而刮起了西风，但不是西北风；没有雨水在海上形成，沙尘比以往更严重了。每个缝隙中都落满了沙土。每天早晨醒来，他们的床上和身上都落了薄薄一层沙子。孩子们被沙尘呛得直咳嗽，哭喊个不停。这样的日子持续两天后，赛利特和莱博那对双胞胎中的一个夭折了。

趁着狂风暂歇，他们把那孩子埋在了沙里。

第二天早晨，干枯的尸体便曝露了出来，它的皮肤都剥落了。老天最爱搞残忍的恶作剧，大风将孩子的尸体吹得堵在了他父母的门上。到了早晨，赛利特猛推几下，才骂骂咧咧地撞开了门，但当他看清是什么挡住了门时，骂声变成了尖叫和哭喊。听到他的喊声，所有人都走出家门。他们将尸体搬走，想把它火化，可风老是把火吹灭，最后只能将尸体运到荒漠之中，放到他们聚居地的背风处，让尸体躺在那里，等着被风吹走。

当天夜里，他们用同样的方法处理了另外两个孩子的尸体。跟着，薇文早产四个月，他们又将她的尸体送到了同样的地方。

第二天早晨，比灵从一家走到另一家，因为迎着风，他的声音都听不清了。他说："我今天就要走了。我认得路，三个小时后，我们就能到那片硬木林。晚上就能到有水的地方。我会在那里等上三天，到时候，不管谁和我一起走，我都会带他们穿过那个山谷。明年我们会回来挖铁，可今年，趁孩子们还活着，我们必须离开。"

一个小时后，他们在比灵和特丽雅家的背风处聚集，带着珍贵的水壶（里面只剩一点点水），或背或拉着孩子们。斯蒂波克既没争论，也没劝他们留下，甚至没有听见他们小声对他说："和我们一起走吧。我们都不愿跟随比灵，我们只认你。你能将我们凝聚在一起，和我们一起走吧。"

可他知道，到了生活安逸的地方，只有魔法或宗教能把他们重新凝聚起来，而他并不擅长这二者——不够玩世不恭，接受不了前者的欺骗；也不够虔诚，适应不了后者。"走吧。"他说，"祝你们一切顺利。"早上十点左右，他们动身向荒漠进发，大风吹过他们走过的路径，脚印还没留下就被风拂去了，每走一步，脚下的黄沙就被风带走一些。"一定要活着。"斯蒂波克说。

那之后的三天，斯蒂波克、维克斯、乎姆、迪尔娜和孩子们躲进了矿洞里，他们拆了一座空房子，用木头封住入口——在矿洞的黑暗之中能呼吸得松快些。第三天，他们被雨声吵醒。

拆掉入口的木墙，他们第一次见到了地狱般的场景。仿佛整座大海的水都在涌来，地上满是淤泥，缓缓地向河边流动，形成了轻微的斜坡，带着房子一起滑动。河里昨天还是干涸的，现在则大水滚滚，河水早都没过了河岸。

"下雨了，"维克斯说，"咱们该留下来吗？"

是个苦涩的笑话。维克斯和乎姆冲进大雨，刚跨出第二步，积水就将他们全身打湿了。他们逐房逐屋地搜索能抢救出来的东西，很快，它们都会被大水冲走。事实上，他们刚跑了两个来回，所有棚屋就被冲走了。跟着，他们从矿洞的入口朝外看，很庆幸这个入口是向上倾斜的，让他们不至于被淹死。他们喝了很多很多的水，将同样的罐子灌满、倒掉、再灌满，将水倒到孩子身上，给他们洗澡，让他们光着身子在毯子上玩耍。他们像是从没这么干净过。在笑声的环绕下，下雨也变得有趣起来。

然后，暴雨停了，烦心事也来了。几分钟后太阳出来了，大地再次被炙烤得干裂。只有一座棚屋还剩几块木板。夜里河水还在奔流，隔天早晨又只剩涓涓细流，以及几处污浊的水坑。

那堆铁矿石被冲走了。它们离河太近了。

已经没必要讨论了。食物不多，只有水罐和水袋里的水供他们喝。除了向南，往其他任何方向走都是疯狂行为，但凭着斯蒂波克对詹森给他看过的地图的记忆，他们向东出发。卡玛能走路了，乎姆和维克斯每人抱一个孩子，迪尔娜和斯蒂波克带着他们少得可怜的财产：几张毯子，一把斧头，几把刀，变成碎渣的面包，还有衣物。“我们需要衣服和毯子。”斯蒂波克提醒道，“这一路，我们会遇到好几次寒冷天气。”

现在，在穿越沙漠的路途中，维克斯和迪尔娜想假装不相爱可就太难了。有时，他们累坏了，会靠在彼此身上走路，每当这时，斯蒂波克会观察乎姆的反应，可他只是抱着贝萨或达拉特，继续走路或给孩子们唱歌讲故事。乎姆可不是瞎子，斯蒂波克心想，他把一切都看在眼里，只是视而不见。

天还没黑，又起了沙尘暴，斯蒂波克带领他们向南，走进了一片能挡风遮雨的硬木林。第二天，他们在树林间向东移动，第三天同样如此，最后来到一条向东北方向延伸的宽阔河床边。河里还有水，不大，可总算有水喝了。沿河道走了五天，穿过沙漠和偶尔出现的草原，他们抵达了海边。

沿河而行的一天，斯蒂波克爬上一座小山，站在乎姆身边，看到了他一直在看的情形：维克斯和迪尔娜在拥抱。他们只拥抱了一会儿，可能，他们以为走得够远，不会被看到了，也可能是他们再也不在乎了。他们的拥抱并非饱含热情，反倒充满了疲惫，像结婚已久的夫妻正在回归彼此熟悉的怀抱。斯蒂波克忽然发现，相比他们偷偷摸摸、急不可耐的样子，眼下的情形更让乎姆难堪。

乎姆转身下坡，那对爱人就被低矮的山脊挡住了。“我还以为，”乎姆说着，自嘲般地哈哈几声，“我还以为，在我们两个中间，她只对我有老夫老妻的感觉。”

斯蒂波克一拍乎姆的肩膀，手感觉到了小贝萨灼热的气息。“他们都很爱你。”他说，可只有傻子才信这样的话能安慰他。

令斯蒂波克惊讶的是，乎姆竟露出了微笑，仿佛他压根儿就不需要安慰似的。“自从我们迁到斯蒂波克市，我就知道他们的事了。我们结婚没多久，他们就好上了，那时她还没怀上卡玛。”

“我还以为——是从这里开始的。”

“他们也是情不自禁吧。到了这里，他们甚至都不遮掩了。他们怎么能这样？”乎姆将贝萨紧紧抱在怀里，“我不太在乎是谁的种。我只知道，地是我锄的，也是我收获的，这些孩子都是我的。”

“你是个好人。我自愧不如。”

乎姆摇摇头，“那时候，詹森和我们在一起，还没把我们送来这里，我为父亲的死而自责，可他对我说，你宽恕了维克斯和迪尔娜，所以对于父亲的死，你也得到了宽宥。你知道吗，我真的原谅了他们，不是扯谎。在詹森说那些话之前，我已经饶恕他们了。因为我知道，我既不谴责也不恨他们，所以我相信詹森说的，没人会谴责我，没人会憎恨我。你能把我的话告诉他们吗？如果我在这段旅程结束前死去，你能告诉他们，我原谅了他们，一切都过去了吗？”

“你不会死的，乎姆，你是我们中间最强壮的——”

“可如果呢？”

“我会。”

“告诉他们这是真的，是我的心里话。告诉他们，如果他们有所怀疑，就去找詹森证实。”

“好的。”

他们重又爬上那座低矮的山脊，维克斯和迪尔娜正在那里休息，哄着卡玛玩，假装他们只是旅途中累得筋疲力尽的一对老友。

他们从河口一直朝东，终于抵达了向北延伸的一片地峡，那是他们走过的最难行的荒漠。斯蒂波克提醒过，所以他们都把水罐和水袋装满了水，而且在那两天里喝的都是河水，直到再也喝不下去为止。“照这样喝下去，光是在我们的尿上面都能漂回家了。”维克斯说，他们都哈哈笑了起来。在今后的一段时间里，这是他们最后一次笑。荒漠的环境糟透了，举步维艰，远超斯蒂波克的想象。平滑的沙滩没有了，所过尽是悬崖和峭壁，有的路直上直下，有的路一马平川。斯蒂波克将每天的饮水量减得越来越少，可水还是喝光了，只剩下一点点攒下来留给孩子们的水。“不远了。”斯蒂波克告诉他们，“地峡里有河，不远了。”确实，站在山上，他们能眺望到大海，甚至还能看到一片向北延伸的土地，那是一片海岸线，通往一块有纯净之水的地方。

可走起来却很远。一天，在天亮前，他们将贝萨埋葬在一堆石头下面。再上路的时候，虽然不用继续背着瘦弱的她，负担也轻了，但他们走得更慢了。那天晚上，他们来到一片绿洲，喝了里面恶臭的水，又装满了水袋和水罐。最开始一切顺利，可一个小时后，他们都呕吐起来，达拉特因此送了命。他们将他葬在那个有毒的池水边，拖着虚弱的身体继续走，在穿过沙滩的时候倒光了水壶和水袋里的毒水。他们没有哭，因为身体早已干涸，再也挤不出眼泪了。

转天，他们又来到山侧一个清澈的泉水边，水很甘甜，他们喝了没得病。他们在泉水边停了几天，以便恢复体力，可所剩的食物已经少得可怜。带着装满水的罐子和水袋，他们再次上路。

两天后，他们爬上一座岩山的顶端，在悬崖边停了下来。这座悬崖高近千米，西边是大海，东边也是大海，在清晨的阳光照射下，他们看到蔚蓝的海面闪烁着点点银光。悬崖底部的地面呈漏斗形，通往海水中的一个狭窄地峡，地峡里长满了青草。

“看到下面的绿色了吗，卡玛？”乎姆问。男孩严肃地点点头，“那就是草，也就是说，我们在那里能找到水，或许还能找到吃的。”

卡玛看上去有点不高兴。“要是这样，你们为什么不带贝萨和达拉特来？我知道，他们都饿坏了。”

没人知道如何回答。最后，乎姆只是说：“对不起，卡玛。”

他是个宽宏大量的孩子，“算了，爸爸。我能喝点水吗？”

中午之前，他们找到一条路下了悬崖；悬崖并不陡峭，有很多条路可以下去。当晚他们就睡在草地上。早晨醒来时，多年来头一次，他们看到一片被露水打湿了的地方。只有当这时，当卡玛将湿漉漉的青草扔到他们身上时，他们才为死去的亲人痛哭了一场。

拉瑞德颤抖着醒来，朝四周张望。马儿停住了脚步，前面是一片灌木丛，父亲在他身后低声呻吟着。这会儿已是下午。到目前为止，拉瑞德都想不起该往哪个方向走。这是在什么地方？他回头看了看，见雪橇留下的痕迹在树林间蜿蜒延伸。是他引领马一路走来的？还是他睡着了？他只记得那片沙漠，记得乎姆、维克斯和迪尔娜，死去的孩子们，以及他们最后像是找到了生路。可父亲在他身后的雪橇上呻吟着。拉瑞德下马，僵硬地走过去查看父亲的状况。

“我的胳膊。”父亲看见拉瑞德，低声说，“我的胳膊怎么了？”

“一根树杈刺穿了你的胳膊，爸爸。你让我帮你截肢了。”

“噢，老天。”父亲喊道，“我还不如死了算了。”

拉瑞德必须弄清楚他们在哪儿。他走到一片开阔的区域，发现南边是一片连绵的群山，这说明他们的方向没错。可他不记得这里夏天的样子，周围看上去都很陌生。如果他没来过这儿，那可能是已经到了极南端，或者是他们早已过了平港村。

突然，他明白这是什么地方了。他站立的这片空地是个池塘，因此才觉得陌生。他脚下是厚厚的一层雪，雪下是池塘的冰面，四周低矮的土堆是海狸的窝。不知怎的，他在睡梦中竟走对了路，只是被灌木丛挡了马儿的路。很容易，他只需拨转马头，沿着冰冻的河道再走一段。他牵着马步行，好让他自己的腿恢复知觉。

“拉瑞德。”父亲喊道，“拉瑞德，我就要死了。”

拉瑞德没有回答。他不知道如何回答，兴许是真的，可这不能阻止他继续前进。树木消失了，眼前是一片草地，他再次上马。大雪、四周的寂静、缓慢的移动，再次令他昏昏欲睡。贾斯蒂丝又带他进入梦中。

斯蒂波克已经筋疲力尽。他们一直在爬山，已经爬了一个星期。此时，他们站在这个世界最高的山上，当然并没有爬到山顶，但所过之处依然十分惊人。这些山相当古老，还有很多起伏的丘陵，很高，也很陡峭。好几次，它们远远看着很好走，可到了近前，都得手脚并用才能爬上去，

这会儿，他们爬上了另一座草木繁盛的山丘，两侧都是更高更峻峭的山；可这次，他们对面不再是另一座更高的丘陵，而是一片较低的小山，在小山的那头，一片一望无际的深绿色大海映入视线。

其他人都已登上了山丘。卡玛正在绕着圈子跑——这孩子还有体力，其他人则注视着眼前的景色。

“我感觉自己要掉下去似的，”迪尔娜说，“我已经太久都没看到前面有低矮的地方了。我们快到了吧？”

“我们走了一半多的路程了，而且，最难走的路已经过去了，再也没有荒漠了。应该很快能到一条大河，到时我们要沿河走很久。我们可以造一艘木筏，顺流而下，然后会遇到一条同样宽大、从南方延伸而来的河。接着我们转向正北，穿过低矮和缓的大山，用不了多久就能到达星河，沿着星河，就能到家了。”

“不要啊，”维克斯说，“快告诉我，下了这道斜坡就能到天堂市了，这世界不该再大了。”

“斯蒂波克，你是怎么记住那幅地图的？”

“我在星塔上仔细研究过地图，寻找有铁矿的地方。我原本准备带领探险队走陆路的，没想到詹森愿意用星舰送我们来。”

“他们看到我们，会高兴吗？”迪尔娜问，“毕竟，我们走的时候闹得很不愉快。”

斯蒂波克笑了，“你真在乎他们高不高兴？我们已经尽了力，尝试建造一个完美的地方。气候太恶劣，而且我们的方向也错了。造就文

明的基础不是钢铁。”他想到了乎姆，他那么爱他的孩子，还能忍受他的妻子和好友一起背叛他。所谓文明，就是为了快乐而承受痛苦。乎姆比我先成长了，斯蒂波克意识到。他发现，若将痛苦从生活中剔除，也就同时毁了所有快乐。快乐与痛苦同宗同源，毁掉一个，就毁了全部。有人该在我更年轻的时候就给我讲讲这些道理。当詹森将我带到这个星球时，我本该有更好的表现，我本该努力成为一个天使，结果却成了魔鬼。

“人。”迪尔娜说。

“什么？”

“要文明，重要的是人，而不是什么金属、羊皮纸，或是什么绝妙的主意。”

维克斯一屁股坐在草地上，仰面躺下。“斯蒂波克，承认吧！你老说詹森只是普通人，可那不是真的，你和詹森都是神。你们一起创造了这个世界，现在，你来这里，只是想看看我们如何利用这个世界，还要制造出一些奇迹让我们开开眼。”

“到目前为止，挖矿可没有让我们开眼。”

“需要一点时间，来熟练掌握各种技艺。就说伐木吧，前几下总是砍不准，人们在这时候最容易丢腿丢脚，因为他们还不习惯。”

“一个笨拙的神明。好吧，我承认了，那就是我，”他正想说出“你们也是”，一声尖叫打断了他，他们马上站了起来。“卡玛！”乎姆大喊一声，他们立即发现山顶上不见了卡玛。他们跑向不同的方向；斯蒂波克跑到山丘西北边的悬崖边缘，满怀希望地看到草地里有小脚印，跟着又惊恐地看到，那些脚印一直延伸到峭壁的边缘。山顶到这里不再有和缓的地势，而且峭壁边缘有草碎屑，是卡玛滑落时抓握过的碎草。要是我们当心点，要是我们当时在他身边，就能在他掉落前救下他！

“在这儿！”斯蒂波克喊道。

其他人正跑过来的时候，卡玛的声音从悬崖边缘下方传来。“斯蒂波克！爸爸呢？我好疼啊！”

乎姆沿悬崖边跑过来，向外探出身体张望，“卡玛！能看见我吗？”

“爸爸！”卡玛喊道。

“他就在悬崖外面，在壁架上，应该能够到！”乎姆边喊边跑回他们身边，“我能够着他。斯蒂波克，维克斯，你们抓住我的腿。迪尔娜，你到悬崖边上等着，我把他拉到顶，你就帮我把他拽上来；但别把身子探到悬崖外面，崖边不牢靠。”

他的信心，他的领导者气势，让所有人平静了下来。一定不会有事，斯蒂波克心想。虽然他隐隐觉得一切不过是乎姆的偏执，他不愿意相信他儿子没救了。但那孩子还活着，在荒漠的石头下埋着另外两个孩子，而迪尔娜又怀孕了，可那未出世的孩子不能和卡玛相比，他是长子，也是眼下唯一还活着的孩子。他们必须全力救他，即便付出自己的生命。

乎姆仰面躺下，而不是肚子朝下，可见卡玛掉落的地方太远了，光俯下半个身子根本够不着，必须把膝盖以上的身体都探出去。斯蒂波克死死抓住他的一条腿，和维克斯一起，将他缓缓放下悬崖。

“快到了！”乎姆喊道，“再向下一点。”

“不行啦。”斯蒂波克说，他们已经到了悬崖边，并且是跪在那里，才不会摇摇晃晃地挂到悬崖外边。这会儿，斯蒂波克只能勉强抓着他的脚踝，而且很不牢靠。可他们还是把他又降下了几厘米。

“就到了！再往下一点点！”

斯蒂波克正想反对，却看到维克斯正坚定地挪向悬崖边。在所有人当中，只有维克斯必须帮乎姆救下儿子，这一点斯蒂波克很清楚。于是，他小心翼翼地调整抓着乎姆的那只手，又让他降下去一点点。

忽然，乎姆惊声喊道：“不要，卡玛！别往这边跳！在那儿别动，别向这边跳！”跟着，孩子尖厉的叫声响起，而乎姆用力一蹬，向下冲去，腿也从斯蒂波克手里挣脱了。

奇迹发生了，维克斯竟然独力抓住了乎姆，但因用力过度而疼得大叫起来。迪尔娜死死拉住维克斯以免他也掉下去。斯蒂波克没法去够乎姆，只能帮着迪尔娜，拉住他们不要和乎姆一起摔下悬崖。

“现在就请表演个奇迹吧。”维克斯小声说。

“卡玛！”乎姆喊着，他的叫声在大山之间不停回荡，“卡玛！卡玛！”

“他根本不知道自己现在很危险。”迪尔娜气喘吁吁地小声道，悲伤、恐惧和绝望一股脑儿朝她涌来。斯蒂波克知道那种滋味。他们明明安全了呀，他们跋山涉水，走了这么远，现在应该安全了呀。这个星球肯定是哪里搞错了。

跟着，维克斯大叫一声，挣开了手指，乎姆从悬崖边滑了下去。他们听见他撞击石壁的声音，跟着又是一声撞击。并不太远，肯定没摔到崖底，但也绝对够不着。

迪尔娜尖叫着被扯向维克斯，斯蒂波克赶紧用力把他们都拉了上来，在确认他们不会掉下去后，才喊道：“乎姆！乎姆！”

“他死了，他死了！”迪尔娜喊道。

“我拉住他了，我真拉住他了！”维克斯啜泣道。

“我知道你拉住他了。”斯蒂波克答道，“你们都拉住他了，你们尽力了。”跟着，他继续呼喊乎姆。

这时，乎姆回答了，声音既疲惫又害怕。“斯蒂波克。”

“你在什么地方？”斯蒂波克喊道。

乎姆歇斯底里地笑了，“很远，千万别下来，你们到不了这里。这里既上不去，也下不来。”

“乎姆。”迪尔娜说。可她不是在喊，倒像在祷告。

“千万不要下来！”乎姆又喊道。

“你能爬上来吗？下得去吗？”

“我想我的腿断了，腿没感觉了。卡玛死了。他跳了过来，我触到了他的手指，但没抓住他。”乎姆哭了，“孩子们都死了！斯蒂波克，你说，我现在算不算扯平了？”

斯蒂波克明白他的意思：用孩子们的命，抵偿他害死父亲的罪孽。“这不公平，乎姆，绝没扯平！”

“这就是正义！”乎姆喊道，“而肯定不是仁慈！”他顿了顿。“我想我撑不了多久了，我现在就靠手臂撑着。”

“乎姆，不要放手！你千万不能掉下去。”

“我早想到今天这种情况了，迪尔娜，这是迟早的事——”

“不要！”迪尔娜喊道，“你不能掉下去！”

“我想拉住你来着，我尽力了！”维克斯喊道。

“我知道。松手的是斯蒂波克，那个老东西。斯蒂波克，现在你可以展示奇迹了。”

“什么奇迹？”

“让我们干干净净。”

斯蒂波克深吸一口气，大声说了起来，好叫乎姆也听到。“乎姆告诉我，如果他——如果他发生了什么不测——”

“对，继续说！”乎姆叫道。

“如果他发生不测，就让我告诉你们，在迪尔娜怀上卡玛之前，他就知道你们的事了。还有，他爱你们两个人，爱孩子们。还有，他——宽恕了你们。我相信他的话，他的心里没有仇恨。”

迪尔娜号啕大哭。“是真的吗？”

“是的。”乎姆说。

维克斯转过身，面朝下趴在草地上，像个孩子似的痛哭起来。

“我现在要松手了。”乎姆说。

“不要啊。”迪尔娜喊道。

于是，他没松手。可已经没什么可说，没什么可做的了。他们只是在山顶上等着，听着维克斯大哭，听着鸟儿在峡谷中鸣叫。

“我真的抓不住了。”乎姆说，“我太累了。”

“我爱你！”迪尔娜喊道。

“我也是！”维克斯喊道，“该死的是我，不是你！”

“你还是好好想想吧。”乎姆说着，松了手。他们听到他向下滑了一点点，然后就毫无动静了。

“乎姆！”迪尔娜喊道，“乎姆！乎姆！”

没有回答，永远不会有了。

就这样，他们流干了眼泪，站起身，拿起行李，小心地爬下斜坡，走出大山，走进了一片茂密的森林。他们找到那条河，造了艘木筏。三人漂浮了很久，像是好几个星期，他们已经算不清时间了。

他们在河的北岸过冬，迪尔娜生下了孩子。她很想给孩子起名乎姆，斯蒂波克阻止了她。她无权将自己的愧疚加诸那个孩子，他说，乎姆早已宽恕他们，所以他们不再亏欠，不该让那孩子时时提醒他们那段往事。于是，他被定名为沃特（Water）。到了春天，他们翻过大山，终于回到了天堂市，受到热烈的欢迎。

“拉瑞德。”詹森说。

拉瑞德醒了过来。他还在马背上，村民们都围在他身边。“拉瑞德，你把你父亲带回家了。”

拉瑞德转过身，看着他身后雪橇上的父亲。贾斯蒂丝正俯身检查他的伤，萨拉站在她身边，不住地点头。“他还活着，可能不会死。”萨拉说，声音平静得就像大人，“砍掉他的胳膊算是救了他的命。”

“是父亲叫我这么做的。”拉瑞德说。

“他说得不错。”这话从他妹妹口里说出来，听着真是奇怪。她自己也觉得奇怪，因为突然之间，就像水从羊皮袋里涌出一样，她“哇”的一声大哭起来。“爸爸！爸爸！”她跪在雪橇上搂住父亲，亲吻他的脸。他醒了过来，张开眼睛说：“他砍掉了我的手，那该死的孩子，他砍断了我的手……”

“别在意，”詹森小声对拉瑞德说，“他现在神志不清醒。”

“我知道。”拉瑞德说。他下了马，哆哆嗦嗦地站在地上。“今天太漫长了，带我们回家吧。”

这里距离村子还有不到一英里的路。詹森解开马上的套具，将雪橇留在原地，骑马回村。这提醒了伐木小队的其他成员，他们也解下了套具，骑马飞奔。沿途又有六个人加入他们的队列，那些人已将木头运了回去，这会儿出来迎接他们。

“是贾斯蒂丝给我指的路吗？”拉瑞德问，“我一路上都在做梦。我梦到了斯蒂波克、乎姆，还有——”

“梦境是她给你的，但指路的不是她。她根本不认识路，怎么指路？”

“那我是怎么回来的？”

“兴许，你有连你自己都不知道的潜能。”

詹森扶他走进小旅店的大门，母亲紧紧拥抱了他一下，动作很粗蛮，跟着问：“他还活着吗？”

“是的。”拉瑞德说，“他们马上就抬他进来了。”

詹森扶他上了他的小床，小床已经摆在火边，正等着他。他躺在那里，不停地颤抖，这时，四个人抬着身体残缺的铁匠进来了，他在昏迷中。詹森立即忙活起来，煮草药，包扎残肢，护理好那条伤腿，用夹板固定住。

整个过程中，贾斯蒂丝一直坐在椅子上看着。拉瑞德不时看她几眼，想看看她会不会因为父亲的痛苦而皱起眉头。但她看上去似乎根本没留意到父亲的痛苦，看上去似乎根本不知道她能立马治好他，甚至让他的手臂恢复如初。拉瑞德真想对她大喊：如果你能把他治好，也没说不同意，那就算答应了！

她没在他的脑海里回答，萨拉走过来，摸摸他的额头。“不要折磨我，拉瑞莱德。”她说，“想想乎姆和卡玛吧，你会很高兴你能回家来了。”

他亲亲妹妹的手，把她的手举了一会儿。“萨拉，说你自己的话。”

萨拉立刻哭了起来，“我害怕极了，拉瑞德。可你把父亲救回来了，我知道你一定会的！”

她亲吻了他的脸颊，跟着她突然想到一件事。“可是，拉瑞德，你忘了把他的手臂带回来了。没了手，抓不住东西，他该怎么打铁呢？”

听了这话，拉瑞德轻声哭了起来，为他父亲，为他自己，也为乎姆和卡玛，贝萨和达拉特，维克斯、迪尔娜和埃文，为所有的无辜和愧疚，为所有痛苦。一直到父亲徘徊在死亡的边缘，我才知道爱他。又或许，直到他即将死去的时候，我才开始爱他。这个想法太强烈，以致他突然想到，这或许是贾斯蒂丝在他脑子里植入的。想着想着，他睡着了。他无法逃离睡意，尝试的代价太高了。不知怎的，他不仅回到了家，还没让父亲死去，目前来说这就够了。他现在什么都不怕，就连做梦也不能令他恐惧；不能，就连睡觉也不能令他害怕。

九

沃辛农场

Worthing Farm

父亲像个死人似的躺在床上，一连睡了好几天。每当有人问他怎样了，萨拉都会答：“他一定会好起来。”

好起来，拉瑞德心想，恢复如初，只是左臂没了，记着他的儿子像个醉汉一样，摇摇晃晃像个孩子似的去砍树。是我砍掉了他的手臂，这还不仅是因为我用斧子砍掉了他的胳膊——天知道，真是那样倒无可指摘了；都怪我让树倒错了方向，都怪我，那棵树才会挂在其他树上。

他尽力不把这件事怪罪到詹森和贾斯蒂丝头上。他们逼着我做那些害死父亲的梦，我害怕那些梦，不敢睡觉，这才差点害死父亲。他们是从一开始就计划好的吗？他们给他看埃文的死，就为了让他害他父亲变成残废？那乎姆的死意味着什么？我也要摔死吗？可他一这样想就觉得羞愧，因为正是斯蒂波克他们返回天堂市的梦帮他回到了家。靠他自己，绝无可能把父亲救回来。

村里的其他人都很看重他。树皮匠拉瑞德救了他父亲的命，沿着一条陌生的小路，将只剩一条手臂的埃尔默带了回来。修补匠一直说要把他的事迹编成一首歌，其他从前都拿他当笑料的人，现在都真心诚意地敬重他。事实上，当他走进屋子，大家立马会变得鸦雀无声，还会带着敬畏询问他的意见，仿佛他具有非凡的智慧。拉瑞德彬彬有礼地接受了这些变化，干吗要拒绝他们的爱呢？可所有的友好，所有的荣耀，都让他羞愧，因为他知道自己不配得到褒奖，而是该受谴责。

他靠写书来躲开他们。要写的东西很多，斯蒂波克，乎姆，维克斯，迪尔娜，都要写，他这么告诉自己。于是，他整天把自己关在詹森的房间里，写呀、写呀。他下楼，要么是为吃饭，要么是去做该干的活儿，毕竟父亲依旧垂死地躺着。但这其实是多余的，因为拉瑞德发现，不管他正想去干什么活儿，詹森都已经在干着了；他没什么可对詹森说的，只是默默地走开。显然，詹森进入了拉瑞德的头脑，发现有该干的活就抢着去做，好让拉瑞德回去写书。有时候，拉瑞德甚至想知道，一切是不是都在他的计划之内，好让他花更多时间写书。很好，他心想，我会写，尽快地写，把那本书写完，然后，你和你的书就会离我远远的。

一天，外面下了大雪，整个屋子弥漫着煎香肠的香味，拉瑞德正伏案疾书，终于写到了卡玛和乎姆之死。他一边写一边哭，倒不是为他们的死伤心，而是因为乎姆在临死前宽宥了维克斯和迪尔娜。詹森过来找他。拉瑞德讨厌他进来，至少他不能以他“不知道”拉瑞德不喜欢为借口。

“我知道你不希望我来，”詹森说，“可我还是进来了。你已经把到目前为止你所知道的都写下来了。”

“我再也不想做你们那些梦了。”

“那我要说的是个好消息。你已经看完了我那些值得你亲眼看的故事。我会亲自给你讲讲我如何与我的人说再见，然后——”

“然后我把羊皮纸交上，你离开这里。”

“然后，贾斯蒂丝会把我的后裔代代相传的记忆带入你的脑海，比如修补匠的故事。”

“我不想再做梦，也不想听任何故事。”

“别生气，拉瑞德。你应该为做过那些梦而高兴。比方说，你应该从乎姆的故事中吸取教训，而不是为了你父亲受的伤而惩罚你自己、我或是贾斯蒂丝，你应该像乎姆那样，以宽大的胸怀原谅所有人。”

“乎姆的事你知道多少，你了解他吗？”拉瑞德说。

“你忘了，我曾经违背母亲的意愿，将她送去了移民地，就跟你砍断父亲的手臂一样。你的记忆中有我这一生所受的所有痛苦。你因为了解了乎姆而更爱他，为什么不能同样对待我？”

“你又不是乎姆。”

“我是，我是乎姆，谁的记忆在我心里，我就是谁。我是很多人，拉瑞德，我对他们的痛苦感同身受——”

“那你干吗还要引起更多的痛苦？干吗不离我远远的？”

詹森一拳击中他身后的墙壁，“你怎么还不明白，我能感受到你现在的感受，你这个傻瓜！我了解你，我爱你，如果我能免除你哪怕一丁点痛苦，如果我既能减轻你的负担，又能完成必须完成的东西——”

“没有什么必须完成的东西！那就是你唯一的目的。”

“是的，不错。我必须完成那件事，就跟你必须呼吸一样。拉瑞德，数千年来，我的子孙守护着所有的人类星球，保护你们远离痛苦。在这漫长的时光中，拉瑞德，再也没有出现第二个乎姆！你懂我的意思吗？在一个任何行为都不造成后果的宇宙里，不可能出现乎姆、维克斯或迪尔娜那样的人！如果不是因为乎姆在面对痛苦时的勇敢选择，你又爱他哪一点呢？没有了那些苦难，他又是谁呢？一个聪明的木匠而已！如果没有他父亲对他的虐待，没有面对他父亲在烈焰中焚身，没有他妻子的奸情，没有贝萨、达拉特和卡玛的夭折，对，还没有他在卡玛坠崖时触到的他的手指，那么这个乎姆，还有哪一点配得上你的爱？他又有哪一点堪称伟大？他的人生又有什么意义？”

詹森如此激动，使拉瑞德深感震惊。这么久以来，他一直冷静过人，因此这时的怒火显得尤其可怕。可即便如此，拉瑞德也不会回避。“如果你能问问乎姆，我想，只要能顺顺利利地过完一生，他会很乐意放弃什么劳什子的伟大。”

“他当然会。谁都喜欢万事如意，而这世上最恶劣的混蛋，就是那些把所有时间用来确保万事如意的家伙。个人的好恶，跟我所说的一点关系都没有。”

“显然，你从没做过额外的努力去为他人谋福祉，除了你需要他们去做某件事，来继续你那宏伟计划的时候。”

“拉瑞德，”詹森道，“人不是个体，虽然我们都以为自己是。在我到这里来之前，除了你家人告诉你的，你对自己了解多少？你童年听过的故事造就了你，你模仿自己的父母，从他们身上了解生而为人的意义，你的生命模式都被别人所做的和所说的歪曲、影响了。”

“那我是什么，一个只会模仿身边人的机器？”

“并非如此，拉瑞德。像乎姆一样，你的心中有一些可以做出选择的东西，它能帮你分辨清楚：这是我，这不是我。乎姆本有可能成为一个杀人凶手，是不是？或者，当初他父亲是怎样虐待他的，他就可能怎样虐待他的孩子，对不对？你内心做决定的那个部分，正是你的灵魂，拉瑞德。所以我们才不能将某人的记忆输入另一个人的脑海，有些选择会叫你无法忍受，无法忍受记得你做过这些事，因为那不是你的风格。所以说，你不只是会模仿。你就像是一块布的一角，一块巨大的编织物；你的榜样也会影响其他人的选择，那些人因为你救了你父亲而敬重你，难道你没意识到这也使他们的生活更有意义？有些人或许会嫉妒你，可他们并没有，他们因你的善良和优秀而爱你，这也会影响他们变得善良和优秀。可如果没有痛苦，没有恐惧，那我们生活在一起，生命相连，还有什么意义？如果不管做什么都不会造成后果，如果没有苦难，那还不如全部死掉，因为我们只是机器，心满意足的机器，运转正常的机器，不需要思考，毫无价值；我们不会遇到问题，也不会有任何损失。你爱乎姆，是因为他在苦难面前的英勇气概，并且由于你爱他，你会在一定程度上变成他，其他人了解你以后，也会在某种程度上变成他。在这世上，当我们死了以后，我们就以这种方式活在别人的心里。”詹森摇摇头，“我什么都说了，可你并不明白。”

“我明白。”拉瑞德说，“只是不相信你。”

“如果你真理解，就会相信我。因为这是真相。”

贾斯蒂丝在拉瑞德心里说道：詹森只对你讲了一半的事实，所以你才不信。

詹森肯定也听到她说的了，因为他的脸色立马一沉，显然生气了。

他一屁股坐在地板上，轻声说："好吧，我不是人。就这样吧。"

"你当然是人。"拉瑞德说。

"不，我不是。贾斯蒂丝比任何人都了解我，她就是这么告诉评判者的：我不是人。"

"你有血有肉，和人一模一样。"

"但我没有怜悯。"

"这倒是事实。"

"我感受着别人的感受，可并不同情他们。我看见了那个没有痛苦的宇宙，于是我说，'这是不对的，是在破坏'，于是我选择留在真实的宇宙，我更喜欢生活在这样一个地方：周围存在恐惧和痛苦。我宁愿活在一个会有乎姆那种苦难的世界，因为那样才会有乎姆存在。我宁愿住在一个世界，有人会为了荣誉，做出光着身子穿行雪地这种疯狂的事；铁匠会选择说，砍掉我的手臂，保住我的命；一个女人看到丈夫只剩一条手臂回到家，气息奄奄，就在那一天去告诉她的情人，我要与你一刀两断，因为如果现在我丈夫知道了我们的事，他一定会认为我是因为他不再完整而厌恶他。"

拉瑞德颤抖地握着羽毛笔，"我恨你。"

"你母亲是个女人，仅此而已。在痛苦降临日之前，她并没有羞耻感。"

"没有羞耻，我们更快乐。"

"不错，那死人是最快乐的，他们没有痛苦，也没有恐惧，人最好就像河流那样，泥沙俱下。"

"别人痛苦，你才高兴，这就是你。所以你才来这里，你是来享受的。"

这话听起来十分刺耳。"随便你怎么想我，"詹森说，"可现在，回答我一个问题：在我给你的梦中，你最想忘记哪个？最想将哪个梦从你的脑海里彻底剔除，像从没做过那个梦一样？在那些人里，你最不想认识哪个？"

"你。"拉瑞德说。

詹森看上去像挨了一拳，“除我以外。你最希望贾斯蒂丝把谁，从你的脑海中剔除，就像擦去泥土上的一幅画那样？”

“我的记忆已经被你们折腾够了，别再来烦我了。”

“你真是个傻瓜。你以为你这阵子最大的收获是什么？就是那些记忆！你让我别再烦你，你恨我，就因为我给了你那些记忆。你到底想要什么，孩子，安全还是自由？”

“一个人待着。”

“拉瑞德，我会尽快如你所愿，不再来烦你，可我们还要把这本书写完。现在听好，我会把我剩下的故事告诉你，不用再做梦了——你那些宝贵的记忆再也不会被扰乱了。准备好了吗？”

拉瑞德放下羽毛笔，“那就速战速决吧。”

“你想知道斯蒂波克和其他人怎么样了吗？”

拉瑞德耸耸肩，“你想说什么就说什么吧。”他知道这越发激怒了詹森，但正合他意。

“维克斯和迪尔娜自然是结婚了。我把他们都带进了星塔，每人都做了几届市长。我让斯蒂波克写了几本关于机械、燃料和常识的书，留给后人作基础，后来，我也把他带进了星舰，他做了两任市长。对了，他结婚了，生了十一个孩子，在我带他上星舰之前。三百年后，天堂市有了两百万人口，但它不同于首星，大概只有两万人住在城市里。人们向北到了平原，向南进入森林和矿区，一直将土地开垦到星河上游的源头，还有些人到了天堂河口定居。他们是一个整体，有相同的文化，说同一种语言。我教会了他们我能教的一切，觉得基础已经够牢固了，于是把星舰中的人全都带了出来，另从那些从未休眠过的人中挑选了几十个。我每年都创建移民地，一次五千人。斯蒂波克坐船去了他从前挖矿失败的地方；卡波克和莎拉带着两千只羊，由陆路去了斯蒂波克荒漠的东部；铜匠韦恩去了东北部的山区；维克斯和迪尔娜带着他们的人向东迁徙；诺约克坐船向西，移居小岛，他的牛在那里自由活动，以海为界；林克瑞和哈克斯各自在水之森林的对面创建了城市，以斯蒂波克、维克斯和迪尔娜坐木筏返回家园的那条河为界。这些都是你认识的人，其他还有很多。有一个移民地是我意愿之外的，就是比灵和他的人在南方小岛上的那个，我听说，那里最早地出现了文明退化的现象。当然了，我所建立的和平不是永久的，在哪儿都是如此。后来出现过贸易和战争，探索和隐藏，人们谎话连篇，真相被竞相遗忘。但是，每片土地上的人都铭记着詹森创建的黄金时代、和平时代。人类习惯缅怀早已没落的黄金时代，这一点你很清楚。”

“我想念的肯定不是你。”拉瑞德说。

“等最后一批移民者离开天堂市，我就驾驶星舰飞离了初地,它的状况已经不适合星际飞行了，但无关紧要。我驶上轨道，开始休眠。这一睡就是五十年。”

“像神一样高高在上，”拉瑞德说，“透过万千云层俯视着世界。”

詹森充耳不闻似的继续说：“后来我醒过来，开始着手真正的工作——我从没打算创建理想国，我做的不过是教人们工作、繁荣、施加行为以及承担后果。我还有正事要做，我自己觉得（看上去也是）快四十岁了，但还没有子嗣。沃辛这颗星球，将为我的子孙提供土壤，发展出或许比我更强的天赋能力，拉瑞德。

“于是，我带了些设备，登陆在西河与水之森林之间最浓密的一片区域，不会有高速公路通过——在这个世界拥挤不堪前不会，虽然我猜那也不会太久。我划出一块方圆十公里的区域，用抑制剂标出界限。”

“没听说过这个词。”

“明白。抑制剂会落下一道无形的壁垒，有智力的生命若跨过会很不舒服——鸟儿能飞过去，狗和马会受一点点影响，由于显而易见的原因我们不会有海豚的困扰——我找了块石头把抑制剂嵌进去，用激光在上面刻下——

沃辛农场
来自星际
碧蓝眼眸

詹森之子

源自此地

这些字。”

“看得出，你打定主意要终结对你的崇拜。”

“我从没起过这个头，这你知道。但我们可以利用一下这个，对不对？每个移民地里都流传着詹森的传奇，那个把星塔带入苍穹，会在某一天降临的人。我只需做一点微调。我去找斯蒂波克家的人，当时加罗已经死了，他的孙子艾恩（Iron）做了当地的市长。我向他们讨了一个地方住，没说我是谁，可他们又不瞎，我的眼睛足以说明一切。消息马上传开了，人们都跑来看我，但我一直没承认是詹森。我在那儿住了六个月，其间给他们讲了一些故事，足以告诉这个世界：将来某一天，我的子孙会到来；我又给了他们一些理由，在认出我的孩子后不会憎恨或杀掉他们。你肯定记得，我有半辈子——好吧，大半辈子——都提心吊胆地怕被识破是天赋而被干掉。

“临走之前，我娶了艾恩的女儿雷恩为妻，带她去了北方的沃辛农场。对了，我有没有跟你说，我从未提起过‘沃辛’这个名字？我只把农场命名为沃辛，并且只把这个名字告诉了斯蒂波克家族的核心圈子。他们是沃辛守护者，将来如果我的子孙变成了拉达曼德，他们会负责保护这颗星球——这种事大概不可避免，毕竟宿命植于骨髓。

“我带着可怜的雷恩去了沃辛农场，我们生了七个孩子，那是我一生中最幸福的时光。可是,拉瑞德，我跟乎姆不同，我是爱孩子们，可我还有更想做的事情，这一点大概像我父亲，或者像杜恩吧。我还有事要做，有东西要学，这些对我而言都比天伦之乐更具价值。你说得对，如你所说：我没有心。”詹森残忍地笑笑，“十年之后——别忘了，对我来说那仅仅是在一年以前——我将开启抑制剂的秘匙交到她手上，教会了她如何使用就走了。我必须弄清楚事情会如何发展，必须知道故事的大结局。我挥别雷恩，并告诫她一点，至关重要的一点：必须等我们的孩子嫁人或娶妻，她才能离开农场；拥有蓝眼的孩子，决不允许踏出农场一步；而没有蓝眼的孩子，一成年必须离开。”

“多快乐的一大家子，”拉瑞德道，“孩子们都是犯人。”

“的确,既残忍又悲惨。我猜他们一定会打破规矩，我的初衷是争取时间，等他们人口壮大后，或许是三四代人，再踏足外面的世界。我断定一定会有人不听话，会偷走秘匙，打开封印。我怎么预料得到他们有多少耐心？或许，他们之所以待了那么久，是因为我给雷恩留下的另一条规矩。我告诉她，在去世前要挑选一个女儿或是儿媳来掌管秘匙，继承她的职责继续守着大门。还记得吗，在我小时候，沃辛家的天赋只在父子之间遗传，我不知道这一点会不会变异，结果在很长很长的一段时间里，并没有。于是，秘匙由一个女人传递给另一个女人，她们都不是天赋，在家族中的唯一的权力就是秘匙。如此这般，她们传递了一千年。这一千年里，只有具有心灵感应能力的孩子留在墙内；那些没有蓝眼的孩子跨过结界，在附近创建了农场，他们的女儿成了沃辛农场里的妻子。近亲通婚愈演愈烈，天赋加倍再加倍，终于触发了改变：他们变得聪明、易感，同时虚弱、病态，害怕这个世界，对那道无形的结界、对农场中央的那块石头总是过分敏感。我本该预见到这一点的，可我没有。我赋予了他们无与伦比的能力，只有在关于神的梦中才能想象的神奇能力；可我也让他们的心缺少了人性。最终，奇迹不是他们拥有了越来越强大的能力，而是当终于有蓝眼睛的人跨越樊篱时，他们都已经没有人性了。”

“在你那些非凡的子孙成长期间，你去哪儿了？”

“我把一切准备停当，然后将星舰沉入了海底。只有当这个世界拥有足够的科技发现我在海底，并将我带回海面时，我才会苏醒。另一种可能是，其他人类发现了我的小小星球，把我唤醒。不管哪一种，在我看来都是苏醒的好时机，我深信这一天会到来，只是没料到足足等了一万五千年。但这是必须的，我必须知道大结局。”

拉瑞德还在等着，但显然詹森说完了。“就这样？我一个钟头就能写完，到时你就把书带上，赶快离开这里，再也不要来骚扰我们。”

“很抱歉，拉瑞德，让你大失所望了。这并不是大结局，只是我能讲述的那部分的结局。剩下的贾斯蒂丝会让你梦见。”

“不！”拉瑞德大喊，他站起来，将桌子撞到一边，还把墨水都洒在了地板上。“我，决不，再做梦了！”

詹森一把拉住他的手臂，把他扭回房间中央。“你欠我们的，你这个忘恩负义、自私自利的小混蛋！贾斯蒂丝用梦指引你回家，我们救了你父亲的命，你欠我们的！”

“那她为什么不干脆篡改我的意志，让我甘愿忍受那些梦？”

“我们倒是想过这么干。”詹森说，“可首先，这是绝对禁止的；其次，那会让你变成另一个人，你也说过不要玩弄你的意志。拉瑞德，就剩为数不多的梦了，就快完成了。况且剩下的梦不再是亲身经历的回忆，不会非常清晰，像斯蒂波克的经历那样，从他，到我，再到你。剩下的这些记忆，都是在沃辛家族之间代代相传的，是一些零散的碎片，每一代人都觉得关键才记住的。你今晚将梦见的是迄今最古老的记忆，发生在我离开他们的一千年后，关于他们如何结束牢笼生涯。”

“不要做梦，现在就告诉我。”拉瑞德说。

“必须在回忆中看。如果我讲给你听，你肯定不信或不理解。”

这时有人敲门，是萨拉。“父亲醒了。”她说，“他很不高兴。”

拉瑞德知道他必须到楼下去，但他害怕面对父亲。父亲知道我对他做了什么。他能清楚地记起父亲的手臂被一根断枝刺穿，骨头变得粉碎。他能清晰地记得斧子砍断血肉和骨头的感觉。是我干的，拉瑞德默默地说。是我干的，他一边下楼，一边在心里说。是我干的，他站到父亲的床边时，心里还在说。

“你，”父亲轻声说，“他们说是你把我带回来的。”

拉瑞德点点头。

“你应该把我留在那儿，让你开了头的事结束。”

父亲冰冷的恨意令他无法承受。他噔噔跑上楼，扑倒在詹森的床上，在悲伤和愧疚的夹击下号啕大哭。他哭着哭着便睡着了。詹森没有叫醒他，自己睡到了地板上。

拉瑞德开始做梦。

以利亚扶着犁，任牛拉着在田地里留下笔直的犁沟。他没看左边也没看右边，只是稳稳地向前犁地，仿佛他和牛是一体，是同一种生物。这在某种程度上倒不假，因为以利亚的心思并不在犁地上。他正在读他母亲的思想，看着她进行那件无法言说的逆行。

“马修的眼睛里有黑点，”她说。她的眼睛是棕色的，因为她是边界那边的孩子。“他不能留下，必须离开。”

他当然愿意离开，远走高飞；他恨这个地方，恨我，因为我比他强大；他要离开我，到边界那边去，可这是禁止的。马修的眼睛里有黑点，可他具备沃辛的天赋，所以必须留下来；他有一种能力，虽然或许没有别的：他能将我屏蔽在外，让我读不到他的思想。在所有沃辛后裔中，自打能记住时间以来，只有他，具备封闭自己的能力，挡住沃辛的眼睛。他隐藏了什么？他怎敢保有秘密？他必须留下，他必须留下来。我们不允许这个星球上有谁的后代能将我们屏蔽在外。他必须留下。

母亲将秘匙从火上拿下来。以利亚默默地召集其他人。快来，母亲要开启秘匙了，快来。

于是他们都来了，所有沃辛家长着蓝眼的男人，以及他们的妻子、孩子。四周静悄悄的，因为他们从不需要说话。他们聚集在标记着沃辛农场边界的矮墙边，他们都在等着母亲来，放马修离开。

“不。”以利亚开口道。

“这是我的决定。”母亲说，“马修和你们不一样，他没有心灵感应的天赋，不知道你们知道的事情，他和界限那边的人一模一样。而在这儿，他好比一个盲人活在正常人的世界里，那我为什么还要把他困在这里，和你们在一起？”

“他有其他的天赋，而且他的眼睛是蓝的。”

“他的眼睛是杂色的，而他唯一的天赋是私隐。以无上之神的名义，我也想有。”

以利亚透过母亲的眼睛看着自己，感觉到了她对他的恐惧，可他知道，她不会屈服。这让他心头火起，青草在他脚下突然干枯，脆得一触就断。“不要违背沃辛的规矩，妈妈。”

“沃辛的规矩？那个规矩就是，我是秘匙的保管者，我负责判定谁留下，谁离开。你们有谁，想把它从我手里夺走？”

当然没人敢。没人敢触摸秘匙。秘匙在她的手里，她松开手指，挑衅般地等待了一会。他们突然感受到内心的静默，某个早已习惯听到的声音消失了，以至于当它消失了，大家才注意到。大门开启，他们都很害怕。

马修朝前走，手里拿着他继承到的东西：一把斧子、一把刀、包有一块奶酪和一块面包的纸包、一个水袋和一个杯子。

以利亚站到他面前，挡住了去路。

“让他走。”母亲说，“不然，我就让大门每时每刻都开着，你的孩子们就会爬过界墙，远走高飞，沃辛农场将变得和外面的世界毫无区别。让他走，不然我说到做到。”

以利亚想把秘匙从她那里夺过来，交给另一个遵守沃辛规矩的女人。可当其他人读到了他的想法，全都制止了他，还说如果他敢，他们会杀了他。

你们就是一群卑鄙的家伙，以利亚心说，你们全都会遭诅咒。你们默认她破坏规矩，所以全都该毁灭。在无声的怒火中，以利亚闪开一边，让他的兄弟离开，然后走回田地。在他身后，在他踏足的地方，青草全都立即枯萎了，留下一条死亡的痕迹。怒火在以利亚心里燃烧，死亡是他独具的天赋。他看到母亲注意到了，感觉很满意；他看到他的堂兄弟和叔伯们都很害怕。迄今为止，沃辛家族里还没有谁和我一样。一个女人破坏了规矩，并且丝毫不知她最偏爱的儿子的危险性，此时此刻，沃辛赋予了我独具的能力，他在崩坏的时代选择了我。我绝不会让马修不带惩罚地白白离开。如果有人破坏规矩，绝不可能不付代价。

他没有决定如何报复，只是任由自己的愤怒愈演愈烈。很快，母亲开始像那些青草一样打蔫了，她的皮肤干裂剥落，舌头在嘴里变厚，她不停地喝水，但饥渴感丝毫不得平息。在马修离开四天后，她将秘匙交给了以利亚的妻子阿尔，阿尔并不想要；她将秘匙交给阿尔，就去世了。

阿尔惊恐地看着她丈夫，说：“我不想要。”

“它是你的了。遵守规矩。”

“我不能让马修回来。”

“没指望你能。”

阿尔在心中说：可她是你的母亲！

以利亚将回答送入她的脑海：母亲坏了规矩，触怒了沃辛；马修也坏了规矩，等着瞧沃辛会怎么反应吧！

好几天过去了，似乎什么都没发生。马修并没有去很远的地方——他穿行于界外人中间，他的那些表亲、姐妹、姑姑和他们的家人，他们都没有沃辛的蓝眼。他说服了很多人离开。以利亚无法窥探马修的计划，只知道他告诉别人的话。他说到要创建一座村镇，他要经营一家小旅店，店址就在向西十英里外。在那儿，北边的道路横跨河流，经常有旅客往来，他说，我们能从与他们的交往中了解这个世界。在所有的亵渎行为中，他还犯了最恶劣的一种：将小旅店命名为沃辛。

在这个星球上，只能有一个地方叫沃辛。沃辛农场。

两个月之后，人们才意识到以利亚的怒火有多可怕。那段时间一滴雨都没下，太阳每天无情地炙烤大地。持续了一段时间的舒服天气变成了干旱，干旱又变成了大旱。天空中没有一片云，空气中的霉味儿消失了，干燥得如同沙漠。人们的嘴唇开始干裂，干燥的空气呼吸起来像刀子扎一样；河水越来越低，原本隐隐约约的河口沙洲变成了小岛，又变成了半岛，最后河水彻底停止了流动。水之森林的树木变成了灰绿色，叶子毫无生气地垂在树枝上。在沃辛农场的田野里，虽然人们挖了水井，还从越来越浅的河里汲水，可幼苗还是全都枯萎了，然后发黑，一一枯死。

这是仇恨的后果，是以利亚的怒火在作祟。甚至超乎他自己的想象。

日子一天天过去，人们和牲畜都越发虚弱。他们都来央求以利亚手下留情。你的惩罚已经够了，他们这么说。想想我们的孩子们吧，他们说，求你让大雨下来吧。但以利亚做不到，他只是让愤怒填满内心，但从没阻止过下雨；他无法停止仇恨，即便是族人们请求，即便他自愿放弃。

他甚至不能肯定这一切是不是他造成的。他听到，旅客们在那座全新的漂亮旅店里告诉马修，时不时地会出现这样的干旱，可通常都在大海另一边的斯蒂波克大区。这是自然气候，很快就会有一场大暴雨来终结干旱，暴雨将大得足以摧毁屋顶，几近淹没这个世界——这种大暴雨百年一遇，为的是刷新这个世界。

还有人说，这不过是偶然。暴风雨朝南去了，在极西的林克瑞大区就没有干旱，东边的哈克斯大区也没有，就连西河都水流充沛，滔滔河水从世界之巅向下，流经哈克斯大区。只有在这一片干旱区域，河段是干涸的。“要我说，你们是刚好处在干旱的中心，”旅客们说，“只是偶然。”

孩子们开始生病，并且由于水都留给了孩子们，牲畜接连死去。松鼠从树上跌落下来，死尸遍布田野。老鼠在房子四周死掉，狗撕扯老鼠，喝它们的血，不久也都死了。人们发现马匹死在马厩里，尸体都僵硬了；牛抽搐一两下，也倒毙了。

如果这一切都是我造成的，那我命令马上停止；如果是我干的，就让这一切赶快终结吧。可不管他把这话说多少遍，喊得多大声，干旱都没有缓解。旱情愈演愈烈，天气越来越热，现在，人们在森林里巡视，谁敢动一点点火都会吃不了兜着走；连生火做饭都被禁止了，因为哪怕一个火星，也会把整座森林烧成平地。很多人赶着马车，从天堂山、附近的河流上游、世界之巅赶来，满载着水罐和水桶，用一桶水买下一座农场，用一罐水买下一栋房子，用一杯水买下一个孩子，用一口水就买下一个女人的初夜。但水就是命，所以值这个价。

族人们来找阿尔，说：“放我们走吧，我们得去有水卖的地方，就算卖掉沃辛农场也在所不惜，只有这样我们才能活。”

可以利亚大发雷霆。相比沃辛农场，他们的命值几个钱?

他们威胁要宰了以利亚，直到有人提醒说，他不能死——不管他对这个世界改动了什么，都得活到把它改回去为止。

最后，他们说，你还等什么？要么现在就杀了我们，要么放我们走。还是说，看着我们死，你很开心？

以利亚的妻子阿尔和他们的儿子约翰、亚当,也和其他人一样饱受干渴之苦，可也不尽相同。仿佛，他们能从空气或泥土里的根茎中吸收水分一样，他们在呼吸时不会从喉咙里发出呼噜声，他们的嘴唇和鼻孔没有流血，也没在深夜尖叫着要喝水然后死去。界外的人都没有承受那么大的痛苦，因为，为了水，他们不惜出卖灵魂以保全性命。但从始至终，没有一滴水被送过沃辛的界墙。

一天，以利亚听说阿尔计划动用秘匙，放卖水的人进来。可他也知道堂兄弟和叔伯们的想法：边界一旦打开，他们都会离开，像马修一样。沃辛农场就完了。

反正这儿也是死气沉沉，他们回答道，看看这一片荒芜吧，都是你干的好事。

可他既没有打开大门，也没法用意志驱散干旱。

就这样，一天，在催人发狂的悲痛驱使下，活下来的人开始将尸体搬到以利亚的家门前。有婴儿和儿童，有母亲和妻子，有老人和青壮，他们干透的尸体垒在以利亚家的院子里，就像一座纪念碑。他读到了他们的密谋，试图阻止他们。他冲他们大喊大叫，可他们并没有停手。到最后，他的怒火变成了一把屠刀；他们全都死了，都成了他们堆起的尸体中的一员。在界墙以内，除了以利亚一家，无一幸存。

恨意在以利亚心中翻腾，他咒骂他们勾起他的怒火。我并不希望你们死！如果你们能站在我这边，阻止我的兄弟——

就在他咒骂死者的时候，尸体开始自燃，随即熊熊燃烧；火焰从他们的腹腔迸发出来，四肢就跟火绒一样酥脆，浓烟升入天空。当火焰燃烧到最旺的时候，阿尔从房子里跑出来，将秘匙扔进火里——几乎立即就爆炸了，大火炽热无比。跟着，她也投身友邻们的尸堆中。是她丈夫，强迫她把所有人逼上绝路；她愤怒不已，将一切都怪罪到他的头上，他不让她放他们逃生。

以利亚陷入极度的痛苦中。他哭了，也将水带回了这个世界。

就在他大哭的时候，就在他的儿子们目睹那场可怕大火的时候，西边飘来一片云，一开始，云非常小，伸出一手就能将它遮住。可马修·沃辛也从他旅店的塔楼上看到了那片云——他将旅店建造得比大树的树梢还要高，这样就能看到沃辛农场了。马修看到了那片云，对他新村庄里的人大喊：快看，就要下雨了！

以利亚看到了人们对雨水的渴盼——如地震般强烈。他不禁倒抽一口气。人们渴望雨水，他也一样。凝聚起他的愤怒和对他所作所为的内疚与悲痛，他终于唤来了雨水。云变成了灰色，风骤起，一碰就断的树枝随风抖动；雷声隆隆，闪电划过漆黑的天空，瓢泼大雨降落森林。河水几乎立即涨满，大地变得湿润，闪电劈下，把大树点燃，可随即就被雨水浇灭了。

透过村民的眼睛，以利亚看到他乐于见到的一团火——马修旅店的塔楼烧了起来，他也在塔楼上；可马修一扬手，火就熄灭了，如同从未燃起一样。我是对的，以利亚想道，我是对的，他对我们撒谎了，除了屏蔽我，他还有其他天赋！我是对的，我是对的。

暴风雨终于止歇，沃辛农场只剩下一片荒芜；就连尸体都被湍流冲走了。秘匙不见了，界墙也就消失了。以利亚没有其他地方可去，只能带上儿子们离开了农场，向西走了十英里，来到弟弟的旅店，请求他原谅他给世界造成的巨大伤害。弟弟对他十分友好，还让他当了沃辛旅店的半个老板。即便到了这时，他依然在自言自语：我是对的。母亲应该将你留在沃辛农场，我是对的。

可他从未将这句话说出来。事实上，他的余生都没有说过话。后来，马修带着以利亚的儿子来到街上，对他们说："看到那块牌匾了吗？上面写着沃辛旅店。现在，你们和你父亲、我、我妻子和我们未来的孩子，是仅存的沃辛后裔。谢天谢地，这个名字是一座监狱，我们是沃辛家族仅存的人，可我们终于自由了。"即便听到这些，以利亚依旧维持缄默。

拉瑞德在黑暗中醒来，发现詹森跪在他的床边。"贾斯蒂丝告诉我，梦结束了。”他说，“你父亲喊你。”

拉瑞德起身，走到楼下。母亲正俯身在父亲旁边，将一个杯子举到他的唇边。拉瑞德也想喝水，可他没有这么要求。父亲看见了他。

“拉瑞德，”父亲说，“我做梦了。”

“我也是。”拉瑞德说。

他扬起残肢，“我在梦中看见你为了这个自责不已，我梦见，你以为我恨你。以沃辛的名义起誓，我没有。你做得一点都没错，我没有怪你，你是我的儿子，你救了我的命，要是我说过什么让你如此自责的话，请原谅我。”

“谢谢你。”拉瑞德说。他走到父亲身边，拥抱了他。父亲亲吻他。

“现在睡觉吧。”父亲说，“真抱歉我让他们叫醒你，可我不能让你继续带着这种感觉过哪怕一个小时。以詹森的名义，你是一个父亲能拥有的最好的儿子。”

“谢谢。”拉瑞德说。然后，他走向自己在楼下的小矮床，可詹森领着他上了楼，“别睡那个寒酸的稻草铺了，今晚，你该睡在更好的床上。”

“是吗？”

“以利亚·沃辛在你的记忆里，拉瑞德。那可不是个愉快的梦。”

“是真的吗？在斯蒂波克的移民区里，真的发生过那么严重的干旱，它最后是以一场暴雨终结，而不是任何人带来的吗？”

“这很重要吗？反正以利亚相信干旱是他造成的，暴雨也是他引来的。他的余生都没有摆脱这场悲剧的影响，仿佛事实确是如此——”

“那到底是不是真的？”

詹森轻轻按了他一下，让他坐在床上，给他盖上毯子。“我也不知道，拉瑞德。那是记忆的记忆。沃辛家族的其他人是这样死的吗？可除了马修和以利亚的后人，这世上再没有别人有和我一样的蓝眼，可或许是其他人都被找到并杀掉了。至于暴风雨，现在确实没人能控制天气，可贾斯蒂丝可以控制水、火、土、风，谁又能说，我的子孙中没有过一个能引发地狱一般的大干旱，以及世界末日一般的暴风雨的人呢？唯一能肯定的是，再也没人有像他那样强烈的恨意，在任何的记忆中，我都没有见过那种恨意。”

“比起他，”拉瑞德小声说，“我对你的恨其实就是爱。”

“确实如此。”詹森道，“快睡吧。”

十

以父之名

In the Image of God

父亲总算下了床，但谁也高兴不起来。他实在讨人厌，成天夹着拐杖在家里转来转去，佝偻着身子，犹如一棵大风中的树，随时准备扑向跟他搭话的人。拉瑞德不是不理解他为何变得暴躁，但这丝毫无助于缓解厌恶感。楼下的人都想办法躲着他，拉瑞德也渐渐喜欢待在楼上詹森的房间里埋头写书。女人们不再来小旅店，修补匠也开始挨家挨户地找活干。不久，小旅店里只剩下妈妈、萨拉和贾斯蒂丝三个人。连妈妈都躲着他，把他晾在一边不理他。他脾气渐长，越来越觉得抬不起头，觉得大伙儿千方百计躲着他是因为他成了废人。

只有萨拉不离他左右。如果妈妈叫她扫地，她很快就会扫到父亲的床边，他正躺在上面生闷气呢；如果她和小矮人玩，它们会围着在壁炉边休息的父亲跳舞，这时，父亲会看着她，安分一段时间。可接着，当他想做些事儿，比如往壁炉里添根柴，磨这个星期熬粥用的豌豆时，萨拉会上去帮他抬起他吃力地拽着的木头的一头，或是把溅出来的硬豌豆扫进磨眼；这时，父亲会大发脾气，骂她是个笨手笨脚的傻瓜，叫她滚开。她滚了，但要不了多久，她又不声不响地折了回来，待在他伸手可及的地方。

妈妈曾压低嗓子对她说：“如果你不想自讨没趣，就离他远点儿。”

“他丢了胳膊，妈妈。”她答道。听上去像是铁匠把胳膊忘在哪儿了。

一天晚上，修补匠回旅店吃晚饭，拉瑞德也从楼上下来，这时，萨拉大声地对父亲说：“爸爸，我梦见你的胳膊在哪儿了！”

没人吭声，都在等着父亲发火。但没想到，他只是镇定地望了她一阵，说：“在哪儿呢？”

“树知道，”她说，“所以你要变得和树一样。树枝断了的时候，它们能长出来。”

父亲小声说：“萨雷拉，我不是树。”

“你不知道吗？我的朋友能让你变成树，变成木材。”她望着贾斯蒂丝。

贾斯蒂丝像听不懂似的，盯着眼前的餐桌一声不吭，一家人齐刷刷地盯着她看。接着，萨拉哭了起来，“凭什么不行！”她抽抽搭搭地说，“他是我爸爸！”

“好了好了，”妈妈说，“坐下来吃饭吧，别哭了，萨拉。”

父亲在桌首坐下，将拐杖放在一旁。“吃吧。”说着，他拿起勺子往嘴里送，飞快地吃完了这顿饭。

詹森没上桌，但这会儿不失时机地进了门。他拿着铁匠铺里的钳子和一段铁，走向父亲，说：“不知怎的，这应该是打大镰刀的。”

母亲倒吸一口凉气，修补匠盯住盘子不敢抬头。但父亲仔细地看了看铁段说：“不够打一把大镰刀。”

“那就麻烦你帮我挑一块能行的。”

父亲苦笑着，“詹森，你不光多才多艺，还是个做铁匠的料？”他摸着詹森的上臂问。他有两条男子汉的胳膊，但和父亲一比，却细得像个孩子。

詹森摸着自己的胳膊，哈哈大笑。“好啊，我倒要瞧瞧，男人是打铁练胳膊，还是拿胳膊打铁。”

“你又不是铁匠。”父亲说。

“也许，我的两只手，能抵得上铁匠的一只左手。”

这是讨价，父亲擅于还价。“你从中得到什么好处？”

“好处说不上，除了像朋友那样做值得做的事。拉瑞德如今不知道在写什么，我也帮不上他忙。”

父亲笑了。“我知道你想干什么，詹森。不过成与不成，咱们走着瞧。”他扭头对萨拉说，“也许我能用一条胳膊换回两条。”

他起身离席，一件件地穿上外套，围上围巾；詹森过去帮他，没有招致他的呵斥，因为他知道父亲什么时候需要帮忙、怎么帮，什么时候不需要。

目送着他们出去，拉瑞德想：本应在铁匠铺里，站在他身边的人是我，可我要为詹森著书立说，所以他才代我陪着父亲；但他说不清到底是气愤、嫉妒还是伤心，他从没想当一个铁匠。想到有人在炼铁炉边陪着父亲，他松了口气。

接下来的一个多小时，铁匠铺里又响起了悦耳的叮叮当当的铁锤声，和父亲扯着嗓子骂人的声音。那天晚上，父亲风也似的回到家，嚷嚷着榆木脑袋什么都干不成，打的镰刀除了干草啥也割不了，一无是处。父亲打起了精神，日子又能过下去了。

当天夜里，拉瑞德梦见了一段久远的往事，一个男孩躺在床上，正在探听别人的心声。

身边的约翰发出轻轻的鼾声，呼气中有股隔夜的酸酪味。但他睡了就好，他醒着，亚当就没法去探险。这会儿，他总算可以意识出窍，不必担心约翰添乱了。

几个星期前，亚当才发现了自己的本事。他蹑手蹑脚地走近一只小松鼠，抡起一块石头把它砸死了。他一边慢慢接近，一边对它默念道，别动，别动；松鼠始终一动不动地待着，一开始他还以为是自己动作太轻，神不知鬼不觉的；不过，他抡起的石头砸偏了，而松鼠依然动都没动一下，别提一下蹿上树了。它呆呆地等着亚当走到跟前，把它抓起来，抡向一根树干。它永远不动了。

他和小伙伴们在深水潭里戏水。他们潜水的时候喜欢互相躲避，玩假装淹死的游戏。亚当这回玩得可开心了，雷吉潜到水下的时候，他默想雷吉脑袋朝下，直到空气像把刀那样绞着他的肺，才放他上来；雷吉浮出水面，吓得哇哇大哭，不管小伙伴们怎么说都不肯再潜下去了。等亚当把他们一个个都捉弄了一遍，他们才怕了，说水里有怪物，打死也不再下水。

没关系，亚当又找到了别的乐子。他睁着眼睛躺在床上，去探查沃辛镇的人都在想些什么。第一个倒霉蛋是修桶匠伊诺克，每晚他跟妻子亲热的时候，亚当都要作弄他一回。昨晚他让他中途不振，今晚又让他折腾了一个钟头都不得消停，最后，早就没了兴致的妻子求他快下来睡觉。哦，修桶匠伊诺克骂了一声娘，由于下身燥热一夜都没睡好。

亚当又找上了养猫的磨坊主太太。昨晚，他唆使她心爱的猫咪挠了她，她是哭着睡着的。今晚，他让她把猫脑袋塞进了磨盘。搁在过去，亚当最喜欢的是猫被磨成肉酱的场面，但如今，他更享受进入磨坊主太太的头脑，聆听她伤心欲绝的惨叫："我都干了些什么呀！我对你都干了什么呀！"

还有雷吉，他最喜欢捉弄的对象。以前不管做什么游戏，他老对别人呼来唤去的。他让雷吉下床，脱掉睡衣，去了妓女玛丽在小河畔的家，站在她家门口玩起自己的下身，最后是她父亲开的门，连踢带骂才把他赶走。

而在亚当内心深处，被他捉弄过的人都变成了一具具尸体，被放到他们家院子里那不断垒高的尸堆上面。

这样够了吗，爸爸？够了吗？

他让烘焙师安恩以为自己胸口爬满了小蜘蛛，直挠得自己血肉模糊。无奈之下，她丈夫只好把她的双手朝后，捆了起来。

够了吗，爸爸？

理发师萨米去了他家的铁匠铺，把剃刀口锉平了。

够了吗？

住上街的韦迪夜里正给宝宝喂奶，孩子突然没了呼吸，她怎么弄都无济于事。

住手。

没了呼吸，怎么弄都——

“住手。”

亚当睁开眼，见门口赫然站着父亲，身边的约翰在床上翻了个身。“什么住手，爸爸？”亚当问。

“你的天赋得自詹森，不是拿来干这个的。”

“你在说些什么呀。”上街的孩子又有了呼吸，韦迪长舒一口气，哭了。

“我没你这个儿子。”

“我不过是玩玩，爸爸。”

“玩别人的痛苦？你再敢试试，看我不宰了你。我现在就该宰了你。”以利亚一手拿着打了结的绳子，一手将亚当拽下床，掀起他的睡衣套住头和胳膊，抡起了鞭子。

床上的小约翰喊道：“爸爸，别打了！爸爸，别打！”

“你的心太软了，约翰。”下了狠手的父亲哼了一句。亚当在父亲手下不停地挣扎，绳子雨点般地落在他的后背、腹部、屁股和头上。最后，他终于做了那件从不敢做的事情——定住了父亲。

以利亚一动不动。

亚当挣脱父亲的手，惊奇地望着他。“我的本事比你大，”说着，他顾不上挨揍的伤痛，笑了起来。他从父亲手里夺下绳子，撩起他的睡衣套住头，用绳子抽了一下父亲。

“别。”约翰小声说。

“给你闭嘴，当心我也揍你。”

“别打。”约翰大声说。

亚当抡起绳子，抽了一下父亲的肚子作为回答，以利亚连躲都没躲。“瞧见了没，约翰？不疼。”

“爸爸为什么不动？”

“他喜欢。”他使尽浑身力气，踹了父亲的肚子一脚，他也没吭声。但这一脚让他失去了平衡，以利亚摔了个四仰八叉，软绵绵、一动不动地躺在地上，如同那尸堆中的一员。你躺在尸堆上干吗，爸爸？你想陪妈妈烧死吗，你口渴吗？亚当又踢又打又踹，约翰喊道，“马修叔叔！马修叔叔！” 突然，亚当感觉自己飞过卧室，重重地撞向墙上的皮绑腿。

马修叔叔站在地下室台阶的最上一级。“穿上衣服。”马修说。

亚当想把他像以利亚那样定住，却找不到马修叔叔的意识。突然，他觉得自己五内俱焚，他挠着肚皮，想把火放出来；接着又感觉自己的眼睛在熔化，正顺着脸颊往下流，他吓得大叫，想要安回去；他的腿像糖人一样开始碎裂，一点点地坍塌；他低头看见自己的脸一片片地落在地上，变干，耳朵、鼻子、嘴唇、牙齿、舌头和眼睛掉在地上，犹如果冻；那两只眼睛正回望他的脸，他看见自己的脸俨然一块被抹平了的皮，嘴像一个大开着的洞；从嘴里忽然又涌出了心，接着是肝，然后是胃和肠子，最后身体成了一个在春风中轻飘飘空荡荡的面粉袋。

他躺在地上，哭着求马修发慈悲，求他原谅，求他将自己的身体恢复原样。

“亚当，”约翰在床上小声说，“你怎么啦？”

亚当摸了摸自己的脸，一切都在，和从前一样；他睁开眼睛，能看到自己。“是我不好，”他小声说，“我再也不敢了。”

以利亚坐在地上，靠着墙号啕大哭。“马修，”他哭着说，“看看我都干了什么？生出了一头什么怪物呀？”

马修摇了摇头，“亚当吃过的苦头，约翰也一样没少吧？孩子就是孩子，你供他吃穿，但决定他变成什么的，是他的本性。”

以利亚明白了点什么，忍着痛笑了，“你也是沃辛，我以前就说过，像我早就说过的那样。”

“别再那样对我了。”亚当小声说。

“你，还有你父亲，”马修说，“你们都不知道自己的能力应该用在哪里。你以为詹森是想让我们在那座农场住一辈子吗，以利亚？或者胡作非为，捉弄保护不了自己的人吗？我现在警告你们，你们俩，不要再让我瞧见你们为非作歹。你们这辈子做够了恶事，现在是时候补过了。”

亚当在沃辛旅店又待了两年，直到有一天，他再也忍受不了，空着手逃了出去。他偷了一艘小艇，顺流到了林克瑞。他在意识中潜回沃辛旅店，发现了马修的儿子小马特，一个牙牙学语的孩子。他让孩子大声说了一句“再见，马修叔叔”，然后杀了他。

他等待着马修复仇的一击，却始终没等到。他鞭长莫及了，亚当意识到，我终于平安无事，可以为所欲为了。

他直奔那个星球的首府天堂市。他一路平安，谁能动他一根毫毛？连想都别想。他从没挨过饿，因为有那么多人争着请他的客。在天堂市，他一边观察，一边等待。这都是从马修叔叔那儿学的：他的本事不是拿来玩的。他们蓝眼睛的孩子，都见过立在沃辛农场中央的一块石头，上面写着“沃辛农场/来自星际/碧蓝眼眸/詹森之子/源自此地”。我是第一个走出水之森林的詹森之子。我不会偏安一隅，或是一间旅店。我的抱负是这个世界。

这个世界就一点点地纳入了他的囊中。

这个世界化身为一个姑娘，来到他身边。她已不再年幼，是诺约克女大公埃琳娜的孙女。她出没于整座皇宫，却始终隐藏在视线之外，一动不动地依附于某个角落，或台阶之下，或门帘背面。不是没人管她，几名仆人兴许受过交代要跟紧她。可没什么用处，有谁在乎她？她有一个小弟弟，诺约克的王位依律由长子继承，诺约克女大公埃琳娜宠爱的是孙子伊维斯，看不见的孙女毓雯算什么？初次入住皇宫的时候，亚当就注意到了她，但结论是，她算不了什么，也就没再理会她。

一年之内，亚当就成了诺约克女大公埃琳娜不可或缺的人物。他爬得很快，但不至于令人起疑，相比本土的青年才俊，他爬得不算高，也没他们快。埃琳娜派他代表自己去参加重要的谈判——他似乎永远都能在复杂微妙的局势中做到万无一失。女大公让他负责为自己遴选仆从和侍卫，他的眼光精准无误，挑选的人无一不是既忠诚又能干，没人能瞒过他。他每每向她汇报敌人的意图，结果都被证明准确无比。埃琳娜得胜，诺约克繁荣，关键是，亚当也平步青云。他在天堂市飞黄腾达，人们都用畏惧和羡慕嫉妒恨的眼光注视着他。

除了毓雯。毓雯含情脉脉地注视着他。每当亚当注意到她，都会发现这一点。他从她的记忆中看到，她时常在夜晚走进他漆黑的卧室，在夜色中仔细地打量着他，在他一个人，或者不是一个人的时候，打量着他，不明白这个不明来历的人如何变得大权在握，万人瞩目，成了大人物；而她，领主的女儿，诺约克女大公的孙女，却始终默默无闻，无人问津。你是怎么做到的？她想不明白。你所知道的都是从哪儿听来的？你是怎么得知那些秘密的？

但亚当注意到,在毓雯自问的时候，心里已然有了答案。亚当就是那些来自古老森林的魔法师——她知道所有相关的传说——是神之子。一天晚上，当亚当正缓步走向他在三楼的卧室时，她正靠在顶端的栏杆旁，等着他。她没有再隐藏。是时候登场了。

“你是干什么的，亚当·沃特斯？”毓雯问，“我是说，你在来这儿之前，靠什么谋生。”她趴在栏杆上，望着下面陡峭的梯井。

“找到不想活的小姑娘，把她们推下梯井。”亚当说。

“我都十四了。”毓雯说，“我知道你的秘密。”

亚当扬起一边眉毛，“我可没有秘密。”

“你藏着一个大秘密，”毓雯说，“那就是，你知道别人的秘密。”

亚当笑了，“是吗？”

“你始终都在听，不是吗？我就是这样发现别人的秘密的，我会听。我见你注意每一个来我们家的人。妈妈说你非常聪明，但我认为，你只是擅长听罢了。”

“我们都不希望人家觉得我们聪明，不是吗。”

毓雯缠着栏杆，仿佛绕着栅栏长大的草。“可当你听的时候，”她说，“甚至听到了别人没说出口的话。”

亚当吓得一哆嗦。他屡屡用计，从各级官僚系统中脱颖而出，迄今还没人猜到他的秘密。那些他压着嗓子要挟过的人，都吓得一惊，说，“谁告诉你的？你怎么知道的？”没人说过。

“你连人家没说出口的话都听到了。”亚当已经想到了毓雯的死。

这会惹她祖母不开心，但也算不上什么大事。这孩子已成人，可在政治联姻前并没有特别的用处。亚当不欠诺约克女大公什么。她给他好处，他也没亏了她，大家扯平；他并不欠她一条人命。而他却是命悬一线；一旦人们猜到亚当·沃特斯并不像他们以为的那样，有一大批爪牙，而仅靠自己的大脑获取情报，那么，被他黑过的人个个都要杀了他，不消一天，他就会被干掉。我的命，或你的命，毓雯。

“我怎么听得到？”亚当问。我的命捏在你的手上。

“你仰面躺在床上，”毓雯说，“听着。一时笑，一时皱眉，醒来后或提笔写信，或亲自出马，或面陈奶奶。‘格拉夫森州长要的条件就这些，没别的了’，再不就是‘韦恩银行的黄金都被悄悄地挪建了高速公路，他们现在溢价收购’。你靠这一手揽得大权。你想有朝一日统治这个世界。”

“你知道吗，如果你把这事儿告诉了别人，说不定真就有人信了。那我就有性命之忧了。”我现在就能弄断栏杆，但不一定能摔死她。

“我不会泄密，绝不泄露你的秘密。如果，你想干一番大事业的话。”

我可以让她从内到外燃成一团火，一了百了，但或许太惹眼了。“你是个聪明伶俐的小姑娘，毓雯。可惜，随着你一天天长大，却成了个讨人厌的人。”

“我是个非同一般、受人瞩目的小姑娘。”毓雯说，“如果你想杀我，我已经把一切都写下来了。都是我的证据。”

“你没有什么证据，也没有什么好证明的。”

“奶奶不是常说么，说到政治，暗示就是一切。只要告诉人家，一个有钱有势的年轻人是个怪物，人们是很乐于轻信的。”

栏杆吱嘎作响，开始断裂。

“我爱你。”毓雯说，“娶我吧，除掉我弟弟，诺约克就是你了。”

“我可不要什么诺约克。”亚当说。栏杆开始向后倒。

“你不敢，”毓雯说，“我是诺约克第二顺位的继承人。我能助你一臂之力。”

“我可不这么认为。”亚当说。

“我知道。”

“你知道的，我也知道。”亚当说。

“我是，”她说，“一个你可以吐露真情的人。你难道不想找个能诉衷肠的人？你来天堂市五年了，就快赢得天下了，可当那一天来临后，你拿什么打发日子？”

栏杆恢复了过来。“你最好下来，”亚当说，“那儿不安全。”

她从栏杆里抽出腿，爬了下来，走向靠在墙上的亚当。她上去紧紧地贴着他，说，“这么说，你会娶我？”

“绝不会。”亚当说着，伸手揽过她的腰，紧紧抱着她。

“你要娶的是权力，是吗？”她说着，提起裙子，牵起他的手，放到自己裸露的臀部。

“你不是继承人，你弟弟伊维斯才是。”

她撩起他的外套，伸手抚摸他的遮阴布。“我不必非有一个弟弟不可。”

“就算没有你弟弟，诺约克也太小了，实现不了我的抱负。再说你也不可能执掌大权。”他查了一遍仆人，没人想到三楼上来。

她面露愠色，“那为什么不干脆杀了我？”

他搂着她的大腿，把她抱进卧室。“因为我喜欢你。”

亚当对她格外地小心。他能感她所感，知道她喜欢什么，不喜欢什么；什么时候不在状态，什么时候迫不及待；什么时候需要激情，什么时候需要温柔。他是她记忆中唯一的亲人，而别的女人脑子里的面孔都杂乱无章，兴奋时喊出的名字也五花八门。毓雯只有他一个人，她再也不需要其他人。“你爱我。”她轻声说。

“你想相信什么，”亚当说，“就随你的便好了。”

亚当不急，还有几个小问题没解决。天堂市不是沃辛镇，在这儿没人坏他的好事，他的权力无人能敌，或者说无人能胜过一筹。任何人向他下战书，同他决斗，他知道自己都能赢，也赢了，除非对手反悔。谁挡他的道，他能轻易踢开绊脚石。他能把他们一个个哄得滴溜溜转，等厌倦了，就威逼利诱着干掉那些拦路虎。

除了斯蒂波克的女王佐菲莉尔。佐菲莉尔为人正派、深明大义，在所有统治者中卓尔不群，是位绝不撒谎，也不肯撒谎的女人。不能说真话的时候，她宁可一言不发；而说出真话的时候，她字字如刀，直刺听者的心房。人家怕她，连比她强大的敌人都畏她三分，因为他们知道，佐菲莉尔真心爱斯蒂波克的民众，斯蒂波克的民众也真心爱戴佐菲莉尔；佐菲莉尔甘心为民众呕心沥血，民众也甘愿为她赴死；谁也别想拉她合谋，干任何伤天害理的事。所以凡是他们的图谋，她一概不参与。这可是个心头大患，因为只要她向敌人发起挑战，战争很容易呈一边倒；不与她结盟，无异于与她为敌。各国都说，詹森想必偏爱斯蒂波克的那片国土，因为他将她送到了那儿。

“我要赢得佐菲莉尔的权力，我要得到她的爱。”亚当说，“她是我的。”

“她是个老太太，你不会爱上她。”毓雯说。

“斯蒂波克和诺约克都是我的了，”亚当说，“其他国家就是囊中之物。”

“诺约克不是你的，”毓雯说，“是奶奶的。”

亚当无须分辩，也无须说她是我的，你是我的，你的弟弟伊维斯也是我的。一切都是他的，毓雯十分清楚，这还有什么好说的？这甚至让她一身轻松，至少明白了自己是谁的财产。

诺约克女大公埃琳娜年事渐高，孙儿伊维斯才十二岁；担心自己不久于人世，她亟须指定一位摄政王，不用说，她看中了亚当。不久，她乘坐的船在海上失踪。亚当是位尽心尽责的摄政王，保小殿下的平安，勤恳地教他做一个有德之君。在天堂国王的宫殿里，群臣见证了一名年轻人一步步地成长为民众的楷模；在一个往往要靠流血和杀戮，而不是法律来结束摄政的世界，亚当却出乎所有人意料，在法律规定的两年前，就将权力移交给了年轻的伊维斯，因为这个孩子已经具备了凭自己的能力行使统领的职责。世人敬佩亚当及时体面地退居幕后，和众人一样担任起顾问一职。谁也没多想，以为这与佐菲莉尔的长女（不幸也是唯一存活的子嗣）刚刚成年纯属机缘巧合。除了毓雯。

“既然你能除掉加莎的兄弟，干吗不也除掉我的？”毓雯问，“你手握大权的时候，为什么偏偏要放手？”

“你难道没想过，有时候我喜欢赢得正大光明，而不是不择手段。”

“你休想逼我。”

“我也大可不必。”

“她不如我漂亮。加莎有什么，让你想娶她，而不是我？”

“只因一件事，”亚当说，“她是处女。”

毓雯给了他一脚，亚当哈哈大笑，去拜见佐菲莉尔。

“最近这几年，我的几个儿子都不在了。”佐菲莉尔对亚当说，“如果他们活着，我希望他们个个都能成为像你一样的男人。亚当，我女儿该找一位夫君了，她心里的人，也是我看中的；你做我的儿子，我死后，辅佐她统治斯蒂波克。”

“我本应一口答应才是，”亚当说，“但我不能骗你。我只是徒有其表。”

“你表面上是位优秀、聪明、正派的男人。”佐菲莉尔说。

“您错看了。”亚当说，“我骗了世人，隐姓埋名了很多年。”

“如果你不是亚当·沃特斯，那你又是什么人？”

“我本姓沃辛。您恐怕听过这个姓。”

“詹森之子。”佐菲莉尔压着嗓子说。

“我认为在你把女儿许配给我之前，应该知道真相。”

“你，”她压着嗓子说，“千年以来，斯蒂波克人私下称作无上之神的沃辛，詹森之子。一见你清澈如水的眼睛，我就奇怪；一见你集众人的美德，我就希望。亚当·沃辛，如果你认为我们能配得上你，我请求你娶我的女儿，接下我的王国。”

她替他戴上铁王冠，将铁锤移交他手。他起誓，斯蒂波克的铁匠铺绝不打一把剑，斯蒂波克全体王公大臣也都当着面发了誓。他受世人瞩目或嫉妒，斯蒂波克的民众爱戴他，把他当作自己人。

亚当表露了仁慈，他要等佐菲莉尔死了再露出真面目。

终于，他以韦恩和卡波克一个微不足道的密谋为借口，派斯蒂波克的大军和诺约克的舰队血洗了各个王国。谁也不是他的对手。他已到敌人身后，他们才发现他；敌人的卫兵会反戈一击，暗杀他们。自詹森驾着星舰抵达这颗星球以来，第一次，不出三年时间，全世界都处于天堂市的统治之下；亚当自称詹森之子，天堂之王。

即便那时，他仍不乏爱戴之人，直到他们经历了他多年的苛政，终于认清他的真面目之后。当这个世上再无政权可夺，他又该如何挥洒自己的天才？他通过折磨和痛下杀手，体会受害者的感受，洞察了死亡和痛苦的秘密。他让伟人身败名裂，把大户人家搞得家破人亡。他拿贵族人家的贞洁女儿作乐，再把她们卖入娼门。更有甚者，他横征暴敛，即使在好年景民众也不得聊生；走投无路的民众不惜一切地乞求食物的时候，他把他们买做奴隶，为他修建陵寝。仿佛他的伟业就是证明自己权倾天下，即使到了人人都恨他的地步，他还能统治他们，还能手握大权。妻子加莎见他变成了这样一个人，暗自落泪；情妇毓雯却极力地怂恿他，因为论权力的欲望，她比亚当有过之而无不及。她根据传说的描述，在天堂市原样建立起一座星塔，通体包银，并在塔基埋下了五千具尸体。谁胆敢顶撞或反对他们中的任何一个，都会被变着花样折磨致死，让全世界都听到他们的哭喊，以儆效尤。最后，当亚当说他就是无上之神时，也没人敢说他不是。

但亚当活在恐惧之中。因为他派兵去了水之森林的一个村子，血洗了那里，提着村民的人头来见他，他一一查看了眼睛微睁的人头，但没看见一只眼睛清澈如天空，没有一张是父亲以利亚、马修叔叔或弟弟约翰的脸；甚至没有一张像是亲戚的脸。在世上某个地方，有某个人，亚当知道，有个能看穿他心思的人，甚至，他们和马修一样，能屏蔽他的窥探。他时常梦见马修把他的脸一股脑儿地熔在地上，失声尖叫着醒来，慌乱地遍搜身边人的意识，想找到一个见过蓝眼，或者听说过能与他匹敌之人的人。

我是个可悲的东西，他想，只要一天不找到，不杀光亲人，我就没有快乐可言。

“詹森之子，”拉瑞德轻蔑地说，“这就是你全盘大计的结局？”

“仅从一个酝酿已久的试验的角度看，你得承认，结果相当漂亮，天赋的能力竟能被提升到这种高度。我只能看穿人们的心思和记忆，操纵不了他们的思维或行动。你最好也别全信他会像梦中所说的那样穷凶极恶；这些记忆源自一代又一代憎恨他的人，可以说，他就是沃辛星球版的艾伯纳·杜恩，一个被加工演绎过的恶魔。我怀疑，他是生在了一个残酷的时代，与其他统治者格格不入，在那个时代，只有凭权术才能大获成功。我还怀疑，折磨并非是他首创，虽然他也不是不肯使这一手；他是个坏人，但按当时的标准，我想他算不上穷凶极恶。但兴许都是我在瞎想。一句话，只管写你梦中所见的他，你的故事必须写实。”

“其他人呢，他父亲、叔叔和弟弟呢？”

“哦，他出走后不久，父亲就绝望而死。他弟弟，你已经听过那个故事了，他到处打零工度日，为人排忧解难，具备治愈能力，并成了一位爱鸟人士——修补匠约翰。至于叔叔马修，他的儿子小马修其实并没死，在亚当逐步发迹的那三十年中，小马修长大成人，并生了一个儿子，取名阿莫斯；老马修死后，他继承了那家小旅店。修补匠约翰死时，恰好是亚当迎娶佐菲莉尔之女那一年，约翰死后，马修和阿莫斯搬到了哈克斯，紧邻西河流出世界之巅的地方。他们在那儿经商。”

阿莫斯在自家塔楼里，这会儿正望着窗外哈克斯大区的街道和屋顶。他在塔楼上吃住和工作，在一扇扇窗台上丢一些喂鸟的种子；鸟儿每个冬夏都来，从没失望过。听着鸟儿在窗外扑扇翅膀的声音，他想象自己就是躺在沃辛墓地中的叔叔，修补匠约翰。

“你记得约翰叔叔。”阿莫斯说。

“记得他的，不是我。”他的小女儿费思（Faith）答道。她就是这样，说话爱标新立异。

“你记得我记忆中的他。”

“他不该让人家伤害他。他应该改变他们。”

阿莫斯叹了口气。唉，费思，在孩子们之中，你会不会第一个承受不了我们的沉重使命？“哦，那你说，他该怎么做？”

“他应该阻止他们伤害他。他不必非得任他们伤害不可。”

“他们后来都遭了报应，”阿莫斯说，“被割下了脑袋，带到斯蒂波克城给詹森之子看。”

“还有他。”费思说，“他是另一个我们应该阻止的人。我们凭什么让那样一个人……”

阿莫斯抬手按着她的嘴唇，“修补匠约翰是我们之中最优秀的，极富耐心，我们谁也比不上，但都必须学习。”

“为什么？”

“因为那个詹森之子，也是我们家的人。”

他凝视着她的脸。从儿时起，就没有多少能让她吃惊的事，但这是最痛苦、最危险的秘密，所以非得等他们成年后才能知晓。但你成年了吗，费思？还是说，为了这个世界，我们非得把你放进石头？我们只有对自己人够心狠，才有能力善待这个世界。

“詹森之子！他怎么可能是我们家的人，他是谁的儿子？你生了七个儿子七个女儿，除了你，爷爷生了三子八女。兄弟姐妹、直系旁系，我个个都认识，还有——”

“别说了。你不知道你的哥哥姐姐都在忙着屏蔽弟弟妹妹？别叫他们听见了。我们没空讨论这个，否则得解释个没完。再说，时间不多了。”

“为什么时间不多？”

“因为亚当和他的支系都在休眠。”阿莫斯说，“但他们很快就会醒，你必须赶在他们醒来前，拿定主意。”

“我要拿什么主意？”

“别问了，费思。听我说完，你就明白了。”

费思住了口，但没忘了在父亲的意识中翻找答案。

“傻孩子，你难道忘了我可以对你关闭心门，你难道忘了，这是我们与亚当支系的区别所在？他们的心门防备不了我们，我们却能屏蔽他们；他的能力与我们相当，我们还能屏蔽他，所以我们技高一筹。”

“那我们为什么不把那家伙撵走！”费思喊道，“他无权统治这个世界！”

“是的，他无权。但谁有权？谁该取代他？”

“这个世界为什么要人统治？”

“没有统治，就没有自由。如果民众不受约束，不守法律，不团结一致，不说同一种语言——就算是偶尔吧，那这个世界还不乱了套？乱了套的地方无法预测，因为你无凭无据；不知道或猜不出未来的地方，如何制定计划？谁能选择？所以，没有秩序就没有自由。难道，还要我再教一遍你从小就学过的这一课？”

“不用，父亲，你无须教我。”

“既然知道，你为什么还这么傻？威尔和你吵架的时候，你为什么把她打倒在地？”

费思当即一脸不服，“我连碰都没碰她一下。”

“你让她对母亲的去世刻骨铭心。你挑出了她人生中最痛苦的一刻，让她重新体验了一遍，只因为她说了你不中听的话。你对她做了最可怕的事，只为满足小小的复仇欲。你说，费思，你和那个詹森之子有什么区别，令你觉得可以取代他统治世界？”

“死了上百万人，这就是区别。”

“他杀的人多，是因为手中的权力大。你要是有了同样的权力，能保证不和他一样？这其中的利害不像你想的那样简单。直到我和父亲搬到这里，才明白自己有多大的能力——亚当几十年前初到天堂市时，想必有同样的体会。我们能让人家借钱给我们，然后忘了我们欠他们的；我们能让债务人先还我们钱；我们能买业主不想卖的财产。我们可以非常非常富有。”

“你现在就富有。”

“但没有人因此变穷。”阿莫斯说，“我们不偷不抢。我们把以前的蛮荒之地开垦成新地，找到深埋地下的黄金，最关键的是，我们保这个城市平安，促它繁荣，让生活在这里的每个人都能过好日子，哈克斯没有穷人。费思，你从前肯定没想过这些，现在我告诉你了，这就是我们的成就。这是我们每天的成就。”

费思上下打量他一眼，“你得到什么回报？”

“修补匠约翰不怪罪我，”阿莫斯说，“他的鸟儿依然飞到我窗前。”

“那不是理由。”

“这就是理由。他从没伤害过谁，一世清白。”

“看看他的结局。”

“死了。但让我们学到教训。”

“是啊：别让他们靠近你。”

“不对，‘别叫他们知道了’。约翰叔叔为他们排忧解难，要不是败露了医者的身份，最后也不会受到他们的憎恨。因此，如今哈克斯的居民望着‘马修与阿莫斯会计室’，见到的不过是兴隆的生意和五十个忙碌的蓝眼睛孩子。他们不知道，正因为我们，他们的孩子才能度过童年；因为我们，奶牛才能产奶，不病不死；他们婚姻幸福，信守合约，都得益于在这座大厦的某个地方，我们有两三个，或五六个沃辛，在听，在观察，在守护这座城市的平安和福祉……”

费思摇了摇头，笑了，“我知道你是什么人了。你自认为詹森的嫡传。”

阿莫斯摇了摇头。其他几个孩子都点了点头，明白了。他们是这座城市的守护者，理应维护它的稳定。阿莫斯说：“纵观这个世界的历史，怕是难再找到一个，比我们管理与呵护下的哈克斯更幸福的城市。母亲再也不必担心分娩，因为知道不会难产；父母爱自己的孩子，因为知道孩子一定能健康成长。”

“可，你却让那个詹森之子统治世界。”

“是的。”阿莫斯说，“费思，你急欲除掉他，说明相比和我们，你和他，更像一路人。孩子，我今天郑重地问你，你是否愿意发誓，保守秘密，信守诺言，只将你的天赋用于为人排忧解难，而决不滥施于报复、惩罚或其他伤天害理的事？”

“那正义呢，正义又怎么说？”费思问。

“正义是完美的制衡。”阿莫斯说，“但只有不偏不倚的心才是正义。你是吗？”

“我分得清善恶。”

“你愿意发誓吗？”

无须回答。她对他关闭了心门，就说明了答案。一句“是的”，她反而弄巧成拙。

“你觉得你能骗过我？”

她不服气地一仰头，“那个詹森之子是这个世界的恶疾，我要除了它。如果这算起誓的话，我就愿意。”

“让这个世界重陷战争。”

费思站起身，“这个世界深受苦难，你考虑的却是一座小小的城市。这个世界水深火热，哈克斯的幸福又算得了什么？”

“那需要时间。孩子们如今都渐渐长大成人，以后管的范围更宽、管的事更多，取得的——”

“那不是我的事儿。”费思说，“我的对手是詹森之子，我要取代他。”

“就凭你？”阿莫斯问，“我希望你别。但为了这个世界，我必须让你浮石，费思。”

她听不懂。

他们把她带到郊野，进入一片起伏的丘陵，来到一个地方。在那里，原生之石嵌于地表，却光滑平整，犹如处子的床单。“你们要把我怎样？”她问。她自己生性暴力，所以担心被暴力以待。

我们要知道你的本性，阿莫斯在心里回答。

“这么多年了，你还不知道我的品行？”

我们知道你的记忆，也知道自己的记忆，但我们不知道你的将来。我们怎知，邪恶是否在你的心底逍遥自在？那里已播下邪恶的种子，但它会不会生根，会不会冲破你心底的岩壁？

“你们要把我怎样？”

唉，我们要把你变成另一个人，从而了解你的本性。我们要让你浮石，让你漂在这种石床上，失去自我；你会融入石床，隔绝血肉之躯；然后，让我们看看，你与亚当·沃辛匹配到什么程度。

“我会死吗？”费思问父亲。

我自己也浮过石，好端端地出来了。我这么做——我们这么做——是因为只有沉入石床，我们才能隔绝已有的记忆，让另一个人的记忆完完整整地进入我们。我曾沉入石床，将亚当·沃辛的孩子们的记忆，一个一个地引进我的头脑，由此判断他们的本性。

“他们与你匹配吗？”

不匹配就说明我没有彻底了解他们。我成功了，我对他们已经了如指掌。

“他们都是善良的人吗？”

不比我差。他们都是好人，因为他们的记忆都能与我和谐共存，没有让我发狂。现在，轮到你浮石了。你要沉入石床，置身度外，将某个人的记忆引进自己的头脑。

“谁的？”

你自己决定，费思。你可以挑我的，或是挑亚当·沃辛的。挑你认为与你最匹配的，挑你认为不会让你发狂的就行。

“我怎么知道？你们我都不了解，真不了解。”

正因此，我们才要浮石。这不只是记住别人的记忆，而是彻底成为别人，与他将心比心。如果你与他不匹配，就只有死路一条。

“你是怎么知道的？以前谁浮石死了？”

以利亚，他是第一个。亚当杀人潜逃后，以利亚沉入石床，寻找他的心灵，也找到了。结果小亚当穷凶极恶，他老人家送了命。

“可是父亲，你不是说你也替亚当浮过石？”

没有。我只为他的孩子浮过。

“为我呢？你愿意为我浮石吗？”

费思，如果我认定自己能活下来的话，我愿意。

“你觉得，你和我不是一路人？你觉得，我和那个詹森之子一样十恶不赦？”

相对于我，怕是他的记忆与你更匹配。如果你清楚地记得我这辈子的一举一动、一言一行、每一个选择，孩子，你恐怕会发狂的，休想在石床里找回自己，从而一命呜呼。

“那我就选亚当的。但是父亲，我不傻，我明白这会有什么结果。要是我匹配亚当·沃辛，那么按你的标准，我就不容姑息；要是我忍受不了他，就说明我是清白的，但我照样会发狂送命。”

所以，我才任你选择。

她从父亲的意识中获取了浮石的记忆——他对她解除了心防，好让她能学着做。接着，她赤裸着躺上光滑如水的石床，照着父亲记忆中的样子做。

她学着父亲，让石床变活，让石头流动，变得冷如水，平如镜；她仰面沉入液态的石床，最后浮于世界冰冷的表面。

她躺着，任自己渗入岩石，任自己的记忆飘走。他们引导着她，去找亚当·沃辛的意识。他们做得小心翼翼，没有让亚当生疑。他们对她则并不客气。

于是，费思变成了亚当·沃辛。从儿时起，从沃辛旅店地下室里的第一次调皮捣蛋开始，到纯粹为了取乐的一次次劣行、一次次施法、一次次欺男霸女，以及战场上一次次的杀戮，和平时期的屠杀无辜。

结果，她能匹配他那些骇人听闻的过去，就像是自己的往事一样；她没有发狂。她羞愧地哭泣着，宁愿死在石床里。但她恢复了自己。

人们冷着脸看了她一眼，扭头走了。只有父亲留下了，老泪纵横。“我怎么下得了手！”他大声悲叹。

透过他敞开的心扉，费思看到，他失了职。当结果已经明了，她能受得了亚当·沃辛时，他应该让液态的石床凝固，紧紧封住她；他有责任结果她的性命，将她的记忆了结在岩石中，而不是放她出来，成为另一个亚当。

“这不是真的，”她说，“这不公平。我能匹配他，但也能匹配你。我像他，但和他不一样。父亲，你不会后悔放了我的。”

但他后悔。他们都后悔。费思羞愧难当，甚至受不了自己还活着。她在心里一遍遍地说，我和他不一样，你们误解了石床的意思。

他们没误解，她的心底清楚这一点，甚于她无言的抗议；她深知审判公正，有理有据。在父亲家里当了几个月被抛弃的人后，她终于想通了：的确，她的心能轻易承受亚当所有的歹念；但是，她的心里还有余地，足以包容其他的东西。

是谁刻下天条说，我无法改变？

谁也不和她搭话。谁也不愿告诉她自己排解疾苦的故事。但他们阻止不了她看，阻止不了她的意识在这座城市游荡，观察一个个疾苦、悲伤和忧虑是怎样化解的。原来如此，她明白了；我的本性是破坏，但坏掉的东西，都有愈合的机会。

等她重拾自信，她去见了亚当·沃辛。

不是通过意识，而是面对面。她对家人秘而不宣；他们不知道她去了哪里。这没什么大不了，就算她死了，也不会有人想她。亚当会不会痛下杀手，她会不会暴露了他们的藏身之地，或他们的存在？就算他知道了，就算此行会连累大家，她也在所不惜。因为她推己及亚当·沃辛，了解了他的痛处，希望治愈他。如果他肯被治愈的话。

她又有点希望有人跟着她、拦住她，可谁也没来。她这才明白，大伙恨不得她一去不返。她沿着西河到了林克瑞，又乘船漂洋过海，来到斯蒂波克。她没费周折，就从码头进了城，从城里上到塔楼，又从塔楼来到坐落在红石崖上俯瞰着大海的皇宫。她知悉通过每一道警卫的口令，最终进了那个詹森之子的会客室。她安静地坐着，等待，与所有来来往往、想见救世主一面的人一样。

“你来迟了。”身边一个神色疲惫的女人说。

“为了什么？”费思问。

“阻止他。”她说，“你早几年来就好了。”

女人形容憔悴，奄奄一息，连考究的服饰也掩饰不住憔悴。

“只要他肯，他能治愈你的恶疾。”

“他不做救人的事儿。”她不服气地扬起下巴，“但他所给我的，强过整个世界能给予我的。”

“毓雯。”费思叫出了她的名字。

“他知道你要来。”毓雯说。

“是吗？”

“他早就知道了，一直在等着。从他脸上看得出来，我擅于观察。他在天堂市的时候，始终望着南方，来这儿后，始终注视北方，那个水之森林里，那座被他血洗的小村的方向。你就是从那儿来的，是不是？你可以告诉我，我不会吐露一个字。”她笑着说，“他知道你的心思。他有办法，你知道。他明白你的心思。”

他早料到她要来。没什么大不了，她无所畏惧，她比亚当更了解他自己。“我这就进去。”她告诉毓雯。

“你是来杀他的吧？”毓雯问。

“不是。”

“等到你出来的时候，他还会爱我吗？”

“你不是快死了吗？”

毓雯耸了耸肩。

费思深入她的内心，找到病根，治愈了她。

毓雯一声不吭，只是坐着，定定地望着她的手。费思站起身，走进大厅。她注意到，卫兵连拦她的意思都没有。

白发苍苍的詹森之子端坐在宝座上。她跪在他的脚下。“我一直在等你。”亚当说。

“我事先没通报，我们也从未见过面。”费思说。

“她会来的，长着一双和我一样的蓝眼睛，和我孩子的眼睛一样蓝；可透过这双眼睛，我却什么也看不见。曾经有个人能屏蔽我。如果可以，我会杀了他。如果可能，我也会杀了你。”

身后传来卫兵的脚步声，以及刀剑出鞘的沙沙声。

她用对死亡的恐惧，定住了卫兵。

“我对你太了解了。”她对詹森之子说。她用马修叔叔站在门口，他这辈子最怕的形象吓住了他；这个人能废了他，视他的能力为雕虫小技，能迅速、不费吹灰之力地了结他。趁他一动不动的时候，她进入他的内心，篡改了他的记忆。

有些能做到，有些却无能为力。她改变不了他对权力的贪欲，以及苦苦折磨着他的弱点，这些东西比记忆更深刻，融于他的本性。但她能让他想起自己成功克制了贪欲和恐惧，不受它们左右。在修改后的记忆中，他从没杀过人，尽管起过念头；他从未威逼利诱、恃强凌弱、折磨过人，尽管有的是机会。当怨气太重、血债太深时，亚当会想起不得已而为之的苦衷：从长远看，为了民众的福祉，非常手段必不可少。

洗心革面后，他不再是一个罪行罄竹难书、麻木不仁、习以为常的暴君，他成了一个对自己的欲望怀有敬畏的统治者。他不再因恐惧而滥施暴行，因为费思消除了他最深层的心病，抹掉了他对马修叔叔的恐怖记忆。

不，没忘。那段最鲜明的记忆永远铭刻在费思自己的心中。浮石能让她重拾自我，却带不走她脑海中亚当的记忆。

民众、大臣和官吏都屏气敛神地围观着，惊惧不已：蓝眼睛的暴君和眼前的蓝眼姑娘，四目相对，屏气凝神，一声不吭地相持了几个小时。她有胜詹森之子一筹的本事？这将导致怎样的惨剧？倒霉的都会有谁？

但当一切过去时，亚当微笑着对她说，“好好回去吧，堂妹。”她转身出了皇宫，再也没有人见过，亚当也不许手下的人去追查。

她的治愈功夫不太到家，此后许多年，亚当的记忆出现过许多奇怪的错乱，偶尔，他也会厌倦自己的自律生活。但总的来说，他脱胎换骨了，这个事实逐渐在沃辛星球传开了。

回到哈克斯的时候，阿莫斯正等着她。他在城门口迎接她，陪她进城，一路走过山上横看成垄侧成行的果园。

“做得好。”他说。

“我担心，”她说，“担心你会阻止我。”

他摇了摇头，“我们都对你给予厚望，孩子。我们之中，只有你能了解他，能除他的病根。如果连你都治不了，我们将别无办法，只能杀了他，而那将令我们永远蒙耻。”

“这么说，从一开始，我就是你们计划的一部分？”

“当然，”亚当说，“世上再也不会有意外了。”

她想了一会儿，想弄明白为什么自己会为“再也不会有意外”感到一丝难过。最后，她断定，是因为她内心还有一部分的亚当。她将这丝杂念抛诸脑后，同大家一起把治愈的范围扩大到了全世界。我将治愈一切，再也不会有意外了。

“拉瑞德，故事从这儿起就没什么有意思的了，好人做善事从不稀奇。最初的几百年，亚当的子孙们施展才能，了解臣民的愿望，确保他们有一个好的政府，受到善待；与此同时，在亚当子孙们目力之外，马修和阿莫斯的后人密切观察着这个不断壮大的国家，排忧解难，消除痛苦，治病救人，平息怒火，让瘸子能走，让瞎子睁眼。再后来就是大觉醒时代，他们向亚当的家族表明了身份，与他们携手共创大业。他们互相通婚，到他们把我带出海底，并叫醒我的时候，沃辛星球上的每一个人都是蓝眼睛。他们靠通婚征服了世界。

“当星际飞船终于从其他人类世界飞抵的时候，他们将此视为挑战。他们开始观察整个宇宙的所有人类。然后，飞船返回你们这样的星球，讲述他们在沃辛星球的见闻，讲述沃辛何以成为失落的移民地，以及它如何终结了痛苦。冰与火的仪式，就是从那时开始的。从那一天起，广大人类世界的一切，一切的一切，全都停滞了，拉瑞德。”

“直到不久前。”拉瑞德坐在桌边，眼泪啪嗒啪嗒地砸在书页上，“他们本来可以奴役全人类，却选择了成为天使。他们为什么改主意了？为什么不继续守护？你为什么乐于看见我们受苦？”

“你不明白，拉瑞德。”詹森说，“他们的确奴役了全人类，只不过让他们幸福地被奴役而已。这是从前任何主人都没做到的。”

“我们又不是奴隶。再说那时我父亲有两条胳膊。”

“把你知道的故事写下来吧，拉瑞德，然后我们速战速决。严冬快要过去了，森林和田地都还等着你帮手呢。尽快结尾，然后如你所愿，我马上离开。”

“这个故事之后，还有多少？”

“最后一个梦。”詹森说，“是一个叫墨尔西的男人，和他的妹妹贾斯蒂丝的故事，以及他们为何打破了世界运转的方式。等故事结束的时候，或许你就不再恨我了。”

十一

慈悲之举

Act of Mercy

温暖干燥的东南风来了。夜间，河里的冰块开始破裂；到了白天，大块的浮冰漂浮着，顺流而下。雪依然洁白，上面点缀着从炉火落下的点点灰斑；在积雪下面，拉瑞德已经听到汩汩水流。他给每个牲畜棚都添了一捆干草，把它们解开分好；他查看怀崽的母羊，当春天到来时，将有好几头羊羔落地。尽管这个冬天严酷难耐，但去年夏天备下的干草还足以维持两个多月。瑞雪兆丰年，严冬对庄稼和牲畜们来说是极好的，虽然对人就未必了。

夏季劳作所需的工具都已经备下了，很快就到锄地，挖壕，扎篱笆，掌着农具种豌豆，带着耙子下地的日子了。拉瑞德觉得今天够暖和，就把鹅群放进了院子里。看来，自痛苦降临日以来，世道变得真是太快了，他甚至都没想过问问父亲是否到时候了。

母亲就快生小宝宝了。父亲很确定这是他的种。或许吧，拉瑞德想。母亲的外遇是谁呢？也许是修补匠——母亲是那么喜欢那男人。但是不，他没机会让母亲怀孕的；事实上，有谁有机会吗？母亲总在这儿，父亲也从未远离，他们怎么可能在屋里摸到一起？母亲什么闲事也不做，除了和其他女人一起织布，或是扛着饲料进磨坊——

难道是磨坊主？可以确定的是母亲不会比喜欢父亲更喜欢他，所以不可能。

“这可不是啥值得思考的事。”詹森说。

拉瑞德扭头朝向他。他站在谷仓门口，身姿映衬在阳光下。“我要出去标记篱笆，”拉瑞德说，“你知道怎么干吗？还是说铁匠铺要你帮忙？”

“我需要你帮忙写书，”詹森说，“那是你该思考的春季工作，那本书还没写完。”

“春季工作就得在春季做，所以我们才管它叫春季工作。春天到了，所以我得先干这些活儿。不管你付了多少钱，干了多少活，都抵不上我们误了春天的农活，那可能害得我们秋天颗粒无收，来年冬天冻死饿死，你知道的。”

“我跟你一块儿弄篱笆。”

两个人都带着锯钩，一前一后地走着。地上有雪，依旧湿滑，而在面南的坡地上，积雪都已经消失无踪，只剩裸露的深色泥土。拉瑞德在一棵矮木旁停下脚步，这棵矮木被积雪压折了，一半陷在淤泥里。“这样的矮木几乎不用做记号，”拉瑞德说，“后来的人会帮你做的，但有时他们太累，那时就不会太喜欢这块地的主人了，也不会喜欢除了弯曲的植物茎秆以外的其他标记，所以我们最好顺手也把它标上。”他在最外层的分支上竖了一根稻草，然后继续往前走，砍断茎部折断的枝丫，给那些需要连根拔起的植物做记号，或是把它们挪到指定位置上。

“母亲怀孕了。”拉瑞德说，“我知道你知道，但我想，你可能对孩子是谁的略知一二。”

“孩子的爸爸和你的一样。”

“真的？”

“是的，”詹森说，“贾斯蒂丝说的，她知道怎么分辨。在过去，她若发现胎儿是私生子，就会将他引产。这是他们的风格，让生活变得简单。”

“她为什么要再生一个孩子？她已经有两个了。”

“在过去，没有孩子会夭折。拉瑞德，如果每对夫妻都有两个以上的孩子，这个世界会怎样？所有成年的女人都不断怀孕，没有难产，孩子都能长大。两年之内，你的脚边就会多出一百个孩子。你得让土地增产的速度跟上人口的增速，否则就会有人饿死。”

“在过去，”拉瑞德说，“我都快成为‘事情在过去是什么样子’的专家了。我想，我对你的过去快要比对自己的更了解了。”

“我明白。这有没有改变你？”

“没有。”拉瑞德停下脚步朝四周看，“只是，篱笆那边对我，再也没有神秘感可言了，我知道那边什么也没有。在我还是个孩子的时候，我常常想象篱笆那边是什么，但现在再也没有这样的幻想了。”

“你长大了。”

“是变老了。这个冬天，我看了太多人的人生。和天堂市比起来，这座村子太小了。”

“这恰是它最大的优点。”

“你觉得，星港会要乡下来的抄写员吗？”

“你的文笔非常出色。”

“如果，我能找到一个帮父亲打铁的人，或是其他铁匠来接替他，让父亲自己经营旅店，我就走。也许不去星港，毕竟还有其他地方。”

“你出去后，一定会干得很好。虽然我觉得你会比自己想象的更怀念这个地方。”

“你呢，你什么时候走？你会怀念这里吗？”

“比你想象的更怀念这里。”詹森说，“我热爱这片地方。”

“对啊，这里能满足你看人受苦的嗜好。”

詹森一言不发。

“对不起。春天快到了，父亲还是没能找到帮手，即便有你帮着他，也跟从前大不一样了。现在农场全指望我，而我并不想待在田里。这是你的错，你知道。要说公正的话，应该是你留在这儿，承担这一切。”

“不，不对。”詹森说，“当父亲退缩时，儿子们总得往前顶上，女儿们为母亲也一样，这是自然法则，这就是公正。你之前白白享受了来自父母的护佑，而从没做过一件抵得上他们的慈爱的事。所以当父母的佑护被夺走时，你没什么可抱怨的。”

拉瑞德转过身，沿着篱笆继续走。他们在无声中干完了剩下的活儿。

到家时，父亲正在一个大铜盆里洗澡。拉瑞德发现，父亲一看见他就生气了，搞得他不明所以。从能记事起，他就看惯了父亲全身赤裸地躺在浴盆里，让母亲往身上倒热水，还会大叫，“天哪，你想烫掉我的蛋蛋吗？”

跟着，他看到父亲在想方设法地隐藏残肢。他明白了，父亲是专挑他去扎篱笆的时候洗澡的，但因为有詹森帮忙，他提前很多回来了。“抱歉。”拉瑞德说了一句，但没有离开房间。如果今后每次父亲洗澡他都要回避，那么很快他就会连进屋都觉得害怕，而父亲会从此一年顶多洗一次澡。于是，拉瑞德走进厨房，从箱子里拿了一块冷面包，浸在正煮着的粥里。

母亲俏皮地拍了拍他的手，“你想抢走这口锅吗？粥还半生不熟呢！”

“已经够好吃了。”拉瑞德说，嘴里塞满蘸了粥的面包。父亲以前老这样偷粥吃，拉瑞德知道母亲并不介意。

但父亲介意。“把吃的放下，拉瑞德。”他生气地说。

“好的，父亲。”拉瑞德说。和父亲争吵没意义。拉瑞德还会继续偷粥吃，父亲很快也会习惯这一切。

父亲从浴盆里站起身，水滴落着。这时，一直在旁边玩耍的萨拉跑到父亲身边，盯着他的残肢。“你的手指呢？”萨拉问。

父亲倍感尴尬，用另一只手去挡住残肢。这种滑稽感让人心酸，他的手没去遮私处，而是慌乱地去遮不存在的东西。

“闭嘴，萨拉。”母亲尖声叫道。

“应该长出手指了啊，已经是春天了。”萨拉说。

“不会长出新手指了，”父亲说。刚才的惊慌已然过去，他移开了手，拿起厚实的羊毛布擦拭身子。母亲过来给他擦背，途中推了萨拉一把。“走开，萨拉。自己玩去。”

萨拉放声大哭，像特别疼一样。

“你怎么了？我可没用力推你啊。”母亲说。

“你为什么不那么做！”萨拉尖叫道，“它在哪儿？”

这时，贾斯蒂丝出现在楼梯口。他们这才明白萨拉的意思。萨拉奔向贾斯蒂丝，“你明明做得到的，我知道你可以的！它在哪儿？你说过爱我的，你说过你爱我的！”

贾斯蒂丝只是站着，看着父亲。他正拿一条毛巾遮着私处，听了萨拉的话，他把大毛巾丢给母亲，径直跨出铜盆，走向贾斯蒂丝。“你向孩子承诺了什么？”他质问道，“在我们家，对孩子们的承诺都是严肃的。”

贾斯蒂丝没有回答，萨拉先说了。“她能让你长出一条新手臂。”萨拉说，“她在心里告诉我的，我还梦见过呢。我梦见那条手臂像花一样绽放，你的手指又长在原处了。”

詹森走到他们中间。

“别管闲事，詹森。这个女人一整个冬天都像幽灵似的在我们的屋子里飘荡，我要搞清楚，她到底对我女儿承诺了什么。”

“先穿上裤子吧，父亲。”詹森说。

父亲冷冷地看了詹森一会儿，伸手拿来一条裤子穿上。

“贾斯蒂丝没向萨拉承诺任何事情，但萨拉还是看到了——看到了贾斯蒂丝想要做的事，而不是她应该做的。”

“让我的残肢上长出新的手臂？只有无上之神才做得到，而无上之神已经抛弃这个地方了。”

“没错。”詹森说。

“萨拉怎么会知道那女人是这么想的？她们独处的时候，她说过吗？”

“贾斯蒂丝的种族有个特性，如果她爱着谁，就没法向那个人掩饰心底的秘密。她从没想欺骗你女儿，也不是故意让她失望。萨拉看到的那些，是禁止事项。”

“禁止事项。那如果没被禁止，她有能力治好我的手臂吗？”

“我们来这里，”詹森说，“是为了写一本书，因此离不开拉瑞德的帮助。他明天就能写完了，然后我们就离开。”他走向贾斯蒂丝，轻轻地把她推回楼梯口。萨拉还站在楼梯口大声哭泣。父亲穿好裤子。拉瑞德坐在炉火边，看着火苗争先恐后地想从烟孔飘走，但在接近出口时便已熄灭。

先降生的是男孩墨尔西（mercy，慈悲），贾斯蒂丝（justice，公正）是他的妹妹。还在肚子里的时候，妈妈就已经了解他们的性格了，两人的名字就是这么来的。墨尔西受不了别人受苦，贾斯蒂丝则不惜代价地追求公正和平等。

贾斯蒂丝的名字不是虚有其表，它给了她荒凉而漫长的童年时光。从牙牙学语、蹒跚学步的时候起，她就能看透周围的人的记忆，有些甚至是被强加的。父亲，母亲，以及千万过客，都有各自的心事，都有各自的过去，都有一些需要铭记的重要记忆，而贾斯蒂丝都早早地看到了。她不得不努力记住自己是谁，记住哪些记忆才是她自己的。她太小了，生活阅历太浅，以致在很长一段时间里迷失了自我。最终，令她重拾自我的，是内心深处与生俱来的意愿——让事物各就其位，让均衡存乎万物，使所有正义获回报，使一切罪恶受惩罚。

打童年起，她就渴望能更像充满同情心的哥哥墨尔西。他们在很多方面很相像——都经历过恐惧，承受过自己的年龄不该承受的苦难。但墨尔西的愿望是独自承受，把苦难从别人身上揽过来，而贾斯蒂丝尝试寻找苦难的根源，从源头纠偏。她对所有问题都穷根究底，强烈的求知欲把教她的老师们折磨坏了。墨尔西小小年纪就取得了观察者的资格，因为他天生对痛苦有着敏锐的感觉，并很快掌握了治愈的技能。贾斯蒂丝则老是从学业中分神，终于有一次，老师问她，你成不了观察者怎么办？有些工作是基础中的基础。

我会的，她冷静地答道。因为墨尔西已经当上了。

于是她把儿童喜爱的游戏通通抛诸脑后，在学校的树上专心致志地练习。那些练习对墨尔西而言易如反掌，对她却痛苦不堪。她时常进入墨尔西的头脑（他也乐于接纳她），想知道为什么他能迅速感知并化解饥饿，能快速找到并治愈伤患。但她最后终于明白，并没有任何窍门：墨尔西爱他所接触的每个人，关心他们的福祉甚于关心自己。而贾斯蒂丝几乎不爱任何人，仅仅根据当事人的是非观来评价他们（如此标准下鲜有好人），她的爱从不轻易给人。于是，观察几乎是一门有违她本性的课程。直到二十岁时，她才终于完成了树上的学业，获准进入“池塘”。

那时，她所有的童年伙伴都已观察了数年之久，而墨尔西已经是大师级人物，被委以每天八小时的观察职责。当然，贾斯蒂丝并没有自责进步慢，她对自己有清醒的认识。她的才能并不在此，多付代价在情理之中。

她顺利地通过了实习。第二天，她第一次独立担负观察任务。她步入“花园”，褪去罗衫，以风为裳，踏入池塘。她轻轻俯下身，跪在浅水里，身子前倾，脸靠在水下光滑的鹅卵石上；脚趾，肚子，胸部和脸，依次浸入凉水；脚踝，臀部，后背和耳朵，沐浴在微风中；微风拂过水面，洒下一片片木棉。她屏住呼吸，这已然成为本能：自孩提时代起，她倒悬在学校的树枝上，千百次地练习放空身心，让心灵在宇宙中自由徜徉。

因是初学，她只被委任观察一个还处于农业社会的小村庄。那里的人们还未进入蒸汽时代，也不知电为何物。那是一个坐落在河边的小村子，小到只有一家旅店，旅店的老板还兼任村里的铁匠。

她在凌晨时分来到村子里，没有什么路人好观察。生活正自在地顺流而行，滑行在宁静而愚钝的树林之中；夜鸟不知疲倦地扑棱着翅膀，野兽正在黎明前觅食。在这样的时刻观察会是种愉快的体验，她想。

就在村里第一个孩子被饿醒时，贾斯蒂丝感觉到一只手搭在了她的肩膀上。是墨尔西，她立刻就知道，虽然没把脸从池水中仰起——那是观察的禁止事项。墨尔西轻柔地抚摩她的背，像是在说，这就是生活，你现在找到它的真谛了。她无须回应表示自己听见了，但墨尔西还没说完。她的心门正处于紧闭状态，以排除杂念，专心观察，墨尔西的话说不进她的心里。于是，他开始大声地对她说话。她没听出那是他的声音，或许是脸探在水下的缘故吧，他的声音听着有点奇怪。“他们说，贾斯蒂丝既聪明又漂亮，会给她观察下的一切带去公正；他们又说，我的妹妹内心阴暗透顶，竟可以在真相下安然生活。”

这些话——像墨尔西呼出的气息一样——使她湿润的脸颊打了个冷战。她不敢长时间从村庄移开目光，去探察哥哥的内心（即使他正向她开放），但他的话语中带有某种告别的意味，令她害怕。他是来说再见的，可为什么？

或许是种考验？在新手独自观察的第一天，他们是不是都会玩这一手，通过让亲近的人传达惊骇的消息来考验观察者？那我一定不上当。她继续埋首水面，让意识进入村庄。墨尔西离开了。

贾斯蒂丝开始了工作，她看到村民们揉着蒙眬的睡眼给牛羊挤奶，在火炉上煮粥。所有东西都用木材和柳条制成，或者是陶制和革制——这是一个古老的星球，与外界脱节的地方，没有现代化的仪器可以帮观察者的忙。马在马棚里排便，泥土未经过滤就渗进房屋里，孩子们任由毛毛虫在胳膊上爬：这是最令观察者忙碌的类型，何况她得照看所有城镇。

一个孩子吃香肠噎着了，父母手忙脚乱，不知所措，贾斯蒂丝给孩子灌了一口水，他把香肠吐到了桌子上。孩子笑了，还想继续这么玩，贾斯蒂丝让母亲呵斥了他，孩子才没再胡闹。贾斯蒂丝可不能在一张早餐桌上浪费太多时间。

补鞋匠剪皮革的时候，把自己的拇指也剪了下来。他又惊又痛，放声尖叫。贾斯蒂丝帮他解决了问题；她让他拾起那截断指，安回原处；接着，血管和神经重新连接到了一起，这对观察者来说是再基础不过的工作。然后，她进入补鞋匠的记忆，让他忘掉了这件事，也让补鞋匠的妻子忘了她听到的尖叫。只要你不记得，事情就从未发生过。

这里有过愤怒，贾斯蒂丝使之平息；有过恐惧，贾斯蒂丝给予安抚；有过痛苦和伤痕，贾斯蒂丝将它们一一治愈。疾病无地立足，因为她使人们净化修复的速度加快；饥饿也不能停留，因为贾斯蒂丝在黎明时分为整座村庄加油打气，注入活力，从早到晚，所有人都会辛勤劳作。很快，这片土地上到处都是劳动者，椅子桶子炉子什么的应有尽有。

下午，一个老头停止了心跳，贾斯蒂丝迅速做了诊断：需要三分多钟才能治好这个病人；他的孩子都已成年，老伴儿精神矍铄，身体健康；他的离世不会给家人造成太多的不幸。于是，他被允许死亡。贾斯蒂丝没有治愈这位老人，而是把他的儿子带到了屋里，那位三十多岁的旅店老板兼村里的铁匠。她让他的大脑一片空白，所以年轻人没有认出老人。他把遗体抬起来，抬到了下葬的地方，亲友们已在挖好的墓穴旁等候多时。不一会儿，老人就入土为安了。挖土的人会记得葬礼，但他们会记得这件事是一年以前发生的，因此老人的死不会给他们带来太多的悲伤。

在铁匠回家的路上，贾斯蒂丝把他从童年起所有关于家庭快乐的记忆都在心底更新。也许本来，他已经准备好了悼词，但此刻，他觉得自己只是路过了多年前祖父安眠的墓地，在忌日这天又怀念起了他。

老人的遗孀头脑空白地把全副家当打包好，搬进了儿子的旅店。他们在底楼的火炉边给她安了张床，离孙子的小床不远，孙女也老在屋里跑来跑去地玩耍。她早已度过了悲伤，虽然多少还觉得和儿媳妇住在一起有点儿奇怪。如今，所有人融洽相处，生活安稳前行，祖父成了他们最亲切的怀念，而不是令他们今后的生活日月无光的沉痛记忆。

贾斯蒂丝关注女人们。她确保空虚的女人得到满足，而其他的人静待闺房；她会帮助那些迎来初夜的少女，让这一过程轻松愉悦些，尽管男孩们往往不得要领。最后，夜幕降临。“夜视者”轻轻触碰贾斯蒂丝，告诉她已经通过了考验。干得漂亮，他们在心里祝贺她。贾斯蒂丝从池里仰起头，脸上写满了骄傲，尽管湿冷的身体被风吹得凉飕飕的。这时已是沃辛城的午时，她的后背、臀部和大腿的肌肤都被晒成了漂亮的小麦色。她静默着，一任微风吹干身子，没和同池的人交流。

她走回花园，重拾呼吸，感觉空气像雪花一样滚进喉咙里。她松开发带，任头发披在肩上。再有五天的观察，不出意料的话，她的考试就圆满结束了。届时，她将获准剪去头发，变成一个真正的女人。

她刚穿上衣服，她的朋友格拉夫就来找她，告诉了她那条新闻。

他们找到无上之神了，格拉夫在心里说，他在海底的星舰上，休眠着。如果愿意，我们就能把他喊醒。有一件事确定了，那就是，他是个男人。

贾斯蒂丝笑了。他当然是个男人啊——还有疑问吗？我们都是他的后代。

不，格拉夫说，他只是一个男人。

她终于明白了，詹森·沃辛作为他们种族之父，并没有他们所拥有的能力。

他可以读取心声，但不能在心里说话，也不能修改想法。

可怜的人，贾斯蒂丝心想。有眼睛，却没有手抚摸，没有嘴说话。思想麻木，脑筋沉沉，却能看清一切——肯定是巨大的折磨。最好让他继续睡吧。我们是他的子孙，但如果他在我们之中显得无用，他又该如何理解我们？

格拉夫默默地说，有些人想唤醒他，让他评判我们。

我们需要评判吗？

如果他足够强壮，足以接受他不如我们强大这个事实，他们说，那我们就该唤醒他，看看他能教我们什么。在我们开始观察之前，人类在这个宇宙里生活得怎么样？他可以两相比较，做出判断：我们的工作做得好不好。

当然好。如果他既脆弱又自卑，那我们只能修改他的记忆，把他打发到其他什么地方去了。

格拉夫摇摇头。如果仅仅为了修改他的记忆，那为什么还要唤醒他？他休眠了那么多个世纪，最后又得到什么呢？

只要有人悲伤、生病或虚弱，我们就该治愈他。脆弱和自卑也算在内。

他有关于一个失落的宇宙的记忆。

先获得他的记忆，再治愈他。

贾斯蒂丝，他是我们的祖先。

这是特例，格拉夫，一个不公平的困境。他活着，所以唤醒他；

他痛苦，所以治愈他。我们事先没法知道这会不会令他痛苦，除非先浮石——

突然，她意识到了格拉夫正在瞒她什么——至少想再瞒一会儿。他们已经决定，要趁她观察的时候浮石，而执行人，是她哥哥墨尔西。

贾斯蒂丝一秒钟也没耽搁，立即飞奔向石厅。她唯一的念头就是，墨尔西刚才真的是来道别的，他当时就知道自己要去干什么，但没有告诉她。而且并不是因为她在池塘里，恰恰相反，他一直等到她进了池塘才现身，这样她就没法阻止他了。

但是，她必须阻止他。放一个“死人”的意识进入自己的大脑，结局非死即疯。墨尔西会说，让我去吧，交给我吧——他会心甘情愿地抛开自己的意识，甚至性命，来引进无上之神的意识。

贾斯蒂丝终于跑到了石厅，可太迟了。所有没在观察的人中，只有她被蒙在鼓里，其他人要么聚在这座石厅里，要么在其他石厅；他们已经在墨尔西的脑海里等待了。他仰面躺在一张平坦的石床上，手臂放平，石床在他身下慢慢变软，让他的身体缓缓沉入。一阵微风拂过，石面上涟漪四起。墨尔西弓着背，头逐渐沉入石头，直到整个脑袋都陷了进去。

她没得选择，只能和其他人一起，仿佛这是她自愿参与的。她不能忍受，在他做出牺牲的时候只有她一个人没陪伴他。

就在她望着石下的时候，一个熟悉的声音出现在她的脑海里，是她的母亲。她在说：欢迎你，贾斯蒂丝。

你怎么能由着他！贾斯蒂丝痛苦地喊道。

他很想这么做，我们又怎能阻止？再说，这件事必须有人去做。

他奉献了一切，而我却没做任何贡献，这不公平。

啊，归根结底，又是公平的问题。即便是痛苦，你也要求与你哥哥平等？

是的。

不行。不管多愿意，你也不能浮石。它所需的悲悯之情超越你的天赋，我们所有人中也没几个能做到。但你依然能尽自己的责任。帮助我们，你比任何人都了解墨尔西；当无上之神的记忆进入他的脑海，你能比任何人都清楚地分辨出，他的哪一部分是墨尔西，哪一部分是詹森·沃辛。而且，凭你完美的平衡感，你可以判断出严峻的考验何时结束。通过你，我们可以最迅速地采取必要的措施。

我不同意。

如果你不帮我们，墨尔西的牺牲兴许就白费了。

就这样，贾斯蒂丝不仅仅是观察者，还在人们观察墨尔西的思想时担任了整颗星球的领导者。

此时，墨尔西的意识抵达海底，来到了一个冰冷寂静的舱室，那里有一个人，那个人的记忆在一个高深莫测的气泡里。现在，墨尔西必须进入曾经承载着那些记忆的大脑，排除掉自己的所有记忆，以及他从其他人那里得到的记忆，然后，看看詹森的记忆进入自己的头脑会怎么样。如果一切顺利，他会变成詹森，人们就能搞清楚詹森醒后会怎样，会做出怎样的反应。然而，浮石的技术从来不是完美的，因为没人能彻底割舍自己全部的记忆，浮石者多少会有一些记忆残留，从而导致结果扭曲。贾斯蒂丝的任务，就是评估这一扭曲，并做必要的修正。

可并没有任何扭曲。他们从没指望墨尔西一点也不爱自己。可不管探查得多深，多细致入微，都没有他的一丝记忆残留。他彻底甘愿赴死，所以什么都没留下。也正因此，贾斯蒂丝在冰冷的液态花岗岩中才什么都没找到。在墨尔西的位置上，只有一个陌生人：詹森·沃辛，一个既可怜又没用的家伙，能看到，却不能说话。

已经过了很久很久，她依然没有找到哥哥。他在什么地方？母亲问，你必须找到他，他再也坚持不住了。

最后，贾斯蒂丝绝望地大哭起来。他不在那里，他消失了。

心怀对墨尔西强大天赋的敬畏，所有人都同时从他的脑海里撤了出来；他们已经从詹森那里了解了想要知道的。贾斯蒂丝睁开眼，刚好目睹石床再次凝结。墨尔西的脑袋依然在石头里，他的背弓着，两手抓着石头表面。有那么一会儿，他好像动了动，仿佛还活着，挣扎着要逃出困境。可这只是他死时的姿势引发的幻觉。他的血肉不再是血肉，他已经变成了石头。他死了。

贾斯蒂丝在自己的内心寻找平衡。在理应所在的地方，那完美的平衡却不见了。

拉瑞德站在贾斯蒂丝的床边。她在装睡。

“你在带给我梦境，所以你根本没有睡。”他说。

她缓缓地摇摇头。在蜡烛的烛光下，泪水从她眼角滑落。

他还没来得及再说些什么，一只手搭上了他的肩膀。一转身，是詹森。“她是我们村的观察者，詹森。”

“就那一次。”他说，“在她哥哥浮石后，她就再也没有观察过了。”

“可我记得那一天。我在她的记忆里看到了自己，看到她进入我的内心，我像是第一次彻底了解自己一样。还有那些你从没向我展示过的能力，那些——”

“其他那些记忆，都来自不如她的那个人的大脑。而但凡她看见的，她都能了解。”

“她和我们在一块儿几个月了，我却从没想过要了解她，也从没想过——她才是无上之神，不是你。”

“如果你想称之为神的话，那她刚开始是他们当中最不像神的，最后却成了最伟大的。她逐渐了解我，这你也知道；当他们将我从海底唤醒时，她坚持由她照看我。我还记得我醒来时的场面——我的星舰发出了疯狂的警报声，有什么正在移动星舰，可怜的电脑从未遇到过这种事情。我一打开舱门，就看见贾斯蒂丝站在我面前的海面上，正注视着我，她的眼睛和我的一样湛蓝。啊，她是我女儿，我心想——对我来说，在水之森林告别雷恩和孩子们，只不过是几天前的事，他们变成了现在这样。——当然，她恨着我。”

“为什么？你做了什么？”

“因为不公平。但她也因此成了最公正的法官，对我即将教授他们的内容进行评判。如果说有谁能公正地不相信我、怀疑我，那只能是贾斯蒂丝。她向我展示了一切，甚至给我看他们如何观察，让我进入他们的大脑，看看他们在这个星球上都在做些什么。那个世界很美，人人崇尚善良，人们都致力于服务全人类。结果，我破口大骂，告诉他们，我希望自己在十岁时就被阉了，以免生下他们这群东西。我很难过，很沮丧。他们也是，这很好理解。他们难以置信，我竟然会如此厌恶他们的所作所为。他们能看到我的想法，知道我在为什么生气，可他们理解不了。于是我亲自动手示范。我说，贾斯蒂丝，让我把你哥哥之死的记忆从你脑海里抹除。她说——"

"不！"贾斯蒂丝在她的床上喊道。她不是用拉瑞德的语言说的，可无须翻译，他也能明白那是什么意思。

"伪君子，我对他们说，"詹森道，"你们胆敢夺走人类的所有痛苦，却如此珍视自己的苦难。又有谁来治愈你们？"

"谁来治愈你们？"詹森喊道。

没人，他们这么回答。如果我们自己也忘记了痛苦，又怎么能去关注，去保护他们不受痛苦的滋扰呢？

"你们想过没有，不管他们有多么抱怨宇宙、命运、无上之神或是其他任何劳什子，他们也不会感谢你们偷走了让他们之所以为人的一切？"

他们在詹森的记忆中看到了他最珍视的东西，那些最强烈的回忆，都是关于恐惧和饥饿，痛苦和悲伤。他们又看了看彼此的记忆，看到一代代传承下来的记忆，无不是关于奋斗和成就。比如牺牲，墨尔西浮石献出了他自己；比如痛苦，以利亚·沃辛亲眼看着妻子纵身跳入火海；就连残忍的亚当·沃辛，他最深刻的记忆也是惧怕叔叔会找到他并再次惩罚他。正是这些记忆，传递了下来，而那些关于满足的却没有。他们终于了解到，连他们自己也看出，正是这些回忆把他们变成了好人。不让其他人去冒险，也就剥夺了他们变得伟大，获得快乐的机会。

他们并非立即就达成了一致，而是花了几个月，才慢慢地形成了共识。他们能通过詹森的眼睛看他们自己。最后，他们意识到，只要有他们在观察，人类就是死气沉沉的；只有痛苦再临，男男女女才能重新生而为人。

“不过，”他们问，“知道痛苦重新降临，知道能阻止却不能出手，我们该如何活着？那种痛苦，超出我们的承受范围。毕竟，一直以来我们都太爱他们了。”

于是，他们决定不再生存，决定完成从墨尔西开始的奉献。只有两个人拒绝了。

“你们这帮人真是疯了，”詹森说，“我只叫你们别再控制一切，没叫你们自杀！”

有些生命不值得延续，他们温和地说。你是那么冷酷无情，因此无法理解。

至于贾斯蒂丝，她拒绝是因为不想为墨尔西的事业赴死。因为她配不上。

可你将生活在痛苦的人们中间，他们如是说。看到他们承受悲痛的折磨，却不能出手相助，那会毁了你的。

或许吧，贾斯蒂丝说。可那是追求公平的代价，或许能让我心里平衡些，相比墨尔西。

于是，詹森和贾斯蒂丝搭乘星舰，前往一颗星球——除了沃辛星球外，贾斯蒂丝唯一知道的一个地方。而在他们身后，沃辛星球在烈焰中焚毁了。

贾斯蒂丝听到了数千万人的死亡，承受了下来；感受到平港村在痛苦降临日的恐惧，承受了下来；感受到拉瑞德在知道她的能力，却发现她不会出手救人后对她的恨意，承受了下来。

可现在，萨拉的悲伤是那么深刻，贾斯蒂丝终于无法承受。在拉瑞德看见她流泪的那一刻，贾斯蒂丝让他看到了自己内心的痛苦。

“你看到了，”詹森说，“她和我不一样，她并非冷酷无情。在心底里，她与墨尔西的相似之处比她认为的要多。”

十二

正义日

The Day of Justice

拉瑞德和詹森一起站在贾斯蒂丝的床边，还是第一次，心里既不害怕也不讨厌她；第一次，他明白了她的苦衷。虽未必同意，但终于理解她了。那并不是她的错。

“如果，他们只能从你的视角来判断对错，”拉瑞德小声说，“怎么能肯定做的决定是正确的呢？”

詹森耸耸肩，“我没向他们撒谎。我只是向他们展示了我认为事物应有的发展方式。记住，拉瑞德，他们并不只是相信我的话；直到那时，他们才明白他们拿走了人们并不甘愿放弃的东西。人类失去的，是时光流逝下唯一值得记住的东西——”

“好吧，如果你是高高在上地俯视着人类，”拉瑞德说，“那些都没有任何问题。可是詹森，当你就在我们中间，拥有治愈的能力却不救人，我们管那叫做邪恶。”

“我并没有那样的能力。”詹森说。

突然，楼下传来惨叫声，声音充满了痛苦，一遍又一遍。是柯兰妮，拉瑞德心想，可柯兰妮早就死了！

“萨拉！”他大喊一声飞奔下楼。詹森紧跟在后。

父亲正勇敢地对抗烈焰，要把萨拉从炉火中拉出来——她全身都着火了。拉瑞德没有丝毫犹豫，就把手伸入火中，和父亲一起把她拉了出来。拉瑞德身上都烧着了，痛得蚀骨，可他根本顾不上，因为萨拉正在他怀里扭动着，不停地尖叫:“贾斯蒂丝！贾斯蒂丝！快点儿！快点儿！”

“我醒来时，她已经在火里了！”父亲狂乱地说。

母亲疯狂了，她想触摸她的女儿，可每次在触摸到她烧焦的肉体前都会退缩，唯恐增加她的痛苦。

有那么一瞬间，拉瑞德以为萨拉是闭着眼睛，可马上意识到并非如此。“她的眼睛没了！”他哭叫道。跟着，他扭头看向楼梯口，贾斯蒂丝正站在那里，表情充满痛苦。

“快点儿！快点儿！快动手呀！”萨拉喊道。

“她怎么会还活着？”父亲哭喊道。

“老天啊，不要让她苦撑三天再走！”母亲痛哭道，“不要像柯兰妮那样，让她现在就死吧，不要三天后才走！”

跟着，贾斯蒂丝把父亲和母亲推到一边，从拉瑞德怀里一把抓起萨拉。她发出一声凄厉的哀号。拉瑞德听出这声哀号是多么痛苦，不由得大哭起来。

跟着，沉默袭来。

萨拉不叫了。

她死了，拉瑞德心想。

可这时，他看见萨拉眨了眨眼睛。那双眼睛再次明亮起来，不再是拉瑞德刚才看到的两个空洞。烧毁的皮肤从她身上剥落，新长出的皮肤光洁完美，没有丝毫烧伤的痕迹。

萨拉笑了起来，搂住贾斯蒂丝，紧紧贴在她身上。拉瑞德低头看自己的手，它们也被治愈了。跟着，他伸出手，触摸父亲重新长出的手指。几分钟后，铁匠的手臂再次变得完整，和从前一样强壮。

贾斯蒂丝坐在地板上，抱着萨拉，痛苦地哭了。

“终于，”詹森喃喃地长出一口气。

贾斯蒂丝抬头看他。

“你终于又恢复人性了。”詹森说。

你很好，拉瑞德默默地对她说。我错了。你很好，所以你无法逃避萨拉对你的测试。你像墨尔西一样的仁慈，比你以为的更像。

她点点头。

“你合格了，”詹森大声对她说，“你通过考验了。”他俯下身，亲吻了她的额头，“如果你做了其他选择，就不是我的孩子了。”

对于平港村来说，痛苦降临日至此告一段落了。生活不会变回原来那样子，无上之神不再篡改人们的记忆，也不再阻碍死亡的到来。但痛苦在平港村被终结了，在贾斯蒂丝有生之年都不会再有痛苦了。

在一个春日，大雪融化了，男男女女都走出家门，来到树林和田野，重植被大雪毁掉的灌木，收拾遍布残茎的田地，准备春耕。

冬季伐木剩余的木材被制成一张筏子，将顺河而下，抵达星港，在那儿能卖个好价钱。尤其是筏子最中间那些可以做成船桅的栋梁之材，肯定能卖出很多钱。詹森和修补匠登上筏子，木筏轻轻晃了晃，很快就稳住了。筏子很结实。他们在中央支了座帐篷，它将在为期两周的漂流中给他们提供一个好住处。修补匠小心翼翼地用浮漂绑住他的锅碗瓢盆、锡罐还有工具，万一要是筏子坏了，丢了这些家当，他可要发疯了。詹森只带了一样东西，一个包着铁皮的小箱子。他只打开过一次，确认九张密密麻麻写满字迹的羊皮纸全都整齐地卷着，摞在箱子里。

“行了没？”修补匠问。

“还得等一等。”詹森说。

不一会儿，拉瑞德匆匆忙忙地跑到了河岸上，扛着一件匆忙打包好的行李，喊道，“等一等！等等我！”发现他们依旧靠在岸边，他傻傻地笑了，“还能容下一个人吗？”

“只要你答应别吃太多。”詹森说。

“我打算离开这儿。父亲的手臂恢复了，他们没多少用得着我的地方了，他们从没用得着过。我猜，你兴许要找个能读写的人……”

“快上来吧，拉瑞德。”

拉瑞德小心翼翼地登上筏子，把他的行李放在小盒子旁边。“你说，他们会把里面的字用印刷机印出来，做成真正的书吗？”

“要是不那么做，他们就拿不到一分钱。”詹森说。他和修补匠撑着筏子，离岸起航。

“知道他们都会很好，真是太好了。”拉瑞德说着，回头望着田野间和篱笆旁的村民。

“但愿你不会以为和我在一块儿也会很好，”詹森说，“几年后我可能就老了，可我想活着。我打算尽可能少睡觉。希望你记住，我做不到的事有很多很多。”

拉瑞德笑了，他打开他的袋子，露出里面的四块奶酪和一块熏制的带肩前腿肉，切下一块递给詹森。“往后的日子不会太好过，这我知道。但我还是想体验一下。”

第二部分

首星

TALES OF CAPITOL

献给杰伊·A.佩里
他读了所有文章并使之增色

—

要了解孩子，必先了解父母；要了解革命，必先了解旧政；要了解移民地，必先了解母体；要了解新世界，必先了解旧世界。

这里辑录了有关首星的传说。那个由塑料、钢铁、森卡组成，理应是永恒的却注定毁灭的世界。通过这些故事，你将了解艾伯纳·杜恩为何要毁灭它，以及是如何加速它的到来的。

十三

水漂儿

Skipping Stones

伯根·毕晓普本想成为艺术家。

他说在他七岁那年，父母就迫不及待地给他买来了铅笔、纸、炭笔、水彩、油彩、画布、调色板、大大小小的上好画刷，又为他请了一位家庭教师，一周上门来教他一次。总之，凡是钱能买到的，他一样不缺。

老师很精明，通晓事理，知道一个人要是指望靠教有钱人家的孩子谋生，就得学会见人说人话，见鬼说鬼话，所以“这孩子有天分”这句话他从不离口。但这回，他说的是真心话。吊诡的是，他已经忘了怎么让这句话表达它原来的意思了。

“这孩子有天分！”他郑重其事地说，“这孩子有天分！”

“谁说他没天分来着。”听老师赞不绝口，孩子的母亲不觉有些意外。父亲没吱声，他只是想不明白，老师不吝夸奖莫非是以为能因此多拿奖金。

“这孩子有天分，是可造之才，绝对是可造之才。”老师（又）赞不绝口。伯根妈妈听腻了夸奖，最后说，“小伙子，他有没有天分，我们家并不在乎。他可以留着它。你下星期二再来吧，谢谢。”

虽说父母不闻不问，伯根却劲头十足地学起了画画。没多久，他的画技大长，从同龄人中脱颖而出。

伯根性格随和，又有正义感。在格罗夫星球上，跟他同班的许多孩子都养成了让仆人代为受罚的恶习。可话说回来，虽说不再兴有难同当这一套，但一个人总得找个人撒气。（与主人年纪相仿的）仆从们自小就学到了教训，如果辩解，他们将吃到更大的苦头，还不如老老实实替小主人受罚。

但伯根为人正派。他不爱与人争吵，他的仆人达尔·沃尔斯从没受过责备，也没挨过打。由于他善待仆人，当达尔吞吞吐吐地提出也想学画的时候，伯根当即就让他和自己一块儿学，并分享自己的文具。

一次教两个孩子，老师倒无所谓——达尔听话、安分，从不问东问西。但他对如何增加收入已经过于本能了，不能不向伯根的父亲提出，由于比原先多教了一个学生，（按老规矩）应该增加一份薪水。

“达尔，你有没有占用老师的时间？”洛根·毕晓普问儿子的仆人。

达尔吓得不敢吭声。伯根替他答道，“让达尔一块儿学画是我的主意，并不会多花老师一分钟时间。”

“这位老师缠着我多要一份学费。你得明白钱的价值，伯根。要么你一个人上课，要么就干脆别学。”

说是这么说，但伯根还是逼迫老师允许达尔旁听，只看，不出声。（“否则我就撵你走，让你在这座城市、这座星球都混不下去！”）上课期间，达尔自始至终不在纸上动一笔。

九岁那年，伯根画腻了画，打发走了老师。他这回爱上了骑马，大多数同龄孩子几年前就骑上了；这一回，伯根硬是缠着父亲买了两匹马，所以达尔能和他一块儿骑了。

提起童年，人们会不假思索地想到天真烂漫和无忧无虑。当然也有挫折，有时候，达尔说东，伯根偏说西；但那种偶尔发生的小花絮被卷入记忆的浪花里，转眼就消失无踪了。每次他们都骑着马跑出老远（可惜往哪儿都跑不出父亲的领地），当天又回到了家。

伯根能一连好几个小时忘记自己的身份，达尔也不是卖身的奴仆，他们交上了朋友。他们一块儿把滚烫的蜡倒在楼梯上，那次险些没把伯根的妹妹给摔死——伯根坦然地把罪过一股脑儿地揽到了自己身上，因为他最多被罚不许出门，而要是达尔给逮住可要遭一顿好打，跟着被扫地出门了。他们一块儿藏在灌木丛里，偷看一对一丝不挂的情侣，在悬崖边石子路上，骑在马背上做爱——一想到这是伯根的父母关起门来做的事，他们连着好些天都觉得不可思议。见到庄园里的小水坑，不管有没有危险，跳下去就游；逮着一个背人的地方就放火。两个人你救过我，我救过你，都想不起是谁闯的祸。

伯根十四岁的时候，才又想起小时候学过画这回事。一位来访的叔叔说："这是伯根吧，就是那个学画的孩子。"

"他学画不过是小孩子一时兴起罢了。"伯根的母亲说，"早就不玩了。"

伯根不敢冲妈妈发脾气。但到了十四岁这个年纪，男孩子能心平气和地听进"小孩子"三个字的寥寥无几。他立即接口说，"是吗，妈妈？那为什么我还在画呢？"

"哪儿呢？"她问，一时不敢相信。

"我房间里。"

"那就让我一饱眼福，看看你的大作呗，我们的小艺术家。"一个"小"字听着就让人气不打一处来。

"我烧了。它们代表不了我的水平。"

听到这儿，妈妈和叔叔哄然大笑。伯根转身咚咚咚地跑回自己的房间，达尔影子似的跟在他身后。

"见鬼，怎么不见了！"他翻箱倒柜地找着画具，满腔恼火地说。

达尔清了清嗓子。"伯根勋爵，"他说（当伯根年满十二岁时，凡是他或他父亲雇的人一律都要称他勋爵），"我以为你用不着，所以把它们都拿去了。"

伯根一愣，转过身，"我的确不用了，可也没听说你在用来着。"

"对不起，勋爵。老师在的时候我没什么机会，但打那以来，我一直在用。"

"都用完了？"

“还多着呢。纸不多了，但画布多着呢。我这就去拿来。”

他来回跑了两趟，取来了画笔颜料，送进大厅。他刻意走的后楼梯，免得被伯根的父母看见。把画笔颜料都拿回来后，达尔说，“我以为你不介意呢。”

伯根有点为难，“我是不介意。但那老太婆老把我当个毛孩子，我要重新学画。真搞不明白我当初为什么就不画了。我一直立志要当艺术家来着。”

他在窗前支起画架，窗外是一方院子，院里点缀着一株株婆娑的格罗夫马鞭树。高达五十米的马鞭树直插云霄——一场暴风雨后，它们全会被吹倒在地，所以草原上的农场主们无不提心吊胆，担心哪棵马鞭树倒下来压垮了自己的房子。伯根先上了一层蓝和绿的底色，达尔在一旁瞧着。伯根一时不知如何下笔，但很快来了灵感，就算多年没碰画笔也难不倒他。他的眼光更加严谨，色彩更加深厚，可惜，他还是——一个外行。

“让布满云朵的天空多一点点品红色，兴许会更好。”达尔指出。

伯根转身，冷冷地说：“我不是还没画完天空吗？”

“是我多嘴。”

伯根转身又接着画。一切顺利，只可惜马鞭树怎么瞧怎么不顺眼。始终灰蒙蒙的一片，根本不像那么回事儿。他想把树画成弯的，又显得别别扭扭，过于夸张。画到最后，他爆了句粗口，索性一把将画笔扔出了窗外，跳起身，愤然作罢。

达尔走到画布前，说：“伯根勋爵，画得不差，一点都不差。是幅好画。只是马鞭树稍欠火候。”

“我就知道是那几棵该死的马鞭树。”伯根吼道。时隔多年，第一次提笔就失手，搞得他满心恼火。他扭头见达尔拿起纤细的画笔，对着画布连挥几笔。然后转身说，“兴许应该这样，勋爵。”

伯根上前几步。树还是那几棵，却仿佛神来之笔，变得栩栩如生，生机盎然，美不胜收。伯根瞧着它们——那么容易，达尔一挥而就，毫不费力。事情不应该是这样的。要做艺术家的是伯根，不是达尔。达尔能画马鞭树，不妥，不合情理，也毫无道理。

伯根无名火起，骂骂咧咧地扑向达尔，抡起手给了他一耳光。达尔被打蒙了。不是因为这拳打得狠，而是伯根打了他。

“你以前从没打过我。”他一时莫名其妙。

伯根连忙道歉，“是我不好。”

“我只不过画了几棵马鞭树。”

“我明白，是我不好。我不该打仆人。”

这下，惊讶变成了愤怒。“你刚才说仆人？”达尔反问道，“我一时忘了自己的身份了。我们一起学的画画，我比你强。我忘了自己是个仆人了。”

这一变化让伯根始料不及。他说这话原本没有恶意——他一向以自己不是个霸道蛮横的主人为豪。

“可是达尔，”他天真地说，“你确实是仆人啊。”

“我是仆人，将来一定谨记。什么游戏都不能赢。你说的笑话，我都要哈哈大笑，哪怕再无聊乏味。要始终让你的马儿超我一头。哪怕你是个傻瓜，都要始终认为你说得没错。”

“我从没要你那样！”听他说得有失公允，伯根来了火气。

“仆人就该这样伺候主人。”

“我不要你做我的仆人，我要你做我的朋友。”

“我认为我是仆人。”

“你是仆人加朋友。”

达尔哈哈大笑，“伯根，对了，勋爵。一个人要么是仆人，要么是朋友。二者不能混为一谈。你要么拿钱伺候人，要么是出于爱。”

“你的确拿钱出力，但要我说，你是出于爱！”

达尔摇了摇头，“我尽本分是出于爱，我认为你是出于爱才供我吃穿。和你在一起，我觉得无拘无束。”

“你是自由人。”

“可我有一纸契约在身。”

“只要你开口，我就撕掉它！”

“你答应？”

“我以性命起誓，绝不骗你，达尔！”

这时，房门打开，妈妈和叔叔走了进来。“听这儿嚷嚷的，”妈妈说，“我们还以为你们在吵架呢。”

“我们在打枕头仗呢。”伯根撒了个谎。

“那为什么枕头整整齐齐地摆在床上？”

“这不是打完了又放回去了嘛。”

叔叔听了哈哈大笑，“你培养了一个名副其实的‘女仆’，塞丽。”

“天哪，诺伊尔，你瞧，他不是开玩笑，他还在画呢。”他们走上前，仔细地端详着那幅画。“我以为你只是吹牛说大话呢，只是十几岁的毛孩子信口开河。小伙子，你有天分。天空稍欠功力，你得在细节上下一番功夫。不过，能画出这几株马鞭树的，肯定前途无量。”

伯根不能抢别人的功劳。

“马鞭树是达尔画的。”

塞丽·毕晓普心中虽不快，却仍和颜悦色地说：“达尔，伯根带着你一块儿学画多好呀，是不是。”达尔没吭声，但诺伊尔目不转睛地盯着他。

“卖身的奴仆？”诺伊尔问。

达尔点了点头。

“我买他了。”诺伊尔说。

“不卖。”伯根连忙说。

“其实，”塞丽好声对他说，“这个主意不赖。你不想发挥这份聪明才智吗？”

“是值得培养。”

“但卖身契，”伯根斩钉截铁地说，“不卖。”

塞丽沉着脸瞧着儿子，“凡是买来的东西，都能卖。”

“可是妈妈，一个人的心爱之物，不管别人出什么价钱，他都不愿卖的。”

“你是说爱？”

“你想得真下作，塞丽，”诺伊尔说，“他们不是明摆着是朋友嘛。你有时候是全世界最霸道的人。”

“你太善良了，诺伊尔。这个世界毕竟以成败论英雄，那才是女王。”

说完，两人哈哈大笑，出了门。

“是我不好，达尔。”伯根说。

“我习惯了。”达尔答道，“我和你妈妈一向处不来。我不在乎，这儿我在乎的只有一个人。”

两人你看看我，我看看你，笑了，接着就忘记了这个话题。毕竟在十四岁这个年纪，很多小事无非过眼云烟。

伯根二十岁的时候，他们这个阶层出现了森卡休眠药。

“太好了。”洛根·毕晓普说，“你知道它的意义吗？如果够资格，我们可以睡五年醒五年。那样的话，我们能再活一百年。”

“我们够格吗？”伯根问。

他的父母不禁哄然大笑，“当然啦，这小子竟然敢怀疑自己的父母不够格！我们当然够格，伯根！”

伯根忍住怒气。这段日子，他一般不冲父母发火。“凭什么？”他问。

洛根听出儿子话中带刺，他勃然变色，专横地指着伯根的胸口。“就凭你老子养活了五万人；就凭只要我关门停业，这颗星球都要遭殃；就凭我缴的税，比这个帝国另外五十个人加起来的还要多。”

“换句话说，就是你有钱。”伯根说。

“就凭我有钱！”洛根没好气地答道。

“好吧，如果你不介意，我要等到靠自己的成就取得资格，再去注射森卡，而不是靠我的父亲。”

塞丽笑了，“要是靠自己的成就，我恐怕这辈子都别想休眠！”

伯根瞪了她一眼，“要是这个世界还有公道，你这辈子都别想。”

这句话让伯根自己都感到意外，但母亲和父亲都没说话。和他说话的是达尔。那天深夜，他俩坐在一起，为各自的作品添上最后几笔——达尔画的是一幅小油画；伯根画的则是一幅气势恢宏、与壁画差不多的大作，画中是他心中自家的房屋，房屋画得小些，谷仓却很大，显得非常实用。他笔下的马鞭树也很美。

几个星期后，伯根悄悄跑出去交了考试费，在基本智能、创造力和抱负上考了足够的高分，取得了休眠三年醒五年的特权。他将是一名休眠者了。而且，他没靠钱。

“可喜可贺，儿子。”父亲见儿子能自力更生，自豪之情溢于言表。

“你是故意比我们早醒两年吧。我想，到时候你就会可着劲儿胡闹吧。”塞丽说，她的表情和话音都比以往更加刻薄。

一听说伯根要休眠，达尔只说了一句话，“请你先给我自由。”

伯根听了一惊。

“你答应过的。”达尔给他提了个醒。

“可我还没到法定年龄，一年之内我没那个权利。”

“你以为你父亲肯吗？或者说你母亲肯放过我吗？就因为一纸卖身契在身，他们就能阻止我画画，就能强迫我做任何事。他们可以让我擦桌子，让我赤手空拳地砍树。再说，你三年内都回不来。”

伯根着实觉得为难，“我该怎么办？”

“说服你父亲给我自由，或者别去休眠，等你满了法定年龄，亲自给我自由。”

“我不能白白浪费了这次休眠。一旦取得这个资格，你只能使用，再说每年的名额有限。”

“那你还是去说服你父亲吧。”

伯根软磨硬泡了足足一个月，洛根总算答应解除达尔的契约。但有一条，“五年内，剔除食宿，你百分之八十的收入归我们，或者付足我们八万。”

“父亲，”伯根表示反对，“你这是狮子大开口。反正我十一个月后也会恢复他的自由。八万是他原先卖身钱的十倍，再说你一个子儿工钱都没给过他。”

“我养了他二十年。”

“他没白吃你的饭。”

“没白吃？”塞丽打断了他，“他不过是在玩玩。陪你玩。”

达尔开了口。话很轻，但他们都住了嘴，听他说话。“如果我付给你们，我就没钱参加休眠资格考试了。”

洛根咬着牙，“那又有什么分别。要么接受条件，要么继续背着卖身契。”

伯根抬手蒙住了脸。塞丽笑了。达尔点了点头，说：“可以，但请你立个字据。”

话很轻，分量却重。洛根站起身，居高临下地看着坐着的达尔，“你说什么，小子？你说要毕晓普家的人与一个低贱的奴仆立字据？”

“我要白纸黑字。”达尔不紧不慢地说，沉着地面对洛根的愤怒。

“我一言既出，那就够了。”

“谁是见证？你儿子，他要休眠三年；你妻子，还不如一个十五岁的小仆人可信。”

塞丽倒吸了一口凉气，洛根的脸涨得通红，后退了一步。伯根吓坏了。“你说什么？”他问道。

“我要白纸黑字。”达尔说。

“你给我滚出去。”洛根答道，但话中却透着另一种情绪——痛心和背叛。伯根当然这样以为：妈妈默认了达尔的话，所以父亲心里不是滋味。

但达尔抬起头，微微一笑，望着洛根，“你以为，凡是你践踏过的土地，就会永远属于你吗？”

伯根听不懂，“他说什么，父亲？达尔说的是什么意思？”

“没什么。”洛根连忙说。

达尔不肯罢休，“你父亲，最喜欢和五岁的孩子玩一些奇怪的游戏。”他对伯根说，“我一直劝他带上你，但他始终不肯。”

双方嚷嚷了一个小时才罢休。洛根攥着左手，徒劳无益地捶着自己的大腿，塞丽则幸灾乐祸地数落着他，拿他的当众出丑寻开心。真正痛心的只有伯根，“这么些年，达尔，这些年都是这么过来的？”

“对你来说我是朋友，伯根，”达尔说，一时忘了称他勋爵，“但对他们来说，我是奴仆。”

“你从没对我提起过。”

“提了你又能怎样？”

最后离开时，达尔拿到了白纸黑字的字据。

伯根从第一次森卡中醒来，从休眠室里一位好心人口中得知，父亲在他离家几天后去世，母亲两年后死于情人之手。格罗夫星球上除了皇帝以外的最大一份产业，转到了伯根的名下。

“我不要。”

“你应该清楚，继承了它，”那位好心人说，“你就有五年休眠一年苏醒的特权。”

“你是说每隔六年，我只能活一年？”

“帝国以此体现一个大人物对国家经济的价值。”

“可我想画画。”

“那就画吧。不过除非你想去给父母扫墓，按政府审计员的说法，经纪人会把你的业务打理得井井有条，你可以回来接着享受你两年的权利。”

“我先要见一个人。”

“那就去见吧。三天之内，你可以随时回来入睡。超过这个期限，你就两年不得入睡，白白损失两年的休眠。”

起初两天，伯根千方百计地在寻找达尔·沃尔斯，直到最后想起，达尔仍受着他父亲的契约的束缚，这才找到了他——替伯根管理家业的人能找到他，因为达尔不时会寄一张汇票来履行百分之七十五的条款。

达尔打开门，一眼就认出了他，顿时喜出望外。“伯根。”他说道，“快进来。上次一别，已经三年了，不是吗？”

“是的吧，达尔，我觉得就像昨天。是昨天。这三年，你都做了些什么呀？”

达尔指了指公寓的四面墙。墙上挂着四五十幅油画和素描。足足有二十分钟，只听见伯根说“这幅，我喜欢这幅”和“你真了不起”之类的。伯根看完后，佩服得五体投地。他一屁股坐在地上（公寓内没有家具），与达尔促膝谈心。

“画卖得好吗？”

“不好。我暂时还没什么名气，但也有人买。最重要的是，皇帝已经下令所有的政府机关都要搬到格罗夫，连这个星球的名字都改成了首星。看样子，如果一切顺利，所有星球都将围着格罗夫这个政治中心运转，那意味着客户，意味着第一次，这座星球将被懂艺术而不是武力的奸商们填满。”

“士别三日，你学会长篇大论了啊。”

“我觉得自由多了。”

“我给你带了件礼物。”说着，伯根将解约合同递了过去。

达尔读着，哈哈大笑，又从头看了一遍，继而泣不成声。

“伯根，”他说，“你不知道，你不知道我有多难。”

“我能想象。”

“我没资格参加考试。天知道，我都没资格活下去。可现在——”

“我还没说完呢，”伯根说，“考试费三千，我也给你带来了。”他将钱递给朋友。

达尔拿着钱，沉吟一阵，又递了回去。“这么说，你父亲去世了。”

“去世了。”伯根答道。

“请节哀。你肯定没想到吧。”

“你不知道吗？”

“我不看报纸，又没手机，我汇出去的钱也从没退回过。”

“经纪人以为合同就是合同。他们满以为我父亲在遗嘱中不会给卖身的仆人自由。”

回想起那个男人，两人不禁苦笑——达尔一别三年，而伯根昨日还见过他。

“你母亲呢？”

“她没得好死。”伯根答道，语气中透着情绪。达尔握着他的手，“我惹你伤心了。”这次流泪的是伯根。

“幸好还有你，我的朋友。”伯根最后说。

“我也有同感。”达尔答道。

这时候，门开了，一名怀抱着不满周岁的孩子的女人走了进来。见到伯根，她吃了一惊。“来客人啦，”她说，“您好，我叫安达。”

“叫我伯根吧。”伯根说道。

“我朋友伯根。”达尔为他们做了即时介绍，“我妻子安达，这是我儿子伯根。”

安达微微一笑。“听他说你聪明漂亮，所以我们给儿子取了你的名字。他说得没错。”

“过奖，过奖。”

此后的交谈其乐融融，却不像伯根期望的。不会有玩笑、笑话、开心的荤段子，以及伯根和达尔多年来毫无忌惮的互相拆台了，有那些的时候，都没有安达。所以他们暂且不提友谊——伯根心中有一种空荡荡的感觉。达尔拒不肯收他送的考试费，只收下了给予他的自由。他要与安达分享这份自由。

伯根返回休眠室，消费他继承到的新特权。

等他再次醒来，一切都变了。随着格罗夫改称首星，建筑业一派繁荣。伯根的公司也不甘落后。

伯根开始意识到，现在的规划缺乏远见，毫无章法。建摩天大楼远远不够，首星将成为几百颗星球、数十亿人的首都和贸易中心。他意识到，这座星球本身，终将发展成一座巨型城市。于是他着手相应的规划。

他安排建筑师设计一座占地一百平方英里，可容纳五千万人以及有相关配套的轻重工业、商业和交通通信设施的建筑。这座建筑的屋顶必须足够坚固，不仅能实现登陆飞艇的起降，还要能克服这些巨大的星际飞船的自重。光设计就得花费数年时间——他给他们定了一个明确的期限，即下次醒来的那一天。

这一年余下来的时间，他四处奔走，游说政府采纳他业已初具规模的方案作为总体规划。随着人口的激增，整座星球将采取一体化的设计，城市之间地连地、天连天，构成一座连贯完整的星球城市，头顶是一座太空港，根基深植于地表。到这年将尽的时候，他一举成功——几乎所有的合同都落到了伯根·毕晓普公司的囊中。

不过，他没忘了达尔。他通过他的作品找到了他，他如今已小有名气。可惜，两人见了面又不知从何聊起。

“伯根，如今谣言四起，满城风雨。”

“见到你真高兴，达尔。”

“人家说你恨不得铲光这个星球的土，在上面套一个钢套。”

“是零星地开发。”

“人家说它们终将连成一片。”

伯根耸了耸肩，“还会保留大片的公园，也有不少未开发的保留地。”

“留待人们日后开发，对吗？开发的一向都是保留地。”

伯根有些不快，“我是来跟你聊聊绘画的。”

“那就聊吧，”达尔说，“请指教。”说着，递给他一幅画，画中是一个钢铁怪物，仿佛田园里的一块疮疤。

“真难看。”伯根看了说。

“这就是你要建的城市，我是根据设计师的图纸画的。”

“我要建的城市哪有这么丑。”

“我明白。艺术家的本分是突出美，丑化丑。”

“帝国总得有一座首都。”

“帝国有必要存在吗？”

“你怎么了，这么怨气冲天？”伯根关切地问，“这么多年，世人不都在破坏各个星球吗？你怎么了？”

“没怎么。”

“安达呢？你儿子呢？”

“谁知道？谁在乎？”达尔走向一幅画着落日的画，一拳插了进去。

“达尔！”伯根喊道，“别！”

“这是我的画，只要我愿意！”

“她为什么离开你？”

“我没过资格考试。一个能带她休眠的家伙向她求婚，她答应了。”

“你怎么会过不了资格考试？”

“他们没能力评判我的画。等你到了二十六岁，要求要高得多。非常非常高。”

“二十六岁，可我们只有——”

“你只有二十一，我却二十六了，老得更快。”达尔走到门前，一把打开，“你走，伯根。我很快就要死了。按你的年月，不出几年，我就会变成一个一文不值的老头，所以请你别再费心来看望我。去吧，趁还有利可图，去折腾这个星球吧。”

伯根伤心地出了门，不明白达尔为什么突然这么恨自己。如果达尔两年前收下伯根的钱，他就可以参加考试，那时候还能通过。这是他自己的错，不怪伯根，因此怪罪伯根不公平。

第三次醒来，伯根没去看望达尔，一想起那些酸溜溜的话，他就觉得刺耳，伤心不已。他要集中精力建设他的城市。参与建设的工人多达五十万，十几座城市在同一时间拔地而起。没有开发的土地还有很多，可惜市内的建筑建得太高，挡住了风，所以马鞭树都死了。有谁知道，树种只能从离地一米的地方落进土壤，要是风力太小吹不动树，种子就会落得太远，摔碎、死掉呢？不出五十年，最后一棵马鞭树也将灭绝。到那时再要为它采取措施，恐怕为时已晚了。伯根为马鞭树感到痛心。他很难过。这些城市已经人满为患，星际飞船已经往来于这个宇宙中唯一一座规模够大且够坚固的太空港：开弓没有回头箭。

等到第四次醒来，伯根获悉自己已经晋级到醒一年、睡十年这个等级，他也意识到，如果达尔还注射不了森卡，应该已经四十五六了，等自己下一次醒来，他恐怕已是一个老人，而伯根还是二十五六的年轻人。他突然后悔不该疏远达尔这么久。森卡真是个古怪的东西，它断绝了你与别人的来往，让你置身一个不同的时光流。伯根发现，要不了多久，他认识的人，恐怕只有与他处在同一休眠等级的人了。

那些老朋友，他多半不在乎，在第一个休眠期失去双亲，他也挺了过来。但达尔不同，在醒来的这三年他都没见过达尔，他想念他。在那之前，他们一直亲密无间。

他只问了一位儒雅之士有没有听说过达尔·沃尔斯，就找到了他。

“这不是在问基督徒有没有听说过耶稣吗？”那人笑着说。

伯根既没听说过耶稣，也不知道基督徒，但他明白了个中道理。他在一间大工作室找到了达尔。工作室位于茫茫旷野，四周绿树掩映，不见远处东一座西一座地散落着的八座城市。

“伯根。”见到他，达尔喜出望外，“想不到我们又见面了！”

伯根诚惶诚恐地望着眼前的人，他儿时的朋友。伯根仅仅长了四岁，达尔却过了二十年，其中的区别大得惊人。达尔发了福，留着大胡子，面带笑容，身材结实，令人过目不忘（这不是达尔！伯根心里犯起了嘀咕）。达尔春风得意，一脸的亲切，看样子也很幸福，但伯根下意识地将眼前这个人视作一位老人，不敢放肆。

“伯根，你还是老样子。”

“你也没变。”伯根说着，挤出一丝笑容，仿佛自己没说假话。

“请进，请进。看看我的画，我保证不挡着。我妻子说我能挡住一面墙，我太胖了。我告诉她，只有长得高高大大，我才能把钱都揣在裤腰带上。”说完，忍不住哈哈大笑。这时，从工作室内闪出一个中年女人。

“你害我打翻了蛋糕，砸碎了玻璃杯，你干吗不再大点声，把屋檐的鸟巢也给震下来算了！”她喊道。达尔仿佛一头发情的棕熊，又亲又吻地把她拖了过来。

“伯根，见见我妻子。特蕾芙，这是伯根，我的朋友，他的到来让我看到了从前的希望，好帮我完成最后一个未了的心愿。”

“不给你买新衣服。”特蕾芙发了一句牢骚，“你可别提什么未了的心愿。”

“我娶了她，”达尔说，“因为我需要一个能提醒我自己是个多么糟糕的画家的人。”

“他可棒了，无人能及。虽然伦勃朗不时还萦绕在我们的脑际！”特蕾芙轻轻地捶了一拳达尔的胳膊。

真受不了，伯根心想，达尔什么时候成了这么欢快的人？这个对我气度不凡的朋友如此放肆的女人是谁？这个满面笑容、冒充艺术家的胖子又是谁？

“我的作品。”达尔突然说，“来看看我的作品。”

静静地沿着挂满油画的四壁，伯根才明白，这的确是达尔。千真万确，身后的声音还是那么欢快，有着中年男人的磁性。这些油画，一笔、一画、一抹，都出自达尔的手笔，无不出自毕晓普家那段低人一等的苦痛经历，但现如今，却饱含着画中那种从未曾有过的从容和宁静。但望着这些画，伯根意识到这种从容深藏已久，只等着有人来开发它。

这个人无疑是特蕾芙。

午餐桌上，伯根红着脸向特蕾芙承认，没错，这些城市就是他建的。

“效率很高。”简单的一句话打消了伯根的尴尬。

“我妻子讨厌这些城市。”达尔说。

“我记得你也不喜欢吧。”

达尔嘴一咧，接着又想起了口中的饭，咽了下去。“伯根，我的朋友。我才不为这些事儿劳神操心呢。”

“你就得了吧，”他妻子打断了他，“这些事儿再猛烈些才好呢，能承受住你那分量。”

达尔笑着一把将她揽在怀里，“我吃饭的时候，你就别提我的体重啦。苗条的女人，你的话糟蹋了一顿美餐。”

“这些城市难道没给你添过堵？”

“这些城市真丑。”达尔说，“不过我把它们当作一个大污水处理厂。一个只能安置一千五百万人口的星球，却一下挤进了一百五十亿，总得要个地方处理污水吧。所以你建了这些庞大的钢铁大楼，扼杀了生长在背阳处的树木。我有伸手阻挡这股风潮的能耐吗？”

“你当然能。”特蕾芙说。

“她把我奉若神明，可我没那个能耐，伯根。我不与这些城市为敌。城里人买我的画，供我过上奢华的生活，画出优秀的作品，娶了这位美若天仙的妻子。”

“我要是那么漂亮，你干吗从不画我？”

“我画不出。”达尔说，“我画格罗夫。我画从前的它，他们扼杀了格罗夫，然后把这具躯壳命名为首星。这些画将流传千古。见过它们的人终有一天会说，‘世界应该是这模样的。不是钢铁、塑料和人造木头构成的通道。’”

“我不用人造木。”伯根分辩说。

“那是迟早的事。”达尔答道，“树都快绝种了，星际运输木材的费用高得惊人。”

伯根问了那个一直想问的问题，“听说他们给你注射森卡了，有这事儿吗？”

“事实上，他们想来硬的，拿针扎进我的胳膊。喏，就是这儿，我只好抄起一个画框把他们轰了出去。”

“这么说，你真的拒绝了？”伯根将信将疑地问。

“拒绝了三次。他们喋喋不休地说，我们让你睡上十年，我们让你睡上十五年。可是谁想入睡？我难道能在梦中画画不成？”

“可是，达尔，”伯根抗议道，“森卡给人以永生。我现在的等级是睡十年醒一年，也就是说，当我五十岁时，这个世界将过了三百年，整整三个世纪！接着，我还能再活五百年。我将见证帝国的兴衰，我将看到未来几百年里艺术家的杰作。我将打破时间的禁锢——”

“时间的禁锢，好词。你已经心醉神迷。我恭喜你，我祝福你，睡吧，安睡吧，愿你从睡眠中求仁得仁……”

“财主的祈祷。”特蕾芙补充了一句，说完，笑着为伯根的盘中添了几勺沙拉。

“可是，伯根，当你如水漂儿般飞起，蜻蜓点水般划过水面，偶尔触及却不会弄湿；当你忙着飞过水面，我会去游泳。我喜欢游泳，它让我湿透，让我尽兴。等我死了——那时你肯定还不到三十——我的画将流传于世。”

“间接的永生总是差强人意，不是吗？”

“我的作品是否差强人意？”

“那倒没有。”伯根答。

“那就吃掉我的食物，再看看我的画，然后回去接着建造那些庞大的城市，直到全世界都置于屋顶之下，直到这颗星球如同星星一样在太空中闪耀，那其中也有美的存在。届时，你的作品也将永垂不朽，像你一样，永存于世。可是，告诉我，伯根，你现在还有时间到湖里裸泳吗？”

伯根哈哈笑了，“我很多年都没裸泳了。”

“我今早刚游完。”

“你这个年纪？”伯根问，但话一出口就后悔了。他不是怕达尔不爱听——他似乎也没听出来。伯根后悔说这句话，是因为怕他们连朋友都做不了了。那个在他的画中添上漂亮马鞭树的达尔如今已上了年纪，接下来的几年，他会变得更加苍老，两人的人生恐怕再难有交集。只有特蕾芙像个朋友一样与他打趣。伯根意识到，我到现在还在建设城市。

晚上作别时，他们依然开开心心，其乐融融，达尔（一本正经地）问：“伯根，你还画画吗？”

伯根摇了摇头，“我没空。不过说句实话，要是我有你的天分，达尔，我会挤出时间的。可惜我没那个天分。从来没有。”

“你错了，伯根。你比我有天分。”

伯根看着达尔，明白他是认真的。“别那么说，”伯根激动地说，“如果我相信，达尔，你说我能过上我该过的人生吗？”

“唉，老朋友，”达尔说着，笑了，“你让我伤心，非常伤心。还像我们小时候一样拥抱我吧。”

他们拥抱在一起，然后伯根出了门。他们再也没见过面。

伯根目睹首星从南极到北极蒙上了一层钢铁，连几个大洋也一一被蚕食，最后只剩下几个小池塘。他曾登上一艘游轮，从太空遥望这个星球。它闪闪发光，漂亮极了，如同一颗星星。

伯根算得上长寿，还见证了一些其他的东西。有一天，他信步走进一家古玩店。店里陈列的一幅画，他一眼就认了出来。油彩有些斑驳，也褪了色，但这是达尔·沃尔斯的作品无疑，画中还画着马鞭树。伯根问店员，“是谁把这幅画搞成了这副模样？”

“这副模样？先生，您知道这幅画的年代有多久远吗？七百年，先生！它保存完好。是一位伟大艺术家的手笔，一千年才出一位的大家，要将画完好无损地保存几百年，恐怕谁也没那个本事。你还指望什么，奇迹吗？”

伯根发现，在追求长生不老的过程中，他的收获出乎意料。不仅他的朋友离他而去，都已作古，这些年来，连他们的作品（以及所有的人类作品）都灰飞烟灭。有些已经化为尘土，有些刚露出第一道裂纹。但伯根长命千岁，见到了宇宙一贯隐瞒人类的一幕：不可逆转的堕落和衰败。

这个宇宙是逐渐瓦解的，伯根望着达尔的画说。就为了明白这个道理，值得付出那么大的代价吗？

他买下了那幅画。在他有生之年，画就化作了碎片。

十四

归零

Second Chance

从七岁那年起，贝姐就感觉到了束缚，虽然她直到二十二岁才真正明白。羁绊其实非常脆弱，在其他人眼中，多半会认为它根本不存在。

她出生前几个月，父亲因一次诡异的地铁事故致残，政府用一笔抚恤金把他打发回了家。

母亲心地虽好，但反复无常，一会儿一个主意。

要不是贝姐（责无旁贷地）担负起照顾弟妹、父母和自己的责任，在这个纷乱、消沉、没有主心骨的家中，几个弟弟妹妹说不定早就被这个井然有序的社会抛弃了。

恐怕谁都不会答应一放学就得回家，从没机会呼朋唤友，不能在一眼望不到尽头的长廊里不管不顾地放松一回，毕竟，多数中产阶级的少男少女都是这么干的。放学后，贝姐只能回家，做作业，做晚饭，陪妈妈说话（不妨说是听她唠叨），帮弟弟妹妹解决难题，挑起这个家的重担。那时候，父亲还不肯承认自己残废了，他自称还有两条腿，或者不曾失去过，自己还是一个有用的人。（“我生下了五个小兔崽子，不是吗？”他一再说。）

事事都那么艰难。贝姐爱学习，也算得上是个天才——她一门心思地想着上大学，并且真的上了，因为她得了一笔奖学金。按照她妈妈的信条，不要钱的东西，不拿白不拿。

在大学里，贝妲碰到一个小伙子。

他也算得上是个天才——虽然是个怪才。贝妲从没见过他那样的人（她不知道自己还不了解人家），不过，他们从将动物学基础课堂解剖的标本打成包，到待在一起，一块儿静静地复习迎考，最后进入了热恋。

他们没牵过手，没尝过接吻的滋味，没有趁黑偷偷抚摸过对方的身体。

贝妲说不出那是什么的滋味，自己是不是想要（她一直想象着母亲与一个没腿的男人做爱的情景），再说也不清楚艾伯纳·杜恩有没有想到过性。

后来大学毕业，拿了文凭。她学的是物理，他学的是公共事务，两人各奔东西，转眼过了几个月，她满了二十二岁，突然明白了自己没有自由这一事实。

“你打算去哪儿？你大学毕了业，不必再上学了，对吧？”妈妈哀怨地说。

“我想出去走走。”贝妲答道。

“可是贝妲，你爸爸需要你呀。你知道，你在家的时候，他才开心。”

这句话不假。贝妲一直奔走在这个三间卧室的公寓里，但直到毕业将近一年后的这一天，她才如梦方醒。

“艾伯纳。”她说，与其说是高兴，不如说是意外。她险些忘了他。是的，她还险些忘了自己有一张大学文凭。

“贝妲，好久没见了，我想看看你。”

“好呀。”说着，她转身面向他，但心里明白，即使这样，自己的模样也挺吓人，“你看吧。”

“你看上去糟透了。”

“你不也是，”她说，“活像一个忘了解剖的标本。”

他们哄然大笑。昨日的时光，老把戏。他约她出来，她没答应；他请她出来走走，她忙得脱不开身。自从他进屋，她父亲已经第五次把她叫出了门，他才决定结束这次会面。没等她回来，他就离开了这套公寓。

她感觉比以前更加身不由己。

日子一天天过去，随着其他几个孩子长大成人（结婚的，没结婚的，但都出去自立门户了），每天的事都不重样儿，但回首往事，贝妲认为日子没什么两样，丰富多彩这个幻觉不过是她为避免自己发狂而自欺欺人罢了。到最后，贝妲二十七岁了，还是一个老姑娘，孑然一身，几个弟妹都出去单过了，只有她一个人在家陪着父母。

这一天，艾伯纳·杜恩再次登门拜访。

他也没注射森卡休眠药，她喜出望外地打了个招呼，将他领进客厅。家具还是那套破旧的家具，只是更破；墙还是从前的颜色，只是更脏；她还是从前的贝妲·海蒂斯，只是更疲惫。他落了座，仔细地打量着她。

“我还以为你这会儿在休眠呢。”她说。

“大家都这么以为。不过，光靠睡觉，有些事是没办法解决的。我要等时机成熟再用休眠药。”

“要等到什么时候？”

“到我统治了这个世界。”

她听了哈哈大笑，认为这不过是句玩笑。“等他们发现我妈妈是遭吉普赛人拐卖、被太空海盗收养的失散已久的女儿，说不定要把我推上女皇的宝座呢。”

“我打算在一年之内休眠。”

她这回没笑，只是仔细地打量着他，看到了烦恼、缠身的事务，兴许还有无情，在他脸上刻下的痕迹。他的眼睛更加深邃，越发难以揣测。“你看上去像快要淹死了。”她说。

“你看上去像已经淹死了。”

他伸手抓住她的手。她没想到——他以前从没那样做过。但他的手温暖，干燥，平滑，结实——恰如她心目中的男人的手的触感（不像他父亲那双爪子）。她没有抽开。

“上次来，我看出了你的处境。”他说，“我一直在等你了无牵挂。你最后一个心爱的兄弟姐妹上周已经远走高飞，你的家务事应该都安排妥当了。现在，你肯嫁给我了吗？”

三个小时后，在这个表面上看得过去的公寓内（仅仅是表面上——四壁照原样画了电脑和家具），他们正要切入正题，她却摇了头。

“艾布，”她说，“我不能。你不懂。”

他露出关切的神色，“你大概想要一纸文书吧。对大家来说，这都稳妥些。不过，如果你要一切从简——”

“你不懂。直到你来到我家的五分钟前，我还在祈求那样的好事，只要能让我脱身就行。”

“那为什么不脱身？”

“可惜我忘不了我的父母。我母亲，她生活不能自理，更别说还有我父亲，我父亲千方百计地支配每一个人，只有我能安抚他，给他快乐。他们离不开我。”

“你怕别人觉得你迂腐。我也是。”

“也不尽然。”说着，她抬手指了指那些首饰，说明他是个有钱有势的男人。

“你说这个？其实，贝妲，这是一个更加宏伟的计划的一部分，一条通往康庄大道的捷径。我邀请你共享。”

“你和那些少男少女一样，是个多情的小傻瓜。”她笑着说，“与我同享，说什么呢。你凭什么认定你爱我？”

“就凭——贝妲，就凭一直以来，连梦都不能给我的温情。”

“女人从来不值钱。”

“而贝妲无价。”他提醒她，说着，伸手去摸她，仿佛她从没被男人碰过，她抓住他的手，仿佛从没拉过别人。接下来的两个小时，每一件事，每一个动作，每一个微笑都那么新鲜。

“别，”他正要调动起她的兴致，她却轻声说，“请别。”

“凭什么，”他轻声问，“凭什么就不行。”

“因为要是那样，我就一辈子离不开你了。”

“太好了，”说着，他又开始动手，但她却躲了开去，溜下了床，穿起了衣服。

“你扫兴透了，”他说，“怎么了？”

“不行，我不能丢下父母不管。”

“你说什么呢。他们就那么可爱，对你那么好吗？”

“他们离不开我。”

“见鬼，贝妲。他们都是大人了，能照顾好自己。”

“我七岁那时候，他们兴许还能，”她说，“可到我十二岁，他们已经不能了。我是他们的指望，我能做到。所以他们不再是成年人了，艾布。我不能一走了之，眼看着这个家破了却坐视不管。”

“能行。你要是知道自己不行，还不急疯了。我能助你取得森卡，贝妲，现在就能。我有办法让你休眠五年，等你一觉醒来，他们早就学会了自理，到时你可以去看他们，就会明白一切都好。”

“你拿得出那笔钱吗？”

“在这个可爱的小帝国，只要有权，钱无所谓。”艾伯纳·杜恩答道。

“等我一觉醒来，他们恐怕已不在人世了。”

“也许吧。那他们就更不需要你了。”

“我会永远良心不安，艾布，我会想不开的。”

但艾伯纳·杜恩巧舌如簧，说动了她。不久，她就躺在一张带轮子的手术桌上，戴着一顶头盔，录制她的记忆。她的一切记忆、个性、希望、恐惧，都一一记录在案，存入一盘磁带。艾伯纳·杜恩把它拿在手里掂来掂去。

“等你一觉醒来，我会把这个重新输入你的大脑，你甚至都注意不到注射过森卡。”

她紧张地笑了笑，“现在发生的一切，森卡都会抹去，是吗？”

“一点不假，”杜恩答道，“我可以非礼你，做出各种下流的勾当，而等你醒来，仍认为我是一位绅士。”

“我可从没有过这种想法。”她说。

他笑了，“我送你去休眠吧。”

“那你呢？”她问。

“我不是说过吗，我还要再等一年。等我醒来，我比你长一岁，不管有没有那纸婚书，我们都将一道开启新的人生，不好吗？”

但她哭了起来，逐渐泣不成声，最后歇斯底里。他抓住她，拼命地摇她，想明白她为什么哭，想明白自己到底做错了什么。可她却说，“不为什么，不为什么。”

最后，他拿出一剂森卡（但谁也不得私藏森卡，这是法律！），一针扎向她，要将她放倒在桌上。她挣脱身，退到了屋子的另一头。

“不行。”

“为什么？”

“我不能抛下父母，一走了之。”

“你有自己的人生！”

“艾布，我不能那么做！你难道不明白吗？爱不仅仅是喜欢，我并不爱我的父母。但他们相信我、依赖我，我是他们的依靠，我不能一走了之让他们自生自灭。”

“你当然能！谁都能！这不正常，他们为你做过什么？你有权过自己的生活。”

“谁都可以，唯独我不行。我，贝妲·海蒂斯，是一个不能只顾自己的人，我就是这种人！如果你想找那样一个人，请另就高明！”她一头冲出公寓，跑到地铁站，回到家，带上门，扑在沙发上抽泣，一直哭到父亲在另一间卧室没好气地喊她。她走了进去，爱怜地抚摸他的额头，直到他入睡。

弟弟妹妹们都在家的日子，贝妲还能借口说生活多姿多彩，如今却没了托辞。现在她是他们生活中唯一的中心，渐渐被拖得身心疲惫。起初是没完没了的家务和卸不去的压力（但她变得更加坚强，更快地适应了新生活，最后明白自己根本没有其他出路），到后来完全是出于孤独，即便她的耳根从未清净过。

“贝妲，我在绣花呢，人家都待在富丽堂皇的房子里，用真棉布绣，可说归说，靠你父亲的那点抚恤金，咱们又买不起。你瞧，我绣的这朵花儿漂亮吗？要不是一只蜜蜂？谁说得清呢，花和蜜蜂我都没见过，可你难道看不出这是一朵漂亮的花儿吗？谢谢你，亲爱的，这是一朵漂亮的花，对吧？人家待在富丽堂皇的家里用真棉布绣呢，可惜靠你父亲的那点抚恤金，咱们家绝对买不起，对吧？所以这是化纤布。这就是刺绣，你能看看我绣的这只可爱的蜜蜂吗？可爱吗？谢谢你，贝妲乖乖，你真有办法，能让我高兴。我绣花呢，你瞧。哦，亲爱的，是你父亲在叫人吧。我得去看看——哦，还是你替我跑一趟吧，谢谢你。要是你不介意，我还是坐在这儿绣花好了。”

进了卧室，是令人窒息的静默。一声痛苦的呻吟。在床单和毛毯下，从髋部生出的两条腿陡然（从胯下不到两厘米的地方）而断，余下的一截床平坦、光滑，就像没有人睡过一样。

“还记得吧？”看着她替他摆好枕头，端来了药，他嘟嘟哝哝地说，“你还记得达尔夫三岁那年吧，他走进来说，‘爸爸，你应该睡我的床，我睡你的，因为你和我一样矮。’真是个傻小子，我提起他抱了一抱，恨不得勒死那小兔崽子。”

“不记得了。”

“科学什么都能解决，却偏偏治不了一个男人，让他失去了双膝和腿，连他妈的胆子都没了。但偏偏留下一样，谢天谢地，就一件。”

她不愿替他洗澡。地铁在铁道口从他身上斜压了过去。如果他被带翻一个身，恐怕要拦腰截成两段，当场死于非命。他被齐根轧断了大腿，肠胃紊乱，大小便失禁，腿不过是一块骨头。“不过他们留给我的也够用了，”他得意地指出，“够我生儿育女。”

日子一天天地过，没有个头，贝妲都不愿想艾伯纳·杜恩，不愿承认她一度有机会抛下家人（那样该有多好），过上自己的生活（那样该有多好），逍遥自在一阵子（要是我没有——不行，不行，我不能那样想）。

后来有一天，贝妲出门购物，母亲打算做一盘沙拉，结果刀割破了手腕，她显然忘了紧急呼救按钮只在几米开外，因为贝妲还没到家，她就流血而死，一丝惊讶和意外僵在了她的脸上。

贝妲那年二十九岁。

没多久，父亲开始旁敲侧击，说什么一个男人的性欲并不因为不用而消减，反而会增加。她咬着牙，没搭理他，终于在一个夜里，他也死了。医生说这不过是时间问题，那次事故已经严重地毁了他的身体，说句实话，要不是护理得这么细致，他也活不了这么久。你应该自豪才是，姑娘。

这一年，她三十。

她一个人坐在空荡荡的客厅里。父亲的抚恤金继续发放——政府对交通部门的事故受害者还算厚道。她直勾勾地盯着门，想不明白自己为什么一直渴望着离开。可话又说回来了，到了外面，自己究竟能干些什么呢？

四壁仿佛囚笼。父母卧室的平板床还是父亲终日躺在上面的样子，至少从他截肢往下的部分还是。但等她发现自己将毯子卷成两条腿的形状，放在从没出现过两条腿的地方，她突然意识到自己要发疯了。

她收拾了仅有的几件行李（其他的都是父母的，而他们已不在人世），出了公寓，去了附近的殖民接待室，因为她实在想不出如何了此残生，不如一走了之，去一个殖民地，工作到死为止。

“请问姓名？”柜台后的那个男人问。

“贝妲·海蒂斯。”

“这是你迈出的精彩的一步，海蒂斯小姐——未婚，是吗？殖民是帝国为打赢这场战争而定的新战略。通过和平演变，你懂的。你说你叫海蒂斯？这边请。”

你说你叫海蒂斯？他为何面露惊讶的神色？那么兴奋（或者说惊慌）？她跟着他进了一条走廊之隔的屋子，这间屋子舒适、便利，只有一扇门。门口立着一名警卫，她战战兢兢地想，肯定是搞错了，妈咪宝贝想控告她，她是冤枉的。可是，你又该怎么向自认从不出错的人证明清白？

这一等就没个头——两个小时——直到有人开门，她险些崩溃。她自以为险些崩溃，但在推门进来的一位不偏不倚的旁观者眼中，她显得相当镇定——多年前，她就学会了不论遇到多大的难关，都要镇定自若。

可惜进门的不是一位不偏不倚的旁观者。是艾伯纳·杜恩。

“你好，贝妲。”他说。

“天哪，”她答道，“我的天哪，我非得受这样的惩罚吗？”

不知怎么的，他板着脸，上下仔细打量了她一眼。

“他们把你怎么了，小姐？”

“没怎么。让我出去。”

“我想和你谈谈。”

“我几年前就忘了！我全忘了！别让我再想起来！”

他靠着门，看上去又惊又喜——惊讶的是她说得急切，语气却不动声色，身板挺直，看不出她的慌乱；喜的是她是贝妲，还是那个他多年前爱过，心甘情愿与她分享自己的梦想却又没成功的女人。但眼前的她，已经判若两人。

“我休眠了几年，”他说，“这是我第一次醒来。我要他们加强监测，一旦你的名字申请殖民，就向我发一个暗号。”

“你凭什么认定我会申请？”

“你的父母终有一天要离开人世，一旦他们不在人世，我知道你走投无路。走投无路的人都会去殖民地，总好过自寻短见。”

“求你放了我，你就不能宽恕我的过错吗？”

他急切地说：“过错？你刚才说的是过错吗？你后悔了？”

“后悔了！”她尖着嗓子，不安地说。

“那好，苍天在上，我们再续前缘吧。”

她没好气地瞧着他，“再续前缘，怎么可能！我已经成了一个怪物，杜恩先生，不再是那个小姑娘，而是个能任劳任怨服侍别人的机器人，不再是一个你说什么我就怎么做的女人。事已至此，无可挽回。”

他伸手从口袋里掏出一盘磁带。

“你不如，现在就注射森卡，抹掉一切记忆。我再把这个输回你的大脑，等你醒来，会认为自己打定主意，没有回到父母身边，你原本就一心愿意和我在一起。到那时，你还是你，没有变，只有最近几年的记忆都被抹掉了。”

她坐着，一时想不明白。接着，她声嘶力竭地说，“对，对，快些。”他领着她进了一间录制和输入室，里面的人存储了她的记忆，用森卡送她休眠，在药物的作用下，她的记忆荡然无存。

“贝妲。”一个声音轻柔地说。她醒了，赤身裸体，汗涔涔地躺在一张陌生的手术台上。但那张脸和声音却那么熟悉。

“艾布。”她说。

“五年了。”他说，“你父母都已去世。他们得到善终，很幸福。你的选择没有错。”

意识到自己赤身裸体，做了这么些年的老姑娘，她顿时满面通红。他伸手抚摸着她（那晚差点第一次做爱的情景依然记忆犹新——不过才几个小时前的事——她有了反应，她打定了主意），她不再难为情。

他们进了他的公寓，纵情地缠绵，在温柔乡里陶醉了几天后，她最终承认自己良心不安，如芒在背。

“艾布，艾布，我梦见他们了。”

“谁？”

“父亲和母亲。你说过都过去几年了，我也明白，但仍觉得仿佛就在昨天，丢下他们不管，我心里过不去。”

“终有一天会过去的。”

可她却偏偏过不去。她时常想起他们，愧疚折磨着她，令她夜不能寐，与艾伯纳·杜恩缠绵的时候，仿佛一把尖刀扎着她的心，在她做着自小就希望能做的各种事情的时候，痛苦折磨着她。

“哦，艾布，”醒来后的第六天晚上，她抽抽搭搭地说，“——艾布，只要能解开这个结，叫我做什么都行！”

他一愣，定定地问：“你说的是……”

“不，不，艾伯纳，你知道我爱你。自从我们第一次见面，我就爱上了你，至死不渝，甚至从还不知道你的存在时，我就爱上了你。你还不明白吗？我是在恨自己不争气！抛弃我的家人，我觉得自己如同一个懦夫，一个叛徒。他们离不开我，我心里清楚，我知道我抛下他们的时候，他们有多可怜。”

“他们快乐得很，始终没注意到你不在。”

“那是假话。”

“贝姐，求你忘了他们吧。”

“我忘不了。我为什么偏偏就不务正事儿？”

“什么是正事？”他一脸惊恐。（我在害怕什么？）

“陪着他们。他们没几年活头了。如果我陪着他们，如果我陪他们度过最后几年，那么，艾布，我也能心安。哪怕那几年他们饱受病痛的折磨，我心里也能过得去。”

“你就心安理得吧，因为你的确陪着他们。”

接着，他一五一十地，向她托出了一切。

她默默地躺着，一动不动地盯着天花板。

“这么说，一切都是虚构的了？实话实说吧，我就是一个可悲的老姑娘，待在父母家里一天天烂掉，直到他们大发慈悲地死了，我却没胆量自我了断——”

“荒谬——”

“就是个被一个枉费苦心，喜欢扮演上帝的男人救出苦海的可怜虫。”

“贝姐，想想好的方面吧。你既陪着父母走到了人生的终点，尽到了义务，又能够继续自己的生活，不被痛苦的记忆所裹挟。你不必非得成为原先的你。”

“我就那么讨厌吗？”

他本想对她撒个谎，但想了想，忍住了。“贝姐，在移民事务部办公室第一眼见到你，我险些哭了。你面无人色。”

她抬手抚摸着他的脸颊、他的肩膀，“你救了我，让我免受自己错误的惩罚。”

“你要是那么想就太好了。”

“不过，这里也存在矛盾。让我们理性些，我们暂且管那个决定陪父母的女人为贝妲A。照你说的，贝妲A实际也留了下来，疯了，她选择去移民地，将自己的一时糊涂埋在心底。”

“可事情并不是那回事——”

“是那么回事，听我说。”贝妲镇定、认真地说，他没再吭声，“但贝妲B，却打定主意抛下父母，和艾伯纳·杜恩在一起，追求幸福。可她良心不安，最后发了疯。”

“可并不是那回事——”

“不，艾布，你不是我，你不懂，根本就不明白。”她声嘶力竭地说，“躺在你身边的这个女人，这个女人是贝妲B。这个女人抛下父母，没有履行自己的承诺……”

“你都在说些什么呀，贝妲，你听我说——”

“我不记得帮过他们。他们一下子……就没了。我抛弃了他们……”

“不，你没有！”

“在我的记忆中，抛弃了！艾布，而我现在，就活在这一记忆中！你说我陪过他们，但我不记得，所以就不是真的！那个选择，真正的贝妲做出的选择，陪着他们。因为，真实的贝妲的存在靠的就是那些记忆！哪怕它们苦不堪言。”

“贝妲，何止是苦不堪言！它们毁了你！”

“但它们毁的才是我！是我，那个做出她自认为理所应当的选择的贝妲！”

“这算什么，旧式的信仰？你有机会幸免于错误的自杀倾向，还有机会获得幸福，见他妈的鬼！分出一个贝妲，这又有何分别？我爱你，你也爱我，小姐，这才是真理！”

“可是艾布，不做我自己，我还能是谁？”

“你听我说，你答应的，满口答应。你答应让我抹去这些年的记忆，等你醒来，答应与我相伴，仿佛那些痛苦压根儿没发生过。你是自愿的！”

她没有吭声，只问了一句，“他们送我休眠的时候，存了我的记忆了吗？他们如实记录了吗？”

“是的。”他说，心里明白她要说什么。

“那么，请为我注射森卡，再用那盘磁带叫醒我，送我去随便哪块殖民地。”

他盯着她。他爬起身，不敢置信地盯着她，打了个哈哈，“你明白自己在说什么吗？你等于是说，上帝啊，请把我放出天堂，送进地狱吧。”

“我清楚得很。”说着，她不住地颤抖。

“你疯啦，你这是得了失心疯，贝姐。你知道我冒了多大的风险，经历了多少磨难，才把你带到这儿来？我违反了关于森卡的一切法律——”

“你不是统治着这个世界吗？”

她反唇相讥？

“我的确是暗箱操作，但只要稍有不慎，随时可能败露。为了你，我知法犯法——”

“这么说，我欠你一个人情。可我自己呢？我不亏欠自己吗？”

他勃然大怒，一拳擂在了墙上，“你当然亏欠自己！你亏欠自己一段爱情，那个男人爱你胜过爱自己毕生的事业！你亏欠自己一个被人娇宠、呵护和关爱的机会——”

“我的确亏欠自己。”她抖得越发厉害，“艾布，我没，我没觉得幸福过。”

艾布没有吭声。

“艾布，请相信我接下来要说的，因为这是最以难启齿的。从我醒来的那一刻，我就觉得不对劲，非常、非常地不对劲。我做了错误的选择。我没有回去陪伴父母，我觉得有愧，因此一切都蒙上了一层阴影。我错了，我不该选择与你在一起，因此往后的一切都是错的。”她的话很轻，但非常坚定。

“我不该来这儿。”她说。

“但你在这儿。”

“为人虚伪，我办不到。表里不一，我受不了。苦也好，乐也好，我要做回自己。留在这儿，我无时无刻不觉得烦闷、苦恼。没有比这更糟的了。现实生活中遭受的磨难，都好过这种生活在虚假中的煎熬。我一定要找回我认为做了正确的事的记忆。没有那段记忆，我要发疯的。我感觉它在悄悄地溜走了，艾布……”

他又搂了搂她，感觉怀中的她在发抖。“你想要什么，”他轻声说，“我不清楚。我以为森卡能……重新来过。”

“但它阻挡不了我……”

“你的为人，我再清楚不过，我现在就明白。可是贝妲，你难道不明白——如果我用了那盘磁带，你就忘了这段记忆，你会忘了我们在一起的日子——”

她哭了起来。他的心思又想到了别处。

“你将——你能回忆起的最后一件事，是我说我能抹去你所有的苦痛，你说好呀，好呀，快些，把它给抹了——那样的话，等你带着这些记忆醒来，你会认为我撒了谎。”

她摇了摇头。

“不。”他说，“那才是你该相信的。你该恨我，恨我许诺你幸福，却又给不了你。而不是想起我们现在的对话。”

“我无能为力。”说完，两人相拥而泣，相互安慰。最后一次缠绵后，他带她进了录制和输入室，在这里，她将忘却快乐时光，恢复苦难的记忆。

“什么，她是个犯人吗？”见艾伯纳·杜恩换了盘磁带，医生不解地问——只有犯人才会被抹去记忆，用一盘旧磁带抹去他们所有的犯罪记忆。

“是的。”杜恩答道，免得节外生枝。她被装进一个棺材，身体慢慢蜷作一团，几年后再被唤醒。

她醒来后，将身处一块移民地。一个我选择的最好的地方，艾伯纳发誓。说不定，她能在那儿重新开启自己的人生，说不定，对我的恨意会让那变得容易得多。谁知道呢?

她是容易了，可我呢?

他打定主意。我不会，不会再对她动一丝感情，我要忘掉她。我——我会忘了吗?

说什么呢。

我为实现其他更加古老、更加严酷的梦想，奉献终生。

十五

真人秀
Lifeloop

阿兰躺在床上，哭个不休。摔门而去的声音还在公寓内回荡。终于，她翻了个身，望着天花板，抬手轻轻擦干泪水，说了句“他妈的”。

好一阵子静默。总算，终于，传来一阵嘈杂的铃声。“停机，阿兰。”装在暗处的喇叭传来一个声音。阿兰哼了一声，翻身坐在床上，三下两下地解掉绑在裸腿上的摄影机，有气无力地扔到墙上，把它砸了个稀巴烂。

“你知道那玩意儿值多少钱吗？”特柳芙责问道。

“我花钱雇你，就是叫你告诉我的。”阿兰说着，套上了一件晨衣。特柳芙翻出带子，递了过去。在阿兰绑录影带的工夫，特柳芙洋洋得意地说，“真是前所未有。上百亿阿兰·汉杜里的粉丝恨不得倾家荡产来看你一眼。你也的确让他们看到了。”

“十七天，”阿兰说着瞪了那个女人一眼，“可恨至极的十七天，包括陪考特尼那混蛋的整整三天。”

“他拿钱就要扮混，那是他的工作。”

“还扮出了新高度。再有一次，你再让我和他待哪怕三分钟，看我不炒你的鱿鱼。”

阿兰只光脚套了一件晨衣，就信步出了公寓。特柳芙跟在她身后，一对高跟鞋发出有节奏的踢踏声，在阿兰听来像是在说“钱，钱，钱”，虽然有时候听着像是“混蛋，混蛋”。她是个好经纪人，帮她赚了几十亿。

“阿兰，”特柳芙开口道，“我知道你很累。”

“哈。”阿兰打了个哈哈。

“不过，在你演戏的时候，我谈成了一笔小交易——”

“在我演戏的时候，你能造出一颗星球，”阿兰说，“十七天！我是个演员，不是想破吉尼斯纪录。你好像在上次记者会上说过，我是史上出场费最高的女演员，所以，为什么在我醒着的二十一天里，要拼死拼活地连干十七天？跟着只消停四天，接着又是马拉松式的工作？”

特柳芙没理会她的抱怨，“一笔，足以让你提前退休的交易。”

“提前退休？”阿兰不自觉放慢了脚步。

“息影。想想吧，醒三个星期，只在随便谁的真人秀里露露脸做个嘉宾，只为找乐子接戏。”

“夜间彻底自由？”

“把摄影机都关掉。”

阿兰皱起眉头。特柳芙纠正道：“把它们全拆了。”

她动心了，“我得怎么做？跟哪个丑八怪闹点绯闻？”

“试过了，效果并不好。”特柳芙说，“这次，我们毫无保留地，展示所有真相！”

“还有什么是我没展示过的，坐透明马桶吗？”

“我安排好了，”特柳芙揭开了红布，“在休眠室里装一台摄影机。”

阿兰·汉杜里倒吸了一口凉气，愣愣地望着她的经纪人。“在休眠室！这世上还有王法吗？”阿兰打了个哈哈，“你想必砸了一大笔钱吧！好大的一笔钱！”

“其实，只需要打点一个人。”

“你打点了谁，女王陛下吗？”

“接近了，因为女王什么都听内阁的。是法尔·巴克。”

“巴克！我以为他是正派人。”

“算不上打点，至少，不是用钱。”

阿兰瞟了一眼特柳芙，“特柳芙，天天演风流韵事我不反对，但离开了镜头，我的情人我做主，我们说好了的。”

“你可以提前退休。”

“我又不是婊子！”

“他说只要你不愿意，他连和你上床都不会。他只要求二十四个小时，聊聊天，交个朋友。”

阿兰颓然地靠在走廊的墙上，“真那么赚钱吗？”

“你忘了，阿兰，你的粉丝个个都是死忠，跟他们讲有机会看到空前的盛况：从醒来前半小时，到休眠后半小时，全程直播。”

“醒来前，休眠后。”阿兰笑了，“除了休眠室的医生，整个帝国怕都没人见过。”

“打出广告，‘不是幻想：阿兰·汉杜里苏醒的整整三周，尽收眼底！’”

阿兰沉吟良久，“真是生无可恋。”

“跟着你就全身而退了。”特柳芙提醒她。

阿兰终于点头，“行，干吧。但我警告你，不要考特尼，不要鬼名堂，还有别再给我找小屁孩儿！”

特柳芙像是受伤了。“阿兰，小屁孩儿是五集以前的事了！”

“刻骨铭心。”阿兰说，“他连本说明书都没带，叫我拿一个七岁的小屁孩儿怎么办？”

“那激发了你最好的表演。阿兰，我忍不住要说几句，我的工作就是设置意外，激发你的潜能，推着你渐臻化境。因此你才是位艺术家，因此你才是位传奇人物。”

“因此你才盆满钵满。”阿兰指出。说完，她头也不回地直奔休眠室。她还有半个小时才注射森卡，除此之外，苏醒的每一刻都减一分寿命。

特柳芙紧紧跟着她，趁她还醒着最后叮嘱她几句，醒来后该做什么，在休眠室会遇到什么情况，在什么地方会留有观众觉察不到的提示信息。最后，阿兰穿过一道门，进了录制和输入室，特柳芙被挡在门外。

温文尔雅的医生将她领向一把舒适的椅子，椅子上有一顶头盔。阿兰叹口气，坐了上去，让头盔慢慢地扣上她的脑袋，磁带刻录她的大脑图谱（她的一切记忆，她的全部个性）的过程中，她变着法儿地想着开心的事。在她苏醒的时候，记忆将物归原主。完事以后，她站起身，懒洋洋地走向一张手术台，边走边脱下晨衣。她长舒了一口气，躺在台上，将头往后一仰。出乎她的意料，看似硬邦邦的台子，却异常柔软。

她突然想起（以前也一贯如此，只是她不记得罢了），自己之前想必有过二十二次同样的经历，因为她用过二十二次森卡。不过，由于在她休眠期间，森卡抹去了她大脑的一切活动和记忆，刻录之后发生的一切，她都毫无印象。真稀奇，他们甚至可以让她与休眠室的医生做爱，而她却绝不会知道。

不会。亲切、恭敬的男女医生轻轻地将手术台推向等着她的监视仪的时候，她认为那是绝不可能的事儿。休眠室里不得儿戏，休眠室神圣不可侵犯。这个世界上，总有些事必须万无一失。

想着想着，她不觉吃吃地笑了起来。换句话说，一直要等到她下一次醒来，休眠室才会首次向帝国之内从没机会使用森卡的几十亿可怜虫敞开。他们只能活区区百年，而休眠者如同掠过湖面的水漂儿，跳过几个世纪，蜻蜓点水般地重返人间几年。

一名亲切的、下巴生着可爱沟痕的小伙子（阿兰注意到，他帅得能当演员）将针头轻轻地推进她的胳膊，一边轻声致歉说弄疼了她。

“没关系。”阿兰开口道，但随即从胳膊传来一阵钻心的疼痛，仿佛一团火一样瞬间传遍她的全身；钻心的灼热疼得她毛孔渗出涔涔的汗水。她一惊，疼得喊出了声——怎么了？他们要杀她吗？谁想杀她？

接着，森卡渗入她的大脑，终止了她的意识和记忆，连同刚才的疼痛感在内。等再次醒来，她会将森卡带来的痛楚忘得一干二净。自始至终，这永远是一个惊喜。

特柳芙拿到了七千八百张刚刚复制完的拷贝——大多是剪掉了睡眠和身体机能部分，但保留了饮食男女的删节版，剩余的一小部分是未删节版，阿兰·汉杜里的（有钱的）铁杆粉丝将在有限开放的私密的上映档期内，连续看十七天的真人秀。其实，还有粉丝（特柳芙早就说他们是疯子，但感谢女王陛下）私下传播未删节版的片子，在一次苏醒期间从头到尾看两遍。那真的是铁粉。

一将片子交给发行商（版税也就打进阿兰·汉杜里公司的账户了），特柳芙自己也去了休眠室；这是做经纪人的代价——先客户几周醒，晚客户几周睡；特柳芙将比阿兰早几个世纪去见上帝。不过，她对这事儿想得很开。她时时提醒自己，毕竟说起来，自己原本要做一辈子教师，永远也没机会用上森卡。

阿兰汗涔涔地醒了过来。与其他休眠者一样，她认为出汗是唤醒的药物所致，却不知道在刚刚过去的五年里，自己始终在这种不适下休眠。几分钟前，她的记忆才原封不动地重归她的大脑。她马上发现大腿上拴着什么东西：真人秀摄影机。她已经处在镜头下了，连同她置身的这个休眠室。她叛逆了小小的一瞬间，悔不该接这出秀，谁能受得了整整演三个星期的秀？

不过，真人秀演员中有一条必须遵守的铁律：天塌下来都得演下去。你的一举一动都要拍，片子没法剪辑；只要出现一丝剪接的痕迹，哪怕是一件微不足道的小问题，整个片子都要作废。铁杆粉丝容不得一部真人秀从一幕跳到另一幕。他们一贯坚信，剪掉的都是猛料。

于是，几乎出于条件反射，她又变回了那个神态自若，粉丝们朝思暮想不惜倾家荡产也要捧场的阿兰·汉杜里。她人见人爱，楚楚可怜，心地善良又口无遮拦。她叹了口气，这一声叹息令人浮想联翩。一阵凉风拂过她汗涔涔的身体，她打了个寒颤，以此为契机睁开了眼睛，朝着炫目的灯光（妩媚地）眨了几眨。

她慢慢地起身，环顾。医生无处不在，身边就站着一个，套着一件晨衣；阿兰请她帮忙穿上衣服，侧过肩，恰到好处地露出高耸的胸脯

（她提醒自己，绝不能让它颤动，没什么比鲜肉乱颤更丑的了）；然后，她走向布告牌，飞快地瞥了一眼星际新闻，接着仔细地看起了首星最近五年的大事记，了解一些谁对谁干了什么勾当的消息；然后又瞥了一眼赛况，她通常不过是随便翻几页（其实什么都不看，她讨厌游戏），但这一次她却仔细地看了好几分钟，撅着嘴，做出一副为某些比赛结果时而失望，时而喜不自禁的神色。

其实，她在看的是接下来二十一天的剧本。有些名字她没见过，当然了，他们不过是刚刚小有名气，出得起钱在阿兰·汉杜里的秀中跑趟龙套的男女演员；还有几个粉丝们喜闻乐见的明星的名字。多雷特，她七集真人秀前的闺蜜和室友，如今不时串联一下，保持存在感；吐温，当年那个七岁的小屁孩儿，现在快十五了，一度是注射森卡的最年轻纪录保持者；以及旧情人、老朋友，从前拍片期间的一些剩菜剩饭。谁不怀好意，又与谁重归于好？唉，随机应变吧，她自言自语道。时间有的是。

在名单最下面，一个名字跃入了她的视线：汉密尔顿·菲尔洛克！她不由得笑了——发自由衷的喜悦，她马上意识到了自己可能被看穿。那也无妨，“阿兰·汉杜里”正在为某场比赛的赛果而高兴。汉密尔顿·菲尔洛克，可能是首星上唯一能与自己相提并论的男演员，他们同时出道，在她的前五集秀中演对手戏，当时她的休眠级别不过几个月罢了。他们这次终于能再续前缘了！

她默默祝福了一下经纪人，特柳芙总算周到了一回。

更衣，出休眠室，沿漫长的长廊回到自己的公寓。沿长廊回去的路上，她注意到长廊装修一新，连途经的大厅都变得高贵典雅。她摸了摸一块新装的窗格。是塑料的，她不禁吐了吐舌头。好吧，反正观众也不会知道为节约开支偷工减料这种事。

她推开公寓的门，多雷特欣喜若狂，大呼小叫地扑过来拥抱她。阿兰打定主意，这次要找个碴，给多雷特点颜色瞧瞧。多雷特稍感意外，她退后几步，不愧是个老戏骨（对同事的才能，阿兰从不讳言），领会了阿兰的暗示，将这一幕变得大有看头。多雷特抽抽搭搭地坦白，自己在阿兰前几次休眠时抢了她的一个情人，阿兰的第一反应是破口大骂，想想又作罢了。

结果两人相拥而泣，跟着一时无语。见鬼，阿兰想，又是特柳芙干的好事。没人进场打破僵局。黄花菜凉了，两人只能接着做戏：接下来三个小时内，她们要赤手空拳推出另一幕高潮。

到多雷特离场时，阿兰已经累得花枝乱颤。她俩干了一仗，把对方的衣服撕成了布条。末了多雷特抽刀刺向阿兰，要不是她设法打掉了她手中的凶器，多雷特还不会走；阿兰总算逮着机会喘了口气。

不容一丝喘息的二十一天，阿兰提醒自己，特柳芙第一天就让我累得够呛。她咬牙切齿，瞧我不开了那个婊子。

到第二十天，阿兰早已腻烦透了这些鬼把戏。五个派对，几场酒会，每晚换着扫兴的男人，外加好几次的百感交集。每次，她都泣不成声，绞尽脑汁地增加新意，对情人编着不同的瞎话，歇斯底里地与他们争论不同的话题，还得时不时有创意地损一损上门的大牌明星。

这次客串的明星多半才华横溢，阿兰得以不必唱独角戏。但结果都一样，她累得筋疲力尽。

这时，门铃响了。阿兰只能起身去应门。

站在门口的是汉密尔顿·菲尔洛克。他看上去魂不守舍。五百年的演艺生涯，阿兰心想，他的举手投足依然未经雕饰，还是从前那个孩子气的机灵鬼。她（娇滴滴地）哭喊着他的名字，一把抱住了他。

“哈姆，”她说，“哦，哈姆，你都不会相信，这次醒来人家有多累。”

“阿兰，”他柔声说。阿兰惊讶地注意到，他仿佛一字一句都透着爱意。哦，不会，她心想，我们上回不是因拌嘴而分了手吗？不，不对，那是莱登。和哈姆分手是因为，因为什么来着？哦，对了，因为他觉得壮志难酬。

“对了，你实现自己的愿望了吗？”

哈姆眉角一扬，“什么愿望？”

“你不是说，你这辈子非闯出一点名堂不可。说什么和我在一起，把你变成了一个为情所困的影子来着。”说得好，阿兰给自己打气。

“为情所困的影子。对，你知道，这句话千真万确。”哈姆答道，“但我发现有阳光才有影子。你就是我的阳光，阿兰，有你在身边，我才真正存在。”

“他的出场费一定不菲，”阿兰心想。这段台词稍显煽情，但这样的男人才能哄住女人。

“我是阳光？”阿兰反问，“你怎么这么久才回来见我？”

“就像扑火的飞蛾。”

破镜重圆，皆大欢喜。

接着，一如所有破镜重圆,皆大欢喜的一幕（这次醒来我演过这桥段了吗？还没有），他们缓缓地相互宽衣，不急不忙地缠绵。这种缠绵不足以激起情欲，却能让荧幕前的男女执手相看泪眼。他这次温文尔雅，把握得恰到好处，以至于阿兰都觉得自己按捺不住要出戏了。我一定是累坏了，她心想，他演得毫无匠气，演技比我印象中好了太多。

事毕，他搂着她，说着浓浓的情话。他事后一向爱说话，不像大多数男演员，自以为完事后就非得板着脸不可，以为只有这样才能维护粉丝心目中的男子汉形象。

“太美妙了。”阿兰说着不觉一惊，自己差点儿出戏。当心了，你，你都投入了他妈的二十天了，可别功亏一篑。

“是吗？”哈姆问。

“你没觉得吗？”

他微微一笑。“经过了这么多年，阿兰，我是对的。除了你，世上没有一个女人值得我围着她转。”

她忍住声吃吃笑着，羞答答地别过脸。这是在演戏，所以更撩人心魄。

“你说，之前你干吗不来找我？”阿兰问。

汉密尔顿翻了个身，仰面躺在床上，好一会儿没吭声。她抬起手，用手指来回摩挲着他的腹部。他笑了笑，“阿兰，我躲着你，是因为爱你爱得太深。”

“爱从不是一走了之的理由。”她说。粉丝们恐怕要把这句瞎话念叨几年，哈哈。

“是理由。”他说，“但凡爱到深处。”

“留下来的理由更多！”阿兰撅着嘴，“你一走了之，现在却又装模作样地说爱我。”

突然，汉密尔顿翻起身，坐在床沿上。

“怎么了？”她不解地问。

“妈的！”他说，“忘了这些该死的秀吧，行吗？”

“秀？”她越发糊涂。

“我指的，是你为了图乐子和赚钱，所扮演的阿兰·汉杜里那个该死的角色！阿兰，我了解你，我要告诉你——是我，不是某个角色——要告诉你，我爱你！不是为了观众，不是为了秀，只为你——我爱你！”

阿兰觉得胃里一阵翻腾。她明白过来了，那个挨千刀的特柳芙，找哈姆来就为了造就一个她演艺生涯中最大的挑战；这是业内一条心照不宣的行规，永远绝口不提“演戏”这档子事，无论如何。可眼下，难题来了。已经说破了嘴，如何让观众继续信以为真。

“不是为了秀！”她一边把戏接上，一边挖空心思想着对策。

“我说过不是为了作秀！”他起身走了几步，然后转过身，指着她说，“这些无聊的风流韵事，这些虚情假意，难道你还没受够吗？”

“受够？这就是生活，永远也不会受够。”

但哈姆执意剑走偏锋。

“如果这是生活，首星就是颗陨石。”拙劣的台词，不像他的风格，“你知道什么是生活吗，阿兰？就是和我一样，几百年如一日地一出戏接一出戏地演，见到出得起钱的女演员就上，一切为了捞钱换森卡和奢华的生活。直到几年前，我才终于明白，奢华又算得了什么，我在乎的是长生不老吗？人生一场空，不过是几个价格不菲的馅饼罢了！”

阿兰好不容易才挤出几滴愤怒的泪。戏不能断。“你在说我是个馅饼？”

“你？”哈姆伤心欲绝。这个男人真会做戏，阿兰情不自禁地想，同时不断骂他给自己刀山上。“不是说你，阿兰，你别多心！”

“可你大老远地跑到这儿来，骂我是个骗子，我还能怎么想！”

“不是说你，”说着，他又挨着她在床边坐下，伸手搂着她赤裸的肩膀。与几年前的十几次一样，她又依偎在他的怀里。她抬头望着他的脸，只见他眼里噙满了泪水。

“你为什么，为什么要哭？”她问得吞吞吐吐。

“为你流泪，”他说。

“为什么？”她不解地问，“什么事值得我们伤心落泪？”

“为我们损失的这些年。”

“我不了解你，不过我这些年过得相当充实。”说着，她哈哈大笑，希望他接上戏。

他没笑，“我们是天生的一对，不仅仅作为搭档，阿兰，而是作为人。当年，你并不完美，我也是。我看过那些片子。与别人在一起的时候，我们如同两个低劣的骗子。但那些片子还是能卖得出去，为我们赚钱，让我们有机会学习生意。你知道为什么吗？”

“你对过去的评价，我不敢苟同。”阿兰扫兴地说，不明白他一再提片子而不规规矩矩地演戏，到底是想干什么。

“我们合作的片子大卖，是因为你我，因为我们看上去真的相爱，即便一连几个钟头我们都在瞎唠叨。我们是真的喜欢和对方待在一起。”

“但愿我现在也能喜欢跟你待在一起，即便你说我是一个骗子，还说我没天分。”

“天分！笑话。”哈姆说。他轻轻地抚摸着她的脸颊，扳过她的脸，让她看着自己，“你当然有天分，我也有。我们有钱、有名，只要钱能买到的，我们一样不缺，包括朋友。但你说，阿兰，你有多久不曾真心爱过一个人了？”

阿兰默默地在心里过了一遍最近的几个情人。有让哈姆扮演的这个角色吃醋的吗？想不出。“恐怕从来没有。”

“你还在说台词，”哈姆急了，“你没说实话。你爱过我，阿兰，几个世纪前，你真心实意地爱过我。”

“兴许吧，”她说，“但又与现在何干？”

“你现在还爱我吗？”他问得情真意切，阿兰忍不住要笑场，为他精湛的演技鼓掌。但那小子仍步步紧逼，于是她也打定主意要治治他。

“现在还爱你？”她反问道，“你不过是另一个急不可耐的臭男人罢了，朋友。”这句话说不定会引起粉丝的公愤，但她不希望让他那个下流的小笑话得逞。

可惜哈姆没有乱了阵脚。他伤心欲绝，松开了她。“是我不好，”他说，“我恐怕是领错情了。”出乎阿兰的意料，他穿起了衣服。

“你要干什么？”她不解地问。

“我这就走。”他说。

走？阿兰一时没了主意。这就走，让这一幕收不了场？花了那么大的功夫造了势，做下了所有打破常情的事，这一幕却收不了场？这个人真不可理喻！

“你不能走！”

“我错了。让你受委屈了。是我自讨没趣。”他说。

“别，别，哈姆，你别走，我好久没见你了！”

“你从没见过我，”他愤愤地说，“否则你也说不出刚才那种话。”

要我为欺骗他付出代价。阿兰真想宰了他，但他不愧是位了不起的演员。“我不该说那种话。”阿兰装出一副悔恨交加的模样，“请你别往心里去，我是无心的。”

“你要我留下，是免得我坏了你这出见鬼的秀吧。”

阿兰无可奈何，只好作罢。我何苦要这样？但出戏会毁了她赖以谋生的这出秀。她一头扑倒在床上，抽抽搭搭地说，“你说得对！你走，走吧，在我最需要你的时候。”

沉默。她躺在床上，等他反应。

可惜他一声不吭，不肯打破僵局，甚至一动不动。

最后，他总算开了口，“你的话，是真心的吗？”

“嗯，啊。”她泪眼朦胧，哽咽着，好不容易才说出几个字。电影里的老一套，但屡试不爽。

“不作为演员，阿兰，而是作为你自己。你说，你爱我吗，你需要我吗？

她侧过身，用手肘撑起身子，哽咽着说：“我需要你，就像我需要森卡，哈姆，你为什么对我这么久避而不见？”

他看上去大松一口气，缓缓走回她身边。风雨过后，一切恢复了平静。在晚餐的每道菜的间隙中，他们又缠绵了四次，为寻求刺激，他们让仆人在一旁观看。阿兰记得之前做过一次，大概是五出秀之前的事了，再说这次换了仆人。当然，这些仆人和刚出道又没几个出场费的演员一样，都把这视为出镜的额外福利，再变成他们茶余饭后的谈资。在一个半小时内，他们把每一个想得到和想不到的姿势都观摩了一遍。但阿兰瞧都没瞧他们一眼，他们傻得很，以为观众要的是数量。他们以为，性能解决所有问题，多多益善。阿兰再清楚不过，逗逗他们。让他们求，让他们讨，也让他们在其中发现美感，不仅仅是激起好奇心，也不仅仅是肉欲。所以说她才是明星，而他们是跑龙套的。

那天夜里，哈姆与阿兰相拥而眠。

早上醒来，她见哈姆目不转睛地盯着自己，一副既爱慕又难过的表情。“哈姆，”她说着，摩挲着他的脸颊，“你想要什么？”

不料，他脸上情意渐浓。“嫁给我吧。”他柔声说。

“当真？”她嗲声嗲气地问。

“真心真意。”他说，“嫁给我吧。女王在上，我们这些年赚够了钱，再也不用让这些孙子来打扰我们，我们甚至都不必再戴着这些该死的真人秀摄影机。”说着，他拍了拍绑在大腿上的机器。

阿兰暗暗叫苦，他还在演那套鬼把戏。观众当然不会明白他的用意——与摄影机连接的电脑预设好了程序，会自动删除这一段，观众不会看见。现在哈姆旧事重提，他究竟打的什么算盘，成心要她好看吗？

行，陪他玩玩。“我不会嫁给你。”她说。

“嫁给我吧。”他说，“你难道不明白我有多爱你？你以为那些花钱和你上床的骗子会对你有一丝真情？在他们眼里，你不过是他们赚钱、出名或一夜暴富的机会罢了。但我不需要钱，我有地位，我只要你，我能给你的也只有我。”

“花言巧语。”她冷冷地抛下一句话，起身去了厨房。闹钟报时十一点半，他们起晚了。她松了口气。中午一到，她就该回休眠室了。半个小时内，这场闹剧就将结束。现在是时候推向高潮了。

“阿兰，”哈姆追上几步，说，“阿兰，我是认真的，不是演戏！”

欲盖弥彰，阿兰心里想，但她没说出口。

“你撒谎。”她毫不客气地说。

他一时糊涂了，“我何苦要撒谎？我不是表白了我说的都是真话吗？不是表白了我不是在演戏吗？”

“不在演戏。”说着，她（娇媚地）哼了一声（她提醒自己，万万不能出戏），扭过头不看他，“不是演戏。好吧，我们坦诚地面对事实，抛开虚伪和作态。你知道我是怎么看你的吗？”

“怎么看？”

“这恐怕是我见过的，最拙劣、最下流的把戏。跑到这儿来，挖空心思地让我以为你爱我，自始至终，你不过是在乘人之危。这比什么都恶劣。你差劲透了！”

他变了脸色。“我绝不是乘你之危！”他说。

“嫁给我吧！”她笑了，学着他的腔调说，“你不是说嫁给我吗，说呀？这个可怜的小姑娘家真要嫁给了你，又会怎样？你想怎样，要我一辈子待在这间公寓里？不与朋友来往，所有的——对，连我的情人都不见，要我断了与他们来往！爱我的男人成百上千，而你，汉密尔顿，却要一辈子独占我！真是一着妙棋，不是吗？人家再也见不到我的身子，”说着，她别过身，乍泄春光，让人再也移不开视线，“除了你。而你还说不想乘人之危？”

汉密尔顿上前一步，想拉住她，分辩几句。谁知她却发了火，破口大骂。“滚！”她尖声吼道。

“阿兰，别这样。”哈姆苦苦相求。

“我总算掏出了憋在心底很久的话。”她说。

他意味深长地看着她的眼睛，最后总算又开口了，“要么是你入戏太深，真正的阿兰·汉杜里迷失了；要么是你真有此意。不管是哪个，我都没必要再待下去了。”阿兰钦佩地望着汉密尔顿收拾自己的衣服（他甚至懒得穿上），反手轻轻地带上门，走了出去。精彩的退场，阿兰心想。小演员们都忍不住要再说一句台词，但哈姆没有。这下，只要阿兰不出纰漏，这荒诞的一幕将是整出戏真正的高潮。

她接着演，先是嘟嘟哝哝地将哈姆说得一无是处，紧接着又说不知道他会不会回来。“希望他能回来。”说着又哭了起来，泣不成声地说不能没有他。“回来吧，求你了，哈姆！”她楚楚可怜地说，“是我不好，没答应你！我要嫁给你。”

随后，她瞄了一眼钟。谢天谢地，“到点了，”她说。“该去休眠室了。休眠室！这几年一觉睡过，等我醒来，他还会在那儿等着我！”几分钟后，她披着一件晨衣，迈着轻快的步子，迫不及待地沿着长廊跑向休眠室。

在录制和输入室，她开心地与医生聊了起来，“到时候他会等着我的，一切如意。”说着，她笑了。戴上头盔，阿兰还在说个不休，“你说，我还有希望吧？”她问替她轻轻地脱下头盔的那个女人。“永远都有，夫人。人人都有希望。”她答道。

阿兰笑了，接着站起身，迈着轻快的步子走向手术台。前几次是不是这样？她没有印象，想必如此——她突然想起，这次她能看到这出戏，看看森卡进入静脉时的真实效果。

只可惜，她对上几次注射森卡毫无印象，当医生将针头仅仅扎进她手掌皮下一毫米时，她看不出任何分别。“针头很锋利，”阿兰说，“幸好不疼。”她非但没感觉到休眠药火辣辣的疼痛，反而觉出一股慵懒的睡意袭遍全身。迷迷糊糊的当儿，她轻声念着哈姆的名字，轻声念着他的名字，却又在心底默默地骂他。他兴许是一位了不起的演员，她心想，但我应该一脚把他的脑袋踹进垃圾槽，谁叫他把我害得那么狼狈。算了这出秀一定大卖。她打了个哈欠，睡着了。

摄影机又拍了几分钟，其间，医生将这套可笑又毫无意义的动作从头到尾演了一遍。最后，他们万事大吉似的退后几步。阿兰赤身裸体，躺在台上，等着摄影机拍完最后一个镜头。接着——

一阵铃声，特柳芙笑逐颜开地推门走了进来。“拍得好极了。”她一边说，一边解下绑在阿兰腿上的摄影机。

特柳芙走后，医生将一剂真的森卡扎进阿兰的胳膊，一股炽热在她的静脉弥漫。尽管已经熟睡，阿兰仍疼得喊出了声，不到几分钟，汗水就浸湿了台面。这一幕不雅，痛楚，也很骇人。让观众见到森卡的真实效果肯定不妥。就让他们以为睡得安稳，以为睡梦甜美吧。

阿兰一觉醒来，首先想到的是是否成功了。她肯定下了番大功夫，这回该看看特柳芙说的息影能否兑现了。

不出所料。

特柳芙就等在休眠室的门外，她紧紧地抱住阿兰。“阿兰，你肯定不相信！”她笑得合不拢嘴，“你之前三出秀已经创造了纪录，票房始终高居榜首。但这一部，这一部——”

“说呀！”

“超过前三出票房的总和！”

阿兰笑了，“这么说，我可以息影了？”

“只要你愿意，”特柳芙说，“我又想到了几个好主意——”

“忘掉吧。”阿兰说。

“费不了什么事，一次只要几天时间——”

“我说了，忘掉吧。从今天起，我再也不会在腿上绑摄影机了。偶尔客串可以，但再也不拍戏了。”

“好，好，”特柳芙说，“我也跟他们这么说，但他们坚持要我问问你。”

“他们也坚持塞了你好一笔钱吧。”阿兰答道。特柳芙耸了耸肩，笑了。

“你是史上最伟大的演员，”特柳芙说，“前无古人。”

阿兰摇了摇头，“或许吧，但我真的厌倦了，尤其是你让哈姆不按常理演的那一出。”

特柳芙连连摇头，“不不，从来没有，阿兰。那想必是他自己的主意。我叫他扬言杀你了，你晓得，那会是一个真正的高潮。可随后，他就上场演了那些。对了，这也没什么大不了。那段镜头妙不可言，由于你和他都出了戏，结果观众都信以为真。演得好。当然，现在大家都开始玩这个桥段，但再也不会有那种效果了，全世界都知道这不过是一个新花样。但那破冰的第一次，你和哈姆，”特柳芙做了一个夸张的手势，“干得太漂亮了。”

阿兰沿着长廊走在前面，“好吧，我很庆幸大功告成。不过我真希望哪天逮着机会，好好收拾哈姆一顿。”

“哦，阿兰，我真难过。”特柳芙说。

阿兰停下脚步，转身望着经纪人，“难过什么？”

特柳芙一脸愁容，“阿兰，是汉密尔顿。你休眠后才几天，真叫人痛心，大家为这事议论了好些天。”

“什么事？他出了事儿了？”

“他自杀了。他关了公寓的灯，所以没人看见他，用一根浴袍带挂在灯具上，上了吊。当场死亡，连救都没法儿救。可惜了。”

阿兰一惊，感觉如鲠在喉。“哈姆死了。”她轻轻地说。两人演出的一幕幕都记忆犹新，历历在目。她真心喜欢他，她明白自己不是在演戏。我真心在乎这个男人。温柔体贴的好哈姆。

“他为什么自杀，有人知道吗？”阿兰问。

特柳芙摇了摇头，“谁都找不到任何蛛丝马迹。我后来才吃惊地发现——可又不能不信，真人秀中前所未有的一幕，真正的自杀，居然没留下一个镜头。”

十六

沙盘游戏
Breaking the Game

赫尔曼·纽伯觉得两脚发麻，每换一次脚，都疼得钻心。

“我觉得脚发麻。”他对休眠室的医生诉苦。

“这是正常现象。”医生安慰他，要他放心。

“我休眠三次了。”赫尔曼指出，“以前都会阻断我脚部的血液循环吧？”

“这是森卡的作用，纽伯先生。”医生说，“你的脚发麻是因为休眠药的缘故，我们从没切断过你的血液循环。”

赫尔曼发了一句牢骚，扭头又去看墙上的阅报栏。他的脚好些了，这会儿他不时前后换着脚。报纸无聊透顶，一概是帝国打的胜仗，这些胜仗，有一半都在说帝国军队仅以几艘飞船就将霸占一个星系的敌人打得狼狈而逃。八卦栏几乎同样无聊，大名鼎鼎的真人秀明星个个削尖了脑袋追名逐利。有个演员自杀了——真稀奇，与其自我了断，干吗不签一张移民协议？

他仔细研究的当然是游戏版。他的目光扫到下端的国际比赛栏，见到一条通知。

“欧洲1914d，现在是G1979。本周的重磅新闻是，周二，那位赫尔曼·‘意大利’·纽伯将苏醒，所有非意大利玩家请留心了！”

被唤醒清单点名道姓，当然抬举了自己。不过这早在意料之中。国际游戏大赛流行了很多年，可以回溯到休眠药发明前。但从未出过赫尔曼·纽伯这样的玩家。

他出了休眠室，又想了想，停下脚步，穿上了衣服。这次苏醒只有六个月。上次醒后，他靠附加注多赢了一大笔钱。严格来说这是违法的，却是一项非常可靠、大有赚头的投资。他稳操胜券。那次他下了自己赢，赔率只有区区百分之十七。但总比银行存款或政府债券高。

“赫尔曼。”一个不起眼的男人喊了一声，他比赫尔曼·纽伯矮些。

“你好，格雷。”纽伯应道。

“醒来可好？”

“那还用说。”格雷·格拉摩根是位优秀的经纪人。纽伯一直记得，格雷虽算得上是位金融天才，在圈子里也人脉广泛，但自己却从不下场。他忠实可靠，是位天生的好下手。赫尔曼喜欢一群比他矮的人众星捧月地围着自己转。

“有何吩咐？”格雷问。

赫尔曼一副漫不经心的样子，“当然是买意大利。”

格雷点了点头。这是惯例，游戏法规定，玩家只有醒来时才能买游戏中的国家参赛，一旦休眠则必须离手。

好，到时候了，赫尔曼说。除非有不可控的大变故，这一回，他要拿下全世界，结束这场游戏。

他回到家的时候，电脑墙已经预热好了：又是格雷思虑周到的一个体现。和以往一样，赫尔曼假装不理会屏幕，不肯看它一眼，装作他跨进家门时，电脑没有开好在等他一样。他缓缓巡视公寓，确认一切安排到位。赫尔曼还算不上有钱人，至多是中产，因此也供不起一座休眠期间闲置的公寓，每次休眠，他都会悉数变卖家当。但有朝一日，我会成为真正的富人，他心想。我要跻身真正的休眠阶层，比如休眠五年醒三个月。我要买一套公寓，而不是每次醒来租一套。

当然，人人怀有这一梦想，在首星，它实现的概率精确到七百万分之一。霍雷肖·阿尔杰万岁！

橙汁喝了，床铺好了，厕所上了，当晚的女伴挑了，钱付了。终于，仪式般地，他允许自己舒舒服服地陷进沙发椅中，但还是没打开电脑屏幕。他将编码调到欧洲1914d。

初次决定投身国际游戏这个烧钱的爱好那年，他二十二岁。他掏了两个月的工资，才在这个刚刚上线的新游戏中买了一个意大利的三流位置。他选的是欧洲1914d，是那个游戏名下的第四场；他在自己练手的小游戏中专攻20世纪政策。而今，他决心在一场全帝国范围广播的游戏中一试身手，以验证自己是否真如所想的那么优秀。

全息投影在墙上亮起。当然是最优秀的，他提醒自己。一个地球在眼前展现开来，他仔细地审视着。气候地图消退后，政治版图出现了。

“如何？”格雷不声不响地出现在他身后。

“不错。均势，谁也不敢轻举妄动。那个过渡角色干得不错。”

地图上的意大利版图以粉色标记。赫尔曼记起，刚开始那会儿，新统一的意大利还不入流，正为投身德国-奥匈帝国同盟而举棋不定。现实中的20世纪，直到1914年大战爆发，那个傻子墨索里尼横空出世，意大利的国土上都没出过像样的人物。但在欧洲1914d，意大利出了赫尔曼·纽伯；尽管还只是个新玩家，但他已敢在自己和意大利身上下重注。

三年前，赫尔曼靠正职的薪水第一次攒够了买森卡的钱。那段时期，他结了婚，生了一个女儿，又离了婚。他没空经营婚姻，她也受不了他整夜整夜地经营游戏。一步步走来，有苦也有乐，但从长远来看，他赌赢了。到第三年年尾，赫尔曼的投资进入丰收期。四十赔一，他碾压了那帮菜鸟，到进入休眠的时候已成为意大利的执行官。意大利直捣奥匈帝国，在慕尼黑附近完胜普鲁士大军（哦不，应该是德国，他提醒自己，别混淆了时代），缔结了城下之盟。美国自始至终没有加入战局，令那些押了重金的玩家悔青了肠子，眼看着它在真枪实弹的游戏中成了一个无用的废物。

意大利继而入主东欧。而现在，赫尔曼看着版图笑了，意大利就是欧洲，那里整个地变成了粉红色，连带亚洲大部。他上次醒来与俄罗斯打了一场漂亮仗。意大利如今雄踞太平洋、印度洋、波斯湾和大西洋，对周边狼环虎伺。

“形势不错，不是吗？”赫尔曼问，格雷仍旧一声不吭。

“对意大利玩家来说，是的。”他终于说。

“你是说，你没买它？”赫尔曼转过身，惊讶地问。

格雷有些尴尬。“其实，”他说，“我担心的就是这个。”

“担心什么？”

“有人显然在投机意大利。我三个星期前醒来的时候，手下就向我汇报了。自从你上次休眠起，就有人一直在暗箱操作，买进卖出意大利。”

“那是违规操作！”

“那就哭吧，我们也不是没干过，记得吗？还是说要叫人介入调查，公之于众？”

“你干吗不找个好的代理服务器留着？”

“他们昨晚又把它给拆了，赫尔曼。昨晚午夜竞的价，恰好不在黄金时段，但我还是出了价，老实说还高得离谱，但没得手。拍下的玩家喊的是我两倍的价。”

“你该再往高里喊！”

格雷摇了摇头，“出不了。我只有百分之五十的授权，你忘了？”

赫尔曼不由得倒吸了一口凉气，“百分之五十！格雷，你只有百分之五十，难道他不止百分之五十？”

格雷点了点头，“至少不止五十。仅凭一己之力，我不是它的对手，我手上没有足够的闲钱充值。”

“你说，那个玩家是什么人？”

“信不信由你，赫尔曼，是移民部的助理部长，一个十足的势利小人。这是他第一次参加广播游戏，以前根本没有战绩。凭他一个人，压根儿买不起游戏中的那个位置。”

“去查查是哪个团伙，格雷，然后把那个位置买了。”

格雷摇了摇头，“我手上没那么多钱。不管谁买都不是儿戏，再说他们的财力比你雄厚。”

赫尔曼一时觉得头重脚轻。这是不可控的变数。游戏中投机倒把的大有人在，但赫尔曼的这个位置一直让他斩获颇丰，再说他下了血本。通常，一醒过来，只要比上回加价十五个点，除了他没人能买走意大利。但眼下的买价超过了他身家的一半。

“没事儿，”赫尔曼吩咐格雷，“去借，提现，我给你百分之九十的授权，一定买下意大利。”

“他们要是不卖呢？”

赫尔曼猛地站起身，居高临下，“不卖不行！只能卖给我！他们肯定是想坑我。算了，坑就坑吧。这一次意大利要称霸世界，我们胜算在握。你懂我的意思吗？”

“他们不必非卖给你不可，赫尔曼。”格雷说，“现在攥着意大利的玩家没注射过森卡。”

“我不管。跟他们耗，看谁耗得过谁，他们终有一天要退出。他们要多少，你照单全付，他们总得有个价。”

格雷点了点头，但心里却没底。赫尔曼转过身，听见格雷的脚慢吞吞地擦着地毯，出了门。赫尔曼打开显示屏的过程中，只觉胃里一阵翻腾。意大利的价值，全在于他赫尔曼·纽伯。唯有天才，才能把那个二流的国家一手打造成全球霸主，只有他，赫尔曼·纽伯，史上最伟大的国际游戏玩家。他们不过是想诈我的钱，赫尔曼断定。那好，随他们诈去吧。

接着，尽管清楚这会伤透他的脑筋，但他还是将屏幕调到意大利最近采取的军事行动的特写。朝鲜边界起了冲突，印度虎视眈眈，意大利特工在颠覆日本人在阿拉伯的政权方面进展顺利。

一切顺利，赫尔曼轻声说。给我三天，我就能结束这场游戏。三天，只要我能上手意大利。

格雷一整天都没来，也没打过一个电话。到了晚上，赫尔曼变得神经兮兮，气急败坏。他眼睁睁地看着那个代表意大利的白痴放过了三个奠定胜局的大好机会。当然，那在赫尔曼休眠的时候是常有的事——但那时候他在休眠，不必看着。格雷依然没露面。

门铃响了。不是格雷，他有钥匙。想必是那个女人。赫尔曼拽了一把门禁，门开了，进来的是一个年轻的，有着一张漂亮的笑脸的女人。正是医生替他订的女人。

她漂亮、开朗，精于此道。赫尔曼一开始忘了游戏，或者说，至少能将精力集中到别处。但正当她要挑逗他的时候，一股懊恼如决堤的洪水，奔涌而出。他起身，从床上坐了起来。

“怎么了？”

赫尔曼摇摇头。

“累了？”

不失为一个好理由，将精力都花在一个女人的身上毫无道理。

“嗯，太累了。”

她叹了口气，又靠在了枕头上。“我还不知道吗。我也累了。他们给我注射了药物，好让我一连兴奋几个钟头，但休息一下也好。”

一个话痨，见鬼。“要吃点什么吗？”

“我们不能吃。”

“节食，还是怎么的？”

“不是，老有人想给我们下药。”

“我不会给你下药。”

“规矩就是规矩。”那女人不肯松口。女孩儿，事实上。

“你还很小。”

“我靠这营生读完的大学。我长相年轻，他们也让我接小家伙的客，所以大家都有钱赚。”

钱，钱，钱。花钱买春，你还能写出一篇经济论文。“小姑娘，今天就到这儿。”

“你付的是过夜的钱。”她一脸惊讶。

“对，你也不错。但我累了。”

“他们可不退款。”

“我不要他们退。”

她将信将疑，但他开始穿衣服，她也跟着穿了起来。“真是个烧钱的习惯。”她说。

“什么？”

“花钱买笑，却不尽欢。”

“嗯，大概吧。”赫尔曼说，接着又板起面孔补了一句，“虚情假意的爱多说无益，不是吗？”

“人人都是小丑。”她答道，但就连说这句话时，她都透着这一行的习气。她的一颦一笑和腔调都那么撩人，他一时不知道是否真愿意她走。但他继而想起了意大利，觉得还是一个人待着好。

她与他吻别（公司的规定），然后出了门。他盯着意大利坐了一夜。那个白痴打算放弃。他本可以在凌晨三点左右拿下阿拉伯半岛，可恰恰相反，他签了一纸荒唐的和平条约，实际是割让了埃及谷地。真他妈蠢！

凌晨时分，赫尔曼睡了过去，但一觉醒来，觉得头痛欲裂。他打电话给格雷。

“见鬼，什么状况？”赫尔曼问。

“赫尔曼，行行好。”格雷说，“我这儿快忙死了。”

“是吗，而我只能在这儿坐视意大利听天由命。”

“你今晚没找个妞儿？”

“那又关你见鬼的什么事？”赫尔曼打断了他，“买意大利，格雷！”

“那个艾伯纳·杜恩，殖民事务部助理部长，他不肯买账。”

“把月亮摘给他。”

“已在他囊中。不过我把其他的一切都开给了他，而他只是一味地笑，还说，只要你盯着游戏，就会见识到一个真正的天才纵横赛场。”

“天才？他就是一个傻瓜！他已经——”赫尔曼劈里啪啦地说了一通昨晚的蠢事。

“你瞧，我又不下场参赛，”格雷最后说，“所以你才雇的我，不是吗？所以我还是干我分内的事，你盯着记分牌。”

“那你什么时候干完分内的事？”

格雷叹了口气，“我们非得在电话里说这事吗，让妈咪宝贝们听着？”

“让他们听。”

“好。我想办法调查了杜恩的幕后老板。那家伙有门路有关系，但都不违法。我找不出他的资金来源，换句话说，要是查不出谁收买了他，我怎么能揪出指使他的人呢？”

“他就不能出点什么意外？”

格雷一阵沉默，“这是电话，纽伯先生，通过电话指示犯罪是违法的。”

“抱歉。”

“再说也愚蠢至极。你不是想砸了我的饭碗吧？”

“他们又不是每通电话都监听。”

“那就祈祷他们不会吧。我们不做违法的事，你还是继续盯着计分板或随便什么吧。”

赫尔曼砰一声摔了电话，在显示器前坐了下来。意大利刚刚在圭亚那发动了一场草率、毫无意义的战争。圭亚那！那也算个事儿？就为这个发动了一场赤裸裸的侵略，推着各国缔结同盟，共同对付意大利。愚蠢至极！

必须做点什么来转移注意力。他推出了一款私人小游戏，供人免费玩的普通游戏，很快就网罗了五个人，直取阿基坦。他花七个小时赢了这场游戏。可悲，像样点的玩家都在全网广播赛场上。格雷都在忙些什么，见不着他的人影？

“没忙什么，”那晚格雷终于来到赫尔曼的公寓，一口咬定，“我是在为你执行史诗般的任务，赫尔曼。”

“见鬼的荡秋千可什么忙也帮不上。”

格雷笑了笑，试着跟上赫尔曼的幽默。“你瞧，赫尔曼，你是我最大的客户。你大名鼎鼎，是大人物。我要是不尽心竭力伺候你，那不成了白痴。我派了三名侦探去查这个杜恩的老底，结果只查出他绝不是我们当初想的那样。”

“好，现在我们怎么想他？”

“有钱，你想象不出他有多少钱。”

“没有我想不出的钱，说个数。”

“他的关系网遍及首星，没有他不认识的人，或者说，至少那些能叫得动任何人的人，没有他不认识的，明白吗？他的钱都信托或投资在持有半颗首星的虚拟实业背后的虚拟银行背后的虚拟财团里。”

“换句话说，”赫尔曼说，“他就是老板。”

“是老板，而且不卖，他不差钱。他可以在一场平纳克耳牌戏中输得光屁股，仍像个赢了钱的一样若无其事。”

赫尔曼做了个鬼脸，“格雷，你总有办法让我觉得自己是个穷光蛋。”

“我只是在让你知道自己在跟谁掰手腕，而这家伙只有二十七岁。我是说，他很年轻。”

哪里有点不对。“我还以为你说过，他从没用过森卡呢？”

“没错，这是最吊诡的一件事，赫尔曼。他没用过，他从没休眠过。”

“那他是什么，宗教狂？”

“恕我直言，他唯一的信仰恐怕就是要毁你一生，纽伯先生。他不卖，他不说理由，只要他不休眠，他就永远把持意大利。事情就这么简单。”

“我是不是得罪过他？他干吗非要跟我作对？”

“他只说，但愿你不会认为是私仇。”

赫尔曼摇了摇头，想发火，却找不到理由——或者说没办法泄愤。他非动一动那家伙不可。

“我在电话里说的，你明白吗？”

“只要他出了事，你就是最大嫌疑人，赫尔曼。”格雷警告说，“再说，不会有任何好处，这场游戏将在调查期间结束。再说，我不提供这类服务。”

“这是业内的刚需。”赫尔曼说，“至少吓唬他一下，至少向他露露牙。”

格雷耸了耸肩，“我试试看吧。”起身告辞。

“赫尔曼，我建议你去玩会儿别的游戏，挣点钱，或者见见老朋友，总之尽量别再去想游戏。如果你这次没法玩意大利，下次醒来还有机会。”

赫尔曼没吭声，格雷出了门。

到了凌晨三点，赫尔曼筋疲力尽，终于睡了过去。

四点半光景，一阵门铃把他惊醒。他头重脚轻地下了床，跌跌撞撞地走向卧室的门。警铃不过是个摆设——他这个阶层的人不会有窃贼光顾，至少有人在家的时候不会。

来人很快打消了他的担忧。进门的三个人都拎着一个鼓鼓囊囊的小皮包，里面装着硬邦邦的家什。到底有多硬，反正赫尔曼不想知道。

“你们是什么人？”

没人答话，他们一声不吭，慢慢地逼近。他发现前门和应急通道都被堵住了，无路可逃。他退回了卧室。

其中一人伸出手，把赫尔曼撞向门把手。

“别打我。”他说。

第一个男人比另外两个高，他拿手中的包砸了一下赫尔曼的肩膀，赫尔曼终于知道它有多硬了。他没停手，下手越来越重，但节奏没变。赫尔曼一动不动地站在那儿，也动不了，疼痛急速加剧。突然，那人一转身，抡起包打断了赫尔曼的肋骨。他闷叫一声，疼痛仿佛一只大手掏着他的心肺，在他体内左奔右突。

疼痛难忍。

而这才刚刚开了个头。

“不去医院，不看医生，哪儿也不去，不去。”赫尔曼说着，试图从受到重创的胸膛里重振自己的魄力。

“赫尔曼，”格雷说，“你的肋骨怕是断了。”

“没断。”

“你又不是医生。”

“我有这个城市最好的设备，仪器显示我哪儿也没断。昨晚那帮家伙到底是什么人，想干什么？”

格雷叹了口气，“我知道他们是什么人，赫尔曼。”

赫尔曼惊讶地望着格雷，几乎要从床上站起来，但剧痛像根带子一样，陡然将他拦住了。

“是我雇佣去修理艾伯纳·杜恩的。”

赫尔曼哼了一声，“格雷，不，不可能——他怎么让他们反水的？”

“他们签了严格的契约。他们以前为我办过事。不清楚杜恩是怎么让他们反水的。”格雷忧心忡忡，“没想到，他手眼通天。我以前向他们开过价，一大笔钱，他们也一向信守合约。除了我雇他们教训杜恩一顿这一次。”

“不知，”赫尔曼说，“我是否明白了点什么。”

“不知，”格雷一针见血，“你是否吸取了教训。”

赫尔曼闭上眼，希望格雷闭上嘴。

“别再想什么游戏了，下次再买意大利吧。杜恩终有一天要休眠的。”

赫尔曼仍紧闭双眼，格雷退了出去。

没过几天，赫尔曼就能一瘸一拐地回到电脑屏幕所在的房间了，在那占据了整面墙的投影上，欧洲1914d世界的剧情正逐渐反转。杜恩到底打的什么算盘？赫尔曼看出，种种迹象表明他对国际游戏一窍不通，他甚至没从自己的错误中吸取教训。强占圭亚那后，他又莫名其妙地攻打已是附庸国的阿富汗，直接把另外几个附庸国送到了敌方阵营。最后，赫尔曼的怒气逐渐消退，他只是满面愁容地看着意大利每况愈下。

敌人并无过人之处，它原本可以取胜——现在还有机会，只要赫尔曼能上手。

让他再次怒从心起的，是英国爆发的革命。

从最开始，赫尔曼就精心构建了一套谨慎周密的仁和执政制度，许多事务任由地方自治,压迫处在最低限度，以此根绝一切革命的种子。但凡叛乱都要予以无情的镇压，但没有叛乱的地区，要给予慷慨的奖赏。赫尔曼上一次为意大利的内政操心，已经是很多年以前了。

可惜直到英国闹起革命的现在，赫尔曼才开始审视杜恩在帝国内政上的一些举措。他搞了一些莫名其妙的改革，对平民课以重税，扩大贫富差距，加大权贵与平民之间的分化。他还打压当地的民族，强行推行意大利语，最终导致了不可避免的后果——憎恨，反抗，直至革命。

杜恩想干什么？他肯定明白自己举动的后果，他肯定清楚他做的一切（至少某些事）是错的。他肯定清楚自己心不在焉，在仍有办法的时候却出卖意大利。他肯定——

“格雷，”赫尔曼在电话上说，“这个杜恩，是不是个糊涂蛋？”

“他要是糊涂蛋，那肯定是首星保守得最好的秘密。”

“他的玩法蠢到难以置信，蠢到了家。他处处出错，凡是能做对的事，他都背道而驰。你是否有同感？”

“杜恩从白手起家，到一手建起首星历史上最大的金融帝国，从他成年算起，只花了十一年。”格雷答道，“他可不像是你说的那种人。”

“这说明，他要么不是亲自在玩，要么——”

“他是亲自在玩，监管人员和电脑都证明他在玩。”

“要么他是故意输。”

他仿佛都能听见格雷耸了耸肩。“谁会那么干，为了什么？”

“我得会一会他。”

“他不会来。”

“找一个中立的地方，一个不属于我俩任何一方的地盘。”

“赫尔曼，你不了解这个人。凡是不是你的地盘，都是他的，或者说，到会面的时候都会变成他的地盘。不存在中立的地方。”

“我想会一会他，格雷。我一定要搞清楚，他到底想把我的帝国怎么样。”

赫尔曼又回头盯着战局，英格兰的革命遭到了严厉的镇压。严厉，但不彻底。电脑显示，武装分子还在威尔士和苏格兰高地一带活动，伦敦、曼彻斯特和利物浦市内的游击队也没绝迹。杜恩也能看到这些情况。但他却视而不见，也不顾德国境内的革命运动日益得势，土匪在美索不达米亚打家劫舍，中国正蚕食西伯利亚。

蠢驴。

一个用心血构建的帝国开始分崩离析。

枕头里的超薄扬声器响起了一阵柔和的电话铃声，赫尔曼醒了。他连眼睛都没睁，对着枕头说，“我睡觉呢，别吵吵。”

“我是格雷。”

“你被解雇了，格雷。”

“杜恩说，他想见见你。”

“打给我的秘书预约。”

“他说，除非你在三十分钟内赶到C24b地铁站，他才见你。”

“那甚至不是我的地盘。”赫尔曼发了一句牢骚。

“所以他也不为难你。”

赫尔曼哼了一声，起床，套上一件远说不上帅气的西服，出门进了长廊。早上只有日常半数的地铁在运营，赫尔曼踉踉跄跄地上了一列去C24b地铁站的车。这里不像赫尔曼自己的地盘那么拥挤。等在月台上的是一个相貌平平的年轻人，只比赫尔曼稍稍高些。他没带人。

“杜恩？”赫尔曼问。

“外公。”年轻人答道。赫尔曼茫然地望着他。外公？

“不可能。”

“我是艾伯纳·杜恩，活泼可爱的小姑娘希尔瓦伊的儿子，她是赫尔曼·纽伯与比尔尼丝·亨波儿的女儿。令人羡慕的身世，不是吗？”

赫尔曼听了心里一凛。孤孤单单了这么些年，结果却发现这个让自己伤透脑筋的小子竟是他的亲人——

“见鬼，小子，我没家。这是什么，报一场一百年前离婚的仇吗？我没少给你外祖母钱。如果你没说假话的话。”

但杜恩只是微微一笑，“说句实话，外公，我根本不在乎你和外祖母之间的恩怨。我反正不喜欢她，我们几年都没说过一句话，她说我太像你了。所以每次她醒来，连瞧都不会瞧我一眼。我去看她只能是自寻烦恼。”

“看样子你也专注于自寻烦恼。”

“你找到了一个失散已久的外孙，难道又要搞得一家人不和？你处理家庭纷争的手段真不怎么样。”

杜恩转身要走，由于还没谈到正事，赫尔曼别无选择，只能跟了上去。“听我说，小子，”赫尔曼一边说，一边不甘不愿地跟在这个步伐轻快的年轻人身后一路小跑，“我不知道你看上我的游戏到底出于什么目的，但肯定不是为了钱。你肯定不是为了赢钱，否则你也不会这么玩。”

杜恩回头一笑，脚步不停地沿着长廊走。“那得看情况，对吧，看我赌的是什么。”

“你是说赌自己输？但你这么个玩法，一辈子也别想有人跟。”

“错了，外公。其实，我几个月前就下了注。赌意大利在你醒后两个月内惨败，从欧洲1914d彻底出局。”

“惨败！”赫尔曼哈哈大笑，“没影的事，意大利坚不可摧，即使在你这样的游戏白痴手里。”

杜恩碰了一下，门悄无声息地开了。

“请进，外公。”

“想都别想，杜恩，你当我是多大的傻子？”

“没有，真的。”杜恩说。赫尔曼顺着年轻人的目光落到了他身后的两个人身上。

“他们是哪儿冒出来的？”赫尔曼一时摸不着头脑。

“他们是我的朋友，来参加我们这个派对的。我喜欢高朋满座。”

赫尔曼跟着杜恩进了门。

室内的陈设简单实用，质朴又不失中产阶级的品位。但墙面装饰的是真材实料——赫尔曼一眼就看了出来——占据那间小前厅的电脑也是最昂贵、设备最新的机型。

“外公，”杜恩说，“与你想的恰恰相反，我今晚把你带到这儿来，是因为——尽管你是一个极其不称职的父亲和外公——我依然心存一丝希望。希望你不会恨我。”

“你失败了。”赫尔曼答道。两个无赖白痴似的冲他咧着嘴。

“你最近与现实世界脱节了。”杜恩说。

“比我想了解的还要多。”

“恰恰相反，你不惜生命和财富，在一个只存在于计算机的虚幻世界经营了一个帝国。”

“啧啧，小子，口气像个牧师。”

“妈妈倒是希望我做个牧师，”杜恩说，“她一直苦苦寻找父亲，那会是你，如果你出现的话。但最后，找到的是一个永远不会抛弃她的父亲。可怜啊，可怜，外公，她终于在上帝跟前找到了那位代父。”

“我至少给后代传下了理智。”

“你传下来的可不止这些。”

全息屏幕上出现了欧洲1914d的世界，意大利粉红一片。

“真漂亮。”杜恩说。赫尔曼惊讶地发现，他语气中带着由衷的钦佩。

“你知道就好。”赫尔曼答道。

“除了你，谁也做不到这些。”

“我知道。”

“你猜毁掉它要多久？”

赫尔曼哈哈大笑，“你没学过历史吗，小子？罗马从共和国末年开始衰败，最后一点残余势力直到一千五百年后才垮台。英国的势力从十七世纪就开始衰退了，但谁也没注意到这一点，因为它还在不断扩张，此后又独立了四百年。帝国不是那么容易垮的，小伙子。”

“要是一个帝国在一周之内瓦解，你怎么说？”

“那就不是一个精心打造的帝国。”

“你那个呢，外公？”

“别喊我外公。”

“你打造的有多牢固？”

赫尔曼瞪着杜恩，“无人可及。”

“拿破仑呢？”

“人还没死，他的帝国就垮了。”

“你的难道就能长存？”

“连废物都能守住，完好无损地。”

杜恩哈哈大笑，“我们讨论的不是废物，外公，而是你的外孙。他有和你一样的智慧，甚至比你还聪明。”

赫尔曼站起身，“这次会面毫无意义。我没儿女。我失去女儿的监护权是因为不想要她。我不知道她有，也肯定不想要她的儿女。我几个月内就会休眠，等我醒来，我要夺回意大利，不管被你破坏了多少，我都能重建它。”

杜恩笑了，“可是赫尔曼，一个国家一旦灭亡，就不能留在游戏里了。一旦我灭了意大利，它就成了一个电脑参照国，你再也买不了了。”

“喂，小子。”赫尔曼冷冷地说，“你是打算绑架我吗？”

“要见面的可是你。”

“我后悔了。”

“七天，外公，意大利将不复存在。”

“胡说八道。”

“我本打算四天搞定，但七天更稳妥。”

“在所有的恶棍中，最差劲的，要数只能在毁灭中享受美感的家伙。”

“再见，外公。”

但到了门口，赫尔曼转身向杜恩求情，“你为什么要这么做？为什么不肯罢手？”

“旁观者的眼里才有美。”

“你能不能等下次？能不能在我这次醒着期间放过意大利？”

杜恩只是笑了笑，“外公，我了解你的玩法，如果你这次醒来就上手意大利，就将独霸全世界，这场游戏就结束了。我没说错吧？”

“当然。”

“这就是，我必须现在摧毁意大利的原因——趁我还有这个能力。”

“为什么是意大利？你难道就不能消灭别人的帝国？”

“因为，消灭弱者不算本事，外公。”

赫尔曼走后，门悄无声息地在他背后合上。他乘上地铁，去了回家的那一站。回到家，全息地球仍以粉红为主。赫尔曼停住脚，望着它，眼见西伯利亚的一大片变了颜色。他不再恼火杜恩的无能，那小子显然是要补偿凄苦、刻板的童年，他把仇算在外公头上。不过，看不出那小子有丝毫摧毁意大利的机会。电脑数据掺不得假，电脑模拟的意大利人民一旦明白杜恩这个执行官的所作所为，政府和民众之间永恒的互动规律将赶他下台。到时他只能出售，赫尔曼就买进，然后挽回一切损失。

英格兰又开始叛乱，赫尔曼上了床。

醒来时，他却觉得透不过气。他记得在梦中哭了。为什么哭？但正当他努力回忆的时候，梦却悄悄地溜走了，他只记得与自己的前妻有关。

他走向电脑，关掉了游戏。比尔尼丝·亨波儿。电脑调出了她的照片，赫尔曼从头到尾看了一系列她的特写。她那时候很漂亮，他的记忆被唤醒了。

他们婚前格外地纯洁，兴许宗教早已潜入比尔尼丝的血液，直到在她女儿身上显露出来。新婚之夜是他们第一次亲热，比尔尼丝聪慧可人，羞答答地向丈夫承认自己毫无经验。赫尔曼小心谨慎地带她进入秘境。临近结束，她问他，“就这样？”

“以后会好一些。”他说，心里有点不是滋味。

“不像我想的那样坏，”她答道，“再来一次吧。”

他们形影不离，所有时间都在一起。除了游戏时。当时是意大利的关键时期。他睡得越来越晚，说话越来越少，而开口闭口都是意大利，他那个虽小但精彩的世界。

比尔尼丝与他离婚时没有别的男人。他一时兴起，进人口统计库查了她的名字，电脑显示她没有再婚。他并不觉得意外，尽管她没有再随他的姓。

是不是因为他们的婚姻中有什么不同寻常的事，她才没有再婚？或者她只是相信了一个男人，同他结了婚，最后却发现这并非她想要的——或者说，就是性。她的伤痛遗毒了他们的女儿；她的伤痛也遗毒了杜恩。可怜的孩子，赫尔曼心想，这是父亲造下的罪孽。但不论有多后悔，离婚在所难免。要挽回婚姻，赫尔曼只能牺牲游戏，而无论在现实中还是虚拟世界，历史上从没出现过像他的意大利那样美的事物。有人为此撰写过论文，他也知道，学虚构历史的学生称他为空前绝后的天才。“堪比拿破仑、尤利乌斯，或奥古斯都。”赫尔曼记得，另外他还记得一位一直恳请会面，直到赫尔曼的虚荣心不忍再推托的教授说过，“赫尔曼·纽伯，论稳定、仁慈、实力，连美国、英国，甚至拜占庭都比不上您的意大利。”尽管他知道这个时代历史学家的不可一世，但这句褒奖却出自一位专攻现实欧洲史的学者之口。

杜恩。艾伯纳·杜恩，一旦证明自己是与外公一样天资卓绝的创建者，他又会怎样？

对着电脑打盹的时候，赫尔曼梦见了某种和解。艾伯纳·杜恩搂着他说，外公，你建的帝国太美了，你创下了万世基业，请原谅我的冒昧。

赫尔曼醒后才明白，他连做梦都需要身边人的臣服。电脑屏幕上仍显示着比尔尼丝的照片。他删了她，重新开始审视意大利。

革命席卷整个帝国，连他的大本营亚平宁半岛也未能幸免。赫尔曼难以置信地盯着屏幕，仅仅一夜之间，革命成了燎原之势。

这是史无前例的。电脑莫不是疯了吧？想必是出了故障。许多帝国都有过叛乱，但从没有过如此广泛，遍及全球的革命。连军队都出现了哗变。意大利的敌人一窝蜂似的渗入边界，占据天险关隘。

“格雷！”赫尔曼冲着电话吼道，“格雷，你知道他在干什么吗？”

“我有什么办法？”格雷没好气地答道，“我手下的游戏玩家为此聊了一个上午了。”

“他是怎么做到的？”

“拜托，赫尔曼，你才是专家，而我连玩都不玩，对吧？我还有事要办。你见过他了吗？”

“见过了。”

“然后呢？”

“他是我外孙。”

“我还以为他没告诉你呢。”

“你知道？”

“那还用说，”格雷答道，“我有他的心理曲线图，要是不能确定他对你没恶意，你觉得我会让你一个人见他？”

“对我没恶意？他手下的那几个王八蛋把我打得半死又怎么说？”

“报复，赫尔曼，就这么简单。他擅于报复。”

“你被解雇了！”赫尔曼吼道，猛地按下挂断键，结束了通话。几支忠心耿耿的近卫军残部试图扑灭兵变、革命和侵略，他紧锁着眉头，盯了一小时又一小时。已经无力回天。到下午过半，地球上的粉红色区域仅剩高卢、利比亚、意大利本土和波兰境内的零星点点。

电脑显示，杜恩的意大利执行官这一角色已不复存在，潜在的暗杀不会置他于死地。随着罗马落入来自尼日利亚和美国的侵略军之手，他明白失败和摧毁已在所难免。昨天还不可能，今日已无力回天。

他仍不甘心，忘了早上刚解雇了格雷，给他发了一条紧急通知。格雷一如既往地恭敬地回了电话。

“出价挂牌意大利。”赫尔曼吩咐他。

“现在吗？那都成一个烂摊子了。”

“我兴许能让它渡过难关。我兴许还有这个能力。他已经证明了他自己了。”

“我试试看吧。”格雷说。

到了半夜，屏幕上的粉红色已不复存在。其他玩家和电脑严格遵循公众行为的铁律，没有给意大利任何复燃的机会。状态栏显示：“伊朗：刚刚独立；意大利：不复存在；日本：为独霸西伯利亚正与中国和印度鏖战……”没有特别告示。什么也没有。意大利不复存在。

赫尔曼铁青着脸，逐条回顾电脑能找到的所有资料。杜恩是怎么干的？不可能啊。但仔细研究了几个小时的资料后，赫尔曼开始明白了。杜恩早已安插了无数的隐患，在这儿延缓一下革命，在那儿点一把火，这边煽一把风，那边安抚一下，所以一旦爆发，革命就是全面的。因此意大利才败象毕露，瞬间荡然无存。他对仇恨的把握超过电脑的模拟，他把帝国毁灭得比任何人都彻底。在为自己苦心创立又沦为废墟的帝国痛心的同时，赫尔曼不得不承认，杜恩的一举一动都充满霸气。可惜，他是个魔王，是要被消灭的王权。

“上帝跟前的伟大猎人。”杜恩说。赫尔曼一转身，见杜恩站在自己的客厅里。

“你是怎么进来的？”赫尔曼结结巴巴地问。

“动用了点关系。”杜恩说着，笑了，“我知道你不会让我进来，但我非见你不可。”

“你见过了。”赫尔曼转身要走。

“想不到，它垮得那么快。”杜恩说。

“真高兴得知还有让你意外的事。”

杜恩本可以再说点什么，但赫尔曼过度紧张，失去了自制。他没有哭，但紧紧地抓住电脑的操纵台，仿佛生怕一松手，首星自转的离心力将把他抛进太空。

格雷和两名医生接到杜恩的匿名电话，赶到了赫尔曼的公寓，医生掰开他紧紧抓着操纵台的手指，将他扶到床上，注射了一针镇静剂，又交代了格雷几句，随后出了门——没什么大碍，就是一天之内经历了太多，仅此而已。一觉醒来，他就会好多了。

赫尔曼一觉醒来，感觉好多了。一夜无梦，镇静剂立竿见影。人造阳光洒进昂贵的假窗户，仿佛佛罗伦萨郊外的乡村，但其实不过是隔壁一套一样的公寓。赫尔曼望着阳光，不知道这种错觉是否妥当。他出生在首星，不清楚那天阳光是否真的洒进了窗户。

艾伯纳·杜恩沐浴着炫目的灯光，正躺在椅子上。他睡着了。看见杜恩，如潮的情感又向赫尔曼涌来，但他保持着镇定。药性还没过，他对事物出奇地镇定。他仔细看了看外孙熟睡的脸，一时想不明白为何那里面藏着如此仇恨。

杜恩醒了。他连忙向外公望去，见他也醒着，对自己微微一笑。但他没出声，只是站起身，将椅子挪到了赫尔曼的床边。赫尔曼默默地看着他，不知道接下来要发生什么。但药性麻醉着他，所以不管发生什么，赫尔曼都无所谓。

“都放下了吧？”他轻声地问，杜恩只是报以开怀的一笑。

“你太年轻了。”杜恩说，接着伸手，轻轻抚摸着赫尔曼的额头，他出手太快，赫尔曼来不及躲（麻醉药也容不得他躲）。他干燥的手摩挲着他皮肤上刚刚出现的淡淡皱纹，“你太年轻了。”

我吗？赫尔曼心想，他以前很少想到自己的真实年纪。他注射森卡是在——什么，七十年前？按一年醒四年睡的平均进度，意味着从他第一次接触长生不老的森卡以来，只过了短短十七年的主观时间。这十七年，他都用来一门心思地经营意大利。可是——

可是这十七年还不到他人生的一半。主观上，他还不到四十。主观上，他可以东山再起。主观上，他还有充足的时间经营一个连杜恩都打不垮的帝国。

“但我不能，不是吗？”赫尔曼自问，一不小心说出了自己的秘密。

杜恩明白。“我详细研究了你的手法，外公。”他说，“但你永远也不会知道我捣毁它的手法。”

赫尔曼惨然一笑（药性没过，他只能如此），“这是我疏忽了的一个地方。”

“却是唯一的一劳永逸的地方。固若金汤，外公，不论我出不出手，你一手经营的美丽帝国终将要垮。但我摧毁得更彻底、更有效，将它变成了一片永远也别想重建的废墟，永远。”

药性攫取了赫尔曼的愤怒和仇恨，转化为悔恨和淡淡的悲伤，泪珠随着他眨动的眼睛从眼睑上滚落。

“意大利非常漂亮。”他说。

杜恩只是点了点头。

泪水慢慢地落在枕头上，“你为什么要这么做，孩子？”

“练手。”

“练什么手？”

“拯救人类。”

在药物的作用下，赫尔曼对此只能报以一笑。“好一个热身赛，小伙子。意大利之后，下一个目标是谁？”

杜恩没有回答。他走向窗户，望着窗外。

“你知道窗外是一片怎样的天地吗？”

赫尔曼嘟哝了一句“不知道”。

“农民们在榨橄榄油，运食品去佛罗伦萨。多美的一幕，外公，一派田园风光。”

“春天？要不，是秋天？”

“谁还记得？”杜恩反问道，“谁又在乎？季节不过是我们提到其他星球时才说到的玩意儿，但在首星，谁又在乎季节。我们是万物之主，不是吗？帝国强大无匹，敌人进攻我们无异于蚍蜉撼树。”

赫尔曼听不懂蚍蜉这个词，但懒得问。

“外公，这个帝国稳定。兴许不如意大利完美，但强大、牢固，有森卡保精英人士活上几个世纪，谁还有推翻这个帝国的本事？”

赫尔曼绞尽脑汁。他从没把帝国当作一个国家，像国际游戏中的国家那样。帝国是，是真实的，坚不可摧。“帝国坚不可摧。”赫尔曼说。

“我能将它摧毁。”杜恩说。

“你疯了。”赫尔曼答道。

“也许吧。”杜恩说。此后话变得有一搭没一搭的，药劲上来，赫尔曼要睡了。他睡了过去。

“我要见杜恩。”赫尔曼吩咐格雷。

“依我看，”格雷委婉地说，“你上个月见过不少次了。”

“我想见见他。”

“赫尔曼，你这是强迫症。医生嘱咐我不能让你心烦。你只要安分几个月，我们就带你回去休眠，我也会返还你那百分之五十的授权。”

“我可不想被当成精神失常了。”

“这只是个技术手段，我们这才保住了你的命，你又不是不知道。”

“格雷，我只是想提醒——”

“别提那茬儿，这部电话有人监听。赫尔曼，这个帝国对你关于杜恩的感情用事的理论不感兴趣——”

“这是他亲口说的！”

“艾伯纳·杜恩摧毁了意大利，虽然此举丑恶、无情、莫名其妙，但合法。你现在又幻想他还要摧毁帝国——”

“这不是幻想！”赫尔曼吼道。

“赫尔曼，医生说我只能称之为幻想，为的是让你认清事实。”

“他要摧毁这个帝国！他有这个本事！”

“说这种话是叛国，赫尔曼。不再提它，我们还能合法地宣布你恢复了神志。但如果你在有行为能力的情况下一味固执己见，女王陛下的妈咪宝贝们也许很快会把你就地正法。”

“格雷，不管我的神志是否清醒，我有话要对杜恩说！”

“赫尔曼，算了吧。别再想这事儿了，这不过是场游戏。他是你的外孙，他心里不痛快，所以不想让你好过。但别让这事儿把你弄成这样。”

“格雷，你去跟医生说，我有话要和杜恩谈！”

格雷叹了口气，“你答应我一个条件，我就去跟他们说。”

“什么条件？”

“如果他们同意你见杜恩，你不得再提第二次。”

“我答应，就见这一次。”

“那好，我尽力而为吧。”

格雷与赫尔曼都挂了电话。他的电话现在只能打到格雷的办公室，别的都拨不通。他出不了门，他的电脑也看不了直播游戏。

不到一个小时，格雷就回了电话。

“怎样？”赫尔曼迫不及待地问。

“他们答应了。”

“给我接通他的电话。”赫尔曼说。

“我试过了，接不通。”

“为什么接不通？他会接的！我知道他会！”

“他注射了森卡，赫尔曼。他摧毁——哦，结束游戏后没几天就睡了，没两年他醒不了。”

赫尔曼悲叹一声，挂了电话。

赫尔曼接受了五年的治疗(五年不曾注射森卡)，直到承认自己对杜恩的担忧纯属幻想，承认杜恩从未暗示过要摧毁帝国。当然，赫尔曼从开始就是这么说的，他不傻，知道这就是医生想听的话。但机器不说谎，因此直到仪器显示他说这些话的时候没有撒谎，医生才宣布他康复，格雷的手下（格雷当时已在休眠）交还了他百分之五十的授权。赫尔曼当即签了字，去注射森卡，弥补这几年为了治疗他可笑的妄想而被剥夺的休眠时间。

有将近一个世纪，杜恩与赫尔曼的苏醒时间都不在一个时间段。赫尔曼起初也没有刻意去找杜恩——五年的治疗至少让他暂时失去了对这个外孙的兴趣。后来，他学会了平心静气地回顾改变自己人生的这段小插曲，他回放并仔细研究了这场举世闻名的游戏。相关的研究专著不计其数，《纽伯的意大利衰亡史》罗列的观点多达两千条。在冷静地研究了他构建的这个帝国及其衰亡之路后，他越发想见见自己的外孙兼对手。（不是“再见一面”，医生说得很清楚，自那一战后他根本没“见”过杜恩。）

但当赫尔曼想尽办法查找艾伯纳·杜恩的唤醒日程时，却被告知那涉及国家安全。这说明一件事：杜恩的休眠时间超过十年这一上限，苏醒时间短于两个月这一下限。说明他身居大多数政府要员都难以企及的权力核心。赫尔曼想见他的欲望越发强烈。

主观年龄七十岁那年，赫尔曼终于如愿。帝国历史已经过了几个世纪，赫尔曼不敢大意，凡是电脑能查到的历史，关于帝国的也好，其他的也罢，他一字不落。他也不清楚自己找的究竟是什么，他只能肯定，自己从没找到想找的。有一天，他在休眠室随口问了一句，有人告诉他艾伯纳·杜恩醒了。他们不肯透露杜恩醒了多久，以及何时又将休眠。但这就够了。赫尔曼发了一条信息，出乎意料地迅速收到了回复：杜恩要见他，而且是亲自来见。

他冥思苦想了几个小时，搞不明白自己到底为什么想见杜恩。赫尔曼唯一能确定的是，不是为天伦之乐——家庭对他没有意义。只是一位伟大的玩家想会会打败自己的对手，仅此而已。拿破仑临终前有话要对威灵顿说；希特勒迫切希望和罗斯福谈谈；尤利乌斯心血来潮，急于见见布鲁图。

置你于死地的人，心里到底在想些什么？这是困扰了赫尔曼多年的问题，他不知道这次能不能找到答案，但这将是他最后的机会。五年的治疗让他元气大伤，他知道自己就要死了，少有人能看透这一点。森卡不过是推迟了这一天的到来，但终有到头的日子。

“外公。”一个声音轻轻地叫了一声。赫尔曼立刻醒了，他什么时候睡着的？没关系。站在他眼前的是一个精悍、壮实的男人，他一眼认出了自己的外孙。但看到杜恩如此年轻，依然是许多许多年前，两人斗得难解难分时的样子，他还是不敢相信。

“我传奇的对手。”赫尔曼说着，伸出了手。

杜恩接过他伸过来的手，没有紧紧握住，而是将老人的手摊开在自己的手中。“连森卡都不能让人幸免一死，是吗？”他问道。他眼中的伤感告诉赫尔曼，终究还是有人洞悉森卡在长生的承诺中巧妙暗含的死亡。

“你为什么想见我？”杜恩问。

赫尔曼的老眼中涌出两行浑浊、令人费解的泪水。“我说不好，”他答道，“我只想看看你最近过得怎么样。”

"好着呢，"杜恩说，"最近几个世纪，我这个部门在几十个星球都安排了殖民。敌人落荒而逃，他们要是胆敢对着干，我们就把他们赶尽杀绝。帝国日益强大。"

"我太高兴了，很高兴帝国正日益强大。创建一个帝国真有趣。"他莫名其妙地又补充了一句，"我创建过一个帝国呢。"

"我知道，"杜恩说，"我毁掉的。"

"哦，对，对，"赫尔曼说，"所以我才想见见你。"

杜恩点了点头，等着他问。

"我想不明白。我想知道，你为什么偏偏要选我，你为什么这么干。我想不起来了，你知道，我的记性大不如前了。"

"是人都会这样，外公。"杜恩笑了笑，握住老人的手，"我挑中你，是因为你是最了不起的；我挑中你，是因为你是我能攀登的最高的一座山峰。"

"可你为什么，为什么把它给毁了？你为什么不另建一个帝国呢，就为了报复我？"这就是问题所在，嗯，没错，这是症结所在，赫尔曼心想。他相当满意，尽管他仍觉得有点小小的疑惑。他不曾和杜恩谈过吗，杜恩回答过他吗？没有，绝对没有。

杜恩望着远方，"你不知道答案？"

"哦，"赫尔曼说着，忍不住哈哈大笑，"我一度精神失常，你也知道。以为你是去摧毁这个帝国了。好在他们把我给治好了。"

杜恩点了点头，有些伤感。

"但我现在好了。我想弄明白，只想弄明白。"

"我摧毁——我攻打了你的帝国，外公，因为它太漂亮了，非终结不可。如果你完成了大业，赢了全盘，这场游戏就要结束，接着会发生什么？它就不会流传千古。但现在，它流传千古了。"

"好笑，是吧，"赫尔曼说着，一时不知从何说起。不等杜恩接话，他又说，"最伟大的创建者和最伟大的破坏者应该是一家人，应该是外公和外孙。好笑不？"

"出自一家人，是吗？"杜恩笑着说。

“我为你骄傲，杜恩，”赫尔曼这次说的是心里话，“我很高兴那个实力雄厚到能将我打败的人流着我的血，是我的——”

“骨肉。”杜恩插了一句，“你终于信教了。”

“我想不起来，”赫尔曼说，“我记性出问题了，艾伯纳·杜恩，什么事都糊里糊涂的。我是信教的人吗？还是别人？”

杜恩的眼里充满了愧疚，他伸手抚摸着软椅中的老人。杜恩跪下身，抱着他。“是我不好，”他说，“我不知道这会让你那么伤心。我真不是故意的。”

赫尔曼却哈哈大笑，“哦，那次醒来又没下注，我一个子儿都没损失。”

杜恩紧紧地搂着他，又说了一句，“是我不好，外公。”

“好了，好了，我不在乎输赢，”赫尔曼答道，“长远来看，那不过是场游戏，不是吗？”

十七

祭婴

Killing Children

门咔哒一声开了，他没有从正在搭的高高一堆软塑料积木前转过身。他正从散落在暖烘烘的地板上的一堆积木中翻找一块橙色的。橙色一定不能少，要不拼不出图案。

“林克瑞？”身后传来一个再熟悉不过的声音。在所有的声响中，只有这个声音能把他吓得转身。我已经杀了她，他暗想，她死了。

但他慢慢地转过身，发现的确是妈妈。脸，声音，曼妙的身姿（不到四十五岁！不可能有四十五！），以及洁白的衣着和眼中闪烁的惊恐。是妈妈无疑。

“是林克瑞吗？”她又问了一句。

“你好，妈妈。”他傻乎乎地应了一声。他注意到自己声音低沉、缓慢，听上去像个傻子。但他没再说话，只是冲她笑了笑（灯光仿佛为她的头发加了一层光晕，罩衫不经意地勾勒出她胸部优美的曲线。别，别看那些，那是我母亲。她怎么没死？上帝呀，难道那是梦，这才是现实？还是说，这就是幻觉，我也因此来了这里？），一两滴泪水模糊了他的视线，一时看不清楚。朦胧中，他一时以为她不是金发，而是一头褐色头发；但她一向是金发——

见他流了泪，妈妈没再理会他飘忽不定的眼光和随后闪烁其间的疯狂，伸出了胳膊。仅仅维持了一秒，她就换成双手叉腰的姿势（瞧她臀尖和凸起的腹部形成的两个微微下垂的窝窝，林克瑞心想），摆出一副生气加痛心的表情，“怎么，我儿子连抱我一下都不肯？”

这句话是让身高一米九的林克瑞从地板上站起来的咒语。他走向她，伸出两条长长的胳膊——

“不要——”她咯咯地笑着，伸出手一把推开他，“不要，就一个轻吻。亲一个。”

她淘气地撅起嘴，他也撅起自己的嘴唇，俯下身。但最后一刻，她却偏过脑袋，他吻到了她的耳朵和头发。

“哎呀，口水真多。”她用令人反感的声音说着，伸手从裤袋掏出一张纸，一边擦着耳朵，一边轻声地笑着，“笨手笨脚的，林克瑞，你一向这么笨手笨脚的……”

林克瑞狼狈地站在那儿，像从前无数次一样，不知道接下来该怎样才不至于惹来一顿臭骂。他一动不动，狼狈地站在那儿，他明白自己应该做点什么，非做不可，可惜他非但拿不出主意，脑海里还一遍遍地回放同一个场景，回想起自己用孩子气的声音喊道，“妈妈生气了，妈妈生气了，妈妈生气了。”

她望着他，嘴角似笑非笑（她的双唇闪着自然的光泽，似张似合，舌头与牙齿玩着爱的游戏），不知道接下来会发生什么。

“林克瑞？”她说，“林克瑞，你就不能对妈妈笑一个吗？”

林克瑞绞尽脑汁地回想笑是一种什么样的感觉。他的脸想必牵动了几块肌肉，觉得紧绷绷的——

“不！”她尖叫了一声，猛地往后一退，撞上了关起的门。她显然以为门是开着的，仿佛这里不是精神病医院，病人可以在走廊里爱怎么逛就怎么逛似的。她转身用拳头捶着门，声嘶力竭地喊道，“放我出去！”

几个笑容可掬的高个男人把她放了出去，他们一天要带林克瑞去五次浴室，因为他内急的时候不知怎的老会忘了说一声。门在她身后关上的时候，林克瑞仍一动不动地站在原地，没想明白自己该做什么，也不明白自己的手为什么伸在身前，做出抓住一个圆形的东西，一个竖的、柱状东西的姿势，或许是一个人的咽喉。

坐在霍尔特医生办公室里的丹诺尔太太很漂亮，神态自若，令人意乱神迷。霍尔特一时怀疑，她与几分钟前还扑在自己怀里哭得花枝乱颤的女人是否同一个人。

“我只关心我的儿子，”她说，“他不见了，失踪了足足七个月。我知道你们又找到了他，我要带他回家，就现在！”

霍尔特叹了口气，“丹诺尔夫人，林克瑞是背负着刑事责任的精神病人。这是家政府机构。不知你可记得？他谋杀了一个姑娘。”

“肯定是她咎由自取。”

“她供他吃住，照顾了他七个月，丹诺尔夫人。”

“肯定是她引诱的，导致他误入歧途。”

“他们夜夜交欢，难舍难分。”

丹诺尔夫人呆住了，“我儿子说的？”

“不。楼下的租户对警察说的。”

“那就是道听途说了。”

“帝国政府投在这颗星球的预算有限，丹诺尔夫人，住公寓的人多半没有什么隐私可言。”

丹诺尔夫人一惊，显然是对穷人的处境感到恶心，得知他们挤在这块蒙昧的殖民地的这个蒙昧的首都。

“这儿真不是人待的地方。”她说。

“终有一天会好起来的。”霍尔特答道，“你儿子厌恶这个世界，或者确切地说，他厌恶他所看到的，关于这个世界的一切。”

“我感同身受。那些丑恶的野蛮人——那些城里人也好不了多少。”

霍尔特被她的颠倒黑白给逗乐了——她不分高低贵贱，都一视同仁，结果在她眼里反倒是人人平等。“不管怎么说，林克瑞都得留在这里，我们得想办法治好他。”

“哦，那正是我所渴求的，让他变回从前那个乖巧可爱的孩子。我不相信他真的杀了人！”

“现场有十七名目击证人，包括两个住了院的；他们掰开他掐着尸体的手后，他转而奔着他们去了。确凿无疑，他杀了她。”

“为什么？”她情绪激动地说。看到她激动得胸脯一起一伏，霍尔特乐了。这种夸夸其谈、爱出风头的人，他这辈子见得多了。“他为什么要杀她？”

“丹诺尔夫人，就因为，除了发色和年轻几岁之外，她几乎和你一模一样。”

丹诺尔夫人挺直了身体，“上帝啊。医生，你不是在开玩笑吧！”

“自从到了这儿，林克瑞从未改口的唯一一件事就是，他坚信自己杀的是你。”

“简直骇人听闻，令人作呕。”

“有时候他哭着说他错了，再也不敢了。但大多数时候，他为此洋洋得意，笑得非常开心；就像是他一直在玩一个游戏，输了无数次，这回终于赢了。”

“难道这就是这颗鸟不拉屎的星球上的所谓心理学？”

“这也是首星上的所谓心理学，丹诺尔夫人，我是在那儿拿的学位。请放心，我可没凭空捏造文凭。”见鬼，他心想，我干吗要被这个女人弄得疲于招架？“我们认为，让他看见你还活着，兴许对治疗有帮助。”

“的确，他刚就想掐我。”

“看吧。所以，你确定还想带他回家，就现在？”

“我请你治好他，然后送他回家！自从他父亲过世，孤苦伶仃的我还能爱谁？”

你自己，霍尔特险些说出口。天，我变聪明了。

门铃响了。太好了，霍尔特回过神。他按了按门禁装置，进来的是护士长格拉姆，看上去惊魂不定。

“该林克瑞上厕所了，”他照例从中间说起，“但他不见了。我们上上下下找了个遍，他不在这座大楼里。”

丹诺尔夫人倒吸了一口凉气，“不在楼里！”

霍尔特说，“这是他妈妈。”格拉姆接着说，“他钻进天花板，出了空调系统。想不到他那么强壮。”

“哦，多好的医院！”

霍尔特终于没按捺住，“丹诺尔夫人，作为医院，它的质量无懈可击；但作为监狱，这所医院差强人意。这事请你找政府说。”又在辩解，见鬼，我干吗非被这婊子逼得疲于招架？我开始理解林克瑞了，“丹诺尔夫人，请在这儿等着。”

“不行。”

“那就回家。放心好了，在我们找他的这阵子，你纯属多余。”

她瞪着他，不肯让步。

他点了点头。“请便。”说着，他从桌上拿起门禁，出了办公室，然后把门摔在跟上来的丹诺尔夫人脸上。有一种坏坏的满足感。

“我也想掐死她。”他对格拉姆说。没听明白的格拉姆显得有点儿担心。“一句玩笑，格拉姆，我不想杀人。他去哪儿了？”

格拉姆毫无头绪，两人只好出去瞧瞧。

林克瑞蜷缩在隔离带下。这道长数英里、密不透风的金属围墙，隔绝着墙内文明与外面的蛮荒世界。晚风吹拂着浓密的草丛和平原上绵延的群山，这颗星球的名字“潘帕斯”就取自这块大平原。太阳还有两指高，林克瑞心里明白，从几英里外就能清清楚楚地看见自己。这会儿肯定在到处找他的公务人员看得见他；瓦克也看得见他，他们就在山背后，等着吃像他这样走失的孩子。

不，我可不是个孩子。

他看了看自己的手。这双手强壮有力，但未经风霜，像艺术家的手一样细腻、优雅。

“你应该当艺术家。”扎德对他说过。

“你说我？”林克瑞轻声反问，被这个提议逗乐了。

“对，你。”她说，“你看，”她的手扫了一圈屋子，他忍不住顺着她的手，看见一面墙上挂满了待售的挂毯。另一面墙则辟出来挂厚厚的小地毯，以及摆扎德工作用的织机。还有一面墙镶着落地窗（有人告诉政府建筑师，玻璃便宜）。这里位于首都绝大多数人居住的年久失修的、一模一样的政府住宅区。再往外，是高高在上、管辖着数万生民的政府办公区。算上瓦克就是掌管数百万人。当然他们从来不算。

“不对，”扎德笑着说，“亲爱的林克瑞。你瞧，是那堵墙。”

顺着她的手指望去，他看见墙上尽是画，铅笔画、蜡笔画以及粉笔画。

“你也能画。”

“我，笨手笨脚。”哦，你这个笨手笨脚的孩子，他记得妈妈常说。

扎德抓起他的手揽住自己的腰。“你的手可不笨。”她说着，咯咯笑了。

他伸手捏起一支炭笔，在她手把手的指导下，画了一棵树。

“太棒了。”她说。

他低头看着地面，看见地上自己画出的树；又抬起头，看见了围墙。他们在追我，他想起来。

“我不会让他们抓到你。”扎德说过。他不该对她撒谎说自己是逃犯，但如果她知道他是丹诺尔夫人鲜为人知的儿子，拥有大半个潘帕斯，又会如何对待他？也许会对他有所顾虑。可事实却是他对她有所顾虑。那天晚上，她收留了在外流浪的他；他刚被一个人偷袭过，又被另外两个从他裤袋里翻不出一个子儿的家伙揍了一顿。

“什么，你疯啦？”

他摇着头，终于有点儿明白了。闹了半天，他没有杀母亲吗？

精神病院响起了警笛声。一股求生无路的绝望感让林克瑞紧紧蜷作一团，恨不得变成一丛灌木。但就算变成了，也无济于事不是吗？这里是一片寸草不生的荒漠。

“你画的是什么？”他记得扎德问他。他哭了。

一只虫子蜇了他一下，疼得他一惊，一把将虫子拂了开去。他在干什么？

我在干什么？他心想。接着记起逃出精神病院，穿过迷宫般的楼群，来到这个地带——这里是唯一的希望，因为这里安全。他隐隐约约地想起自己小时候害怕空旷的原野，在妈妈说的故事中，如果你不乖，不吃晚饭，瓦克就会如何如何逮住你。

“你要是再不听话，我就让瓦克咬你，让你知道他们喜欢先吃小孩的哪一部分。”

真是个恶心的女人，林克瑞想过不下上百万次。至少这不遗传。

但也有遗传，不是吗？我逃出的难道不正是精神病院？

他一时糊涂了。但他明白，翻过这道围墙才会有平安，无论那边有没有瓦克；他不能待在那家医院里。他没杀妈妈？他没说过自己很高兴？一旦他们发现他根本没疯，发现他真的冷血到在潘帕斯的大街上掐死了自己的妈妈，没了疯病这个借口，他必死无疑。

我不要死在他们的手里。

铁丝网毫不留情地划着他。顶端的电网能电晕一头母牛，他心想。但他没有放手，身体在强大的电流下不住地颤抖；他翻了过去，铁丝网钩住了他的衣服，最后扯破了衬衫，他才掉了下去；他晕乎乎地躺在地上。又传来一阵警笛声，这次就在附近。

这下他们知道我在哪了，他心想，真是个笨蛋。

他爬起来，身体因触电还在瑟瑟发抖。他恍恍惚惚地走进围墙一百米外随风起伏的高草丛。

太阳刚刚落到地平线。

草又硬又锋利。

寒风刺骨。

他没穿衬衫。

我今晚非冻死在这儿不可。我会被晒死。一贯幸灾乐祸的那部分他冷笑一声，“你活该，弑母的家伙。你罪有应得，俄狄浦斯。”

你全搞错了，你要杀的应该是父亲，对吗？

“啊，你画的是我吗？”扎德问道，看了他画的一幅水彩画，“太像了。除了我不是金发的，你知道。”

他瞧着她，愣了一会儿。他为什么以为是她。

一声响动打断了他的回忆。他听不出是什么，从没听过，也分不清是哪儿传来的。他停下脚步，一动不动地站在原地，听着。他知道自己身在何处了。锉刀似的草划破了他的胳膊、手、腹部和背，在流血。吸血昆虫叮咬着他赤裸的身体；他猛地一抖，把它们抖落开去，只留下满身的肿块——这座星球的魔咒之一，因为肿块不痛不痒，一个人可以流血致死却浑然不觉。

林克瑞扭头看了一眼。政府大楼的灯火在身后闪烁。太阳落山了，平原上笼罩着一抹昏黄的日暮。

又响了一声。他仍分辨不出是什么，但方向明白无误——他循声望去。

两米开外，躺着一个已经哭不动的婴儿，身上的羊水都还没洗去，胎盘就丢在身边。虫子爬满了胎盘和婴儿全身。

林克瑞跪下身，赶走虫子。他看着孩子，胳膊和腿短而粗：他是一个瓦克。但除此之外，林克瑞看不出他与人类婴儿有什么分别，黝黑的皮肤想必是正午炽热的阳光暴晒所致。教过他的家庭教师不计其数，他清楚地记得，其中一位教过瓦克的风俗——与古希腊为保持人口水平而弃婴的风俗如出一辙。婴儿哭了。他心绪难平。为什么偏偏是这个婴儿，要为整个部落的利益牺牲？瓦克的各个部落有来往吗？如果有百分之七的婴儿要为部落牺牲，难道就不能放这百分之七的孩子一条生路？当然不能——林克瑞抚摸着孩子瘦弱的胳膊——除掉多余的孩子更有效率。

他小心翼翼地抱起婴儿（他以前从没抱过，仅在父亲建立的，也是林克瑞“负责”的医院的保温箱里见过），贴在赤裸的胸口，没想到胸口还暖和。婴儿暂时止住了啼哭。林克瑞时而掸一掸从胎盘跳到婴儿或自己身上的虫子。

我们同病相怜，他默默地告诉这个孩子，我们同病相怜，都是多余的孩子。“我真不该生了你。”他仿佛听到妈妈说。这句话她只说过一次，但他记忆犹新。不是演戏，没有做作（就像她的拥抱、亲吻和“我为你骄傲”）。那是她难得一见的真性情，“我真不该生了你，不然也不用在这颗该死的星球上终老！”

妈妈，那为什么不把我丢在这片荒原上，让我自生自灭？这远比把我关在家里，慢刀子杀我仁慈得多。

孩子又哭了起来，小嘴找着这时远在千里之外的胸脯，永远也吮不到渗着乳汁的乳头。妈妈伤心吗？或许吧。或者她说不定是为乳房的胀痛而烦躁，仅仅是盼着妊娠的最后一丝残迹快快消退？

抱着婴儿蹲着，林克瑞一时不知所措。他能把这孩子带回收容所吗？当然，但要付出代价。首先，林克瑞会被抓住，继而被重新关进医院，他们很快就会发现他没疯，继而干净利落、自然而然地把针头推进他的屁股，让他永世长眠。还有这个孩子。他们会如何处理一个墙内的瓦克孩子？他无依无靠，准要遭别的孩子欺负。那些贫穷又顽劣的孩子会任意欺凌这个低自己一等的异类，以此证明自己的能力。学校会把这孩子视作没有学习能力、愚不可及的贱民，像皮球一样踢来踢去，直到有一天，他流落街头，受够了欺凌，掐死一个人，走上了绝路……

林克瑞将孩子重又放了回去。连你的家人都不要你，我这个陌生人也不要你，他心想。孩子哭得声嘶力竭。死吧，孩子，早点解脱，林克瑞心想。“我帮不了你。”他大声说。

“说什么呢，你画得那么好？”扎德不解地问。但林克瑞心知肚明。他原打算画扎德，却画成了妈妈。他终于明白了自己回避了七个月的事实——扎德像他妈妈。所以那一晚他才穿街走巷，两眼不离地跟着她，直到她忍不住问，“你到底——”

“我到底什么？”扎德问。但林克瑞没有作声，只是笨手笨脚地将画揉作一团（你真笨，林克瑞！），按在大腿上，打了这张纸，也是狠狠地打了自己一下。他疼得喊了一声，接着又捶了一下。

“喂！喂，住手！别——”

接着他看到，感到，闻到，听到，妈妈俯下身，头发拂过他的脸庞（香喷喷的头发）。林克瑞顿时又充满无奈的怒火，一段段清晰的记忆让他无可奈何。在这首都的贫民区，政府提供的一套摆满了画的公寓里，他与这个女人一个小时接一个小时地亲热。我是个大人了，他心想，我比她强壮。可她还想处处管着我，还想打我，对我寄予厚望，而我从不知道自己该做什么！于是他不再打自己，他找到了一个更好的目标。

孩子依然哭个不停。林克瑞手足无措，不明白自己为什么发抖。一阵风让他想起，今夜自己要赎却罪孽，死在这片荒原上。他希望孩子被小虫吸干血，被夜里出没的野兽咬死，被风冻死。当然，区别在于，婴儿不懂，也绝不会懂，他会在不知不觉中死去。还不如没有记忆，还不如没有疼痛。

林克瑞伸手掐住婴儿的脖子。不如现在就杀了他，免得半夜再多受罪。可正当他要用力，了断他的血流和呼吸时，林克瑞发现自己下不了手。

“我不是杀手。”林克瑞说，“我帮不了你。”

他站起身，丢下啼哭的孩子走了，拂动草丛的风声淹没了孩子的啼哭。叶片划着他裸露的胸膛，他记起妈妈给他搓澡。“看到了没？只有妈妈才能够到你的背，你离不开我。别给我弄脏了。”

我离不开你。

“这才是妈妈的乖孩子。”

是的，我是，我是乖孩子。

“别碰我，我不许任何男人碰我！”

但你说——

“我受够了男人。你这个杂种，老杂种生的小杂种，害得我都老了！”

可是妈妈——

“不，不，天哪，我都干了什么呀？男人那样不是你的错。你可不一样，你，我可爱的小宝贝，给妈妈一个拥抱——太紧了，哎呀，你个讨厌鬼，你想干吗？回你的房间去！”

他在伸手不见五指的夜色中跌跌撞撞，摔了一跤，草割破了他的手腕。

“你为什么打我？”他听着那个本应是金发的褐发女人喊道。他又打了她一拳，她逃出了公寓，冲向楼梯，跌跌撞撞地冲上了大街。他抓住跌跌撞撞的她，在大马路上掐得她失声尖叫。他要让她知道男人的真面目，然后将她一把扔得远远的。

一把尖刀插进了他的胸膛。

他从草丛中抬起头，只见一个短小粗壮的人。不，不是人，是一个瓦克；也不是一个，是六七个，全副武装，尽管刚从地上爬起来，还睡眼蒙眬。他稀里糊涂地闯进了一个瓦克的宿营地。

总好过虫子和野兽，他心想。一股凶险和寒冷袭上他的脊梁，他两腿发软，等着这一刀。

但刀却没扎到他的心脏，他有些不耐烦了。他刚好就是那个戕害瓦克的男人的继承人，不是吗？他的重型拖拉机把十几个部落的房屋和庄稼夷为平地，他的猎手杀光了流浪到他的地盘上的瓦克。我拥有半颗潘帕斯星球，我是半个值得拥有的世界的主人；杀了我，你们就能重返家园了。

一个瓦克气急败坏地说了句什么。林克瑞估计他说的是扎进去，所以也不耐烦地吼了一句。动手吧，痛快些。

出人意料的是，那个瓦克非但没有回应他对自己的死刑判决，反而退后一步；但他仍拿刀指着林克瑞。瓦克叽里咕噜地说了几句，夹杂着许多颤舌音r和拖长音s ——不是公立学校教孩子们的人类的语言。林克瑞十分清楚，瓦克语言不过是退化的西班牙语，数十篇人类学公报指出，瓦克显然是人们认为在数千年前的星际移民早期，失踪的移民飞船“阿根廷号”的后裔，当时人类刚刚走出那个被他们彻底糟蹋了的小行星。人类，肯定是人类，但无情的潘帕斯导致了他们的丑恶、冷漠、阴险和无情。

不只是野蛮人的专利。

林克瑞伸手轻轻抓住那只拿刀的手，拉回来，刀尖抵住自己的腹部。接着又不耐烦地说了几句。

那个瓦克瞪大了眼睛，扭头看着同样不知所措的同伴。他们叽里咕噜地说了一阵；几个人退了回去，显然是吓坏了。林克瑞不懂。他抓着刀，扎进自己的皮肉；血顺着刀面淌了出来。

瓦克猛地抽出刀，满眼泪水地跪倒在地，抓住林克瑞的手。

林克瑞要推开他的手。谁料这个瓦克跟着他，一点都不反抗。另外几个也围拢过来，他听不懂他们的语言，但看懂了他们的姿势。他们崇拜自己。

几只手将他带到营地的中央，四周摆满烧着一堆堆旺火的泥盆。虫子抛下瓦克，投身火盆，嗞嗞炸响。

他们为他唱歌，哀伤的调子被呜咽的寒风衬托得越发阴沉。他们脱光了他的衣服，摸遍他的全身，慢慢地研究，继而又替他穿上衣服，给他食物（想到那个孩子，这会儿在草丛中等死，他不免痛心），围成一圈在他身边躺下，守护着他睡觉。

你们骗我。我是来送死的，你们骗我。

他痛哭流涕，他们却崇拜他的眼泪，过了大约半个小时，没等一弯冷月升起，他就带着上当受骗的感觉陷入了沉睡。但不知为何，他睡得十分安详。

丹诺尔夫人坐在霍尔特办公室的椅子上，抱紧双臂，恶狠狠地盯着他的一举一动——或一动不动。

“丹诺尔夫人，”他终于开了口，“你如果回家，对大家，包括你自己，都有好处。”

“没好处。”她酸溜溜地答道，“除非你们找到我儿子。”

“丹诺尔夫人，我们连找都没找！”

“所以我才要走？”

“政府晚上不派搜救人员去那片荒原。那无异于送死。”

“这么说林克瑞没救了。你听好了，霍尔特先生，这家医院会为不作为后悔的。”

他叹了口气。他肯定要为医院后悔，丹诺尔家一年的捐款占医院运营预算的一半。一部分薪水直接就没了，而且是他的，这一点毫无疑问。这反倒让他放松下来（再说他太累了），索性丢开官样文章，扔了句大实话。

“你知不知道，丹诺尔夫人，在我们百分之九十的病例中，治疗患者的父母，是治愈患者最有效的一步？”

她闭紧双唇，线条硬起。

“你知不知道，你儿子根本不是什么精神病患？”

听到这里，她哈哈大笑，“好。这更加是带他离开这里的理由——如果他能在那个冒充改造了的星球的鬼地方挺过今晚的话。”

“其实，你儿子神志相当清醒。有一半时候，他是个非常聪明、非常富于创造力的小伙子。非常像他的父亲。”这句话有意戳一下她的痛处。还真有效。

她腾地从椅子上站起身，“我不想听到那个狗杂种。”

“但另一半时间，他在不断重演儿时的情景。按成年人的标准，孩子都不理智，个个都一样。他们的自我防卫，他们的环境适应，无不如此，成年人一旦这么做，会被认为是个十足的疯子。妄想狂，行动，否认，自毁。就某些方面来说，丹诺尔夫人，你儿子深陷童年时期的阴影，不能自拔。”

“你认为，原因在我。”

“其实，这不只是个观点。林克瑞唯一清醒的时候是他认为自己杀了你。认为你死了，他就像个成年人；认为你还活着，他就像个婴儿。”

越扯越远。她怒吼一声，隔着桌子给了他一记。她用手指挠他的脸，另一只手在桌上乱舞，将文件和书撒了一地。他一边用一只手与她扭打，另一只手好不容易按响了呼叫铃。医生赶过来把她拖开，劝进一个房间休息的时候，他又被扯了一把头发，小腿青一块紫一块。

清晨。平原上毛茸茸的鸟儿醒了，沐浴着晨曦，敏捷地穿梭于草丛，寻找昨晚吃得圆滚滚、这会儿懒洋洋的吸血虫。林克瑞也醒了，在旷野中醒来，躺在如席的草地上，听着鸟儿欢唱，觉得意外的自然、惬意。在令人快乐的旷野中有没有点滴值得回味的种族记忆？他想知道。但他打了个哈欠，起身伸了个懒腰，只觉得精力充沛，神清气爽。

几个瓦克忙着早间的工作，收拾一天的行装，做冷冰冰的肉和热水这一简陋早餐的时候，眼睛始终没离开过他。吃完了早餐，他们走到他跟前，又扶着他，跪倒在地，对他做着神秘的手势。完了以后（林克瑞悲叹，谋杀和崇拜是人类与瓦克间唯一的交流，真是咄咄怪事），他们领着林克瑞出了营地，向昨晚来时的方向走去。

到了白天他才明白，为什么和瓦克在他们的地盘狭路相逢，人类绝不是对手。他们都很矮，没有一个高过茂密的草丛。林克瑞发现，看不到一个露出草丛，达到常人标准的高个子。草地吞没了他们的足迹，在他们身后合拢，掩护着他们的行踪。他不无夸张地想，一队瓦克可以在目光如炬的人类眼皮底下不声不响地通过。

他们把他带回了弃婴的地方。林克瑞震惊了，没想到他们竟会回到犯罪现场。他们不以杀人为耻吗？他们起码该顾全面子，忘了那个孩子的存在，而不是得意洋洋地回来。

他们围着那具小小的尸体（他们到底是如何在草丛中找到他的？），林克瑞低头看了一眼。

夜间来了一只野兽，接着又是几只。第一只咬掉了婴儿的生殖器，啃穿他的肚子，吃掉了柔滑的内脏，瞧都不瞧一眼骨肉。尸体和胎盘引来大群的昆虫，它们迫不及待地进攻啃食骨肉的野兽，野兽还没吃完，就被咬得失血而死。虫子越聚越多，吸血、产卵、死去。后来的野兽死得更快。

接着轮到了鸟儿。林克瑞和瓦克赶到时，它们还在上空盘旋，吃着垂死的昆虫，却对昆虫产在草叶上的卵视而不见。虫卵今晚将在原地孵化，幸运的能在饿死前找到食物。找到食物，拼命产卵。一夜的生命。

野兽啃掉婴儿的胯部，却没碰其他。

几个瓦克跪下来，冲林克瑞点了点头，开始割孩子的尸体。刀法干净利落。从胸骨到髋骨，胸部的刀口呈一个U形，瓦克两刀划开他的胳膊，割下了头；刀刀利落，不一会儿工夫，尸体就被剥光了皮。

他们接着吃了起来。

林克瑞望着，吓得毛骨悚然，他们每人轮流向他举起一条生肉，像在向他供奉。每次他都摇了摇头，每次瓦克都（感恩地）嘀咕几句，接着大快朵颐。

等到只剩下骨头、皮和心脏，瓦克将皮平滑的一面朝上，摊在林克瑞的面前。他们捡起这堆骨头，递给他。他接过骨头。碰上这种野蛮行径，他不敢不接。他们等着。

现在该怎么办？他不知道。见他捧着骨头跪在地上，一动不动，瓦克们一时傻了。他模糊忆起学过的古代史，于是将骨头抛在人皮上，接着站起身，在裤腿上揩了揩手上的血。

几个瓦克望着骨头，指指这，又指指那。林克瑞看不出散落在人皮上的骨头呈什么图案，不过最后，他们咧着嘴，为那堆骨头的寓意而欣喜若狂，欢呼雀跃。

结果是好兆头，林克瑞庆幸万分。结果要是预示灾难，天晓得他们会干出什么？

几个瓦克决定报答他。他们拿起孩子的头颅，递了过来。

他不肯接。

对方迷惑不解，他也不知所措。他是不是应该吃了这颗头颅？太吓人了，头没放过血，如同一具实验室标本，让他想起了——

不，他不吃。

但瓦克并不生气。他们似乎理解他的心情，拿起骨头，在富饶的草地上扒了一个个浅浅的坑，将骨头一一埋进了坑内。跟着，他们拿起人皮，披在林克瑞赤裸的肩头，意思是说（他突然记起来了），他就是那个孩子。那个头领的手势证明他们深信这一点，他连连抬手，从人皮和头颅指点到林克瑞，然后停下，等着林克瑞回答。

林克瑞不知如何作答。如果他不承认自己是那个孩子的灵魂、转世或者别的什么，他们会不会杀了他？如果他承认自己是，他们会不会杀了他，以结束这场献祭？哪样他都没活路，而他今早刚好不是很想送死。

他凝视着孩子没有生气的脸，想起这个婴儿昨晚还活着，摸他的时候还有反应，他发现，他们明白的道理不过尔尔。是的，他就是这个婴儿，任人和野兽宰割、抛弃，被埋进上百个小小的坟墓里。是的，他死了。他点头承认，表示赞同。

几个瓦克点了点头，轮流上前吻他。他不知道这一吻是要走，还是要动手的前奏；但他们接着又一一吻了他托在手中的孩子的头，见他们的嘴唇轻轻地落在婴儿的额头、脸颊或嘴上，他不禁悲从中来，低声地饮泣。

看见他流泪，几个瓦克慌了，私下小声嘀嘀咕咕了一阵，接着丢下林克瑞和孩子的尸骨，默默消失在杂草丛中。

霍尔特医生一早醒来，连忙赶去见丹诺尔夫人。她双手交叉，放在两腿中间，坐在一间空房间里。他敲了敲门，她抬头，透过窗户看了他一眼，冲他点点头，他走了进来。

“早上好。”他问候了一声。

“好吗？”她问，“我儿子死了，霍尔特医生。”

“也未必。他不是第一个在草原上熬过一夜的生还者，丹诺尔夫人。”

她只是摇摇头。

“昨晚多有得罪。”他说，“我太累了。”

“你说得千真万确，”她答道，“我早上四点就醒了，冷静也好，不冷静也罢。我思前想后。错都在我。我害了自己的儿子，就因为有我这样的妈妈。我恨不能替他出去，死在荒原上。”

“那又有何益？”

她以哭作答，他等着。不一会儿她就止住了哭声。“是我不好，”她说，“我断断续续地哭了一个早上。”说着，她恳切地望着霍尔特，“求你救救我。”

他同情但不无得意地笑了笑，说，“我尽力而为。何不说说你都想了些什么？”

她苦笑一下，“都是又臭又长不堪回首的往事，多半时间在想我的丈夫。”

“那个你不喜欢的人。”

“我讨厌的人。他娶我是因为否则我不跟他上床。他睡了我，后来我怀了孕；他接着又去找了别人。林克瑞是个男孩，他高兴坏了，于是改了遗嘱，财产都留给了儿子，一个子儿都没给我。再后来，他把这个星球上的所有姑娘和一半小伙睡了个遍，跟着被一台拖拉机碾了过去，我拍手称快。”

“他在这个星球上的声望很高。”

“人们对钱看得一向很高。”

“人们往往也看重美。”

一听到这儿，她又哭了起来。她捏着嗓子，用小姑娘的声线抽抽搭搭地说，“我只想去首星。去结识首星的名流雅士，打一针森卡，好长生不老，永葆青春。除了容颜，我别无所有，没钱，没文化，一无所长，连做母亲的本事也没有。你知道只有一样让人爱你的东西的感觉吗？”

不知道，霍尔特心想，但能想象悲莫大于此。

“你是你儿子的监护人，你原本可以带他去首星。”

“不，我不能。法律是这样规定的，霍尔特。在这个星球取得正式的州级地位前，这里的资金不得外流。这条法律保护我们免遭剥削。”说到这个词，她唾了一口，“不是州，我们就没资格注射森卡，没有活着的机会！”

“我们当中也有人，不愿为了晚死几年而一睡不起。”霍尔特说。

“那是你们愚不可及。”她反唇相讥。他险些承认了。他对长生不老不感兴趣。睡梦中度日纯属虚度光阴。但他也明白其中的魔力，明白到殖民地的人多半不是走投无路，就是愚不可及；明白天资聪明或有权有势的人，都会待在森卡唾手可得的地方。

“不光是法律，”她说，“我那该死的丈夫把全部财产都限定了继承地，统统限定了继承地。一个子儿都拿不出潘帕斯。”

“哦。”

“所以我等着，盼着儿子长大成人，我们能想个法子，到——”

“如果没生儿子，钱都会留给你，你可以卖给一个这个世界以外的人，然后一走了之。”

她点点头，又哭了起来

“难怪你恨自己的儿子。”

“累赘。他是个累赘，把我拴在了这儿，消磨了我的容颜和身段，剥夺了我唯一的资产。”

“你依然漂亮。”

“我四十五了，来不及了。就算我今天就去首星，他们也不会让一个过了四十一岁的人休眠。这是法律。”

“我知道。所以——”

“所以待在这里，好自为之？谢谢你医生，我还不如自己请一个你这样的牧师。”

她嘟哝了一句，扭头不再理他。“现在那孩子死了，但为时已晚。他为什么偏偏去年不死？”

林克瑞为埋了那孩子的坟头拍上最后一把土。他的泪已哭干，身上的液体只剩下顶着火辣辣的太阳挖开粗壮的草根时流出的汗水。难怪瓦克只挖几个浅坑掩埋尸骨，直到下午他才终于干完。

但他一边埋，一边强作镇定，冷静地重整脑海中的记忆，将它们一一埋进孩子的坟墓。他在街头杀的不是妈妈，是扎德。妈妈还活着；她昨天还来看过我，所以我才逃出医院，所以我才想要自杀。如果有人该活，那是扎德。如果有人该死，那是妈妈。

他恨不得蜷作一团，躲进清凉的草荫下，一口咬定这一切都不曾发生，一口咬定自己从未超过五岁。但他顶住了这些想法，认准了事实，认准了他的人生历程，不再逃避。

你，孩子，他心想，我就是你。我昨晚来到这里，死在这片草地，被野兽生吞活剥，被昆虫吸干鲜血。我如愿以偿；瓦克吃了我的肉，现在将我埋在了这里。

孩子，我埋葬了你，我兴许是从前的你。我没有过去，只有未来；我要从这里重新开始，没有母亲，未沾鲜血，部落弃我，生人不收。我身在异乡，无牵无挂。我将是你，从此自由自在。

他掸了掸手上的泥土，不顾背上火辣辣的晒痕，站起身。四周草叶上的虫卵开始孵化，刚孵化的昆虫只顾自相残杀，因此活下来的是数千只身强体壮，以同类为食的家伙。林克瑞没去看这场赤裸裸的弱肉强食，转身直奔政府大楼。

他没走大门，而是翻越围墙，忍受攀住墙顶的电网时通过全身的电流。他在警报声中走进了医院。

办公室里只有霍尔特一个人，正吃着格拉姆端来的下午茶。听见敲门声，他打开一看，进来的是林克瑞。

霍尔特一惊，但出于多年的职业习惯，没露声色；恰恰相反，他心平气和地看着。林克瑞走向一把椅子，舒舒服服地坐下，叹了口气，往后一靠。

“欢迎回来。”霍尔特说。

“希望我没闯什么大祸。”林克瑞答道。

“昨晚在荒原过得可好？”

林克瑞低头看着累累的伤痕。“不好过，但疗效显著。”

一阵沉默。霍尔特又咬了一口三明治。

“霍尔特医生，我现在神志清醒。我知道妈妈还活着，我知道我亲手杀了扎德，我还知道我杀人的时候神志不清。我明白，并承认这些事实。”

霍尔特点了点头。

“医生，我相信我现在神志清醒，我相信自己能与大多数人一样准确地观察这个世界，举止得体。只可惜——”

“只可惜什么？”

“只可惜我是林克瑞·丹诺尔，众所周知，只要我具备行为能力，势必要接手一笔巨大的财富，以及将长期雇佣潘帕斯大半民众的大型企业。我只能住进城里的一处大宅，而那里也会住着我妈妈。”

“嗯。”

“医生，如果别无选择而与她住在一起，我估计都清醒不了十五分钟。”

“她多少改变了一些。”霍尔特医生说，“我现在对她多少有些了解。”

“这么多年，我对她太了解了，她永远也改不了，霍尔特医生。但关键是，有她在我身边，我也永远改不了。”

霍尔特深吸了一口气，往椅子上一靠。“你在荒原里到底经历了什么？”

林克瑞凄然一笑，“我死了，然后亲手埋了自己。我不想再过那样的生活，我宁愿装疯卖傻地在这里待一辈子，也决不回去。回去，我就要忍受这辈子痛恨的一切，忍受亲手杀了唯一爱过的人，那是段痛苦的记忆。清醒是我消受不了的快乐。”

霍尔特医生点了点头。

有人敲门，林克瑞挺直了身体。“谁？”霍尔特问。

“是我，霍尔特医生。”

林克瑞噌地站起身，围着办公室转了一圈，最后走到了远离门口的一面墙。

“我在接诊，丹诺尔夫人。”

即使隔着一道厚厚的门，她的声音依然咄咄逼人。“我听说林克瑞回来了。我听见你正和他说话呢。”

“走吧，丹诺尔夫人，”霍尔特医生说，“时机成熟，会让你见儿子的。”

“我现在就要见他。我手上的文件说我可以见他。我中午从法院拿到的。我要见他。”

霍尔特转身望着林克瑞，“她想在了前头，不是吗？”

林克瑞不住地发抖，“她要是进来了，我就杀了她。”

“好吧，丹诺尔夫人，请稍等。”

“不！”林克瑞喊着，身体不住地痉挛，仿佛要从墙上掘出一条退路。

霍尔特压着嗓子，“别急，林克瑞，我不会让她靠近你的。”说着，他打开了一间密室，林克瑞抬脚往里走。“等等，林克瑞。”霍尔特从衣架上取下一套不穿的西服和一件干净的衬衫。这套西服穿在林克瑞身上稍显太长，但腰身和肩膀还过得去，林克瑞穿上后还显得挺合身。

“我不知道你拖延时间能得到什么好处，霍尔特医生，但我三分钟之内一定要见我儿子，”丹诺尔夫人吼道，“时间一到我就报警。”

霍尔特大声答道：“请稍等，丹诺尔夫人。要让你儿子做好见你的心理准备，恐怕要花些时间。”

“你胡说！我儿子想见我！”

林克瑞拼命地发抖。霍尔特抱住小伙子，紧紧地搂在怀里。“别慌。”他压着嗓子说。

“我尽力。”林克瑞答道，他的下巴已经不听使唤。

霍尔特伸手从裤兜里掏出自己的身份证和信用卡，交给林克瑞，“等你离开这儿，上了飞船，我再报你失踪。”

“什么飞船？”

“去首星的。在那儿找个安身的地方不难，哪怕你身无分文，那儿一向有你这样的人的一席之地。”

林克瑞不屑地说，“一派胡言，你明白。”

“确实。但就算他们把你遣送回来，那时你妈妈也去世了。”

林克瑞点了点头。

“这是门禁。等我说开门。”

“不。”

“开门，让她进来。我拦住她，你出了门，就从外面关上。除了格拉姆的主钥匙，谁也出不去，这张条子应该有用。”霍尔特说着，飞快地写了一张便条。“他会配合的，他和我一样讨厌你妈。一名刚正无私的心理医生不该说这话，但到了这个节骨眼儿上，也管不了那些了。”

林克瑞接过字条和门禁，背贴着墙站在门口。“医生，”他问，“他们会怎么处置你？”

“严惩不贷，还用说？”他说，“但医师协会不过是吊销我的执照，再说那个机构也能将丹诺尔夫人收院治疗。”

“收院治疗？”

“她有病要治，林克瑞。”

林克瑞笑了，惊讶地发现这是自扎德死后，几个月来他第一次露出笑容。

门开了，丹诺尔夫人一阵风似的冲了进来。“我就知道你明白事理。”她说着，一转身发现林克瑞窜出了门，门关得太快，险些夹住了他。看着林克瑞将字条递给格拉姆，她捶胸顿足，又喊又叫。格拉姆看了眼字条，上下打量了一眼，然后点了点头。“你得趁早了，小伙子，”格拉姆说，“某些法庭把我们这会儿的做法定性为绑架。”

林克瑞将门禁丢在桌上，转身一路飞奔。

他躺在飞船的客舱里，刚刚恢复过来，医生说第一次录制记忆觉得头晕属正常现象。卡带存储了他的所有记忆和个性，保存在飞船的一个万无一失的舱内。他现在躺在一张手术台上，等着注射森卡。等他在首星醒来，记忆将被输回他的大脑，届时他将只记得截至录制的那一刻，从录制到输入的这一段将被永远忘记。

所以，他才回忆起那个曾捧在手中，尚有体温的婴儿；所以才后悔没救他一命，保护他，放他一条生路。

不，我为他而活。

我就是我自己，我为自己而活。

他们过来在他屁股上扎了一针，不是令他长眠不起，而是让他重生。森卡火辣辣的疼痛袭遍全身，他在手术台上扭作一团，喊道，“妈妈！我爱你！”

十八

明天会发生什么？
And What Will We Do Tomorrow?

在首星的所有人中，唯独女王陛下有资格在自己的床上被唤醒。她曾在这张床上与八百年前去世的赛洛沃克·格雷同床共枕，却不知当初那张床早在几百年前就朽坏了。为了让她能在床上醒来，一个人静静地回忆往事，他们一再按原样复制这张床。

没有医生在一旁窃窃低语，也不会因发热而两颊绯红。在首星所有的人当中，只有女王陛下有资格使用精心调配的药物，让唤醒变成一件愉快的事。每次唤醒她的费用造一艘移民飞船绰绰有余。

她尽情地享受着这张古老舒适的床。我多大年纪了？她想不起来，继而断定自己也许年过四十。我应该到中年了，她想着，伸开双腿，探到两边的床沿。

她抬手抚摸着自己裸露的腹部，发现它不如赛洛沃克当初来吉利·格罗夫星球视察时那么平坦结实，事后想来，是他勾引了自己十五岁的外孙女。但究竟谁勾引了谁呢？赛洛沃克永远也想不到，是女王选中了他。因为要征服和统一全人类，外公是最适合的人选，而她父亲永远无法胜任。

这是我的梦想，她心想，我的梦想要靠赛洛沃克来实现。他在十几次星际战争中冲锋陷阵，带领舰队东征西讨，但出谋划策的是我，掌控这一切的是我，为星际飞船点火送它们出征的是我。为筹集资金，我不惜行贿、恐吓及暗杀。

再后来，在赛洛沃克对胜利满怀信心那一天，狗杂种俄国人（只）用一把手枪杀了他，女王陛下成了寡妇。

她赤身裸体地躺在床上，回忆他的手抚摸自己的感觉。那是一只温柔、有力的手，她怀念他。怀念他，却不再需要他。因为如今她统治着全人类，应有尽有。

丹特·哈尔博克坐在监控室里，盯着屏幕，女王正在床上自娱自乐。要是民众看到这一幕就好了！他想，一小时内准会爆发一场革命。兴许也未必。兴许他们真以为她是——纳布叫她什么来着？对——大地之母，一位多子多孙的形象。如果她真的多子多孙，为什么没有孩子？

纳布走进监控室，“那老母狗怎么样了？”

“做着征服梦呢。她为什么从没生过孩子？”

“如果你信上帝的话，为此感谢他吧，那样才好。这个宇宙唯一的王者是一个我们每隔五年唤醒一天的中年女人。没有王族的纷争，没有连年的战争，也没人对政府指手画脚。”

丹特听了哈哈大笑。

“开始放曲子，我们的事儿多着呢。”

音乐响起，女王吃了一惊。唉，对，是时候了。当女皇并不总是奢华和愉快的记忆，当女皇也是责任，要务缠身。

我懒散了，如今我权倾宇宙，她心想。但我必须保持一切正常运转。我要了解一下近况。

她起了床，套上那件常穿的朴素外套。

“她真打算穿那身衣服？”

“那是她初掌宇宙大权时的装束。许多高等级的休眠者都那身打扮，这给他们一份亲切感。”

“可是，纳布，她那身打扮，仿佛一件史前文物。”

“她开心。我只要她开心。”

第一要务是汇报。各部部长要当面汇报，她找几位上次醒来时任命的部长谈话的时候，他们一个个如坐针毡。首先是海军部长、陆军部长与维稳部长，她要通过他们了解战况。

“我们与谁交战？”她问。

“我们没打仗。”陆军部长天真地答道。

“你的预算翻了一番，先生，征招的新兵不下昨日的两倍。时隔五年，变化万千。别跟我说什么通货膨胀。亲爱的朋友们，请问我们在和谁交战？”

他们你看我，我看你，毫不掩饰心中的怒火。海军部长装作代同僚受过，答道：“我们不想让你操心，不过是边界冲突。塞杰威州长不久前叛乱，煽动了一些支持者。不出几年我们就能搞定。”

她冷笑一声，“你是海军部长，就算乘我们的时光飞船，从这儿过去也要二三十年，你如何在几年内搞定？”

海军部长无言以对。陆军部长插嘴道：“我们说的当然是舰队赶到后的几年内。”

“就一点边界冲突，军队为什么扩大了一倍？”

“此前并没有那么大的规模。”

“我——我丈夫以十倍于你的兵力征服了人类已知的星系，先生。我们认为这是一支相当庞大的军队。你大概是想哄我，先生。你恐怕只是想隐瞒，这场战争远比你料想的严重罢了。”

他们极力分辩。但即便他们粉饰过的数字，也逃不过她的眼睛。

纳布哈哈大笑，“我提醒过他们别撒谎。个个都以为自己瞒得过一个大部分时间都在睡梦中度过的中年女人，但这婊子太精明。五块钱，我赌她罢他们的官。”

“她能罢了他们？”

“能，而且罢过。这是她手中仅有的一项大权，那帮自以为不听我的建议也能蒙混过去的家伙往往都丢了官。”

丹特惶然不解，“可是纳布，如果她撤了他们的职，他们干吗不继续干着，派个助手去糊弄她？”

“也不是没糊弄过，那时候你还没出生，小伙子。不出三个问题，她就能看出助理没掌过部长那种发号施令的权力；再问三个问题，她就清楚自己受了欺骗。她命人将妄图愚弄她的那个倒霉蛋押进她的卧室，以叛国罪判了他和助手死刑。”

“你开玩笑吧。”

“听我说完，你就知道这不是笑话了。众人费了两小时的唇舌，劝她不必亲自扣扳机，而她一再坚持要确认这事被执行了。”

“后来呢？”

“他们被降了休眠等级，发配去管理附近星球的战区。”

“连首星都待不了？”

“她不肯松口。”

“可后来，后来她的确接掌了大权。”

“简直是一手遮天。”

移民部长排在倒数第二位。他上任不久，吓得半死。但他至少听信了纳布的警告。

“早上好。”他说。

“这位想讨好我的是何人？我平生最讨厌问早安。坐。把你的汇报呈上来。”

他哆哆嗦嗦地呈上报告。她飞快但从头到尾地看了一遍，扭头扬起一条眉毛望着他，“谁想出这个荒谬的方案来的？”

“哦——”他说。

“哦？哦什么？”

“这是一个长期规划。”

“长期？”

“我以为你从前几个人的汇报中看明白了。”

“我是明白。克敌制胜的一着妙招，到外太空拓展移民地，宏图大略。几份报告到现在都只字不提，蠢货！说，这是谁想出来的！”

“我真不知道。”他可怜巴巴地说。

她哈哈大笑，“你们这帮不折不扣的白痴，一个全是笨蛋的内阁，你们是最糟糕的。这个计划是谁想出来的？”

他面露难色，“是移民事务部助理部长，女王陛下。”

“姓名？”

“杜恩。艾伯纳·杜恩。”

“去告诉总理，我要见见这个艾伯纳·杜恩。”

移民事务部长起身走了出去。

女王坐在椅子上，闷闷不乐地望着墙。她竟然不知不觉地失去了对局势的控制。上一次醒来还没有丝毫迹象。自以为是。他们撒了谎。

他们需要敲敲警钟，我要敲敲他们的警钟，她打定主意。必要的话，我将两天不睡，甚至一个星期。这个想法令她振奋。一次醒几天——前景喜人。

“给我带个姑娘来，”她说，“一个十六岁上下的姑娘。我要找个明白人聊聊。”

“你去，汉娜，”丹特说。汉娜显得有些紧张，“别怕，姑娘。她不是变态或什么，只是想说说话。就像纳布说的，千万别撒谎，实话实说。”

“快去，别让她久等。”纳布插嘴说。

汉娜出了监控室，穿过大厅来到门口，轻轻敲了敲门。

“进来。”女王亲切地说，“进来吧。”

姑娘长相乖巧，一头漂亮飘逸的红发，一副腼腆、手足无措的模样。

“过来，姑娘，你叫什么名字？”

“汉娜。”

她们聊了起来。在只闻首星上流社会年轻一族八卦的汉娜听来，这是一场奇怪的交谈。中年女人喋喋不休地追忆往事，汉娜不知从何应答。但没多久，她就发现自己不用多说什么，只要倾听，偶尔表示听得津津有味。

没多久，连兴趣都无须假装。女王是上古遗民，那是一个不可思议的时代，那时首星还有树，这颗行星还叫格罗夫。

“你是处女吗？”女王问。

不能撒谎，汉娜记得。“不是。”

“为谁失的身？”

有关系吗？她又不认识他。“一个艺术家，叫弗里兹。”

“他很优秀吗？”

“他的画非常漂亮，他的作品卖——”

“我是说在床上。”

汉娜涨红了脸，“我们只有过一次，我没有经验，但他温柔体贴。”

“温柔体贴！”女王哼了一声，“温柔体贴，谁要男人温柔体贴来着？”

“我要。”汉娜不服气地说。

“温柔体贴的男人都是在克制自己，亲爱的，你浪费了一次大好机会。我的第一次给了赛洛沃克。对你来说那是远古史，姑娘，但对我来说不那么遥远。那时，我是一个精于算计的小姑娘。我知道，不论给谁都有愧于我。第一眼见到赛洛沃克·格雷，我当即明白，他是要背负我情债的男人。

“我邀他出来骑马。你没见过马，可惜首星的马已经绝迹。跑了几公里，我要他卸下马鞍，我们骑着光背马又跑了几公里，我要他脱了衣服，我也脱了衣服。再没什么比得上赤身裸体地骑光背马了。接下去我都不敢相信自己，我勒住了马，让马一路小跑。就算有鞍有镫，男人也消受不了慢跑，而没鞍没镫又赤身裸体，慢跑对亲爱的赛洛沃克来说简直就是受罪，险些废了那可怜的男人。可惜他太傲气了，硬是一声不吭，只是紧紧地揪住马，每颠一步，他的脸就疼得发白。最后我只好退一步，放马飞奔。

“飞一样。等我们勒住马，已是大汗淋漓，但他兴致高涨，情不自禁地在紧靠悬崖的砂石地里要了我。格罗夫那时候还有悬崖。我没有经验，但我知道自己在做什么。我将他送上云端，他都没注意到是我暗中相助。他对我温柔体贴。他牵着马，让我侧身骑在马背上，我们找回了衣服，回家前又亲热了一次。他从未离开过我。当然，他找过不计其数的女人，但都一如既往地回到我身边。”

在汉娜听来，那是个不可思议的世界，一个人可以骑上一头动物，纵马飞奔几公里见不到一个人，还能在悬崖边亲热。

“砂石不硌人吗？砂石是不是小石子？”

“硌得很，我在背上挑了几天的石子儿。”女王哈哈大笑，“你轻易失了身。你原本可以以此做一个条件，实现自己的人生目的。”

汉娜显得闷闷不乐，“如今能一见倾心的男人可以说凤毛麟角。”

“别自欺欺人了，姑娘。没错，一见倾心的男人多的是，汉娜。”

她们又聊了一个小时，女王想起还有要事，打发走了她。

“不错啊，汉娜，像个经验丰富的演员。”

“不太坏吧。”汉娜说，“我喜欢上她了。”

“她是个慈祥的老太太。”丹特哈哈大笑。

“没错。”汉娜分辩说。

纳布看着她的眼睛，“她亲手杀的人就不下二十个，下令处死的人成百上千，还不算战争死的人。”

汉娜愤愤地说：“那是他们该死！”

纳布笑了，“她还穿着那件破衣服不是？她把你蒙得晕头转向。没关系，你现在可以提前三年休眠了，好好享受吧。每五年只有一个女孩有这样的机会。你要守口如瓶，对谁也不能说。”

“我知道。”她说，然后莫名其妙地哭了。兴许是因为经过一个小时的交谈，她渐渐喜欢上了女王；兴许是因为她没有马可骑，她的第一次是在父母的卧室，当时父母出门参加晚宴；是偷偷摸摸，不是沐浴着阳光，在悬崖边尽情地亲热。她想不出在悬崖上是一种什么感觉。她想象着自己站在一座悬崖上，低头眺望，脚下深不可测，有数十米深。在想象中，她退开了。悬崖是远古的事。

“这么说，你就是艾伯纳·杜恩。”

他点了点头。他的手没有发抖。他目光深邃，从容不迫地望着她，反倒让她有点不安。被人淡定地看着，她不习惯。她险些觉得他的目光蕴含着善意。

“听说，是你想出了在敌人大后方移民这个聪明的计划。”

艾伯纳笑了笑，“这或许比消灭所有人类好得多。”

“一场与敌人拼移民论输赢的战争。我得说，这是一大创举。”她头枕着手，一时想不明白为什么没有对这个男人发作。兴许是因为喜欢他。但她对自己再了解不过，明白没冲他发作是因为还没摸清他的软肋。“说说，艾伯纳，敌人控制的地盘有多少。”

“约占有人类定居的星球的三分之一。”杜恩答道。

丹特吃了一惊，继而大发雷霆，“他告诉了她！他刚才告诉了她！看总理不把他的头扭下来。”

不料纳布笑了笑，“没人要他的人头。真不知道他是怎么想出来的，但他和那姑娘汉娜，他们都明白那个女人。这里的规则是‘精确’，包括撒谎时。”

“他坏了大事！”

“不，丹特。那些部长是自掘坟墓，他凭什么要为他们陪葬？没想到这小子这么精明。”

她留了杜恩十五分钟，这是闻所未闻的，满朝官员难得有人被接见超过十分钟。何况总理在外面等得心急如焚。

“杜恩先生，你何以受得了如此短暂的人生？”

总算杀了杜恩一个措手不及，她感觉小胜了一把。

“你说短暂？”他反问道，“没错，我的人生固然短暂。那是由不得我的事。所以我也就不多虑啦。”

“什么事能由得了你？”

“移民事务部的分配处。”他答道。

她打了个哈哈，“这不是一份完整的清单，对吗，杜恩先生？”

他偏着脑袋，“你真想知道答案？”

“哦，是的，杜恩先生，我想知道。”

“可我不能说，女王。不能在这儿说。”

“为什么不能？”

“因为我们说的每一句话，都逃不过监控室那两个人的耳朵，还会被一一记录在案。没有旁人监听的时候，我才能直言相告。”

“我命令他们停止监听。”

杜恩笑了。

“哦，明白了。我虽然在位，但并非始终掌权，你是要告诉我这点吗？好吧，我倒要瞧瞧。你带我去监控室。”

杜恩站起身，领着她出了房间。

“纳布，纳布，他带她过来了！怎么办？”

“别慌，丹特，别吐在摄影机上就行了。”

监控室的门开了，杜恩领着女王走了进来。“下午好，先生们。”她打了个招呼。

“下午好，女王陛下。我是纳布，这个呆头呆脑的家伙是我的助手丹特。”

“这么说，监听和回答我一应问题的就是你俩？”

“正是，我们尽力而为。”纳布自信满满的模样。

“监视器，电视！真奇妙！”

“这关系到全息视频不出差错。”

“胡说，纳布。”女王依然和颜悦色地说，“这个是摄影机吧。”

“仅为记录历史，没人看过。”

“幸亏我知道自己被严密监视，早上的一举一动都不敢大意。”她扭头问杜恩，“你能找一个没有鸟儿在树上监视的地方聊聊吗？”

“说真的，”杜恩答道，“我有格罗夫上唯一一个，有鸟儿在树上监视的地方。”

她听了一惊，“真的？”

“一地的鸟粪，你走路可要当心。”

她的嗓音因急切显得嘶哑，“你前面带路，快带我去！”说完，她转身盯着纳布和丹特，“你俩听着，把这台摄影机给弄出去。你们可以听，可以看，但不得做永久的记录，明白没有？”

纳布满口答应，“你回来前保证办好。”

她哼了一声，“你压根儿不想搬，纳布。你当我是傻子？”说完，她出了杜恩为她打开的另一扇门。

门刚一关上，丹特就一阵恶心，吐进了一个废纸篓。纳布在一旁没事人似的看着，“你还不明白，丹特？她没什么好怕的。”

丹特摇摇头，擦了擦嘴唇。胃酸灼着他的胃和喉咙。

“去叫专家过来。我们只能把这台摄影机接到别的地方去。再把没用的聚光灯从墙上抠出来，等他们进来的时候，让她看见工人在修，看上去像已经卸了。快去，伙计！”

丹特在门口停下了脚步，“他们打算怎么处置这个杜恩？”

“不处置。女王喜欢他。我们以后还要靠他哄她开心呢，他是个无足轻重的家伙。”

沿着戒备森严的已清了场的走廊，女王能感觉到杜恩兴致陡增。他们最后来到一道大门，杜恩吩咐巡视员去一边等着。

“这里应该不错，杜恩。”女王说。看他的一举一动，这里会是个好地方。

“不会让你白跑一趟的，尽管你小时候常跑远路。”他说。

“一走就是几公里。”她说，“多美的一个词，公里。带我看看有鸟儿在枝头唱歌的地方吧。”

杜恩打开了门。

她迈着轻快的步子走了进去，接着放慢了脚步，继而停了下来。过了一会儿，她又迈着轻快的步子在树林中穿梭，时而停下脚步，脱了鞋，把光着的脚趾陷进草地和泥巴。一只鸟儿扑扇着翅膀从她身边掠过，一缕微风掀起她的头发。她哈哈大笑。

她笑着靠在一棵树上，手扶着树皮，顺着树慢慢地滑坐在草地上，头顶是明媚的阳光。

“你是怎么办到的？是怎么保住这块地的？最后一次接触大地那年，我二十岁，那是首星仅剩的几个公园之一！”

“这些不是真的。”杜恩答道，“当然，树、小鸟和草地不掺一点儿假，但天空是一个穹顶，太阳是人造的，不过可以晒日光浴。”

“我老长雀斑。但我说，‘管他什么雀斑，我爱晒太阳！’”

“我明白。”杜恩说，“对所有人我都说，这地方模仿了花园星的设计，那座限制移民，工业规模也被控制在最低限度的星球。但这里真正模仿的是哪颗星球，你肯定知道。”

“格罗夫。”她说，“我外公的天下！在这个星球被蒙上一层贞操带似的铁盖，与外界永世隔绝前，就是这个模样；噢，杜恩，你想要什么尽管说，只要允许我每次苏醒时来享受一个下午！”

“能请动你的大驾，是我的荣幸，唯有你懂它的意义。”

“你不是有求于我吧。”她说。

他笑了笑，“想游泳吗？”

“你有水？”

“我有一方湖，清如水晶般的水，只是有点冷。”

“在哪儿？”

他领她来到湖边，她毫不犹豫地脱下衣服，潜入水中。杜恩游到湖心与她会合。她仰面浮在水上，望着一朵流云遮住太阳。

“我想必死了。”她说，“这里是天堂。”

“你信教？”杜恩说。

“我只信我自己。我们一手创造了自己的天堂。杜恩，我发现你创造了一个美丽的天堂。对了，杜恩，你是我今天见到的第一个没有蠢得像驴似的男人。”

“我可不敢抢了上司风头。”

她咯咯地笑着，挥手轻轻地划着水。杜恩也仰面躺在水中，在不绝于耳的淙淙流水声中聊着天。

“说说你的完整目录吧，杜恩先生。”她说。

“我说过，”他说，“移民事务部的一部分。”

“还有呢？”

“移民事务部的剩余部分，以及其他各部门。”

“也就是说，全部？”

“所有部门都是骨肉相连的，虽然没多少人明白这一点。当然，我只掌控管事的部门头头，日常事务我不会插手。”

“好手段，让他们以为自己还在独立运转。接着说。”

“说什么？”

“目录的其余部分？”

“就这些。所有部门，它们掌管了一切。”

“还不是，比如森卡就管不了。”她说。

“哦，是的。这是一个独立的、碰不得的机构。只有你女王陛下才能制定休眠室的规章制度。”

“但那也在你的掌控之下，不是吗？”

“事实上，我必须先接管它，从而掌管唤醒大家的时间。非常好用，我借此排除异己。如果对手体弱多病，我就降低他们的休眠等级，他们就会很快绝迹。如果他们身强体壮，就提高休眠的等级，他们就不能老在我身边捣乱了。”

“你在统治我的帝国，这么说来？”

“是的。”杜恩答道。

“你想把我带到这儿来灭口？”

杜恩一转身，警惕地看着她。“你没有真这么以为，对不对？”他说，“我绝不会那么做，女王陛下，永远不会。我对你万分钦佩，我以你为人生榜样。别人都以为你当初管理这个帝国的手段都出自你丈夫赛洛沃克，那个已故的种马。”

“他算不上种马，”女王若有所思地说，“他没下过一个种，没生过一男半女。”

“是的，女王，但这个世界唯有你能阻止我。我知道,你迟早会明白我是什么人，在做什么事情。对这次会面，我期盼已久。”

“是吗？我没有。”

“真没有？”杜恩向岸上游去。女王紧随其后，来到躺在草地上的他的身边。

“你说得没错。”她说，“我盼着见你。盼着见一见，偷走我一切的贼。”

“不敢当。”杜恩说，“不是贼，只是你的继承人。”

“我打算永远活下去。”她说。

“按我的方法，你会的。”

“你想要的不单单是拥有我的帝国吧，杜恩，你不单单是要继承吧？”

“这是个跳板。如果你不曾创建这个帝国，我只好自己动手。但既然已经有了，我就要把它给拆了，拆下这些砖，建一个更好的帝国。”

“比这个好？”她问。

“你难道没闻到腐朽的气息？这个星球了无生气。人没有生气，空气没有生气，岩石没有生气，一切的一切死气沉沉，生气不知所踪，整个帝国都是。我要让它重新焕发生机。”

“重新焕发生机！”她咯咯地笑了，“那是我做姑娘时候的一句旧话！”

“我仔细研究了旧事物，”杜恩答道，“唯独旧事物还是新的。你曾创建一个美丽的事物。”

她很开心。几十年来，火辣辣的阳光第一次照着她的身体（其实是几个世纪，可惜她那些年对阳光茫然不觉）；她在清凉的水中游泳；她遇到了另一个男人，一个兴许，兴许与她不相上下的男人。

“你想要我做什么，任命你为总理？嫁给你？”

杜恩说不要，一样不要。“只要放手让我去干，别为难我，别逼我仓促上阵，给我几百年的时间，我能让它发生天翻地覆的变化。”

“我仍能阻止你。”她说。

“我知道。”他答道，“但我求你别那样做，谁也拦不了你。我是在求你，给我一个机会。”

“我给你这个机会。你也要还我一个人情。”

“你说。”

“等你采取行动，如愿以偿，用你的话说，发生天翻地覆的变化时，请带上我。”

“此话当真？”

“你要建立的新秩序里，没有女王的位置，艾伯纳。”

“但有蕾切尔·格罗夫的一席之地。”

这个名字仿佛一记重锤，给了她一击。自从，自从——还没人喊过她的名字。

她又变成了那个小姑娘，躺在她身边的是一个与她不相上下，或者几乎不相上下的男人。她伸手搂着他，小声说，“带上我，要我。”

他要了她。

他们并肩躺在夕阳下的草地上，比起在格罗夫一处悬崖边走上征服宇宙之路的那一天，此时她更有成就感。这次换作是她被人征服。她知道，并心甘情愿。

“我每次醒后，”她说，“必须向我汇报你的计划，必须带我看看你的杰作，让我瞧瞧。”

“我会的，”他说，“但你不得提任何建议。”

“我做梦也想不到你会说这种话。你是在哄我，是吗？”

“你在性事方面算不上老手。”杜恩说。

“你不也是。”她说着，哈哈大笑，“管它呢。”

半个小时后，女王才在举办女皇苏醒宴会的大门口露面，这是首星规格最高的社交盛会。纳布心急如焚。

“女王陛下，女王陛下，您可把我们急坏了！”

她只瞥了他一眼，皱着眉头说：“我有一个优秀的人做伴，你呢？”

纳布瞥了丹特一眼，“恐怕只有二流货色。”

丹特紧张地打了个哈哈。

女王冲他吼道：“你难道就不能发个脾气，小伙子？一个个都想讨好卖乖，真让人烦透了。算了，晚会准备好了吧？我这次穿什么？”

他们拿来了衣服，七名侍女七手八脚地替她穿上身。见露出了乳头，她吃了一惊，“这真的是流行款式？”

纳布摇了摇头，“相比之下，这套衣服显得优雅、端庄。不过，我想这兴许是你想展现的形象——”

“优雅端庄？我？”她哈哈笑个不停，“哦，这是我这些年最满意的唤醒，这些年最满意的一次，纳布。你可以留下，但那小子得走。你另找一个有点魄力的助手，那小子就是个蠢货。去叫总理来见我。”

总理走了进来，点头哈腰地为她这次醒后拙劣的汇报连声道歉。

“个个都想骗我。”她说，“把他们统统都给我免了。当然，移民事务部部长除外，还有他的助手。他们俩给我留下了深刻的印象，留着他们。还有你，下次报告别让我听见一句谎话，听明白没有？如果你非撒谎不可，至少撒得圆些，那些话连个五岁的小破孩子都骗不过。”

“我绝不会对你撒谎，女王陛下。”

“我不过是名义上的女皇，这一点我心知肚明，所以你也不用迁就我。你最好别让内阁敷衍塞责，让我想起这事儿，听明白了没有？”

“明白。”

“还有那个移民事务部助理部长，他令人刮目相看。下次醒来，我要他醒着，随时来见我。还是让他干老本行吧，这无疑是个闲差，但他人很机灵。”

总理点了点头。

“过来扶我一把，那些计划都见鬼去吧。我们下去参加晚会。”

纳布目送她走了出去。

“我真的被解雇了？”丹特问。

“是的，伙计。你警告过你，自然些。真可惜，你快熬出头了。”

“我该怎么办？”

纳布耸了耸肩，“被女王罢了官的人一向都能得份好差事，你不必担心。”

“我恨不得宰了她。”

“那又何苦？她抬举了你，现在你再也不必看她每次醒来后的重要言行了。婊子，但愿她一睡十年。”

丹特吃了一惊，“你真的恨她，是吗？”

“恨她？是的。”纳布转过身，“走吧，丹特。要是看见你还在这儿，她也会开了我。”

丹特一走，纳布就去查档案，准备再挑一个想讨好女王的傻瓜。他必须有一个助手，愚蠢的助手一向突出了他的优秀。

我恨她吗？纳布纳闷了。

他说不好，只记得早上看着她赤身裸体地躺在床上时，当时没有恨意。

宴会一如既往地冗长无趣，但女王清楚露面的意义。每次醒来的这天，她都要露一次面，否则人们就会不声不响地让她消失。她出来走走，亲切地接见几个正要注射森卡的小姑娘，带着奴仆在宫廷周围闲逛的纨绔子弟，以及一个世纪前初次拜见她时尚且年轻的老人。

她令他们颜面扫地。不论他们取得多高的休眠等级，她永远更高一级；不论他们活了多少世纪，都永远见不到她老的那一天。我将长生不老，她提醒自己。

但望着这些真心认为这次宴会重要的人，长生不老的想法令她疲惫。

“我累了。”她对总理说。他连忙冲一个人和乐队摆了摆手，乐队演奏的是不知多少个世纪前的欢快音乐（这在我小时候就是一支老曲子，她想），客人排了一个小时的队，一一与她挥手道别。总算都走了。

"结束了，"她叹了口气，"谢天谢地。"接着，她上楼去了。工人们在忙活着敲墙。她断定，他们在假装取出全息摄影机，真好笑，他们以为她那么好骗。还有纳布——那个精明的家伙，也是个狗杂种。他是个不可小觑的对手，但还能利用一段时间。

她坐在床沿上梳头，不是因为头发乱，而是她有这个兴致。梳头给人一种惬意的感觉。她望着大衣镜中的自己，骄傲地注意到自己容颜依旧。也就是说，她虽不再年轻，但依然讨人喜欢。我配得上杜恩，她自言自语。我谁都配得上，不是配得上大多数人。我跟所有人较量过，并且赢了他们。哪怕我现在成了个傀儡，也是他们必须当心的一个傀儡。而杜恩——是个盟友。他支持她。她可以信赖他。

能信赖吗?

她躺在床上，仰望着画了一幅壁画的天花板，壁画复制了一幅早已化作尘土的地球上的古画。一名赤身裸体的男子伸手去触摸上帝的手指。她知道那是上帝，因为他是天花板上最吓人的一个，那只能是上帝。我就是他，她心想，就是那位创造者。我就是点金指，给万物生命的人。杜恩现在做的也是这个。一山能容二虎吗?

我要成全他，她决定。他再也不会感受到我的威胁。因为他兴许能成功，那还了得，但如果我成功了，那更不得了。我懒散，行将就木，而他刚刚起步。那么，我们还不如结为盟友，我信任他，他也信任我，我还能在茫茫宇宙中看到些许新气象。一片或许胜过我所创的天地。

"那是你希望的吗?"她问天花上留着一抹胡子的男人，"有人胜你一筹?或者一旦他们太狂妄，你就暗中压一压他们的气焰?"她想起了一则故事，说的是人们为了摘星星而建了一座塔，记得上帝及时出手阻止了他们。对了，我们最后总算摘到了星星，那时候他已抽身而出，成全了我们。

我要退居幕后，成全杜恩。但他最好别忘了我。

"那婊子睡了，克雷恩。打电话给休眠室的人。"

新来的助手是个紧张兮兮的姑娘，纳布清楚，她绝不会是最后一个，克雷恩给休眠室的人打了电话，他们快速、不声不响地进了室内，录了女王的记忆，接着为她注射了森卡。女王休眠的时候，纳布进了监控室。

“把磁带给我。”他说，那一直由他封存在一个专门的地下保险库。他们把磁带给他，将她推了出去，送进一个秘密休眠室的棺材。那儿与首星绝大多数地方截然不同，戒备森严。

但她的记忆还在纳布手中。她跟杜恩睡过，他知道。那小子有什么，他不得而知，但她和他睡过，对他有好感，说下次还要见他。他掌握着她的磁带，就算他失手毁了这盘磁带，谁也拿他没办法，不是吗？那么，她醒来后对这次的事就会一无所知。他们只好用那盘旧磁带唤醒她，这回用的这盘。

磁带不难抹，他想着，走进了监控室。“先回去吧，克雷恩。”他说，“我来收尾。”

“这一天真累人。”克雷恩临走时说。

纳布关上门，找到了抹带器。效果差不了。

要不是一针要了他的性命，他险些得逞。

妈咪宝贝们把尸体拖走，几个绝不会损害它的人将女王陛下的记忆磁带放进了一个保险柜。真悬，但艾伯纳·杜恩怎么知道纳布会下毒手？他是条章鱼，爪牙无处不在。因此妈咪宝贝才对他俯首帖耳。他绝不会犯错。

录制记忆的人到来时，女王还没睡。她软绵绵地躺在那儿，任由他们照料。

今天，我见到了接班人兼除了赛洛沃克以外第一个和我亲热的男人。今天，我罢了内阁大部分人的官，那帮骗子或蠢蛋。今天，我重温了昔日美好的格罗夫。

今天的变化超过昨天，超过三个星期前，以及八个月前。

八个月前。在这个休眠级别，她只睡了八个月，而地上已历千年。八个月前的那天，她注意到了第一条皱纹，明白自己终有一天也会老。

于是她打定主意，掠过时光，定期醒过来，看看有什么值得活下去期待的新鲜事。

今天终于等到了。

她满怀期待，明天会发生什么？

第三部分

水之森林

TALES OF THE FOREST OF WATERS

献给佩吉·卡德
她相信这些故事是真实的

—

在詹森·沃辛那段漫长的休眠时光里，他的子孙在水之森林深处，一座隐秘的农场里，进行着自我演化。他们的一些故事已收录在《沃辛编年史》中，但只是简化版，并且来自代代传承的模糊记忆。以下记述的是完整的故事。

十九

沃辛农场
Worthing Farm

以利亚站在尘土飞扬的沃辛农场里，抬手抹掉脸上的汗水。他手上的泥土因此变湿，但转眼即干，化为尘土。他脸上没擦干净的汗渍成了这方天地仅有的水分。他提起空桶，朝河流走去。

这是一片黑色的土地。西河从它的中心发源，穿过黑土地和茂密的丛林。在河流的东西两端，城市从大片的树林中一跃而起，树林里不时也会出现一小块的空地，一间房屋或是一片耕地。在遥远之地，城市已矗立数百年，国家历时弥久，不断演进，文明早已远播，但所有的一切都从未渗入水之森林。在天堂山以南直达斯蒂波克海岸的这片地域，森林是主宰，生活在其中的人们不断而绝望地反抗着它的权威。

近年，哈克斯城和林克瑞城迅猛发展，森林的统治似乎终于要被推翻了，但世界的黑暗之心似乎意识到了这场决斗是最终的决战。要生存下去，维持统治，它就必须让森林脱离人类的掌控。

它动用了唯一的武器。整个冬季，无雪。整个春季，也无丝毫甘霖降落。树根深扎，找到了去年的积水。谷物的根也迅速往下探寻，但还是不够快，不够广，最后只能归于尘土。

河流的水位比以往任何时候都低，河水变浑变黄，流速缓慢。河岸线比往年低了二十英尺。以利亚灌了几桶水带回沃辛农场，一路上摇摇晃晃，水滴乱溅。路过田间，他再次停下脚步。谷物的茎秆依然很短，在烈日的照射下变成了褐色，只有淡淡的绿色痕迹残存在叶片的纹理上。

以利亚伸手蘸了一下水桶，让水顺着指尖滑落，滴在一些植物的根部。水滴立刻裹上了灰尘，轻轻掠过植物表面，跟着变缓，继而停下，最后消失无踪。他早已放弃从河里取水灌溉了，就算一百个男人一起上阵，也救不活这片田地。水是为阿拉娜、约翰和小沃伦准备的，还有以利亚自己。如果阿拉娜能从森林里找到野菜，就生火煮汤煮茶；如果以利亚能打到野兔，就拿来炖菜炖肉。从田里，他们一无所得。

但这里是沃辛农场，以利亚属于这里。

“沃辛农场，”以利亚的祖母不厌其烦地说过一遍又一遍，直到这些话印刻在他的梦里，“是世界上最重要的地方。詹森正是在这里唤醒冰人的。身为沃辛农场的主人，是我们的光荣与力量所在。如果你离开这里，整个世界都将毁灭，你将一并陷入无人能够唤醒的长眠。”言毕，祖母用她的蓝眼睛凝视着以利亚，那双纯粹而明亮的蓝眼一眨不眨地盯着他。以利亚以同样的蓝眼对视，也没有眨眼。

他从不眨眼。冬天田地被冻住，因无雪而枯黄，当阿拉娜开始嘟囔时，他连眼都不眨一下。春季犁过地后，黑土肥沃，而雨又未至，他依然不眨一眼。他们多次尝试从河里取水，每天来回跑十趟，一连数周，把河水轻轻地洒在一排排作物上。最后，当小绿芽勉强冒尖时，却一连两天都没人注意到，因为以利亚和儿子们正在照料阿拉娜。阿拉娜退烧的那天，以利亚出门，看着田地表面浅浅的一层绿，明白了。只能让它们自生自灭，没人能代替一场大雨，至少不能永远代替。

以利亚提起装满水的桶，穿过田地。他经过时，那些植物在他脚下嘎吱作响。而他所过之处，尘土飘起三英尺高，状若密云，半个小时都不消散，而是缓缓飘浮在无风的空中。

当他回到家时，水面浮着一层尘土。他用勺子把土舀走，把水倒进一口大锅，跟着把锅架在火上开始煮。

“我可以喝点水吗？”四岁的沃伦问道。这孩子尿湿了裤子，但已经风干了，尿渍干掉的地方附着一层尘土，“我渴极了。”

以利亚没有回答，只是把大块兔肉切碎，投进锅里。

“我真的很渴。”

水不干净，以利亚在心里说。走开，等水开了再来。但沃伦什么也没听到，转身去外面玩耍了。以利亚叹了口气，从几步之遥的屋子另一头也传来一声叹息。他抬起头，与阿拉娜四目相对。

她老了。那场高烧令她多了皱纹，添了白发，如今的她看上去总是脸色苍白，面容憔悴。她的头发乱作一团，眼皮松弛，两眼似乎将有某种情感流露，但什么也没有。她只是用那忧郁的目光看着以利亚。以利亚回望她，不愿率先打破僵局。最后阿拉娜认输，避开了他的目光。以利亚可以回答了，“只要我还活着，就别想。”他说。

阿拉娜点点头。她坐在凳子上，驼着背，费力地喘息着，切碎前一天采集的菜根。以利亚还记得，仅仅半年前，眼前的女人还泼辣到会不时动粗。现在，以利亚巴不得她能举起手，扇他一巴掌，以证明那个她还活着。但那个人不在了，她的血已经随着汗水流干了，都是为了灌溉那永远缺水、永不餍足的田地。她像颗陈年的水果一样，干瘪、皱缩了。不知为什么，以利亚发现自己在她美丽不再的眼下，反而加倍地温柔地爱她。他伸出手，轻抚她的后背。

她轻轻抖动了一下。

他收回手，拾起另一块腰腿肉，切成块投进锅里。孩子们在门外大声打闹。

他在心里跟阿拉娜说话，虽然她听不到。我不能离开沃辛农场，他轻轻地说，我属于这里，农场的西南角有块石头，上面刻着我永不离开的誓言。你嫁给我的时候就知道，以利亚说。他仿佛能听到她不假思索的回答：如果爱我，就让我活命。

以利亚起身出门，走到孩子们打闹的地方。五岁的约翰把沃伦按在地上，恶狠狠地把弟弟的嘴按在泥土里。

“喝了它！”约翰吼道，“把它舔干净！”

以利亚怒气满腔。他走进孩子们扭打掀起的烟尘里，抓着约翰的裤子把他拎了起来，倒悬在半空。约翰尖叫起来，毫发未损的沃伦立马跳起来叫嚷，“揍他，爸爸！揍他！”

越这样要求，越不能动手。以利亚把约翰放下，留他在尘土中啜泣。他看着这两个孩子，约翰仍在害怕地呜咽着，满脸泥土的沃伦则上蹿下跳地嘲弄着哥哥。以利亚把他们俩都教训了一番。

“都闭嘴，别打打闹闹了，不然你俩都得吃泥。”

约翰和沃伦默不作声，看着父亲回到家门口。

以利亚在门口停下，既不想进去，也不想待在外面。屋门没有上漆，由于长期风干而变成灰色，产生了裂痕。其中一块门板比另一块新得多，是祖母的丈夫安放在那儿的。在以利亚还不会自己把尿的年纪，祖母就曾告诉过他，如今他都快不记得了。他后退一步，看着房子。这是栋老房子，只有两个房间和几间棚子，屋顶铺了一层又一层的玉米皮和禾谷，这样的整修至少经过了几百上千次。祖母还说，这栋屋子初建时的一砖一瓦，甚至一块木板恐怕都没留下。

“谁建了这栋房呢？”少年以利亚问祖母。

“谁？”祖母笑了，“是谁让星星闪闪发光？是谁让太阳绕着我们东升西落？是詹森，孩子。在天地之初，当森林里的树木都还是小树苗的时候，詹森建了这栋房子。那时，树木还不高大，还挡不住视线，站在这儿可以一眼望到水之山，而不用像现在这样爬上屋顶。”

正是詹森之手，让以利亚扎根在沃辛农场。以利亚试着在心里勾勒詹森的模样。祖母说詹森有双漂亮的眼睛，和她、和以利亚的眼睛一样，是清澈的蓝色。在以利亚的想象中，他又高又壮，白发苍苍，有褐色的皮肤和双手，力能折树，能把树干从中间劈成木板。以利亚仍不时在黑暗中记起儿时的噩梦，詹森紧握着他的肩膀，用力之大几乎要把它戳穿。詹森一边摇他，一边用洪亮的声音说，“这片土地就是你的心脏，离开这里你就得死。”

但那不是詹森的手。那声音是祖母沙哑的呼唤，在以利亚初次出逃的那天。那天他和哥哥大彼得大吵一架，当时十岁的他觉得自己已经长大了，不愿屈从于哥哥的淫威，于是做了一件他从未做过的事情。他走到农场边缘，大胆地踏入了外面世界的灌木丛，很快就迷失在森林里。

森林里有路，有的是鹿群踏成，有的是徒步往返于遥远的哈克斯城和林克瑞城的旅人留下的，有的根本不是路，只是一个灌木丛的缺口，会把你引向密林、荆棘或是水流湍急的小河。最后，当太阳的背影消失在丛林之中时，他筋疲力尽，睡着了。

他被一阵用力的摇晃惊醒。他怔了一下，一阵眩晕，看到了祖母的脸庞。她的脸因一路披荆斩棘被划伤了，蓝色的眼睛里射出锐利的光芒。

以利亚心生畏惧，跟着祖母走了。她步履匆匆，尽管天色昏暗，道路难行，可她走得那么快，仿佛能轻易找到路，也无视那些划破脸颊的树枝。最后，密林在眼前破开，他们站在了沃辛农场的边缘。

他们沿着农场边缘，走到西南角。祖母指着荆棘丛中的一块石头。上面刻着深深的字，尽管祖母和以利亚都看不懂，但就在那里，祖母把双手搭在以利亚的肩上，按着他让他双膝跪地，说："这是詹森留下来的石头！它是活的，它在和我们说话。它说，永远不要离开沃辛农场，否则你将死无葬身之地。这片土地是你的心脏，离开这儿你就会死去。"她不停地重复，直到以利亚痛哭流涕；她继续重复，直到以利亚安静下来，直视她的双眼，和她一起重复这句话。最后她沉默了，以利亚也无言，他们的蓝眼睛对视着。她说："你的眼睛，证明你才是詹森的后裔。大彼得不是，你的父亲不是，你的母亲也不是。你和我一样，你有天赋，以利亚。"

"什么天赋？"以利亚轻声问。

"天赋各不相同。"

此后，以利亚一直在想祖母的天赋是什么，但她很快就罹病故去，因此不得而知。他不知道祖母那天晚上准确地找到走出森林的路算不算一种天赋，还是说，她的天赋是能听见石头说话而以利亚不能。但她去世了，十年后以利亚的双亲也去世了。自那时起，他只离开过农场一次，就是去到最近的村庄，娶了阿拉娜。从此，他再未去过沃辛农场的边界，再未生出过穿过边界的念头。

他忘了自己心里有多恨这里。他还以为自己爱这个地方。

他站在那儿，盯着房门，往事一一浮现。儿子们还在望着他，对他的突然沉默迷惑不解。他纹丝不动，直到房门打开，阿拉娜走了出来。他们四目相对，以利亚发现她带着打包好的包袱。她目不斜视地从他身旁经过。

“过来，孩子们，我们走。”

以利亚抓住她的手臂，她寸步难移。

“走？”

“离开这儿，你已经疯了。”

“哪儿都别想去。”

“我们要离开，以利亚，你不能阻止我们！我们要去大彼得的旅店，在那里，孩子们可以活下去，我可以活下去。而你，可以继续待在这个农场，和那些庄稼一起干枯——”

血从阿拉娜的嘴唇滴落。他意识到自己打了她。她躺在地上，泪水夺眶而出。对不起，以利亚在心里道歉。但她没听见，从来没有。

阿拉娜缓缓起身，拾起包裹，拉着沃伦的手，“来，沃伦，约翰，我们走。”

他们步行穿过田地。以利亚跟着，拉着阿拉娜的胳膊。她抽开，他抓住她的肩膀，她挣脱，他牢牢揽住她的腰，半拉半拖地把她弄回家。她无声地抗争，挥舞着胳膊肘和双手，反抗比以往更加剧烈。以利亚把她带到门口，在她的捶打下怒气渐涨，他把阿拉娜朝着门扔过去。她狠狠砸开了门，倒在屋里。

以利亚从她身上跨过，她躺在门口，痛苦地呜咽着。他双手伸过她的腋下，把她拖进屋里。他刚一松开，她就起身走向房门。他把她摔倒，她爬起来走向房门。他又把她打倒，她双膝跪地，朝房门爬去，他又用脚把她踢回来。整个过程寂静无声，只有她急促的呼吸声。她一言不发，再次摇晃着站起，朝门口走去。以利亚开始尖叫，冲她大叫、打她，直到她倒在地上，流血不止。以利亚精疲力竭，跪在她身边啜泣，夹杂着羞愧、痛苦和爱意。他柔声地开口出声说：“我们不能离开，沃辛农场就是我们，如果它不在了，我们也将不复存在。”但她没有听到，她的呼吸短促，夹杂着呻吟。以利亚说着说着，突然恨起了这些话，他恨自己、恨农场、恨森林，还恨这即便他眼泪流干也拒不下雨的天空。他从妻子身上转开视线，望向门口。

两个男孩儿站在门口张望。他走过去，他们闪到一边；他走出门，他们跑出二十步远，回头望着他。别再盯着我看，他想，但他们听不见。他走到南边的棚屋，站在木桶上，爬上低矮的屋顶。他在茅草屋顶上慢慢移步，直到抵达屋顶。最后，他站在纵贯屋顶的结实的房梁上，环视整座农场。

谷物变得像泥土一样，呈一片黄白色，田野仿佛都是水，波浪在翻滚中间歇。在遥远的西南角，以利亚看到了那块巨大的石头。他转过身，把视线投入森林。

树木并未因干旱而受损。有些树死了，有些变得枯黄，奄奄一息，但绝大多数的树依然郁郁葱葱，树叶呈深绿色，像是在嘲弄沃辛农场的死气沉沉。以利亚在心里咒骂森林。它名叫水之森林，并非缘于穿流其间的众多溪水，也不是缘于那座世界屋脊——水之山。水之山独自耸立于这片森林中，远离世界上其他的山脉。尽管冬天无雪，水之山顶依然覆盖着去年的积雪。即便永远不再下雪，它也永远冰封。

以利亚望着水之山的南麓，在离沃辛农场数英里的地方，有个高出森林的东西吸引了他的视线。那是一座用新木建成的塔，塔顶有人在往来修缮，一切都历历在目。那是他哥哥大彼得的新旅店。干旱并不影响哥哥，以利亚想。离开了这里的哥哥正兴旺发达，而他，留在这里的以利亚，正在失去他的作物和家庭。

以利亚憎恨哥哥，因为干旱于他毫无损失；憎恨水之森林的树，因为干旱并不影响其繁荣；憎恨水之山，因为山上的积雪永不融化。他又望向农场，他憎恨覆盖在玉米枯枝败叶上的尘土，憎恨把他全家锁死在这片毫无生机之地的边界，憎恨西南角里那块对他祖母说话的石头。那块石头现在对他说话，虽然他什么也听不见；它说，如果离开，他将万劫不复，世界也将毁灭，詹森的大计也将夭折。他憎恨詹森，巴不得他的大计全都夭折了才好。

接着，他又转向水之山，在愤恨之火的灼烧下，他想象一朵白云，从山上的积雪中升起，偷走那些躺在冰雪下嘲笑他的雨水。他想象这样一朵云，期待这朵云，召唤这朵云。在此生无数次的无声祷告中，第一次，他被听到了。

他一时没有认出，那条从水之山的积雪中升起的白色条纹。但那是一朵云，是他的云。

以利亚想象着、期待着，他要求那朵云变大，它变大了；要求它遮盖地平线，肚子鼓胀变黑，它就变成了那样；接着，他要求云飘往沃辛农场，覆盖整座水之森林。

西风骤起，狂风撕咬着以利亚的头发和衣服，他紧紧抓着屋顶的横梁。从地上纷纷扬起的尘土迷了他的眼，他目不能视。当他再次睁眼时，天空已被乌云遮蔽，黑云压城。已经五分钟过去了。

继而，怀着对农场和森林的愤怒，以利亚要求降雨。天雷滚滚，轰隆声从四面传来，电闪雷鸣，一道接一道的闪电刺向大地。再多来些吧！以利亚命令闪电劈向他哥哥的旅店，令人目眩的闪电就划破云层，直刺那座新建的塔，于是塔熊熊燃烧起来。接着，他感受到了第一滴雨的降临。

雨滴大而重，刚开始一落地就被尘土掩埋，因此尽管以利亚眼见雨落，地面看上去仍是干的。但不久便尘埃落定，雨水在地表蔓延。以利亚看到约翰和沃伦走在地里，仰天张嘴，接着雨水，他们的脚下再无尘埃泛起。泥土终于沉淀下来，地面变成了深色。

他呼唤儿子们，让他们进屋。他们缓缓穿过田地，走回屋里。他们走着，雨水倾泻得更快，雨点变得更大，地面的坑洼里全是积水，雨滴溅起有五尺之远。雨声先是啪嗒啪嗒的，渐渐变得声如咆哮。森林似乎往后退了五十码，在雨帘中变得昏暗模糊。

以利亚浑身湿透，头发蓬乱地搭在面前，雨水顺着每一缕头发滑落，雨水敲打得他两手生疼。他纵声大笑。

屋顶上风急雨骤，以利亚爬下来，站到空地上。尘埃已化为厚厚的泥浆，腿不时陷进去。他走到空地上，停步、抬头，望着满天黑云，雨水快速而有力地下落，击打着他的脸颊。他默默地为这场雨哭泣，它像把匕首一样，刺中了水之森林。雨成了世间的唯一，雨不停地坠落，像斧子般劈向树木，叶片从树枝上削落。以利亚被击倒在地。雨水击打他，泥泞吞噬他，他要求雨继续下。在巨大的雨声中，他不省人事。

一双手在轻抚他的脸，刺痛感随之而生。他努力张开双眼，发现他的眼睛已经睁着了，正望向妻子的双眼。她的头发沾满了汗水，她看上去十分担心。以利亚记起不久前发生过的事。对不起，他想，但阿拉娜听不见。于是他开口说，“阿拉娜。”

她把手指放在他的嘴唇上，然后撅起嘴：“嘘。”以利亚睡着了。

再次醒来时，他躺在屋子一角铺满干稻草的床上。阿拉娜在厨房，她在煮东西，也许就是他之前煮的那些。阳光透过东墙的缝隙，在屋子里呈现一条条的阴影。现在是清晨，但是昨天——是昨天吗？——东墙上还没有那道裂缝呢。

身体依旧僵硬疼痛，但他已经能够起身。他掀开毯子,发现浑身赤裸，转而摸索着衣物。他忍着痛，穿上衣服，系好上衣扣子，僵硬地把身子挪到厨房。

妻儿们坐在火前，出声地喝着木碗里的汤。他们静静地看着他。最后，他点了点头，妻子为他盛了一碗。他站着喝了一点，然后把半满的碗放下，出去了。他们看着，但没人跟在他身后。

沃辛农场成了泥泞之海，巨大的水坑随处可见。农场边缘的树依旧湿淋淋的，茅草屋顶浸透了雨水，开始下垂。没有一株谷物还能直立，甚至已经看不到它们存在过的迹象，眼前只剩厚厚的黑泥。

农场已经没有什么值得挽救的东西，这个时节再垦耕也太晚了。他弯腰，把手插进松软的淤泥，直到淹没上臂。他在里面摸索，找到一两棵茎秆，接着嗞的一声，抽出了手。他凑近，看着手里断裂的茎，跟着茫然地把这死去的植物撕成碎片。

他起身。屋子已被水浸透，木头在阳光下快速缩水，墙和门都得换；房屋密封不好的话，冬天会把人冻死。如果不打猎的话，他还有大把时间修缮房屋；而如果不修房屋，他还有大把时间打猎。但两样都做，时间不够。

待在这儿，会死；离开，能活，但诅咒会降临到以利亚头上。不知为什么，看着眼前的一片狼藉，以利亚不再惧怕任何诅咒或是噩运。或许会死吧，但又有什么好怕的？以利亚不禁问自己。

他走回家，全家人还在吃饭。他们抬头，看着他把橱柜清空，把里面的东西装到几个月前盛满谷物的大麻袋里。约翰和沃伦站起来帮忙。阿拉娜以手掩面。

以利亚留下孩子们装袋，自己出门来到北边的棚屋，一辆小轮车上堆满了木材和铜制农具。他把农具卸下，抛得远远的，清空了小车。他把车拉到门前，走了进去，出来的时候，他两臂夹着两床叠好的麦秸被子，接着又往车上装了一沓毯子，跟着又拿来装着食物的麻袋和一摞衣物。小车很快装满了，他取来绳子，把货物捆紧。

跟着，他进屋，拉起阿拉娜的手。他拉着她走出屋子，她低头看着地面。他戴上小车的挽具，仍牵着阿拉娜的手，缓缓地拉起小车，穿过这片泥泞之海。

不一会儿，小车就陷进了泥里。孩子们来到车尾推车，他们的大腿都深陷泥中，但小车动了。这成了孩子们的游戏，他们在泥浆中撒着欢，把小车从陷进的每一个泥坑里推出来。他们欢笑着，以利亚默默地拉车。他们欢笑着，一家人步入了森林，脚下换成了坚实的地面。他们欢笑着，农场被远远抛在了身后。他们被林木环绕着，缕缕阳光从缝隙中照耀下来。

他们步履不停，直到走出森林，拐上一条宽阔的小路，路面印有深深的车辙。两旁的树木不再遮天蔽日，他们继续朝西偏南前进，阳光直射着面庞。

太阳开始泛出红光时，他们听到了上方传来的锤子和锯的声音。跟着，人声传来，做工的人正在大声吆喝。

“快点，该死的，你的背快要断了。”

以利亚听出那是哥哥大彼得的声音。几乎同时，森林消失了，眼前成了开阔的田地。在这片巨大的空地中央，矗立着大彼得的旅店。

旅店全部由新木打造而成，高达三层，地基深埋地下。旅店南边，有一座比旅店还高出二十英尺的塔楼。塔的四面都开着窗，比森林中最高的树更高。塔顶最近起过火，站在塔上的人们手持长绳，正竭力把一摞摞木材从地面拉上去。地上，一个火红头发的高大男人在冲他们大吼，“用力拉！我一个人，就拉过更重的东西！”像是为证明这一点，他弯下腰，独自抬起一大捆木材。塔上的人一起用力，货物升高，到了大彼得够不着的高度。“这就对了，弟兄们，往上拉！”他高兴地叫道。

以利亚、阿拉娜、沃伦和约翰，站在森林的路边。他们平生从未见过这样的建筑，也不相信它能矗立起来。高塔纹丝不动，木材沿着绳子缓缓攀升。忽然，一个长着浅黄色头发、八岁左右的男孩从人群中走出，好奇地朝空地边缘的一家人走来。

“你们是谁？”他的声音又高又尖。以利亚和阿拉娜没有回答，但当男孩走得足够近时，沃伦开口了，“我是沃伦，他是约翰。”

男孩伸出手，“我是小彼得，这是我爸爸的旅店。”

以利亚只是看着他。男孩很漂亮，很像以利亚的哥哥，但他的眼睛是蓝色的，和以利亚的一样，和祖母的一样。他有那种天赋。以利亚恨恨地看着他。

大彼得把目光从工作上移开，注意到了他们。

“欢迎你们！”他大声说着，迈起长腿大踏步地朝他们走来。“你们来得很早，但旅店里还有空房，如果你们不介意睡在——以利亚！”他本来就走得很快，而在认出弟弟以后，改成了一路小跑。他走上前，拥抱他那一脸怅然的弟弟，把约翰和沃伦抛到空中再接住他们，边笑边说：“欢迎你们，见到你们我太高兴了。这是我的旅店，你们喜欢吗？我从哈克斯借了钱，从林克瑞雇了人手，不出一年，我就会变成富人！”

大彼得没有提问，以利亚一言不发，他们走向旅店。大彼得单手拉着推车，同时和他们交谈着，就像毫无负担一样。“货物经水路从哈克斯去往林克瑞，又经陆路从林克瑞去到哈克斯。而在这儿，我们能兼顾水陆两路，陆路打这儿过，而顺着这条道儿，我在河边建好了泊位，即便是最大的船，也能在这儿停靠过夜。这里有二十三间房、一个大厨房和一间公共休息室，里面将饮者云集，夜夜笙歌，还有更多的库房，存放多得你们前所未见的稻米和食物。这里发展得太快了，我敢打赌，詹森和所有的冰人都在帮我们的忙。感谢詹森，以利亚，能在这儿见到你真好！这场干旱使森林里的农民颗粒无收，相信我，哈克斯和林克瑞都在从天堂大区进口食物，整个水之森林里没有一粒粟，更没一斗麦。但昨天旱情已经缓解了，不是吗？那场雨几乎把所有还没钉上墙的东西全冲走了，但现在你们都看到了，雨水浇灭了闪电引起的大火，我们连一天的工作也没耽误！”

他们来到旅店门前，两个男人正在钉一块大招牌，上面用黑字写着“沃辛旅店”。以利亚看着那招牌，打破了沉默。

“上面写的什么？”他能认出招牌的第一部分，和农场西南角里那块石头上刻的一样。

“沃辛旅店。”大彼得骄傲地说，“哦，我知道，以利亚，你不喜欢它。农场叫沃辛，永远都是，但我想以此铭记那段过去。如果农场不在了，你还可以回去，看看那块石头，怀念那里的世界曾如何运转。但在这儿，这里会是沃辛这个名字永远流传的地方。我们很快会在这里建起一座城市。怎么样，就叫沃辛城？而之前沃辛仅是一个农场，消失在水之森林的深处。不要板着脸，以利亚，来和我们共进晚餐吧。见过我儿子小彼得了吗？”

那个正和沃伦还有约翰一起绕着他们跑的男孩子停下来，微笑着，他的蓝眼睛忽闪忽闪，“爸爸，我比你先说的‘欢迎到来’。”

“很好，”他爸爸答道，摸摸他的头发，“在这个季节结束前，你还要这样问候众多的旅客。”

他们进屋用餐。以利亚用漠不关心的样子掩饰着忧伤和愤怒，阿拉娜则沉默着，什么也不掩饰。她坐在桌前，并不用餐。所有人都上床睡觉时，阿拉娜还没脱衣服，以利亚睡在床上，她在房间另一头的地板上躺下来，她几乎一夜没睡。太阳升起来了。

这时她才渐渐睡着。醒来的时候，人们正在外面忙着施工，喧闹声听上去很温暖。阿拉娜意识到，在过去的十年里自己有多孤独，自从她离开家，与有着奇怪蓝眼、寡言少语的以利亚一起生活以来就是。她一直很孤独，现在，身边终于响起了其他人的声音，但为时已晚。孤独已渗透进她的血液，她知道，无论这些陌生人给予她怎样的热情，她都无法摆脱了。她属于以利亚。以利亚不在床上，她起身，找遍了整座房子，依然不见他。大彼得也不在。小彼得和她的两个儿子在厨房里，正狼吞虎咽着早餐。

“你妈妈呢？”阿拉娜问。

“妈妈，她去世了。”小彼得一边淡定地回答，一边往嘴里填更多的面包。

“知道爸爸去哪了吗？”阿拉娜问她的儿子们。他们摇摇头，塞进更多的芝士。她出门，看到大彼得正在旅店旁的马厩里料理茅草。

“看见我丈夫了吗？”她问旅店主。

“没有，他在上面吗？你睡得好吗？你们是旅店开张后的第一批客人，你知道。所以，住宿免费！”他的笑声震耳欲聋，阿拉娜微笑着，外出寻找以利亚。

他不在旅店里，也不在空地上。他身上没带任何东西。

大彼得不愿派人去找他。“为什么呢？好太太阿拉娜，你知道他有多爱沃辛农场。当我决定离开的时候，他差点杀了我，好在我的块头比他大一圈，即便如此，我也好不容易才保住命逃了出来。他对农场的感情太深了，你指望他能很快在这儿安顿下来吗？随他去吧，给他点时间，等他稍微平息了胸中的块垒，他会回来的。”

说完，他接着料理可以安顿三十位客人马匹的马厩，出声地估算着马厩是不是太小。

小彼得主动请缨去寻找以利亚，但阿拉娜说不用了，他还太小。他咧嘴一笑，跑开了。

太阳升起，以利亚醒来，发现自己躺在树下一片柔软的地面上。东升的太阳稍稍给了他方向感，他已记不得昨晚的来路，只知道沃辛农场在东，太阳也在东。他摇摇晃晃地站起身，开步走。

森林里没有一丝空地，他在荆棘矮枝中拨开道路。他又想起了儿时逃跑的经历，最后祖母找到了他。只不过这次，他是在逃往农场，而不是逃离。

当他跌跌撞撞地走出森林，站在那片曾是沃辛农场的土地上时，已经太阳高挂。和几天前离开时相比，地上变干了，只有少部分土地还覆盖着黑色的烂泥。龟裂的土地开着巨大的口子，薄薄的一层灰尘铺在干硬的土地上。从空地的这一头到最远的那一头，视线之内没有一丝绿色。一只鸟掠过他面前。

以利亚沿着空地边缘，走到了农场的西北角，接着右拐，到了东北角，然后再往右拐，到东南角，最后，抵达西南角。他在那块会说话的石头前停下了脚步。

大雨将它冲刷得干干净净，以利亚认出了大彼得竖立在旅店门前的那个词：沃辛。其他的字他不认识，这个世界上也没人能懂了，因为语言早已随时代的变迁而演变。石头上写着：

> 詹森之子，沃辛之主，
> 打开此石，你将召唤星辰。
> 若无力教诲人类，
> 让它沉睡于此。

以利亚坐在石头上，四处张望。他记起，他一召唤，云彩即至；他一下令，烟雨即来；他心存破坏，便狂风暴雨。但这不可能，如果真是那样，以利亚便能召令天空；如果真是那样，就是以利亚毁灭了沃辛农场。

身旁有三株断掉的茎秆吸引了他的注意。他看着茎秆，心想，变绿。它们没听到。他大声说，“变绿。”它们没有听到。跟着，他在脑海中想象它们变绿，想象它们生机勃勃的样子，期望它们变绿，要求它们恢复生机。他注视着，忽然，绿色一点一点爬上了茎秆，它们直起了身，高高挺立。以利亚伸出手，摸着其中的一株。是真的。他稍用力，茎秆就轻轻弯腰。他的能力是真的，正如祖母所说，他具备天赋。它既能带来生机，也能招致毁灭。

以利亚站起来，踏在他起死回生的三棵植物上，把它们碾进土里。他不停地碾，直到它们粉身碎骨。他停下来，最后一次注视这座农场。

是我杀了你，他默念道，因为否则就是你杀了我。随你怎么诅咒吧，我接受，用尽手段折磨我吧，但我绝不再回来了。

身后传来一阵声响，他微微一颤。在森林边缘的灌木丛中，有个小男孩在张望，是大彼得的儿子。他在笑，蓝色的眼睛里闪着光芒。

“他们在旅店里到处找你。”男孩说。

以利亚依然沉默，注视男孩的眼睛。

“你还好吗？”

以利亚伸出手作为回答，男孩接过。以利亚牵着他，转过身，让他能看见那块石头。

“石头上有字。”小彼得说。

你认识吗？以利亚在心里问。

“不认识。”小彼得说，“除了沃辛两个字，它们和旅店招牌上的一样。”

以利亚紧抓着男孩的肩膀，他太过用力，疼得彼得皱眉蹙眼。“这就是，那块会说话的石头，”他告诉男孩，“对于和我有着相同眼睛的人，这块石头都有魔力。”

小彼得看了看以利亚的眼睛，意识到他们有相同的眼睛。以利亚放在他肩膀上的手开始颤抖。

“我们身背诅咒，小彼得，因为我们离开了农场。但还有比这更可怕的诅咒，因为我们生着蓝眼。”

“什么样的诅咒呢？”小彼得小声说。

“你会发现的，”以利亚说，“就像我发现了我的一样。当你发现它时，毁掉它，把它从你身上清除掉。”

“清除掉什么？”小彼得问。

“把那诅咒，从你的天赋中清除出去。”以利亚放在小彼得肩膀上的手放松了，小彼得慢慢转过头，望着身边这个高大的男人。以利亚正黑着脸，面色严酷，蓝眼半睁。突然，他的身体一阵战栗，面部扭曲，显得痛苦无比，小彼得看着这一切，跟着听见一声巨响，那块会说话的石头裂成了两半，翻倒在地，字迹被掩埋在草丛下——会说话的石头打开了。

以利亚用手抚摸着小彼得的头发，蓝眼睁开了。

“我毁掉了石头。”他肯定地说，“我杀了它。”但当他们穿过森林，走在回旅店的路上时，以利亚知道诅咒仍伴随着他，他的愤恨与反抗将招致惩罚，击碎石头更加深了他的罪孽。他闭上眼，一路擦干绝望的泪水，小彼得牵着他的手前行。

小彼得能清楚地感受到以利亚的悲痛，能听到他默默自语的声音。他对自己为什么能听到以利亚没有说出口的话并不太好奇，听着、理解着、忐忑着，带着这位老人回家，就足够了。

二十

沃辛旅店
Worthing Inn

黑暗中，小彼得躺在床上，盯着天花板，看着支撑着茅草屋顶的宽大房梁。外面正下着雨，雨打在屋顶上方一层层的稻草上，发出柔和的嗞嗞声。一股暖风从开着的窗户吹进来，风很大，弥漫着烟雨。他想象着，外面灰尘覆盖的地面上生出无数张开的嘴，接着雨水，禁不住笑了。

他把腿高高踢起，让薄毯子飞到空中，然后翻身平躺在床上，让毛毯轻轻落下，盖住他冰冷的身子。他看着毯子下的空气一点点消失。他再次踢腿，这次把腿伸得高高的，手抓在屁股后头支着腿。毯子落在脚上，形成一顶帐篷，"帐篷"下端离地一尺远。他看到透过窗射进来的微弱的光。突然，一阵风夹着雨丝吹进屋里，冷雨四溅。他把腿放回床上，感到又湿又冷。雨水有节奏地敲打着窗户，他支起自己十一岁的身体，伸手去关窗。

雨水重重地打在他瘦削的肩膀上。关了窗，他走到屋子中间，像条狗一样冻得瑟瑟发抖。冷极了。他四处跑，在床上跳，用毯子裹住身子，又马上抛掉——毯子全湿透了。他撅着嘴，起身把毯子扔到椅子上，双手背在身后，审视着这个小房间。

没有毯子了，必须得穿一件羊毛制的长睡衣，他想。妈妈每天都叫他在上床前穿上一件，但每当她一离开，小彼得就会脱掉它，赤裸着滚进被窝，即便冬天也是如此。但什么都不盖，光着身子可受不了。要是妈妈在他醒前看见了会怎么样？当然会很生气，尽管在“那些夜晚”，她和爸爸睡在被窝里时可什么都不穿。想到这儿，小彼得暗暗发笑。要是妈妈知道他偷听过他们的“那些夜晚”——第一次听见时，他紧盯着天花板，惊恐的蓝眼睛睁得滚圆，拳头攥得紧紧的。而现在，他只是静静地，轮流听爸妈的声音。要是他们知道这件事，他非挨一顿胖揍不可，但他们永远不会知道。没人会知道，除了他的朋友马修，而马修绝不会告诉任何人。当然，地窖里的黑大汉也知道。

小彼得第一次听见时，黑大汉就在这儿了。那次，他爸爸温柔地和妈妈在厨房里讲话，彼得尽力想听清他们在说什么，突然，像是有什么东西被打开了，他清晰地听见了那个魁梧男人的声音，甚至连爸爸嘴唇不动时，他也能听到他在说什么。接着，他又发现他也能这样听见妈妈的声音，两种声音在他脑子里纷乱交织。他梳理了一遍听到的声音，立刻意识到，他自己听到的不是他们的话语，而是心声。他试着堵住耳朵，依然能听到。他试着去听他的堂弟盖伊和约翰。他们的想法截然不同，有趣极了，他忍不住哈哈大笑起来。他试着去听那些不在屋里的人，这有点难，但他很快就能听到每个房间里的旅客的心声。

然后，他注意到了那个黑大汉，他的叔叔以利亚。以利亚坐在房间角落里，在雕一小块木头。他眉毛浓重，一头白发把他被太阳晒过的皮肤衬托得更加黝黑。接着，以利亚抬起头，他们的眼神交汇了，黑大汉的蓝眼睛吓到了彼得。他的眼睛如此湛蓝，深邃，蓝得不同寻常。爸爸曾说，小彼得的眼睛就跟那一样，但他以前并不相信。

黑大汉低头继续他的雕刻。彼得听着他内心的声音，听见巨大的风暴，看见电闪雷鸣。彼得惊恐无比。突然，黑大汉的心门牢牢地锁住，彼得什么也听不见了，他抬头看以利亚蓝色的眼睛，那双眼睛里燃着火焰，注视着屋里每一个人。最后，他那可怕的目光落在了小彼得身上，并停留在他身上。那目光使彼得动弹不得，他害怕极了，很长一段时间，黑大汉用目光把他钉在原地。最后，彼得看到他狠狠地做出“不”的口型，然后低下头，继续工作。

从那时起，每当彼得在夜里聆听，都会试探性地寻找在地窖里独处一室的黑大汉的心声，但总是一无所获，怪叔叔的心门紧锁着。每当他们在屋里偶然相遇，这个高大的黑皮肤男人会低头凝视他，直到彼得难以承受，落荒而逃。他们从未说过话，从未确切知道另一个人是否在房里，但彼得留意着黑大汉的一举一动。他知道，对方也在看着他。

一次，彼得在院子里看到他，墓碑就立在那里。年老的以利亚站在墓前，石碑上只有一个单词"Deb"。这是在他们抵达旅店的第一个月后，埋葬以利亚妻子的地方。小彼得不明白为什么黑大汉的脸上满是愤怒，而非忧伤。他的叔叔朝天望去；小彼得能感受到他的满腔怒火在心底灼烧，他知道那是以利亚的心声。小彼得随即跑开了，他经常如此，但从未忘记那怒火在心底沸腾的感觉。

他恨叔叔以利亚。今晚，他决定杀了以利亚。

他身子干了，现在暖和了一些。他摸了摸毯子，仍然太湿。不管了，他想，入睡前我有很多事要做。

小彼得又躺在床上，这次没有盖任何东西。他在床上一字摊开，慢慢放松身体，任由思绪驰骋。

隔壁房间里，爸爸妈妈都睡着了。爸爸做了一个梦，梦中，他在空中飞翔，地面成了一片棕色的海洋。彼得很想跟随爸爸的梦遨游——但每当他聆听别人的梦时，总会不知不觉睡着了。他略感失望，于是让思绪飘进了盖伊和约翰的房间。十二岁的盖伊一个人睡在屋里；约翰一年前就去斯维顿给木匠当学徒了，一年只回来一次；盖伊开春后也会动身去林克瑞。但现在，盖伊正拼命想打开约翰留下的箱子。彼得差点笑出声来，约翰早就想到了这一点，他在箱子里只留了一颗硕大的鹿头，真正有价值的东西都放在彼得房里，因为他信任彼得。

不出所料，他听到了盖伊被捉弄后的惊叫和耻辱感，他听到，盖伊打算在约翰回来的时候狠狠报复他。但彼得知道，他很快就会忘掉这个念头。他总是这样。

彼得开始听旅店外面的声音。在马厩里，他听到上了年纪的马夫比利·李正恶狠狠地咒骂着主人最喜欢的母马，它在傍晚时刚刚踢了他的学徒。他在用力地刷拭马毛，不时抚摸它的鼻子，拍它的肩。尽管他语带愤怒，但彼得能感受到的唯一情感，便是老马夫对那牲畜的爱。比利·李现在完事了，他离开了那匹马。彼得继续听着整个城镇的心声，追寻着邻里的梦境与闲聊。

他突然惊醒，又冷又怕。他竟然在心驰神往的时候睡着了。他快速听遍了整座屋子，还没有人醒来，天色依旧昏暗，雨已经停了。他可以继续聆听。他镇定下来，再次在床上平躺开来。现在，他准备杀死地窖里的黑大汉。

他是今天刚刚发现自己有这种能力的。当时，他穿过马厩旁的杂草堆，看着黄昏时分即将到来的雨云。他跌跌撞撞，突然，一大群黄蜂嗡嗡地聚拢在他脚边。他转身就跑，但仍被叮了好几下，胳膊和腿上都起了肿块，脸上的伤更重。但主宰这疼痛的，是他猛烈的愤怒。他看到一只黄蜂在几步之遥的地方盘旋，于是他在心里本能地抓住它的身体，把这昆虫的肌肉挤碎，把它的小脑袋开颅。那只黄蜂在半空中扑腾了一下，然后掉在草丛里，不见了。

彼得仍狂怒不已，他转身走向覆巢之下的蜂群，一个接一个地杀死它们，他的动作越来越快，直到累得气喘吁吁。他走近前去，看着巢边堆积的扭曲的尸体，一种奇怪的感觉充盈全身。他颤抖了，一股寒意袭来。他用意识杀死了这些小动物。他开始大笑，为发现了自己的新能力兴奋不已。跟着，他一转身，就看到了那匹带斑点的小马背上坐着的黑大汉。他正盯着他。彼得甚至没听到他骑马到来的声音。

他们的目光交织了足有一分钟。彼得刚鼓起的力量依然强大，他不愿屈服于这个眉头紧锁、目光坚忍的男人。他站着——尽管害怕，但拼命站着——直到以利亚面无表情地快速下马，手执缰绳，慢慢把马牵到了马厩的角落里。

彼得精疲力竭，觉得自己像块拧干了的抹布。他转过脸去，嘎吱一声踩在黄蜂上。黄蜂叮咬的疼痛再次袭来，他踉踉跄跄地靠在墙上。突然，他想到要试试用他的能力治疗自己。他在脑海里想象着自己的身体，用思绪平息疼痛、除去毒液。十五分钟后，他身上没有一丝肿胀的痕迹。就像从未被叮咬过一样。

他的意识能治疗病痛，也能屠戮生灵。今晚，他可以杀了那个睡在阴暗地窖里的黑大汉。小彼得慢慢地、细心地在脑海中浮现以利亚的身体，所有细节都必须完美。他想象他平躺着，缓缓地呼吸，他的眼睛闭着，眉头依旧紧锁。

在那宽阔的胸膛里，彼得找到了他的心脏，它正有节奏地跳动着。在彼得的思想中，它跳动得慢了，变皱了，乃至于扭曲变形；他使黑大汉的肺开始衰竭；然后他来到以利亚的肝脏，让他的肝脏往血液中输送胆汁。现在，彼得认为那颗心已经停止了跳动。他做到了。

突然，彼得扶摇直上，被卷进了上方那束光芒里，接着又被甩到门前。他晕头转向，不知道发生了什么。那股力量令他无法呼吸。他再次被举起来，停留在半空中。他的后背一点一点地弯曲，直到脚碰到了脑袋，剧痛令他想放声尖叫，但出不了声。他的身体直飞出去，撞到了墙上，最后软绵绵地瘫在地上。

他不敢动，胃里出奇地灼热，一阵反胃。他恶心地干呕，却吐不出来。一股疼痛撕扯着他的脑袋，寒意席卷周身。他痛苦地颤抖，皮肤痒极了，大块疖子从身上挤出头来；接着，眼前突然一片漆黑。肌肉的痉挛令他饱受折磨，地板如同千万把刀子，在切割他赤裸的肌肤。他大哭，恐慌不已，心里乞求着怜悯。

慢慢地，疼痛消退了，肤痒的感觉也没有了。他躺在冷冷的床单上，歇斯底里地抽泣、喘息、颤抖，因疲劳而浑身酸痛。他的视力恢复了，第一缕晨光透过窗子照射进来。门口站着以利亚，那个黑大汉，面容可怕。是他用意念做到了这一切。

“是他。”这一念头从脑海中闪出，他的脑袋因此而震颤。彼得惊恐地看着以利亚缓缓走到他床边。

“永远都不要，再运用这种力量，小彼得。”

彼得呜咽着。

“这种力量很邪恶。它会带来痛苦和灾祸，正如你今晚所遭受的这样，彼得。不要杀戮，不要治疗，也不要为干旱之地带来雨水，不管你有多么期望。明白了吗，小彼得？”

彼得点点头。

“告诉我。”

彼得努力组织着这句话，他说，“我再也不会用它了。”

“永远，彼得。”以利亚的蓝眼睛柔和下来，“现在，睡觉去，小彼得。”他那冰冷的双手抚摸着彼得的身体，带走了他的疼痛，他那冰凉的手指带走了他的恐惧。彼得睡着了，在很长时间里，梦见的都是叔叔以利亚。

彼得的叔叔以利亚死了。他们站在停放他棺材的洞口，为他唱起舒缓的赞美歌。彼得的爸爸也已经老了，行将就木，他读着《圣经》里的话语。

以利亚死前咳嗽不止，愈演愈烈的咳嗽几乎要把他从内到外劈开。小彼得坐在他的病榻前，长时间一言不发地看着他的眼睛，最后，他对以利亚说：“治愈你自己，以利亚，或者让我来。”以利亚摇了摇头。

现在他死了，一铲铲湿土厚厚地覆盖在他的灵柩上。他自愿赴死：他拥有能使自己活下去的力量，却拒绝使用。

彼得试着回忆自己对他的畏惧，但那是很久以前的事了，那个惊惧之夜过后，以利亚的眼睛就再也没凶过他。那双蓝色的眼睛依然深邃，但不再冰冷，反而充满了柔情。

一开始，彼得因害怕以利亚而不再运用自己的力量。但慢慢地，他的畏惧消失无踪。他度过了青春期，长成一个男人，比以利亚还高，而以利亚也不像彼得曾经认为的那样高大了。彼得开始同等看待以利亚，视他为另一个身负诅咒的男人。他想知道，以利亚经历过什么，是怎样发现自己的力量的，但从未敢开口问。

现在，彼得独自站在以利亚的墓边。葬礼结束了，其他人都走了。彼得对以利亚那晚给他上的一课十分感激。当然，他不时还会因那些偷听他人心声的夜晚感到羞愧，但正像他之前因害怕而放弃自己的力量那样，现在他是出于感激而放弃力量，出于他对以利亚的敬意，出于对以利亚的爱。

彼得跪在地上，用手捧起一抔土。他把土搓成一个球，土变硬了，像金属一样。他走在返回沃辛镇的路上，把那个土球抛到空中，又接住，直到它裂成手中的一把尘土。他有点儿难过，看看那些碎土渣，把它们从裤子上拍掉，然后继续上路。

二十一

修补匠

The Tinker

猫头鹰突然扑下树枝，森林的夜晚也随之降临，修补匠约翰甚至不够时间把蓝枫树下的叶子堆起来。他躺下，透过上方的树枝，看见一颗星星透过移动的树影闪入视线。约翰在想，那会不会就是他梦见的那一颗。

他睡着了，夜里又做了那个梦，醒来时大汗淋漓，在黎明前的冷光中颤抖。整夜，那颗星星朝他直逼过来，伴随着巨大的呼啸声，越来越近，越来越大，变得比太阳还大。他感觉自己被它吞了下去，里面炽热无比，他无法呼吸，不停地流汗，全身的水分都流干了，身体干成一张砂纸，最后颤抖着，喘着粗气醒来。几只鸟雀栖在高枝上，看着他。

他冲那些鸟微笑，伸出手。它们顽皮地后退又靠近，和他嬉戏着，仿佛他是它们求偶舞蹈中的一员。跟着，它们突然齐齐跳到他的手上，他凑近看它们。修补匠看着公雀，拍拍脑袋，公雀也啄啄他的头；修补匠眨眨眼，公雀也眨眨眼。约翰轻声笑了，伸出胳膊，鸟雀飞了起来，不可思议地急速转着圈。修补匠约翰随着它们一起疯狂飞舞，鸟雀们俯冲下来，又兴高采烈地快速抬起，旋转，转得越来越快，直到筋疲力尽，翅膀都扭痛了。几分钟的喘气和休息后，鸟雀们停在枝头，修补匠躺在地上。约翰感受着鸟儿的疲惫，感受着翅膀上的些许酸痛，如同自己就是鸟儿。飞得痛快，疼得甜蜜。他笑着，从鸟儿的意识中抽身而出。

他起身收拾好修补工具，木棒槌，刨子，熔炉，以及最重要的薄铁片和碎锡片。他要用这些给好太太威布勒做把新的勺柄，给好太太史密斯修好菜锅，还得打磨理发师萨米的剃刀。那些碎锡片挂在他的衣服和工具箱上，一走起来就叮当作响，所以无论他什么时候走进镇子，主妇们都早早坐在门口等着他进入视线了。“修补匠来了！”她们会彼此呼唤。他知道生意不错。当然不错，在哈克斯和林克瑞城之间没有第二个修补匠，在广阔的水之森林里也没第二个。约翰很聪明，一年里不会踏足同一个城镇两次。

一个小时后，约翰拐上大路，知道离镇子不到四分之一英里了。他这阵子很少走大路，因为盗匪横行，杀人越货。尽管他认识很多强盗，也常为他们修补东西，还曾和他们一起过夜，但他知道，要是在路上碰到他们，还没等他们认出他来就已经把他给宰了，不管他是修补匠，森林里的人，还是那个与鸟为友的魔法师。

森林里还有些地方从未听闻他的名字，但他去过所有那些地方。他身上挂着锡片，来到一处小屋，烟囱因主人太过虚弱，无力去砍柴而没有冒烟。当他出现在门外时，奄奄一息的老妇人会拿起刀子，六岁的孩子会用力举起斧子，以保护神志不清的家人。约翰轻声细语，微微一笑，鸟雀们就从他肩膀上飞起来，落在病榻上。当他离开时，屋里的人安详地睡着了，炉子里也有了柴火。

他们醒来时容光焕发，很快便忘了修补匠，他们从没听过，也不会知道约翰这个名字。但每当母亲在夜里为熟睡的孩子盖被子时，她会不时地记起医者的那只手；每当丈夫清晨看到妻子眼角带着睡意醒来时，他会记起那个以鸟为友的大个子男人，那个男人碰了她一下，让她能够安睡了。

理发师萨米从他店里望了一眼广场，看到修补匠约翰的锡片上反射着的道道阳光。他匆匆地回到椅子边，旅店老板马丁脸上正抹着泡沫，等着萨米给他刮胡子。

“修补匠来了。”

店主马丁依然一动不动地坐着。“该死，这会儿只有我儿子一个人在旅店里。”

“无论如何，太迟了。他已经拐进去了。”萨米用手碰碰他的剃须刀，“刮完脸再回家总比胡子拉碴强，对吧，马丁大人？”

马丁咕哝一声，坐回了椅子里。“那就快点儿，萨米老兄，不然除了你想赚的那十二便士，我还有别的奉送。”

萨米开始为马丁刮脸，“我不知道你为什么不喜欢他，马丁。当然，他是个有点冷漠的人。”

“如果算是人的话……”

“他是你的表亲，马丁大人。”

“那是瞎扯，”马丁的脸在残余的泡沫下显得通红，“他父亲和我父亲是表兄弟，但除此之外，我跟他没半毛钱关系，除了他能免费住我的旅店以外。”

萨米一边磨着剃须刀，一边摇着头，“那为什么，马丁大人，您的儿子阿莫斯有着一双和他一样的眼睛？”

马丁从椅子上弹起来，满面狰狞地对着小个子理发师，“我儿子阿莫斯的眼睛和我的一样，萨米老弟，和我的一样蓝，和他妈妈的一样蓝。给我毛巾。”他很快地擦了脸，漏掉了几个地方，包括鼻子下方的皂沫，这令他的脸看上去相当滑稽。萨米忍着没笑，看着大个子旅店老板大步走出理发店，“砰”一声摔上门。萨米再也忍不住，哈哈大笑起来，他前俯后仰，胖胖的身子笑得摇摇晃晃。

“像我的一样蓝，他说，像我妻子的一样蓝。”萨米坐在马丁坐过的依然温热的椅子上，继续咯咯笑着，笑出了汗，最后睡着了。

阿莫斯是马丁的儿子，他坐在公共休息室的高脚凳上，正在办公——也就是花一两个小时浏览父亲的账本，心里却在盼着能出去玩。冬天坐在这儿是另一种体验，火苗升腾着，所有人都聚集在这间屋里，唱歌跳舞，温暖又热闹。现在已经是暖季的末尾，离冷雨降临没几天了，往后就是冬天，会下很厚的雪，融冰之前他都不能去游泳了。他有点手痒，渴望着扯掉衣服跳进西河。但他忍住了，继续翻着账本。

这时，“当啷”一声，他不由得分了神。他看到一个高个子男人堵在门口，挡住了外面的阳光。是修补匠约翰，在南边塔楼过冬的租客，不和任何人说话，但人人都认识的那个人。阿莫斯很害怕，沃辛镇每个人都怕他。阿莫斯比以往更怕一些，因为这是他头一回独自面对修补匠，没有父亲的手搭在肩上给他安全感。

约翰走向柜台后的大眼睛男孩。阿莫斯只是盯着他看。约翰望向他的眼睛，发现他的眼睛是蓝色的。不是一般的蓝，不同于所有金发的森林居民。这是一种深蓝，纯粹而深不可测的蓝，周围是清澈明净的眼白。这样的眼睛一眨不眨，不会表现出快乐，也不会表现出友好，但能够洞察一切。约翰也有一双这样的眼睛。不知为什么，他略感忧伤，因为知道这个男孩，他的表亲，阿莫斯，也有一双能看见真相的眼睛。阿莫斯有天赋，和约翰的或许不一样，但他有某种天赋。约翰摇摇头，伸出手道：“钥匙。”

阿莫斯惶恐地摸出钥匙递给他，约翰说，“把我的东西从柜子里拿过来。”然后就朝南塔楼走去。阿莫斯慢慢地从凳子上摸下来，来到柜子前，里面放着修补匠的包裹。存放一夏之后，包裹上布满了灰尘，但东西不重，阿莫斯轻松地将它带到修补匠的房间里。

他朝上走了很高很高，穿过两层住满了租客的楼和一层没住满的楼，再往上是旋转阶梯，然后有一架短梯连着天花板上的洞。他来到了修补匠的房间。

南边的塔楼是整座城镇最高的地方。窗户上没安玻璃，当它们打开时，风从四面八方涌来，你从各个角度都能看到森林。阿莫斯从没在窗户打开时来过这个地方——他只偷偷来这儿玩过几次，其中一次被发现还挨了揍。他向西望去，看到水之山高耸在森林的尽头，明净清澈，山巅覆盖着积雪。他看到西河闪耀着光芒，一路向北向西；他看到北边视野尽头天堂山的粉色轮廓。从塔楼上，阿莫斯能望见所有听说过的世界，除了天堂之城。那里住着天堂国王，不属于这片大陆。

“从这儿你能看到整片大陆。”阿莫斯吓了一跳，离开窗边。他看到修补匠坐在远端角落的高脚凳上。修补匠继续说，“在这儿你可以假装没被城镇环绕。”跟着笑了，但阿莫斯依然害怕。他，正与修补匠独处高塔上，这个叫约翰的人是个神奇人物。他很害怕，不敢离开，也不想待着。于是他静静地站在窗边，看着修补匠工作。

约翰看上去已经忘了男孩的存在。他用火加热自己的熔炉，几分钟后，里面的锡片就软化了，他用木夹子把它放到铁锅的洞口上。他动作迅速，趁金属还没冷却，用木槌敲击着它，直到锡片与锅底完美接合。跟着，他加热了另一块锡片，把它贴在另一处。工作完成后，他把他的作品举起来，让男孩瞧。除了那片新补的锡片比其他部分更亮一些外，锅上没有任何曾经裂缝或漏洞的痕迹。阿莫斯依然一声不吭。约翰把同样的话又说了一遍，继续擦拭锅底，使它的表面更平滑。最后，那口锅闪闪发亮，和新的一样。

忽然，修补匠起身，向男孩一步步走来。阿莫斯避开了，靠着远处一扇窗，但约翰只是拿起了阿莫斯带来的包裹。他从里面拿出衣服，挂在窗口的钩子上，又拿出几个瓶子、工具和一把刷子，放在床头柜上。阿莫斯静静地看着这一切。

最后，修补匠做完了一切，坐在床边打了个哈欠，头靠在了枕头上。用不了多久他就会睡着了，阿莫斯想，然后我就可以走了。但修补匠没有闭眼，他的年轻囚徒不禁怀疑，莫非这魔法师从不睡觉。他没睡，所以阿莫斯哪儿也去不成了。

跟着，一只鸟飞到窗前，它有鲜红色的毛羽。它像一道红光般绕着屋子飞了三圈，最后落在修补匠的胸口。

“你认识这种鸟吗？”修补匠在心里问道。阿莫斯一言不发。“红鸟，甜美的歌者。”像是为证明这一点，鸟儿扑扇着翅膀飞上窗台，啁啾地唱起来，小脑袋戏剧性地跟着摇晃，阿莫斯也禁不住笑了。接着，约翰与鸟儿唱和，约翰唱一句，鸟儿唱一句，他们唱得很快，越来越快，当他们的歌声停止时，阿莫斯大笑不已。

男孩赢了。“你可以下去了。” 约翰笑着说。阿莫斯很快镇定下来，箭一般地朝天花板上的活板门走去。“噢，阿莫斯。”约翰从后叫住他，男孩于是又从门口探出脑袋，“你也想手上站着鸟儿吗？”男孩看着他。“下次吧。”修补匠说。男孩走了。

“我不想再忍了！该死的，我压根儿不该忍受这个。”

“沉住气。”理发师萨米温和地说，“不然我会割到你的喉咙。”

“不管我动不动，你都会割到我的喉咙。”马丁大人吼道，“城里没人能受得了，而我非得受着。”萨米磨着剃须刀，发出巨大的响声。“萨米，你用得着弄出这么大的声响吗！”

萨米斜着身子靠近他顾客的脸颊。“你用钝刀子剃过脸吗？马丁大人？”旅店主嘟囔着，一动不动。最后，萨米拿来湿毛巾，搭在马丁的脸上。粗鲁的旅店主跳起来，扔给理发师两枚硬币，“我不喜欢你的态度。”

“我没态度。”理发师温和地答道，但马丁以为听到了嘲讽。

“没态度？像我爸爸养的驴？”马丁咆哮道，把手伸向理发师的工作服。

“小心点。”理发师说。

“城里所有胆小怕事的鼠辈都有态度，而我不会再忍了！”

“工作服。”理发师说。

“我才不管那个人跟我有关系没关系，我不会再让他住在我家里跟我儿子混在一起哪怕多一天！”

接着是撕破布的声音，马丁扯下了一块白色的工作服布料。理发师萨米略有愠怒。马丁把手伸进钱包拿出一便士，“把衣服补补吧。”

“哦，谢谢。”理发师说。

马丁瞪着他，“为什么只有我一个当冤大头，把这人安在身边，而全城都在受益？每个人都想有个医生在，但没人希望家里住着个魔法师。”

“他是你表弟——”

突然，理发师发现自己被沃辛城里最强有力的臂膀抓住，正望着这座城里最愤怒的脸庞，那个男人刷牙的次数不比他少——但也不比他多，此刻正对着他呼气。

“如果我再听到，”马丁怒气冲冲地说，“表弟二字，再听到一次，我就让你吞下你那该死的剃刀，然后把你开胸剖腹，在你肥滚滚的肚子上磨剃刀！”

“你疯了？”萨米问道，他很礼貌地试着避开从马丁没刷牙的嘴里呼出来的气。

“没有！”旅店老板回答，把萨米扔到一边。“我要回家了。修补匠将整理好他的锡片，然后滚出我的旅店！”马丁发现自己说话的声调很赞。然后他转身，摇摇晃晃地走出理发店。他假装没有听到萨米的笑声，大步迈过广场，回到旅店门口。这是沃辛镇最古老的建筑，沃辛旅店的招牌年月已久，该重刷一遍了。

“收拾东西赶紧走人，”他边走边咕哝着，“把你那该死的锡片全收拾好——”咕哝声更大了。街上一条狗被吓得停住了脚步。

阿莫斯坐在柜台上，这时他爸爸气冲冲地闯了进来。阿莫斯猛地跳下柜台，笔挺地站好。他试着不吸气也不低头，父亲走向他，把他举起来，放在柜台上。

“你，”父亲说，“不准去……”这时他停顿一下，咽了口唾沫。“不准你去南边的塔楼，再去看那个修补匠。”阿莫斯也咽了口唾液。“你明白吗？”他用力咽了回去。马丁快速地晃着他儿子，他的脑袋看上去都模糊了，“你明白吗？”

“是的，先生，我明白。”男孩回答，他的脑袋还在晃。

“每天都去看那个魔法师，也太过频繁了！”阿莫斯没有很快回答，他爸爸就再次晃起他的身体，于是阿莫斯快速地点着头。

“没错，爸爸。”

然后他们转身，看到约翰站在门口。

马丁停了下来，想搞清楚约翰听到了多少内容。这一停顿使气氛有点儿尴尬。跟着他决定：不要冒险。

“我希望你不要误会。”马丁以一种他未曾习惯的温和口吻说，“孩子总是丢三落四的，我正在教育他。”

修补匠点点头，接着走进屋里，面对着旅店老板，“修桶匠太太找我，她儿子病了。我需要个帮手。”

店主马丁后退一步，“我太忙了，约翰，不好意思。下次吧，你看看，生意很忙，我现在没时间——”

“这孩子可以来。”约翰静静地说道，转身离开了旅店。马丁看了好一会儿他的背影，跟着头也不回地对他儿子说，“你听到那人的话了吧？去帮忙。”阿莫斯在父亲反悔之前走出了屋子。

修桶匠太太家里很暗，约翰和阿莫斯来到门口时，四五个孩子正围坐在客厅一隅。约翰礼貌地敲门，孩子们没有动。最后，伴随着隆隆的声响，一个穿着满是油污的围裙的大个子女人走下楼梯。她看见约翰，停了下来，然后点点头，示意他进去。她走向楼梯，跟着腾出足够的空间让约翰走到她前面。

她的儿子躺在那儿，浑身赤裸，肚子上的肿瘤很大，以至于他身体的其他部分显得很多余，像是后来加上的。床上满是血迹和尿渍，气味刺鼻。男孩在呻吟。

约翰跪在床前，双手放在他头上。男孩颤抖着，双眼紧闭。

约翰头也不抬,轻声说：“修桶匠太太，下楼拿点水过来，让阿莫斯递给我。当我需要你来这儿时，会让阿莫斯去叫你的。”

女人咬着嘴唇，最后顺着楼梯下去了。她的孩子们围坐在楼梯口，她一巴掌不知拍中了哪一个，把他们赶到一边。她带着水回来，递给阿莫斯。然后，她看到这个男孩有和魔法师一样的眼睛，她的目光回避了。但因为阿莫斯年纪小，而且她也认识，就问他，“柯林会好吗？”

阿莫斯不知道，他转身上楼。女人待在原地，绞着围裙等待着。

柯林尚余一丝神志。他隐约感觉到四周有动静，像是有谁从远处摸了摸他的头，有谁用悠扬的声音说着话。但他没在意。他正站在一条只有一扇门的走廊里，门那边是他的身体，它像怪物一样折磨着他。有好几个星期，他都没能关上那扇门。柯林发现，要避免疼痛，他必须把所有的东西，声音、气味、光线，以及所有触碰他的人，统统拒之门外。现在，他得重新打开门，因为有人正在和他低声细语，摸着他的头？他静静地躺着，感到远处自己的嘴巴张开了，他听到了自己呻吟的声音。他颤抖了一下。

约翰闭上眼，用手观察着男孩。奇怪的是，他找不到男孩的痛楚所在，男孩甚至根本没有感觉。他轻声问，“你哪里痛，柯林？你把痛苦藏在哪儿了？”他继续用手观察，但什么也没发现。

阿莫斯提着一桶水进来了，约翰把柯林的手浸在水里。他找寻着那种感觉，但还是没找到。

“提起水桶，阿莫斯，把水泼到他头上。”

柯林躲了起来。突然，他感到冷水冲刷着他的头。由于这冷不丁的刺激，他感觉到那怪物一般的身躯冲向把他们隔开的门，就快闯进来了。他害怕极了，大口喘着气，用尽浑身气力又把门关上了。

约翰找到了一丝感觉，抓住它，跟随它，小心翼翼地，以免它溜走，小心翼翼地让它带着他去他想去的地方。最后，他发现自己在一个小房间里，房间的另一端有扇门。他向门走去，忽然有东西在抓他、扯他、推他,阻止他靠近那扇门。他推开这个小小的守卫，把手伸向门把手。

放下水桶后，阿莫斯看着这一切。修补匠的脸上掠过奇怪的阴影，他的手仍然捧着奄奄一息的男孩的头。突然，柯林伸出手来，想要抓修补匠的脸，动作因虚弱而无力，但仍足以撕破皮肤，从修补匠的脸上拧出血来。

阿莫斯不知道他该不该去帮忙。然后，男孩奇怪的躯体急速地收缩，他张大了嘴，发出一声又高又长又无助的尖叫，它似乎要永远持续下去，声音越来越大，直到它太大了，以至于任何人都听不到了，最后，它消融在四周，消失不见了。四周恢复了寂静。阿莫斯看见男孩肿胀的肚子开始收缩。

当约翰打开门时，那个怪物跳了出来，它既凶恶又丑陋。约翰也听到了男孩的尖叫，离得很近，不像阿莫斯听上去那样远。声音靠近，糟糕透顶，约翰与病痛相搏，抓住它，吞没它，撕扯它，强迫它屈服，然后跟随它，跟随着遗留的蛛丝马迹，直到他靠心力抓住男孩全身的癌患。

接着，他开始消除病痛。这一过程耗时费力，但他坚持不懈，直到消灭所有病痛。确信完成了以后，他转而愈合男孩身上的伤口。阿莫斯看到，柯林腰部的皮肤先是收缩，继而变得松弛，最后又重归紧致和完美。

阿莫斯看到，男孩的身体开始放松。他的嘴闭着，翻了个身，在被病痛折磨了无数个日夜后，第一次安稳地睡熟了。最后，约翰从柯林头下抽回手来，抬头望向阿莫斯。约翰的脸上流露着痛楚，声音如同低语，他让阿莫斯把床单收起来。

约翰站起身，抬起男孩，阿莫斯小心翼翼地把脏床单收起来，堆到地板上。

“把床垫翻过来，”约翰小声指示，阿莫斯照做了，“然后拿干净的床单来，把脏的拿走。”

修桶匠太太在吮手指。从柯林的尖叫响起时，她就把手指塞进了嘴里。看到阿莫斯夹着床单从楼梯下来，她把手指拿了出来。阿莫斯把床单递给她，要一条干净的床单。“然后装满一桶水。约翰说，你现在可以擦洗地板了。”

“我能上去吗？”

“很快就能了，我想。”阿莫斯消失在楼梯上，几分钟后，他朝下探出头，猛地点头。修桶匠太太爬上楼梯，她步履很快，因为心怀希望，但又有些踌躇，因为同样害怕。当她走进男孩的房间时，百叶窗是开着的，窗帘也打开了，阳光透过窗子涌进房间。她看到柯林坐在床上，严肃的小脸上表情自然，没有因病痛而扭曲；他的身体恢复正常了，肚子绷得很紧。她坐在床边，用臂膀绕着他，抱着他。他把胳膊搭在妈妈肩上，小声说，“妈妈，我饿。”没有人看到约翰和阿莫斯已经离开了。

那天晚上，三个孩子来到旅店门口，给了马丁两个做工精良的水桶和一个结实的小木桶。“送给那个会魔法的人。”他们说。

接着，冷雨来临。一周之内，水之森林变黄，变褐，树杈光秃秃的，像蛛网一样纵横交错，间或有些常青树夹在其间。水之山上积了雪。

阿莫斯一整天都围着旅店忙活。他把上好的木头劈好，捆成烧火用的柴火，打扫屋子，跑腿办事；一有空闲就冲上南部塔楼的楼梯，和约翰待在一起。

没雨的那几天里，塔楼的窗户会敞开，有时会有几十只鸟聚在窗沿上，或是飞进屋里。通常是森林里的小鸟，其中有两只雀鸟像是修补匠的老朋友，但有时也会飞来捕猎者，晚上是猫头鹰，白天是老鹰，还有一次从水之山那边飞来了一只雄鹰。这些猛禽力量巨大，它们的翅膀伸展开，能从床边一直抵到墙上。阿莫斯惊恐不已，躲在角落。但约翰会抚摸着鸟儿的脖颈，当老鹰飞走时，它那略微弯曲的左腿恢复挺直了。

雨滴重重地打在紧闭的百叶窗上，阿莫斯坐下来，和约翰交谈。约翰并不总在听——时常，阿莫斯问他问题，修补匠会打个激灵回过神来，让他再说一遍。但当他倾听的时候，会很认真地回答阿莫斯的问题。有一天，阿莫斯求约翰教他给人治病。

治愈修桶匠太太的儿子后，约翰很少再带阿莫斯出去行医，可能是不希望魔法师的重担加诸这个男孩。但阿莫斯仔细地观察了几次，觉得自己有点儿明白了。

“我看过几次，看过你是怎么做的。”

约翰目光如炬地看着他，“是吗？”

“是，你先触碰他们，抚摸他们的头、脖子或是后背。”

“触碰并不能治愈他们。”

阿莫斯点点头，“我知道，然后你会说一些话，人们有时以为那是咒语。”

“是吗？”

“不是。”阿莫斯回答，“那些话是为了让他们镇定下来，让他们放松。”

约翰微笑了，但不含喜乐之情，“你观察得很仔细。”

阿莫斯骄傲地报以微笑，“接着，你找到他们的痛处，并治愈它。”

约翰伸出手来，用胳膊把男孩抱住。他的臂膀遒劲有力，阿莫斯以为他生气了。约翰说，“你怎么知道的？”

“我就是知道。我看着你，你闭上眼睛沉思。当病人痛到难以承受时，你就能治愈他们。疼痛告诉你病患在哪儿。”

约翰俯身靠近阿莫斯，小声说：“你可曾感受过他们的痛楚？”

阿莫斯摇摇头，“我想让你教我。”

约翰如释重负地把身子向后仰，张开双臂，放在窗台上。“我很高兴。”他说。

“那你会教我吗？”阿莫斯问道。

“不会。”

跟着，约翰把阿莫斯送下楼梯。

这个冬天来得早，寒意袭人并且持久。三个月来，没有一天暖得足以融化冰雪，风也从未止息。有时是北风，有时是西北风，有时是西南风，每一次风向的改变都会带来雨雪冰雹，每一缕寒风都能钻过墙隙。冬天降临一周后，整座城镇白雪皑皑，没人敢走进森林，融雪之前，即便穿着雪鞋也不敢。

一个月后，人们濒临死亡。先是那些非常年长、非常年幼和极为贫穷的人，接着是那些相对年长、相对年幼的人，死亡也蔓延进了富裕人家坚固的墙壁。人们想到了约翰。

每天，他们都会在旅店门口等待，身上裹着几十层毛织衣服；每天，约翰都早出晚归。但他难以支持了。致命的严寒比他的魔法要快得多，很多人在他赶到前就去世了。

每当有人聚在街头，抬着冰冷的尸体时，人们对这位魔法师的憎恨就潜滋暗长一分，因为，是他的姗姗来迟害得他们挚爱的亲人死去。坟墓因土地坚硬难以挖掘而变得很浅，到最后，死者被直接放在冰面上，用冰雪覆盖着。冰雪被压得很紧，以防野狼刨开。

在这个三百多人的村落，只需十五位死者就能覆盖全部家庭。悲伤的情绪弥漫了整座城镇，尽管约翰治愈的人远比不治而亡的人多。人们徒步来到坟地，看着雪中的小土堆，再转过身，望向沃辛旅店南部的塔楼。每天都有更多的雪降下，直到街上的雪怎么扫也扫不掉了。许多人家搬上二楼，闭门不出。

接着，从没有种子没有昆虫的森林深处，鸟儿们飞临南部这片被前所未有的大雪覆盖的土地。一开始只有一些麻雀和鸟雀，他们飞得慢吞吞的，浑身冰冷，落在沃辛旅店的楼顶上。接着是成批的鸟儿，大大小小，成百只，上千只，落在沃辛镇的房顶、围栏和窗台上。寒冷与疾病压倒了它们的恐惧，孩子们伸手抚摸，它们还是待在那儿，除非被推开，否则是不会飞走的。

晚上，人们开始注意到，南部塔楼百叶窗下的灯火总是一直亮到深夜，一扇窗户会在夜里打开，放出鸟儿，再放进更多的鸟儿。最后，人们意识到约翰是在夜里用魔法治愈鸟儿。

“有些人觉得，”理发师萨米对店主马丁说，“修补匠不应该在很多人生命垂危之际，花时间去治鸟。”

“有些人，”马丁说，“老爱打听别人的闲事。别给我刮胡子了，胡须能让我晚上暖和一点。理理头发就行。”

剪刀快速地发出清脆的声音。“有些人觉得，”萨米继续说，“人命比鸟儿重要得多。”

“那么这些人，”马丁说，“可以直截了当地去找修补匠，告诉他他们的想法。”

萨米停下来，“我们觉得一位亲人跟他说这些，比让陌生人说更好。”

“陌生人！沃辛镇上哪来的约翰的陌生人！他去过每间房子，他从小就待在这儿。突然之间，我成了他的挚友，而其他人都成了陌路！我对于他和他的鸟没有意见，他洁身自好，帮助别人，与我无干。我也不想干涉他的事。”

萨米仍自顾自地说：“但有些人——”

马丁正襟危坐，“有些人要是不闭嘴，就得把剪刀给我咽下去。”他重新坐好，剪刀再次发出清脆的响声。但这次理发师萨米没再咯咯地笑。

第二天，人们开始杀鸟。修桶匠马特在自家储藏室里发现了麻雀，它们在吃他贮备过冬的麦子。他的妻子病了，他没有足够的食物过冬，他的好朋友老史密斯也因修补匠没能及时赶到而去世。想到这里，他抓起鸟儿，把它们摔在地上，用脚踩死。鸟儿浑身僵冷，动作迟钝，奄奄一息。它们没有挣扎着飞走。

修桶匠马特的靴子上沾着血。他冲出门，把麻雀、鸟雀、知更鸟和红雀，从窗台和围栏上一个接一个地抓住，然后朝着墙上砸去。很多鸟儿被摔得粉身碎骨。

现在，他高声诅咒着，他的儿子们也在外面猎杀鸟儿，他们也在诅咒着。不久，其他屋子里的其他人也在抓捕那些行动迟缓、不加警觉的鸟儿，敲死它们，勒死它们，踩死它们。

突然，他们停下，街道上只剩寂静。所有人都望向约翰，他正站在广场中心的雪堆上。约翰转着身，望向四面，看着浸染了上百只鸟儿鲜血的雪地，最后望向手上沾满鸟儿鲜血的人们。

“如果你们还需要我，”他大声说，“来治愈你们的疾病——就不要再杀害鸟儿了！”

人们报以沉默。他们憎恨他。都怪他，让他们处在如此尴尬的境地。

“如果沃辛再有鸟儿死去，那么所有人都该死！”

他走回旅店。沉默打破了。

“他说得好像鸟比人要重要似的。”

“他疯了。”

“会魔法的人应该先治人。”

他们各回各屋，各忙各事去了。但没有鸟儿再死去。那天被屠戮的鸟儿的尸体很快被老鹰和秃鹫啄食干净，最后，没留下一丝杀戮的痕迹。

夜幕降临时，又有两个人死去。吊唁的人们满怀怨恨地望向南部塔楼，那里自暮色初降起就燃起了火光，鸟儿在进进出出。

活动天窗的敲击声惊醒了约翰。天还没有亮。他起身时，几十只依偎在他身上的鸟儿飞速扑向屋子一隅。约翰打开窗，马丁伸出头来。

“我为阿莫斯而来。他浑身冰凉，非常虚弱，我们不知道该怎么办。”约翰穿上裤子、罩衫、外套，跟着旅店老板一起走下楼梯。

在楼梯的最后一级，马丁突然停住，修补匠撞上了他。马丁站到一边，盯着门。约翰视线朝下，看见了两只麻雀的尸体。它们被人用绳子勒死。一条绳子上夹着一张纸，上面草草写着名字“农夫小约翰”；另一条绳子上也夹着纸，写着“干草匠太太”。

“小约翰和干草匠太太昨晚死了。”马丁小声说。

约翰一言不发。

“要是找出谁干的，我会拧断他们的脖子。”马丁说。

约翰一言不发。

“要去看看我儿子吗？”

约翰跟着他来到旅店北翼的小房间，里面生着暖烘烘的炉火。炉火上放着水壶，水蒸气弥漫了整个房间，但阿莫斯前额冰冷，两手发蓝。父亲和他说话，他没应答。母亲站在火炉旁，默默地往水壶里倒满水，把几片叶子放在沸水里。

“看到了吧？”马丁说，“你能治好他吗？”

约翰坐在男孩身边，把手放在男孩头上，轻声地呢喃着。过了一会儿，他抬起头，脸上写满惊讶。

店主马丁问道：“出什么问题了？”

约翰闭上眼，摸摸男孩的头。然后他帮男孩翻过身，把手放在他的脖子和后背上，最后又放回头上。他试了十几处，但什么也没感觉到。他什么都感受不到，就像阿莫斯是死了一样，但他有呼吸。从没有人像阿莫斯那样，让约翰一无所感。

阿莫斯的眼睛睁开了，他望向约翰。约翰低头看他。

“你找到痛处了吗？”男孩问道。

约翰摇摇头。

“请快些。”男孩说着，又闭上了双眼。修补匠抓住男孩的手，又低下头。良久，他站起身来，走到门口。马丁抓住他的衣袖。

“嗯？他会好吗？”

约翰摇摇头，“我不知道。”

“你治好他了吗？”马丁追问道。

“我做不到。”约翰答道，离开了房间。马丁跟着他。

“你做不到？什么意思！”

“他的痛苦之门对我紧闭。”约翰说着，径直朝南部塔楼走去，“我找不到他的痛苦所在。”

“你找不到！城里的其他人你都能治好，唯独我儿子，你什么也做不了——”他们经过鸟儿的尸体。马丁停下来，盯着那两只死鸟。

“是死鸟的缘故对吗？我听到了你的威胁，再有一只鸟死去，所有人都得死！”马丁在修补匠身后咆哮，“回来，会魔法的人，我不会让你置我儿子于死地！”

修补匠走下楼梯，马丁朝他奔来，“我儿子可没杀过你那些该死的鸟，我也没有！如果你要惩罚谁，就去惩罚杀鸟的凶手吧！”

“我没有惩罚任何人。”约翰轻声说。

马丁冲他吼道：“我儿子快不行了，你得救救他！”

“我做不到，”约翰仍是喃喃，“这是他的天赋。他的痛苦之门对我紧闭。”

马丁把手搭在约翰的外套上，“你说什么，他的天赋？”

“那双眼，他的天赋伴随蓝眼而来。我的天赋是感知事物并修复它们。他的天赋则是，他是世上唯一一个，能让我感知不到的人。”

“你是说，你的魔法对他无效？”

约翰点点头，转身走上楼。马丁抓住他的胳膊摇了摇，“别跟我说那些，你能治愈任何你想治愈的人！你不花一文地在我的房子里住了三十年，你带着我儿子，使他崇拜你并讨厌他的亲生父亲。现在你给我回去，治好我儿子，不然我发誓要杀了你！”

约翰的瞳孔里映照出马丁，“如果我做得到，我当然会治好他，但我做不到。”跟着，他把马丁的手从身上移走，转身上楼。他关上门，坐在床边，胳膊抵住膝盖，头枕在手上。鸟儿们靠近，一只雀鸟落在他肩膀上。

他听到人群在楼下聚集，持续而低沉的声音不时被大声的呼喊盖过。修补匠一动不动，人群开始上楼。他用床顶住门，又把能找到的东西无论轻重都拿来顶住门。这对推门的人群来说还不够重，但他们没那么快爬上楼梯，得花点时间才能把门撞开。

他们敲门。约翰又穿上两件衬衣、一条裤子，再穿上外套。他把一些工具、衣物和一点食物装进包，把雪鞋拴起挂在脖子上，雪鞋搭拉在胸前，然后，打开了塔楼朝西的窗子。

在身下十六英尺的距离，旅店的主屋屋顶急剧倾斜。约翰站在窗口，把包紧紧缠绕在腰间，然后纵身一跃。

当门外一部分人开始大声叫嚷时，他已经跳出了窗户。他重重落在屋顶的积雪上，然后缓缓滑向一边。

滑落到地面的高度更大，但积雪足够深。被积雪埋住脑袋的那一刻，他不禁怀疑自己会被闷死。但他很快把手伸了出来，用背包把身下的积雪压实，随即爬起来，站起身蹬上雪鞋。人群发现了他。

他们涌到旅店的西南角，开始大叫。有些人奋力追着他，但积雪太深，有个人差点一个趔趄滑倒。石块都被埋在雪里，他们只能把冰柱包在雪里团成雪球，砸向约翰。有些击中了约翰，他步履缓慢，但没人伤得到他。不一会儿，他便消失在丛林中。

约翰刚刚消失在视野里，鸟儿便开始呼朋唤侣。人们朝沃辛旅店的屋顶望去，见所有鸟儿都聚集在那儿，再也看不到积雪的白色，屋顶也被一片鸟儿的灰色所覆盖，其间夹杂着红蓝斑点。鸟儿聚集在屋顶上，唧唧喳喳震耳欲聋的声音持续了近半个小时。人们回了家，害怕会因驱逐修补匠而招致某种报应。接着，沃辛旅店的屋顶像是化成了一块一块，飘向天空；不一会儿，鸟儿们就四散而去，它们像一朵朵低低的云彩，朝着水之山飞去，目睹这一切的人们很快就再也看不到它们了。

当天晚上，风停了。突如其来的寂静如大兵压境，沃辛镇的很多人都醒了，走到窗边查看发生了什么。他们看到，雪又下了起来，缓缓地，轻柔地，垂直落下。他们又回去睡觉了。

早上，新覆盖在街道上的积雪深达两英尺，一些人已经在扫雪了。然而大雪继续纷飞，他们只好放弃。得等雪停了，才能清雪开路。

但雪没有停。入夜之前，积雪已达五英尺深，那些住在远离镇中心的小屋里的人，可以听到他们的屋顶开始在积雪的重压下吱嘎作响。胆小些的人已经收拾好行李，前往沃辛旅店，恭敬地请求在旅店过夜。旅店主人马丁大声地嘲笑他们，但还是让他们在公共居室的炉火边摊开毛毯。人们在那里得以安然入睡。

那天夜里，冰封雪飘，却没有风能将屋顶的积雪吹落。刚入夜，就有一些屋顶在积雪的重压下坍塌。万籁俱寂，被掩埋的不幸者的呼救声被积雪吞噬，连他们一壁之隔的邻居都浑然不觉。

第二天早上，整座镇子鲜有房屋能在积雪的重压下毫发无损。黎明时分，许多人从木屋的残骸和厚厚的积雪下艰难地爬到地面。白雪纷纷扬扬，站在广场的另一端甚至无法看到沃辛旅店的高塔。而从更多的坍塌的屋子下面，没有幸运儿能爬出来。

中午，雪势稍减，片片雪花缓缓飘扬。下午两点，天朗气清，云开日见，苍白的阳光照向南面。两点半左右，第一批幸存者赶到了沃辛旅店。

他们来到二楼的窗口，马丁帮他们一个个爬进来。下午三点，又有二十多人来到公共居室。一些妇女因无法从废墟下面找到孩子而嘤嘤啜泣，男人们围坐在旅店的桌台边，呆若木鸡，一言不发。

起风了。北风刚开始还很柔和，但它带来的第一阵声响就让人禁不住摇头。

“雪。”一人说。人们旋即不约而同地冲向二楼临时搭起的大门。

“两个两个地走！”马丁嚷道。人们踏着雪鞋，冲出门外，朝镇子的各座房屋飞奔而去。用不着马丁提醒，面对倒毙在雪地中的危险，没人会单独行动。

很快，第一批人回来了，带着一个老妇人和一对小孩。更多的人很快回来了，但带来的都是住在附近的容易找到的人。风变强了，回来的人更少，有些搜救者无果而归。接着，又有两个人带回一个人来。

是修桶匠马特。他死了。屋顶塌下来时，他被砸得不省人事，躺了一天冻死了。公共房间里现在有六十多人，他们过来，围着马特的尸体。他的一条胳膊僵直着，随着冰一点点融化，那条胳膊也垂到地板上。女人们挡着孩子们的视线，但他们还是目睹了这个场面。接着，从楼梯上传来哀号。

是修桶匠太太和她的孩子们，搜救队刚把他们带回来。修桶匠太太大声哭号着，凑近丈夫的尸体，倒在了地上。她亲吻着丈夫的身体，哭喊着他的名字，试着温暖他的双手，直到终于确信他已经死了。她缓缓瘫倒，摇着头尖叫，那叫声似乎永远不会停息。站在她身边的人们看着这一切，仿佛尖叫声是他们自己发出的。最后，修桶匠太太悄然倒地，但人们的耳畔依旧回荡着她的哭喊声。

马丁的声音清楚地从楼上传来。“别哭了，夜深了。这样下去，你们只会在痛苦中迷失。”人们含糊不清地应答着。马丁的声音再次响起，更加响亮。“你们今晚别再出去了！”

接着又是一片安静。人们各自走回房间的角落里。

马丁走下楼，安排大家去旅店的其他房间。“待在公共居室里的人太多了，尽管在这寒风之下，抱团取暖或许会更好。”人们拿着从废墟中抢救出来的少许物品，拖着身子，各自回房休息。马丁看到了马特的尸体，他让两个人把他抬到了一个冰冷的房间。听到马丁的要求，其中一人放声大笑，“冰冷的房间，难道这儿还有不是的吗？”

第二天早晨，旭日东升，风也暂停了嘶吼，化为缕缕轻风。十点，风向调转成南风。理发师萨米对马丁说，“雪慢慢就会融化了，马丁大人。”

马丁同意。很快，幸存者们又两个两个地穿梭于雪地，他们回到残存的家中，太阳和微风正一点点地融化着积雪。

但这一天，他们收获的只有悲伤。只有三个人幸存下来。旅店门前，成堆的尸体呈现在人们眼前。夜色降临时，旅店外已找到的尸体比旅店里的幸存者还多。他们数了数，七十二人幸存，八十人殒命，而整座镇子还有一半的人不知所终。

一天的搜救工作令他们精疲力竭。尽管值得悲伤感怀的人和事都比前一天要多得多，但人们不再哭泣。他们分散在各个房间里，踱着步，不时交谈问答，但外面横七竖八堆着的尸体是谁也绕不过的阴影。如此巨大的灾难使他们顾不得独自悲伤。沃辛镇的三百居民中，只有七十二人活了下来。再找到幸存者的希望已微乎其微。在积雪中待了一天一夜的孩子们大声咳嗽着，但父母们无能为力，他们也身患冻疾，自身难保。

理发师萨米在给马丁帮厨。他慢慢地搅着汤，轻轻吹着口哨。汤煮开了，他把锅从炉火上端开，放在一边用文火慢炖。

“只有一个好消息。”萨米自言自语地说，“食物不会短缺。我们的食物多的是，足够沃辛镇的幸存者们过冬了。”

店主太太漠然看着他，径自去切肉。店主马丁从大桶往小桶里倒酒，没好气地说，“明年春天种地的人手太少了，秋天收获的人手也太少了。很多在城里活了大半辈子的人得回去种地，不然就得挨饿。”

“你肯定不用。”理发师萨米说，“你毕竟还有这家旅店。”

“要是没有人住，没有粮食，”马丁喃喃道，“要旅店还有什么用？”

他们把晚饭端到公共居室里，一个男人正背着一个刚刚撒手人寰的女人往外走，马丁他们站在一边让他通过。

“没人给他搭把手吗？”马丁问。

“他不让。”一个女人轻声说。接着，大伙围成一团，马丁和他太太开始分发食物。人多汤少，女人和孩子们喝完后又来加汤，男人们则用酒把碗斟满，说酒比稀汤更让他们暖和。

马丁正在给男人们倒酒，这时，一双手抓了抓他的衣袖。

“自己动手，”他说，“我只有两只手。”但回答声并不是成年人的声音。

“爸爸。”阿莫斯说。

“你起床干什么！”马丁把桶放到一边，男人们迫不及待地把杯子放到下面，接住溢出的酒。“想活命就回床上去。”马丁说。

阿莫斯虚弱地摇摇头，“爸爸，我不能。”

马丁把他抱起来，“那我就把你放上床。你能下地，我很高兴，但你最好还是待在床上。”

“但约翰在那儿，爸爸。”

马丁停下脚步，把儿子放下。“你怎么知道？”他问。

“你看不见吗？”阿莫斯答道。马丁朝着二楼楼梯望去。约翰倚墙而立，站在几级楼梯上。已经有人注意到他，人们不由自主地向后退着。

“他回来了，”阿莫斯说，“回来救我们了。”

人们都沉默，所有人都看着修补匠。他们继续后退，而修补匠则踉踉跄跄地走下来，跪在地上。他的下巴上结着冰，四天没理过的胡子全冻住了。他的手僵硬着，不能动弹，四肢像是失去了知觉，无法正常移动身子。他谁也没看，挣扎着起身，向前移动。人们继续后退，直到他独自站在屋子中央。他就那么站着，身子摇摇晃晃。

人群中的咕哝声更响了。而后，刚失去妻子的那个男人从楼梯上下来了。他顺着人们给约翰让出的道走过来，最后，跟会魔法的男人面对面。

他们正对着彼此。人群鸦雀无声。

“要是你在的话，”男人轻声说，“英娜现在已经治好了。”

漫长的沉默。随后，修补匠缓缓点了点头。接着，那个陷入悲痛的男人的脸开始有了表情，他的肩膀开始晃动。他在为人们哭泣。他举起手，扇了修补匠一巴掌。人们依然沉默，站在角落的阿莫斯则惊讶地倒吸一口气。

那个男人又抬起手，更用力地扇向约翰。人群中一些人也走上前。他不停地掌掴约翰，直到约翰慢慢跪倒在地。

“你为什么不制止他，爸爸？”阿莫斯轻声地、迫切地说。马丁的目光一刻也没从人群正中间的那个男人身上移开。“让他住手，爸爸，他们会伤了约翰的！”

男人从约翰跪倒的地方后退一步，他身体微倾，鼓足劲儿，朝约翰的脸踢了一脚。约翰倒下，趴在地板上。

“会魔法的男人！”那个男人大喊，“会魔法的男人！你这个会魔法的男人！”

人群齐声高喊，在修补匠倒地的地方围成一圈。会魔法的男人，会魔法的男人，会魔法的男人……他们眼看着修补匠翻身挺起，脸上流着血，鼻子被打断了，一只眼肿胀变黑。但这个会魔法的男人睁着另一只眼，坚定地注视着面前打他的男人。男人退却了。约翰又盯着另一个人，跟着缓缓转身，用他那只蓝色的眼睛，环视着眼前所有的人。人们的高喊声停了下来，约翰奋力站起。无人吭声。

他用一条腿支着身体，试着站起，但随即失去了平衡，用胳膊支着地。他再次尝试起身，但腿再一次无力。他笨拙地换成另一条腿，又一次失败。他不断尝试，最后直接侧身倒地。他的眼睛睁得很大，身体颤抖着。

人群一时无言以对，如同秃鹫不知猎物是死是活那样。接着，他们中的一些人跨前一步，走向修补匠，又开始冲他拳打脚踢，他们下着重手，直到精疲力竭才四散退去，其他人又接棒上阵。修补匠一直一声不吭。

最后，人群散了。许多人离开了大厅，一些人待在火边，还有一些人舀着所剩不多的酒。约翰倒在屋子正中央。他被打得头破血流，皮开肉绽，身下是一摊血。人们的脚印残留在血泊中，血色的脚印遍布屋内。修补匠已经面容模糊，目不成形，嘴唇破裂，双手难辨形状。他像枯草一样瘫在地板上。

过了一会儿，马丁把目光移开，转向自己的儿子。阿莫斯面无表情，正回望着父亲。他的眼睛和修补匠的一样湛蓝，目光冷峻而凌厉。马丁感觉自己难脱其咎，正被这目光叱责着。他无法面对这目光，只好低头看地。店主太太过来，悄悄把阿莫斯拉回床上。

随后，马丁把约翰的尸体抱上了楼，跟着，他一整夜都在清洗血迹。血迹斑斑。第二天早晨，他才终于把所有血迹弄干净。

沃辛镇所有的幸存者都待在旅店里，直到春天到来。天气变得很快。不久，天气变得温暖干燥，雪融化了，人们回到了家。但没多久，他们发现手头又有了新任务：堆积在广场上的尸体开始腐烂了。

他们没法挖开依然冻硬的土地，于是拿来灯油，倒在尸体上点燃。气味臭不可闻，大火连日不绝，人们往火堆上添木材，让它燃得更旺更快。大火熊熊，人们退到屋里，看着逝去的亲人在火焰中化为灰烬。他们本想把约翰的尸体也一起火化，但鸟儿在冬日里就飞来，将他的尸首啄食得干干净净，只剩下骸骨。阿莫斯悄悄收拾起尸骨，等土地变得松软时，他把约翰的骸骨下葬了，没做任何记号。

沃辛镇还未重建。还能住的房屋不多，但足够幸存者栖身了。人们把时间都花在田地里，不停地锄地、耕种。要到夜里，才有人拿出手工制品来交易。理发师萨米秉烛看着只有寥寥数张面孔的萧条夜市，修桶匠柯林那疲惫而笨拙的手做成的桶，少有不漏水的。

多数人更愿意住得尽可能远离镇中心，非得路过广场的时候，他们也会绕开那片堆过柴火的地方。骨灰洒落在地上，已被春风和春雨冲刷殆尽。

人们不时会看到满载的马车，在前往林克瑞的路上途经旅店，或是走另一个方向前往哈克斯城。到夏天时，沃辛镇只剩四十位居民，他们身体疲惫，心力交瘁。旅店的公共休息室里再未响起过歌声。

一天，马丁从地里回来，找不到儿子阿莫斯。阿莫斯还小，但经历过这场劫难，他和沃辛镇其他幸存下来的孩子一样，早已忘记欢笑和玩耍了。马丁夫妇把屋子里里外外都找遍了，最后，马丁爬上了南部塔楼的楼梯。他看到，自己在活动天窗上钉死的木板被撬开了。

他爬上楼梯，推开门。所有窗户都洞开着，从各个方向都能清晰地看到森林。马丁看到儿子站在西窗边，正望着水之山那边金乌西坠。他一言不发。过了一会儿，阿莫斯面向他说，“从今往后，我就住这里。”马丁听罢，走下了楼梯。

[END]

奥森·斯科特·卡德
Orson Scott Card

1951年出生于华盛顿州。在加利福尼亚州、亚利桑那州和犹他州长大。

美国作家、评论家、公众演说家、散文作家、专栏作家、
反对同性婚姻的政治家，同时也是摩尔门教拥护者和终身执业人员。

作为科幻小说家十分多产，共有12个系列，
其中安德系列就有包括长篇、短篇、有声读物等20部作品，另有3部还在计划中。

目前和妻子一起定居于北卡罗来纳州，为当地一份报纸撰写专栏文章，
空余时间在阳台上喂养鸟、松鼠、花栗鼠、负鼠和浣熊。

果麦 更好的精神食粮

沃辛传奇

产品经理 | 王 胥　　装帧设计 | 陈 章
营销经理 | 池 淼　　责任印制 | 梁拥军
后期制作 | 顾逸飞　　出 品 人 | 路金波

新浪微博：@果麦文化　微信公众号：果麦文化

版权合同登记号：图字：11-2016-192号

图书在版编目(CIP)数据

沃辛传奇 / (美) 卡德著 ; 刘勇军译. -- 杭州 :
浙江文艺出版社, 2016.6
ISBN 978-7-5339-4514-5

Ⅰ. ①沃… Ⅱ. ①卡… ②刘… Ⅲ. ①长篇小说－美
国－现代 Ⅳ. ①I712.45

中国版本图书馆CIP数据核字(2016)第083634号

责任编辑　陈富余
装帧设计　陈　章

沃辛传奇
［美］奥森·斯科特·卡德 著
刘勇军 译

出版　浙江出版联合集团
　　　浙江文艺出版社

地址　杭州市体育场路347号　　邮编　310006
网址　www.zjwycbs.cn
经销　浙江省新华书店集团有限公司
印刷　北京鹏润伟业印刷有限公司
开本　880mm × 1230mm　1/32
字数　322千字
印张　14
印数　1–13,000
版次　2016年6月第1版　2016年6月第1次印刷
书号　978-7-5339-4514-5
定价　39.80元